二　「中将姫臨終感得来迎図」の伝本　135
三　掛幅絵の成立背景　139
四　掛幅絵が描き出す世界　148
五　浄土憧憬と享受の空間　159
おわりに　161

道歌の効用――『月庵酔醒記』と福羽美静にみる明治期女性教育……榊原千鶴　167

はじめに　167
一　美静と道歌　169
二　『月庵酔醒記』にみる女訓　173
三　血肉と化す　177
おわりに　179

東国武士の鷹術伝承――児玉経平の鷹書と『月庵酔醒記』記載の鷹関連記事をめぐって……二本松泰子　183

はじめに　183
一　児玉経平の鷹書　185
二　廻国する鷹匠　189
三　児玉経平の鷹術伝承　194

四　『月庵酔醒記』記載の鷹の伝来説話　200
おわりに　202

『月庵酔醒記』の〈知識〉の由来——『無名抄』依拠記事と蹴鞠記事から……弓削　繁　211

はじめに　211
一　『月庵酔醒記』所引の『無名抄』テキスト　212
二　飛鳥井重雅の存在　217
三　蹴鞠記事について　222
おわりに　226

歌人月庵の和歌と『月庵酔醒記』……辻本裕成　231

はじめに　231
一　「甲や乙なるらん」をめぐって　233
二　「甲や乙なるらん」の評価　236
三　「見立て」と月庵　239
四　月庵に於ける言葉のパズル　240
付　歌人月庵と『月庵酔醒記』　248

風流踊歌『恋の踊』断簡考…………徳田和夫 255

一　室町末期の鷹狩文化から 255

二　断簡の書誌および内容 257

三　桃山時代の風流踊歌「恋の踊」 259

四　「荒鷹」と「白尾」の説 262

補説 267

索引〔1〕

一般語彙〔3〕

漢詩句・経文等〔108〕

和歌・連句・俳諧・呪歌・いいまわし等〔117〕

執筆者紹介

はじめに

一九九八年六月から始まった「『月庵酔醒記』研究会」が一応の終わりをむかえた。三弥井書店から「中世の文学」シリーズの一つとして『月庵酔醒記（上・中・下）』を二〇〇七年四月・二〇〇八年九月・二〇一〇年五月に出版することができた。未熟なところや勘違いをしているところが多くあることと思うが、これを出版してしまわなければ『月庵酔醒記』の研究は前に進まない、という思いがこの無謀な企てを実現させた。中世の文学『月庵酔醒記』の編者として名を連ねた三人は、一人はすでに退職し、一人は退職を目の前にし、一人は無念にも病に倒れた。研究会に参加した者たちの中には、職をかわった人、新たに職を得た人、残念ながら職につくことができない人などがいる。それぞれの終わりと、あらたな出発を迎えて、感慨にふけり、いやそんな暇はないよと思い、一応のけじめをつけることとした。「索引と論考」である。「索引」は『月庵酔醒記』の本文が確定できないところが多々あるために、いっそう必要とされるものであろう。三冊の注釈をもとに、「ここは違う」、「こう読むべきだ」、「〇〇の誤りではないか」などという意見が沸騰し、本文が訂正されて新たな「索引」が作られることを期待するが、それはもはや我々のやるべきことところではない。それにともないこれも一応の段階で、「あれ以来こんなことがあらたにわかった」、「こんな資料もあった」、「こんな愚かな間違いがあった」、「見方を変えるとこれは新しい問題を考える端緒になるのではないか」、などということについて、注釈担当者が執筆し、「論考」としてこれらを収めた。

「注釈」の担当はしていないが、早くから『月庵酔醒記』の諸説話について発言しておられる徳田和夫氏にお願いして「論考」に執筆していただいた。要職にありお忙しいところを執筆くださった徳田氏に御礼申し上げます。

最後に、ややこしい書物に熱意をもって対応してくださった三弥井書店の吉田智恵さんに御礼申し上げます。

本書は、平成二〇～二三年度科学研究費補助金基盤研究（C）、課題番号二〇五二〇一五九「戦国末期における東国武将の文化継承に関する研究」、による研究成果の一部です。

なお、榊原千鶴は、平成一九年度～二一年度　基盤研究（C）一般　一九五二〇一四八「中世女訓書と〈知〉の継承に関する研究」、平成二二年度～二五年度　基盤研究（C）一般　二二五二〇一七七「明治期女性教育にみる〈知〉の継承に関する研究」を受け、その成果の一部を本研究に生かすことができませんでした。

二〇一二年一月

服部幸造
弓削　繁
辻本裕成

『月庵酔醒記』の世界——中世から近世へ

服部 幸造

一 『月庵酔醒記』とはどんな作品か

作者（あるいは編者）は一色直朝（出家して月庵と名乗る）。慶長二年（一五九七）十一月になくなった。『武州天神島城一色宮内少輔系図』には「七十二歳逝去」、『一色系図』には別筆で「七十二才逝去」とあり、[※1] これによれば大永六年（一五二六）の生まれということになる。戦国時代の末期から織豊時代にかけての人である。一色氏は、現在の埼玉県幸手市に居城をかまえ、ここを拠点として活躍した。古河公方家の重鎮である。直朝はまさに戦国武将の一人であった。足利尊氏の子基氏にはじまる関東公方といわれる室町幕府の代行機関のようなものが、やがて幕府と対立するようになり独自の権力を主張するようになる。関東公方権力に対して鎌倉には執権（上杉氏）という幕府側の勢力があり、公方権力を牽制していた。関東の武士団は公方側と執権側とに分かれ、時と情況によってこの敵味方は入れ替わり、百年以上にわたって戦乱が続いていた。関東公方は鎌倉を捨てて古河に移る。ただし戦に負ければ古河を出て、勝てば戻ってくるというありさまであったが、これ以後、古河公方と呼ばれる。永禄一一・一二年（一五六八・九）頃、公方は北条氏康の庇護を得て（ということは、この時代になると、関東の武士団も執権も公方も、みずからの力では解決をつけることができず、小田原北条氏という新参勢力に従うよりほかに手がなかったのである）、公方足利義氏は古河に戻ることができた。関東の戦乱は一応終息し、執権家を乗っ取った長尾景虎と武田信玄と小田原北条氏による新たな、さらに大規模な戦乱の段階に入っていった。一色直朝は公方の古河帰還後は幸手にしりぞき、余生を送ったようである。彼の人生は晩年を除いてほとんど各地の戦争の中にあった。残された『月庵酔醒記』は、こうした戦国末期の武将の文藝活動、あるいはもっと広く文化活動とはどんなものであったのか、などということを知るためには都合のよい本であろう。またこの時代の関東に京都からの、あるいは中国からの（京都経由ではあるが）、あるいは諸国の港や町からの文化がどのように伝えられていたのか、それらは商人や禅僧を通じてもたらされたものであったが、その広がりと伝達の早さはどんなものであったのか、『月庵酔醒記』を読み解くことによって、かなりのものが見えてくるであろう。この本は、平和な時代に京都で、文化の継承者である公家たちによって書かれたものではない。一応平和な時代に入ったとは言え、なにかあればふたたび戦乱が起き、この本がなくなってしまう恐れは十分にあった。今に残されていることのほうが奇跡的なのである。「知」を後世に伝える、というのが直朝の執念であったと思われる。

a　歌人としての直朝

一色直朝は歌人として以前から知られていた。彼の歌は歌集『桂林集』に一八五首、その自注本『桂林集注』にはその中から六首を除き、新たに三首を加えた一八二首の歌が収められている。『桂林集』は続群書類従や『私家集大成　第七巻』また『新編国歌大観　第八巻』に収められており、月庵は以前から注目されていた関東の歌人であった。『酔醒記』には冷泉明融が語った冷泉家の人たちに関する和歌説話がいくつか記されている。それらの中には、〔013-18・19〕のように、冷泉家が太郎冠者クラスの家来の侵食によって経済的に没落してゆく時に、歌の力によってなんとか回復するというむなしい話がある。その中に出てくる、冷泉家の小野荘を「掠て居たりけ」る「百々と云者」という人名から考えて、実話とは考えられないものもあるが、[※2] 歴史的大勢としては没落はその通りなのであろう。経済的に逼迫した京都の公家たちが頼ったのは、各地の文化的な武将、周防の大内氏や駿河の今川氏、越前の朝倉氏であり、関東では公方家であった。公方家の中では一色氏がその接待役にあたったようであり、とくに直朝は冷泉家や聖護院道増（近衛尚通の子）、飛鳥井重雅、三条西実枝とのパイプを持っていた。月庵は三条西実枝に自分の歌三二〇首を送り、選集を依頼した。実枝は一八五首を選び、それに「桂林集」という名をつけた。

月庵の歌をどのように評価すべきか私には判断できないが、『桂林集注』は歌のよまれた事情や歌の眼目を説明したり、自分の歌に対する京都の文化人たちの評を記したりしていて、それなりに興味深い。

b　画家としての月庵

月庵は画家としても知られている。「貞巌和尚像」（埼玉県久喜市甘棠院蔵）、「白鷹図」（栃木県立博物館蔵）などが知られている。甘棠院は古河公方足利政氏（関東公方六代）が、子の高基（七代）に追われ、和睦後に引退した寺である。周囲には空堀の跡があり、当時は城郭型の寺院であったと思われる。貞巌和尚は政氏の子の一人と思われるが、甘棠院の開山である。一色直朝が仕えたのは晴氏（八代）、義氏（九代）であったが、おおくは父晴氏と対立して追われた義氏（後北条氏を後ろ盾とした）と行をともにした。実質的に関東公方は義氏で終わる。甘棠院は代々の古河公方家の葬儀が行われた寺であり、この寺の開基である貞巌和尚の像を描くことは、月庵にとっても深い思い入れがあったであろう。「白鷹図」は、おおくの他の鷹図にくらべ迫力と観察眼の細かさにすぐれており、人気の高い図である。止まり木をとらえた巨大な爪、なかば開いたするどい觜、丁寧に描かれた一枚一枚の羽毛、やや広がりかけた両翼、そして赤い足緒。

二 『月庵酔醒記』の内容

一色直朝が書き記した、諸書からの抜書き、人からの聞き書きである。これらは出所の不明なものが大部分であるが、中には書名が記してあるもの、話し手の名が記してあるものがある。『月庵酔醒記』の成立は月庵の死んだ慶長二年（一五九七）以前のことであるから、この本に載せられているそれぞれの内容はこれ以前にすでに成立していたことが確認できる。一色直朝は中世から近世への変わり目にいた人である。我々にとって近世的に見えるもの（たとえば、聖なるものの俗的なるものへの転換）が、『月庵酔醒記』には多く見られる。しかもそれは京都においてではなく、関東の北部で受けとめられたものである。近世的に見えるものはいつの時代にもあったであろうが、それがおおきな流れ、一般的な流れになるのが近世文化だと我々は考えている。それはどこまでさかのぼることができるのか。『月庵酔醒記』はその指標の一つになりうる。その『月庵酔醒記』にはどんなことが書いてあるのか、紹介してみよう。

（〔 〕の数字は説話番号。）

神祇　天神七代・地神五代の名前〔001-01～02〕
　諸神にかかわる説話（和歌説話が多い。北野天神にかかわるもの。『無名抄』によるもの。）〔001-03～31〕
王法　宮中の年中行事（『年中行事歌合』にもとづく。）〔002-01～63〕
　室町殿行幸（室町殿に行幸があった時、南朝方の刺客が捕らえられたこと、火災がおこり花山院の御局が威厳を失わなかったこと、伊勢貞宗の機転により盗難をまぬがれたこと。）〔003〕
　京都の大路小路の名〈004〉

武篇　弓・矢および射法に関する密教的解釈。〔005〕

孝儀　『二十四孝詩選』（当時輸入された『二十四孝詩選』の和訳。）〔006-01～26、007〕

政道　中国古典による君臣論の名句（『金句集』と一致するものが多い。）〔008-01～02〕

　文覚上人、源頼家への諫状〔008-03〕

　今川了俊、息仲秋への制詞〔008-04、009〕

養生　養生論・月禁食・食い合わせ〔010〕

その他〔011、012〕

詩歌物語

　和歌説話（漢詩・連詩・和歌に関する古今の説話。冷泉明融の語る和歌説話。）〔013-01～20〕

鞠（鞠庭の作り方）〔014〕

句感（漢詩句を俗語で説く。）〔015-01～14〕

香道　蘭奢待〔016～017-02〕

　香炉の名物・灰の押し様・炭団の粉・香炉の形〔018-01～06〕

　六角貞頼と大富、牧渓の絵と千鳥の香炉（飛鳥井重雅の話）〔018-07〕

音楽〔019～021〕

囲碁・将棋　吉備大臣と野馬台詩〔022、023〕

絵画　摩詰山水画論・『君台観左右帳記』の画人評〔024-01～02〕

立花〔025-01～02〕

名寄せ・異名〔026～071〕

四季・十二月・干支・日月・星……紙・銭・人歳

（以上　上巻）

吉凶　歳始雷鳴吉凶・東方朔毎年吉凶・一行禅師出行吉凶日・一枚雑書・義経相伝日記・住吉衣裁吉日など〔072～080〕

誹諧（古今の俳諧）〔081-01～36〕

教訓　若衆教訓の詞・宗祇百ケ条・児教訓・弘法大師戒語〔082-01～03、083〕

雑話（『無名抄』などによる和歌説話、その他）〔084-01～21〕

男女論　結婚への教訓・二人妻〔085-01～06〕

世語（成語）〔086-01～087〕

謎〔088-01～63〕

巷歌〔089-01～04〕

猿楽　宮中へ召さず・山姥〔090-01～02〕

後鳥羽院鍛冶番〔091〕

名品　金物・彫物・硯石・土器〔092～096〕

算木・占術と歌占〔097-01～02〕

呪符と呪文〔098-01～07〕

馬医と呪符〔098-08～099-02〕

鳥獣（鶯・時鳥・百舌・鳩など）〔100-01～14〕

　鷹（鷹術の伝来・平賀の鷹・鷹の種類、その他）〔100-15～35〕

　狼・クラゲ骨なし・獅子国〔100-36～38〕

（以上　中巻）

草木　百梅詩・百菊詩（中国の百梅詩・百菊詩の抜書き。）

　〔101-01～101-100、102-01～97〕

種々の植物に関する説話〔103～126-07〕

姫小松・五株の柳・昭君村の柳・七種の菜・えぐの若菜・宝戒寺の桜・桃花水・橘・よもぎ・忘れ草・三種の薄・女郎花・かやの実・茗荷・槿・井出山吹・榎・植栽（くるみ・棕櫚・柿・石菖・梅・松）・妙丹柿・ささげ・牛蒡・木犀・苦李、

その他

夢想（夢に関する諸説話）〔127～138〕

後醍醐天皇、陰謀を知る夢・後奈良院、肖柏の夢・人麻呂・日吉十禅師・清水観音・藤原道信・全九集・キリキ王の十夢・浮山遠、青鷹の夢・北条草雲・琵琶湖の鯉・谷田平太

釈教（仏教に関する説話）〔139～160、169-06～173〕

禅宗の僧侶に関する説話〔154、161～169-05〕

〔014-01～05〕（「鞠の庭」についての記述で、飛鳥井の名は書かれていないが、内容からして飛鳥井重雅がその情報源であろうと思われる。）

飛鳥井家は中世から近世を通じての和歌と蹴鞠の家であった。鎌倉時代の初期から関東伺候の廷臣として歴代の将軍に仕え、関東の武士たちとの関係も深かった。室町幕府、江戸幕府でも武家政権との関係が深く、それは江戸時代の末期にまで及んだ。鎌倉時代の雅有（一二四一～一三〇一）は鎌倉への旅日記を含む『春の深山路』で有名。

重雅は雅綱（高雅）の子雅教の号で、雅教は関東では重雅または自庵と号した。重雅は天文十四年（一五四五）四月、また天文二十三年（一五五四）九月に東国に下向し翌弘治元年（一五五五）に帰京、永禄四年（一五六一）十二月には伊達晴宗に蹴鞠家説を伝授し、天正四年（一五七六）二月には小田原に滞在していた。この時、玉伝寺に鞠庭の木を秘説にもとづいて植えた。「鞠庭事、懸者鎮屋之方、木者安宅之術也。今度就当寺滞留、以当家之秘説植置者也。於向後自然無道輩、植木損事、無勿躰次第歟。此旨可被申届、如件。／天正四〔丙子〕年二月日　飛重雅（花押）／玉伝寺御坊」（『小田原市史　史料篇　原始　古代　中世Ⅰ』五七七号文書）玉伝寺は小田原城下の寺で、永禄十年（一五六七）十月には三条西実枝が宿所とした所でもある。[※4]

また、「飛鳥井自庵参上対面次第」（『新編埼玉県史　資料編八』など）の「自庵」も飛鳥井重雅のことであり、彼は天正四年（推定）五月五日、古河公方義氏に「御草紙〔詠歌太概〕」を進上しており、翌日「一色月庵」が「御使節」として自庵のもとに遣わされた。この時、月庵は京都の三条西実枝によって撰集された『桂林集』を渡された。[※5]

〔飛鳥井家系譜〕

雅経―○―雅有―○―○―○―雅世―○―○―雅綱―雅春（雅教）―雅敦―雅庸

C　聖護院道増

〔018-05〕（香炉の「せがい」の広狭について。「道増聖護院殿ヨリ月庵相伝」とある。内容がよく読み取れないが、香炉について月庵は道増から教えを受けていたものらしい。）

〔084-19〕（牡丹花肖柏が宇治川に投身したが死にきれず、和泉の堺で連歌師をしていた。後に京都に帰る時に、美女たちに囲まれて牛に乗って行ったのだが、途中いたずら者が鏑矢で脅したところ、気絶してしまった。生き返ったものの一年後に死んでしまった。「道増聖護院主、御物語有し」とある。）

〔018-04〕（炭団の粉についての伝授を記す。「前聖門准后より相伝申也」とあり、次の〔05〕に「道増聖護院殿」とあるのを勘案すると、「前聖門准后」は道増の前任者のようにも考えられるが、『桂林集注』三五番歌の自注に「前聖門道増」とあるのを考慮に入れれば、これも道増のことかと考えられる。）

道増は聖護院門跡で、近衛尚通の子、稙家の兄弟。尚通・稙家はともに関白・太政大臣。聖護院はもと天台宗寺門派で、熊野を支配した。道興の時に熊野修験の本山派の修験組織を確立した。道興は文明十八年（一四八六）から長享元年（一四八七）の一年間、関東をめぐった。この時の記録は『廻国雑記』として残されている。東国の修験寺院や山伏の坊を訪ねる旅であった。道興は月庵とは世代が違い、直接交流はない。道増は元亀二年（一五七二）の没で、月庵と交流があったことは『桂林集注』に見える。彼には『道増誹諧百首』がある。『月庵酔醒記』には修験系寺院から入手したと思われる「吉凶」〔072～080〕、「呪符・呪文」〔198-01～07〕などの記事があり、道増との関わりがその一つの入手経路であったのではないかと思われる。なお近年、福島県南会津郡只見町にあった聖護院派の龍蔵院の聖教典籍や、同町の修験吉祥院の旧蔵書調査が行われ、月庵の知識の入手の場がこのような寺院であったのだろうと思わせるものが紹介された。[※6]

〔近衛家系譜〕

忠嗣──房嗣──政家──尚通──稙家
　　　　　│　　　　　　　└道増（聖護院）
　　　　　└道興（聖護院）

d　三条西実枝

〔136〕（富士の根方の法華宗の僧侶が、大政大臣が一宿したという夢を見たが、翌日実際に京の貴人が来た。後にその人は北条早雲となった。「実枝卿（三条西殿御事也）、対月庵語給ひし」とある。実枝は月庵の歌集『桂林集』を選んだ人。）

実枝の祖父の実隆は室町末期の最高の文化人であり、宗祇から「古今伝授」を受け、連歌集『新撰菟玖波集』の編纂に協力し、『源氏物語』の注釈書『源氏物語細流抄』を書いた。実枝（もと実世、実澄）もまたすぐれた人で、『源氏物語明星抄』を書いた。天文二十一年（一五五二）に皇居修理費を集めるために駿河に下り、後にふたたび駿河に行き在国した。先に述べたように、永禄十年（一五六七）十月には小田原（相模）の玉伝寺を宿所とした。この間、永禄三年に駿河の今川義元が死んでいる。

〔三条西家系譜〕

実隆──公條──実世（実枝・実澄）

四　中世と近世のはざま

月庵は室町時代末期から安土・桃山時代、さらに江戸時代のごく初期の、関東地方北部の人であったから、中世と近世のはざまに立ち、都から地方へ流れてくる文化を受け止め、地方から都への文化の運搬に立ち会った人だと言えよう。その際、彼の書き記したものに個性がとぼしく、解釈や説明がないだけに、この本はよりありがたいものだと思われるのである。以下にこの『月庵酔醒記』の中から、より前の時代から受け継がれた説話が、どのように変形して受け継がれていくのかという問題を、いくつかのサンプルを挙げて見てみようと思う。

A

最初に、説話ではないが、私の失敗談からお話しよう。『酔醒記』の「序」を担当し、その注をつけた。「序」の終りの部分に、こんな文章がある。

「今更、来し方を思ひ出るに、泉石煙霞に触て、終に膏肓のくるしみならむ事をしらず。春は暁天に鶯吟をうらやみ、秋は夕陽に雁声をかなしむ。風興の宴助をうるに似たれども、曾、蛍雪の窓におもむく事なく、徒に幾年の遐算を積事、啻につかのまの懶睡、歎てもかへらぬ昔なり。

しかはあれども、僕酌レ霞ヲ一芸を得たり。野亭をのづから陶家の富をなさむ。仍、慙愧の心を忘じて、遊人をともなひ、半醒半酔の折ふしに随て、紅是白非のみだりがはしき態なるが故に、名づけて酔醒ノ記といふ。」

（『酔醒記』「序」）

はじめの方は宋の楊万里（誠斎）の「贈善医劉恵卿」または「泉石膏肓記」によっている。

「〈旧病詩狂酒狂　新来泉石又膏肓　誠斎〉

劉恵卿ハ医道ヲヨクスル者ゾ。一二ノ句、医者ノ方へ遣ス詩ナルホドニ、先ヅ病ドモヲ算ヘタテテ云ゾ。我ハ元カラ病ガアル也。其病ハ別ノ病デモナイ。詩ニ案ジ入タ時ハ、物狂ガヲコリテ物狂ワシキゾ。又、酒ヲ飲メバ酔狂シテ正体モナキゾ。ソレニ、又此間ハ新シク泉石膏肓トテ大事ノ病アルゾ。膏肓バカリデモ大事ナルニ、泉石ガ添タホドニ、何トモシガタイゾ。…（中略）…泉石ハ山水也。山水ヲ愛スルコトガ病トナリテ、膏肓ノナラヌヤウナゾ。痼疾モ、カレヤマイト云テ、直リガタキ病也。コレモ烟霞ヲ愛スルコトガ痼疾トナルゾト云。誠斎モ『泉石膏肓記』ヲ書タルゾ。ソレニモ云コトハ、「膏肓ノ病ハ、医緩ハ治シガタイト云タレドモ、其後ニハ方ヲ出シテ療治ノ法ヲ明シタルガ、泉石膏肓ニハ方アルト云コトヲ聞カヌ」ト云ゾ。其心ヲ此詩ニモ作クル也。」

（『中華若木詩抄』二二九・贈善医劉恵卿）

月庵はこの「序」の前の部分から、漢籍や「朗詠注」などを引用しながら書いているので、私もついまじめに注をつけてしまった。「酌レ霞ヲ一芸」の部分であるが、これに〈「餐霞」とも言い、道家の修練の術〉と頭注をつけ、「補注」に孟浩然集の詩「与王晶齢宴黄」の例を挙げた。そのこと自体が間違っているわけではないが、ここはこの「序」全体が勅撰和歌集のもじりになっているのであるから、こういうまじめな注ではいけないのである。なによりも『酔醒記』という書名の説明になっていない。「霞を酌む」というのは言うまでもなく「お酒を飲む」ことである。引用した「贈善医劉恵卿」にも「烟霞ヲ愛スルコトガ痼疾トナルゾ」とある。この言葉は中世の作品にはほとんど見られないもので、あまり一般的な言葉ではなく、僧侶たちの間で使われていたもののようである。一種の隠語だったのであろうか。しかし、これが江戸時代になると、俳諧・仮名草子などごく一般的に使われるようになる。[※7]月庵は一応出家して曹洞宗の僧侶になってはいるが、『酔醒記』の使用例はすこしだけ近世的な用法に踏み出しているような気もする。読者もまた月庵の意味するところを共有できたはずである。もう少し江戸文学を読んでいれば、こんな愚かなあやまりはしないですんだのであろう。

B

一　龍宮の乙姫、なやみ給ふに、猿の生肝を薬なりとて、亀に仰ければ、山かけたる汀に浮出て、対レ猿申やう、

「龍宮浄土みたくは、我が甲にのりてみよ」といひければ、悦てのる。則龍池に行ければ、海月が告て曰、「汝がいけぎもをとらむとのたばかりなり」といふ。猿は是を聞て、対レ亀、なやむこゝちしていふやう。「樹上にきもを引てをきたりしを忘て、爰にきたりて、しぬべく成ぬ。あなかなしや」といひければ、亀おもふやう、「生肝の用なりしを、いかゞせむ」と思ひ、「さらば又我甲に乗て、帰りて、肝を取てこよ」といふ。則かへりて、高岸に飛上て、亀を大笑す。海月はほねをぬかるゝ。古句云、

猿駄乗レ鼈北　心肝掛二樹上一

（中・100-37）

おなじみの「猿の生き胆」あるいは「クラゲ骨なし」のお話である。これについては早くに、徳田和夫氏によって考察がなされている。[※8] 氏のお説に導かれながら、若干のコメントをつけてみる。「猿の生き胆」譚はいくつかの仏教経典に出てくる。

『六度集経』（四・三六）、『生経』（一・仏説鼈獼猴経事第十）、『仏本行集経』（三一）、『経律異相』（二三・暴志前生為亀婦十三）などに、仏の前生譚として記されている。

説話集では、『注好選』（下・十三　猿は退きて海底の菓を嘲る）、『今昔物語集』（五・二五　亀為猿被謀語）、『沙石集』（五本九・学生なる蟻と螨との問答の事、ここでは猿と虬《みずち》）などがある。これら仏典や古い説話集にはクラゲは登場しない。猿をだましてほとんど成功しかけた亀（あるいはそれに類する動物）が、あと少しのところで、猿に本当のことをしゃべってしまい、生き胆を取ることに失敗する。亀と猿とのだましあいの話である。失敗の原因は、亀自身のおしゃべりによるものである。例として『注好選』を例にあげよう。

『注好選』下〈猿は退きて海底の菓を嘲る第十三〉

昔、海辺の山に一つの獼猴有り。木の実を喰ふ。即ち海底に二つの亀有り。夫婦なり。婦の云はく、「吾汝が子を懐めり。而るに腹の病有りて産み難し。汝、吾に吉き薬を食はせば、平かに身を存して汝が子を生まむ」と。時に夫の云はく、「何なる薬をか用ずべき」と。答へて云はく、「吾聞く、猿の肝は是腹の病の第一の薬なりと。吾之を得むと欲ふ」と。時に夫、海岸に至りて、彼の猿の辺に近づく。時に亀、問ひて云はく、「汝此に住みて、万の物に足れるや」と。猿の云はく、「一生乏し」と。亀の云はく、「吾が住む近き辺に、四季に菓絶えぬ広き林有り。去来、汝を将て行きて飽かしめむ」と。時に猿、往を吟く。亀の云はく、「吾が背に乗れ。将て行かむ」と。即ち猿、亀の背に乗りて、水に入りて海底に至る。亀、猿に語りて云はく、「汝聞け。吾が妻は妊める者なり。而るに腹の病有り。仍りて汝が肝を取りて薬に為む。敢へて海底に菓無し」と。即ち猿答へて云はく、「汝甚だ口惜しきかな。隔つる心有り。聞かずや見ずや。吾等が党は本より身の中に肝無し。只傍の木に懸け置く所なり。若し彼に於て然言はましかば、或いは吾が肝、及び他の肝を取り与へてまし」と。時に亀喜びて言はく、「汝は是実なる者なり。吾倶に返らむ。其の肝を得しめよ」と。時に亀の背に乗りて本の如く山に返りて、高き木に登りて下ざまに向ひ見て云はく、「吾は墓無し。海中に菓有らむや。亀は墓無し。身を離れて肝有らむや」と。

此の譬へは、即ち亀とは提婆達多なり。猿とは尺迦如来なり。昔、提婆達多、仏を失ひ奉らむとす。然而れども仏の方便勝りたるが故に、遂に勝ちて、一切衆生の為に正覚を成じ、法を説きて衆生を度したまふと者。

（原話は『生経』巻一―十）

これらの「猿の生き胆」に対して、「クラゲ骨なし」は、クラゲの特徴的な形態の由来説明がその中心になる。ストーリー展開にはなんの意味もないクラゲが登場して、よけいなおしゃべりをしたために、罰として骨を抜かれたというのである。どれだけの昔の人が、生きている、ふわふわと水の中を泳いでいる、ぐにゃぐにゃのクラゲを見たことがあるのか知らないが、あるいは食材としての乾燥したクラゲにしても、どれほど多くの人々が見たことがあるのかも知らないが、『枕草子』（九八段　中納言まゐりたまひて）に、藤原隆家が「まだ見たこともない扇の骨だと、みんなが言っています」と言ったのに対して、清少納言が「それはクラゲの骨ですね」と答えたという話があるから、平安時代の貴族たちにあっても、クラゲ＝骨なしという連想は固定したものとしてあったようだ。[※9] しかし、猿と亀とのだましあいの話から、「クラゲ骨なし」の話を作った人は、飛躍的な展開をしたことになる。本来クラゲなど出てくる余地のない話なのに、みごとにクラゲに骨がない理由を説明してしまったのであるから。

「クラゲ骨なし」譚は、古い時代には見当たらないのであるが、江戸時代になるといくつか見ることができる。

1『根南志具佐』五〈風流山人、一七六三年序〉

昔も乙姫病気の時、猿の生膽の御用に付、水母に仰付られしを、いはれぬ口をしやべりし故、龍神のいかりを請、筋骨ぬかれてかたわとなり、恥を残せしためしもあり。

2『燕石雑志』四―九　獼猴の生肝〈滝沢馬琴、一八〇九年序〉

童話ニ云く、竜王の女病て、猿の肝の炙（あぶりもの）を嗜（たしなめ）り。よりて亀を島山へ遣し、猴を詭（あざむき）て貝闕（ばいけつ）へ誘引せしが、門卒なりける海蛇（くらげ）そと謀を漏せし程に、猴又偽りて、わが肝は乾して島山なる林にあり。しばし放てかへらし給はゞ、携へ来てまゐらせんとて、脱去りしといふ本文は、祖庭事苑に見えたり。

（これにはクラゲの骨が抜かれたということが脱落しているが、馬琴は『祖庭事苑』という書物が典拠だと言っているのであって、そこには勿論クラゲは出てこない。）

3　赤本「猿のいきぎも」〈寛政九年（一七九七）以前[※10]〉

八大龍王の娘「をとひめ」の病気をなおすため、亀に猿の生肝を取ってくるように命ずる。猿は仲間とお別れ会をして、亀の背に乗って「りうぐうかい」に行く。亀が龍宮の城門の中に入って報告している間に、門番の「くらげ」が猿にほんとうのことを話す。猿は泣いて悲しがり、生肝を忘れてきてしまったと言う。龍王は亀に命じて、猿とともに肝を取りに返す。（以下略）

これらの話を見ていて気づくのは、「猿の生き胆」譚と「クラゲ骨なし」譚では、生き胆を必要とする理由が違っていることである。

【猿の生き胆】

鼈の妻の疾（『六度集経』）

鼈の妻の佯病（『生経』）

海中の虬の妻の懐妊（『仏本行集経』）

海中の亀の妻の懐妊（『注好選』・『今昔物語集』）

海中の虬の妻の懐妊（『沙石集』）

【クラゲ骨なし】

龍神の娘乙姫の病、使いは水母?。しゃべるのは水母（『根南志具佐』）

竜王の女の病、使いは亀。しゃべるのは「くらげ」（『燕石雑志』）

八大龍王の娘「をとひめ」の病、使いは亀。しゃべるのは「くらげ」（赤本「猿のいきぎも」）「クラゲ骨なし」の亀は単なる使いであって、「猿の生き胆」の、ちょっとわがままな妻の要求をホイホイとうれしそうに聞く善良な夫とは違うのである。亀が単なる使いになってしまったのは、病気になったのが、龍王の乙姫とされたことによるものであるようだ。こうした亀の役割の変更には、「浦島太郎」の亀と乙姫の分離が影響してはいないであろうか。本来亀であった姫が、龍宮の乙姫に昇格し、亀は逆に、乙姫の使者として浦島さんを背中に乗せるだけの役割になってしまった。

『月庵酔醒記』の話は、「クラゲ骨なし」の文献上もっとも古いものとされている。ここでも病気になったのは「龍宮の乙姫」であり、完璧な形で記録されている。一般に『月庵酔醒記』の話の多くは、断片的であったり、要素の一部が脱落していたりするのであるが、これはさいわいなことに必要な話の要素はすべてそろっている。「猿の生き胆」から「クラゲ骨なし」に変ってゆくその境目に、おそらく『月庵酔醒記』は立っているのだと思われる。

※注

1　いずれも、幸手市史編さん室編『幸手一色氏―系図から伝承まで―』（幸手市教育委員会、二〇〇〇年）所収のものによる。また『寛政重修諸家譜』の一色直朝の項には、「天文年中足利義氏にしたがひ、のち武蔵国葛飾郡幸手庄に住す。慶長二年十一月十四日死す。法名月庵。〔今の呈譜月庵蘆雪〕」とあり、死去の年齢は記されていない。

2　服部幸造・美濃部重克・弓削繁編　中世の文学『月庵酔醒記　上』（三弥井書店、二〇〇七年）の「補注」二五四頁に、「『百々系譜』によると、河野通春が嘉吉（一四四一―一四四四）頃当地に居住したのが百々氏のはじまりといい、本話とは時代が合わない。」（辻本裕成担当）とある。「当地」は彦根市小野町百々《どど》のこと、「本話」は冷泉為尹（～一四一七）時代のこと。

3 井上宗雄『中世歌壇史の研究　室町後期』（明治書院、一九七二年）

4 この段落は、佐脇栄智「飛鳥井重雅は誰か」（『戦国史研究』43号、二〇〇二年二月）によるが、史料の引用は『小田原市史』によって一部直した。

5 この段落は、久保賢司「飛鳥井自庵と古河公方の対面をめぐって」（『戦国史研究』34号、一九九七年八月）による。

6 「ユーラシアと日本:交流と表象」唱導文化の比較研究班・久野俊彦編『修験龍蔵院　聖教典籍文書類目録』（国立歴史民俗博物館、二〇一〇年）

久野俊彦・小池淳一『簠簋伝・陰陽雑書抜書』（岩田書院、二〇一〇年）

7 『日本国語大辞典　第二版』の「かすみ」の項に「酒（さけ）の異称。」とあり、種々の用例があがっている。たとえば、蔭凉軒日録―延徳三年（一四九一）六月二七日「集㆓諸徒㆒進㆑瓜。顕等喫㆑雲飲㆑霞又喫㆑瓜」、俳諧・犬子草（一六三三）一・元旦「年徳へ四方の霞や引出物〈良徳〉」、仮名草子・ねごと草（一六六二）上「あはれかすみを汲まんさかづきもがな」などである。『角川古語大辞典』にも説明があり、両書ともに筠庭雑録・中「むかし酒を霞といふこと、俳諧などに常のこと也。貞徳が御傘にも、霞汲と出たり…水の濁りて底徹ならざるを、今もかすむといへり。濁酒にいふも是なり」を引く。

8 徳田和夫「民間説話と古文献―『月庵酔醒記』の「猫と茶釜の蓋」「くらげ骨なし」を紹介しつつ―」（大林太良編『民間説話の研究―日本と世界』同朋社出版、一九八七年）

9 『月庵酔醒記　上』の〔086-03〕に、「くらげもほねにあふ」というのもある。これは『毛吹草』巻二の「世話」にもある。

10 内ヶ﨑有里子「黄表紙『猿茂延命亀万歳』について―赤本『猿のいきぎも』とのかかわり―」（『江戸期昔話絵本の研究と資料』（三弥井書店、一九九九年）にもとづく。

〈付記〉本稿は、伝承文学研究会大会（平成二十年度、於キャンパスプラザ京都）での発表「説話の伝承と変容―『月庵酔醒記』にみる中世と近世―」にもとづき改稿したものである。また、既発表の「『月庵酔醒記』の世界―その一面」（「福井大学国語国文学」五〇号、二〇一一年三月）と一部重なるところがある。

『月庵酔醒記』の詠歌物語——歌話と故実

小林　幸夫

「詠歌物語」という耳なれぬことばを用いたが、これは連歌師宗牧が『東国紀行』のなかでつかっている。いまかりにそれを借りて、本稿で取りあげる歌話・連歌説話を一括して総称してみたのである。本稿の目的は、それらの歌話・連歌説話をとおして、『月庵酔醒記』の一面をながめようとしたのである。『月庵酔醒記』は、雑記・雑録といってもいいもので、そこに著者の一貫した意図を読みとるのはむずかしい。しかし、「詠歌物語」（歌話・連歌説話）をとおして、一色直朝が本書を記録した意図を、一面なりとも読みとろうと試みたのである。

一　『月庵酔醒記』の歌徳説話

連歌説話とは、たとえば『醒睡笑』（推はちがうた・巻之六）のつぎのような話をいう。

久我縄手を葦毛馬・鹿毛・河原毛の三匹に荷を負ほせて行くに、宗長、後や先とあゆまれし。馬追ふ者のいひけるは、「お坊主、何か知り給ひたる」。「歌道に心掛くる」由あれば、「その儀ならば、この馬三匹を、おもしろく歌によまれよかし」。

雨ふれば道あしげなる久我縄手日影さらずは末はかはらけ

灯明挑得天上月松風流水作諷経

山城のうりやなすひを其まゝに手向になすぞ加茂河の水

とあそばしければ山城のうりやなすび木俄にかれけり。加茂河の水もひやがりけると聞ゆ。ふしぎなりとしるもしらぬも申あへりとなり。

見てのとおり『かさぬ草紙』は、漢詩に和歌をくわえて、一休の歌の手柄を強調する。このように『月庵酔醒記』と、京の『醒睡笑』、伊勢の『かさぬ草紙』は、一見、何の関係もなさそうだが、歌の手柄をかたる歌徳説話という範疇でくくれば、かさなってくる。いずれもが歌徳説話という形式をとるところに、この三話に共通した性格がある。[※1]ことばをかえれば、これらの話は、連歌師や一休に仮託した「詠歌物語」といってよい。

二　三条西実枝と『桂林集』

かさなるとはいっても、『月庵酔醒記』と『醒睡笑』、そして『かさぬ草紙』との直接のつながりはない。しかし、『月庵酔醒記』を論ずるにあたって、一見縁遠いと思われる伊勢の『かさぬ草紙』を持ち出したのは、『二根集』のことが念頭にあったからである。つまりこの書物を介すれば、『月庵酔醒記』と伊勢の地は、つながりをもってくる。このことは、『月庵酔醒記』の性格を考えるうえで役に立つだろう。

『二根集』は、伊勢神宮の神官連歌師荒木田守平によって、文禄四年（一五九五）に編まれた聞き書の連歌論書である。その第一巻は、三条西実澄（のちの実枝）、その舎弟水無瀬兼成、細川藤孝（幽斎）、里村紹巴ら伊勢を訪れた歌人・連歌師からの聞き書である。その冒頭で守平は、

三條の西殿大納言実澄公、聞書するを御覧じて、同公は、二根と名づけよとて、いろ〳〵ざれごと御申。

と記している。『二根集』という書名は、実澄（実枝）によって名づけられた。都の和歌の家から書名を賜るというのは、権威のお墨付きがもらえたも同然であった。守平は、元亀二年（一五七一）九月一日、三条西実澄（実枝）が、伊勢神宮の内宮・外宮を訪れたおりに語った話を記録している。

　三条西殿［大納言］実澄公、元亀二年［かのとのひつじ］　九月一日［かのへさる］御参宮。御宿一夜。外宮に十日余御逗留。御物語、連歌の事のみ是に注。

　一、梅の花二木にほしき色香かな　　兼載

　　宗祇云、

　　梅の花一木におしき色香かな

　此如、猶よろしかるべし。聴雪様御説。

兼載と宗祇の「梅の句」をくらべて、宗祇の句をよしとする。これは聴雪、すなわち祖父三条西実隆の説であるという。実隆の説を述べて、連歌指南としたのである。この実枝が一色直朝の家集『桂林集』の名付け親である。家集の後ろに付された「作者付紙」によれば、天正三年（一五七五）九月、聖護院道増に頼んで実枝に撰を請い、九月十九日に『桂林集』という名を得て、四年五月六日、醍醐光台院で掌中に置いたという。撰集を請われた実枝は、一八五首を精選して『桂林集』と名づけた。『桂林集』と『二根集』とは、こうして三条西実枝を介してつながることになる（命名の時期は、それほど隔っていないと考えてよい）。

　残念ながら実枝が下総の国に赴いたという記録はない。ただ天文十五年（一五四六）には東国に赴き、武田・今川・北条などの武将と交わり、同二十一年（一五五二）から永禄十二年（一五六九）、四十二歳から五十九歳の間を駿河に過ごし、在国の武将と交友をむすんでいる。[※2]『月庵酔醒記』（「冨士のねかたにある法華宗の夢」）に、「実枝卿［三条西殿御事也」対月庵語給ひし」とあるのを信ずれば、この間に対面して記録したのであろう。三条西実枝についての言及は、この一カ所しかない。

ともあれ実枝は、天正三年九月には、直朝の家集の撰集をしたうえで、『桂林集』の名を与えている。『桂林集』に撰ばれた歌の多くは「題詠」である。儀礼の場に伺候する直朝にとって、題詠の知識は必須のものであった。※3『桂林集』の題詠歌がそのことをなによりもしめしている。実枝の『初学一葉』は、「いにしへ此の道に名高き先達のいひおかれたる事を見侍るに、歌は題の心をえて読むべきよしいへり」というように、題詠の詠みようを伝授するものであった。※4同じ言説は、『俊頼髄脳』に「大方歌を詠まむには題をよく心得べきなり」とある。おそらく直朝は、実枝ら都の公卿から題詠の作法・指南をうけていたと思われる。題詠についてはのちに述べる。

三　「青葉の紅葉」の歌話

ここに冷泉為相の説話がある。いずれも一首の和歌をめぐる話であり、類話といえる。三話のうちのひとつが『月庵酔醒記』にある。三つならべてみよう。①、②、③、いずれも冷泉為相の「青葉の紅葉」の歌話である。

①『月庵酔醒記』

いかにして此一もとに時雨けむ山にさきだち庭のもみぢば

此歌は、為相卿、金沢、むくらの紅葉をよまれしを、木もきゝえて、紅葉せざりしとなん。それより世人「青葉の紅葉」と申伝たり。今は枯てなきよし申なり。為相十四歳のころ、祖母阿仏尼のつれまいらせられて、下し時のことぞ。阿仏は、墨田川のわたりまでくだり給ひしとなり。

②『醒睡笑』（婲心・巻之五）

鎌倉の中納言為相は、定家の孫なりし。相模の称名寺といふ律家の寺あり。かしこの庭に山々にさきだち、いかにも早く紅葉する楓の木に候ふに、短冊をつけらる。

　いかにしてこの一本のしぐれけん山に先だつ庭のもみじ葉　為相

その翌年より、つねの色にかへり、紅葉をぞとどめける。

　　色にはみせていふ事はなし

　秋風を草木にうつす天津空　兼載

③『百椿集』「一本ノ時雨」

鎌倉ノ中納言為相ノ卿ハ、定家ノ孫ニテアリ。相模国ニ唱名寺ト云フ律家ノ侍リツルガ、堂前ノ椿、山ハ未キニ、先立チテ唯一樹紅葉スルアリ。奇異ノ事哉ト沙汰シ、其時節ニナレバ、人々集リ是ヲ見ル。或年、為相卿彼ノ寺ニ詣デテ、紅葉ノ体ヲ詠メ給フ。

　如何ニシテ此一本ノ時雨ケン山ニ先ダツ庭ノ紅葉バ

ト読ミテ短冊ヲ付ケラレケレバ、明クル秋ヨリ、紅葉ヲヤメ、唯青葉ニテ星霜ヲ送リヌル事ノ不思議サヨ。其後、心敬聞キ及バレ、唱名寺ヘ態ト参詣アリテ、

　フリニケル此一本ノ跡ヲ見テ袖ノ時雨ゾ山ニ先立ツ

右、為相卿ノ詞ヲ取リ、早咲ノ赤キヲホメタル名ゾカシ。

冷泉為相の歌は、山々に先立って紅葉する庭の木を詠むものである（『藤谷集』秋）。樹々に先立って紅葉した庭の木に驚きながら、どうしてこの木だけに時雨がふったのか、とおどけた機知の歌である。もちろん時雨は樹々を染める、と詠む和歌の伝統をふまえている。堯恵の『北国紀行』では、これは金沢文庫称名寺の仏殿の楓であり、この歌で為相は面目をほどこして、以降、楓は紅葉するのをやめたという説話をのせる。謡曲『六浦』は、この説話を脚色して、木の精を主人公とした夢幻能である。

①にくらべて、②と③には見てのとおり若干の異同がある。②は簡略になりすぎていて、話の性格が見えにくい。それに為相の話と兼載の句がどういう関係にあるのか、わかりにくい。本来、別々のものをむすびつけたのか、もともと歌話と連歌は、一体であったのか。ただ、かりに兼載の句が後に付け足されたとしても、為相の歌をたたえることに変わりはない。③は「椿」に置き換えられているとはいえ、ここを訪れた心敬が、為相の一首を本歌とする歌を残したという後日談を記して、為相の歌をたたえている。

要するに、この三話は、称名寺の紅葉の評判をして、為相の歌をたたえる歌話である。現にこの和歌を載せる堯恵の『北国紀行』が、金沢称名寺を「乱山重なりて嶋となり、青嶂そばたちて海を隠す。神異絶妙の勝地なり」と記すように、この寺は景勝の地であった。「青葉の紅葉」を一見しようとして、のちに称名寺をおとずれた連歌師宗牧は、

称名寺にいたりてみれば、青葉の紅葉事問ふべき人だになし。しばらく有て、一室とやらん老僧出て、為相卿詠歌物語して、紅葉も老木に成てうへかへられし庭の跡などをしへられ （『東国紀行』）

と記す。紅葉も植え代えられて、訪れる人もいない称名寺で、為相の和歌について、寺僧と「詠歌物語」をしながら、「秋もいさ青葉に匂ふ花の露」の句をものしている。この句も為相の和歌を本歌とする。要するに為相の「紅葉」の

歌を本歌として、歌や連歌がうまれてくる。『醒睡笑』や『百椿集』の「青葉の紅葉」の歌話に、兼載の句や心敬の歌が添えられるのも、そのことをしめしている。歌や連歌をめぐる歌話を、宗牧にならって「詠歌物語」とよんでおこう。「青葉の紅葉」は、為相の本歌をめぐる歌話である。直朝は、この歌話について「冷泉明融、物語し給ひし事共也」と記している。だとすれば、『醒睡笑』や『百椿集』がのせる「青葉の紅葉」の歌話は、歌人・連歌師のあいだに伝えられてうまれたあらたな「詠歌物語」といってよい。

四　「くれはとり」の連歌説話

兼載（享徳元年・一四五二〜永正七年・一五一〇）は、和歌を飛鳥井雅親に学び、堯恵から古今伝授を受けた。宗祇の跡を襲い、北野天満宮連歌会所奉行となり、永正七年、古河で没した（五十九歳）。直朝は彼の句を『月庵酔醒記』に書きとめているし、兼載の墓地を訪ねてもいる（『桂林集注』）。

かれが俳諧を好み、よく連歌興行のあとには、俳諧に興じたことはすでに指摘されている。[※5]『犬筑波集』には「ふるひわな、き火にもあたらず／あれを見よから物ずきの雪の暮」をのせるが、この付合は『兼載独吟俳諧百韻』に収められている。また『犬筑波集』の「心細くもときつくるらん／庭鳥がうつぼになると夢にみて」の句を、『二根集』は兼載の作としている。さてここに直朝が書きとめた兼載の俳諧連歌をしめしてみよう。[※6]

①『月庵酔醒記』

宗長、いろ〳〵しきいでたちにて、兼載に途中にしてあひければ、

あやしやさてもたれにかかりきぬ　　兼載

このこそで人のかたよりくれはとり　　宗長

②叡山真如蔵旧蔵本『俳諧連歌』

兼載、いつよりも衣装など引つくろひ給ふ時、ある人

あやしや御身誰にかりぎぬ

このこ袖人のかたよりくれは鳥　　兼載

③新旧狂歌俳諧聞書

宗祇、連歌の座敷へあやの小袖を着てゆきければ

あやしやたれにかりぎぬの袖　　宗長

此小袖人のかたよりくれはとり　　宗祇

三話をくらべるためにならべてみたのだが、どの句も兼載であり、宗長であり、宗祇である必要はない。いずれも名前を自在に入れ替えた連歌説話である。大事なのは、「くれはとり」ということばである。この語は、和歌・連歌以来の伝統をもつ歌語である。それを用いての俳諧連歌であるところに、この付合の作意はある。

『梵灯庵袖下集』は「くれはとり」の一項をもうけて、中国呉の国の故事を紹介する。

一呉服《クレハトリ》と申事、是は大国に有。あやおりし女ありき。君のめしにしたがひて、大内へまいりける。此女房は兄弟ありけり。さるほどに、君の御意にまかせてあやおる事、心もこと葉もおよびがたし。此兄弟の女房、呉の国

より参りたる女なればとて、あねをばくれは鳥、いもとをあやは鳥とは名を付給ふ也。兄弟の名に任せて、哥道には、くれは鳥あやとつゞけはする事有。
呉服の発句、

　くれはとりあやめは明日の軒ばかな

　呉服あやしや雪か峯の雲

「くれはとり」は、「綾を織る女」（梵燈庵袖下集）のこと。呉の国に機織りのわざにすぐれた姉妹がいて、姉を「くれはとり」、妹を「あやはとり」といった。その評判が叡聞に達して大内に招かれたという。「呉」と「綾」が対になって、姉妹とされたのである。「くれはとり」は、「あやに恋しき」「あやにく」「あやし」などの枕詞として用いられ、恋の情をあらわしもした。たとえば『新勅撰集』（恋・二）の崇徳院の歌「恋ひ恋ひてたのむ今日のくれはとりあやにくに待つほどぞひさしき」は、待たされて焦れている女の気持ちを歌っている。『月庵酔醒記』の俳諧連歌は、衣の貸し借りを、男女の恋の模様に取りなして、雅び（恋）に転じたのである。

「くれはとり」が、和歌・連歌以来の伝統を有する歌語であるといったが、このことばには本歌がある。室町期の連歌辞書『流木』は、「あやに恋しき」の一項を立てて説明する。

一、あやに恋しき　あやにくに恋しき也。万葉にも、夕さればあやに恋しきと云ふ長歌有り。

　くれは鳥あやに恋しく有りしかば二村山も越えず成りにき

此の歌、参河守に成りて下りける人、あらためらるゝ事有りてのぼりける道にて、人の心ざし贈りけるくれはとりと云ふあやを、ふたむらつゝみて京なる女に送るとてよめる歌也。参河に二村山あれば也。京なる女あやにくに恋しくて、二村山も越えず帰り来にけると云ふ歌也。あやふたむらとは二疋也。絹錦など一むら二むらと云は、一疋二疋也。

ここに引かれる「くれは鳥あやに」の歌は、『後撰集』（巻第十一・恋三）の清原諸実の一首である。東北出張が取りやめになった男が、都の女に綾を二反（ふたむら）送って詠んだのである。この歌は、『俊頼随脳』や『奥儀抄』にも引かれていて、こうした和歌や歌論の世界から、「くれはとり」や「あやに恋しき」「二村山」など連歌の寄合語がうまれてくる次第がわかる。

あやにくに慕ふを春や帰るらん
咲き散る花の二村の山

『竹林抄』（春）の能阿の句である。もちろん付句は『後撰集』の歌が踏まえられている。このような連歌の席の遊びから、「くれはとり」の連歌説話が作られたのであろう。「くれはとり」「あやに恋しき」という歌語（本歌）をもとにして、俳諧の連歌や連歌説話は作られる。歌語をめぐる歌の話題を、「詠歌物語」とよんでおいたが、これらの連歌説話をもって、歌人・連歌師は、直朝ら戦国武将のもとを廻っていたのである。[※7]

五　連歌会席と雑談

戦国の武将にとって、和歌はもちろん、連歌もまた必須の教養であった。かれらは都の連歌師の指南をうけて修練をかさねていた。二代古河公方政氏もそのひとりである。猪苗代兼載は、古河にきて、政氏に連歌論書『景感道』を献上した。[※8]みずからの句集『園塵』（第四）には古河での句を収めている。[※9]

下野の国守護職・小山政長も清原宣賢を介して、三条西実隆に連歌付合いの合点を依頼している（『実隆公記』）。享禄元年（一五二八）九月と十月のことである。ときの古河公方は三代足利高基である。

廿四日癸巳、晴（中略）葉雪、持清三位（※清原宣賢）折紙来、関東小山右京太夫藤原政長連歌付合点之事、予惣而停止之由再往雖示之、数反問□《（答カ）》以誓文堅懇望、黄金一両自懐中取出之、是非共先両巻預置之由被命、先留置之、迷惑事也、

同十月
六日乙巳、晴。神光院出京、下野国小山右京大夫藤原政長連歌点之事、葉雪頻所望、今夕付墨書折紙遣清三位之処、葉雪称礼来、

政長は知友に宛てた書状に、都から招いた連歌師が、連日連歌の会を催している旨を知らせている。[※10] こうして和歌や連歌の修練に励んでいるのである。永正九年（一五一二）六月、古河公方足利政氏が、その子高基と争って古河を逃れてきたとき、政長は政氏を保護している。

時代は少し下って、四代晴氏、五代義氏に仕えた一色直朝にとっても同じことがいえる。彼もまた都の公卿の指導を受けている。『桂林集注』の三十五番歌注で直朝はつぎのように記している。

此歌（中略）京着百首詠草に書入て備上覧けれは、前近衛摂政植家御判褒美ありし。前聖門道増御判も同然也。長墨を給し歌也。其後冷泉入道明融又は飛鳥井重雅も合点給し也。

政長や直朝のような戦国武将にとって、都の公卿から和歌・連歌の批点を受け、あるいは家集の書名を賜ることは、名誉の沙汰であったにちがいない。それのみならず、古河公方の重臣、とりわけ相伴衆をつとめる一色直朝にとって、[※11] 和歌や連歌は、貴人を饗応する芸能として欠かせぬものであった。兼載のような都の連歌宗匠は、和歌・連歌の指導ばかりでなく、のちに述べるように故実作法の師範として、戦国武将に歓待されたのである。

直朝が書きとめた「宗祇百ケ条抜書」（『月庵酔醒記』）は、芸能や和歌・連歌の座の作法にも言及する。

一　芸能なにゝても心かくべき事。又不レ成して万にとりかゝる事。

一　詩歌の雑談の時、しらずとも、うけ候はぬけしきあるべからず。并座をはやくたつもいかゞ。

同じく宗祇作と伝える『会席二十五禁』という禁戒は、長享三年（一四八九）に写されたもので、「種玉庵宗祇」の署名がある。[※12] 連歌の会席での禁制二十五条を書きあげたものである。一部抄出してみよう。

一　難句の事
一　禁句の事
一　高雑談の事
一　高吟の事
一　遅参の事
一　大食大酒の事　殊に老体たるは似合はざるか。
一　連歌低く出して、執筆に問はるる事
一　座敷繁く立つ事
一　末座たるに雪月花好む事
一　人の句を出す時、隣座の人にそそめく事

最後に「欠伸・居眠りなどの事」をあげて、「右条々連席に限るべからず」と結んでいる。ここにあげた行儀の条々は、連歌の席にかぎらぬとしても、会席の禁制として、連歌書にも同じことが、たびたび諫められている。たとえば心敬は『ささめごと』で、「歌道七賊」として、大酒・睡眠・雑談・徳人・無数寄・早口・証得をあげている。

直朝には連歌や俳諧は残されてはいない。しかし、下野の国守護代小山政長のもとに、京都から宗沢という無名の連歌師がきて、連歌指南をしていたことを思えば、[※13]直朝にも地方廻りの連歌師との交わりがあったとしても不思議ではない。冷泉明融や飛鳥井重雅らから受けた歌道指南のうちに、連歌のこともあったと考えるほうがよい。かれらは、歌・連歌とともに会席の故実作法も伝授していったのである、

連歌の作法にうるさい規則があるうえに、会席の行儀にも、やかましい禁制があるのだから、窮屈なことである。だからこそ連歌のあとの宴の座は、ときに自由放埒にながれることもあった。そこでは袴・裃をぬいで俳諧の連歌にあそんだ。『月庵酔醒記』に抜書きされた連歌（説話）や俳諧の連歌は、その手控えとして記録されたものもあろう。また「詩歌の雑談」というのであれば、歌・連歌の話題に時をすごしたにちがいない。歌会や連歌会のあと、直朝は、歌人や連歌師を話題とした「詠歌物語」や「詩歌の雑談」に時をすごしたのであろう。かれの記録した「青葉の紅葉」の歌話や「くれはとり」の連歌説話は、そういう席での話題であった。

六　儀礼と題詠

四代古河公方晴氏、五代義氏の重臣として直朝は仕えた。儀礼・儀式の座に伺候する相伴衆としてである。天正四年九月二十三日、足利義氏の嫡男梅千代王丸が誕生した。そのときの祝儀の式次第が記録されている。[※14]その二日目に義氏の御前に参上して、月庵（直朝）は剣を献上している。

　一、二日めに月庵参上、御剣進上［廣光作］

つぎの年、天正五年五月五日、梅千代王丸の初節句の祝儀のとき、飛鳥井自庵（重雅）が古河城に参上して、式三献のもてなしを受けている。そのとき月庵も相伴している。[※15]少し抜書きしてみると、

初献　一色月庵一さん（盞）給置かれ候
二献　一色月庵御くわい持参候、
三献　おりの御さかな月庵進上　（中略）　自庵のさかつき一色月庵へ廻さし、

というふうに、都からの賓客である自庵を饗応し、相伴にあずかっている。その返礼として自庵は、御草子『詠歌大概』を贈っている。その翌日、月庵が使者として自庵のもとに遣わされている。おそらく歌書は、行政的実権を後北条氏に握られているお飾りのごとき古河公方にとって、文化的権威を荘厳するものであったのであろう。

こうした儀礼的な祝宴として、都の歌人の同席のもと、歌会は催されたのである。たとえばつぎのは、『桂林集注』に記録される義氏元服の儀のときの祝宴である。大樹とあるのが義氏のこと。

大樹かうふりせさせ給ふける時まうけの物ともを見侍りて
　かけ高き蓬か島の山々は君かよはひをつむにそ有ける
臘月廿七日将軍家元服し給ふに色々つくりものつみをき蓬莱山なとかさりたる所を見てよめる仙人のよはひの事也

かれは晴氏の子、母は北条氏綱の女。永禄期は大体古河城に居り、後北条氏の庇護下にあった。ここに詠われる「蓬か島」は、万代の齢を祝するものであり、蓬莱の台を前にしての題詠である。また古河城では月見の宴が開かれている。直朝はそこに伺候して和歌を献じている（『桂林集』）。

九月十三日義氏将軍家の会に月前祝といふことを
　千々の秋みるともあかじ君が代はそらゆく月の影たえぬ迄

そもそも政治的な実権をもたなかった古河公方とっては、儀式や祝宴のおりに催される歌会が、文化的な威厳をみせつける機会となったのであろう。このときの歌も「月前祝」とあるように題詠である。『桂林集』の歌の多くが題詠であることからすれば、直朝の歌は、こういう祝賀の宴でにぎにぎしく読み上げられたと考えられる。題詠とは、「題の心をえて読むべき」（三条西実枝『初学一葉』）もので、その詠みようの作法も定められていた。[※16] たとえば『桂林集注』のつぎの一首から、題詠の作法はおよそわかる。鎌倉瑞泉寺での梅見の歌会。将軍義氏も出座する。歌題は「梅林聞笛」である。

梅林聞笛といふことを

春くれは宿とふ人の笛の音に吹あはすめる梅の下風

梅の花さかりには人なとの宿をとひくる物也。笛なと吹て来たるさま也。又笛に落梅の曲あれはなり。源氏に「木枯に吹あはすめる笛の音をふきとゝむへきことの葉もなし」本歌也。是は鎌倉瑞泉寺殿のむかしうへ置給ひし梅の古残てさきける花のもとに将軍家二月ころならせ給ふて花御覧しけるに三十首の題にて人々に歌よませられけるにはや人のさくりけるを各々歌とも漸出来たる末つかた俄に引かへてなにかしつかうまつれと仰られけれは当座つかうまつりし作也。

ここにいう「探題」とは、「詩歌の会で、いくつかの題を短冊などの紙に書いて文台に載せておき、それを各人が一つずつ取って歌作すること」をいう。[※17] 直朝は「梅林聞笛」という題で詠んだ。これは『源氏物語』の和歌（帚木巻）を本歌とするものである。題詠とは、与えられた「題」の本意を詠むことを旨とする、詠歌の第一義的手法であった。直朝は、『源氏物語』の和歌を本歌として、「梅林聞笛」のこころを表現したのである。こうした儀礼的な歌会のあと、おそらく歌語（本歌）をめぐって、歌話がかわされたのであろう。それが宗牧のいう「詠歌物語」であろう。直朝が記録した歌話をもうひとつしめしてみる。

所持」とある）の「千鳥の香炉」の拝見を請うた。すると利休は不機嫌になって香炉の灰を打ちあけた。幽斎が「清見潟の心にや」とたずねると、「その通り」と云って利休は機嫌をなおしたという。「香炉の茶の湯」のことが、一首の歌に託して語られる。「清見潟」とは、順徳院の「清見潟雲もなぎたる波のうえに月のくまなるむら千鳥かな」（『順徳院百首』）の歌である。ここにいう「こと足らぬ所に風流余りある理」とは、全き美より、こと欠けたる風情を重んじる利休流の侘び数寄の心をいう。利休はあらわな器物賞翫の心を嫌ったのである。

香炉の銘が、本歌の心に託して語られる。これも歌数寄の話題であり、「詠歌物語」であった。これは『月庵酔醒記』の場合と同じである。「千鳥の香炉」をめぐる異伝とはいえ、どちらも銘の由来を語る歌話といっていい。『茶話指月集』が、利休の所持するこの香炉を「宗祇所持」と注することからすれば、この歌話は、歌人や連歌師のあいだに伝えられたものであろう。それが直朝のもとに飛鳥井重雅から歌数寄の話題としてもたらされたのである。

和歌や連歌の会席は、香を焚きこめることによって荘厳された。『看聞日記』は、永享四年（一四三二）、七夕の歌会を記録している。会所の座敷飾りとして屏風や絵が用意され、棚には卓・香盤、花がならぶ。そうして座敷が飾りたてられて、和歌が披講され、連歌にあそばれる。香が連歌の会席を荘厳し、そのおごそかな雰囲気のなかで発句が詠みあげられる様子を、兼載は『若草記』に記している。

> 会席のやうは、いかにかまへ、いかにあるがよろしきものにや
>
> 信は荘厳よりおこるとなり。仏も麁弊垢膩《そへいくに》の法衣をあらため給へるなれば、会席の作法により、心も清く興も有物なり。さて一座の刻限かねてさだまりなば、そのおりをすぐさず、すゝみよりて座列すべし。みやう香の匂ひ空焼物など心にくゝくゆりいでたるに、発句よきほどに読進し、しづまりはてたる殊勝なり。

連歌師は、会席を飾る香・茶・花などの芸能を脇芸として、戦国武将のあいだを廻っていた。※18 宗祇が香道に通じて

いたことはよく知られているが、[※19]「千鳥の香炉」が、宗祇伝来とされるのも、そう考えると理解しやすい。

器物の由緒は、器物の権威をものがたる。それを会席に飾ることは、所有者の権威を荘厳することになった。「千鳥の香炉」の由緒は、和歌に託して語られた。それが歌数寄の説話である。歌人・連歌師は、会席の故実・作法とともに、香炉にまつわる歌話を持ってあるいたのである。かれらが持ちきたった歌話は、歌会・連歌の席で、歌語や器物の来歴をめぐる「詩歌の雑談」、「詠歌物語」として語られたのである。直朝は、みずからも和歌・連歌の席につらなって、「詠歌物語」を記録したのである。そうして仕入れた歌話や故実は、彼が客人をもてなすとき、かっこうの話題となったにちがいない。

※注

1 『月庵酔醒記』は、元亀二年（一五七一）～慶長二年（一五九七）の成立と考えられる。『醒睡笑』は、寛永五年（一六二八）、板倉重宗に献呈された。『かさぬ草紙』は、寛永二十一年（一六四四）以前の成立。

2 伊藤敬「三光院実枝評伝」（『国語国文研究』一九六八年）。

3 小川剛生『武士はなぜ歌を詠むか—鎌倉将軍から戦国大名まで—』（第四章「流浪の歌道師範」）二〇〇八年。

4 『日本歌学大系』（第六巻）『初学一葉』解題。

5 島津忠夫『連歌史の研究』（第十一章「俳諧連歌の発生」）一九六九年。

6 この俳諧連歌は、ほかに『竹馬狂吟集』『新撰犬筑波集』『新撰狂歌集』にも収められている。

7 『醒睡笑』（落書・巻之一）のつぎの話は、歌語（言の葉）をもって廻国する連歌師のすがたを伝えている。

「祇公、周防の山口へ下向ありつれば、

都よりあきなひ宗祇下りけり言の葉めせといはぬばかりに」

8 『景感道』は、永正年間（一五〇四～一五二一）に古河公方足利政氏に献呈したもの。（金子金治郎「兼載の連歌論」『連歌論の研究』所収）。また「古川公方進上連歌」（一巻）は、兼載が古川公方足利政氏に進上したと思われるもの（伊地知鐵男「兼載句集『園塵』の覚書」『伊地知鐵男著作集Ⅱ』）。

9 『園塵』は兼載自撰の句集。第一から第四に分類され、第四が古河での作品である（伊地知鐵男「兼載句集『園塵』の覚書」『伊地知鐵男著作集Ⅱ』）。

10 『古河市史』（資料編・中世）「四九〇島谷孝信氏所蔵文書小山政長書状写」。

11 『古河市史』（「第三編第三章「戦国時代の幸手とその周辺」）。

12 廣木一人『連歌の心と会席』（第四章「連歌会席作法」）二〇〇六年。

13 前掲（10）『古河市史』（資料編・中世）。

14 『古河市史』（資料編・中世）「三九三　天正四年（一五七八）九月二十三日　梅千代王丸誕生祝儀次第」。

15 『古河市史』（資料編・中世）「三九七　天正五年（一五七七）五月五日　飛鳥井自庵参上対面次第」。

16 注3に同じ。

17 『和歌文学辞典』（「探題」の項）

18 永島福太郎「茶湯の成立」（『茶道文化論集』上巻）一九五七年。

19 島津忠夫「連歌の性格」（『連歌の研究』）一九四八年。拙稿「宗祇の髭―宗祇肖像賛と歌徳説話」（『しげる言の葉―遊びごころの近世説話―』）二〇〇一年。

穆王の馬

藤井　奈都子

はじめに

穆王西遊伝承は、『穆天子伝』をはじめ『竹書紀年』『列子』『史記』『春秋左伝』等、多くの中国古典に見られ、よく知られた話であった。我が国においても古くから広く享受され、諸書に様々な形で利用されている。その展開に見られる諸相への諸先学の論及は、多数かつ多方面にわたっており、論者はそこに付け加えるべきものは持たない。本稿では、穆王西遊伝承の本筋はさて置き、穆王が西遊の際に乗ったという、所謂「穆王八駿」なる語の享受において、八疋の具体的な馬の名前が、我が国においてどのように意識されていたか、という点に興味を絞りたい。

『太平記』（巻第十三竜馬進奏事）諸本において、穆王の八駿は

　昔周ノ穆王ノ時、驥《キ》・騊《タウ》・驪《リ》・驊《クワ》・騮《リウ》・騄《リヨク》・駬《ジ》・駟《シ》トテ八疋《ヒツ》ノ天馬来レリ。穆王是ニ乗テ、四荒八極不レ到云所無リケリ。

と記される。ところが、中国古典において、この八文字を八疋の馬の名とする文献は見当たらない。一方、天正本（巻第十三法花二句の偈の事）においては、「周の穆王の時、絶地・翻羽・奔霄・超影・踰輝・超光・騰霧・挾翼とて、

八疋の天馬来たれり」と、『王子年拾遺記』に挙がる一名二文字ずつの八つの名が記される。また、神田本は、本文は諸本と同じながら、傍注に「赤驥・〓驪・驊騮・白兎・㩘渠・騄駬・黄踰・山子、又云絶地・翻羽・奔霄・超影・踰輝・超光・騰霧・挟翼トテ」と記すのである。また、『太平記』※1の当該部分とほぼ同文を持つ『三国伝記』（巻一―第十四）においても、抜書本をはじめ、諸本は

漢言、周ノ穆王者文王五代ノ帝昭王ノ子也。此時、天ノ廿八宿来化シテ八疋ノ馬ト成ル。仍テ為二天馬一ト、其ノ名ヲ驥《キ》・〓《タウ》・驪《リ》・驊《クワ》・騮《リウ》・騄《リヨク》・駬《ジ》・駟《シ》ト曰。穆王此ニ乗テ四荒八極ニ遊ビ、崑崙ノ行雲ハ恒ニ在リ二襟上一ニ。瑤池ノ廻雲ハ常ニ処セリ二袖中一ニ。

と『太平記』諸本と同じ名を記すのだが、平仮名本（巻二―二）は

しうのほく王、そく位三十二年にあたつて、八竜のしゆんめをえ給ふ。第一は、絶地といふ。あしにつちをふます。第二は、ほんうといふ（ママ）事、とりのことし。第三は、ほんせうといふ。夜ゆく事万里。第四は、超影。第五は踰輝。第六は超光。第七は騰雲とて、雲にのりてわしるといへり。第八はかうよくとて、つはさあるとそきこえし。ほくわう、これをえ給ひて、おほきにゑいかんましく〳〵、天下のまつりことをもし給はす。造父といふ御者にめいして、これを御車に駕して、四くわう八極の外にえんゆうし給ふ。

と『王子年拾遺記』の記すところと一致する。

本稿は、ここを出発点として、『太平記』諸本の記す八文字八疋の名は、何に由来するものなのか、また、諸本間のこのようなブレの生じる遠因はどこにあるのか、を考えるべく、「穆王八駿」なる語の享受を見ていくものである。

一　「穆王八駿」の典拠

「穆王八駿」に関しては、一般に『穆天子伝』巻一の

用伸□八駿之乘〔八駿名在下〕、以飲于枝洔之中〔水岐成洔、洔、小渚也、音止〕、積石之南河〔積石山名、今在金成河間県南、河出北山而東南流〕。天子之駿〔駿者、馬之美称〕、赤驥〔世所謂騏驥〕、盗驪〔為馬細頸。驪、黒色也〕、白義、踰輪、山子、渠黄、華騮〔色如華而赤、今名馬標赤者為棗騮棗。騮、赤也〕、緑耳〔《紀年》曰、北唐之君来見以一驪馬、是生緑耳。魏時鮮卑献千里馬、白色而両耳黄、名曰黄耳、即此類也。八駿皆因其毛色以為名号耳。案史記造父為穆王得盗驪、華騮、緑耳之馬、御以西巡、游見西王母、楽而忘帰、皆与此同、若合符契〕

の記事が典拠とされる。また、同書巻四には

癸酉天子命駕八駿之乘、右服□騮〔疑華騮字〕而、左緑耳右驂赤□〔古驥字〕而、左白儀〔古義字〕。天子主車、造父為御、□□為右。次車之乘〔次車副車〕、右服渠黄而、左踰輪右盗驪而左山子。柏夭主車、参百為御、奔戎為右

とも見え、これは『列子』周穆王第三の次の記事にほぼ一致する。

命じて八駿の乗《じょう》に駕《が》せしめ、蕐騮《くわ》を右服《うふく》として、緑耳《りよくじ》を左《ひだり》にし、赤驥《せきき》を右驂《うさん》にして、白澩《はくぎ》を左にす。車を主《つかさど》るは、則ち造父《ぞうほ》御《ぎよ》たり、离𥁕《たいへい》右《みぎ》たり。次車《じしや》の乗は、渠黄《きよくわう》を右服として、踰輪《ゆりん》を左にし、盗驪《たうり》を左驂として、山子《さんし》を右にす。柏夭《はくえう》車を主り、参百《さんはく》御たり、奔戎《ほんじゆう》右たり

また、『竹書紀年』には

北東之君来見、以一驪馬是生緑耳

と、緑耳の記事が見える。しかし、これが『博物志』巻六物名考では、

周穆王八駿、赤驥・飛黄・白蟻・華騮・騄耳・騧騟・渠黄・盗驪。

のように、八疋の名がずれ、更に『王子年拾遺記』巻三「周穆王」では、

(穆)王八龍之駿を馭す。一名絶地、足土を践まず。二名翻羽、行くこと飛禽を越ゆ。三名奔霄、夜万里を行く。四名超影、日を逐て行く。五名踰輝、毛色炳耀たり。六名超光、一形十影。七名騰霧、雲に乗て奔る。八名挟翼、身に肉翅有り

と、まったく違う八つの名が挙がる。

また、穆王の駿として、八疋が挙がるとは限らない。例えば『漢書』巻二十八下地理志第八下「秦地」で挙がる馬の名は、

秦之先曰柏益、出自帝顓頊、堯時助禹治水、為舜朕虞、養育草木鳥獣、賜姓嬴氏〔師古曰「伯益一號伯翳、蓋翳益聲相近故也。」〕、歴夏、殷為諸侯。至周有造父、〔師古曰「造音(於)〔千〕到反。景祐、殿、局本都作「千」。父讀曰甫。」〕、善馭習馬、得華駵、綠耳之乘、〔師古曰「華駵、言其色如華之赤也。綠耳、耳綠色。」〕、幸於穆王、封於趙城、故更為趙氏。

と二つ。『水経注』巻四河水「又東過河北縣南」では、

河水又東逕湖縣故城北

昔範叔入関、遇穰侯於此矣。湖水出桃林塞之誇父山、広員三百仞。武王伐紂、天下既定、王巡嶽濱、放馬華陽、散牛桃林、即此處也。其中多野馬、造父於此得驊騮、綠耳、盗驪之乘以献周穆王。使之馭以見西王母…

と三つである。そして『史記』では、

衡父、造父を生ず。造父、善く禦するを以て周繆王に幸せらる。驥、溫驪、驊騮、騄耳の駟を得、西のかた巡狩し、楽しみて帰るを忘る。徐偃王、乱を作す、造父繆王の為に禦し、長驅して周に帰る。一日千里、以て乱を救ふ。繆王、以て趙城に造父を封ず。造父の族、由に此れ趙氏と為す（秦本紀第五）

衡父、造父を生ず。造父、周繆王に幸せらる。造父桃林に驥の乗匹を取り、盗驪・驊騮・綠耳、之を繆王に献ず。繆王、造父に御せしめ、西のかた巡狩し、西王母に見え、楽みて帰るを忘る。而るに徐偃王、反す。繆王曰く、千里馬を馳せよと。徐偃王を攻め、之を大破す。乃ち造父以て趙城を賜う。由に此れ趙氏と為す（趙世家第一三）

とあり、駟とあることから、四疋と意識されているものと考えられるが、挙がる馬の名は三つしかない。また『荀子』巻第十七性悪篇第二十三には、

驊騮《くわりう》、騹驥《りき》、纎離《せんり》、緑耳《りょくじ》は此皆古の良馬也。然れども必ず前に銜轡《がんぴ》の制有り、後に鞭策《べんさく》の威有り、之に加ふるに造父の馭を以てし、然る後に一日にして千里を致す也。

とあって、造父に御される穆王の馬として、やはり四つの名前が意識されている。

しかし、穆王の馬が「八駿」と意識される要因としては、白居易の「八駿図」の存在が大きいであろう。

穆王の八駿、天馬の駒。後人之を愛し、写して図と為す。背は竜の如く、頸は象の如く、骨竦《あ》がり筋高くして、脂肉壮《そう》なり。日に万里を行き、疾きこと飛ぶが如し。穆王独り乗りて何《いづ》くに之《ゆ》く所ぞ。四荒八極、踏みて遍《あま》ねからんと欲す。三十二蹄歇《ていや》む時無し。属車、軸折れて趁《お》えども及ばず。黄屋《こうおく》草生じ、棄てて遺《わす》るるが若《ごと》し。瑶池西のかた王母の宴に赴き、七廟《しちびょう》年を経て、親《み》ずから薦《すす》めず。璧台《へきだい》南のかた盛姫《せいき》と遊び、明堂《めいどう》復《ま》た諸侯を朝《ちょう》せしめず。白雲と黄竹と歌声《かせい》動き、一人荒楽《いちにんこうらく》して万人愁《うりょ》う。周は后稷《こうしょく》従り文武に至るまで、徳を積み功を累《かさ》ねて世よ

勤苦《きんく》せり。豈に知らんや、纔《わず》かに五代の孫《そん》に及び、心王業を軽んずること灰土《かいど》の如くなるを。由来尤物《ゆうぶつ》は大に在らず。能く君心を蕩《とろ》かすもの即ち害と為す。文帝之《これ》を却《しりぞ》けて肯《あ》えて乗らず。千里の馬去って漢道《かんどう》興《お》こる。穆王之を得て戒と為さず。八駿の駒来たって周室壊《やぶ》る。今に至るまで此の物世に珍《ちん》と称す。知らず、房星《ぼうせい》の精下りて怪を為すを。八駿の図、君愛すること莫かれ（『白氏文集』巻第四「八駿図「奇物を戒め佚遊《いつゆう》を懲らす也」」）

我が国における白氏文集の享受の広がりを考えれば、この詩の存在は大きく、八駿の馬の具体的な名は挙がらないものの、穆王の馬は「八駿」であるという認識の熟成に果たした役割は大きかったであろう。

二　中国類書等における「穆王八駿」

さて、我が国における中国故事の享受は、中国古典類に加えて、類書等をも介していることは周知の事である。そこで、彼我の類書類において穆王の馬に関する記事がどのように見られるかを見てみる。ただし、本稿の興味は八駿の名前の享受にあるので、「八駿」と挙げるのみで馬の具体的な名前を出さないものは、原則割愛する。

『修文殿御覧』の敦煌出土残簡には、『穆天子伝』の引用が見られるものの、穆王の馬に関する記事は見えない。『北堂書鈔』巻第十六帝王部十六「巡行五十三」には、「穆王駕八駿」の項目が挙がるものの、「穆天子伝。今案見平津館本巻四」とあるだけである。穆王の馬に関する諸書の引用が見られるのは、まず『初学記』巻二十九獣部「馬第四」で、

…歕玉　流珠「穆天子伝曰、天子東遊于黄沢、宿于曲洛、曰黄之池、其馬歕沙、皇人威儀、黄之沢、其馬歕玉、皇人寿穀、伝玄乗輿馬賦曰、揮沫成霧、流汗如珠」…奔霄　追電「王子年拾遺記曰、周穆王即位、巡行天下、馭八龍之駿、名曰絶地、翻羽、奔霄、越影、踰輝、超光、騰霧、挾翼。崔豹古今注曰、秦始皇有七名馬…」騂騏

騄駟［毛詩曰、駉駉牡馬、在坰之野、薄言駉者、有驈有皇、有驪有黄、有騅有駓、有騂有騏、有驔有駱、史記、造父以善御幸於周穆王、得驪驥、温驪、驊騮、騄耳之駟、西巡狩、楽而忘帰］…驎騑　騏驥［東方朔伝曰、騏驥騄耳、飛兔驎騑、天下之良馬者也、将以捕鼠於深宮之中曽不如跛猫、孫卿子曰、驊騮騏驥、纖離騄耳、古之良馬也］

のように、『王子年拾遺記』、『史記』秦本紀や『孫卿子（荀子）』の記事が見える。しかし、『穆天子伝』は、他の箇所の引用は見られるものの、何故か穆王の馬に関する記事は引かれていない。『芸文類聚』巻第九十三獣部上「馬」には、『穆天子伝』巻一の記事の八駿の名を挙げる部分、また『東方朔伝』の「[※2]驃騎難諸博士朔対曰、騏驎緑耳蜚鴻華騮天下良馬也。将以捕鼠於深宮之中曽不如跛猫」の記事が見える。しかし、『列子』や『荀子』、『史記』等に関しては、書物の引用はあるものの、当該記事は見えない。『太平御覧』は、巻第八十五皇王部十の「穆王」の項には馬に関する記事は見えないが、巻第八百九十四獣部六「馬二」の項には[※3]『史記』秦本紀の記事が、巻第八百九十六獣部八「馬四」の項には『穆天子伝』の巻四の記事、『竹書』の記事、『荀子』の記事、また『淮南子』巻九に見える「夫華騮、緑耳、一日而至千里、然其使之搏兔、不如豺狼、伎能殊也。」の記事が、巻第八百九十七獣部九「馬五」には『芸文類聚』が引くのと同じ『東方朔伝』の記事、『王子年拾遺記』の記事がそれぞれ見えており、穆王の馬に関する主な資料はほぼ網羅されている。『太平広記』巻第四百三十五畜獣二「馬」には、「周穆王八駿」として、『王子年拾遺記』が引用されている。『冊府元亀』巻百十二帝王部「巡幸」では、

穆王時造父取驥之乗匹與桃林盜驪騂騮緑耳献之王使造父御西巡狩

と、書名は揚げないものの、『史記』趙世家の記事を引いている。『事類賦注』は、巻之二十一獣部二「馬」に「若夫周穆八駿」の注として『穆天子伝』巻四の記事を挙げる。

また、『古今事文類聚　後集』巻之三十八毛虫部「馬」では、

群書要語…驊騮。騏驥。纖離。騄駬ハ。古ノ之良馬ナリ也（荀子）…

古今事実…八駿　穆王巡行…有肉角（拾遺記）…

古今文集…八駿図序　秦少游

予嘗テ聞ケリ二有周穆王八駿ノ之説ヲ一。乃シ今レ獲タリ覽ルコトヲ二厥ノ図ヲ一。雄淩趫騰、彪虎文螭ノ之流。與二今ノ馬一高絶懸異ナリ矣。其ノ名ハ盗驪、蜚黄、騕褭、白犧ノ之屬ナリ也。視ルハレ矯ヲレ首ヲ則若クレ飛カレ雲ニ、視ルハレ擧ヲレ足ヲ則若シレ乘ルカレ風ニ。有二待ノレ馭ヲ之狀チ一。有リ二矜ルレ群ニ之姿一。若ク二日月ノ之レ所一レ不レ足レ至ニ。若シ二天地ノ之所一レ不レ足レ周ルニ。軒軒然、嶷嶷然タリ。言フハ二其ノ真ヲ一也、実ニ星降ノ之精ナリ。思フハ二其ノ発ヲ一也、猶ヲ三神ノ扶カ二其ノ魄ヲ一。軾スル者ハ如クレ仙ノ。御スル者ハ如シレ夢ノ。将《ハタ》変化何ソ別タンヤ哉。世ニ説ク周ノ穆王駕シテ二八駿ニ一。日ニ会ス二王母ニ於瑶池ニ一。従テ二群仙ニ一而遊フ。按スルニ二山海経ヲ一去ルコト二中国ヲ一三万里。非二虚説ニハ一也。而シテ不レ知二其ノ従テ得ルコトヲ一之厥ノ神是レ生シテ為カ二之カ用ヲ一歟。何ソ古書無ヤ二其ノ匹一歟。図ノ之首ニ有二褚公遂良カ題一云ク秦漢伝レ之ヲ降リ二于梁隋ニ一。至テ二于皇唐ニ一不レ泯サ二厥ノ跡ヲ一。卓入昭然タリ奇ナルカナ哉信ナルカナ乎。苟モ今二考ルハ之ヲ于古ニ一。則人大ニ笑フ矣。求ルハ二之ヲ於時ニ一則曠フスレ世ヲ矣。由テレ是ニ知ル物有ルレ同シキコト者モ不二必シモ良ナラ一、有ルレ異ナルコト者モ不二必シモ否《アシ》カラ一。或ハ慮ル観ルレ之ヲ者ノ昧ンコトヲ。故ニ為テレ序以テ表ス焉…

と、『荀子』『王子年拾遺記』、また「八駿図序」（唐・李翱・『全唐文』巻六三六所収）が引用されている。『韻府群玉』巻之廿三「二十一馬」には

馬［莫下切八尺以上為龍七尺以上為騋六尺為―○一歳為―二歳為駒八歳為馱（纂文）○乘黄亦名飛黄有五肉角（荀）驊騮騏驥纖离騄駬良―也○駑駘欵段羸馬也並六帖（易）喪―勿逐自復…］

と、ここにも『荀子』の引用が見える。

いま少し書物の範囲を広げてみると、例えば

『大廣益會玉篇』（巻二十三馬部三五七）

驪〔力支切盜驪千里馬〕／驥〔居致切千里馬〕／騄〔力足切騄駬八駿馬〕／駬〔如始切騄駬〕／驊〔下瓜切驊騮駿馬〕／騮〔騮音留紫騮馬〕／䮃〔於魂切䮃驪駿馬〕

『山海経』の郭璞の序、

案汲郡竹書及穆天子傳…穆王駕八駿之乘、右服盜驪、左驂騄耳、造父為御、奔戎為右、萬里長騖、以周歷四荒…

案史記說穆王得盜驪騄耳驊騮之驥、使造父御之、以西巡狩、見西王母、樂而忘歸、亦與竹書同…

『文選』李善注の巻四賦乙、張平子「南都賦」の注文、

騄驥齊鑣、黃間機張〔騄、驥、駿馬之名也。穆天子傳、八駿有赤驥、騄耳、音錄…〕

『墉城集仙錄敘』

洎周穆王滿命八駿與七萃之士、驊騮赤驥、駋驪山子之乘、駕以飛綷之輪、柏夭導車、造父為右、風馳電逝三千里、越剖閭無晁之鄉、犀玉玄池之野

「観八駿図說」柳宗元（『全唐文』巻五八四）

古之有記周穆王馳八駿升昆侖之墟者、後之好事者為之図、宋、齊以下傳之…驊騮、白義、山子之類、若果有之、是亦馬而已矣…

「八駿図」杜荀鶴

丹臒傳真未得真、那知筋骨與精神。祇今恃駿憑毛色、綠耳驊騮賺殺人。

等々、八駿といいながら、特に八という数、また、八疋それぞれの名前には特に関心が払われていないのが、見て取

れる。また、白氏文集と同様の訓戒的文脈で語られるのが、

『百二十詠詩注』

蒼竜遙逐日［一本蒼竜逐日共馬ノ名也］紫燕廻追風［言ハ馬行疾己已追風ハ追日也紫燕追風ハ馬ノ名也］明月承鞍上［一本鞍ハ初月ニ似］浮雲落蓋中［浮雲ハ亦馬ノ名也言ハ鞍ノ上ニ月有車中蓋有故ニ浮ヘル雲ハ蓋ノ中ニ落ツト言也一本ニ雲ハ連蓋ニ似芑］得随穆天子［一本穆天子伝ニ曰、周ノ穆王八駿ノ馬乗、騏驥・驊騮・驃□・緑耳・山子ヲ以瑶池ニ遊、王母ニ見、日行万里丐］

『胡曾詩抄』「瑤池」

列子周穆王毎乗八駿各有名日千里往瑤池与西王母宴国政不治宗廟荒廃帰至人間国已矣

阿母瑤池ニ宴ス二穆王ヲ一　九天ノ仙楽送ル二瓊漿ヲ一

謾ニ誇ツテ二八駿ノ行如ナル二レ電ノ　帰テ到二人間ニ一国ニ已ニ亡ス

…周穆王ノ時、八疋ノ竜馬出来ル。一日千里ノ蹄也。穆王之ニ駕シ、天下ヲ遊幸ス。剰崙山ノ仙境ニ到テ、西王母ニ逢。々々々賞シテ開宴ヲ瑤池ニ…仍此八疋ノ馬ノ飛馳ルコト如電ナルヲ愛シテ、遠方ニ遊幸スルコト、甚無益ト云也。

といった諸書である。

ちなみに、道仏論争の中で生み出された、仏陀の生存時代を老子以前とする説の中でしばしば引き合いに出される『周書異記』なる書物の引文では、例えば『破邪論』に

勘周書異記云。穆王聞西方有佛。遂乘驊騾八駿之馬。西行求佛。因以禳之。據此而推。

と見えるように、「驊騾八駿」の語形で出され、それは同様に『周書異記』の引用とする当該文を載せる『釈迦方

志』『広弘明集』『法苑珠林』等においても、当然ながら同様である。また、『仏祖歴代通載』には、同様の文脈で

…又古本化胡經云。我生何以晩。泥洹一何早。不見釋迦文。心中空懊惱。此則老子自指於佛。爲西方聖人也。又黄帝夢遊華胥之國。其國在弇州之西。王邵注云。此指西方天竺也。周穆王時。聞西方有大聖人出世。心甚懼之。乃使造父乘驊騮八駿。西上崑崙観日所沒以厭其氣又西極有化人來。能返天易地。聖力無方。千變萬化。不可窮極。穆王敬之若神。築中天臺以居之。化人引穆王神遊。斯須之間已如數載。又穆王五十二年如來示滅。西方有白虹十二道。南北通貫連夜不滅。王問太史扈多。是何祥也。扈多對曰西方有大聖人。衰相現爾穆王喜曰。朕常懼於彼。今無憂矣。此則竺乾勝方聖人居彼。故得賢王西求化人東來也。又張騫奉使。西窮河源至於大夏。聞雪山南有身毒國。其人奉浮圖。不殺罰。乘象而戰。身毒即今印度也。此則仁慈之風詳於漢史明也。

という引文があり、これは『弁偽録』にも同じものが見える。ここでも「驊騄八駿」の語形となっている。

また、禅籍の注釈書『祖庭事苑』巻三には、

十影神駒　王子年拾遺記云。周穆王即位三十二年…

八駿　穆天子伝。天子之八駿。一曰赤腰…

と、『王子年拾遺記』、『穆天子伝』巻一の記事が見える。

三　我が国の諸書における「穆王八駿」

さて、我が国の諸書に見られる穆王八駿の馬の名に関する記事であるが、まず和製類書の類を見ると、

『明文抄』一

周穆王八駿。赤驥。盜驪。白犠。渠黃。華騮。緑耳。騟輪。山子。物名

『濫觴集』上

龍駒。

周穆王使㆔造父御㆓八駿㆒。日行千里。車轍馬蹄偏㆓天下㆒云々。

八駿者。赤驥。盜驪。向犠。渠黃。華騮。綠駬。童騟。輪山。卑物名。

などは、引書注記からは『博物志』物名考を引いたもののように見えるが、挙げられる馬の名は、『穆天子伝』のものの方に一致する。ちなみに、『五常内義抄』「智ハ賢也。不妄語戒」は、

第二ニ。…文集云ク。周穆王ハ馬ヲ愛シ給シカバ。王ノ心ヲタブラカサンガタメニ。廿八宿ノ中房宿ト云星クダリテ八疋ノ馬ニ変ジテ。空ヲカケリ。地ヲクヾリ。四荒八極至ラヌ所モナカリシカバ。是ヲ愛テ御代乱シタリキ。…

と、『白氏文集』の要約を記している。また『増補国華集』※4馬には、

【馬】汗血・騄駬・天駒・逐日…絶地・翻羽・奔霄・超影・踰輝・超光・騰霧・挾翼…赤驥・白義・盜驪・踰輪・山子・渠黃・華騮・綠耳…八駿穆王処行天下馭八竜之駿一名絶地足不踐土ヲ、二名翻羽行越飛禽、三名奔霄夜行万里、四名超影逐日而行、五名踰輝毛色炳耀、六名超光一形十影、七名騰霧乗雲而行、八名桂翼身有肉翅…八駿図序云云其名盜驪蜚黃騕裊白犠之属也云々［サキノ八駿ノ名トカワレリ］…周穆八駿天子命駕八駿之乗右服華騮而左緑耳右驂赤驥而左白義天子主車造父為御次車之乗右服渠黃而左踰輪右驂道驪而左山子柏夭主車参伯百為御奔戎為右東南翔行馳駆千里…黃渠ハ周ノ穆王ノ馬【拾遺記】上ニハ渠黃トアリコレハウチカヘス…

のように、馬の名を列挙する中に『王子年拾遺記』『穆天子伝』それぞれの挙げる八駿の名が見え、また『王子年拾遺記』、李翶『八駿図序』、『穆天子伝』巻四それぞれの引用も見え、八駿の名が一致しないことに言及されている。

さて、更に書物の範囲を広げてみると、『江談抄』第六長句に

華騮者為二赤馬一事。
故土御門右府御亭作文。紅葉詩席作云。嵐似二華騮一周坂暁。注書云。驊騮者赤馬也。見二穆天子伝一云々。右府御二覧其注一。被レ借二召件書一云々。

と、華騮に関して『穆天子伝』を見ている記事が載る。

穆王伝説を取り上げる諸書の多くは、八疋※5という表現はするものの、数やそれぞれの名前にこだわる例は少ない。

また、字典類になると、

『新撰字鏡』巻五

驪［力友反平駿馬也純黒也］／騏［宣作麒渠之反杜曰麒良馬也］／駟［私目反去四匹馬乗已四馬共轡也遂也］／騄［力玉反入千里良馬也］／驊［□□反］／騮［力求反周穆王馬］／⿰馬昷［□魂反驄駿馬］／駬［女頼反出馬□］／駉［⊥昂千里馬］／驪□［各正⊥離千里馬クロシ青—馬クロミトリノムマ］／驥□□［或今　正⊥□良馬・千里之馬］

『和名類聚抄』巻十一牛馬類第百四十八

駿馬　穆天子伝云駿［音俊漢語抄云土岐宇万日本紀私記云須久礼太田留宇万］馬之美称也

牛馬毛第百四十九

騮馬［紫馬附］毛詩注云騮［音留漢語抄云騮馬鹿毛也烏騮黒鹿毛なり黄騮赤栗毛也紫騮黒栗毛也］赤身黒鬣馬也

唐韻云騟［羊朱反□色立成云紫馬栗毛也］紫馬也

驪馬　毛詩注云驪［音離漢語抄云驪馬黒毛馬也］純黒馬也

『類聚名義抄』僧中　百十馬

騤［…千里馬ヨシ］／騏［⊥其馬有驪文］／駟［⊥四一乗四馬ツタフ］／騂□［各正胡依〆］／騈［今正カ周〆馬色］／駬［⊥耳騄—馬名］／騮□□［各今正⊥留馬名］／騄［⊥緑—耳馬名］昂

のように、周穆王馬という語も見えるが、そもそも八駿の名という意識は見られず、[※6]一つ一つの文字について解説する中で、良馬だとか千里馬という注が付く程度である。

四　「八駿」への解釈

このような状況から、『太平記』に見られるような八文字八疋の名はどうやって出てきたのか。やはり、一番の淵源は、八つの文字そのものは一致する『史記』であろう。そして、『白氏文集』等によって、穆王と言えば八駿と意識されるにも関わらず、『史記』秦本紀が造父が得たのを「駟」、即ち四疋と記し、しかもその名を秦本紀も趙世家も「温驪・驊騮・騄耳」と三つしか挙げていないのが問題であったに違いない。例えば、『三教指帰注』は「竜騄」の注として、

『三教指帰注』（霊友会蔵敦光注勝賢抄出本）

竜騄　史記曰、造父善く御するを以て周穆王に幸せらる、驥、温驪、驊騮、騄耳一之駟を得、西のかた巡狩し、楽しみて帰るを忘る…

『同』（東寺観智院旧蔵文安写本）

竜騄者　史記曰、周穆王驥、温驪、（驊）騮、騄耳之駟を得、騄ハ駿馬也

のように『史記』秦本紀を引くのみであるが、金剛寺蔵『新楽府注』を見ると、

八疋。驊騮騄駬、今四疋可尋之。或云、騅駖騄駉也。此八疋ニ車ヲ懸テ行シ也。

このように、騂騮騄駬のみ（温驪が挙がらないのは、或いは『漢書』に拠っているのであろうか）を挙げ、しかもこれを騂騮・騄駬の二疋ではなく、騂・騮・騄・駬の四疋と解しているのが見て取れる。同様に、一文字一疋という理解が見えるのが『遍照発揮性霊集』の裏書で、以下のように見える。

『遍照発揮性霊集』六地蔵寺本　巻第二裏書

驥〈千里馬／騄カ玉篇〉

周穆王八疋者　竜驥［（右傍注）星晨馬］䮔驎騂騮騄駬

つまり、穆王と言えば八駿であり、八疋[※7]であるべきなのに、『史記』（或いは『漢書』）に拠ると、八疋にならない。全く足らない。そのような所から、本来は『穆天子伝』が挙げる馬の名のように、二文字で一疋の名を表していたものを、一文字で一つの名と解して数をかせぎ、更に足りない分の名を、一文字一疋に合わせて足りない分の文字数だけ何かそれらしい文字を持ってくる事で、何とか数を合わせようとしたもののように見える。また、やはり新楽府の注である『新楽府略意』を見ると、

八駿図者、周穆王天子ノ時人ノ駿馬八疋献ズル有リ、穆王之ニ駕シ西ノカタ西王母ト瑤池ニ遊ブ、如此ノ間天下既ニ荒レ百姓怨哭ス、後人八駿図ニ造ル…

八駿者、一騂驪、二騄駬云々…

と、一文字一疋にはなっていないものの、やはり騂騮騄駬[※8]のみを挙げている。この書の八駿図の注文には『初学記』や『文選注』も引かれており、『拾遺記』や『穆天子伝』の挙げる八駿の名に触れる機会が無かったとも思われない。それらの書に拠れば問題無く八疋[※9]の名が挙げられるだけに、意識的にそれらの書を避けているように思われる。それは、言い換えれば『史記』或いは『史記』的な文言の重視でもあろう。しかし、捨象した方には八疋の名が揃ってい

るだけに、八つの名が揃わないのは、余計に気になったのではあるまいか。なぜ『史記』は八駿の名を挙げないのか。勿論、そもそも『史記』の表現は「駟」であり、例え一疋一疋の名を挙げたところで、八つは挙がるはずもないのであるが、それでも、やはり「八駿」でなければならないのであろう。そこに解釈を加えようとした痕跡と思われるのが、次のような例である。

春喩書写『天台方御即位法』口決

…口決ニ云、周ノ穆王ノ時、驥《キ》・騊《タウ》・驪《リ》・驊《クワ》・騮《リウ》・騄《リヨク》・駬《ジ》・駟《シ》トテ八疋《ヒツ》ノ天馬来レリトモ云ヘリ。又ハ一疋《ヒキ》シテ八疋ノ相ヲ兼タリトモ云ヘリ。是ハ廿八宿ノ中ノ房宿ノ精《セイ》ノ下《ク》テ恠《クハイ》ヲナストモ云ヘリ…

この書は、慈童説話との関連でしばしば取り上げられるものであり、穆王説話の部分は『太平記』等とほぼ同文関係にあるものであるが、波線部分は『太平記』等にはない独自文である。房宿の精とあるのは『白氏文集』に拠るのであろうが、「一疋シテ八疋ノ相ヲ兼タリ」という解釈の見えているのが注意を引く。これは、八駿が問題無く八疋であれば、出て来ない文言ではあるまいか。また、

宣賢『史記桃源抄』周本紀

自レ是荒服者不至

…史略ニハ王立有造父者、以善御幸於王。得八駿馬遊天下、将皆有車轍馬跡。王西巡世伝王以此時觴西王母瑤池上、楽而忘帰トアルソ。八駿ノ名ハ曰絶地、曰翻羽、曰奔宵、曰超景、曰踰輝、曰超光、曰騰霧、曰佳翼ナリ。此造父ハ趙之先ナリ。史記ニハ聖書テアルホトニ八駿ト云タリ、西王母ニ觴スルナント、云コトヲハ不載ハイワレタリ…

これもまた、一応八駿に『王子年拾遺記』の挙げる八つの名を挙げておきながら、「史記ニハ聖書テアルホトニ八駿

ト云タリ」と、『史記』では八駿でない理由を説明しようとしているようである。また『榻鴫暁筆』第九似顔上十二「穆王駿馬」も、『太平記』とほぼ同文を記し、その中では馬の名は「驥《キ》・騊《タウ》・驪《リ》・驊《クワ》・騮《リウ》・騄《ロク》・駬《ニ》・駟《シ》」であるが、文末に以下のような考察を記している。

　八疋駿馬の事、或は赤驥、盗驪、白義、踰輪、山子、渠黄、華騮又驊騮、緑耳又騄駬、毛の色に随て名を得たり。又驥、騔、駬、驊、騮、駿、駘、駟ともいへり。異説也。此は能に随へて名を得たりと見へたり。さてもいかなる宿因によりてかゝる目出度名馬どもをば得給ひけん。法花経には、此経の御為に僧坊にまうでゝ、しばらくも聞奉らん人は、此御徳により身を転じて上妙の象馬車をえんと説れたれば、これらの人々もかゝる縁をや結ばせ給ひけん、ゆかし。又穆王西天に遊び給ひしことは、御端本拠をも見しやうなり。法華八句の文を仏より伝給し事は既に天子授職、灌頂の文なれば疑べきにあらざれども、本文いかなる典籍より出たりけん、知らまほし。

典拠を『史記』に求めつつ、『白氏文集』が説く如く八駿であって欲しいという欲求の延長線上に「驥《キ》・騊《タウ》・驪《リ》・驊《クワ》・騮《リウ》・騄《リヨク》・駬《ジ》・駟《ジ》」を見ると、『史記』秦本紀の「得驥、溫驪、驊騮、騄耳之駟、西巡狩楽而忘帰」の文中の馬に関する文字を、本来の意味と関係無く八つ拾い、更に全て馬偏の文字とし、八駿の名らしく整えたもののように見える。そうしてみると、※10「驥《キ》・騊《タウ》・驪《リ》・驊《クワ》・騮《リウ》・騄《リヨク》・駬《ジ》・駟《シ》」という八駿の名は、我が国における穆王伝承享受の中で、『史記』及び『白氏文集』を典拠とすることにこだわる意識と関わって生み出されたものと言えるだろう。とは言え、本来の『史記』とは食い違う説であり、「八駿」であることの方に、よりこだわるのであれば、『穆天子伝』『拾遺記』等に挙がる八駿の名を採り上げることにもなろう。それが、本稿冒頭に述べたような状況に繋がっていったものと考える。

※注

1
『月庵醒酔記』下巻「観音経ヲ菊水延命経ト名ヅケ、亦当途王経ト名ヅクル事」も、『太平記』諸本とほぼ同文関係にあり、馬の名はやはり「驥《キ》・驂《タウ》・驪《リ》・驊《クワ》・騮《リウ》・騄《リヨク》・駬《ジ》・駟《シ》」である。『壒嚢鈔』巻第一素問上一「五節供事」は、ほぼ同文関係ではあるが、「周ノ穆王八疋ノ駒乗四荒八極不レ至ト云所ナシ」と、馬の名は略されている。他にも、『太平記』や『三国伝記』が当該部分の最後を、「穆王天馬徳也」とするのに対し、「仏法威力菊花ノ徳如レ此」とする等の違いがある。

2
『説苑』巻第十七雑言に「騏驎緑耳、倚リレ衡ニ負フテレ軛ヲ而趨ルコト一日千里、此レ至疾也。然レドモ使ムレバレ捕ヘレ鼠ヲ、曽チ不レ如カ二百銭之狸一ニ。」と、同趣旨の文言が見える。

3
ただし、「得驪驥盪驪驊騮緑耳之駟」と、驪の字が二度記される。

4
『国華集』の物名列挙部分と多くの重なりを持つ『月庵酔醒記』上巻の部分の中に、「獣名」馬として、「絶景　汗血　驥騮　驪駟　驊騮　騄駬　代歩」の名が挙がる。

5
例えば、中世史記の関連でしばしば取り上げられる『和漢朗詠集永済注』は、次のようである。

・『和漢朗詠集永済注』帝王

周穆ノ新ナル会西母之雲帰ナント欲ス（冷泉院序　菅三品）

…周穆トイハ周ノ穆王也。彼王ハ、徳イタリタマヘルユヘニ、西王母感シタテマツリテ、ツネニマイリケリ。王母ハ、雲ニノリテキタリ、クモニノリテカヘリシナリ。カレヲヒキテ、イマノ事ヲ云也。…

・『和漢朗詠集永済注』刺史

断割ハ崑吾ノ剣モ不如シカ（贈直玄尚書）

…又、仲虚《キヨ》経トイフ、ミニハ、周ノ穆王、八匹《ヒツ》ノコマニノリテ諸国ニ遊タマフニ、西ノカタ、海ノ中ニ、オホクイシヲツミテ、地トセルトコロアリ。崑吾トナツク。犬戎《ケムシュ》トイフエヒス、ミカトニ、崑吾ノ剣ヲタテマツレリ。タマヲキルコト、泥ノ如シトイヘリ。

また、例えば穆王受偈説話、更には慈童説話に関連して取り上げられる諸書においても、次に例示するように、八疋の語はほとんどの場合出すものの、具体的な言及は見られない。

・頼喩『真俗雑記』

穆王、八疋ノ小馬ニ乗シテ十方ヲ遊行スルニ、霊山ニ至テ如来法花ヲ説給フヲ拝シテ、如来ニ南無薩達磨ト云事ヲ習ヘテ、一切ノ事ニ此事ヲ用、所求成就ス。

・尊舜『文句略大綱私見聞』巻七「廿六　此品ヲ当途王経トモ菊水延命経トモ云事」

周穆王八疋ノ駒ニ乗ジテ。世界ニ遊化シ玉フ時。中天竺釈尊御説法ノ。会座ニ来詣セル時。折節此品ノ説法也。

・慶舜・春海『法華直談私類聚抄』巻八「当途王経事」

仰云。帝王ノ病悩平癒ス。路ニ札ヲ立ル故、途ニ当タル経ト云也。或ハ一義云。十四代ノ中ノ周ノ穆王、八疋駒ニ乗ジテ虚空ニ遊行シタマフ。駒乗ナガラ霊山ニ落タマヘリ。折節、霊山説法花砌ニシテ普門品御説法ノ時分也。

更には、道仏論争関係の諸書を享受していると見られる次のような例であっても、「驊騾八駿」の語も見られない。

・『梅花無尽蔵』第三下「三教吸酢之図」

夫釈教也者。濫觴在西竺也…周第六代穆王［昭王太子。］即位二年辛巳。西極有化人来。千変万化不可窮也。王敬之。築中天台。穆王四年癸未。太子三十歳。而雪山見明星成道。或云。経論異説紛々…

・『梅花無尽蔵』第四「読盂蘭盆経［仏祖通載云。穆王之時。西極有化人来。返山川移城邑。入水火貫金石。千変万化不可窮矣。王敬之若聖。築中天台以居之。乃文殊目連等示相也。然王未知是仏弟子也。］」

尊者当時逢穆王。中天台上説鴛鴦。薄氷曾子却非孝。一夜秋風貝葉香。［盂蘭盆経。仏為目連説之。］」

同様に、文字に対する注の見えるのが、次のような書であり、これらには「穆王八駿」という意識は見られない。

・『性霊集略注』慶応義塾図書館蔵

第一巻注（1遊山慕仙詩並序）○騏驎者、祥記云、牝《ヲケモノヲ》騏ト云、牡《メケモノヲ》驎ト云。生草ヲ折ラズ、生虫ヲ践マズ云々。〈広雅見タリ。〉

第三巻注（17贈伴按察平章事赴陸府詩）○騏驎者。

第五巻注（43為橘学生与本国使啓）○驥子者、玉篇曰、——、千里馬。

第七巻注（55為故藤中納言奉造十七尊像願文）○馳騏者、玉篇云、—、千里馬。

第十巻注（107答叡山澄法師求理趣釈経書）○驥騮者、驥ハ驥也。騮ハ、騂。故也騮也。

・『性霊集注』真福寺蔵

四〈騏足［騄駬イ］等者、某聞《ク》驊騮騄駬《ハ》、不《レ》騁《セ》釜竈之間《一》。鏌鋣干将、豈為《ナラム》推力之用。

五〈驥子之名者、今案、驥者、一日行千里之馬□者也。□於才智□□者也。玉—云、驥。［□□□千里馬］。驄。同上。

七〈騏驥ノ字、玉—云、千里馬也。

・『毛詩抄』

駟驖——駟ハ四疋カアルソ駟ト云テ候驖ハ黒ノ馬ヲ云テ候…

騏——ハ騏馬ト馵馬ノ二ツ色ノ青黒ヲ綦ト云馬ヲハ騏ト云青黒テ文カアルソ馵ハウシロノ左ノ足ノ白ヲ云ソ右ノ後是ノ白ヲハ驤ト云ソ車モヨウソロソ馬モヨウソロタ程ニ打カツタト云心ソ

騏——是ハ馬ノ毛色ヲ騏馬・騧馬ヲハ服馬ニシテノラル、ソナカヘノマン中ニカクルソ驂馬一合スンハ中チヤほどニソ騮馬ト驪馬トヲハ驂馬ニセラル、ソ…

7

例えば次のような例は、明らかに八駿は八疋と数が意識されているものであろう。

・『異制庭訓往来』

…周八龍。秦七駿。蜀的盧。楚烏騅。漢烏孫。本朝厩戸王子甲斐黒駒。太宰大貳弘継土龍。類レ之更無二高下一也…

・『尺素往来』

…身又相レ馬羞二於良楽一。欲レ備ント二三長三短之勢一ニ。雖レ非二八駿八疋之躰一ニ。先暫即《ツケ》二水草之養一ニ。可レ被レ黷《ケガサ》二御厩之櫪《フミイタ》一ヲ候…

8

「騂驪騄駬」あるいは「騂驪」もしくは「騄駬」の名によって穆王八駿を代表させる、次のような表現も見られる。

・『雲州消息』巻上本

…又馬長之輩其態如レ狂。其衣則齊紈越布之奇麗。其騎則騂驪騄駬之半漢…

・『雲州消息』巻下末

…金埒閑馬之間。騂驪相競。向風半漢。周穆八駿。何以如レ之哉…

・『釈氏往来』

…早可二引献一。但非二緑耳之駟一。定類二白頭之豕一歟…

9

例えば『唐鏡』は徐偃王に言及する点、『史記』に拠っているかと思われるものの、八駿の名は『穆天子伝』のものを挙げている。

・『唐鏡』

…八駿ノ駒ヲ、エ給ヘリ。其名ヲハ、赤驥、盗驪、白犠、渠黄、華騮、緑駬、騟輪、山子トイヘリケル、此馬ニ乗テ、天下ヲ遍ク廻リアリキ給テ、久ク返リ玉ハネハ、国ノ政ヲモ忘レサセ給ホトニ、徐偃王ト云人、謀反ヲ、コサントス、造父ト云物、舎人ノ［ことく］ニテ、王ニツキ奉テアリケルカ、此事ヲ聞付テ、シツメテケリ、十七年ニ、崑崙山ニ至テ、西王母ト宴シ玉フ、一ノ説ニハ、釈迦如来説法ノ時、諸国ノ大王ノ内ニテ、穆王霊山ヘ参玉ヘリ、此八駿ニ乗テ、多ノ雲霞ヲシノカセ給ケルニヤ、…五十三年壬申ノ年、二月十五日、仏入滅シ玉フ、御年七十九、是ハ説々アマタ侍ニヤ

此君ハ在位五十五年、御年百五歳也

また『灯前夜話』は『穆天子伝』『拾遺記』等によって、八駿の名を挙げている。

・『灯前夜話』巻上

八駿名穆天子伝ハ類説ニ見タリ。赤驥、盗驪、白義、踰輪、山子、渠黄、華騮、綠耳、八駿ハ皆其毛色ニ因テ以名号ト為ス。列子ニ周ノ穆王八駿ニ駕シ緑耳ヲ右《ミギニシ》白義ヲ左ス、緑耳騄耳或作騏トモアルソ。華騮又ハ驊騮トモアリ。杜詩驊騮開道□（路?・）又王子年周拾遺記ニ八駿ノ名ヲ出ス。穆天子伝ト異也。左方ニ録スレ之。曰穆王狩行シテ天下ニ巡、八龍之駿ヲ馭ス。一名。絶地地ヲ践《フマ》ズ。二名ハ翻羽行コト飛禽ニ越タリ。三名ハ奔霄夜ル行コト万里。四名ハ超影日ヲ逐テ行ク抑文ニハ作越影。五名ハ踰輝毛色炳耀タリ。六名ハ超光一形十影。七名ハ騰霧雲に乗テ奔ル。八名ハ挟《ケウ》翼身ニ肉翅有。言うハ八龍之駿トハタケ八尺之馬ヲ八尺龍ト云。又ハ龍種、龍媒ト云。今ハ八駿ヲ八龍ト美シテ云タ

『撮壌集』には、『王子年拾遺記』に挙がる八つの名が、八駿として挙げられる。

・『撮壌集』馬類

馬　驊騮《クワリウ》　驌《シコク》　驦《サウ》　騏驥《キキ》　駑駘《トタイ》詳和名—　驢馬　乗黄《シヨウクワウ》　駿馬《シユンメ》和名—　絶地《セツチ》以下ハ□　翻羽《ホンウ》　奔雷《ホンライ》　越景《エツケイ》　踰輝《ユキ》　超《テウ》光　騰霧《トウム》　挟翼《キヨクヨク》
　青黒《アヲクロ》　駮《フチ》　［駮馬／和名—］…

この八駿の名は、『古事因縁集』下六十二「人之身ヲ卑下スル詞ニ驥ノ尾ニ付ト云事」にも、次のように見える。

周ノ穆王八匹ノ天馬アリ一日ニ千里翅《カケル》馬也所謂驥《キ》騹《イ》驪《リ》駟《シ》驊騮《クワリウ》騄駬《ロクシ》等也、言ク蝿ヨク飛トモ数歩ノ間ヲ不スレ過、驥ノ尾ニ取付ヌレハ一日ニ千里飛也…

『月庵酔醒記』〈政道〉考――「古人之語三十一」を中心に

小助川　元太

はじめに

『月庵酔醒記』が何のために編まれたのかについては、序文に

> 年比、捨置ける書籍の中に、鼠のけがしたる一冊の物の有を、抜きてみるに、何のころぞや、ふるき事共、又あたらしき事のさかし、をろかなるしなじな、俚語をつらねて、筆のすさびにかき置ける物にや。（中略）しかありしかば、何事も益なき物から、則、用捨いたすべき物なれども、これかれ、みる人一笑をなして、若、七情をなぐさむべき者かと覚侍れば、誠三感の戒を忘るるに似たれども、のぞみに随て、書写にまかせ置べし。

とあり、また、「事皆述不作」と『論語』（述而）の一節を引用し、本書は一色直朝（月庵）が蔵書からたまたま見つけたものを、第三者の娯楽に供するために書写したものであって、自らが創作したものではないことを強調するが、実際には直朝自身が見聞した話が記されている以上、もとよりそれを全面的に信ずるわけにはいくまい。つまり、序文はあくまでも謙辞に過ぎず、本当の叙述目的を語るものではないのである。しかも、近年の研究成果により、当初出典のわからなかった説話や蘊蓄・抜き書きの類が、それなりの出典を持つものであった可能性が高くなるにつれ、[※1]

このような知識の集積が、単に直朝個人の知的欲求を満たすためだけに書き残されたとも考えにくくなってきた。

それでは、『月庵酔醒記』は何のために書き記されたのであろうか。この問題を考えるうえで参考になるのは、『月庵酔醒記』が編まれる以前に成立した百科事典の存在である。たとえば、室町時代に編まれた『壒囊鈔』は、ところどころに政道論が説かれることから、政道に携わる層への啓蒙の書として成立した可能性が高いことがわかってきた。[※2]もちろん戦国時代に古河公方に仕えた武将一色直朝による『月庵酔醒記』と、その百年以上前に京都の真言僧行誉によって編まれた『壒囊鈔』とでは、時代も環境も異なるため、単純に比較はできないのであるが、種々雑多な知識が貴重なものとして珍重され求められた中世において、こういった百科全書的作品の役割は、現代の我々が考えている以上に社会的意味を持つものであったということを念頭に置いておく必要があろう。

本稿では、三弥井書店刊『月庵酔醒記』の注釈担当箇所の訂正をしつつ、主に〈政道〉「古人之語三十一」に注目し、その「編集」方法の分析と、〈政道〉に挙げられる他の二つの資料との比較を通して、直朝による『月庵酔醒記』編述意図について、一つの可能性を提示したい。

一　『月庵酔醒記』上巻の構成について

『月庵酔醒記』上巻は〈神祇〉〈皇法〉から〈立花之事〉に至る二五項目に、〈須弥四州名〉から〈人歳之名〉に至る名数や物の異名を掲載した四六項目を加えた七十一項目からなっている。そのうち、前半二五項目は、

001〈神祇〉→002〈皇法（王法）〉→003〈室町殿江行幸之事〉→004〈京師九陌〉→005〈武篇〉→006〈孝儀〉→007〈五常語〉→008〈政道〉→009〈弘法大師十恩之語〉→010〈医家両家之事〉→011〈歌両仙〉→012〈筆道三賢〉→013〈昔今詩歌ノ物語〉→014〈鞠道〉→015〈句感〉→016〈薫之種之事〉→017〈香之出所〉→018〈香

炉之出所〉→019〈五色〉→020〈楽器之事〉→021〈和琴之起事〉→022〈囲碁〉→023〈将棋〉→024〈摩詰画図山水賦〉→025〈立花之事〉

という順番になっている。内容を読むと、001〈神祇〉は天神七代・地神五代から始まり、住吉・伊勢・八幡といった諸社にまつわるエピソード、002〈王法〉は『壒嚢鈔』の巻四・五（写本巻三に相当）に見られる「内裏ノ節会ノ次第」とも重なる宮廷行事について、※3 003〈室町殿江行幸之事〉は前項が「追儺」で終わっていることからの繋がりであろうか、〈王法〉である後柏原天皇（後土御門天皇の誤りか）が、室町殿に行幸した際に、鬼が出たというエピソードが記される。続く004〈京師九陌〉と前項との繋がりは不明だが、「室町殿」との関係があるかもしれない。

さて、005〈武篇〉は弓馬の故実、次に〈孝儀〉〈五常〉〈政道〉〈弘法大師十忍之語〉といった、とくに上に立つ者の生き方に関わる内容が続く。なお、次の010〈医家両家之事〉は養生のことが中心となっているが、戦国時代には、足利義輝を初め、主立った武将が医事に関心を持ち、自らも学んでいたことが知られている。※4〈孝儀〉から〈医家両家之事〉までの項目とその前の〈武編〉との間に必然的な繋がりがあるとすれば、005から010までの一群は、大名クラスの人間への啓蒙を意図したものと見ることも可能であろう。

さらに続く011〈歌両仙〉から025〈立花之事〉までは、詩歌・鞠・香道・管弦・囲碁将棋・絵・立花といった、諸道に関することであり、これらの知識も室町・戦国を生きる武将にとっては必要なものであった。つまり、この配列は繋がりがないように見えて、実はそれなりの立場にいる武士が学ぶべき知識という点で繋がっており、しかも、その内容も緩やかに連関して展開している可能性が高いのである。

ところで、「それなりの立場にいる武士が学ぶべきもの」「大名クラスの人間への啓蒙」という視点に立つと、項目名として最も注目すべきなのは008〈政道〉であろう。そこで次節では、まず〈政道〉に引かれる最初の資料である

「古人之語三十一」を分析する。

二　「古人之語三十一」と金句集

008〈政道〉は、目録および本文中の題の注記によれば、「古人之語三十一」「頼家江文覚上人之返状」（文覚状）「今川了俊息仲秋仁遺ス制詞廿三ヵ条」（今川状）の三つからなる。このうち、「古人之語三十一」は、伊達本金句集と一致するものが多いことを、三弥井書店刊『月庵酔醒記（上）』の頭注および補注にて指摘した。ところが、その後の調査によって、伊達本以上に一致するテキストがあることが判明した。そこで、本節においては、『月庵酔醒記』〈政道〉「古人之語三十一」と金句集数本を比較し、その関係と問題点を明らかにしたい。

まず、金句集とは、日本で成立し書承されてきた金言成句集の中の一種で、室町時代後期の書をいい、この書をもとにキリシタンが天草で制作した書を天草本金句集という。[※5] 基本的に〈帝王事〉〈臣下事〉〈黎元事〉〈政道事〉〈学業事〉〈文武事〉〈父子事〉〈慎身事〉の八部門で構成されており、伊達本のみ最後に〈雑説部〉を設ける。

山内洋一郎氏は、諸本十五冊の掲載句を比較され、本来の金句集（原本）は、

〈帝王事〉29句、〈臣下事〉21句、〈黎元事〉7句、〈政道事〉18句、〈学業事〉10句、〈文武事〉3句、〈父子事〉5句、〈慎身事〉38句

という、合計百三十一句からなる構成であったと推測された。[※6]

さて、現時点において、金句集は個人蔵のものを含めて十五本のテキストが確認されている。[※7] そのうち、所在不明の本や影印または翻刻紹介のなされていない個人蔵本といったテキスト（大島本、西明寺本、春日本）を除くと、「古人之語三十一」の三十一句すべてが見られるのは、伊達本、東北大本、村岡本、大東急記念文庫本（川瀬一馬氏旧蔵本）、

山岸本の五本である。そこで、それらを右の表で比較した。使用したテキストは以下のとおりである。

伊達本…伊達家蔵金句集。慶長頃の書写か。貴重図書影本刊行会複製。福島邦道『金句集四種集成』（勉誠社、一九七七年）に影印あり。

山岸本…山岸徳平氏蔵金句集。田村右京大夫宗永旧蔵本。福島邦道『金句集四種集成』（勉誠社、一九七七年）影印あり。

大東急本…大東急記念文庫蔵金句集。川瀬一馬氏旧蔵本。室町末期書写本。『大東急記念文庫善本叢刊　中古中世篇　類書Ⅱ』（汲古書院、二〇〇四年）に影印あり。

東北大本…東北大学附属図書館蔵本金句集（天正二十年写）吉田澄夫『天草版金句集の研究』（東洋文庫、一九六九年）に翻刻あり。

村岡本…村岡典嗣氏旧蔵本金句集（天理図書館蔵、江戸初期写）。吉田澄夫『天草版金句集の研究』（東洋文庫、一九六九年）に翻刻あり。

なお、伊達本は、他本とは異なり、各部門の末尾に「追加之分」として、一三句から三四句の金言成句を追加している。また、東北大本は、〈臣下事〉〈政道事〉といった部門名がときおり抜けているため、比較に当たって、部門の切れ目がわからないところは、他のテキストを参照して、私に区切っている。

表1　金句集との比較

	『月庵酔醒記』上〈政道〉「古人之語三十一」	伊達	山岸	大東	東北	村岡
1	『尚書』曰、「木従レ縄則正。君従二臣諫一則聖」。	帝④	帝④	帝④	帝④	帝④

門」という、その前までの三十一句と同様の金言成句であるが、これを「古人之語三十一」に入れてしまうと三十二句となり、目録題や本文注記題の「三十一」に合わなくなってしまうことに加え、吉田本ならびに京大本『月庵酔醒記』の本文の書き方を見ると、「養生曰」が独立しているかのように表記されていることに随ったものである。

だが、右表の32に示したように、この「養生曰」の句も、『金句集』に掲載されているものであった。すなわち、「養生曰」は独立した項目ではなく、本来「古人之語三十一」に含まれるものであったということになる。そうなると、「古人之語三十一」という目録題と数が合わなくなってしまうが、目録題に「養生曰」を別に立てていないところから考えて、単純に数え間違いによるものであった可能性もある。とりあえず、「養生曰」は別立てではなく「古人之語三十一」に含まれるものとして、ここに訂正したい。

さて、『月庵酔醒記（上）』の頭注にも示したように、「古人之語三十一」に引かれる金言成句は、『文明本節用集』や『永禄二年本節用集』にも共通して見られる。他の箇所でも『文明本節用集』や『永禄二年本節用集』との共通記事が見られる※8ことから、こういった増補系・印度本系節用集と『月庵酔醒記』との間に関わりがあった可能性はあるものの、「古人之語三十一」に限っていえば、節用集ではなく、金句集そのものからの抜き書きであった可能性がきわめて高い。

まず、本表からわかるのは、『月庵酔醒記』「古人之語三十一」の「養生曰」を含む三十二句が、すべて金句集に見られるということであり、しかも、掲載順も概ね金句集に一致するということである。

また、表の諸本の句番号に—線を引いたのは、金句集の中で前の句に引き続いて掲載されていることを示している。たとえば、表の4「『荘子』曰、「河広源大。君明臣忠」」と5「『漢書』曰、「君使レ臣以レ礼、臣事レ君以レ忠」」は、金句集諸本では〈帝王事〉の十五番目と十六番目（または十四番目と十五番目、あるいは十六番目と十七番目）といった形で連続して掲載されているものであり、表の10「孔子曰、「姦人在レ朝賢者不レ進」」と11「又曰、「三諫而不レ聴則逃レ之」」は金句集諸本では〈臣下事〉の七番目と八番目（または六番目と七番目、あるいは九番目と十番目）という形で連続しているものであった。こういったケースが部門ごとに見られることも、金句集そのものから抜き書きであった可能性を示唆するものである。

このことに関連して、6の「『帝範』曰、「君択レ臣而授レ官、臣量レ己而受レ職」」は、伊達本では〈臣下事〉の追加之分の八句目、山岸本では、〈帝王事〉の三十句目であり、いずれも『月庵酔醒記』の前後の句とは順番が異なるが、大東急本・東北大本・村岡本は〈帝王事〉の十九句目または二十句目であり、順番としては前句〈帝王事〉十五句目または十六句目と後句〈帝王事〉二十五句目または二十六句目の間に位置することになり、『月庵酔醒記』の順番通りとなっている。つまり、『月庵酔醒記』もこのような並びの金句集に基づいている可能性が高いといえる。

ただし、この三本のいずれかが月庵が用いたテキストであったとはいいがたい。

たとえば、12「『上略』曰、」の句は、他の二本が〈臣下事〉に入っている句であるのに対して、大東急本のみは〈慎身事〉の末尾の四十四句目にあり、前後の句との順番どおりにはなっていない。また、次の13「『後漢書』曰、「破レ家為ニシレ国、忘レ身奉レ君」」と14「『史記』曰、「我ハ文王子、…」」は、東北大本では、〈黎元事〉に配置されており、その前後の12と15が〈臣下事〉に配置されていることから、やはり『月庵酔醒記』の並びとは異なっている。

それでは村岡本が最も『月庵酔醒記』に近いかというと、27「『論語』云、「不レ用二於世一而不レ怨レ天。不レ知レ己不レ過レ人」」と28「『史記』云、「酒極則乱。楽極則悲」」の順番が他本とは逆になっており、完全に『月庵酔醒記』の順番と一致するわけではない。

もちろん、以上は月庵が金句集からの抜き書きをした際に、すべての句を金句集の掲載順に抜き出したと仮定したうえでの話であり、抜き出し作業の中で、隣り合った句の前後が逆になることも十分あり得たであろうから、村岡本と同じ掲載順の金句集が直朝の手許にあった可能性はあろう。だが、出典名や句に用いられることばの異同という面から見ると、単純に村岡本そのものが直朝の手許にあったとはいいがたいのである。

たとえば、15「『文選』曰、「忠臣不レ仕二二君一、貞女不レ改二二夫一」」では、

伊達本…前句「文集曰」に引き続き、「又曰」とする。すなわち「又曰」は「文集曰」ということになる。また、「忠臣」の部分は「賢人」となっている。

大東急本…前句「文集曰」に引き続き、「又曰」とする。すなわち「又曰」は「文集曰」である。ただし、伊達本と違い『月庵酔醒記』同様「忠臣」である。

東北大本…前句「文選曰」に引き続き、「又曰」とするため『月庵酔醒記』同様、典拠は『文選』である。また、「忠臣」である。

村岡本…「文選曰」と始まる前句との切れ目がない。つまり、『月庵酔醒記』同様、典拠は『文選』ということになる。また、「忠臣」とする。

となっており、15については、直朝の手許にあった金句集テキストは、東北大本や村岡本に近い形のものであったといえる。

ところが、17「『帝範』曰、「有《ルヲ》レ功不レ貴則、善不レ勤。有レ過而不レ諫則、悪不レ懼」」での異同を見ると、事情は少し違ってくる。

伊達本…「帝範曰」ではなく「史記曰」となっている。また、「不レ貴」は「不レ賞」となっている。山岸本も同じ。

大東急本…「帝範曰」ではなく「史記曰」となっているが、前句が「帝範曰」である。ただし、「不貴」は「不賞」となっている。村岡本も同じ。

東北大本…「帝範曰」ではなく「史記曰」となっているが、前句が「帝範曰」である。また、『月庵酔醒記』同様「不賞」ではなく「不貴」である。

ここでは、すべてのテキストが句の出典を「帝範」ではなく「史記」とする。伊達本と山岸本ではその誤りの理由がわからないが、大東急本・東北大本・村岡本は当該句の前句が「帝範曰」で始まるものであった。つまり、直朝が『月庵酔醒記』に金句集からの抜き書きを行った際、誤って抜き出そうとした句の前句の出典名を書いてしまった可能性が考えられよう。また、この部分に関しては、「不貴」が共通している点、村岡本ではなく、東北大本が直朝の手許にあった金句集に一番近いということになろう。

これらの作業からわかるのは、現時点で確認しうる金句集には『月庵酔醒記』と完全に一致する金句集はないが、少なくとも直朝の手許には、大東急本、村岡本、東北大本に近い形態を持つ金句集があったということであろう。また、今後完全に一致する金句集テキストが見いだされる可能性も高い。

ところで、これまでの作業から浮き彫りになってきたのは、『月庵酔醒記』の典拠資料の問題だけではない。抜き書きの方法から見える直朝の「編集」態度である。

直朝が手許にあった金句集から金言成句を抜き出す場合、基本的には金句集の掲載順に抜き書きをしたことがわかる。そして、その際、金句集が前の句との連続で「又曰」としているものであっても、直朝が前の句を拾わなかった場合は、抜き出した句の典拠を明記する。先に挙げた15や17のような現象は、こういった作業の過程で起こったものであろう。

逆の事例もある。たとえば、20「又曰、「君子不レ学不レ知二其徳一」」については、諸本すべて「漢書曰」とする。『月庵酔醒記』の場合は、抜き書きの結果、前の句が「漢書曰」となったため、典拠の重複を避けるための処置であったと考えられる。

つまり、直朝による金句集の抜き書きは、単なる機械的作業ではなかったということである。

三　「古人之語三十二」に選ばれた金言成句の傾向

ところで、前節にて述べた直朝の「編集」態度とは、百三十一句ほどの金言成句から三十二句を抜き出して並べる際の体裁の調え方に関するものであったが、本来百三十一句はあったと思われる金句集から三十二句を選び出す、「抜き書き」という作業そのものが、それを行う人間の意向を反映した「編集」作業であろう。すなわち選ばれた句は、編者である直朝がとくに重要であると考えたものと判断して良い。それでは、いかなる基準で直朝は金句集から三十二の金言成句を抜き出したのであろうか。

そこで、「古人之語三十二」に選ばれた金言成句の主題を、その内容からいくつかに分けてみたのが次の分類である。

諫言…臣下の諫言を受け入れること。
賞罰…適切な賞罰の必要性。
人材…適切な人材を選ぶこと。とくに賢者を厚遇すること。
明徳…上に立つ者が賢明であること。
忠節…臣下が主君に忠節を尽くすことの重要性。

暗愚…上に立つ者が暗愚であることの危険性。
讒佞…讒言をしたり諂ったりする臣下の危険性。
倹約…贅沢をせず、倹約につとめることの勧め。
勧学…学問の必要性。
避禍…禍を避けるために用心すべきであること。
孝養…親への孝を尽くすこと。
文武…文武両道たること。
慎身…行動を慎むこと。
仁徳…民の辛苦を思いやること

この分類に従って、三十二句の主題の分布を見ると、

人材…6例、勧学…5例、避禍…3例、諫言…2例、賞罰…2例、明徳と忠節…2例、讒佞…2例、忠節…2例、慎身…2例、明徳と暗愚…1例、倹約…1例、孝養…1例、文武…1例、仁徳…1例、諫言と暗愚…1例

という結果になった。（〈表2〉参照）

六例と最も多かったのが、賢臣を選ぶべきことを説く「人材」であるが、これは臣下の諫言を入れるべきことを説く「諫言」（二例）や佞臣を遠ざけるべきことを説く「讒佞」（二例）に分類される句とも内容的には通じるものであることを考えると、約三分の一にあたる十例が賢臣を選び用いることの必要性を説く句であることがわかる。また、次に五例と多かった「勧学」については、「避禍」「倹約」「孝養」「文武」「慎身」「仁徳」といった、明君たるために身を治めよといった類の金言と通じるものともいえよう。「勧学」とこれらを併せると一四例となる。さらに、やは

り政道論には欠かせない「賞罰」が二例。このように見ると、三十二句のうちのほとんどは、上に立つ者への心得を説いたもので、臣下の立場にいる者が心得るべき金言の範疇にある「忠節」と「諫言と暗愚」は併せて三例しかない[※10]ことがわかる。

四　「文覚状」における文覚の教訓

ところで、先に確認したように、008〈政道〉の項目は、「古人之語三十二」「頼家江文覚上人之返状」（文覚状）「今川了俊息仲秋仁遺ス制詞廿三ヵ条」（今川状）の三つからなっている。「古人之語三十二」として選ばれた金言成句の主題の傾向と、後の二つの教訓とは、いかなる関係にあるのであろうか。

「古人之語三十二」に続くのが「頼家江文覚上人之返状」（以下、「文覚状」とする）である。その内容は、源頼家から父頼朝追善の祈祷を求められた文覚が、不行跡の噂の絶えない頼家に苦言を呈するというものであった[※9]。本状が本当に文覚の手になるものかどうかは不明だが、「明恵上人伝」「頼朝佐々木被下状」（頼朝状）「泰時御消息」（泰時状）と併せて『詞不可疑（渋柿）』として群書類従にも収められていることからも明らかなように、後の時代には武家の教訓書に準ずるものとして享受されていたと考えられる[※11]。

さて、全文を引用すると長くなるため、その概略を述べると、以下のとおりとなる。

　重ね重ねの依頼ではあるが、右大将殿（頼朝）の後世については、仰せがある以前から念願しているところである。ただし、「不儀」をふるまう家には、いかなる祈りであってもそれが叶うことはない。自らを祈るのではなく、まずは国土万民を祈るべきである。自らの身を治め、政を調えて、その上での祈祷であれば、効果もあろう。仏神は徳と信とを納受されるのであり、「心うるはしき人」を守られるのである。むやみに殺生をせず、命を大切にするのが良い将軍である。我が身が治まれば、国土も自然に治まるのである。京では、殿（頼家）はたいそう狩りを好み、人の歎きを顧みることなく、浪費をし、諫言に耳を貸さないため、表面上では追従を言いながら陰で謗っている者が多いとの評判である。そのような状態で、どうして親の跡を継いで、帝をお守りし、国土の固めとなることができようか。私に祈祷を依頼するのであれば、それを直してからである。まずは厳しい諫言に耳を傾けなさい。自らの科を知ることが国を治めるためには必要である。

文覚は冒頭において、生前頼朝が行った東大寺修造、神護寺興隆への貢献を挙げ、「徳を行じ、善を好む人にとりて、祈は叶事にて候」とした後に、「不儀をふるまふ家には、いかなる祈も不レ叶候也」とする。文覚のいう「不儀」とはすなわち「無道に物の命をたち、徳にめで、財にふけり、歓楽し、明し暮ほどに、人の歎をしらず、国もやすからぬ」ものである。それは後半で、京での頼家の評判が「いたく狩を好み、人の歎をもしらせ給はず。世のつゐへをかへりみ給はず、諫事をもき丶入給はず、弥、御あやにくなる」ものであるとする記述に呼応するものであった。実はこれが頼家からの祈祷の依頼を断る一番の理由であったのだが、その心はその後に述べられる、

> 放逸不儀なるが、さすが我身をたもたばやと思ふ人、僧侶にあつらへ、諸道に仰て、祈祷すれば、僧侶、可レ然仰候也とて祈申。まして外法の諸道は云におよばず。たのもしげに申て祈たれども、其旦那よからざれば、あへて感応なく、かへりてあしく候也。代を有のま丶に、さひ〳〵と申候はん者に、御祈を仰付て、御身の過を聞召て、押なをし〳〵してぞ能候べき。御身におさまらずして、只祈れと計は、あやふき事にて候。

という部分に説明されている。そして、これがその後も続く「文覚状」全体の主張として繰り返されるのである。とくに「文覚状」の末尾には、

> あらましごとを心にまかせて申候へば、一定うとまれまいらせべきなれ共、それくやしくおもふまじく候也。よ

> くてもよくおはしませとてこそ、申事にて候へ。物しりたる人の、本文を引て申をうけ給はれば、「君の為によき事を一言も申出したるは、千両の金をまいらせたるには、はるかにまされる」と、明王はさだめをかせ給ひて候なり。げにも、殿の御身には、金は何にかはせさせ給ふべき。君に黄金をまいらせたらんよりは、国土をしづめて、米銭を多し、人民を豊になしてまいらせ給ふべく候。それぞ御慈悲にて候べき。いかにも〱我身の科をきかせ給へ。科を聞ずして国を治んとするは、病をいとひて薬をそむくごとくの事と承候也。科を聞事は、色代せざらん忠儀の殿人、宗の御堅所にて有べく候なり。ひた口の木法師に御めをみせて、ひそかに申させて、きこしめせ。そしりを申候とて、いかにも御腹立候な。能々念じてきこしめせ。あつきやいとうをこらへてやけば、病はいゑ候也。所詮、此御代は何事も目出たし〱と、色代申さん者に過たる毒はあるまじく候。我が科をしらする者は、忠節申と深《フカク》思召つめて、御心にかなひていとおしくとも、これはえせ者としり、にくしとも、これはよきものとおぼしめせ。是は世を治るはかりことには、只この事第一の最詮至極にて有げに候。

とあるが、傍線部に注目するまでもなく、諫言を用いることがいかに大切かということを、口を極めて説いていることがわかる。

つまり、「文覚状」における文覚の教訓の柱は、将軍たる者として「心うるはしく、身を治め」よということと、そのためには「我が科をしらする者」、すなわち諫言をしてくれる者こそ大切にせよということの二点に集約されるであろう。

五　「今川状」の教訓

それでは、後に続く「今川了俊息仲秋仁遣ス制詞廿三ヵ条」（以下「今川状」とする）はどうであろうか。

本状は、息仲秋の遠江における政治が悪く、国民から疎まれたので、仲秋の後見である高木弘季を使いとして、仲秋を諌めるために書かれたものと伝えられており、文末の書き止めから「今川壁書」とも呼ばれるが、一般的には「今川状」と呼ばれるものである。本状は「了俊の言動を基礎に、その教訓の形で了俊没後偽作された家訓（壁書）のたぐい」[※12]であるとされる。その内容から、江戸時代には往来物の一種として盛行し、寛永七年（一六二二）以降、続々と刊行され、さらには往来物の代名詞のような形で「今川」の名を冠した教科書も多く作られたことは有名である。

冒頭の二十三条はいわゆる「普遍的な倫理の確立を強調」[※13]するものであり、江戸期に入って庶民の教科書として用いられるのに相応しいものともいえようが、「古人之語三十一」との関係で注目したいのは、その後に続く「右条々」以下の文章である。

右条々、常に心にかけべし。弓馬合戦を嗜事は武士の道、めづらしからず。専、是を可レ被二執行一事、第一也。先、国を守べき事、学文なくして政道なるべからざる旨、四書・五経、其外の軍書にも顕然也。然者、幼少の時より、たゞしき輩に相伴、かりそめにもあしき友に随順有べからず。「水は方円の器にしたがひ、人は善悪の友による」と謂事実哉。こゝをもつて、国をおさむる守護は賢人を愛し、民を貪る国司は佞人を好よし、申伝也。君の愛し給ふ輩をみて、其心をうかゞひしれと云事あれば、誠、其恥を知べき也。をのれに過る友をこのみ、己に劣れる友をこのまざるは、善人の賢人也。但、かくいへばとて、人をえらびすつべきにあらず。是は悪き友を愛する事なかれといふ事也。一国一郡を守身にかぎらず、衆人愛敬おく（マヽ）して、諸道成就する事かたし。第一、合戦を心にかけざる侍は、人にすかさるよし、名将いましめをかれける事也。先、我心の善悪をしり給ふべきには、貴賤群聚して来時は、よきと思ふべし。まねくとも諸人うとみ、出入の輩のなき時は、おのれが心行たゞしからざる事をしるべし。乍去、人の前、市をなす事、二種有べし。無理非法の君にも一旦の恐有レ之。又、臣下無道にして、民をむさぼり、謀略の輩、申かすむる時、権門に立くらす事有レ之。如レ斯、境を能々分別して、臣下のみだりをただし、先蹤を守、憲法の沙汰すべき人を、粗ためしつかふべし。意得、大かた日月の草木を照し給ふがごとく、近習にも外様にも、山海はるかにへだゝりたる被官以下までも、昼夜、慈悲・誅罪の遠慮をめぐらし、其人々にしたがひ、めしつかふべき者也。**諸士のかしらをする身の、智恵・才学なく、油断せしめば、上下の人に批判せらるゝ事可レ有レ之。**行住坐臥に仏の衆生をすくはんと、諸法にのべ給ふごとく、心緒をくだきて、**文武二道を心に捨給ふべからず。**国民をおさむる事、仁義礼智信、一もかけてはあやうき事なるべし。政道を以てとがをおこなへば、人の恨なし。非儀をかまへて死罪せしむる則ば、其恨ふかし。然ば、因果の科をのがれがたし。専一には、**臣下の忠・不忠を分別して恩賞有べき事、簡要也。**莫太の所帯を持、妻子以下、無益の働に私用をかまへ、弓馬無器用にして、人をも扶持せざる輩に、所領をあて行事、無益也。諸家の儀、先規より知行相違せずといへども、其時の主人の心持によりて、威勢振、多少事也。すでに合戦の道可レ存家に生て、所領を徒にして、兵をもたずして、天下のあざけりを不レ恥儀は、偏に口惜かるべき次第也。壁書如レ斯。

主張の中心が傍線部分と考えられるため、それらを中心に要約すると、次のようになるだろうか。

武士のたしなみである弓馬合戦の道はもちろんのこと、「学文」が必要である。文武二道を怠ってはならない。とくに「諸士のかしら」には、「智恵・才学」が求められる。佞臣を退け、賢臣を用いることや、正しい賞罰を行うことが大切である。

ここでいう「諸士」の頭とは、仲秋のことであり、ひいては今川家のような守護大名の立場のことであろう。すなわち、領国を治める身としての心得として、「賢臣を選び、正しい賞罰を行うために、学問を怠らないこと」という教訓となろう。

ここで改めて〈政道〉における「古人之語三十一」と「文覚状」、「今川状」の関係を見ると、「古人之語三十一」で直朝が選んだ金言成句の主題の傾向と、「文覚状」「今川状」における教訓の傾向がほぼ一致することがわかるであろう。すなわち、「諫言を厭わない賢臣を用いること」「正しい賞罰を行うこと」「学問を怠らず、身を治めること」に集約されよう。また、「古人之語三十一」に「文武二道」が入っていることは、「今川状」が「文武二道」を重視する態度に重なる。さらに、「古人之語三十一」の三十二句のほとんどが上に立つ者の心得である中で、臣下の立場にいる者が心得るべきことを説くものがわずかに混じっているところは、「今川状」が、一国の主である守護大名クラスの人物に向けての教訓であることに通じるものといえよう。

つまり、『月庵酔醒記』上巻の〈政道〉は、その教訓の選び方の傾向から見て、守護大名クラスの子弟を読み手として想定して編集されたものであった可能性が高いといえるのではないだろうか。

六　まとめにかえて

以上、『月庵酔醒記』上の前半が、緩やかな連関性をもって続いており、とくに、〈武篇〉から始まる一連の項目は、大名クラスに必要な知識を掲載したものである可能性があることを指摘した。その可能性を検証する作業として、とくに〈政道〉について取り上げ、「古人之語三十一」が金句集からの抜き書きであること、そして、その抜き書きの方法や傾向から、直朝がある指向のもとに編集を行っていることを確認した。さらに、後に続く「文覚状」「今川状」の主たる教訓内容が、「古人之語三十一」とほぼ一致することを述べ、この〈政道〉が守護大名クラスの子弟を想定して編集されたものではないかと推測した。

もちろん、本稿は一つの可能性を示したものに過ぎない。直朝の編述意図については、『月庵酔醒記』全体を通して、より多角的な視点からの議論がなされるべきであろう。今後の課題としたい。

※注

1 美濃部重克・服部幸造・弓削繁編『月庵酔醒記（上）』（二〇〇七年、三弥井書店）、『月庵酔醒記（中）』（二〇〇八年、三弥井書店）、『月庵酔醒記（下）』（二〇一〇年、三弥井書店）。

2 小助川元太『行誉編『壒嚢鈔』の研究』（二〇〇六年、三弥井書店）。

3 なお、刊本『壒嚢鈔』巻四の冒頭は、「天神七代・地神五代」から始まる。

4 宮本義己『戦国武将の養生訓』（二〇一〇年、新人物往来社）。

5 山内洋一郎『天草本金句集の研究』（二〇〇七年、汲古書院）。

6 前掲（5）。

7 現存する金句集の諸本については、山内洋一郎氏によって以下の十五本が紹介されている。（前掲『天草本金句集の研究』）

①伊達本…伊達家蔵金句集。一冊。江戸初期写。

②東北大本…東北大学付属図書館蔵金句抄。一冊。天正二十年（一五九二）写。

③村岡本…村岡典嗣氏旧蔵金句集。天理図書館蔵。一冊。江戸初期写。

④久原本…久原文庫蔵金句集。一冊。室町末期写。散逸。京都大学付属図書館に昭和七年の謄写本あり。

⑤大島本…大島雅太郎氏旧蔵金句集。一帖。慶長十三年（一六〇八）写。山田忠雄氏蔵。

⑥山岸本…山岸徳平氏蔵金句集。一冊。江戸末期写。田村宗永旧蔵。

⑦静嘉堂本…静嘉堂文庫蔵金句集。一冊。天正十四年（一五八六）写本の転写。松井簡治旧蔵。

⑧西明寺本…西明寺旧蔵金句集。一冊。室町末期江戸時代初期の交の写。吉田澄夫氏旧蔵。
⑨川瀬本…大東急記念文庫蔵金句集。一冊。室町末期写。川瀬一馬旧蔵。
⑩龍門本…龍門文庫蔵金句集。一冊。室町末期写。
⑪薬師寺本…薬師寺蔵金句抄。一冊。「随得雑録」のうち。室町末期写。
⑫尊経閣本…尊経閣文庫蔵金句抄。一冊。永禄元年（一五五八）写。
⑬松平本…松平頼武氏蔵金句集。一冊。大永四年（一五二四）写。
⑭春日本…春日平蔵旧蔵金句抄。一冊。江戸初期写。山田忠雄氏蔵。
⑮雑記本…尊経閣文庫蔵金句集。一冊。室町後期写。
このうち、①②③⑥⑦⑨⑬⑮については、影印または翻刻がある。
①⑥…福島邦道『金句集四種集成』（勉誠社、一九七七年）※影印
②③…吉田澄夫（東洋文庫、一九六九年）※翻刻
⑦…山内洋一郎『近代語の成立と展開』（和泉書院、一九九二年）※影印
⑨…『大東急記念文庫叢刊　中古中世編　類書Ⅱ』（汲古書院、二〇〇四年）※影印
⑬⑮…山内洋一郎『天草本金句集研究』（二〇〇七年、汲古書院）※影印

8　中巻〈後鳥羽院番鍛冶次第〉〈造物始〉下巻〈京五山〉〈鎌倉五山〉など。

9　なお、文覚状については、東大史料編纂所に足利於菟丸氏蔵本（喜連川本）文覚状の謄写版がある。古河公方の家に伝わるものとして、『月庵酔醒記』の「文覚状」との関係があるかもしれないと考えたが、調査の結果、異同が多く、直接の関係性は認められなかった。

10　なおこの数は金句集そのものの部立とは一致しない。（表2）『月庵酔醒記』所引の金言成句の中で〈臣下事〉からの引用は七

30	善游者溺、能乗者堕。以其所好反自不禍	避禍	油断をしないこと	慎身事
31	毎一食一便念稼穡之艱難、毎一衣一則思紡績之辛苦	仁徳	民の辛苦を思う	慎身事
32	耳目為患、口舌為禍。故君子以慎為、以恐為門	避禍	言動を慎むこと	慎身事

『月庵酔醒記』「鎌倉の地蔵桜」攷

佐々木雷太

はじめに

天正年間の成立とされている『月庵酔醒記』全三巻は、古河公方晴氏・義氏父子に仕えた、譜代の重臣のひとり一色直朝（法号「月庵」・一五二六～九七）の編纂による人文学的な「百科全書」的内容の随筆である。同書の内容は、和歌・漢詩文にはじまり、なぞなぞ・小歌・説話・昔話・食い合わせ・まじないなど、中世から近世へと移行する時期の知識人階層の混沌とした知的関心の片鱗を窺わせる好資料として注目されている。[※1] しかし『月庵酔醒記』に展開された内容が、文学史において、いかなる系譜上に位置付けられ、かつ一色直朝が、それらの内容に対して、いかなる関心を抱いていたかについては、いまだ未解明な部分が多い。本稿では、その『月庵酔醒記』下巻に収められた「鎌倉の地蔵桜」を採り上げ、本話の成立背景、そして本話を筆録した一色直朝の意図について考察を試みた。

一　「鎌倉の地蔵桜」と謡曲「田村」

ここで、以下に「鎌倉の地蔵桜」の全文を提示し、その概要を述べる。

一　鎌倉室《(室)》戒寺、方丈の庭の桜は、材木坐の町人の、植てもち《(持ち)》たるを、十七八歳の法師、きたつて《(来たって)》、是を乞《(乞ふ)》。常にみなれぬ《(見慣れぬ)》かほばせ《(顔)》の、いとめでたく侍る法師なれば、あやしめて《(怪しめて)》、帰るかた《(方)》をとめゆき《(尋め行き)》けるに、御堂のうち《(内)》にいるとみえしが《(見えしが)》、元居ざる《(マ マ)》。地蔵菩薩のこはせ《(乞はせ)》給ひける、うたがふ《(疑ふ)》ところなしとて、うつし《(移し)》植て参らせけるとぞ、其《(其の)》院主の申されし。花は『明ぼの《(曙)》』といふ桜なり。※2

鎌倉の宝戒寺の方丈に植えられている桜は、元来、材木座に住む町人の庭木であった。ある時、その町人の家に、十七、八歳ぐらいの若い僧侶が訪れ、庭木の桜を所望した。町人は、その僧侶が見慣れない気品のある人物であったことから、不審に思い、彼が帰る跡を付けていった。すると、その僧侶は、宝戒寺の御堂の中に入っていったので、町人が御堂を覗いてみたが、そこには杳として人影はなかった。町人は、先ほどの僧侶は、この御堂に祀られた地蔵菩薩の化現で、その地蔵菩薩が桜を所望されたのだと思い、その桜を宝戒寺に移植したと、このように宝戒寺の住持が仰った。その桜の名は、「曙」である。

地蔵菩薩は釈迦の涅槃から弥勒の成道までの五十六億七千万年に及ぶ「無仏」の期間に、衆生済度を悲願とする、錫杖を携えた遊行の沙門として認識されていた。鎌倉においても地蔵信仰が流行し、その霊験譚が喧伝された様子は、無住『沙石集』巻二・五「地蔵の利益の事」とする章段が立てられていることからも窺われよう。※3もっとも、本稿で採り上げる「鎌倉の地蔵桜」の主題は、宝戒寺に祀られた地蔵菩薩の霊験譚が主題とされるわけではなく、飽くまで宝戒寺境内に植えられていた桜の名木の由来譚であるが、本話もまた、鎌倉の中世における一群の地蔵説話から派生した説話と解するべきであろうか。

他方『月庵酔醒記』には、謡曲と関連が深い記載が認められる。具体的に指摘すると、『月庵酔醒記』中巻「巷歌」には「観世々阿作」〔089—04〕と伝える室町歌謡が、これに続く「猿楽禁裏江不レ召事」〔090〕には観世流の起源と謡曲「山姥」の成立を主題とする説話が収められている。※4 このように、一色直朝が、謡曲に対して、少なからざる関心を懐いていたことに注目するならば、この「鎌倉の地蔵桜」には、地蔵菩薩の霊験譚および桜の名木の由来譚という側面のほかに、謡曲による影響という側面に視野を拡げることも可能であろう。では、この「鎌倉の地蔵桜」には、いかなる謡曲との関連が指摘可能なのであろうか。

げにや気色を見るからに、ただ人ならぬ粧ひの、其の名、いかなる人やらん。
いかにとも、いさや、其の名もしら（白・知ら）雪の、跡を惜しまば、此の寺に、帰る方を見給へ。
帰るや、いづこ、芦垣のま近き程か遠近の
便木《たづき》も知らぬ山中に、覚束なくも、
思ひ給はば、我が行く方を見よやとて、地主権現の御前より、下るかと見えしが、下りはせで、坂の上の、田村堂の軒漏るや、月の村戸を押し明けて、内に入らせ給ひけり、内陣に入らせ給ひけり。※5

以上は、世阿弥の娘婿にあたる金春禅竹（一四〇五～六八）の作に比定される謡曲「田村」の前場キリ（終末部分）のロンギの部分である。無論、これだけでは余りにも唐突であり、謡曲「田村」と「鎌倉の地蔵桜」との関連を指摘するのは困難であろう。そこで取り敢えず、謡曲「田村」の梗概を示し、この謡曲「田村」と「鎌倉の地蔵桜」との間に、いかなる側面において関連性が指摘できるのかについて考察を試みる。

春の弥生半ばに、東国からの旅僧の一行が、清水寺へと参詣する。時節柄、満開の地主権現の桜に見とれていると、一人の花守りの童子が現れ、地主桜の美しさを称え、観音の利益を讃歎しながら、地主桜の根本を掃き清めている。旅僧が童子に語りかけると、童子は清水寺の縁起につき、大和の子島寺の延鎮が、坂上田村丸と師檀関係にあったことを語り、また月に照り輝く地主桜の華麗さと観音の霊験とを賞讃し、意味深長なことばを残して、田村堂の中へと姿を消す（以上前場）。

【間狂言・清水寺門前の者が登場し、旅僧の求めに応じ、清水寺の縁起と坂上田村丸の武勇を語る。その後、門前の者は、旅僧から、先刻の花守りの童子のことを聞き、恐らく、その童子は田村麻呂の化現であろうと述べ、旅僧に供養を勧め立ち去る。】

旅僧の一行が、明月に照らされた満開の地主桜の本で、法華経を読誦していると、甲冑を帯した、在りし日の田村麻呂の雄姿が幻出する。田村麻呂は、勢州鈴鹿の鬼神を征伐する勅命を賜り、敵地へと下向するに及び、この清水寺の観音を礼拝し、この観音の絶大な霊験を蒙り、鬼神を調伏したことを語り、清水寺の観音を礼賛する。（以上後場）

以上が謡曲「田村」の梗概である。「鎌倉の地蔵桜」との関連が想定される、謡曲「田村」前場のロンギの部分は、前場の終結部分にあたり、花守りの童子（＝田村丸の化現）が、旅僧に対して、自らが尋常ならざる存在であることを仄めかしつつ、田村堂へと姿を消してゆくという、文芸的にも芸能的にも極めて印象深い場面なのである。ここで改めて、「鎌倉の地蔵桜」・謡曲「田村」の当該箇所を左に提示する。

［一］「鎌倉の地蔵桜」

常にみなれぬかほばせの、いとめでたく侍る法師なれば、あやしめて、帰るかたをとめゆきけるに、御堂のうちにいるとみえしが、元居ざる。（傍線部・私意）

［二］謡曲「田村」前場・ロンギ

げにや気色を見るからに、ただ人ならぬ粧ひの、其の名、いかなる人やらん。いかにとも、いさや、其の名もしら雪の、跡を惜しまば、此の寺に、帰る方を見給へ。帰るや、いづこ、芦垣のま近き程か遠近の便木も知らぬ山中に、覚束なくも、思ひ給はば、我が行く方を見よやとて、地主権現の御前より、下るかと見えしが、下りはせで、坂の上の、田村堂の軒漏るや、月の村戸を押し明けて、内に入らせ給ひけり、内陣に入らせ給ひけり。（傍線部・私意）

「鎌倉の地蔵桜」に登場するのは「十七八歳ほどの法師」であり、他方、謡曲「田村」の前場に登場するのは「（俗体の）童子」であるが、両者はともに、ただならぬ気品を漂わせた尋常ならざる人物であり、かつ桜の名木と深い関わりが語られることが共通している。もとより「鎌倉の地蔵桜」と謡曲「田村」の表現が、完全に一致するわけではないが、謡曲「田村」に見られる引歌や掛詞による文飾を削ぎ落とし、かつ詞章により示される視点が、「十七八歳ほどの法師」あるいは「（俗体の）童子」が、自らを祀る堂宇の中へと消え去る、という行動に向けられていることに注目するならば、この両者の親近性が首肯せられよう。

現在の宝戒寺には、「鎌倉の地蔵桜」に取り上げられた「明ぼの」という桜の名木についての所伝は残されていないようであるが、では、この「鎌倉の地蔵桜」は、宝戒寺の地蔵菩薩を、いわば「狂言回し」として利用し、かつて鎌倉で高評を博した桜の名木の美しさを、京でも有数の名木のひとつとされた、地主権現の桜に擬えたに過ぎないものなのであろうか。

二　宝戒寺、地蔵菩薩と足利一門の地蔵信仰

では、この「鎌倉の地蔵桜」の舞台となった宝戒寺とは、いかなる寺院なのであろうか。日本歴史地名大系一四『神奈川県の地名』「宝戒寺」項には以下のようにある。

鶴岡八幡宮三の鳥居の東にある。天台宗、金竜山釈満院円頓宝戒寺という。開山、恵鎮、開基後醍醐天皇。本

尊、地蔵菩薩、もと京都延暦寺末。建武二年《（一三三五）》三月二十八日、足利尊氏が大住郡金目郷（現・神奈川県平塚市に所在）半分を当寺に寄進した寄進状に、「当今皇帝《（後醍醐天皇）》、被レ施二仁慈之哀恤一、為レ度二怨念之幽霊一、於二高時法師《（北条高時）》之旧居一、被レ建二円頓宝戒之梵宇一」とあり、これにより当寺は後醍醐天皇が北条高時の冥福を祈るため高時屋敷跡に建立しようとしたものであることがわかる。しかし、建武新政の破綻後、その修造は足利氏によって進められ

（下略）

建武四年《（一三三七）》には足利直義、貞和四年《（一三四七）》には吉良義満、そして観応三年《（一三五二）》には再度、足利尊氏が寄進を行うなど、足利一門の帰依が篤かった様子が窺われよう。そして、この宝戒寺の本尊こそが、貞治四年《（一三六五）》の胎内銘が認められる、木造・地蔵菩薩坐像（現・国指定重要文化財）であり、この「鎌倉の地蔵桜」に登場する地蔵菩薩に他ならないのである。[※6]

なお、宝戒寺には、この本尊の木造・地蔵菩薩坐像以外にも、足利尊氏の念持仏との寺伝をもつ南北朝期の木造地蔵菩薩坐像も伝存することから、[※7]宝戒寺は足利尊氏を筆頭に、足利一門による地蔵菩薩信仰の中心的な有力寺院のひとつであったことが確認されよう。

初代足利将軍である尊氏の信仰の諸相については、つとに、辻善之助博士による先駆的な研究が知られるが、[※8]尊氏による多様な信仰のうち、特筆されるのは、やはり地蔵信仰であろう。尊氏が、地蔵を篤く信奉した理由として、辻博士は、左記に示す、義堂周信の日記（後代の編纂箇所も多い）『空華日用工夫略集』永徳二年《（一三八二）》十月一日条を提示している。

> 命鶴《（饗庭氏直）》霜台来《ル》。茶話《ノ》次《デ》、及《ビ》三尊氏将軍赴《クニ》二九州一《ヘ》、途中《ニ》夢《ミラク》、迫《リ》二敵軍一、避《ケ》二上《ルニ》一《ル》山一《ニ》、々頂路絶《シ》、殆欲二墜堕一《セント》。顧二引《スルニ》仲氏古山手《（足利直義）》一《ヲ》、尽《クシ》レ力《ヲ》抵《フ》レ壁《ニ》。忽《トシテ》見《ルニ》下一比丘僧《ノ》、作《ル》二地蔵菩薩形一《ト》者上《ヲ》、把《リテ》レ手《ヲ》跳過《シ》、達《ス》二于太平原坦夷一《ニ》。則乃《チ》見《テ》下家族高氏兄弟等《ノ》、将《テ》二数千軍一《ヲ》来《リ》迎上《フト》、而乃《チ》夢覚《ム》。及《ビ》三後《ニ》達《スニ》二九州一《ニ》、

築㆓塁㆒《スルハ》於某州太平原㆒《ニ》、夢乃験《ナリ》矣。自《リ》㆑爾尊氏、自《ラ》絵《キ》㆓地蔵菩薩像㆒《ヲ》作《ルニ》㆑讃《ヲ》、有《ルハ》㆓夢中感通之句㆒、是也。※9

つまり、建武三年（一三三六）、新田義貞勢との戦いに敗れた尊氏が、九州へと撤退した折、尊氏・直義兄弟が断崖絶壁の山へと敵軍に追い詰められ、進退窮まったところ、地蔵菩薩に変じた比丘に助けられるという霊夢を蒙った。実際に、九州に到着してみると、その霊夢に見たままの土地に至った。このことがあってから、尊氏は地蔵菩薩への信仰を深め、自ら地蔵菩薩の図像を描いたと伝えている。

合戦の過程で霊夢を蒙るという説話は、極めて類型的であり、例えば『梅松論』では、尊氏・直義兄弟が九州へと撤退した折の霊夢として、観音や天神の夢告があったと伝えている。また、有力者や為政者による「信仰」は、基本的に特定の有力寺社の既得権益と直結していたことから、有力者や為政者が、果たして誠心誠意「信仰」していたかについては、懐疑的にならざるを得ない。しかし、尊氏による地蔵信仰の場合は、必ずしも特定の寺社と直結するわけではなく、いわゆる「日課地蔵」なる尊氏自筆とされる地蔵菩薩図像が、現在に至っても十数例の伝存が確認されているという状況をも考慮するならば、やはり尊氏個人が、殊の外に地蔵菩薩という尊格を崇敬していたものと想定されよう。※10

もとより、尊氏に限らず、武家が地蔵菩薩を信仰する背景としては、いわゆる「矢取り地蔵譚」が注目されよう。※11 この「矢取り地蔵譚」とは、戦場で矢が尽きて苦戦を強いられている武士の許に、ひとりの比丘が訪れ、戦場に散在する矢を取り集めることで、合戦を勝利に導くが、気が付くとその比丘の姿が見えない。後日、その武士が、日頃、信仰している地蔵菩薩に参詣したところ、その尊像には矢疵や泥撥ねの痕があり、戦場に現れた比丘本人であったと確信するという内容である。この「矢取り地蔵譚」は、院政期成立の『今昔物語集』一七「地蔵菩薩、小僧の形に変じて箭を受くる語・第三」に見られることから、奇しくも武士の勢力が中央政権へと影響を強めていく状況と、軌を一にして流布していたとも言えよう。

故に、足利将軍家および足利一門による地蔵信仰は、院政期には成立・流布していた「矢取り地蔵」への信仰と、尊氏個人の地蔵信仰（無論、この尊氏による地蔵信仰も、決して「矢取り地蔵」とは無縁ではないようであるが）との相乗効果により、更に高揚し、更には、その信仰が足利一門以外の有力武家全般への波及も促されたものと想定されよう。

このような、足利将軍家および足利一門に代表される、中世の武家による地蔵信仰のうち、戦場での利益という側面に特化した独自の地蔵菩薩として「勝軍地蔵」の存在が挙げられる。もっとも、この「勝軍地蔵」が、本来、戦勝祈願のみを対象として成立したのか、またその信仰が成立する背景自体についても、依然として未解明の問題が山積しているのが現状である。[※12] しかし、この勝軍地蔵信仰が、明らかに戦勝祈願に特化しつゝ、隆盛する過程において、勝軍地蔵自体の図像学的な解釈に対する画期が生じたことが、左記に示す、景徐周麟の別集『翰林葫蘆集』所載の「勝軍地蔵造冑剣旛光供養」などにより指摘されている。

南無過去寶生佛、即現勝軍那一身、香気作雲従願轂、和風郁々遍城闉

長享元年（一四八七）歳舎丁未九月某日、大檀越征夷大将軍源府君（足利義尚）、出二官庫財一、送レ寺、命レ工、修二飾勝軍地蔵尊像一而裁レ冑伽（加）レ首。剣与旗与、光乃益精明。令二視者拝手稽首一。時方、有二事於江東一。府君、自将レ撃レ之。於レ是乎、出レ洛、軍二于坂本一、遂度二湖水一、軍二于鈎里一。諸将不レ期而會者、數萬騎。凶徒瓦解、一掃而尽矣。而猶有三郡国之不二臣服一者、皆肉祖（祖）、乞二罪於大将軍麾下一。呼（吁）、不二是勝軍菩薩、深弘願力之冥加、顕應而使一レ然耶、為レ不レ誣矣。謹披（按）二此像之始一、元弘建武之間、仁山大相公（足利尊氏）、馬上而取二天下一、心誓謂、若開二吾運一、可三必建二三寺一。然而新造、未レ集レ之、国無レ所レ取レ材。且以二字之从レ寺者一、為レ額。等持寺是也。[※13]［下略］

長享元年（一四八七）九月、将軍義尚は等持寺に寄進し、本尊の地蔵菩薩を修造し、その頭部に「冑（兜）」を被せ、剱や旗によ

り武装形に荘厳したと伝え、かつ、その同時期に発生した近江の守護、六角高頼の征伐の折に、その「勝軍菩薩（勝軍地蔵）」が顕著な効験を発揮したとある。また、この「勝軍地蔵造冑剣播光供養」によると、等持寺は、足利尊氏が三か寺を建立する誓願に代えて、一時的に「寺」三文字を「隠名《かくしな》」とする寺院を建立したことに由来するとあり、同寺の本尊もまた勝軍地蔵であると伝えているが、少なくとも現存する資料に依る限りでは、武装形の勝軍地蔵の造像に言及する最初期の資料のひとつに位置付けられている。

もとより鎌倉の宝戒寺においては、本尊および尊氏念持仏と伝えられる地蔵菩薩像は、ともに通常の比丘形の地蔵菩薩であり、いわゆる武装形の「勝軍地蔵」ではない。しかし、宝戒寺という寺院そのものと足利尊氏および足利一門との縁の深さを考慮するならば、少なくとも一色直朝が活躍していた室町末期の時点において、この宝戒寺の地蔵菩薩にも、武装形の勝軍地蔵と同様の位置づけが計られたと見ることが妥当なのではないだろうか。[※14]

三　清水寺の勝軍地蔵と足利将軍

では、尊氏をはじめとする足利一門が地蔵菩薩を篤信したことにより、地蔵菩薩を本尊とする宝戒寺が庇護され、かつ室町後期において、その宝戒寺の地蔵菩薩に対し、武装形の「勝軍地蔵」の意味合いが加味されたという事例と、坂上田村丸の鬼神征伐に対し、地蔵菩薩ならぬ観世音菩薩が効験を発揮したことを讃歎する、謡曲「田村」との間には如何なる関連性を認め得るのであろうか。

現在、清水寺は、西国巡礼三十三箇所の第十六番札所であることからも明らかなように、平安期以来、観世音菩薩の霊地として信仰を集めてきた古刹であるが、同時に観世音菩薩の両脇侍である地蔵菩薩と毘沙門天の験力が渇仰されてきた名刹でもあった。謡曲「田村」では、田村丸の鬼神征伐につき、本尊の観世音菩薩の験力称揚のみに焦点が絞られているが、左記に示す『元亨釈書』九「感進二」の記載によれば、田村丸の鬼神征伐の利益は、本尊の観世音菩薩ではなく、本尊両脇侍の地蔵菩薩・毘沙門天（「勝軍地蔵・勝敵毘沙門」）による利益に帰着されている。

釈延鎮ハ報恩法師之徒也。居リテ二清水寺ニ一、與二将軍田村一遇シ、因リテ為ル二親友ト一。将軍奉ジレ勅ヲ伐ツニ二奥州ノ逆賊高丸ヲ一、語リテレ鎮ニ曰ハク、我、承リ二皇詔ヲ一征ツニ二夷賊ヲ一、若シ不ンバレ假ラ二法力ヲ一、争カ得ムレ不ルヲレ辱セレ命ヲ。公、其レ加ヘヨトレ意ヲ焉。鎮、諾ス。高丸、已ニ陥シ二駿州ヲ一、次《やど》ル二清見関ニ一。聞キテ二将軍ノ出スト一レ師ヲ、退リテ保ス二奥州ニ一。官師與レ賊交ユルニレ鋒ヲ、官軍、矢尽クス。于レ時、小比丘及ビ小男子、拾ヒレ矢ヲ與フ二将軍ニ一。将軍、異トスレ之ヲ。已ニシテ而将軍、親ラ射テ二高丸ヲ一而斃シ二於神楽岡ニ一、献ズ二首ヲ帝城ニ一。将軍、先ヅ詣シテレ鎮ニ曰ハク、因リ二師ノ護念ニ一已ニ誅ス二逆寇ヲ一。不レ知ラ二師之所ヲ一レ修スル、何ナル法ナル哉ト。鎮、曰ハク、我ガ法ノ中ニ有リ二勝軍地蔵・勝敵毘舎門《ママ》一。我、造リ二一像ヲ一供修セル耳ト。将軍、便チ説キ二一人ノ拾フレ矢ヲ事ヲ一、乃チ入リテレ殿ニ見ルニレ像ヲ、矢疵・刀痕ヲ被リ二其ノ體ニ一、又泥土ヲ塗ルレ脚ニ也。将軍、大キニ驚キ奏スニレ事ヲ、帝、加ヘテ敬ヒタマフ焉。※15

このように『元亨釈書』に語られた、田村丸の鬼神征伐における清水寺の「勝軍地蔵・勝敵毘沙門」の験力は、室町後期の永正十七年（一五二〇）頃には成立していたとされる、東京国立博物館現蔵の『清水寺縁起絵巻』全三巻において、「征夷大将軍の物語」として活写されている。この東京国立博物館本『清水寺縁起絵巻』全三巻が成立した背景につき、高岸輝氏は以下のように明快に指摘されている。※16

『宣胤卿記』・『実隆公記』などに記された詞書筆写の記録から、永正十七年（一五二〇）ごろまでに完成していたことがわかる。詞書を近衛尚通・中御門宣胤・三条西実隆ら公卿が染筆し、絵を絵所預土佐光信と子の光茂が描いた。応仁・文明の乱勃発からおよそ半世紀を経て、当時を代表する公家と絵師が制作に参加した重要な作例である。

［中略］東博本『清水寺縁起絵巻』が成立した永正十四年（一五一七）から十七年の京都は、将軍義稙と大内義興・細川高国

の微妙な勢力均衡関係のなかで小康状態を保っていた時期といえるだろう。〔中略〕
室町幕府成立以来一貫して絵巻制作の中心にいた足利将軍を、絵巻の主人公に重ねて画中に取り込んだ『清水寺縁起絵巻』は、黄昏の室町殿権力に寄り添う人々が求めた伝説の将軍の物語であった。そして征夷大将軍の武力と清水寺観音の霊力によって成立し守護され続ける京都、安定的に支配され続ける国土、という枠組みが絵巻の骨格をなす。それは大乱から再生した首都と、その長い流寓から復活した将軍義稙が最も必要とする、霊威と武威による国家統治の物語であり、足利尊氏に端を発する室町殿絵巻コレクションの二大テーマがここで見事に融合されたのである。

このように見れば、清水寺が古来よりの観世音菩薩の霊地であることはさておき、すでに凋落にあった室町後期の室町幕府にとって、清水寺の勝軍地蔵こそは将軍権力を復興・再生を祈誓する格好の対象であったことが首肯されよう。事実、このような、室町後期の室町幕府による真摯な清水寺の勝軍地蔵信仰の実態は、現在、清水寺に奉祀されている勝軍地蔵の尊容からも明らかである。以下に、『清水寺史（上）』から、清水寺の勝軍地蔵の現存像についての記載を提示する。[※17]

将軍《ママ》地蔵菩薩は立像で、獅子頭付の兜と甲を身につけ、袈裟を偏袒右肩に着けて、右手に剣、左手に錫杖をもって、蓮台に立つ。蓮台は、二つに踏み割り、階段式に上下におき、左沓は下段に、右沓は上段に載せる。台座は右蓮台で、高さ約六五センチメートル。光背は毘沙門天と同様の銅製鍍金で造られた三方火焔付宝輪。材料および構造は、檜材、寄木造り、内刳、玉眼、差し首。制作当初は、漆下地に彩色されていたと思われる跡があり、現在は、全体に古色仕上げになっている。制作年代は室町の末ごろのもので、全体的に被害（注・火災による被害）が少ない。しかし、部分的には江戸初期の補修がある。〔中略〕この現状から、次のように推理することができる。まず鎌倉初期の兵火により、三尊（清水寺本堂の三尊仏）とも焼失した。そして鎌倉中期（文永ごろ？）に再興したものが、さらに室町の中ごろに災害を受け、中尊の復元修理と、両脇侍の再興新造をした。そして寛永六年（一六二九）、最後の火災時に、中尊は室町の災害時と同様に体部だけを救出、両脇侍の毘沙門天は頭部だけを引き抜いて救出、将軍《ママ》地蔵は像全体を救出。いずれも、台座、光背などは焼失した。そして寛永一〇年（一六三三）の本堂復興時に、現在の状態に再興復元されたということである。

清水寺は、『平家物語』にも描かれる、南都・北嶺の抗争をはじめとして幾多の焼亡に見舞われ、その都度、不死鳥の如くに復興を遂げているが、奉祀されてきた諸尊像が、不運にも堂宇と運命をともにすることも、幾度となく繰り返されてきた。清水寺に現存する勝軍地蔵像は、室町中期から末期にかけての造像とされるが、その像容は、まさしく足利義尚以降に、「武神」として流布した武装形の「勝軍地蔵」である。つまり、一色直朝が活躍していた室町末期において、清水寺の本尊脇侍の地蔵菩薩は、征夷大将軍、坂上田村丸の鬼神征伐に効験を発揮した地蔵尊であり、かつ足利将軍家により信奉されてきた「勝軍地蔵」に他ならなかったのである。故に、足利尊氏ゆかりの鎌倉宝戒寺に祀られた地蔵菩薩と、清水寺に奉祀された「勝軍地蔵」とは、桜の名木を基軸として、謡曲「田村」を想起させる素地が、十二分に備わっていたと言えよう。

四　一色直朝と宝戒寺

では一色直朝は、この「鎌倉の地蔵桜」の物語を、いかなる契機により聞き得たのであろうか。現在、報告されている幸手一色氏の系図・系譜は、都合四本が知られているが、このうちの一色峯雄氏蔵「一色系図」による室町後期の記載の概略は左記の通りである。※18

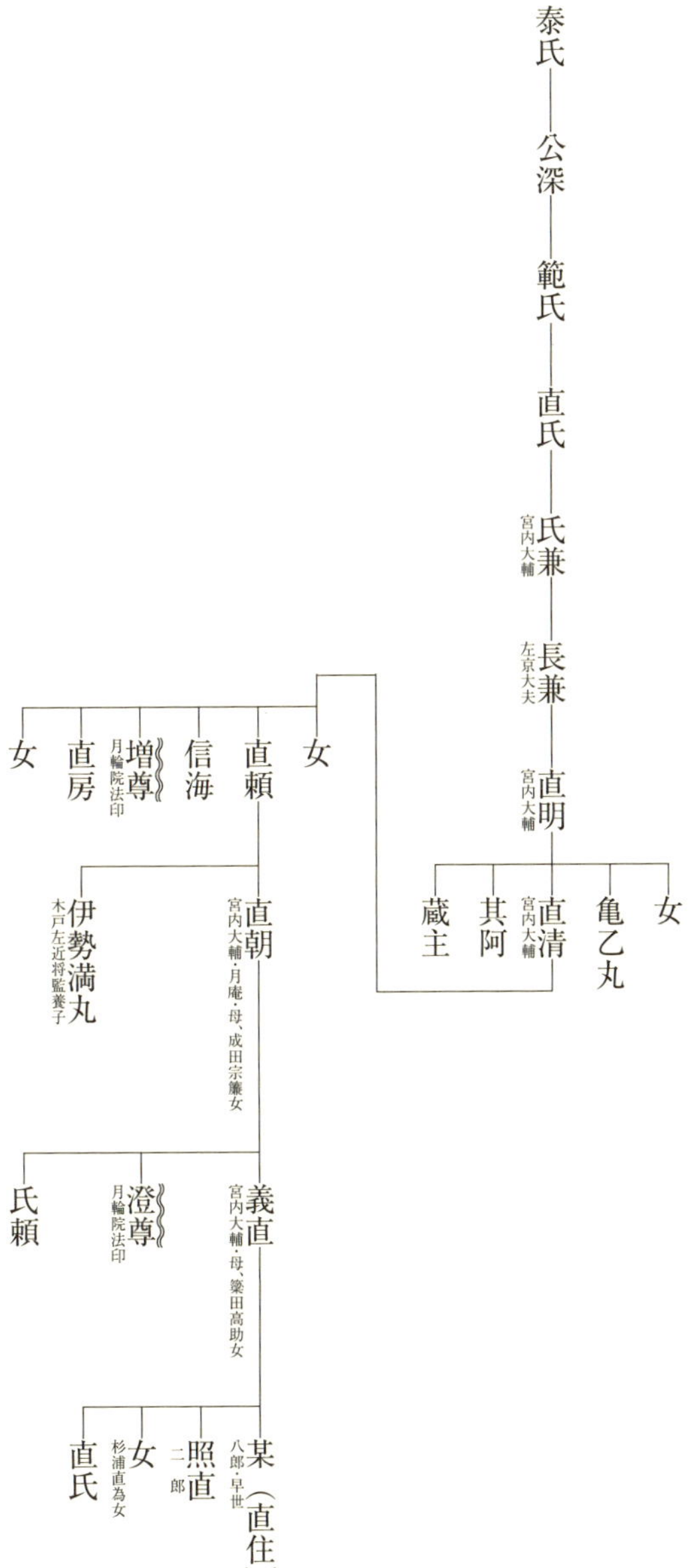

当該系図において、注目すべきことは「月輪院」についての記載であろう。この「月輪院」は、江戸前期には退転し、僅かに旧跡を留めるに過ぎなかったらしいが、天保十二年（一八四一）に成立した『新編相模国風土記稿』九十三「鎌倉郡」二十五に左記の記載が認められる。※19

一心院跡。字、明石にあり。〈里俗、明石の一心院と呼べり。〉其寺跡の地を「寺の跡」とも又は「堂の庭」とも呼べり。そこに巌窟あり。其内に木像の朽たるあり。廃せし年代、詳ならず。成氏の時世には、当寺、護持僧あり。

下又同じ。

『鎌倉年中行事』曰、

「勝長寿院・心性院・遍照院・一心院・月輪院、此五人は、公方様の護持僧なり。※20」

月輪寺《ママ》跡。字、好見にあり。此所に房屋鋪（屋敷）の唱（称）あり。

当時、関東護持僧として走湯山の僧正弘賢、当寺の別当を兼管せり。

『鶴岡八幡宮社務職次第』曰、

「弘賢、左衛門督法印・西南院、治五十六年。

至徳四年（一三八七）丁卯六月、転大僧正。関東護持奉行・走湯山別当・月輪寺《ママ》・松岡八幡宮・大門寺・勝無量院・鑁阿寺・赤御堂・鶏足寺・大岩寺・越後国〈国々府〉付寺・安房国清澄寺・筥根山・平泉寺・雪下新宮・熊野堂・柳営・六天宮、此外〈ナシ〉数々所、別当職兼レ之。※21」

（傍線部分・私意）

月輪院は、現在の鎌倉市十二所に存在した寺院で、南北朝期の至徳四年には、鎌倉公方の護持僧である「関東護持奉行」をはじめ、走湯山以下多数の別当職を兼帯していたとある。

幸手一色氏と月輪院との関係は、一色直朝の叔父の増尊の項に、次のように特筆される。

月輪院法印増見僧正弟子。増見者、吉見三郎伯父。

月輪院者、以二連枝一相続、断絶之時、増見相続也。

吉見家者、此一代也。其以来、従二一色家一代二相続一也。※22

つまり「月輪院法印」（＝月輪院院主）は、「連枝」（＝幸手一色氏の一族）が相続してきたが、その相続が断絶した際に、吉見家を出自とする増見が継承した。しかし、この増見以降、直朝の父の世代（叔父）から再び幸手一色氏が相続し、事実、直朝息の澄尊もまた相続している。つまり、直朝には、叔父あるいは息子が月輪院を相続し、かつ「関東護持奉行」に補任されるということで、鶴岡八幡宮を頂点とする鎌倉の宗教界との間に、血縁関係による強力な接点が存在したのである。

一色直朝と鎌倉の有力寺社との関係は、特に永禄十二年（一五六九）に至り、直朝の主君であった古河公方義氏が、天文二十一年（一五五二）に始まる彷徨の末、後北条氏の後援により故地の古河へと戻って以降、より強固になったものと想定される。つまり、永禄十二年以降の古河公方義氏の周辺は、完全に後北条氏の影響下に置かれ、一色直朝ら譜代の重臣は、儀式・儀礼を除き、次第に疎外されはじめた。また、古河公方が維持してきた、鎌倉の諸寺院に対する統制権も、徐々に後北条氏により侵食され、ついには、後北条氏を介することなく、古河公方義氏個人の意向で月輪院に祈祷を依頼することさえも困難になりはじめたらしい。このような状況下において、月輪院澄尊が直朝息であった関係から、直朝が義氏と月輪院との仲介を秘密裏に行っていたことが、現存の古文書から指摘されている。[※23]

もっとも、一色直朝自身が、義氏の内意を受けて、直接、鎌倉に赴いたか否かは断定し難いが、少なくとも、鎌倉の宗教界を統括していた月輪院を介在することにより、古河公方の許でも名流とされた一色直朝と、足利一門の崇敬が篤かった宝戒寺のと径庭は、他の義氏の重臣よりも、更に狭められるであろう。

五　小結

では、宝戒寺院主が語ったとする「鎌倉の地蔵桜」を、一色直朝が筆録したことにつき、いかなる意味を読み取ることが可能であろうか。宝戒寺は、天文七年（一五三八）に焼亡し、甚大な被害を被っていることから、この「鎌倉の地蔵桜」も、あるいは宝戒寺の再興における何らかの勧進活動の一環として語られていた可能性も認められよう。しかし、一色直朝が、月輪院増尊・澄尊らとの血縁から、古河公方義氏の内意を月輪院へ伝える任務に与っていたこと。また、この「鎌倉の地蔵桜」そのものから、「征夷大将軍」を擁護した勝軍地蔵信仰の中心地でもあった、清水寺の霊験を讃歎する謡曲「田村」の影響が読み取り得るという、この二点に留意するならば、この物語の背景には、勧進活動には留まり得ない意味が見出せよう。

謡曲「田村」については、室町末期に成立した能伝書『八帖花伝書』よると「他の修羅能とは、『田村』は心持ち違ふ、祝言第一の修羅」と言及されているが、[※24] このような謡曲「田村」に対する意識は江戸時代にも継承され、たとえば、宝暦十年（一七六〇）に成立した紀州徳川家の能役者、徳田左衛門隣忠による能伝書『隣忠秘抄』の「田村」項には、「此能（＝田村）、三番の勝修羅といふ。祝言の能也」とあり、「田村」が「八島」・「箙」の二曲とともに、戦勝の能として武家に愛好されたことが特筆されている。[※25]

以上のことを考察したところ、この「鎌倉の地蔵桜」からは、桜花を好んだ優雅な地蔵菩薩の説話と、足利一門という武家による勝軍地蔵信仰を反映した説話という二面性を読み取ることが可能なのである。

一色直朝は、自撰私家集『桂林集注』の掉尾を、左記の一首により飾っている。

営下に召し出されて、神祇を

君が代は理なれや岩清水神も濁らぬ恵みのみして

相公、御前に召して当座ありけるに、巻軸仕るべしとて、給ふける題なり。

歌の意、源家氏神、奉祝也。[※26]

一色直朝が当該歌を詠じた時機および、左注に見られる「相公」が、古河公方、足利晴氏・義氏父子のいづれに該当するのかは未勘である。また、この時の「相公」の意向に見られるように、歌集の「巻軸歌」に神祇を据える趣向も、決して特殊なものではなく、あるいは、かつて直朝が詠じた「巻軸歌」を、自らの私家集においても「巻軸歌」に据えたに過ぎないのかも知れない。しかし、この『桂林集注』が成立した天正四年《（一五七六）》、将軍足利義昭は、安藝の鞆の浦に移り、京において将軍権力が名実共に不在化するという異常事態に至った。無論、当時の情勢は流動的であり、京に幕府が回復する余地が認められたことも事実である。しかし、これと同じ時期、古河公方義氏の権威は、桓武平氏の傍系である北条氏の後裔を称する後北条氏より侵食され、その復興は明らかに不可能と言い得る状況に陥っていたのである。直朝は、主君である古河公方にとって、政治的に絶望的な時期に編纂した私家集の巻軸歌として、古河公方の命で詠じた、清和源氏の守護神である八幡大菩薩の神威を仰ぐ和歌を収めているのである。

天正十八年《（一五九〇）》、後北条氏は豊臣秀吉により滅亡するが、この事態は、古河公方の復権に寄与することはなかった。一色直朝が『月庵酔醒記』および『桂林集注』を編纂した天正年間、古河公方は凋落の一途を辿っていたのである。無論、宝戒寺の「院主」が、一色直朝に対して、何時ごろ、いかなる状況下において、この「地蔵桜」のいわれを語ったのかは不明である。しかし、天正年間の或る日、『月庵酔醒記』に「鎌倉の地蔵桜」という僅か百五十字ほどの小篇を筆録した、一色直朝の胸中には、彼が、『桂林集注』巻軸歌に対し懐いていた想いと、同じ想いが過ぎっていたのではないだろうか。つまり、この「鎌倉の地蔵桜」及び『桂林集注』巻軸歌には、もはや過去のものとなり果ててしまった足利一門の威光や栄華に対する、直朝自身の懐旧あるいは追憶が籠められていたのではないだろうか。その懐旧あるいは追憶の想いは、足利一門の名流にあり、かつ累代渡り古河公方家の重臣にあった、一色直朝ならではの深い感慨であったといえよう。

※注

1 服部幸造氏『月庵酔醒記（上）』「『月庵酔醒記』略解題」（三弥井書店、二〇〇七年）。

2 『中世の文学　月庵酔醒記（下）』（三弥井書店、二〇一〇年）所収の翻刻本文による。また本稿に示す『月庵酔醒記』所収話の番号は、『中世の文学　月庵酔醒記』全三巻に付された番号による。なお本稿での本文の提示にあたり、私見により、丸括弧内に振り漢字・誤字訂正・送り仮名等を付す。なお「元居ざる」の意味は、不明瞭であるが、「法師」が「御堂」に入ったところを見据えて、堂内を確認したが、その「法師」の姿は確認できなかったという意味に解した。

3 小島孝之氏校注・訳『「新編日本古典文学全集・沙石集』九二頁（小学館、二〇〇一年）。

4 『中世の文学　月庵酔醒記（中）』（三弥井書店・平成二十年）所収、頭注および補注（ともに拙稿）を参照。なお、「巷歌」〔089〕所収の全四首には、各々謡曲による影響が指摘可能である。

　中世東国の武家歌人による謡曲の受容については、永正十一年（一五一四）の成立とする『雲玉和歌抄』に顕著である。『雲玉和歌抄』における謡曲の影響については以下の拙稿を参照。「『雲玉和歌抄』と謡曲」『伝承文学研究』60（三弥井書店、二〇一一年）・「『雲玉和歌抄』における「西行歌」と『撰集抄』」『佛教文学』36（二〇一二年刊行予定）・「『雲玉和歌抄』と室町期の歌学」『日本文学風土―紀事―』36（同）。

5 野上豊一郎氏解説・田中允氏校註『日本古典全書・謡曲集（上）』一一一頁（朝日新聞社、一九七三年）／下掛（金春流）「車屋本」系本文。

6 『〈文化庁監修〉国宝・重要文化財大全（3）彫刻上巻』№1224（毎日新聞社、一九九八年）。

7 展覧会図録『足利氏の歴史（尊氏を生んだ世界）』（栃木県立博物館、一九九一年）・同『太平記絵巻の世界』（埼玉県立博物館、一九九六年）。

8 辻善之助博士『日本仏教史之研究』「足利尊氏の信仰」（金港堂、一九一九年）。

9　辻善之助博士校注『空華日用工夫略集』（大洋社、一九四一年）。

10　上島有氏『足利尊氏文書の総合的研究（本文編）』「第三部・足利尊氏自筆文書等の総合研究」・『同書（写真編）』（国書刊行会、二〇〇一年）なお、辻善之助博士も指摘されるように、『新編鎌倉志』七「宝戒寺」項にも、同寺の什宝として、尊氏筆の日課地蔵が挙げられている。（前掲8、同博士論文）。

11　真鍋広済氏『地蔵尊の研究』「戦場の地蔵尊」（富山房書店、一九四一年）・樋口誠太郎氏「中世における武家の『軍神』信仰」『千葉県立中央博物館研究報告』巻一・第二号（一九九〇年）。

12　首藤善樹氏「勝軍地蔵信仰の成立と展開」『龍谷大学大学院紀要』一（一九七九年）・森末義彰氏「勝軍地蔵考」『美術研究』九十一（一九三九年）・黒田智氏『中世肖像の文化史』「勝軍地蔵と『日輪御影』」（ぺりかん社、二〇〇七年）→初出・『国立歴史民俗博物館研究報告』百九（二〇〇四年）。

13　国立国会図書館蔵『翰林葫蘆集』より翻刻。返り点等は私見による。

14　勝軍地蔵の像容の諸相については、展覧会図録『武家が縋った神仏たち』（安土城考古博物館、二〇一一年）を参照。現在、代表的な勝軍地蔵の像容は、左右の手に剣戟等を持物とする甲冑姿の立像形式である清水寺様式と、同じく左右の手に剣戟等を持物としながら騎馬像形式である愛宕山様式の二系統に大別することが可能とされる。この両系統の造像形式の淵源は未詳ながら、清水寺形式の作例としては、鎌倉後期の造像に比定される埼玉県秩父市の円融寺像が知られ、他方、愛宕山様式の作例は、愛宕山白雲寺旧本尊として著名な京都府西京区の金蔵寺像に代表されるように、室町中期以前には遡り得ないとされる。

　また、本稿で取り上げた宝戒寺の地蔵菩薩坐像の像容は、通常形式の沙門形の地蔵菩薩像であり、「勝軍地蔵」ではない。しかし、例えば東寺蔵の貞治年間造像の沙門形の地蔵菩薩坐像に、「勝軍地蔵」とする銘文が見られるように、沙門形の地蔵菩薩像が「勝軍地蔵」として信仰された事例も窺われる。

15　改訂増補国史大系三十一『元亨釈書』一四〇頁（吉川弘文館、一九六五年）。

16 高岸輝氏『室町絵巻の魔力（再生と創造の中世）』「二・再生と革新　3・流浪の将軍と伝説の将軍―足利義稙と『清水寺縁起絵巻』の坂上田村麻呂」（吉川弘文館、二〇〇八年）。

17 『清水寺史（上）』「第四章・寺運の転変　第一節・清水寺の秘仏本尊」（法蔵館、一九九五年）。

18 新井浩文氏「幸手一色氏研究ノート―戦国期の系譜と動向を中心に―」『埼葛地域文化の研究』（埼葛地区文化財担当会、一九九六年）本稿で提示した幸手一色氏系図は、新井氏の当該論文に依拠している。

19 大日本地誌大系四十『新編相模国風土記稿（五）』十一頁（雄山閣、一九三三年）

20 群書類従・第二十二輯「武家」所収『殿中以下年中行事』正月十二・十三日条の趣意文。

21 神道大系・神社編二十『鶴岡』一五二頁、『鶴岡八幡宮寺社務職次第』「弘賢」条からの抄出。神道大系所収翻刻との異同を〈〉内に示す。

22 前掲18・新井浩文氏論文に依拠し、本稿にても、一色峯雄氏蔵「幸手一色氏系図」月輪院項での当該記載は省略した。

23 島原図書館松平文庫所蔵「寺院証文」一所収「月輪院証文」より

足利義氏書状写

急度申遣候。然者奥方煩、追日増進之候。御劬労之体、可レ過二識察一候。仍而従二前々一馳走之事ニ候間、月輪院ニ御祈念之儀、被二相頼一度候、模様者存分次第候。内々直雖可二申遣一候、爰許無二手透一条、其方頼思召候。可レ然様急度、可レ被二申遣一候。猶口上被二仰含一候。かしく

（天正九年）六月七日　　義氏

月庵

〔『幸手市史』「中世資料編」四三二号（幸手市教育委員会、一九九五年）〕

天正九年六月七日、足利義氏が、内室の病悩平癒の祈祷を月輪院に依頼するにあたり、一色直朝を媒介とした文書に比定され

る。（前掲18・新井浩文氏論文）

24 日本思想大系二三・林家辰三郎氏編『古代中世藝術論』（岩波書店、一九七三年）六三五頁。五八九頁にも同趣旨の記載あり。

25 能楽史料四・坂元雪鳥編『隣忠秘抄』一七頁（わんや書店、一九三七年）。

26 京都大学国語国文資料叢刊十三『桂林集注〈疎竹文庫蔵〉』（臨川書店、一九八二年）所収本文による。一色直朝は、天正三年秋に三条西実枝に、自詠の家集から撰集を求め、『桂林集』という書名を戴いている。本稿に取り上げた『桂林集注』は、直朝自身が、この『桂林集』に対し、若干の和歌の増減を施し、かつ所収歌に注釈を加えたものである。もっとも、当該歌は、『桂林集』においても巻軸歌に据えられることから、当該歌から、安易に一色直朝の意図を読み取ることは不可能である。しかし、『桂林集』のみならず、一色直朝自身による決定稿というべき『桂林集注』においても、当該歌は依然として巻軸歌であり、かつ直朝の自注を具えることを重視し、本稿では『桂林集注』当該歌から、一色直朝の感慨を考察した。

「富士の根方の法華宗の夢」考
――後北条氏と富士の根方の法華宗

徳竹　由明

はじめに

戦国大名北条早雲※1の立身出世を予兆する夢告譚としては、『北条五代記』に載る二本の大きな杉の木（山内・扇谷の両上杉氏）を鼠（子年生まれの北条早雲）が根本から食いちぎり、やがて鼠は虎になるという夢を早雲自身が見たというものが有名であるが、『月庵酔醒記』巻下・第百三十六話※2には、

一　富士のねかたにある法華宗の夢に、大政相国くれなひの衣着て来たり給ひて、宿をかり給ふとみて、驚て夢覚にけり。明ぬれば、国のかみより、「京より下向の人、其寺に当座の宿」と申されしを、過し夜の夢あやしやとおもひあはせて居けるに、此客まさしく其夢人なり。後に豆州の守護と成、ほどなく相模国まで領じぬる。後号二草雲庵一也。文武英雄の人たり。実枝《三条西殿御事也》卿対二月庵一語給ひし。

という、別の早雲の立身出世夢告譚が存する。この夢告譚は、管見の限り他書には見られない。しかし当代一流の文化人※3であり、後述の如き駿河国や相模国の滞留経験と、時期は未詳ながら『月庵酔醒記』編者月庵との直接の交流があった三条西実枝※4が語ったというものである以上、実際に「富士のねかた」、即ち駿河東部吉原から伊豆西部の三島

辺りまでの富士山及び愛鷹山の裾野の地域の[※6]「法華宗」の間で語られていたものと見て差し支えあるまい。本稿ではこの夢告譚が生み出された背景について、ささやかながら私見を述べてみたい。

一　歴史的事実と「夢」の中身

さて、まずは北条早雲を巡る歴史的事実と「夢」の内容との関わりを見てみよう。

北条早雲・実名伊勢新九郎は、言うまでもなく五代目氏直まで百年以上続いた著名な戦国大名後北条氏の初代である。出自は室町幕府政所執事の伊勢氏の一門で、元は京で活動していたようである。その早雲と東国との関わりを先行論究を基に簡単に纏めると、まず文明八年（一四七六）の塩貝坂の合戦で死亡した駿河守護今川義忠の後継争いを収拾するため、今川氏と幕府政所執事伊勢貞親との取次役であった父伊勢盛定の代理又は後継者として駿河に下向。そして義忠と自らの姉妹である北川殿との子龍王丸とその対抗馬小鹿範満との間を、龍王丸を家督の継承者とし、その元服まで小鹿範満が家督を代行するという折衷案によって仲裁し、帰京。その後しばらくは京で幕府申次衆として活躍していたが、文明一九年（一四八七）再度駿河に下向し、同年十一月には駿府の今川館を急襲して家督代行として居座る小鹿範満を殺害、今川氏の家督を龍王丸に取り戻している。そしてその功により龍王丸（元服後氏親）から富士下方十二郷を与えられ、興国寺城を居城とした。[※6]以後の伊豆・相模への進出は著名なことなので省略する。

さて以上のような歴史的事実を踏まえた上で、「夢」の内容を見てみよう。まず「国のかみ」は富士の根方の大部分が駿河国である点、後ろに「豆州の守護」なる語が出てきているので伊豆国とは別の国の「かみ」であると思われる点から鑑みるに、駿河の守護のことと思われ早雲の甥の龍王丸・今川氏親を、また「京より下向の人、其寺に当座の宿」は、京から下った早雲が、氏親から富士下方十二郷を与えられ興国寺城を居城としたことを想起させる。このように「夢」の内容は、北条早雲を巡る歴史的事実にかなり沿ったものであると言えるであろう。また、この夢は、三条西実枝が得た情報を月庵が聞いて書き留めるという階梯を経ているため、どれ程原形を留めているのか、また「文武英雄たり」までもが夢の内容或いは「富士の根方の法華宗」が語ったことなのかは不明ではある。しかし全体的に見て少なくとも早雲に対する悪意は感じられないし、「大政相国」（＝太政大臣・大相国）は早雲の実人生から考えて遙かに高位である点、「くれなひの衣」が桓武平氏のイメージに連なるものとするならば早雲の家筋を桓武平氏の流の鎌倉幕府執権北条氏の末裔と認めている事になる点[※7]、また「国のかみ」に関しては実名すら挙げられていないことを鑑みるに、この夢を語った「富士の根方の法華宗」は早雲に対してそれなりの親近感を持っていたと考えていいのではないか。以下次節では、「富士の根方の法華宗」が早雲・後北条氏に親近感を持っていたと想定した上で、早雲・後北条氏と「富士の根方」及び「富士の根方の法華宗」との関わりを見ていきたい。

二　北条早雲・後北条氏と「富士の根方」の法華宗

後北条氏と「富士の根方」の地との関わりは、先述のとおり長享元年（一四八七）早雲が今川氏親から富士郡下方十二郷と興国寺城を与えられたことにまで遡る。その後は氏綱時代天文六年（一五三七）の今川氏との第一次河東一乱によって富士川以東をほぼ占領。逆に氏康の代の天文十四年（一五四五）の第二次河東一乱では、今川氏によって攻め込まれて「富士の根方」の内伊豆国三島を除いた地域をすっかり失ったと想定される。さらにその後は天文二十三年（一五五四）の甲相駿三国同盟を経て、「富士の根方」は暫く今川氏による安定的な支配が続くが、永禄十一年（一五六八）十二月の武田氏による同盟の一方的破棄・駿河侵略に伴い、武田氏に対抗して氏政が駿河に出兵。しかし元亀二年（一五七一）の甲相同盟締結の結果、翌三年正月には沼津狩野川以西を武田氏へ割譲して再度三島を除いた

「富士の根方」一帯を再び失地している。[8] 天正六年（一五七八）の甲相同盟決裂後の様相は、三条西実枝が天正七年（一五七九）正月に死去しているので割愛するが、このように後北条氏は早雲以来「富士の根方」と断続的に関わりを持っていた。そうしたこともあって『戦国遺文・後北条氏編』や『静岡県史・資料編』、『小田原市史・史料編』、『三島市史』、『沼津市誌』等地誌類で確認する限り、「富士の根方」には後北条氏発給の文書を有する法華宗寺院は多数存する。但し早雲の時代まで遡れば、その影響力が及んだ地域は駿河国の興国寺城を中心とした地域から伊豆国三島近辺までのみであったろうし、早雲から文書の発給を受けている法華宗寺院は、管見の限り駿河国沼津の妙海寺と伊豆国三島の本覚寺のみである。以下、その二寺と後北条氏との繋がりを確認してみたい。

まず妙海寺について見てみよう。妙海寺は沼津の狩野川河口付近の右岸に位置し、鎌倉時代にまで遡る古刹である。[9]
後北条氏発給妙海寺宛の判物で現在確認できるのは、「妙海寺文書」中の以下の三通である。[10]

・

（早雲花押）

一、諸公事、
一、陣僧事、
一、飛脚事、
右、堅令停止了、若申族有之者、則可被註進者也、仍執達如件、
永正十二〈乙亥〉五月八日
沼津妙海寺

・

（氏康花押）

一、諸公事、

一、陣僧事、
一、飛脚事、
右、堅令停止之了、若申族有之者、則可被注進者也、仍如件、
天文十三〈甲辰〉十二月一日
沼津妙海寺門前共

・一、諸公事
一、飛脚僧之事、
一、陣僧之事、
右、沼津之寺小田原江被移之由候間、如前々令免許候、仍状如件、
天文廿年〈辛亥〉
七月十七日 （氏康花押）
妙海寺

一通目の永正十二年（一五一五）のものが唯一早雲発給のものであり、早雲は妙海寺に対して諸役を免除するという便宜を図っている。[※11] 続いて二通目の天文十三年（一五四四）のものは、永正十二年時の早雲のものと内容が同じであり、天文十年（一五四一）七月の氏康の家督相続から程経ずして発給されているので、いわゆる「代替わり安堵」として早雲以来の諸役免除を追認したのであろう。また注目すべきは三通目の天文二十年（一五五一）のものである。この文書に拠れば、妙海寺は天文二十年（一五五一）かそれ以前に沼津から小田原に移転し、早雲時代に受けた諸役免除を氏康によって再々確認されている。妙海寺が小田原に移転した理由は不明ではあるが、この時期が天文十四年

（一五四五）の第二次河東一乱勃発後、天文二十三年（一五五四）の甲相駿三国同盟以前のことであるので、或いは第二次河東一乱のあおりをうけて所縁の深い後北条氏の本拠小田原へ一時的に退避していたのかもしれない。なお永禄二年（一五五九）六月十八日には今川氏親後室の寿桂尼による諸役免除の朱印状が妙海寺に出されているので[※12]、甲相駿三国同盟の締結を受けてこの年までには妙海寺は沼津へ戻っていたものと思われる。このように妙海寺は、早雲以後も後北条氏と密接に関わり、庇護を受けていたことが確認できるのである。また駿河国内にある寺院であるので夢の内容に適い、場所としても夢の生成の場に相応しい。その他妙海寺に関しては、隣接し密接な関係を持っていた妙覚寺も氏綱の代の天文六年（一五三七）二月二十一日・天文七年（一五三八）五月二十九日の二度にわたり後北条氏より諸役免除を受けていることをも付記しておきたい[※13]。

続いて三島の本覚寺について見てみよう。本覚寺は現在三島市泉町に存する寺院で十五世紀半ばまでには開創されたと考えられる[※14]。明応九年（一五〇〇）五月、本覚寺は伊豆国本行寺と合わせて行学院とする一院となったが、天文二十二年（一五五三）頃にまた分離独立したようである[※15]。さてその本覚寺の「本覚寺文書」の中には、行学院時代に後北条氏が発給した判物が以下の如く二通存する[※16]。

・當寺之飛脚幷諸役等之事、永代停止之候者也、恐々謹言、

明應九〈庚申〉
十一月廿日　　早雲庵
宗瑞（花押）
行學院

・當寺之飛脚幷諸役等之事、如先御判不可有相違者也、仍如件、

天文十二〈癸卯〉

六月十八日　氏康（花押）
行學院

一通目の明応九年のものが早雲発給のものであり、早雲は「當寺之飛脚幷諸役等之事」を免除している。続いて二通目の天文十二年（一五四三）のものは、妙海寺の天文十三年のものと同様に、天文十年（一五四一）七月の氏康の家督相続から程経ずして発給され、また明応九年時に早雲の与えた諸権利を追認しているので、「代替わり安堵」として発給されたのであろう。このように三島の本覚寺もまた、沼津の妙海寺同様に早雲以来後北条氏の庇護を受けていた。さて件の夢の内容から鑑みるに、本覚寺は伊豆の国に所在する寺院である点に夢の生成の場・語り手としてはやや難がある。しかし三島が早雲以来一貫して後北条氏が支配してきた地域である以上、本覚寺は妙海寺以上に安定的且つ一貫して後北条氏の庇護を受けることが出来たはずである。夢の生成の場・語り手である可能性は皆無ではあるまい。なお本覚寺には、以下のような永正十六年三月二十五日付宛先未詳の「伊勢宗瑞法華経奉納状」[※17]も存する。

法華経一部張即之筆、当社権現奉宝納者也、仍如件、
永正十六年〈己卯〉三月廿五日　宗瑞（花押）

この文書は何処の社へ発給されたものかも不明で疑文書の可能性も指摘され[※18]、また現在本覚寺にある経緯も分からないものではあるが、こういった文書が本覚寺に存すること自体、本覚寺が早雲との所縁を主張していた時期があったように思えてならない。

おわりに

以上、『月庵酔醒記』巻下所収の北条早雲出世の夢告譚について、その生み出された背景を考えてきた。そして

「富士の根方」地域の法華宗寺院の内、何よりも第一に駿河国沼津の妙海寺が、場所といい早雲以来の後北条氏との関係といい夢告譚生成の場として可能性が高いこと、またその次に伊豆国三島の本覚寺が、場所はやや外れるものの、早雲以来の後北条氏との関係から考えるに可能性があるのではないかと論じてきた。最後に三条西実枝の東国下向及び滞在の時期について触れておく。先行論究に依れば実枝は計四度東国へと足を運んでいる。まず実枝は天文十五年（一五四六）五月から九月にかけてと翌天文十六年（一五四七）秋の二度、駿河と甲斐を訪れている。その後天文二十一年（一五五二）三月には箱根を越えて関東へと下向し、その帰路駿河を訪れて永禄元年（一五五八）八月までそのまま駿河に滞在、さらに永禄二年（一五五九）五月から永禄十二（一五六九）六月まで再度駿河に滞在している[※19]。甲相駿三国同盟の成立が天文二十三年（一五五四）、同盟決裂が永禄十一年（一五六八）十二月のことであるから、特に二度の長期滞在は今川氏と後北条氏との間が緊密であった時期と重なり、また実枝は天文二十一年三月の関東下向の際は恐らく、永禄三年（一五六〇）九月、永禄十年（一五六七）十月には確実に小田原に滞在している[※20]。こうした環境下であれば、後北条氏統治下の三島本覚寺周辺のみならず、今川氏統治下の沼津妙海寺周辺でも早雲の立身出世夢告譚が語られる余地も大いにあったであろうし、また相模小田原と駿河との往来の際に、実枝が人伝ではなく直接に富士の根方の法華宗の門徒から件の夢告譚を聞くことさえあり得たかもしれない。

なお勿論、早雲が他の富士の根方の法華宗寺院に発給した文書で、散逸したものや未発見のものも有り得るであろう。また早雲時代に文書の発給を受けたことのない寺院でも、後北条氏との繋がりを強調するために早雲時代からの関わりを主張することも有り得たであろう。さらに本稿の如く寺院ごとの点だけで考えるのではなく、門流ごとのネットワークも念頭に置いて論ずるべきとの批判もあるかもしれない。しかし以上をもって本稿の一応の結論としておき、後日の再考を期したい。

※注

1　もはや著名な話ではあるが、早雲自身の出自は伊勢氏で生前に北条姓を名乗ったことはない。本稿ではあくまでも便宜的に「北条早雲」という呼称を使用する。

2　引用は中世の文学『月庵酔醒記』㊦（三弥井書店、二〇一〇年五月）による。

3　三条西実枝の文化活動に関しては、岩坪健氏「三条西家の講釈――穂久邇文庫所蔵『覚勝院抄』をめぐって――」（『親和国文』二七　一九九二年十二月）、小高道子氏「三条西実枝の古今伝授――細川幽斎への相伝をめぐって――」（和歌文学論集一〇『和歌の伝統と享受』風間書房、一九九六年三月）、尾上夏子氏「百人一首古注釈について――三条西実枝『百人一首抄』を中心に――」（『語文』九九　一九九七年十二月）、松原志伸氏「麻生家本『山下水』の書誌的報告」（『三田国文』二八　一九九八年九月）・「中世源氏学の形成――『山下水』の性質と成立をめぐって――」（『三田国文』三四　二〇〇一年九月）に詳しい。

4　月庵の歌集である『桂林集』は、その末尾の「作者付紙曰」によれば三条西実枝撰である。なお赤瀬信吾氏（京都大学国語国文資料叢書三二『桂林集注』一九八二年四月　臨川書店の「解説」）は、当該話末尾の記述を二人に直接の対面があったことの根拠の一つとしている。

5　角川日本地名大辞典二二『静岡県』（一九八二年一〇月）の「根方街道」項によると、「愛鷹山（一部は富士山）南麓と浮島沼低湿地の境界を通る街道。……（中略）……吉原宿（富士市）から今泉・原田・比奈・富士岡・中里・神谷・江尾・船津（富士市）、石川・平沼・井出・根古屋・椎路・沢田（沼津市）、下土狩（長泉町）を経て三島宿（三島市）に至る」とある。この根方街道が走る地域を「根方」と称したのであろう。なお「根方」という地名は『海道記』『信生法師日記』『東関紀行』『十六夜日記』『春の深山路』『東路のつと』（以上新編日本古典文学全集『中世日記紀行集』）、『都のつと』『宗祇終焉記』（以上新日本古典文学大系『中世日記紀行集』）等に見られず、或いは『月庵酔醒記』のこの「根方」の呼称は、用例としてかなり古いものかも知れない。

6 以上早雲の事績は、家永遵嗣氏「塩貝坂合戦の背景」（『戦国史研究』三五　一九九八年二月）、小和田哲男氏『今川義元』（ミネルヴァ書房、二〇〇四年九月）第一・二章による。

7 佐脇栄智氏「北条氏綱と北条改姓」（『小川信先生古稀記念論集　日本中世政治社会の研究』続群書類従完成会　一九九一年三月、後に佐脇栄智氏『後北条氏と領国経営』（吉川弘文館、一九九七年三月、再録）によれば、後北条氏が「伊勢」から「北条」に改姓したのは二代目氏綱時代の大永三年（一五二三）六月十二日から九月十三日の間。黒田基樹氏『戦国大名の危機管理』（吉川弘文館、二〇〇五年一〇月）第三章第二節によれば、上杉謙信は、後北条氏と敵対していた時期には旧姓「伊勢」で呼び続けたという。

8 以上後北条氏と「富士の根方」の地との関わりは、小和田哲男氏注6前掲書第四章、黒田基樹氏注7前掲書第四章、平山優氏『武田信玄』（吉川弘文館、二〇〇六年十二月）第一章第三節による。

9 日本歴史地名大系二二『静岡県の地名』（平凡社、二〇〇〇年一〇月）「妙海寺」項による。

10 いずれも引用は『静岡県史・資料編七・中世三』（静岡県、一九九四年三月）による。

11 なおこの早雲による諸役免除は、永正一六年（一五一九）八月八日付の「今川氏親朱印状」に「韮山殿如御判、北川殿御末代被免除畢」（「妙海寺文書」。注10前掲書による）とあることによって、そもそもが早雲の姉妹にして氏親の生母北川殿の意向によるものであり、氏親からも追認されていることが確認できる。

12 「妙海寺文書」。注10前掲書より引用。

13 注9前掲書「妙海寺」項は、永禄六年（一五六三）三月二十八日付「寿桂尼朱印状」（「妙覚寺文書」。注10前掲書による）が妙覚寺に妙海寺の相続を認めていることについて、「妙覚寺と当寺はいずれも鎌倉法華寺（鎌倉実相寺および玉沢妙法華寺の前身）の法流で、また両寺院ともに寿桂尼の外護を受けていたことなどがその理由と考えられる」とする。

14　注9前掲書「本覚寺」項による。

15　明応九年（一五〇〇）五月十三日付「日朝書状」に、「豆州三嶋両寺真俗中　日朝／本行寺・本覚寺之事、雖為両寺、自今以後者合而為一院号行学院、」（「本覚寺文書」。注10前掲書による）とある。また天文二二年（一五五三）六月吉日付「日鏡補任状」には「豆州三島常住山本覚寺住持」に「一乗坊日政」を任じたとあり（「本覚寺文書」。注10前掲書による）、本覚寺所蔵の「日鏡本尊」に「行学寺本行院日政授与之、／天文廿二〈癸丑〉孟冬吉日」（注10前掲書による）とあることにより、注9前掲書「本覚寺」項は「当寺は再び分離独立したのではないかと思われる」とする。

16　いずれも引用は注10前掲書による。

17　「本覚寺文書」。注10前掲書より引用。

18　注10前掲書は、当該文書について「本文書は検討の余地がある」と注記する。

19　伊藤敬氏「三光院実枝評伝　付家集解題」（『国語国文研究』三九　一九六八年二月）による。

20　相玉長伝の歌集『心珠詠草』「秋部」「雑部」には、永禄三年（一五六〇）九月に実枝と共に小田原で詠んだ歌が載る（『小田原市史・史料編・原始古代中世Ⅰ』〈小田原市、一九九五年三月〉による）。また永禄一〇年（一五六七）十月十二日付「北条氏康朱印状」では氏康が小田原の法華宗寺院玉伝寺に実枝の宿泊準備を命じている（「外郎藤右衛門所蔵玉伝寺文書」。『小田原市史・史料編・中世Ⅱ』〈小田原市、一九九一年三月〉による）。

浄土憧憬——檀王法林寺蔵「中将姫臨終感得来迎図」をめぐって

日沖　敦子

はじめに

山居人不通　無勤行止事　無男女境界　無愛欲之心
無妻子眷属　無心恚之儀　我小家独住　無造作所望
従本無灯火　己心月為灯　貧窮無福力　無盗賊用心
念仏三昧身　無経教所望

『月庵酔醒記』には「中将姫山居語」と題される法語が記されている。中将姫は当麻曼荼羅の発願者とされ、その説話は、既に鎌倉時代初期の『建久御巡礼記』に「ヨコハギノ大納言」の娘の話がみえ、室町時代以降は継子譚を伴って流布した。説経の話材はもとより、謡曲や物語草子として絵巻や絵入り本の形態でも享受され、女人往生を説く一代記として広まったことが知られている。東京都立中央図書館加賀文庫が所蔵する『中将姫法語』（一冊、文政三年〈一八二〇〉刊）にも、右に類似した法語が見られ、跋文には「此中将姫山居の語といふものは、世の人うつし伝へて多くもてはやせり」とあり、世状にかなり流布したものであったことがうかがえる。さらに、跋文には「三従の苦」などの語も見え、中将姫説話が江戸時代の民衆教化、特に女人往生の教説として語り広められていたことは明らかである。実際、山居語は、和歌山県得生寺蔵『雲雀山縁起』（一巻）や奈良県青蓮寺蔵「中将姫像」（一幅、貞享二年（一六八五）成立）の軸装などにも記されており、当麻寺中之坊にも「中将姫山居語」が所蔵されるなど、諸寺に伝来している。『月庵酔醒記』に「中将姫山居語」が所収されていることは、既に室町期に、念仏往生を称揚する法語が中将姫の語と仮託され、「中将姫山居語」として広まっていたことを意味している。このように世上に流布した法語の存在は、各地の寺院における中将姫享受の一端を伝える例として興味深い。また、中将姫説話は掛幅絵などの絵画資料を通しても享受されてきた。

本稿では、寺院における中将姫説話の享受の一例として、室町末から近世初期に活躍した浄土宗僧袋中[※1]（一五五二～一六三九）所縁の寺である檀王法林寺所蔵「中将姫臨終感得来迎図」（一幅）の制作背景について検討する。

一　中将姫追慕のかたち

二上山の麓に夕陽が傾く頃、当麻寺の曼荼羅堂（本堂）は茜色の空に包まれる。当麻寺では、毎年五月十四日に極楽往生をイメージさせる夕刻を待って、神々しい鉦の音を合図に来迎会[※2]（練供養）が行われている。娑婆堂から一一〇メートルほどある来迎橋が、極楽浄土を表す曼荼羅堂へと架けられる。五月十四日は、中将姫が阿弥陀如来や観世音菩薩らの導きによって極楽往生を遂げた日とされる。来迎会は、中将姫が観音に導かれて往生する様を再現した神聖な儀式であり、現代に残る中将姫追慕の一つのかたちとして注目すべきものである。

今日に至るまで多くの人々を魅了してきた来迎会であるが、この様を描いた極めて珍しい掛幅絵が、檀王法林寺所蔵の「中将姫臨終感得来迎図」である（以下法林寺本、【図1】）。奈良市の誕生寺にも「中将姫現身往生画図」と称されるほぼ同構図のものが所蔵されている（以下誕生寺本）。当麻寺の境内および周辺の景観が忠実な配置で描かれており、中央には来迎する阿弥陀聖衆の様と、娑婆堂で端坐合掌する本願尼（中将姫）の姿が描かれている。

これらの掛幅絵については、早く横山重氏[※3]によって「袋中上人著述目録並解題」に法林寺本の存在が指摘されている。その後、参詣曼荼羅の体をなした説話画として、文学研究の側から、阿部泰郎氏[※4]、徳田和夫氏[※5]らによっても注目されてきた。また、誕生寺本については、奈良市教育委員会の調査をまとめた『奈良市絵画調査報告書』のなかで、河原由雄氏[※6]により、奈良町界隈の町並み（遊郭）での享受圏が想定されている。

中将姫説話に関する掛幅絵や絵巻・絵入り本は、室町から近世期に亘って数多く制作されたが、本稿で取りあげる掛幅絵の図様は、極めて珍しく特異な作例である。多くの研究者の目にとまりながらも、どのような経緯で制作されたかなどの詳細について、これまで論じられることはなかった。また従来、法林寺本と誕生寺本の存在は確認されていたものの、他の伝本は知られていなかった。しかし調べを進めたところ、法林寺本と誕生寺本のほかに、西寿寺蔵「当麻御供養図」（以下西寿寺本、【図2】）、ミシガン大学美術館蔵「当麻寺曼荼羅（Taima Temple Manda-la: Amida Welcomes Chujohime to the Western Paradise）」（以下ミシガン本）の二つの伝本が新たに確認できた。両伝本とも、この特異な構図をもつ掛幅絵そのものの成立背景を考えるうえで貴重な伝本である。特に、西寿寺本はこれらの掛幅絵の最古本と推定される。長らく所在が確認されないままとなっていたが、西寿寺が京都国立博物館へ寄託している寺宝の中に、掛幅絵一幅の存在が確認でき、最古本の西寿寺本であることが判明した。

二　「中将姫臨終感得来迎図」の伝本

先に述べたように、掛幅絵の伝本は、袋中に帰依した北出嘉兵衛により建立された西寿寺所蔵のもの、慶長年間に

【図１】　檀王法林寺蔵「中将姫臨終感得来迎図」

【図2】　西寿寺蔵「当麻御供養図」

袋中が再興した檀王法林寺所蔵のもの、近世期以降、中将姫誕生の地と伝えられる奈良市の誕生寺所蔵のもの、元所蔵先は不明であるが、ミシガン大学美術館所蔵のものの計四幅が確認できる。

Ａ 京都市・西寿寺所蔵本[※7]（西寿寺本）

【形態】絹本著色一幅【法量】（描表装含）一三五・二×八七・一糎【外題】「邦民部（以下別貼紙が重ねられるため判読不可）」上部上貼紙墨書「第□□号［箱／入］」（□は欠損）下部貼紙墨書「弐（生野（朱文小判印）号）」「当麻御供養図［福王子村／西寿寺］」【成立】元和七年（一六二一）【備考】背面に由緒書がある。画図下方の左右の枠のなかに墨染衣を身にまとった男女の姿がそれぞれ描かれている。願主である道座（嘉兵衛の父カ）と妙尊（嘉兵衛の母）であると考えられる。

Ｂ 京都市・檀王法林寺所蔵本[※8]（法林寺本）

【形態】絹本著色一幅【法量】（描表装含）一四四・六×九七・九糎【外題】「中将姫臨終感得来迎図」【成立】寛永元年（一六二四）【備考】背面に由緒書がある。また、檀王法林寺には、掛幅絵と一体で伝来した『図記』（寛永二年〈一六二五〉、折本二冊）が所蔵されている。向かって左下端の枠には、嘉兵衛の末弟である北出六郎兵衛の姿が描かれている。『日本浄土曼荼羅の研究』（中央公論美術出版、一九八七）に図版掲載あり。

Ｃ 奈良市・誕生寺所蔵本[※9]（誕生寺本）

【形態】絹本著色一幅【法量】（描表装含）一四四・五×一二〇・七糎【外題】なし【成立】未詳（十七世紀半ば頃）【備考】背面「明治四十二年十月修覆改装／異香山誕生寺什宝／第三三世行誉慈忍代」、箱書表「中将姫現身往生画図／壱軸／奈良誕生寺什宝」、箱蓋裏「上明治四十二年十月改修之／当山三十三世行誉慈忍代」。他の伝本にみられるような枠を設けて往生人を描くということはなされておらず、伝来経緯は未詳。『奈良市の絵画・奈良市絵画調査報告書』（奈良市教育委員会、一九九六）に図版掲載あり。

D 米国・ミシガン大学美術館所蔵本（ミシガン本）

【形態】絹本著色一幅【法量（描表装含）】一五一・五×一〇九・一糎【外題】なし【成立】未詳（十七世紀半ば頃）

【備考】背面の墨書や別添の由緒書等なし。箱は元箱と思われるが、墨書は確認できない。但し、上蓋内側に「古香庵蔵」[※10]（朱文方印）の旧蔵印を捺した紙が添付されている。画図の左右下端に枠を設けて、左に「心寿道感」、右に「求心妙寿」と記し、左に合掌する男性一人、右に合掌する女性一人、計二人の発願者（又は往生人）の姿を描く。「心寿道感」「求心妙寿」については未詳。

三 掛幅絵の成立背景

1 西寿寺本の制作背景

これらの特異な図様をもつ掛幅絵[※11]は、いつ、何のために制作されたのか。檀王法林寺には、法林寺本制作の翌年に作文された『当麻踟供養図記』（以下『図記』、寛永二年[※12]〈一六二五〉）が所蔵されており、序文には次のようにある。

当麻踟供養図記序

夫以衆生所願楽一切能満足矣。頃ヲヒ此平安城ニ有二欣求浄土ノ行者一善西沙弥。有時、聞テ二曼陀羅ノ功徳ヲ一、傾ケ二少キ世財一、令ムレ書二-写セ一幅ヲ一。時ニ信主妙尊大姉拝シレ之ヲ、羨ミレ之、語テ二嫡子ニ一北出嘉兵衛法名入心云、我レ又随テレ分ニ欲スルハレ残ント二一善ノ跡ヲ一如何。嫡子云、最モ佳《ヨシ》、随テ二芳志ニ一償ンレ財ヲ。二弟太衛六兵傍ラニ聞テ亦云フ二報謝ヲ一。願主云、伝ヘ聞ク、仏法ハ崇ム二信心ヲ一。自剥《ハイ》デレ皮ヲ為シレ紙ト、出シテレ血ヲ為シレ墨ト、抜テレ骨為シテレ筆ト書クレ経ヲ云云。爾ハ可シ下脱《ヌヒ》デ二吾カ衣裳ヲ一充《アツ》中其ノ志ニ上。子等歎シテ二此ノ言ヲ一許ス。因テレ茲ニ母子《ヲヤコ》議シテ云、当麻ノ迎接ハ雖二年尚《ヒサシ》ト一、未レ聞レ有二コトヲ其図一。今マ

梵網経云、剥レ皮ヲ為レ紙、刺《サイテ》レ血為レ墨、以レ髄為レ水ト、折テレ骨為レ筆ト、書二-写スヘシ仏戒一云云。愛法梵志因縁大命十六之十九丁

元和七年ノ作序ハ、今云已下ノ文章ト異ス。学者可心得。開山御自筆ノ本ハ在二鳴瀧西寿寺ニ一

【図３】　二上山と周辺の山のかたち

書レン之ヲ矣。彼ノ寺ニ模二ス法如比丘尼ノ往生ノ儀式一ヲ。国人《タミ》号二ス踟供養一ト是也。嫡子赴二キ南都一ニ、告二グ当時ノ名工一ニ。画師諾ス。父子 竹ノ坊藤吉 子ハ藤三 至二テ当麻一ニ、経二テ数日一ヲ、寺山ノ境致、迎接ノ法儀、悉ク以麁図シテ帰リ、夏秋ノ間ニ功畢ヌ 已上序 老母図 元和七年袋中（中略）維時寛永二乙丑年九月十五日、図文裏書並図記本末北京三条大橋法林寺二世観蓮社良仙団王書焉。右ノ図並ニ記本末奉レ寄二進法林寺一ニ。

施主北出拾三郎。

これによれば、掛幅絵の制作動機は、善西沙弥の曼荼羅を拝した妙尊が、自身も曼荼羅一幅を書写せんと発願したことに始まるという。妙尊が自ら衣を売って曼荼羅を制作すると息子（北出嘉兵衛）らに話したところ、息子らはその母の意志に賛同した。妙尊と息子らは話し合い、当麻寺の来迎会の様を描いた絵の存在を聞かないため、その様を描いた掛幅絵を制作することにする。嘉兵衛は南都へ赴き、当時の名工であった竹坊藤吉・藤三父子に制作を依頼する。竹坊父子は数日間当麻へ直接出かけ、山や境内や供養の法儀などを粗々スケッチし、夏から秋の間に掛幅絵を完成させたという。

掛幅絵に描かれた山々を確認すると、各伝本とも、実景を概ね忠実に描いていることが確認できる。山名や子院名が枠を設けて記されているが、山名は変わりやすく、例えば、「古城」と称される山は今はない。しかし、位置から考えるに、かつて万歳氏の城があったとされる万歳山城跡を指すと推察される。また、「古城」（万歳山城跡）の北側には二上山があり、南側には椀を伏せたような形の麻呂子山（丸古山）もある。このようにこれらの山のかたちを確認すると、実際に絵師が現地へ赴き、細かくスケッチをしたうえで掛幅絵の制作に取り組んだことが察せられよう（【図3】法林寺本）。

注意しなければならない点は、妙尊の発願によって制作された最初の掛幅絵は、この法林寺本ではないということである。今述べた『図記』の文末の割注には、「巳上序老母図、元和七年袋中」とあり、また、頭注にも「元和七年ノ作序ハ、今云巳下ノ文章ト異ス。学者可心得。開山御自筆ノ本ハ在二鳴瀧西寿寺一ニ」とある。これらの記述から、法林寺本が作られた二年前の元和七年（一六二一）に制作された掛幅絵が、最初に制作された掛幅絵であることがわかる。また、この掛幅絵に関する「開山御自筆ノ本」（袋中自筆本）は西寿寺に所蔵されていたという。恐らく、現在法林寺に所蔵されている『図記』は、西寿寺に所蔵されていたという「開山御自筆ノ本」を参考にしながら、袋中の弟子である団王良仙によって記されたものだろう。

西寿寺は、京都市右京区鳴滝泉谷町にある浄土宗の尼寺で、北出嘉兵衛が寛永四年（一六二七）に袋中を特請し、この地に念仏道場を建立したのが始まりとされている。残念ながら、西寿寺に所蔵されていたとされる「開山御自筆ノ本」は現在確認できない。しかし、元和七年に制作された最初の掛幅絵は、今も西寿寺に所蔵されている（京都国立博物館寄託）。西寿寺本の背面に記された由緒には次のようにあり、西寿寺本が最古本（元和七年本）であることは間違いないと考えられる。

此当麻踋供養図者願主乙悕望而令写為見人結縁同七世父母六親眷属法界諸霊往生浄土矣。銘書　団王／願主　道座　妙尊／同息等北出嘉兵衛　太郎衛　六郎衛／絵師　南都竹坊藤吉　息藤三／元和七年辛酉十月　日　此執筆　袋中（花押）

（下段に二段に亘って供養列座衆（結縁者）二十六名）

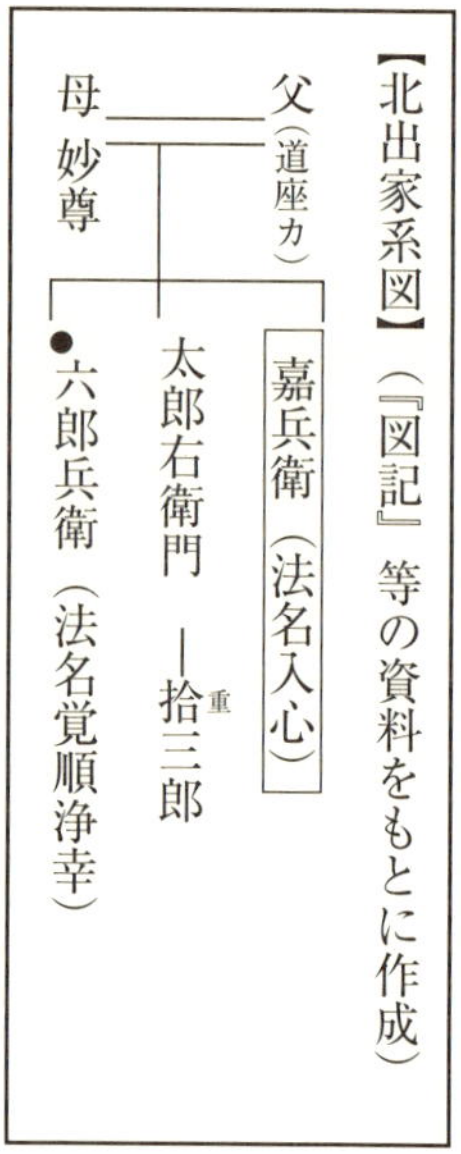

【図4】 北出家系図

西寿寺本に描かれた聖衆来迎のもとには、中将姫とは別に、下方の左右の枠のなかに墨染衣を身にまとった男女の姿が描き込まれている。掛幅絵の願主である道座と妙尊の姿であろう。道座は嘉兵衛の父であると推定される（【図4】）。妙尊の発願によって制作された掛幅絵は、在家信者であった北出家一族による祈りの芸術として誕生したのである。

2 二度目の制作―法林寺本の成立背景―

しかし、西寿寺本が完成した僅か三年後の寛永元年（一六二四）、願主であった妙尊の子（嘉兵衛の末弟）六郎兵衛（西寿寺本裏書には「六郎衛」）が病気で亡くなるという不幸が起こった。『図記』には次のようにある。

今云、吁《ア、》人世無常ナリ。願主ノ愛子六郎兵衛法名覚順浄幸従レ是過《スギ》テ二三年一寛永元年秋ノ比罹《カ、》ル二大病ニ一。養育不レ契、既ニ赴ク二冥途ニ一。此ノ時恋《シタ》ヒ二此ノ亡者ヲ一、至リ二墓所ニ一愁歎スル族ラ二百余人。彼ノ兄弟等思テ云、此ノ亡者無シ二子息一、後ノ修善誰カ作ンレ之ヲ。不レ如《ジ》。営ンデ二少善ヲ一充《アテン》ニハ二菩提ノ資粮ニ一。因テレ茲ニ欲テレ模ント二老母ノ前ノ善ヲ一、亦図ス二踟供養ヲ一矣。前ノ絵師竹ノ坊父子猶有リ。書テレ之、裏《ウラ》ニ顕二向《サキ》ノ僧俗ノ姓名《セイメイ》ヲ一、為ス二一仏浄土ノ縁ト一。痛マシキ哉。有二残ル人一、有二亡ル人一。縦ヒ雖三一旦有ト二先後一、如シ三霜後ノ落葉ノ暫ク有カ二遅速一。世人見テレ之ヲ可シレ驚ク可シレ勤矣。

亡き六郎兵衛を慕い、二百人余の人々が墓所で悲しんだという。六郎兵衛には子がなかったことから、その菩提を弔うため、かつての老母（妙尊）の善行を模して、再び来迎会を書写することになったとある。西寿寺本の次に制作

【図５】　北出六郎兵衛（法林寺本）

されたこの掛幅絵（法林寺本）には、向かって左下に「北出六郎兵衛」の姿が描き込まれ（【図５】）、背面には二六五人の結縁者の名前が記された。背面には次のようにある（【図６】）。

此図出来了。弁蓮社良定袋中入観和尚題。導師並緇素二百余人名字納軸裏、令開眼供養。尚着縁起本末両巻畢矣。今這画由来者、昔和州奈良京横佩右大臣豊成公息女中将姫（法名法如 比丘尼）発心而居住当麻寺。積誦経念仏之功、奉逢生身弥陀如来、感得極楽曼陀羅。正蒙往生券契（宝亀六年 三月十四日）、已遂開本意、令往生畢。後、寺僧僉議為末代学法如。終焉之儀式毎年四月十四日行。斯法会世間謂之踟供養矣。粤勢州松坂有人（主既往生。内儀妙尊）※13 就子息（嫡子北出 嘉兵衛）猶存京都初画求斯図。世人稀拝見。頃（寛永元年九月十五日）季子（北出六郎兵衛 法名覚順浄幸）三十三病死。時老母悲余謂遍子云、為浄幸菩提、又写前図、既其功了。所以題病中医療看養之人並野送人、人二百余輩姓名以令結縁。伏乞後人、拝茲像、至心回向発願。／南無阿弥陀仏／願以此功徳　平等施
一切　同発菩提心　往生安楽国／願主悲母妙尊大姉　同嫡子入心信士　同次男太郎右衛門　同嫡孫重三郎／画師
南都　竹坊藤兵衛　同　藤三※14
時寛永元年（甲子）年十一月三日七日別時念仏中開眼披露
裏書並執筆　団王（花押）
（下段に三段に亘って人名、二六五名）

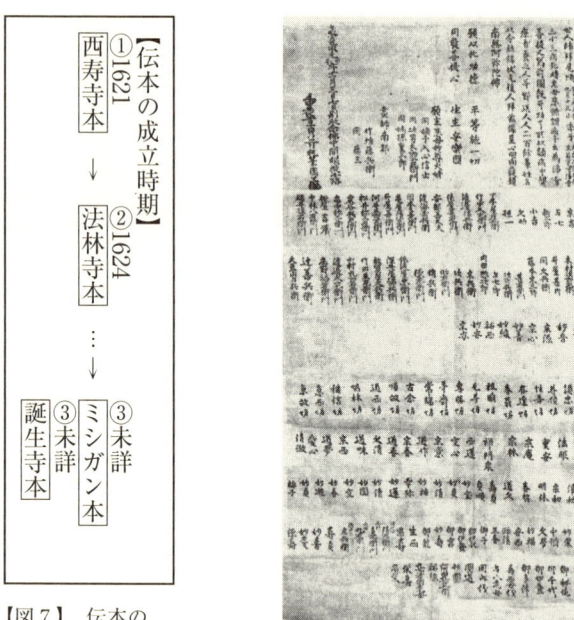

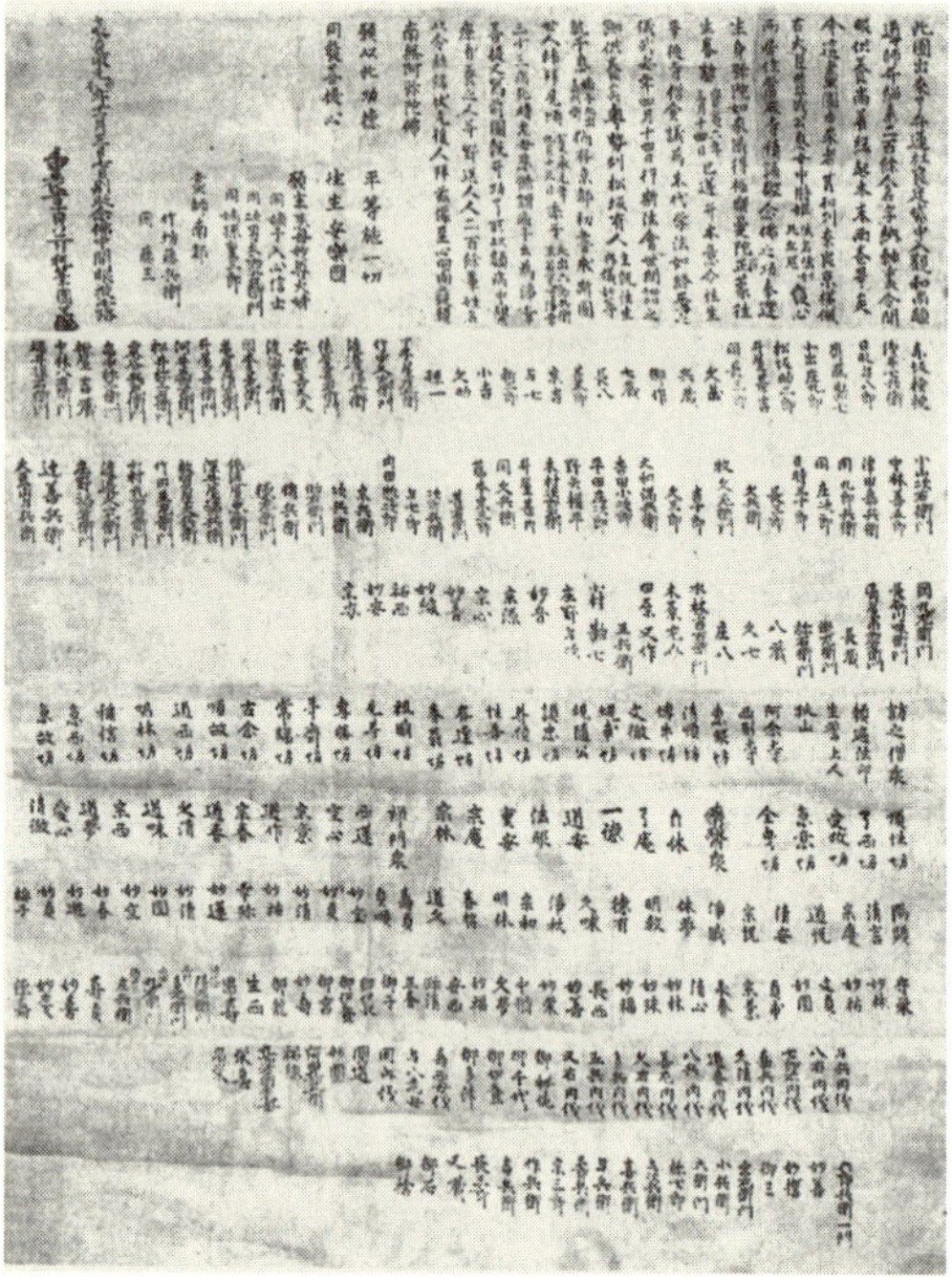

【図６】　法林寺本の背面

【伝本の成立時期】

①1621 西寿寺本 → ②1624 法林寺本 …→ ③未詳 ミシガン本

③未詳 誕生寺本

【図７】　伝本の成立時期

『図記』には、亡者を慕う二百人余りの人々が「一仏浄土ノ縁」として掛幅絵の背面に名前を連ねたとあるのみだが、背面にはより具体的に「病中医療看養之人並野送人」ら二六五人の名前が記され、結縁を乞い、掛幅絵を拝したことが詳述されている。

　これらの資料から、掛幅絵の成立背景が少しずつ明らかになってくると同時に、伝本の成立順序も見えてこよう（【図７】）。ミシガン本と誕生寺本の成立の前後関係については、現時点では、両伝本の成立について検証する十分な資料がなく、明らかにし得ない。しかし、掛幅絵自体が多く流布した構図とは認められず、現段階で筆者は、両伝本とも法林寺本の成立年代と遠からざる十七世紀半ば頃に竹坊の絵師によって制作されたと推察している。

3　北出嘉兵衛のこと

さて、このような掛幅絵の成立に大きく貢献した北出嘉兵衛とは、一体どのような人物だったのだろうか。西寿寺には嘉兵衛の供養墓がある。表には「南无阿弥陀佛／三観入心□□／十二月十七日」（※□部は判読不可、以下同じ）と銘があり、同寺に所蔵されている嘉兵衛の位牌には、表に「不退三観入心居士霊位」、裏に「寛永八辛未年十二月十七日」とある。先に挙げた法林寺本の背面の墨書や、後掲する西寿寺蔵『泉谷山西寿寺伝記』にも「入心」とあるように「不退三観入心」は嘉兵衛の法名である。また、位牌より嘉兵衛が寛永八年（一六三一）に亡くなっていることがわかる。袋中より八年早く亡くなっていることになるが、嘉兵衛の生年は不明である。

西寿寺には嘉兵衛に関するいくつかの資料が残っている。西寿寺蔵『泉谷山西寿寺伝記』には次のようにある。

> 爰ニ勢州松坂之住人北出嘉兵衛ト云仁有リ。若年之頃、京都ニ登リ、洛下高辻通藪之下町ト云所ニ住居シ、帰依三宝慈悲深深厚之人也世俗念仏嘉兵衛ト云リ。然ニ発心遁世シ、朝暮詣三条法林寺、帰依袋中上人、法名号三観入心居士。其後、当所鳴滝村ニ移住ス。其砌京都之朋友尋問シ、五人合志、当山ヲ買求メ、三観入心ニ寄附ス。依之袋中上人ヲ招請シ、累世念仏三昧不退之道場ト成ント萠山埋谷西寿寺ヲ建立ス初ハ号。西寿院。于時寛永四丁卯歳十一月廿一日也。為用水萠嚴セシカハ、従土中三炎霊石出現ス長壱尺五寸。横壱尺弐寸。則当山之鎮守奉崇天照皇太神宮ト是也。右神石出現之跡ヨリ清水湧出セル故、号泉谷山ト。入心者夫ヨリ八幡《ヤハタ》江移居シ、結草庵、寛永八年未年十二月十七日、向西端坐合掌如睡遂往生畢。開山袋中上人ヨリ四世迄ハ、今之方丈ヲ本堂トシ、方丈仏ヲ本尊トス。

嘉兵衛は袋中に帰依した人物で、朝夕三条の檀王法林寺に参詣していたという。慈悲深く善良な人物だったようで、出家して鳴滝村に移住した嘉兵衛に、京都の五人の朋友が、現在の西寿寺の土地を買い求めて寄附したという。その

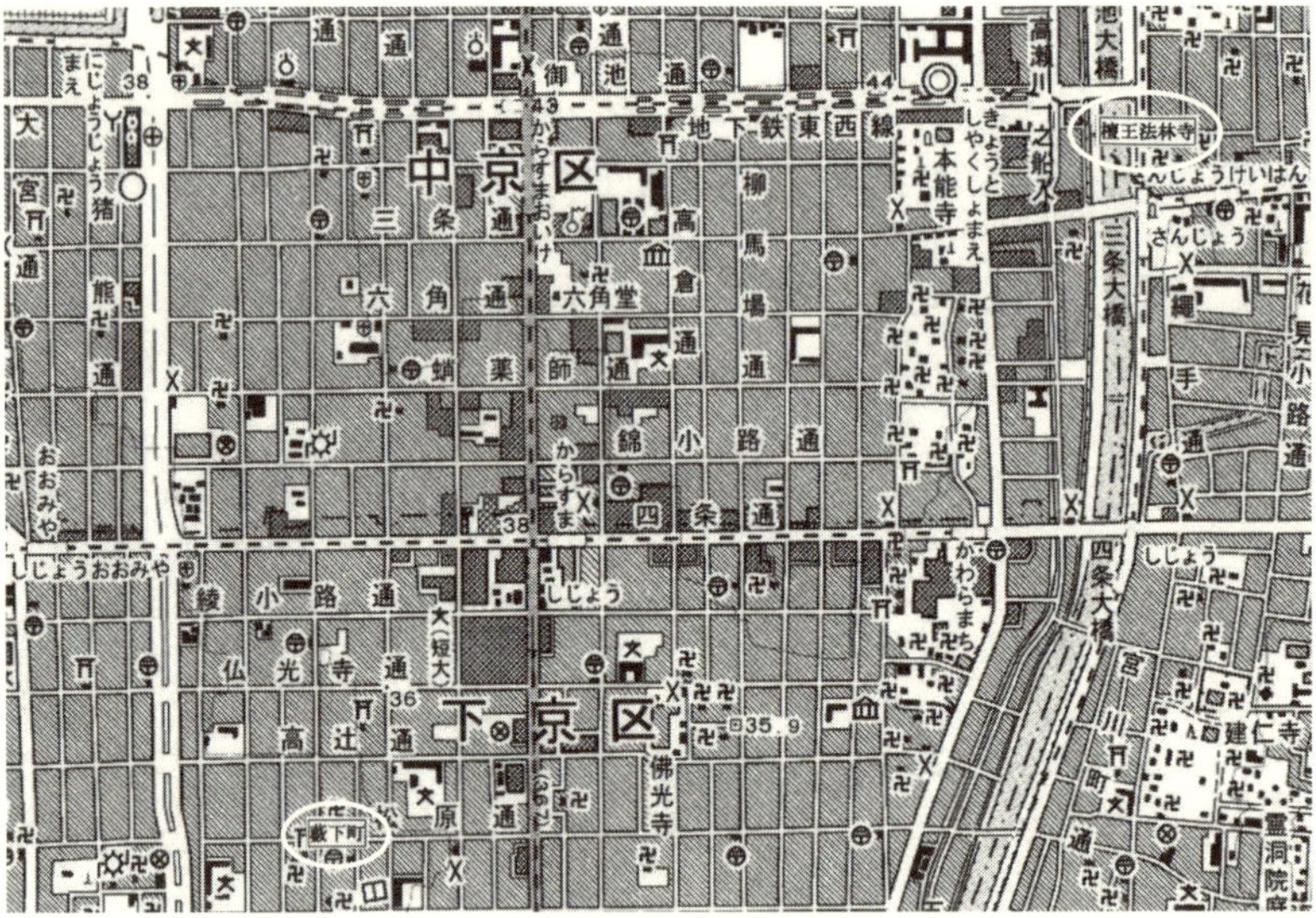

【図8】　檀王法林寺界隈地図

後、寛永四年（一六二七）に袋中を招請し、念仏道場として西寿寺が建立された。嘉兵衛は八幡へ移り、草庵を結び、寛永八年（一六三一）に亡くなったとある。

嘉兵衛が住んでいたとされる「洛下高辻通藪之下町」は、現在の下京区藪下町（下京区松原通西洞院東入）に該当し、法林寺から徒歩三十分程度の距離である。寛永十四年（一六三七）の洛中絵図には「藪ノ下町」とある（【図8】）。貞享二年（一六八五）刊『京羽二重』には「数寄屋簾屋」「香盤師」が居住していたことが記されており、文化八年（一八一一）刊の『文化増補京羽二重大全』の五条通（松原通）の諸職商家の項には「しん丁西瀬戸物　香具油」とあるが、嘉兵衛がどのような仕事で生計を立てた人物であったかについては、現段階では不明である。しかし、『泉谷山西寿寺伝記』に「朝暮詣三条法林寺」とあるように、嘉兵衛にとって檀王法林寺が生活圏内にある身近な寺院だったことは確認できよう。

袋中と北出嘉兵衛との深い繋がりは、このほかにも袋中と嘉兵衛との交流が認められる掛幅絵や文書が、数多く残されていることからもうかがえる。例えば、西寿寺蔵「阿弥陀如来六地蔵十羅刹女像」[※15]（一幅）は、阿弥陀が六地蔵と十羅刹女を従えて向かって右下の合掌する老女のもとへと来迎する様を描いていた掛幅絵であるが、背面の貼付紙には次のようにある。

　此一幀者記恵心筆。於南都求得之、加表、補絵、為功修一門。眷属並法界同利者也。北出嘉兵衛　法名入心　寛永午八月彼岸日　裏書良定（花押）

南都で買い求めた後、表装し、補修を加え一門に修められたとの来歴が、袋中によって記されており、寛永七年（午年〈一六三〇〉）の年記と嘉兵衛の名前が確認できる。おそらく、嘉兵衛が南都で買い求め、西寿寺に納めたと推察される。このほか、檀王法林寺蔵「智光曼荼羅」の背面にも「入心」「妙尊」とあり、嘉兵衛とその母妙尊が結縁者として名を連ねているのが確認できる。

　こうした掛幅絵の背面に残された手がかりからも、袋中と嘉兵衛との関わりは確認し得るのであるが、嘉兵衛が袋中に帰依していたことがうかがえるより具体的な資料として、西寿寺蔵「開山上人回国法度書」一軸（【図9】）が注目できる。この法度書は、袋中が入心（北出嘉兵衛）に回国の心得を示したもので、嘉兵衛は袋中からこの回国法度を恵与されている。裏書は、慶安元年（一六四八）に、袋中の最後の直弟子とされる檀王法林寺八世良閑（東暉）によって記されたものであるが、「入心諸国周行時」とあることから、嘉兵衛自身、晩年には回国聖的な活動をしていた可能性が高い。

（表）回国法度事／不可久留　内有□（如カ）儀／□□（江河カ）不可急　日長／気永　知死期／病時可念死　念仏心弥起／万事堪忍　不及異見候／右条々愚意如斯／寛永甲子三月　日　良定（花押）

（裏）入心諸国周行時、自開山法度趣誓徹受得、加表、補絵、経年、本所西寿院納之／慶安元年九月廿一日／裏書

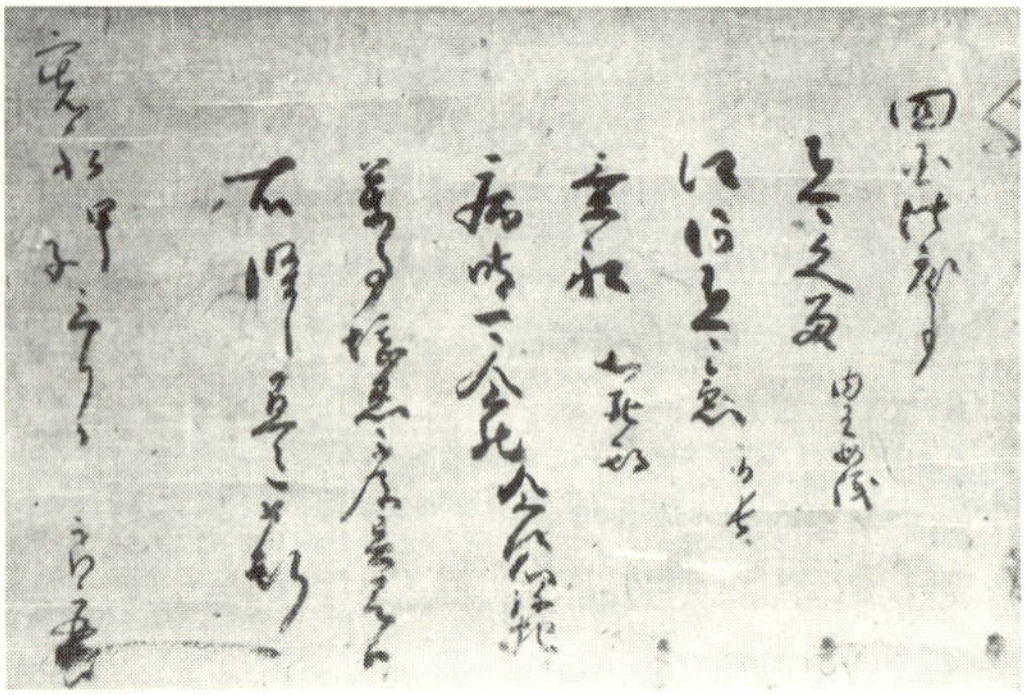

【図9】　西寿寺蔵「開山上人回国法度書」

良閑（花押）

信心深い嘉兵衛に袋中が並ならぬ信頼を寄せていたことは、西寿寺蔵『南北二京霊地集』（寛永元年〈一六二四〉袋中自筆本）の識語に、袋中が念仏寺の行く末を考え、入心（嘉兵衛）に『南北二京霊地集』を預けていたとの記述があることからもうかがえよう。

右此巻者、末弟ガ為ニ注シ了ヌ。是ハ反故《ホゴ》ナリ。此地ノ降魔山善光寺転変ヲ思テ、ウラ着《ツケ》ヲシテ、有所ニ北出嘉兵衛戒名入心陰置ク。此ノ破有ラバ返シ給候ヘ／寛永元十一月廿五日　袋中（花押）／入心参

これらの資料からも、両者の関係が深い信頼関係で結ばれていたことは疑いない。掛幅絵は、このような北出嘉兵衛の一族の信心により、当初は、嘉兵衛の母妙尊の発願を契機として第一本（西寿寺本）が完成し、そして、その後、予期せずして複数のものが次々と制作されていくことになったのである。

四　掛幅絵が描き出す世界

1　異なる構図

西寿寺本とその他の伝本では、来迎様式が異なっており注目できる。法林寺本の背面の墨書には「頃寛永元年九月十五日季子北出六郎兵衛法名覚順浄幸三十三病死。時老母悲余謂遍子云、為浄幸菩提、又写前図、既其功了」とあり、六郎兵衛の菩提を弔うため

前図（西寿寺本）を写して完成したと記されていた。しかし、娑婆堂の配置はもとより、来迎様式が異なっているため、西寿寺本と他の伝本とでは、印象が随分変わる。西寿寺本が、動的な流れ来迎であるのに対し、法林寺本・誕生寺本・ミシガン本は、いずれも静止的な正面来迎となっている。

左斜め上から右下への流れ来迎は、既に当麻曼荼羅下縁の九品来迎図の上品上生に見られ、その後も、多くの来迎図に類型の構図で描かれている。西寿寺本は、雲の走りにスピード感があり、迅速な来迎の様がよく表現されている。一方、後者の正面来迎は、どちらかと言えば本尊的で観想或いは礼拝対象的な構図といった印象を受ける。このような相違が認められることは一体何を意味しているのだろうか。

正面来迎で描かれた法林寺本は、流れ来迎で描かれた西寿寺本の構図をもとにしながら、意図的に改変されたと考えられる。『図記』に「当麻ノ迎接ハ雖二年尚《ヒサシ》一ト、未レ聞レ有二コトヲ其図一。今マ書レン之ヲ矣。彼ノ寺ニ模二ス法如比丘尼ノ往生ノ儀式一ヲ」とあるように、掛幅絵は当初から中将姫の往生の儀式を描くべく制作された。その目的は、西寿寺本の背面の墨書に「令写為見人結縁同七世父母六親眷属法界諸霊往生浄土矣」とあることからも、先祖の菩提を弔うことと「法如比丘尼ノ往生ノ儀式」を人々に見せることにあったと考えられる。実際、法林寺本の背面には「病中医療看養之人並野送人」ら二六五人が結縁し、描かれた往生の儀式を拝したとある。法林寺本に描かれた正面来迎の阿弥陀聖衆の様は、娑婆堂で端坐合掌する中将姫ただ一人を迎えるための「往生ノ儀式」として描かれたのではなく、懸垂された法林寺本を前に合掌する後世の人々をも迎える儀式として描かれたのではないだろうか。そしてまた、当麻寺本堂（曼荼羅堂）の空間そのものが極楽浄土として位置づけられているようでもある。法林寺本以降に制作されたと考えられる誕生寺本、ミシガン本も正面来迎を描いており、法林寺本の構図は、その後も受け継がれていく。このような構図の改変は、掛幅絵の制作が単に絵師に任されるばかりだったのではなく、制作段階において宗教者の関与があったであろうことをうかがわせる。

2　来迎図に描き込まれた説話的要素

来迎会の様を描いた掛幅絵は『図記』と共に伝来し、『図記』は掛幅絵の制作動機や、描かれた山名や境内配置について詳述するなど、掛幅絵と関わりをもって語られるものだったようである。『図記』は、当麻寺界隈の風景や境内の子院について個々の場所を示しながら説明するように詳述している。

是《カ》クテ寺ノ地景ハ、ソモ西ニ嶮シキ二上ガ岳、北ノ山嶺《イタヽキ》尚高シ、神《ミ》代《ヨ》初ノ神《カ》嶋ナル築波ノ山ニ替リナシ。本堂ハ東向キ、後ロニ近キ円山ハ、即麻呂古山ト号ス。麻呂古ノ親王、此名ヲ得玉フ。霊瑞感通シテ、嘉名早ク立ストハ是ナルヘシ。又、古城ト云アリ。此名ハ、ソモ諸菩薩弘誓ノ鎧ヲ着テ、悪魔降伏ノ幢ヲアグ。牛王山アリ。宝印摩尼珠ヲ琢ヘシ。其面ニ、仏法擁護ノ鎮守アリ。並ニ法華堂アリ。寂寞無人声ト覚ユ。爾シテ九間ノ本堂ハ九品ノ浄土ト思ヘシ。庭寛シテ中央ニ霊樹アリ。来迎ノ松ト号。此下ニ法会ノ時、娑婆堂ヲ結構ス。北ニ当テ講堂アリ。是ハ供僧ノ行法所、瑜伽壇場ノ密処ナリ。其後ロニ、法如比丘尼ノ在《マシマ》セシ紫雲庵アリ。是ヲ始トシテ所々ノ尼寺、齋戒清浄ナリ。東ニ列テ、不動院、薬師堂、明王院等ハ、衆徒《ト》ノ住坊也。庭ノ南ニ金堂アリ。弥勒ノ金像在ス。三会ノ暁キ頼アリ。其南ニ熊野権現。毎日々中ノ来迎石アリ。其東ノ鐘楼ハ、諸行無常ノ響アリ。次テ経蔵院ハ、一和尚ノ坐《マシ》マス所、其ニ続テ二臈《ラウ》三臈歴々タリ。並ニ浄土ノ三箇寺ハ、是近代ノコトニテ、護念院ハ大殿ノ仏供所、浄襟《ダ》拈香闕コトナシ。南ノ念仏院、名ヲ失ナハヌ。称名所。尚ヲ南ニ当テ、一基ノ大塔アリ。八輪高ク顕シテ、一見率覩婆永離三悪道ト仰キ上ル。次テ極楽院アリ。名ニ感《メ》デ、参詣多シ。又、山際ノ一寺ヲハ、人、奥ノ院ト呼。即往生院ナリ。

【図11】　石光寺の「糸掛け桜 古株」

【図10】　石光寺の「染の井戸」

【図13】　染井桜（法林寺本）

【図12】　中将姫腰懸石と染井池
（法林寺本）

また、「中将姫腰懸石」「染井池（染井）」「染井桜（糸懸桜）」なども描かれており、中将姫説話を語る際の素材となったであろう当時の説話伝承的な要素も含んでいる。このような諸伝承をも巧みに取り込んだ掛幅絵は、まさに参詣曼荼羅の体をなした宗教的説話画であると言えよう。本来、中将姫が化尼（阿弥陀如来の化身）と共に曼荼羅を織り上げるための糸を染めたとされる染の井戸や糸を干したとされる糸懸け桜の古株は、石光寺（染寺）の境内にあるとされ（【図10】【図11】）、『元亨釈書』巻二八や『図記』にもそのように記されている。しかし、西寿寺本をはじめとするいずれの掛幅絵にも、「染井池」や「染井桜」は、当麻寺境内に描き込まれており興味深い。「中将姫腰懸石」「染井池」「染井桜」といった説話伝承的な要素を持つものは、伝本によって描かれる位置が異なっている。掛幅絵の中に描き込むこと自体に意味があり、場所の正確さを伝えることは重視されていなかったのだろう（【図12】【図13】法林寺本）。『図記』はこのような掛幅絵を絵解きする際の、絵解き台本としての役割をもつものだったと推察される。『図記』が折本という形態で現存していることも、絵解きの際に用いられたことと関係するのではないだろうか。

3　『図記』に記された中将姫説話

『図記』は、当麻寺界隈の風景や境内の子院についても記しているがそればかりではない。『図記』の大部を占めるのは中将姫説話である。掛幅絵は『図記』に記されているような中将姫説話と一具で享受されるものだった。【表1】に『図記』の内容構成を一覧にした。上欄の梗概にまとめたように、『図記』に記されている中将姫説話はいわゆる雲雀山系と称される継子譚の中将姫説話で、曼荼羅織成の過程より継子譚を詳述している点に特徴が認められる。しかし、継子譚が加わり物語化が著しくなった『当麻曼陀羅疏』巻七や、その影響が認められる享禄本『当麻寺縁起』とは異なる点が多い。『当麻曼陀羅疏』や享禄本は、姫の弟の誕生や、継母によって姉弟共に葛城山地獄谷へ遣棄される話を記しているが、『図記』にはそのような話は確認できないのである。

【表1】 檀王法林寺蔵『当麻踟供養図記』内容構成

	内容	備考
序	A　供養図制作動機 B　仏教伝来 C　当麻寺建立の由緒 D　当麻寺の地景（山・子院の詳細）	*Aの末尾「維時寛永二乙丑年九月十五日／図文裏書並ニ図記本末北京三条大橋／法林寺二世観蓮社良仙団王書写／右ノ図並ニ記本末奉レ寄二進法林寺一ニ／施主北出拾三郎」*Dの末尾「寛永二乙丑年九月十五日／筆功良仙（花押）」
本篇	中将姫説話①【継子の姫】 ①天平十九年、横佩右大臣豊成の北の方のもとに、長谷観音の霊験により女子が誕生する。 ②姫三歳の時、北の方が亡くなる。 ③姫七歳の時、幼子の父母を見て母の存在を問う姫に、乳母は北の方の遺言を話す。姫は涙をこぼす。 ④豊成は後妻を迎える。姫は継母を慕う。 ⑤姫、亡母のために称讃浄土経の写経を発願する。 ⑥姫は美しく成長する。一方、継母は本心においては姫を疎ましく思っていた。	*曼荼羅織成の過程より、継子譚を詳述。 *継子譚が加わり物語化が著しくなった『当麻曼陀羅疏』巻七やその影響下にある、享禄本『当麻寺縁起』には、弟の誕生や、鶬山に遺棄される以前に継母によって姉弟共に葛城山地獄谷へ遺棄される話が記されているが、『図記』には見られない。 ⇐ 『図記』本篇の内容は、袋中の『当曼白記』巻一の中将姫説話に一致する。

⑦姫十三歳の時、入内の話が囁かれるようになり、継母は策略を企てる（豊成に姫の不貞を讒言）。主命を受けた武士は、姫を鶬山へ連れ出し、首を刎ねようとする。

⑧姫は経をよみ、武士に首を刎ねよというが、武士は信心深い姫の首を刎ねることはできず、夫婦で姫を育てる決意をする。

⑨姫十四歳の時、武士が亡くなる。

⑩姫十五歳の時、父豊成が鶬山へ狩りに訪れたところ、姫と再会する。豊成は姫を連れ帰る。

⑪姫十六歳の時、豊成に暇乞いをし、剃髪授戒して尼（法如）となる。豊成は姫の発心を頼もしく思い、寺中に草庵を構えるなど計らう。

⑫法如十七歳の時、一千巻の称讃浄土経の写経を終え、生身の弥陀を拝そうと本堂に籠居する。五日目（六月十五日）に老尼が現れる。

中将姫説話②【曼荼羅織成と法如往生】

⑬老尼は法如に百駄の蓮茎を用意するように言い、そのことが豊成から更に天聴に達し、四、五日内に当麻へ送り届けられる。

⑭両尼、蓮茎から出した糸を、井戸で五色に染める。

⑮その後（二十三日）に曼荼羅が織り上げられる。

＊『当曼白記』巻一

一説云、中将三歳ノ時、設二弟ノ少将ヲ一。少将五歳、中将七歳ノ時、継母内意ニ頻ニ憎テ色顕シレ外ニ、白二豊成ニ一云、見ニ二二子ニ一我カ為ル二昔ノ怨ヲ一歟。不レ忍レ遇ニ、我童有二芳志一者可レ失フ二二子ヲ一、不ンハレ爾者我レ放チ棄ラレン。時ニ豊成聞二此怨詞ヲ一、逆ナテ二于吾意ニ一云、于レ左于レ右可レ計フ下云云。妻聞レ之謂レ実ナリト。至ハレ今ニ可トテレ為二我随意ニ一。既ニ窺二豊成参内ノ間ヲ一、仰二武士ニ一云テ下如二人之不カレ知一可トレ失中二子ヲ上深ク褒美ス。武士即二子ヲ入レ輿ニ、指二遠処一行ク。路中ニシテ告二二子ニ一、御母ハ成仏シテ而在二深山ニ一。可レ遇フ下云云。二子先喜レ之、遂ニ至二吉野山地獄谷ニ一、与ニレ輿トレ棄テ逃去ヌ。二子登レ嶺ニ下レ谷ニ、又、入レ輿ニ出レ輿ヲ悲泣無二為方一。其間経二八九日ヲ一、爾ニ此義達シテ二天聴ニ一、令二人ヲシテ迎取一。後ニハ竜顔近ク養フ下云云。又一説云、継母ノ意不レ遂。故ニ再送二棄彼谷ニ一云云。雖レ有二此等ノ説一、不レ可二信用一。違二常談ニ一。故ニ古人云、有ハレ条攀レ条《法度》也無ハレ条攀ヨッレ例ヲ云云。再ヒ左遷殊ニ

⑯法如が問うと、老尼は自身が阿弥陀如来であることを明かし、十三年後の三月十四日に迎えに来ると告げて紫雲に乗り、二上山の方へ消えていった。

⑰法如二十九歳の時、宝亀六年三月十四日、聖衆来迎があって法如は往生する。

⑱いつまでも語り伝えられるように儀式を行い、末代の結縁にしようと法会が始められたのである。

⑲（練供養の様子と訪れる人々の様子）

⑳二十五菩薩和讃

以不可也。古人云、罪不㆓重科㆒セ云。況近ツク㆓竜顔㆒ニ人誰過ンヤ㆑之ヲ。唯鶴山ノ籠居而已矣。所感ノ縁起ニ云㆘此変相者為ト㆗憂患ノ者㆖。当㆓此左遷㆒也已上能感ノ中将姫ノ縁起畢ヌ。

＊⑳の末尾「寛永二乙丑年九月十五日／筆功良仙（花押）」

実は、『図記』に記された中将姫説話の特徴は、袋中の『当曼白記』（以下『白記』）巻一に記された中将姫説話に共通する点が多く認められる。数多く伝わる中将姫説話を記した諸文献のなかでも、『図記』と『白記』の一致度は極めて高い。そのことは、【表2】に示した『白記』、『図記』、慶安四年（一六五一）刊『中将姫本地』（以下慶安四年本）の三者の比較からも明らかである。お伽草子『中将姫』の伝本は複数伝来するが、慶安四年本は成立年代も明らかで、『白記』の内容に近い系統（地獄谷遺棄の話がなく、姫の弟も登場しない雲雀山系の継子譚）であることから比較の対象に加えた。しかし、慶安四年本を加えても『白記』と『図記』の関係は、細かな表現から和歌に至るまで酷似しており、『図記』には袋中の影響が色濃く表れていることが認められる。興味深いことに、袋中は『当曼白記』巻一の末尾で、城山地獄谷へ遺棄される中将姫説話についてふれ、「此等の説ありといえども、信用すべからず」と忠告している。『図記』に葛城山地獄谷の話が入っていないのは、『白記』に記された袋中の中将姫説話への理解が、少なからず反映されているとみるべきであろう。

【表2】『当曼白記』『当麻踟供養図記』『中将姫本地』三者の比較

『当曼白記』巻一	『当麻踟供養図記』	慶安四年（一六五一）刊 『中将姫本地』霞亭文庫蔵
【例1】北の方の死 汝今僅ニ三歳、何ノ因果ニ離レ母ニ哉。吾亦爾也。何ノ因果ニ棄二稚子ヲ一、独リ赴ン二冥途ニ一乎。痛哉悲哉。汝可レ聞若安穏ニシテ而令二生長一者不レ可レ違二父ノ命ニ一。又、時遷日行者、豊成可レ見フ二他人ヲ一。汝殊ニ不レ可レ違。又有ラハレ心者可レ訪二吾後世ヲ一也。此ハ是吾カ慰ミノ言也。必非トテレ可キモ二汝聞入一、双眼ニ覆レ袖ヲ息咽ビ音替テ宣玉フ二此義ヲ一。豊成ヲ為レ初ト一門ノ人人家内ノ男女同時ニ揚レ音叫ケヒ啼ク。爾テ不レ遷レ時ヲ終玉フ。豊成ノ愁歎超テレ世ニ哀也。不レ経二時日一令二葬送一了ンヌ。及二明旦ニ一、豊成為レ見ンカ二無キ跡ヲ一至リ二葬処ニ一、愁傷ノ余リ詠シ二消ルレ烟之歌ヲ一	今僅ニ三歳、何ノ因果ニ母ニ離ヤ。吾モ又其レナリ。何ノ酬ニ稚子ヲ振棄テ、独冥途ニ赴ヘキヤ。悲哉。汝若安穏ニシテ生長セハ、父ノ命ニ違ヘカラス。又、時遷リテ他人ヲモ見玉ハ、、汝殊ニ背ヘカラス。若情ケ有ハ、吾菩提ヲ訪ヘシ。吾レ汝カ故ニ必ス地獄ニ堕ト思フナリ。吁、此言モ聞入ヘキニ非サレ共、思ノ余ニ此ノ如トテ、双眼ニ手ヲ覆ヒ、息ニ咽セヒ音尚替テ鳴玉フ。豊成ヲ初トシ、一門ノ人々、家内ノ男女、同時ニ声ヲ挙テ、叫ヒ啼。爾シテ時ヲ遷サス終リ玉フ。豊成ノ愁歎、哀ノ一程ゾ顕レケル。	三歳を過ごさずして、我を先に立てて歎かん事こそ悲しけれ。相構へて念仏申し、後世を弔へよと、これを最期の言葉として、念仏唱へ、終に北亡の露と消え給へば、大臣殿も姫君も、天に仰ぎ地に伏し歎き給へども、甲斐なし。さて、あるべきにあらざれば、とある所に送り出し、無常の煙となし奉る。大臣殿、同じ炎に入らんとし給へば、人々御袖に取り付き、さこそは思し召すとも、黄泉の旅には師弟、主従の因み、わりなき夫妻、兄弟の中なりとも、いかでか友とはなるべく候ふや。御志のほどをば、さこそは尊霊も嬉しと思し召さるらん

与レ涙倶ニ帰玉フ。如二先ノ約一於レ姫ニ丁寧也。夜ト共ニ思ヒ明シテ今朝見レハ煙トナリテ消ハテニケリ　豊成

日ヲ経スシテ葬送シ了ヌ。又、明旦ニ及テ、豊成無キ跡ヲ見ンカ為ニ、墓所ニ至リ、歎ノ余リ一首夜ト共ニ思明テケサミレハ烟トナリテ消ハテニケリ。涙ト共ニ帰玉フ。

と、及ぶも及ばざりけるも涙を流し留め申せば、豊成も留まり給ひ、様々の仏事、尽きせぬ供養営み給へり。豊成その夜を明かし、御死骨を拾ひ、泣く泣く一首の歌を給へり。夜とともに思ひ明かして今朝見れば煙となりて消え失せにけり。かやうに詠み給ひて、昼は一部の御経を読み、夜は念仏申し明かし、繋がぬ月日を立てられけり。

【例2】姫、称讃浄土経書写を発願

姫又白レ父ニ言、我為ニ二亡キ母ノ一欲レ読ントレ経ヲ可ナランヤ。否、父許玉フレ之ヲ。請フレ僧、僧ノ云、幼年ノ発心誠ニ火中ノ蓮ナリ、爾ニ為シテレ報センカ二悲母ノ恩一ヲ、或ハ為ニハ二来生父子相迎一ノ称讃浄土経可レ宜云云。因レ茲ニ読二此経一不日ニ読得テ後毎日読誦六巻也。此姫如レ此心操、超ヘレ世ニ容皃亦勝レ他ニ、有時詣二母ノ墓処一ニ、為ニ二苔ノ下タノ詠一ヲ、与ニレ涙帰玉フ。希ニ来テ問モサヒシキ松風ヲ常ニヤ苔ノ下ニ聞ラン　中将姫

姫或ル時、父ニ白テ云、我亡キ母ノ為ニ経ヲ読テ訪上ラント思フ。父喜テ許ス。爾シテ僧ヲ請ス。僧云、幼年ノ御発心稀ナルコト也。爾ハ悲母ノ恩ヲ報センカ為、或ハ来生、浄土ニ於テ母子相ヒ逢ンガ為ニハ、称讃浄土経宜カルヘシト云。茲ニ因テ、不日ニ読得テ後、毎日読誦六巻ナリ。総而、此姫心操色容千人ニ勝玉フ。有時、母ノ墓所ニ詣テ一首稀ニ来テ問モサヒシキ松風ヲ常ニヤ苔ノ下ニ聞ラン。涙ト共ニ帰玉フ。

その後、中将姫は貴き御僧を招じ、称讃浄土御経を受けさせ給ひ、毎日に六巻づつあそばし、母の後世菩提を弔ひ給へば、父豊成も御愛うしみは限りなし。北の方は此姫を憎み給ひて、常には嘲り給ふ。豊成聞こし召し、継子、継母の習ひぞと、ただ大方に思ひ給へり。北の方は中将姫を失わん謀、明け暮れ案じ給ひけり。

※中将姫の和歌なし

【例3】父との再会

至二明春ニ一姫十五歳也。豊成前ニハ打続キ雖レ有二御歎一、物ノ磨スルレ物ヲ無レ若ハ二歳月ニ一漸ク為二遊興ノ一志サス二猟山ヲ一。依レ為ニ二分領一、鵤山ヲ定二猟場ト一、村ノ主馳走テ集二数多ノ猟人ヲ一、至二其日ニ一、豊成優ニ装束シテ而赴二彼山ニ一勢籠猟人冒ル二所所ニ一。豊成先高キ峯ニシテ遠二‐見スルニ四方ヲ一、幽谷ニ揚ク二恠烟ヲ一。問二村ノ主ニ云、誰人ノ所居ソヤ哉。村主答云、未レ知此山。自レ昔至マテレ今ニ無二人ノ栖一。豊成自ラ往テ見レニ之茅屋ニ有二一女一婦一。其女美麗也。非二直人ニ一矣。恐ラクハ是天魔山神ノ所変ニシテ而欲レ誑サント二豊成ヲ一歟。

次ノ年、姫十五歳ナリ。豊成前ノコトヲハ、皆打捨テ、其春遊興ノ為ニ鵤山ニシテ猟セントテ来リ玉フ。其日ニ至テ、高キ峯ニ登リ遠見セラル。深山幽谷ナルニ、恠キ烟リ立、之ヲ問ニ、山ノ守《モリ》白テ云、彼谷ニハ、人ノ通フコトナケレハ、総シテ存知ゼヌ所也ト申ス。豊成自ラ行テ見玉フニ、茅屋ニ一女一婦アリ。一女美麗ナリ。思ハク、是天魔山神ノ所変ナラン。終ニ弓矢ヲ取リ問テ云、汝等何者ソヤ。

十五になり給ふ。又、都にまし（「ま」脱カ）する父豊成、館に給けるは、今は嶺の雪も消へ、谷の氷も溶け、漸く逗留にて、狩して遊ばんと思ふなり。村の者ども狩人催せと仰せければ、人々承り、数多の狩人引き具し、かの山にわけ入、峨々たる嶺に登り、漸々谷に下り、ここをせんどと狩せらるる。ある谷の底に煙結び立ち昇る。豊成是を怪しめ、駒駆け寄せて御覧ずれば、僅かなる柴の庵あり。戸を開かせて御覧ずれば、五十ばかりなる女あり。又、傍らに十四五計の姫君の美しきが机に寄りかゝりて覆面を垂れ、御経を書き給ふ。豊成御覧じ、汝まことの人間に非ず。豊成が心を引見んために、抑、か様の深き山に未だいとけなき上臈の住給ふべしとも覚えず。天人の影向か、又は変化の物か、名乗り給へ。さなくば命を取らんと仰せければ、

※【表1】【表2】に示した本文は、全てルビをとっている。慶安四年本については、適宜平仮名を漢字に直した。また、本稿全体に於いて「メ」「ヿ」は「シテ」「コト」と改めている。

五　浄土憧憬と享受の空間

西寿寺本、法林寺本、ミシガン本には、いずれも発願者（又は往生人）が描きこまれていたが、誕生寺本には発願者の姿が確認できない。具体的な個人の供養を目的として制作されたのではなく、制作当初から、広い対象を想定して制作された可能性も考えられる。

誕生寺界隈は、十七世紀半ば以降、花街として栄えていった地でもある。誕生寺がある三棟町は、傾城町として知られていた木辻町に隣接する町である。『色道大鑑』（一六七八）には、当時の遊郭二十五箇所が列挙され、京島原、伏見夷町（撞木町）、伏見柳町、大津馬場町、駿河府中、江戸山谷（吉原）、敦賀六軒町、三国松下に続き、「奈良鴨川木辻」の地名が記され、『好色一代男』巻二「誓紙のうるし判」（天和二年〈一六八二〉刊）には、

あない知る人所自慢して、こここそ名にふれし木辻町、北は鳴川と申して、おそらくよねの風俗都にはぢぬ撥音、竹隔子の内に面影見ずにはかへらまじ

と記されている。『奈良曝』（貞享四年〈一六八七〉刊）や『奈良坊目拙解』（享保二十年〈一七三五〉刊）の記述からも、十七世紀末以降の誕生寺界隈の賑わいを、容易に想像することができよう。

誕生寺では、「毎年四月十四日ことに諸人参詣せり」（『奈良曝』）あるいは、「毎四月十三十四日開㆓帳浄土曼荼羅並中将姫法如比丘尼真像等」（『奈良坊目拙解』）とあるように、毎年四月十四日（十三日）に開帳がなされていた。既に

『奈良名所八重桜』巻七（延宝六年〈一六七八〉刊）に「毎年卯月十四日に法事」がなされていたとある。この法事の際には、「浄土曼荼羅並中将姫法如比丘尼真像等」（『奈良坊目拙解』）などが開帳されていたという。いつの段階で、誕生寺に「中将姫現身往生画図」が所蔵されることになったかという問題は残るものの、「中将姫現身往生画図」が誕生寺の寺宝となってからは、おそらく「毎年卯月十四日」の法事の際にも用いられていたのではないだろうか。誕生寺住職村井妙順尼によれば、近年まで、毎年四月十四日には「中将姫現身往生画図」を掛け、稚児練供養を行っていたとのことである。

木辻界隈にある寺院（誕生寺・徳融寺・安養寺・高林寺）は、いずれも、今日、中将姫説話を寺社の由緒に結びつけて語り伝えている寺院である。しかし、これらの寺院において中将姫説話との結びつきが認められるのは、寺社に現存する縁起の制作年代や地誌などからみて、近世以降のことで、およそ十七世紀半ば頃定着していったと考えられる。奈良町界隈に花街が形成されていく時期と、奈良町に中将姫説話が伝説化していく時期が重なる点は興味深い。[※16] また、法林寺においてもほぼ同時期に類似したことが指摘できる。[※17]

袋中に帰依した北出嘉兵衛ら一族の発願によって制作された一幅の掛幅絵は、中将姫説話と一具のものとして、その前に集う多くの民衆の心を浄土へと導いていった。木辻の廓で働く女性たちが、毎年四月十四日の誕生寺の供養会式に参加し、掛幅絵を見ることができる状況にあったかは不明である。しかし、少なくとも木辻に隣接する誕生寺をはじめとする諸寺院で語られる中将姫説話は、時に風聞として彼女たちにも伝わり、心の慰めとなっていたのではないか。誕生寺から程近い称念寺（浄土宗・東木辻町）[※18]は、かつては木辻遊郭内にあって、廓で働くの女性たちの引導寺であったとされる。そして、称念寺には彼女たちの墓が今も残されている。誕生寺本がこのような地に伝来したことは、注目すべきことだろう。[※19]

おわりに

元和七年（一六二一）、袋中に帰依した北出嘉兵衛の母妙尊の発願により制作された掛幅絵（西寿寺本）は、その後も類似した構図の掛幅絵を生み出す契機となった。嘉兵衛の末弟である六郎兵衛の菩提を弔うべく制作された法林寺本、さらに、この法林寺本の構図が誕生寺本やミシガン本にも受け継がれていく。

「染井池」や「染井桜」など中将姫説話を語る際に不可欠であった伝承地をも巧みに取り込んだ掛幅絵は『図記』と共に語り伝えられた。西寿寺本には「開山御自筆ノ本」（袋中自筆本、所在不明）が添えられ、次いで制作された法林寺本には、良仙によって記された『図記』が添えられている。

来迎会の様を表現した掛幅絵は、絵解き説法の格好の題材として機能したものと考えられ、描き込まれた往生人や、背面に書き込まれた数多の結縁者名からは、近世前期の洛中における民衆信仰の在り方の一端がうかがえる。こうした掛幅絵を前に民衆教化・念仏称揚といった勧進活動が展開したであろうことは、法林寺本が制作された翌年に『図記』が書写されていることや、掛幅絵の背面に数多の寄進者や結縁者の名前が記されていることからも確認できよう。法林寺のみならず各地で教宣活動を展開する袋中と共に、良仙もまた法林寺を中心に活発な活動を展開していたと推察される。

各地の寺院で享禄本に見られる迎講阿弥陀如来による来迎会[※20]がなされていた頃、一方で袋中の精力的な活動が多くの宗教者と信者を魅了していた。懸垂された一幅の掛幅絵は、来迎会を直接見ることが叶わない「病中医療看養之人並野送人」をも極楽浄土へと導くことを可能にした、民衆の浄土憧憬の想いと祈りが生み出した芸術なのである。

※注

1 袋中は近世初期に活躍した浄土宗の僧であり、全国を行脚し布教活動に努めたことで知られている。彼が記した『琉球神道記』（慶長十年〈一六〇五〉刊）は、当時の琉球における信仰と風俗、その中に見られる日本的な文化要素を伝える貴重な資料として名高い。

2 法会の名称は「迎講」「迎接会」「来迎会」「ねり（練・錬・踟）供養」など、時代によって異なり、それは法会の性質や参加参列する人々の意識とも深く結びついているため、名称を統一することができない。よって、本稿でも煩雑にはなるが、法会ごとに異なる名称を用いる。但し、多くの法会をまとめて呼ぶときには、来迎会と称することにする。法会の名称については、關信子氏『千手山弘法寺踟供養』（千手山弘法寺踟供養推進協議会、二〇〇五年）四頁参照。また、ねり供養については、今日「練供養」と表記する場合が多いが、後述する檀王法林寺蔵『当麻踟供養図記』の書名にもあるように「踟供養」と表記することもある。例えば、享禄本『当麻寺縁起』巻三・第七段のねり供養の場面には、踟供養と書かれた紙片（後補）が添付されているほか、岡山県邑久郡の弘法寺のねり供養は、今日でも江戸時代の版画の表記に倣い「踟供養」と表記している。本来の字義からすれば、「踟」には、ためらう、あしぶみするという意味があり、ねり供養の所作に通じた字義がある。

3 横山重氏「袋中上人著述目録並解題」（『琉球神道記　弁蓮社袋中集』角川書店、一九七〇年）。

4 阿部泰郎氏「俤びとを求めて—当麻曼荼羅と『死者の書』の図像学的覚書」『国文学解釈と教材の研究』四二—一号（学燈社、一九九七年）。

5 徳田和夫氏「絵解きと縁起絵巻『道成寺縁起』と『当麻寺縁起』附絵解き研究の意義と方法」『一冊の講座　絵解き』（有精堂、一九八五年）。

6 河原由雄氏「中将姫曼荼羅図」解説『特別陳列中将姫絵伝』（奈良国立博物館、一九七九年）一一一頁。

7 西寿寺は、京都市右京区鳴滝泉谷町。泉谷山と号し、浄土宗の尼寺。本尊は阿弥陀如来。袋中に帰依した北出嘉兵衛が、寛永四年（一六二七）に上人を特請し、この地に念仏道場を建立したのが起こりとされる（『都名所図会』）。

8　檀王法林寺は、京都市左京区法林寺門前町。寺門は南に面して三条通に通じる。朝陽山と号し、浄土宗。本尊阿弥陀如来。寺伝によれば、初め天台宗蓮華蔵寺（院）と号して、現聖護院蓮華蔵町にあった（『京都坊目誌』）。文永五年（一二六八）亀山院が道光に勅して現在地に移転、浄土宗悟真寺と称した。応仁の乱及び鴨川の洪水で荒廃。三条東洞院（現中京区）に移ったが、幾年を経ず旧に復した。永禄年中にほぼ全焼。慶長年間に袋中が再建して、栴檀王院と号した（『都名所図会』）。

9　誕生寺は、奈良市三棟町。異香山法如院と号し、浄土宗の尼寺。本尊は中将姫坐像。誕生堂、三棟殿ともいう。寺伝によれば、奈良時代横萩右大臣豊成の館があった所で中将姫誕生の地というが、一説には、古く釈迦誕生仏を安置したことによるという。創建・沿革の詳細については未詳であるが、誕生寺と中将姫伝承が結びつきをもって語られていくことが確認できるのは、十七世紀以降である。誕生寺蔵『法如院誕生寺縁起』（一巻）には、「此処は昔横佩右大臣豊成公の敷地、中将姫誕生の旧地也」と記されており、奥書に「旹天和壬戌年（天和二年〈一六八二〉）九月十四日／洛陽報恩寺證誉寄附／法橋蜂谷惟白執筆」とある。

10　「古香庵蔵」の蔵書印は、美術収集家として名高く、細見美術館初代館長である細見良氏（号・古香庵／一九〇一～一九七九）のもの。同印は細見美術館所蔵品に複数確認できる（細見美術館学芸部　伊藤京子氏の御教示による）。

11　十三世紀の成立とされる埼玉県常光院蔵「阿弥陀浄土変相図」は、極楽浄土の情景のなかに阿弥陀聖衆来迎図を組み込んだ珍しい図様の浄土変相図で、下方には寺の開基となり初めて中条氏を名乗った常光夫妻、中条三世の家長夫妻ら四人の往生人が描かれている。往生人を描きこんだ正面来迎の事例として、法林寺本系の構図に比較的近い先行例として興味深い。『女性と仏教　いのりとほほえみ』（奈良国立博物館、二〇〇三年）一七一頁参照。また、往生人の姿は見られないが、十四世紀前半の成立とされる善光寺大本願蔵「阿弥陀聖衆来迎図」も、正面観で描かれた比較的珍しい様式の二十五菩薩来迎図である。『法然生涯と美術』（京都国立博物館、二〇一一年）二〇〇頁参照。

12　『図記』は、本文の影印・翻刻はなされていない。別途（『当麻曼荼羅と中将姫』勉誠出版、近刊）全文を紹介する。

13　法林寺本の背面には、主は既に往生したとある。元和七年（一六二一）に記された西寿寺本の背面から、主の名前は「道座」であったことが確認できる。嘉兵衛の父と思われる「道座」の名前が確認できる資料は、現時点では西寿寺本の背面の墨書のみである。現時点で道座の没年などの詳細は不明である。

14　『図記』には「前ノ絵師竹ノ坊父子」とあり、法林寺本は、西寿寺本同様竹坊藤吉・藤三父子によって描かれたとある。しかし、西寿寺本背面の墨書には「画師　南都竹坊藤兵衛　同藤三」とあり、異なっている。藤三が藤兵衛と改名したのか、それとも別の人物であるかは、現時点で不明である。

15　画図の右上の色紙形に墨書された讃から徳治二年（一三〇七）頃制作されたものであることがわかる。背面の貼付紙のうち一枚によれば、もともと西寿寺に所蔵されていたものではなく南山城の海住山寺に所蔵されていたものであるという。『女性と仏教　いのりとほほえみ』（奈良国立博物館、二〇〇三年）一七三頁。

16　赤井達郎氏は、奈良町に中将姫所縁の諸寺の寺観が整えられた時期を近世初期とされ、木辻の郭と全く無関係ではなかろうと指摘されている。さらに「苦界にしずむ女たちが、中将姫の受苦と往生にわが身をかさね、あつい信仰を中将姫や当麻曼荼羅・韋提希夫人によせたとみるのはうがちすぎであろうか」と、廓で働く女性たちの信仰と中将姫・当麻曼荼羅信仰との関わりを想定されている。『絵解きの系譜』（教育社、一九八九年）七一頁参照。

17　同じ頃、袋中所縁の寺として名高い檀王法林寺も多くの参詣者で賑わいをみせていた。『都名所図会』巻一（天明六年〈一七八六〉刊）の檀王法林寺の項からは、庶民信仰、専修念仏の寺として知られた寺院であったことがうかがえる。また、その界隈の様子に目を向けると、『京大絵図』（貞享三年〈一六八六〉刊）には、法林寺門前に「茶屋あり」と見え、法林寺を下った四条河原町では、早くから歌舞伎踊りが挙行されていた様子が、『舟木本洛中洛外図』（一六一五年ころの景観）に描かれている。今日、法林寺の西側には高瀬川が流れ、三条大橋を渡ると南北の通りは木屋町通である。近世中期頃には通りを往来する旅人や商人を目当てに、料理屋や旅籠、酒屋などが店を構え、酒楼娯楽の場として栄えていた。

18 称念寺には、木辻界隈の当時の様子を伝える資料などは残されていないが、多数の無縁塔のなかに遊女の墓があり、周辺には遊郭の名残を思わせる木辻格子が見られる。墓碑銘は読みとれないものも多く、遊女の墓か否かの判断も難しいものが多いが、慶長・寛永・天保・文化・文政と幅広い年号が確認できる。中央に立つ六字名号の碑には、「慶長十九年□寅拾月十五日建立」「当寺第二代玄蓮社誠誉上人大□」との銘が左右にある。

19 廓のある地域で、尼の法会が掛幅絵をともなって営まれる例として、佐渡の熊野観心十界図が知られている（徳田和夫氏の御教示による）。相川の遊郭である水金町では、正月二十七日に町の開祖祭を行う習慣があり、天正十七年（一五八九）に佐渡へ渡った熊野比丘尼清音の遺品である「熊野山大絵図」を掲げて法会を営み、終わると楼主も娼妓も一日を解放されて、一楼に集まって無礼講の遊びに打興ずる風習があったという。清音は相川における遊郭の元祖として祀られていった。萩原龍夫氏『巫女と仏教史』（吉川弘文館、一九八三年）一六六頁参照。

20 享禄本『当麻寺縁起』巻三・第七段および寛永十年本に見られるように、当時の来迎会の様式は、現在とは異なり、迎講阿弥陀如来を出しての供養会式であったことが知られている。現在の来迎会では、阿弥陀如来は登場しないが、享禄本では阿弥陀如来が描かれている。この阿弥陀如来は迎講阿弥陀如来と称されており、現在、当麻寺本堂（曼荼羅堂）の正面にある曼荼羅の脇に安置されている。迎講阿弥陀如来の中は空洞になっており、人が入るようにできている。当麻寺の迎講阿弥陀如来は、胸の卍紋の部分が覗き穴となっており、台座には外へ引き出す際に用いられたと考えられる金輪が残っている。同様のものは、広島県の米山寺ほか、二〇〇九年度の来迎会の際に初公開された大念仏寺のものなどが現存する。迎講阿弥陀如来を用いた来迎会は、今日では岡山県邑久郡の弘法寺でなされている。迎講阿弥陀如来については、關信子氏の研究に詳しい。詳細は注2の關氏による研究冊子及び下記の論文を参照されたい。「〝迎講阿弥陀像〟考（一）—当麻寺の来迎会と弘法寺の迎講阿弥陀像」（『仏教芸術』二二一号、一九九五年）。「〝迎講阿弥陀像〟考（二）当麻寺の迎講阿弥陀像」（『仏教芸術』二二三号、一九九九五年）。「〝迎講阿弥陀像〟考（三）米山寺と誕生寺の迎講阿弥陀像」（『仏教芸術』二二四号、一九九六年）。「〝迎講阿弥陀像〟考（四）迎講阿弥陀像造立の背景と浄土教芸術に与えた影響」（『仏教芸術』二二八号、一九九六年）。また、本稿ではふれなかったが、四幅の掛幅絵には、いずれも僧尼や民衆が数多く描き込まれている。いずれも中将姫のいる娑婆堂の周りには、左右に分かれるように僧と尼たちの座る位置が区別して描かれており、その傾向は、法林寺本、誕生寺本、ミシガン本に、特に顕著に認められる。僧と尼が左右に分かれ、座る位置が区別されていることは、享禄本第七段の来迎会の場面にも共通している。

〔付記〕閲覧・調査および掲載に際し、西寿寺住職村井妙順尼、檀王法林寺住職信ケ原雅文師、誕生寺住職巽香義靖尼、ミシガン大学美術館及部奈津氏、ケビン・カー氏、ハーバーフォード大学ハンク・グラスマン氏、元興寺文化財研究所高橋平明氏、奈良市役所文化財課石田淳氏、京都国立博物館大原嘉豊氏、羽田聡氏より御高配を賜った。また、実見が実現できなかったため、西寿寺本の写真は大原氏に撮影を依頼し、書誌についても御教示いただいた。法林寺本についても、実見調査が叶わなかったため、写真を石田氏より御恵与いただいた。諸機関の御高配はもとより、御教示いただいた先生方に心より感謝申し上げたい。本稿で、紙幅の都合により詳述できなかった点については別稿に記したい。

道歌の効用――『月庵酔醒記』と福羽美静にみる明治期女性教育

榊原　千鶴

はじめに

明治四年（一八七一）、美子皇后は宮中での養蚕を思い立つ。美子の要請を受け、養蚕室をはじめとする設備に助言を与えた当時の大蔵大丞・渋沢栄一は、皇后による養蚕を伝える在京二紙を買い上げ、各府県に配布した。発行され始めたばかりとはいえ、マスメディアの重要性に渋沢は気付いていたのだろう[※1]。

慶応三年（一八六七）すでにパリ万博の時点で製糸機械に注目していた渋沢は、生糸の品質改善と欧米技術の導入をめざす明治政府の命を受け、官営富岡製糸場の創設に取りかかっていた。富国強兵と殖産興業のための外貨獲得にとって、生糸の品質向上は最重要課題だった。

明治六年六月二十四日、美子皇后は皇太后とともに富岡製糸場を訪れる。伝習工女として入場していた横田英は、このときの模様を次のように書き留めている。

　私はその頃未だ業も未じゅくでありましたが、一生けん命に切らさぬように気を付けておりました。初めは手がふるいて困りましたが、心を静めましてようよう常の通りになりましたから、私は実にもったいないことながら、この時竜顔を拝さねば生がい拝すことは出来ぬと存じましたから、よくよく顔を上げぬようにして拝しました。この時の有難さ、ただいままで一日も忘れたことはありませぬ。私はこの時、もはや神様とより外思いませんでした。[※2]

英を深く感動させた美子皇后は、場内巡視を終えた後、工女らの活躍を願い次の歌を詠んだ。

いとぐるまとくもめぐりて大御代の　富をたすくる道ひらけつゝ[※3]

自分たちの営みは確実に国の繁栄に結びついている。美子により与えられた誇りが、彼女たちにさらなる勤勉を促したことは想像に難くない。後には次のような唱歌も作られ、日本は近代国家としてのありかたを整えていく。

抑々生糸は我国の　輸出品の第一で　盛んになれば国栄え　良糸製れば国ぞ富む　されば従ふ乙女等よ　国の為なり家の為　励みて忠臣孝子ぞと　香ばしき名を挙げよかし[※4]

英ら工女が抱いた感動は、この御詠の存在により、近代日本に確固とした位置を獲得し、しかも常に再生されるものとなった。いっぽう唱歌は、「大業」をなす彼女らに続けと、さらなる女性の国民化を促したことだろう。

ところで、そもそもこの行啓での美子詠歌の背景には、侍講である福羽美静の存在があった。

六年、皇太后陛下、皇后陛下、上野国、富岡製糸場に、行啓あり。美静、供奉の命を奉じ、或は、行幸先にて、養蚕、製糸に精しき者あれば、之を、両陛下に進達し、或時は、山水の風景に因りて、供奉の女官にも勧めて、歌文等を詠進せしめ、両陛下にも、やゝ下情を知らせ給へるまに々々、思召を、親しく語らせたまへることもありき。[※5]

美静は、韻文の反復愛唱による女性教育の有効性を理解していた。近代国家の象徴的女性像ともいうべき美子が発するメッセージは、国家が期待する女性像を語るものとして、それを受け取る女性たちのなかで内面化され、教化の具となる。※6 美静はこの効用を自身の体験により熟知していた。本稿では、福羽美静の活動を通して、中世に連なる道歌が、日本の近代化においてどのような役割を果たしたかを、女性教育の観点から考える。

一　美静と道歌

国文学者の山田孝雄は、「私の欽仰する近世人」というシリーズで美静を取り上げ、その人となりを次のように記した。

> それから尚ほ福羽美静は、さういふわけで幼時から読書を好んでをつたのであるが、その書物の中に天保二年に出版した本で、伊勢の荒木田守武神主の「教訓世中百首」と題する書物がある。その中に、「世の中はもの、稽古をするがなるふじの高ねに名をあげよ人」といふ一首がある。あまり上手な歌ではないが、福羽美静は深くこの歌を心に銘じて忘れず、常にこの歌を口吟んで勉学の励みにせられたといふ。この事実で思い当ることは、福羽美静さんの書いた物に、何かといふと歌を詠んでゐることである。例へば「硯海一勺」といふ本の中でも何かといふと歌で教訓せられてゐる。あまり上手ではないが、これなどもやはり「教訓世中百首」を子供の時に読んで受けた感化ではないかと思はれる。※7

『教訓世中百首』とは、伊勢皇大神宮（内宮）に禰宜として使えた伊勢俳諧の祖、荒木田守武の詠んだ百首（正しくは百二首）で、毎首に「世の中」という言葉を詠み込んだ道歌である。守武がこれを詠んだのは大永五年（一五二五）のことであるが、その後も筆写、あるいは刊本により、絵入り注釈本なども出版されて多くの人に親しまれた。一名「伊勢論語」とも称されたこの百首は、昭和に入ってからも、山田自身の校閲による『伊勢論語世中百首講話』が刊行されるなど、長く人口に膾炙したことが知られる。

美静はここに詠まれた一首を生涯の指針とした。美静による「志学」については、次のような挿話が残されている。

> 先生、此折傷褥の当時、父翁の友人増野一馬、一日訪問して、先生に告げて曰く、凡そ人としては、何人にても、少時より勉め励みて、一の学芸に熟達するときは、衆人の信用を得、後には衆人の尊敬を受くるに至る。是他なし、専心一意、学問するにあり。即君、今より文学に従事して、将来有為の学者となれ。然れども、世俗の所謂、字引学者にては其効なし。身は縦令痼疾の人となりぬとも、強膽にして、能く斯志を成就し、父君をして、力あるところの子を得たり、との喜をなさしめよ、と懇に謂ひきかせられしは、抑志学の始にて、終身の賜なり、とは先生が、常に親しく余等にかたりたまへるところなり。[※8]

「有為の学者」となること、決して「字引学者」であってはならない。必ず何かしらの形で世の中に影響を及ぼしうる者であれ、という父の友人のことばは、幼き日の美静に強い印象を残した。このときの記憶と、常に口ずさんだという『世中百首』の一首は、勉学に際して自らを鼓舞するだけでなく、美静自身が、政治機関のひとつである御歌所に関わり、明治政府による政策に実際に関与する立場に立ったとき、現実に活かされるものとなった。

維新直後の明治二年、侍従候所に歌道御用の取り扱いが命じられ、同四年には宮内省に歌道御用掛が設けられた。小林幸夫[※9]はこの御歌所の設置について、その意義と影響を以下のように指摘する。まずは「和歌が天皇の下にあることを改めて位置づける宣言」であり、「それは、和歌の公における復活」である。そして、「この御歌所の設置が天皇親政の政治体制とリンクしており、その強化の一環と考えられること」、「ここに御歌所の政治性、つまり御歌所が政治の機関の一つ」となった。さらに「御歌所が最終的には、薩摩藩の出身者によって運営され、明治新政府と直結していた」とし、御用係の長のひとりとして、明治四年にその地位に就いた美静の名を挙げている。

美静の和歌をめぐる活動は、一個人にとどまることなく、近代日本の国家形成と密接に結びついていた。しかも美静は、美子皇后の教育にもあたっていた。

> 皇后陛下、入内の当時より、親しく歌文の事に進講し、又、女学に関する事の、御下問に奉答すること数次。※10

そして美静の体験と感慨は、明治初期の教育に実践の場を得てもいた。

> 今様体の長歌、或は、数へ歌、いろは譬の歌なども、戯に作為したまへるがありて、是等のかりそめすさびのやうなるものも、皆教訓の意を寓して、世俗卑猥のもの、類にあらず。其卑近なる口調に倣ひて、其意は、極めて高尚なるが故に、間接には、世教に益あるもの鮮少ならず。※11

教訓の意を含んだ韻文がつい口をついて出る。それこそ教えが身にしみこんでいる証である。美静は、伝わる道歌はもちろんのこと、自らも実作を試みた。

美静が詠じたもの、とくに七五調をもって作られた『童子訓』『むさし野みやげ』『女徳』『年中行事歌』『日本歴史歌』『古典歌』『桃太郎誦歌』などは、口ずさむことを前提としたと推測できる。
たとえば、女性教育を前面に打ち出した『女徳』は、次のように末尾を締めくくる。

> 花も実もある人ならば　いはでも人はほめぬべし　これを女の徳とみて
> すめる鏡にむかふより　衣服つくろひしなゝほし　心の奥もこゝろにて
> 照さばます〱光るべし　誰がいひ初めて女をば　かろしとなしておのづから
> 物のまなびもなさゞるを　中々道とおもひけん　かへす〲も女たち
> なすべき業はかろからじ　すべてよのなか人々の　其よしあしは人々の
> 育ちと習によるぞかし　それその人を育つるは　これみな女の膝のうへ
> 其をさな兒によき種を　さづくるはみな女子の業　女徳はきはめておほいなり

ゆるかせにすな怠るな　つとめよはげめ婦女子もろ人

（『女徳』[※12]）

人を育てる存在としての女性、だからこそ、女性への教育も必要であり、また女性自身にも学ぶことが求められる。それは、国民の育成に直接関与する者であると同時に、女性の「国民化」を謳うものでもある。とはいえ「女徳」の文言には、「近代化」という国策には似つかわしくない、日常の立ち居振る舞いに関する注意が見られる。

をかしきことに出逢ふとも　高わらひせずあなどらず　女は殊更しとやかに
人にほめられ愛せられ　細かきことに気を配り　それをならひに成長し
夫を助け家をもち　よく子をそだてよき人を　よにつくり出す役目あり

（『童子訓』[※13]）

ふと笑いを誘う状況に遭遇しても、高笑いをしたり、相手を見くびったりしない。女性はしとやかに、周囲に愛される存在であれ。常に気遣いを忘れたり怠ったりすることのないよう心がけよ。こうした類の言い回しは、遠く中世末期に作られた『月庵酔醒記』所収「二条殿の御文十箇条」[※14]を思い起こさせるものでもある。

慈悲の心をあつく、人をあはれみ、虫・けだものゝのうへまでも、露の情を、かけまくも忝も思ひ給ひて、おもてはたゞ、楊柳の風になびき、春の雪の桜の枝につもるごとく、物やはらかにして、人のおもひをしり、ひがめる心をおしなをし

（「二条殿の御文十箇条」第一）

人なかにて、いかにも心をかろ〳〵と、はへ〳〵しく有べき事、しかるべきにや。扨又、余に口をたち、たかわらひもみぐるしかるべし。

（「二条殿の御文十箇条」第七）

『月庵酔醒記』所収「二条殿の御文十箇条」は、室町末期成立とされるいわゆる『仮名教訓』系の女訓書である。嫁入りにあたって、婚家での心得や処世訓を記した内容は、小異はあるものの、近世には『西三条殿息女教訓』『今川了俊息女教訓文』『からすまる帖』といった当世の文化人の名前を冠した書名で流布し、その刊行は明治に入っても

続いた。しかも明治二十四年（一八九一）東京で発行された『雲上女訓　からすまる帖』に「序」を記したのは、他ならぬ美静だった。※15 中世期に成立した十箇条であったが、挙げられた日常的教訓は、美静にとっても実は身近なものだった。女性の国民化を企図した教えであっても、そこには脈々と続く女訓の世界が顔を覗かせる。いわゆる道歌として親しまれた世界である。

二　『月庵酔醒記』にみる女訓

「一条殿の御文十箇条」の末尾にも、次のような一節が付されている。

　只、男をんなの身もちは、「宗祇ほうし長ことば」をみ給ひ、心がけ給はば、よくあるべし。いづれもこゝろ得のまへに候へども、よきうへにもよく、と思ひ候て申参らせ候。穴賢。

ここに記された『宗祇ほうし長ことば』、いわゆる『宗祇短歌』もまた、『月庵酔醒記』に同じく収められている。

この『宗祇短歌』は、「若衆」「宗祇」「長歌」「短歌」といったことばを組み合わせた書名により世に広まった望ましき若衆の身持ちに関する教訓、いわゆる道歌の一種であり、それは『月庵酔醒記』に「少人をしへの詞」として収められている。たとえば、天文二十一年（一五五二）に生まれ、後に毛利の家臣となった玉木土佐守吉保が、学芸を修めるために十三歳で真言宗の寺に登山し、十六歳で下山するまでに読んだ書物や寺での日常の立ち居振る舞いなども記した自叙伝『身自鏡』にも、この『宗祇短歌』の一節が見られる。当時の武将の教養、立ち居振る舞いの指針として、それは認識されていた。

この「少人をしへの詞」が望ましき若衆像を表すものとすると、それとは逆に、悪少年への教訓長歌で宗祇の作とされるいわゆる『児短歌』（別名『いぬたんか』『若衆物語』）の前半部分もまた、『月庵酔醒記』に収められている。この『児教訓』の異本のひとつ、東京大学国文研究室蔵『若衆物語』の識語には次のようにある。

> 此一帖ハ宗祇法師花鳥山桜殿と云若衆ニ近付、讃送り給しと也。并、西明寺殿百首和歌当代おさなき人達ニ身持心持知しめんかため披露畢。

留意したいのは、幼い人たちの振る舞いや心得を記したものに『西明寺殿百首』があったことである。『西明寺殿百首』とは、西明寺殿（最明寺入道）こと北条時頼が、子息のために作ったと伝えられる教訓和歌である。これもまた、中世から近世初期にかけて広く読まれ、仮名草子の類などにもしばしば引かれた。後述するとおり、「二条殿の御文十箇条」にも『西明寺殿狂歌』として、その書名とともに一首が引かれており、『仮名教訓』系女訓書にとって、それが身近な一書であったことが知られるわけだが、実は両書の交流はそれに留まらない。

この『西明寺殿百首』の一本、東洋文庫蔵『教訓和歌西明寺百首』は、はじめに十箇条の教訓を記し、ついで二十六首の女訓和歌を列記し、最後に『西明寺百首』の見出しで百首を挙げる。この冒頭に配された十箇条の教訓が、実は『仮名教訓』のそれであった。つまり東洋文庫本は、男女双方を対象とした教訓書として仕立てられた一書であり、そのとき『西明寺殿百首』と取り合わせられたのが『仮名教訓』ということである。こうした合わせ本の存在は、散文韻文を問わず、総体としての教訓の世界が、世に広く流通していたことを示す。先に挙げた美静による『女徳』や『童子訓』を、こうした世界に連なるものとして位置づけることは、決して難しくはないだろう。

『月庵酔醒記』「二条殿の御文十箇条」において、この百首歌に関わるところを見てみよう。

> ふうふ間の事。たかきもいやしきも、むつまじきこそめでたく、よそのきこえもうらやみ、心にくさも有べく候。縦、万世を送給ふとも、聊もおとこにみおとされぬやうに、あけ暮たしなみ給ひ候はん事こそ、千秋万歳をたもち給ふべけれ。扨〱、無念の事ども、さのみ思ひ給ふべからず。たゞうき世の中の有さまを、つく〱とみ

きゝ給ひ、心をもながくもち、みじかくなくうち過し給はゞ、ゆくすゑ、よき事のみあるべし。

　ことたらぬ世をな歎そ鴨のあしみじかくてこそうかぶ瀬もあれ

　つらけれどうらみむとまたおもほえずなをゆくすゑをたのむ心に

いずれも聞えたる歌也。きのありつね女、

　風ふけば奥津白浪たつ田やまよはにや君がひとりこゆらむ

と、えひじけむも、今までのほめ事に候。又、『西明寺殿狂歌』に、

　人のめのあまりりんきのをはりこそふたりのはぢをあらはしにけれ

此、ことはりにもと思ひ候。しかはあれども、男世になきあつかひ候はんには、恨も述懐も、よその聞えもくるしからず。

（『二条殿の御文十箇条』第四）

夫婦の仲を末永く保たせる心得を、女性に説いた一節である。たとえ夫であっても見下されることのないよう、妻には身を慎み務めることを求める。なかでも注目したいのは、ここに四首が引かれ、内二首は明らかな道歌、残る二首も、教訓歌としての理解を求められていることである。

「ことたらぬ……」は、寛文十二年（一六七二）刊『後撰夷曲集』（一〇・一六〇五）が夢窓国師の詠として引く「事たらぬ身をな恨みそかもの足短うてこそうかむせもあれ」を思わせる。ただし国師の家集『正覚国師御詠歌』『夢窓国師詠歌百首』に本歌は見えず、国師に仮託された可能性もある。その点はひとまずおくとして、この歌が、『荘子』「駢拇」に説く次の一節に基づく、それぞれに応じた天分に案ずるべきであるとの教えを詠み込んだ道歌である点はかわらない。

　長き者を余有りと為さず、短き者を足らずと為さず。是の故に鳧の脛は短しと雖も、之を続がば則ち憂へ、鶴の

脛は長しと雖も、之を断たば即ち悲しむ。故に性の長きは断つ所にあらず、性の短きは続ぐ所にあらず。憂を去る所無ければなり。[※16]

「つらけれど……」は『新古今和歌集』所収「恋一・一〇三八・謙徳公」歌で、元来は恋歌であるが、この文脈に置かれることで、家庭内での夫婦安寧の心得として理解されるものとなる。

そうした処世訓的理解は、続く『伊勢物語』[※17]二十三段においていっそう顕著である。中世期におけるこの章段の解釈については、すでに論じたところであるが、重要なのは、「二条殿の御文十箇条」での男女が、『伊勢物語』が有する「色好み」の伝統の上にはもはやないことである。すでに第一条に置かれた「賢人二君につかへず、貞女両夫にまみえず」に明らかなとおり、「色好み」は、儒教道徳のもとに、とりわけ女性にとっては抑圧され禁忌の対象となっている。『伊勢物語』の解釈においても、紀有常女を貞女とする認識は伊勢注に見られるものであり、文禄五年（一五九六）成立とされる『伊勢物語闕疑抄』では、「此段を紀有常の女の事といふは貞女の所をあらはさんが為也」[※18]とされた。女性がめざすべきは、夫婦恩愛の家庭生活を第一義として身を処すことである。

そのとき慎むべきは、嫉妬の思いを露わにすることである。続く「人のめの……」は、『西明寺殿狂歌』を出典とすることで、「俗」なる世界、日常へと通じる。女性が「悋気」を露わにしたとき、事は結果的に夫婦「二人の恥」となる。前の『教訓和歌西明寺殿百首』には、「人のめのあまりに物をねたむこそふたりのはちをかくもとひなれ」の類歌が見られるとおり、女性のみならず、ともに一家を営む男性にとっても心すべき教訓といえる。

こうした「二条殿の御文十箇条」、すなわち『仮名教訓』系女訓書を明治の時代に出版するにあたって、美静は序を付した。美静にはこの書の説くところ、なかでも収められた和歌が、道歌として発揮する教訓の効果に自覚的だった。しかも明治二十四年刊行の『からすまる帖』は、女訓書としてだけでなく、手習いの手本としての教育機能も意識されるものだった。

三　血肉と化す

美静が序を付した明治二十四年の『からすまる帖』には、「二条殿の御文十箇条」にはない手習いの重要性を説くくだりがある。

> さて又、こゝろにかけて習ふべきは、筆の道にて候。いかなる公衆人中にても、おめずして候。しとやかに書なしたるは、いとけだかく見ゆるものにて候。上にも下つかたにも、無手に候へば、ふ自由なるのみか、その身もいやしく成くだるものにて候。我、ひとのやうにたちなんものは、第一、鳥の跡なり、とあるふみにも見え候。まゝ常々けいこ有たく候。[※19]

この一節は、すでに近世末期の諸本にも見られるもので、明治二十四年本が新たに加えたものではない。ただ、「女訓と習字手本とを兼ねた教科書」[※20]としてのありかたは明らかであり、そうしたありかたを美静も受け入れていた。

書くという行為を通して日々教えに慣れ親しませる。たとえばそれは、小泉吉永[※21]が紹介する門田千万子の挿話にも通じるものと言える。近世末期、文久二年（一八六二）に生まれた千万子は七歳の時、「この本を自分の調度の第一の物とし、いつまでも宝としなさい」という言葉とともに、母が習字の師匠に書いてもらった『女童子訓』を手渡され、以後四十年以上、これを座右の銘とした。「心の鏡」として、ことあるごとにその一節を心のなかで復唱したという。

> 幼時に一生の基本をたたき込み、大切なことだけを徹底して教え、知識と行動が一体になるまで追求する教育——そんな家庭教育の実例を『女童子訓』はわれわれに示してくれる。[※22]

吉永が指摘する「知識と行動」が一体となる、身にしみこませる教育の機能こそ、美静が最も重視したものではなかったか。たとえば、七五調にはなっていないものの、美静には「手鞠歌」や「かぞへうた」など年少者が口ずさめるよう配慮した作がある。

かぞへうた

一《ツトヤ》　人はこゝろが第一よ〱　みがいて修めて世を渡れ〱
二《ツトヤ》　二たびかへらぬ光陰を〱　空しく過してすむ物か〱
三《ツトヤ》　三四五のをさなごが〱　知識をそだつる幼稚園〱
四《ツトヤ》　よき友撰びて交はれよ〱　善友よき師は身の守り〱
五《ツトヤ》　いつ迄いへども尽せぬは〱　わが身を育てた親の恩〱
六《ツトヤ》　昔をわきまへ今をみて〱　今より開けんよも思へ〱
七《ツトヤ》　何より大事は人のみち〱　人びと励めば国も富む〱
八《ツトヤ》　八千代と寿く君が代を〱　助くる人こそ人ぞかし〱
九《ツトヤ》　こゝろを修むる学問の〱　ひかりは清けし窓の月〱
十《トヤ》　ところは日の本日の光〱　あまねき国恩忘るなよ〱※23

「ひとつとや、ふたつとや」と、まさに数え上げながらこれらの教えを口ずさむうちに、それが行動へと結びついていく。明治九年、東京女子師範学校の生徒たちに下賜された美子皇后の「みがゝずば玉も鏡も何かはせむまなびの道もかくこそありけれ※24」という一首が、その後、女子学生たちの学びの指針となったこと、あるいは明治二十年、華族女学校へと下賜された「金剛石」「水は器」二篇の唱歌もまた、美静の試みの延長線上に位置づけられる営為と言えよう。

そして、数え上げるという点では、道歌の中でも中世末から近世期にかけて多く作られたいろは歌、いろは四十七文字を各一字、和歌の頭に詠み込んだ教訓歌を思い起こさせる。いろは歌の世界もまた、「二条殿の御文十箇条」に相通じる世界であった。女性にむけて、倫理や道徳を説いた『いろは歌』には、四十七首に続いて、一〜十、さらに百、千、万、億のかぞえうたを添える一書の存在など、美静のかぞえ歌と重なるものが残る。そうした一書、正保二年（一六四五）刊『ひそめ草』には、次のようにあるという。

> 人の云るをきけば、ある人ひとりむすめをもち、教訓のために、いろはのもじをうたのうへにをき、身を治むべき心をあらはし、読てあたへける。ことばいやしくおかしげなれ共、女たらんもの丶をしへともなるべき事なれバふと思ひ出て書付侍る[※25]

新しい時代に応じた美静ではあったが、彼自身が教育の基本に据えたのは、幼き日より慣れ親しんだ道歌の手法であった。

おわりに

ところで、教育を授ける美静に対して、受け取る側の心性はどうだったのか。殖産興業の象徴的な場である富岡製糸場で工女の経験をもつ横田英の母・亀代子は、当時松代では教育に熱心な女性として知られていた。亀代子の教えは、のちに英の解説を付した形で『亀代子の躾』として公刊された。その第三、第四には次のようにある。

> 第三　心に恥じぬような行いをせよ
>
> 何事をなすにも我が身の行いを自分ほど知っている者はない。善きことをなすも悪しきことをなすも、人より第一番に知っているものは自分だから、我が心に恥じぬような行いをせよ。

歌に

人問はゞ鷺をからすと言ひもせめ　心が問はゞ何とこたへん

人知らぬ心に恥ぢよ恥ぢてこそ　つゐに恥ぢなき身とはなりなん

この二首をいつもいつも申聞かされました。私もこれは始終守っております。

第四　我が身をつみて人の痛さを知れ

自分がいやだと思うことを決して人にするな、自分のよいと思うことを人にせよ。自分勝手は身を亡ぼす元だ。[※26]

英もまた、母に教えられた道歌を自身の生きる指針とした。しかも第四の「我が身をつねることでその痛さから、人の痛さを思い知れ」という一節こそ、『月庵酔醒記』所収の一首、「身をつみて人のいたさぞしられける恋しかるらむ恋しかるべし」に重なるものでもあった。

この一節は、たとえば北条重時の家訓として伝わる『極楽寺殿御消息』にも見られる。

一　すこしの科とて犯すべからず。わが身をすこしなりとも、切りも突きもして見るに、苦なき事あるべからず。女などのたとへに、身をつみて人のいたさを知ると申。本説ある事也。[※27]

下の句「恋しかるらむ恋しかるべし」は、他の異なる上の句に接続し、遊び歌を生み出しうるものであったと推測されるが、上の句は、普遍的な教訓として広く長く人々に親しまれた。

女性の国民化をめざし、近代国家にふさわしい女性教育がめざされたとはいえ、その根底には、中世から脈々と受け継がれてきた教訓世界があった。「明治」という元号とともに、すべてが一新されるわけではない。与える側にも、また与えられる側にも、韻文による教育の効用は、現実のものとして活きていたといえよう。

※注

1 高良留美子編・田島民著『宮中養蚕日記』（ドメス出版、二〇〇九年）。

2 和田英『定本 富岡日記』校訂・改題 上条宏之（創樹社、一九七六年）。

3 『明治天皇記』第三。

4 有賀義人「和田英と洋医に関することなど」（『信濃教育』一九七二年一月）。

5 加部巌夫『木園小伝』（福羽逸人、一九〇八年）。

6 この時期、美子皇后が果たした役割については、若桑みどり『皇后の肖像 昭憲皇太后の表象と女性の国民化』（筑摩書房、二〇〇一年）、片野真佐子『皇后の近代』（講談社選書メチエ、二〇〇三年）などに詳しい。

7 『文藝春秋』（文芸春秋社、一九四三年）。

8 注5参照。

9 小林幸夫「新題歌のイデオロギー」『和歌をひらく 第五巻』所収（岩波書店、二〇〇六年）。

10 注5参照。

11 注5参照。

12 『福羽美静先生硯海の一勺』（博文館、一八九二年）。

13 注12参照。

14 服部幸造・美濃部重克・弓削繁『月庵酔醒記（中）』（三弥井書店、二〇〇八年）〔〇八五―〇一二〕「男女のうはさ」所収の十箇条の文を、以降「二条殿の御文十箇条」と称する。なお引用も同書による。

15 この点については、「明治二十四年の『からすまる帖』―福羽美静にみる戦略としての近代女性教育―」（『名古屋大学文学部研究論集』二〇〇九年三月）で論じたことがある。

16 赤塚忠『全釈漢文大系　荘子』（集英社、一九七四年）。

17 「「りんき」のおさめどころ—『月庵酔醒記』中巻「男女のうはさ」にみる世俗性—」（『名古屋大学文学部研究論集』二〇〇七年三月）。

18 片桐洋一『伊勢物語の研究〔資料篇〕』（明治書院、一九六九年）。

19 編者烏丸光広『高等女子習字帖　烏丸帖』（博文館、一八九二年）。

20 石川松太郎「『仮名教訓』系の女子用往来」（『江戸時代女性生活研究』大空社、一九九四年）。

21 小泉吉永『「江戸の子育て」読本　世界が驚いた！「読み・書き・そろばん」と「しつけ」』（小学館、二〇〇七年）。

22 引用は、注21による。

23 注12参照。

24 『昭憲皇太后御集』（宮内省、一九二四年）。

25 池田広司『古典文庫　中世近世道歌集』（古典文庫、一九六二年）。

26 注2参照。

27 引用は、『中世政治社会思想　上』（岩波書店、一九七二年）による。

東国武士の鷹術伝承

——児玉経平の鷹書と『月庵酔醒記』記載の鷹関連記事をめぐって

二本松　泰子

はじめに

『月庵酔醒記』中巻100-15〜100-35には鷹関連の叙述が列挙されている。具体的には、鷹の伝来説話（100-15）や鷹の仇討ち説話（100-16）、月舟寿桂の著作になる『養鷹記』の抄出記事（100-17〜100-24）、鷹の符（羽の斑点のこと）の種類（100-25〜100-28）、鷹道具の説明（100-29〜100-33）、鷹の薬飼（100-34）となっており、雑駁な鷹の知識が並べられている。いずれも多種多様な用例や類話が展開している叙述で、特に「鷹の符」や「鷹道具」、「鷹の薬飼」などといった鷹狩・養鷹の実技に関する知識については、種々の鷹書類に膨大な情報が記載されており、その特性を分別するのはきわめて難しい。それ以外の説話的な部分については、たとえば、100-16に見える鷹の仇討ち説話などは様々な文献に多くの類話が確認されるものであるが、『月庵酔醒記』記載のそれは、他の類話と比較して特に目立った異同もなく、直接の典拠も未詳である。

その中で『月庵酔醒記』が引用した由を明記する『月舟鷹ノ記』（100-24）すなわち『養鷹記』からの抄出記事は、唯一、著者である一色直朝（月庵）の叙述意識や思想性、あるいは彼が志向した鷹術伝承の特性を窺うことができる部分である。すなわち、『実隆公記』大永四年（一五二四）二月九日条[※1]には以下のような記事が見える。

宗長一壷送之、賞翫、月舟日本紀不審事勘遣之、

これによると、実隆が月舟の「日本紀」について不審事を持った由が記されている。また、同じく『実隆公記』大永四年二月三〇日条[※2]にも以下のような記事が確認される。

月舟和尚来臨、漢書点被見之、日本紀鷹事問題被写取之、勧一盞、雑談、

これによると、月舟は先の記事から数日後に実隆のもとに訪れ、「日本紀鷹事問題」についてテキストを写した由が記されている。中田徹氏によると[※3]、これらの記事はいずれも『養鷹記』の作文に関わるものという。さらに同氏は、両記事に見える「日本紀」もしくは「日本紀鷹事」の問題は、『養鷹記』に記載されている「養鷹の起源」（鷹の伝来）の記述に関するものであることを指摘している（ちなみに、『月庵酔醒記』においては、100-19にも「養鷹の起源」（鷹の伝来）の記述が引用されている。後述）。ところで、月庵が歌集『桂林集』を編集するに際して三条西実枝に撰集を依頼した経緯はすでに知られている[※4]。そのような経緯を鑑みると、『月庵酔醒記』に実枝の祖父である実隆の意見が反映された『養鷹記』の抄出記事が掲載されるのは三条西家を所以とする相応の理由があったことが予想される。あるいは、月庵が三条西家流の鷹術伝承に関心を寄せた結果、『養鷹記』を引用したのではないかとも察せられるものである。

ところで、立命館大学図書館西園寺文庫蔵『政頼流秘書　鷹りやう治次第』（函号一九六）は、鷹の薬飼に関する知識が約二〇〇項目記されている鷹書である。その巻末には「関東鎌倉殿」の「御内三家」の鷹匠と称する「児玉玄蕃佐経平」なる人物の名前と「弘治三年九月朔日」の日付が見える（後掲）。「関東鎌倉殿」の呼称については、一般的には鎌倉将軍と解釈されるが、室町期になると、室町将軍が設置した鎌倉府の長官・鎌倉公方を「鎌倉殿」と称する

ようになった。また、「児玉経平」は、その姓により武蔵七党の一つである児玉党の人物であることが判じられよう。周知のように、児玉党は武蔵国北域一帯（現・埼玉県本庄市、児玉郡）を拠点とした土着の武士団である。さらに、弘治三年（一五五七）の年記を鑑みると、この「児玉経平」は月庵とほぼ同じ時代に生きた関東武士ということになる。

そこで、本稿では、この「児玉経平」という関東の鷹匠について取り上げ、彼の携えた鷹書類について探ってゆく。このような月庵の周辺に存在していた鷹匠の鷹術伝承と月庵の志向した鷹関連記事との比較検討を通じて、中世末期の東国における鷹術伝承の流布と伝播の実相について、その一斑を明らかにしてみたいと思う。

一　児玉経平の鷹書

児玉経平は同時代の系図類・史書類においてその名前が一切見えず、歴史上における具体的な行状はほとんど不明である。しかしながら、鷹書を著した人物であることについては比較的早くから知られていたようで、たとえば、『国書人名辞典　第二巻』[※5]に以下のように紹介されている。

児玉経平　こだまつねひら　鷹匠　［生没］生没年未詳。室町時代の人。［名号］名、経平。通称、玄蕃。［経歴］武蔵の人。［著作］鷹絵図之書〈弘治三〉　鷹之薬方　［参考］放鷹

ここにおいて経平の著作とされている『鷹絵図之書』『鷹之薬方』については、『補訂版　国書総目録　第五巻』[※6]によると、

鷹絵図之書　たかえずのしょ　一冊　(類)放鷹　(著)児玉経平　(成)弘治三　(写)内閣

鷹之薬方　たかのやくほう　一冊　(類)放鷹　(著)児玉経平　(写)神宮

と記載されている。これによると、『鷹絵図之書』は国立公文書館内閣文庫（＝国立公文書館内閣文庫蔵『鷹繪圖之書　児

玉玄蕃佐』（函号一五四―三五一）、『鷹之薬方』は神宮文庫（＝神宮文庫蔵『鷹之薬方』（請求記号一〇門一〇三九号））にそれぞれ所蔵されていることが確認される。また、上掲の『国書人名辞典　第二巻』に紹介されている二書以外にも、宮永一美氏によると、[※7]児玉経平の著とされる鷹書類として、天理大学附属天理図書館蔵『鷹書』（請求記号七八七―イ三）、宮内庁書陵部蔵『清来流鷹書』、同『鷹鶻叢書』があるという。このうち、宮永氏の指摘する『清来流鷹書』とおぼしき宮内庁書陵部蔵『清来流鷹書　全』（函号一六三―一〇四五）には奥書等が見られず、児玉経平の名前は確認できない。同じく宮内庁書陵部蔵『鷹鶻叢書』（函号一六三―八七八）についても、全一九巻全てに奥書等無く、児玉経平の著書であることを確定できる要素は現段階において未見である。これらの他に、宮内庁書陵部には宮永氏が提示しているような書名の鷹書類は存在せず、詳細は不明である。

以上のように、これまで児玉経平が著した鷹書とされてきたもののうち、その現存が確認できるのは、国立公文書館内閣文庫蔵『鷹絵図之書』と神宮文庫蔵『鷹之薬方』、天理大学附属天理図書館蔵『鷹書』の三書であった。しかし、実はこれら以外にも児玉経平が関わったことが確認できる鷹書類が管見においてあと二書存在している。

まずそのひとつは、すでに前節で挙げた立命館大学図書館西園寺文庫蔵『政頼流秘書　鷹りやう治次第』である。もうひとつは戦前の宮内省式部職が編纂した『放鷹』[※8]において「政頼流」の代表的なテキストとされている『政頼流鷹詞』である。後者の伝本については、同じく『放鷹』の「鷹書解題」にいくつか紹介されているが、管見において確認できたのは以下の二本である。

①宮内庁書陵部蔵『政頼流鷹詞　全』（函号一六三―九三〇）

②宮内庁書陵部蔵『政頼流鷹詞　并秘事　上下』二冊（函号一六三―一〇六二）

これらのテキストにおける本文の異同はほとんど見られない。そこで、本稿では、便宜上①の宮内庁書陵部蔵『政頼

流鷹詞　全』の方を取り上げることにする。

さて、この宮内庁書陵部蔵『政頼流鷹詞　全』の上巻末に記載されている跋文（後掲）によると、当該の書物は「政頼之注為秘書」とされ、甲斐国の住人である板垣玄蕃介が根来一見の際に書き付けたものを相伝したテキストという。さらに同跋文には、永禄九年（一五六六）三月三日の日付と「経平」の署名および「在判」の記載が見える他、「若原近右衛門入道」という人物名の書き入れも確認される。ちなみに、「板垣玄蕃介」なる人物についてであるが、甲斐国武田家に仕えた武田二四将の一人・板垣信方の弟の諸角虎登（明応四年（一四九五）～永禄七年（一五六四））が「玄蕃允」を称している。「板垣玄蕃介」は、あるいはこの人物のことを指していることが類推されよう。また、「若原近右衛門入道」については、宮内庁書陵部蔵『政頼流鷹詞　全』[※9]の下巻の奥書に以下のような記載が見える。

昔、従唐國、米光鷹田光犬牽渡舟時、三條西殿御先祖源政頼、為勅使鷹并犬請取則一巻相傳云々。然ニ鷹方諸流注多有之。以今専當流用来也。誠此一巻注為極秘累年之執着、従山高而従海深故先師之流、聊一不浅而令傳受畢。

仍免状如件。

萬治元十二月九日　　若原近右衛門

伊藤九郎三郎尉殿

右によると、鷹が唐国から本国に伝来した経緯を叙述する「鷹の伝来説話」が記載されている。この説話は鷹書類において多数の類話が散見し、各テキストの属性によってそれぞれモチーフに特徴的な異同が見られるものである。右掲の話では、唐国から米光が鷹、田光が犬をそれぞれ携えて渡来し、三条西家の先祖である政頼が勅使としてその鷹と犬を受け取り、鷹書一巻を相伝したという内容になっている。政頼を三条西家の先祖とする史実と相違したモチーフが伝承上の特性を暗示しているが、それよりもここで注目したいのは「萬治元十二月九日」に「若原近右衛門」から「伊藤九郎三郎尉殿」に宛てたとする書き入れである。「伊藤九郎三郎尉殿」については未詳であるが、「若原近衛門」は件の上巻末の跋文に見える「若原近右衛門入道」と同一人物であろう。とすれば、下巻に見える萬治元年（一六五八）の年記は上巻の跋文に記されている永禄九年と約百年の隔たりがあることになる。しかしながら、下巻の「萬治元十二月九日」とそれに対応する「若原近右衛門」は書写奥書の署名と判じられることから、上巻に見える「若原近右衛門入道」の記載は、この人物が上巻を書写している段階で書き入れたものであろう。同書は本来、上巻と下巻が別々に存在していたものを、「若原近右衛門」が合冊してひとつのテキストにしたものと推され、彼の署名はその合冊される際において上下巻それぞれの奥書に書き足されたものであることが想定される。

さて、話を「児玉経平」にもどすと、右掲の宮内庁書陵部蔵『政頼流鷹詞　全』上巻末の跋文に見える「経平」は件の「児玉経平」と見なされる。というのも、宮内庁書陵部蔵『政頼流鷹詞　全』上巻の冒頭には、先に挙げた下巻の奥書に見える鷹の伝来説話とはまた別種の鷹の伝来に関する叙述を記載している（後掲）。その内容は、他の鷹書類に見える鷹の伝来説話と比較しても異同が目立ち、鷹の伝来を伝える叙述としてはかなり異質なものとなっている。この異質な記事と類似する叙述は、同時代の鷹書類のなかでは神宮文庫蔵『鷹之薬方』と天理大学附属天理図書館蔵『鷹書』においてのみ確認できる（後掲）。先にも述べたが、鷹の伝来説話はテキストによって内容が異なっており、しかもその異同は各テキストの属性に基づいて類型化される傾向が強い。このことから、少なくとも類似した鷹の伝来説話を掲載するこれらの三書については近似した特性を持つテキストとして一括することができるものであろう。それならば、神宮文庫蔵『鷹之薬方』・天理大学附属天理図書館蔵『鷹書』の著者とされる「児玉経平」と、宮内庁書陵部蔵『政頼流鷹詞　全』上巻の跋文の署名である「経平」は、同一人物である可能性が極めて高いことが判じられよう。

二　廻国する鷹匠

以上、前節において月庵と同じ時代に生きた関東の鷹匠・児玉経平が関わったとおぼしきテキスト類について検討してきた。それらのうち現存が確定できるものについて、奥書に見える年記の古い順に並べて整理してみると以下のようになる。[※10]

(1) 国立公文書館内閣文庫蔵『鷹繪圖之書　児玉玄蕃佐』（弘治三年（一五五七）四月）
(2) 立命館大学図書館西園寺文庫蔵『政頼流秘書　鷹りやう治次第』（弘治三年九月一日）
(3) 神宮文庫蔵『鷹之薬方』（永禄五年（一五六二）四月五日）
(4) 天理大学附属天理図書館蔵『鷹書』（永禄五年四月五日）
(5) 宮内庁書陵部蔵『政頼流鷹詞　全』（宮内庁書陵部蔵『政頼流鷹詞　并秘事　上下』も同系統の伝本）（永禄九年（一五六六）三月三日）

先にも述べたように、本稿が注目する児玉経平は鷹書類の著作者であるという以外、その具体的な事跡は未詳である。それを明らかにする唯一の手がかりは、上掲(1)～(5)の彼の手になる鷹書類のみといえよう。そこで本節では、児玉経平の事跡を明らかにするべく、これらのテキストの奥書に記載される経平の情報について検討してゆきたいと思う。

まず、(1)国立公文書館内閣文庫蔵『鷹繪圖之書　児玉玄蕃佐』の奥書には以下のような記述が見える。

右條々雖爲秘書、鷹之名所不残令書写者也。関東武州之住児玉玄蕃佐、迴國之砌、直傳申候畢。尤可有御秘藏者也。

児玉玄蕃佐
経平　判

弘治三年卯月日

右掲の奥書によると、同書は関東武州に在住する児玉玄蕃佐が「迴國之砌」に直伝されたものという。

次に、(2)立命館大学図書館西園寺文庫蔵『政頼流秘書　鷹りやう治次第』の巻末には以下のような奥書が見える。

右條々之天下第一ノ秘書也。則令傳ノ関東鎌倉殿御内三家ノ鷹近（匠カ）、武州住藤原朝臣児玉遠江守経高末子、児玉玄蕃佐経平、西國修行折節、於播州神西郡甘地郷懸御目条々申承候處鷹道御相傳有度之由蒙仰候間、某モ名ヲ為残後代々々口傳直傳申畢。尤可有。御秘蔵者也。口傳也。

弘治三年九月朔日

児玉玄蕃佐
藤原朝臣経平（花押）

大市伊勢守殿
御宿所

これによると、同書は「天下第一ノ秘書」であるという。さらに児玉経平について、前々節でも触れたように関東鎌倉殿の御内三家の鷹匠である由が記され、次いでその系譜は武蔵国の住人である「児玉遠江守経高」の末子と説明している。また、このテキストの制作をめぐって、児玉経平が西国修行をしている際に「播州神西郡甘地郷」で鷹道相伝の要請があり、それに応じた経平が名を後代に残すべく口伝を直伝したものであることが記されている。なお、経平に鷹道相伝を依頼した人物は同奥書の末尾に記されている「大市伊勢守」であろう。播磨国神西郡甘地郷（兵庫県神崎郡市川町）は、この「大市伊勢守」所縁の地であろうか。ちなみに、播磨国には中世期に「大市郷」と称する郷が揖保郡に存在している。また、室町時代前期の成立とされる播磨国の地誌『峰相記』※11によると、天徳年中（九五七～九六一）に揖保郡内国中で狼藉を働いていた「勇健ノ武士」を、「藤将軍文修」が「内山太夫。栗栖武者所。大市大領大夫。白国武者所。矢田部石見郡司等」を案内者として誅罰した由を記している。大市氏は中世期において播磨国中部域に土着した武門の一族であったことが類推されよう。

次に、⑶神宮文庫蔵『鷹之薬方』と⑷天理大学附属天理図書館蔵『鷹書』の奥書は、ほぼ同じ記載内容となっている。まず、神宮文庫蔵『鷹之薬方』の奥書は以下のとおり。

此於巻物源朝臣児玉代々傳家秘書也。義高真之冩儘書付申事實也。巻物裏口傳在之。右條々此於巻物天下無双之秘書也。則令傳関東鎌倉殿御内武藏国長井之庄吉田 嶋（ママ）城之住源朝臣児玉遠江守次男、児玉玄蕃助経平、愛宕山致参詣下向之砌、越前國到西谷令對談不審申承候所、鷹道望之由、依蒙仰其為殘末代名兒鷹巻物不殘一點書渡進候。若猶殘少者、関東鶴岡八幡殿、可蒙御罰也。仍而誓紙之段如件。

永禄五

卯月五日　　児玉玄蕃助

経平　在判

外山金次郎殿

次に、天理大学附属天理図書館蔵『鷹書』に見える奥書は以下のとおり。

此於巻物源朝臣児玉代々傳家秘書也。従義高直之寫儘書付申事實也。巻物裏口傳在之。右条々此於巻物天下無双之秘書也。則令傳關東鎌倉殿御内武藏國長井之庄吉田鴻城之住源朝臣兒玉遠江守次男兒玉玄蕃助經平、愛宕山致參詣下向之砌、越前國至西谷令對談不慮申承候處、鷹道望之由、依蒙仰某爲殘末代名兒鷹巻物不殘一點書渡進候。

若於少者、關東鶴岡八幡宮殿、可蒙御罰也。仍誓紙之段如件。

　　　　兒玉玄蕃助

永禄五

　卯月五日　經平（花押）（印）

　　外山余次郎殿

以上のように両書の奥書は語句レベルにおいてほぼ一致している。これらによると、児玉経平は武蔵国長井之庄吉田鴻城（現・埼玉県熊谷市）の住人である児玉遠江守の次男という。さらに、この鷹書は、その経平が愛宕山を参詣して下向する際に越前国西谷にて対談した相手から鷹道の伝授を所望されたため、末代の名誉のために一点も残さず書き記したものであるという。伝授した相手は宛名に見える「外山余次郎」であろう。この人物は、宮永一美氏によると、[※12]『越前国古城并館屋敷蹟』「今立郡之分」[※13]に

一、　館跡　戸山与次郎

　西谷村枝村福永村ヨリ四十間計卯辰之方、東西十八間、南北三十三間計之所、其外馬場、矢場之跡、屋敷跡

　数ヶ所有、自福井六里計、

と見える「戸山与次郎」という。宮永氏はまた、佐野てる子家文書所収『織田信長朱印状』[※14]に、以下のような記事が見えることにも注目している。

　於其表可抽忠節之由神妙、所申無相違者、本知分并西谷外山跡職、宅良谷一円可令扶持、成其意、可尽粉骨之状

如件、

　天正参

八月十四日　（朱印）（織田信長）

諏方三郎殿

右の文書によれば、天正三年（一五七五）に織田信長が諏方（訪）三郎に宛てて本知分並びに「西谷外山跡職」と宅良谷一円を扶持する由が記されている。このことから、宮永氏は、外山氏が「戦国期末まで西谷に住していた武士」であった由を推測している。ちなみに、越前国西谷は現在の福井県武生市西谷町に相当する。

最後に、(5)の宮内庁書陵部蔵『政頼流鷹詞　全』上巻末の跋文には、以下のような記載が見える。

右条々於此巻物、政頼之注為秘書。甲斐国之住人板垣玄蕃介、根来一見之砌、令参會申通候處、色々執心候故、無別義書付、令相傳畢。聊不可有他見者也。

永禄九年三月三日　　経平　在判

若原近右衛門入道

前節でも触れたところであるが、右によると、当該書は甲斐国の住人・板垣玄蕃介が根来一見の際に経平と参会し、経平に乞われて相伝したものという。なお、すでに述べたところであるが、宮内庁書陵部蔵『政頼流鷹詞　并秘事上下』は右と同系統のテキストであることから、右掲の奥書と全く同じ記載が同書上巻の巻末にも見える。両書の奥書に見える「板垣玄蕃介」が諸角虎登かと予想されるのは前節で述べたとおりであるが、ここで注意されるのは、経平が同書を相伝されたのが、「板垣玄蕃介」の「根来一見之砌」であったという点である。すなわち、これまで見てきたように、経平は廻国しながら鷹書を伝授していた。さらに、右掲の記事によると、板垣玄蕃もまた紀州の根来を旅している際に経平に鷹書の相伝をしたという。このことは、経平に限らず、東国武士による鷹書の伝播には廻国という行為の伴うことがたびたびあったことを予想させ、中世末期の鷹書が広く全国各地に展開する一因を担っていた可能性を想像させよう。少なくともこれまでにおいて確認してきたように、経平の鷹書は、播州神西郡甘地郷（立命館大学図書館西園寺文庫蔵『政頼流秘書　鷹りやう治次第』）、愛宕山（神宮文庫蔵『鷹之薬方』・天理大学附属天理図書館蔵『鷹書』）、越前国西谷（同）と各地を転々と移動しながら伝授されたと伝えられている。まさに「迴國」（国立公文書館内閣文庫蔵『鷹繪圖之書　児玉玄蕃佐』）の行為を伴って鷹書の伝播をしているのである。

一方、『月庵酔醒記』においては、経平たちのような廻国という行為が彼の著述活動に関わっていた形跡はない。経平と月庵の鷹術伝承は、相伝・伝播のレベルで異質なものであったことが判じられよう。

三　児玉経平の鷹術伝承

さて、前節で確認した経平所縁の五種類の鷹書のうち、(3)神宮文庫蔵『鷹之薬方』(4)天理大学附属天理図書館蔵『鷹書』(5)宮内庁書陵部蔵『政頼流鷹詞　全』（宮内庁書陵部蔵『政頼流鷹詞　并秘事　上下』）の三本には共通して「鷹の伝来説話」が記載されている。これまで繰り返し述べたところであるが、鷹の伝来説話はテキストごとにモチーフの異同が多く、しかもその異同は各テキストの属性（伝派）を分別する指標となるものである。すなわち、当該話はそれを記載する鷹書の特性を探る重要な手がかりといえるものであった。[※15]

そこで、次に、上掲(3)(4)(5)の経平所縁の鷹書に見える鷹の伝来説話について取り上げる。それぞれのテキストに見える鷹の伝来説話の特性について検討し、その特性を端緒として『月庵酔醒記』記載の鷹術伝承との相対比較を試みる。

まず、(3)神宮文庫蔵『鷹之薬方』第二二条には以下のような鷹の伝来説話が見える。

一　猿のい女の乳。少の間、浸し細におろす。同啄木の黒焼、同やしほの黒焼、右等分に合。少甘草を加へ、粉にして、耳かきに三すくひ餌に包み飼。此薬最上也。

つけこほしとは、児に鳥をとらせ、こぼしにつけさる事。鷹道の秘事也。是ははしの国より鷹、同前にまかた国へ渡り、夫より百済国りうきう、ごとう、たねか嶋、いきつ嶋、かくのごとく浦々を渡り、九州筑前国平戸と申津につき、夫より中国長門国あかまか関と申所に渡り、夫より出雲国三穂関と申につきて、夫より北国越前国つるかしやうのはしと申へつき、内裏へ奏聞申。勅使として四国豫州の住、西園寺殿并く（ママ）まの村の院、当人、御下り候て、かの祢津の秦兵を召連、ほとなく天下へ御上り候て、大和国宇多郡いさわと申野をつかひ、鶉を十三よりをちかへ（ママ）すとらせ、則、竹にはさみ宇田大明神に備る。何を取ても、こほしへもちむかふ。彼時代より、鶉一棹とは、十三也。児鷹と申は、和州宇田郡よりつかひはしめたり。并、黄鷹と申は、河内国きんやのかた野をつかひ、日本ののに病をつくり、かの三足の雉をとらせ、日本をおさめんと云々。

同テキストは、書名のとおり、鷹の薬飼に関する知識が記載されているものである（全五六項目）。右掲の記事は猿の母乳や啄木の黒焼などを材料とする「最上」の薬の調合法と処方箋を示したものである。鷹の伝来説話はその項目の注釈部分に見える。すなわち、「はしの国」「まかた国」「百済国」を伝来した鷹は、「りうきう」「ごとう」「たねか嶋」「いきつ嶋」「九州筑前国平戸」「中国長門国あかまか関」「出雲国三穂関」「北国越前国つるかしやうのはし」と国内を転々としてから内裏に奏聞したという。その後、勅使として「四国豫州の住、西園寺殿并く（ママ）まの村の院、当人」が派遣された。この「当人」とは、「唐人」のことであろう。彼らは「祢津の秦兵」を召し連れ、「大和国宇多郡いさわと申野」において鷹を遣い、鶉を一三羽狩って「宇田大明神」に供えたという。これにより、「児鷹」（小鷹狩＝秋の狩のことか）というのは「和州宇田郡」より始まったとされる。また、「黄鷹」は「河内国きんやのかた野」で鷹を遣って、三足の雉を退治して日本を治めた由に始まるという。

次に、(4)天理大学附属天理図書館蔵『鷹書』第二二条には、右掲とほとんど同じ鷹の伝来説話が記載されている。該当箇所を以下に挙げる。

一　猿の為女の乳ニ少の間、ひたし、こまかにおろす。同けらつゝきのくろ焼、同やしほのくろ焼、右等分ニ合、少かん草をくわへ抹してみゝかき三すくいゐにつゝみ、かふ。此薬ニおゐて最上也。口傳有也。

つたこほしとは、児鷹に鳥をとらせ、こほしにつけさする事、鷹道のひ事。是は、はしの國より鷹、同前にまかだ國へわたり、それより百済国、りうきう、ごとう、たねか嶋、いきつ嶋、かくのことく浦々をわたり、九州筑前國平戸と申つにつき、それより中國長門の国あかまか関と申處ニわたり、それより出雲國みをのせきと申ニつき、それより北國越前国つるかしやうのはしと申へつき、内裏ゑ奏聞申すちよく使として、四国よしゆうの住さい薗寺殿并くの村の院、た人《(マヽ)》御くたりて、かのねつの秦兵をめしつれ、ほとなく天下へ御のほりて、大和國うたの郡いさはと申野をつかい、うつらを十三よりをちかへすとらせ、則竹にはさみ、宇田大明神にそなゆる。何をとりてもこほしへもちむかふ。彼時代より鶉ひとさほとは十三也。児鷹と申は和州うたの郡よりつかいはしめたる。ならひに黄鷹と申は、河内國きんやかた野をつかい、日本の者に痛をつくるかの三足の雉をとらせ日本をおさめる。

同書は前掲の神宮文庫蔵『鷹之薬方』の異本と見なされるテキストで、神宮文庫蔵『鷹之薬方』と類似する薬飼の記述を五六項目記載している。両書の間には項目によっては相違した内容の記事もいくつか見られるが、右掲の記事は先の神宮文庫蔵『鷹之薬方』第二二条と用字レベルの相違を除いて、ほぼ一致した叙述となっている。

さらに、(5)宮内庁書陵部蔵『政頼流鷹詞　全』冒頭には以下のような鷹の伝来に関する叙述が見られる。

政頼流鷹詞

鷹者天ちく、しんたん、けいたん、三国并きらいかうらい、はくさい国、はらた国、はし国、りうきう、こたう、たねが嶋、日本に渡りては九州筑前国、長門之国あかまか関、夫より雲州みほの関、夫より丹後の国浦嶌、夫より北国越前の国つるかしやうの橋と申へつき、そうもん申。則河内のかたのをつがい、彼三そくのきじをとらせ日本をおさむる。

これによると、鷹は「天ちく」「しんたん」「けいたん」といった三国ならびに「きらいかうらい」「はくさい国」「はらた国」「はし国」を伝来して、「りうきう」「こたう」「たねが嶋」「九州筑前国」「長門之国あかまか関」「雲州みほの関」「丹後の国浦嶌」「北国越前の国つるかしやうの橋」に渡来して奏聞があったという。そして、「河内のかたの」で鷹を遣い、三足の雉を退治して日本を治めたと続ける。ちなみに、これまで何度も触れたように、宮内庁書陵部蔵『政頼流鷹詞　并秘事　上』は右掲のテキストと同系統の伝本であることから、右掲の叙述と全く同じ本文が同書の冒頭にも掲載されている。また、宮内庁書陵部蔵『政頼流鷹詞　全』（宮内庁書陵部蔵『政頼流鷹詞　并秘事　下』）の下巻の奥書に政頼を三条西家の祖とする鷹の伝来説話が記載されていることはすでに述べた。下巻記載の鷹の伝来説話は、右掲のそれとはまったく異質な話柄のものである。さらに、同じくすでに確認したことであるが、「経平」の署名は上巻末の書き入れのみに見られるものである。そもそも同書は上巻と下巻の奥書に異同があり、本来、別個のテキストであった可能性が高いこともすでに述べた。ただ、経平の署名が見られるのが上巻であるということと上掲のように神宮文庫蔵『鷹之薬方』第二二条・天理大学附属天理図書館蔵『鷹書』第二二条と極めて近似する叙述が冒頭に見えることから、同巻は経平の著になる鷹書と判じられることもすでに触れたとおりである。

この宮内庁書陵部蔵『政頼流鷹詞　全』（宮内庁書陵部蔵『政頼流鷹詞　并秘事　上』）に見える鷹の伝来説話の叙述と前掲の神宮文庫蔵『鷹之薬方』第二二条・天理大学附属天理図書館蔵『鷹書』第二二条に見えるそれとを比較すると、

すべてのテキストに一貫して、その前半部に他国・本朝を転々と鷹が伝来してゆくモチーフが見える。これらは、挙げられている地名に若干の異同はあるものの、各テキストにおいて、ほぼ類似した叙述となっていることが確認できる。

ところで、中世期に成立した鷹書に見える鷹の伝来説話は、

① 朝鮮半島もしくは唐国から渡来人が鷹を据えて日本に渡り、

② 本朝のしかるべき人物に鷹術を伝授した。

とする筋立てが一般的である。その中で、渡来人の名前や伝来した鷹の名前、鷹術を伝授された人物の名前については、それが明記されているかどうかも含めて各テキストの属性によって異同がある。が、経平の鷹書に見えるような鷹が転々と伝来した地名を列挙するというモチーフについては、すでに前々節で述べたように管見において他の鷹書類に用例が無い。あるいは、経平所縁の鷹書独自の伝承である可能性も考えられよう。しかしながら、他の用例を見出すことができないということは逆に、相対的な解釈ができないということでもある。よって、現段階では、この地名を列挙するというモチーフで伝承の位相を明らかにする手がかりとすることは難しい。

むしろ本稿としては、神宮文庫蔵『鷹之薬方』第二二条と天理大学附属天理図書館蔵『鷹書』第二二条において、四国予州の西園寺殿が登場して活躍する叙述に注目したい。なぜなら、鷹書において武家である四国在住の西園寺氏を登場させるというのは、明らかに特殊なモチーフだからである。そもそも西園寺家が中世期において鷹の家であったことはよく知られており、同家に関わる鷹書類も多数現存している。しかし、その「西園寺家」とは、たとえば二条良基の著とされる『嵯峨野物語』※16に、

一　近代鷹をこのむ人。公家にはまれ也。西園寺相国公経。常盤井太政大臣実氏。又入道相国実兼。けしから

ずこのみちの好士也。入道相国は。たかの雉ならでは不レ食よし承及。希代の事歟。

と示されるように、公経、実氏、実兼といったいわゆる「清華家」の名門である京都・西園寺家の嫡流を指すのが一般的である。また、鷹書ではないが、三条西実枝の著になる故実書『三内口決』※17にも、以下のような西園寺家と関わる鷹術の記事が見える。

一　鷹之事

此一道者。持明院被レ預二中譜代之家一候。西園寺之一代。与二持明院一依レ為二内縁一粗被二伝授一了。

これによると、持明院家の鷹術は、「内縁」である西園寺家から伝授されたものであるという。ここに見える西園寺家と持明院家の「内縁」関係とは、西園寺公経の母が持明院基家の娘であったことを指すものであろう。とすれば、やはりここに見える「西園寺家」は公経流の京都の西園寺家を指すものと判じられよう。

そのほかにも、中世期に丹波国天田郡金山郷（現・京都府福知山市）に在した武士の一族である桐村家に伝来した伝書の中に『鷹馬字少々』※18という鷹書がある。同書の冒頭には、以下のような叙述が見える。

蓋聴《ケタシキクニ》二鷹之道《ヲ》一先代《センタイ》之皇《スヘラキモ》被レ號《カウセ》二野《ノ》行幸《キヤウカウ》一在《アリシ》二御鷹叡覧《ヘイラン》一也。於レ武将《フシヤウ》者《ハ》勿論《モチロン》也。於レ公家《クケ》者西薗寺《サイオンシ》之御一流《リウ》被レ詠《ヘイセ》二百首和哥一累世《ルイセ》也。為二家教《カキヤウ》一政頼《セイライ》公者此道之可レ謂《イフ》二元祖《クワンソ》一。諏方《スハ》之一流《リウ》者大明神之贄《ニヘ》鷹之家《イヘ》也。

これは、鷹の道の流派について説明した部分である。すなわち、天皇については野行幸において御鷹の叡覧があったことを記し、武将についてももちろん（鷹術を）たしなんだ由を述べ、公家においては鷹百首を代々詠作した西園寺家の一流が存在していることを説明し、さらに続けて政頼流や諏訪流の解説もしている。こちらの記事では西園寺家の鷹術について公家の一流であることを明記しており、やはり「京都（公家）の西園寺家」を該当させていることが確認できる。

ところが、経平の鷹書に登場する四国予州の西園寺氏とは、京都・西園寺家の庶流の出身である西園寺公良を家祖とする武家の一族である。すなわち、室町時代、西園寺実氏が領家職を得ていた宇和庄に、実氏の末裔である公良が現地に下向して土着したのが伊予西園寺氏の始まりであるという。[※19] その後、同一族は戦国時代まで伊予国宇和郡一帯（現・愛媛県西予市周辺）を支配下においた。また、経平の鷹書で四国予州の西園寺氏とともに勅使となったとされる「くの村の院（神宮文庫蔵『鷹之薬方』の「くまの村」は誤り）」なる人物については未詳であるが、「くの村」の地名は現在の宇和島市来村《くのむら》に該当すると思われる。というのも、中世期の宇和郡における西園寺氏の拠点は三か所あった。ひとつは松葉（現・宇和町松葉）、もうひとつは立間（現・吉田町立間）、そしてもうひとつが来村なのである。[※20] なお、宇和西園寺氏の本家は、天正一五年（一五八七）に最後の当主である西園寺公広が死去して滅亡した。一方の来村西園寺氏は最後の当主である西園寺宣久が天正八年（一五八〇）に逝去していることから、来村の同氏が絶えたのは神宮文庫蔵『鷹之薬方』や天理大学附属天理図書館蔵『鷹書』の奥書に見える永禄五年の年記より以降のことである。それならば、これらのテキストが著された時期は、四国予州の西園寺氏と来村が実際に所縁深かった時代に相当し、現地において史実性の高い情報が記載されていたということになる。

以上のことから、経平の携えた鷹の伝来説話には、西園寺家の伝承と関わって「京都の公家」よりも「地方在住の武士」を偏重するという特徴が見出される。それは、経平が廻国先で鷹書を伝授した相手がいずれも地方在住の武士たちばかりであったという、彼の鷹術伝播の実態と響きあうことが予想されるものであろう。

四　『月庵酔醒記』記載の鷹の伝来説話

「はじめに」ですでに触れたように、『月庵酔醒記』には、中巻の100-15と100-19の二項目において「鷹の伝来説話」

が叙述されている。そのうち、100-15の本文[※21]は以下の通り。

一　我国に鷹の渡けるは、むかしこまより鶻を渡しけり。こま人《コマウド》をば和泉の鳴呂館に置て、「こゝより都へは百日有余の道なり」と申聞せけり。此由を奏問申けるに、群臣議シテ曰、「鷹請取事知人なければ、先美人の女房をつかはして、もしめでまよひぬる事もやあらむ」と有ければ、「是おもしろし」とて、やごとなきはにはあらぬが、ときめきたる女有けり。名は小竹といひける。かねことの仰をうけたまはりて、ゆいて、なれけるに、やをらめでゝ、とけにけり。月日かさなれば、子出来て後、心ゆるしぬるに、「人の命はしられぬ事を、もし我よりさきに、あこのならせ給はゞ、此子のをしへに、鷹のみちをかたり給へかし」と、たはぶれければ、夜もすがらかたりけり。こま人、かたりはてゝ、歌をよむ。

こちくして事かたらひの笛竹の一夜のふしを人にかたるな

「かく契けれども、やすからぬ天命をむなしくやは申さん」と思ひて、書しるして奏けり。こま・もろこしの鷹の儀式、あからさまにして、うけとらせけると申伝し也。

右によると、我が国に鷹が伝来した経緯として、高麗（こま）から高麗人が鷹を据えて渡来し、小竹という美女と懇ろになって子をなしたことを伝えている。そして、その情けに惹かれた渡来人が小竹に鷹術を伝授し、高麗・唐土の鷹の儀式が伝わったというのである。この伝来説話の出典は未詳であるが、前節において示した鷹の伝来説話の一般的な筋立て（=①朝鮮半島もしくは唐国から渡来人が鷹を据えて日本に渡り、②本朝のしかるべき人物に鷹術を伝授した）はすべて踏襲されている。さらに、渡来人から鷹術を伝授されたという「小竹」は、鷹書類に頻出する女性である。この女性が鷹の伝来説話に登場した場合は、主に渡来人の想い人として描かれることが多く、右掲説話もそれと一致している。すなわち、この説話に登場している人物やモチーフは比較的普遍性のある鷹説話の筋立てに基づいていることが判じられるものである。

次に、100‐19の本文は以下のとおりである。

一　仁徳天皇四十六季、百済国ヨリ発二使者一献二鷹犬一。其使越州到二敦賀津一。養レ鷹者ヲ曰二米光一、養レ犬者ヲ曰二袖光一。其犬黒駮《マダラ》ナリ。政頼ト云人奉レ勅赴二敦賀一。迎二使者一。時、尚未レ精二指呼之術一。政頼就二米光一習レ之。臂ニシレ鷹牽レ犬以帰二帝都一。天皇賞レ之以賜二采邑一。

右によると、仁徳天皇四六年に百済国から鷹犬を連れた渡来人が越前国敦賀津に到着したという。鷹飼の名前は米光、犬飼の名前は袖光と称し、政頼という人物が敦賀に赴いて彼らを迎えたとされる。そして政頼は米光に就いて鷹犬の術を習得して帝都に帰り、天皇から知行所を下賜されたという。「はじめに」で触れたとおり、『月庵酔醒記』中巻100‐17～100‐24は月舟寿桂著の『養鷹記』より抄出した記事であることから、右掲の伝来説話において『月庵酔醒記』独自の特性や属性を見出すことはできない。しかしながら、この類話も100‐15と同様、鷹の伝来説話の一般的な筋立てを踏襲しており、さらには、渡来人から鷹術を伝授される人物として、伝説的鷹匠である「政頼」（鷹書に限らず鷹に関する説話に頻出する人物）が登場していることなどから、やはり普遍的な鷹の伝来説話の類型といえるものであろう。

以上のように、『月庵酔醒記』に記載される鷹の伝来説話は、経平の鷹書に見られる類話と近似する要素がほとんどなく、両話の間に影響関係などの関連性を見出すことはできない。月庵は、経平のような現場の鷹匠たちの伝承に対して、必ずしも積極的な関心を持っていなかったことが推測されよう。

おわりに

以上において、中世末期に生きた東国の鷹匠・児玉経平の携えた鷹書と『月庵酔醒記』記載の鷹関連記事の比較を通して、当時の東国における鷹術伝承の諸相について検討してきた。

まず、児玉経平の鷹術伝承についてであるが、地方を廻国しながら在地の武士たちに鷹書を伝授していた経平は、「地方武士」に拘った鷹術伝承を携えていた。その拘りを反映するものとして、たとえば、四国予州の西園寺氏の鷹説話など、他に類例を見ない特殊な話柄を持つ鷹術伝承が彼の鷹書に記載されていることなどが挙げられよう。それに対して、『月庵酔醒記』に記載されている鷹関連記事は、京都の三条西家所縁の鷹説話をはじめ、一般によく知られた普遍的なモチーフの鷹術伝承を志向する傾向が強い。両者は対照的な様相を示し、それぞれの伝承内容が交錯する要素はまったく見られない。

このように同じ時代に同じ東国で活動していた月庵と経平の鷹術伝承が全く関わり合いを持たなかったという事実は、鷹書の展開の諸相を考える上で非常に興味深い。すなわち、鷹書における鷹術伝承は、同じ地域や階層に所属するといったコミュニティにおいて流布するのではなく、流派などに対する著者・書写者個人の属性や志向性、あるいは廻国などの個に帰する伝播行為などに依拠して展開していたことが予想されるものである。

中世期に多彩に花開いた放鷹文化の背後には、このように多様な鷹術伝播のあり方が存在していた。個々の鷹書をめぐる伝播の様相について、今後、さらに具体的な解明を推し進めてゆく必要があろう。

※注

1　『実隆公記　六ノ上』（高橋隆三編、続群書類従完成会、一九六一年六月）。

2　注1に同じ。

3　中田徹氏「養鷹記の遠近」（『むろまち』二号、一九九三年一二月）。

4 『月庵酔醒記（上）』「『月庵酔醒記』略解題」（服部幸造氏担当執筆分、三弥井書店、二〇〇七年四月）。

5 『国書人名辞典　第二巻』（市古貞次ほか編、岩波書店、一九九五年五月）。

6 『補訂版国書総目録　第五巻』（森末義彰・市古貞次・堤精二編、岩波書店、一九六七年一一月）。

7 宮永一美氏「戦国武将の養鷹と鷹書の伝授―戦国朝倉氏を中心に―」（『戦国織豊期の社会と儀礼』所収、二木謙一氏編、吉川弘文館、二〇〇六年四月）。

8 『放鷹』（宮内省式部職、一九三一年一二月、吉川弘文館、二〇一〇年六月新装復刻）。

9 同書の書誌は注10参照。

10 それぞれの書誌は以下のとおり。

(1) 国立公文書館内閣文庫蔵『鷹繪圖之書　児玉玄蕃佐』

所　蔵　国立公文書館内閣文庫。函号一五四―三五一。

外　題　表紙左肩に「鷹繪圖之書　児玉玄蕃佐」と記す貼題簽。

巻　数　一巻。

寸　法　縦28.5糎×横13.2糎。

丁　数　三五丁。

蔵書印等　一丁表に「浅草文庫」と「日本政府圖書」の蔵書印。

奥書等　三五丁表に「右條々雖爲秘書鷹之名所不残令書／写者也関東武州之住児玉玄蕃佐迴國／之砌直傳申候畢尤可有御秘藏者也／児玉玄蕃佐／経平　判／弘治三年卯月日」。

概　要　鷹の部位や鷹道具、緒の結び方、架の装飾など約九〇項目以上の礼法について図入りで説明している。

(2)　立命館大学図書館西園寺文庫蔵『政頼流秘書　鷹りやう治次第』

所　蔵　立命館大学図書館西園寺文庫。函号一九六。

巻　数　一巻。

外　題　表紙左肩に無地の貼題簽。

寸　法　縦24.5糎×横17.5糎。

丁　数　五四丁。

蔵書印等　三丁裏に「公爵西園寺公望公寄贈」印と「立命館圖書館圖書印」の蔵書印。

行　数　半葉七行無罫。漢字平仮名交じり文。

内　題　巻首題「政頼流秘書　鷹りやう治次第」（四丁表）。

奥書等　五〇丁表～裏に「右條々之天下第一ノ秘書也則令傳ノ／関東鎌倉殿御内三家ノ鷹近(匠カ)武州／住藤原朝臣児玉遠江守経高末子児玉／玄蕃佐経平西國修行折節於播州／神西郡甘地郷懸御目条々中承候處／鷹道御相傳有度ノ由蒙仰候間某モ／名ヲ為残後代々口傳直傳申畢」（五〇丁表）「尤可有御秘蔵者也口傳也／弘治三年九月朔日／児玉玄蕃佐／藤原朝臣経平（花押）／大市伊勢守殿／御宿所」（五〇丁裏）。

概　要　鷹の薬飼に関する知識が約二〇〇項目記されている。「孤竹の秘書」「よねみつの秘書」「政頼の秘書」とする項目も数箇所記載されている。

(3)　神宮文庫蔵『鷹之薬方』

所　蔵　神宮文庫。十門一〇三九号。

巻　数　一巻。

外　題　表紙左肩に「鷹之薬方　完」の貼題簽。
寸　法　縦23.5糎×横17糎。
丁　数　二八丁。
蔵書印等　一丁表に「林崎文庫」（縦4.5糎×横3.6糎）、「林崎文庫」（縦7.5糎×横2糎）の蔵書印。二八丁表に「天明四年甲辰八月吉旦奉納／皇太神宮林崎文庫以期不朽／京都勤思堂村井古巖敬拝」（縦8糎×横3糎）の蔵書印。
行　数　半葉一一行無罫。漢字平仮名交じり文。
奥書等　二七丁裏～二八丁表に「此於巻物源朝臣児玉代々傳家秘書也／（義）高真之寫儘書付申事實也巻物／裏口傳在之／右條々此於巻物天下無双之秘書也則／令傳関東鎌倉殿御内武蔵国長井之庄／吉田嶋《(ママ)》城之住源朝臣児玉遠江守次男児玉／玄蕃助経平愛宕山致参詣下向之砌越前／國到西谷令對談不審申承候所鷹道望／之由依蒙仰其為殘末代名兒鷹巻物不殘／一點書渡進候若猶殘少者関東鶴岡八幡／殿可蒙御罰也仍而誓紙之段如件」（二七丁裏）「永禄五　児玉玄蕃助／卯月五日　経平　在判／外山金次郎殿」（二八丁表）。
概　要　鷹の薬飼について五六項目が記載されている。

(4)　天理大学附属天理図書館蔵『鷹書』

所　蔵　天理大学附属天理図書館。請求記号七八七―イ三。
※『天理図書館稀書目録　和漢書之部　第三』（天理図書館編、天理大学出版部、一九六〇年）に「巻子本　改装後補縹色表紙用紙鳥の子　裏打　二七糎一〇米九〇糎　一紙三六糎　外題書名同　内題なし　用紙継目裏花押捺印あり」と見える。
奥　書　「此於巻物源朝臣児玉代々傳家秘書也／従義高直之寫儘書付申事實也／巻物裏口傳在之／右条々此巻物天下無双之秘書也／則令傳關東　鎌倉殿御内武藏國／長井之庄吉田鴻城之住源朝臣兒玉／遠江守次男兒玉玄蕃助經平／愛宕山致參詣下向之

砌越前國至／西谷令對談不慮申承候處鷹道／望之由依蒙仰某爲殘末代名兒鷹／巻物不殘一然書渡進候若於少者／關東鶴岡八幡宮殿可蒙御罰也仍／誓紙之段如件／永禄五卯月五日／兒玉玄蕃助經平（花押）（印）／外山余次郎殿」

概　要　鷹の薬飼について五六項目が記載されている。

(5)　宮内庁書陵部蔵『政頼流鷹詞　全』

所　蔵　宮内庁書陵部。函号一六三―九三〇。

巻　数　一巻。

外　題　表紙左肩に「政頼流　鷹詞　全」の貼題簽。

内　題　一丁表に「政頼流鷹詞」の巻首題。

行　数　半葉一七行無罫。漢字平仮名交じり文。

丁　数　二一丁。

蔵書印等　二一丁裏に「昭和3年12月　伯爵松平直亮寄贈」の受け入れ印。

奥書等　八丁裏に「右条々於此巻物政頼之注為秘書甲斐国之住人板垣／玄蕃介根来一見之砌令参會申通候處色々執心候故／無別義書付令相傳畢聊不可有他見者也／永禄九年三月三日　経平在判／若原近右衛門入道」。二一丁裏に「昔従唐國米光鷹田光犬牽渡舟時三條西殿御先／祖源政頼為勅使鷹并犬請取則一巻相傳云々然ニ鷹／方諸流注多有之以今専當流用来也誠此一巻注為／極秘累年之執着従山高而従海深故先師之流聊一不残／而令傳受畢仍免状如件／萬治元十二月九日／若原近右衛門／伊藤九郎三郎尉殿」。

概　要　鷹狩りの礼法や鷹道具、鷹の療治などの説明が記載されている。

(6)　宮内庁書陵部蔵『政頼流鷹詞　并　秘事』

所　蔵　宮内庁書陵部。函号一六三―一〇六二。

巻　数　二巻（上下巻）。

外　題　上巻表紙左肩にウチツケ書で「政頼流鷹詞　并　秘事　上」。同じく下巻表紙左肩にもウチツケ書で「政頼流鷹詞　并　秘事　下」。

内　題　上巻冒頭（一丁表）に「政頼流鷹詞」の巻首題。

丁　数　一九丁（上巻）。二六丁（下巻）。

行　数　半葉七行無罫。漢字平仮名交じり文。

蔵書印等　上巻巻末（一九丁裏）と下巻巻末（二六丁裏）に「昭和3年12月　伯爵松平直亮寄贈」の受け入れ印。下巻一丁表に「宮内省圖書印」の蔵書印。

奥書等　上巻巻末の一八丁裏～一九丁表に「右条々於此巻物政頼之注為秘書甲斐国之住／人板垣玄蕃介根来一見之砌令参會申通候處（一八丁裏）／色々執心候故無別義書付令相傳畢聊不可／有他見者也／永禄九年三月三日　経平在判／若原近右衛門入道（一九丁表）」。下巻巻末の二六丁表に「昔従唐国米光鷹田光犬牽渡舟時三條西殿／御先祖源政頼為勅使鷹并犬請取則一巻相傳云々／然ニ鷹方諸流注多有之以今専當流用来也誠此／一巻注為極秘累年之執着従山高而従海深故先／師之流聊一不残而令傳受畢仍免状如件／萬治元十二月九日／若原近右衛門／伊藤九郎三郎尉殿」。

概　要　鷹狩りの礼法や鷹道具、鷹の療治などの説明が記載されている。図解もあり。

11　『続群書類従　第一八輯上』所収。

12　注7に同じ。

13　『福井県史　資料編3　中・近世一　福井市』（福井県編、福井県、一九八二年三月）所収。

14　『福井県史　資料編3　中・近世一　福井市』所収。

15　拙著『中世鷹書の文化伝承』第二編第四章「宇都宮流の鷹書――『宇都宮社頭納鷹文抜書秘伝』をめぐって――」（三弥井書店、二〇一一年二月）。

16　『群書類従　第一九輯』所収。

17　『群書類従　第二七輯下』所収。

18　同書の書誌は以下のとおり。

所　蔵　個人蔵、典籍一冊の一五。
巻　数　一巻。
外　題　「鷹馬字少々」（中央に打付墨書）。
寸　法　縦25.5糎×横20糎。
丁　数　一五丁。
行　数　半葉六行無罫。訓点付き漢文。
蔵書印等　無し。
奥書等　無し。
概　要　鷹詞を中心に馬に関する用語などが記載されている。
備　考　一六世紀後半〜一七世紀初頭に書写されたか。

19　『愛媛県史　古代Ⅱ・中世』第四章「戦国の乱世」（愛媛県史編さん委員会、愛媛県、一九八四年三月）。

20　注19に同じ。

21　『月庵酔醒記（中）』（服部幸造・美濃部重克・弓削繁編、三弥井書店、二〇〇八年九月）。

［付記］

本稿は、科学研究費補助金（基盤研究C、課題番号20520189、研究代表者　中本大）による研究成果の一部である。

『月庵酔醒記』の〈知識〉の由来——『無名抄』依拠記事と蹴鞠記事から

弓削　繁

はじめに

『月庵酔醒記』には、あたかも百科全書のごとく神道・王法・政道・儒仏・武術・和歌・連歌・俳諧・漢詩・軍記・説話・芸能・絵画・蹴鞠・本草・医学・易暦・教訓・故実・なぞなぞ・俗言など実に様々な〈知識〉が、抜き書きや聞き書き等の形で記しとどめられている。そして、それらの中には、

「新刊全相二十四孝之詩選」（上巻、006-03〜26）
「君台観左右帳記之中、上筆作者」（上巻、024-02）
「草木　付百梅・百菊詩」（『梅花百詠』『菊花百詠』）（下巻、101-01〜100、102-01〜97）

などと、典拠が明示されているものもあれば、

「道増聖護院門主、御物語有し」（中巻、084-19）
「此物語、冷泉明融かたり給ひし」（中巻、090-02）
「実枝卿対㆓月庵㆒語給ひし」（下巻、136）

などと、話題提供者を明らかにする記事も含まれている。しかし、多くの場合その来歴は必ずしも明らかではなく、従って、本書の〈知識〉の文化的位相を理解するためにはまず典拠や類似資料の探索が必要になってくるのである。※1

こうして、私たちは平成一〇年から輪読会を開始し、また平成二〇年度から科学研究費補助金による研究※2を推し進めてきたのであるが、約一〇名のメンバーによる組織的なリサーチによって多くの記事の典拠や類似記事を指摘することが出来、その結果、この書の概容とその位相がかなり鮮明になってきた。とはいえ、典拠や来歴が確実に跡付けられるケースは未だそれほど多くはないのである。そこで、ここでは典拠の明らかな『無名抄』依拠記事を手がかりにして、月庵の〈知識〉形成（文化継承）の一端を明らかにしてみたい。

なお、本文の引用および記事番号は中世の文学『月庵酔醒記（上・中・下）』による。

一　『月庵酔醒記』所引の『無名抄』テキスト

さて、『月庵酔醒記』には鴨長明の『無名抄』によるものと思われる記事がかなり纏まって取り込まれている。いまそれを両書を対照して示すと次のとおりである（記事の番号は日本古典文学大系本の目次に仮に付した通し番号である）。

無名抄	月庵酔醒記			
	巻	分類	記事	
16　ますほの薄事	上	神祇	001-27	22あさも河の明神
17　井出款冬蛙事			001-28	23関明神
（18　関清水事）			001-31	38志賀郡に
19　貫之家事	巻	昔今詩歌物語	013-05	29法性寺殿の御会に

『無名抄』には巻頭の「題心事」から巻末の「とこねの事」まで都合七八の記事が収められているが、このうち『酔醒記』が採るのは16の「ますほの薄事」から29の「同人（俊頼）名字読事」まで（うち、18・

20	業平家事
21	周防内侍家事
22	あさも川明神事
23	関明神事
24	和琴起事
(25	中将垣内事)
26	人丸墓事
(27	貫之躬恒勝劣事)
(28	俊頼歌傀儡云事)
29	同人名字読事
37	猿丸大夫墓事
38	黒主成神事
39	喜撰住事
40	榎葉井事

	和琴之起事	021	24和琴のおこりは
巻中	雑話	084-01	26人麿の墓は
		084-02	37猿丸太夫の墓は
		084-03	39喜撰が跡
		084-04	20業平の家は
		084-05	19貫之家のあとは
		084-06	21周防内侍家
巻下	草木	114	16薄に、ますほのすすき
		119	17井出山吹の事
		120-01	40榎木の実よくなる年は

25・27・28の四記事を採らない）と、37の「猿丸大夫墓事」から40の「榎葉井事」までの合計一四記事であり、これは全体のおよそ五～六分の一に相当する。『酔醒記』ではこれらが、「神祇」「雑話」「昔今詩歌物語」「和琴之起事」「雑話」「草木」として整理され、上・中・下巻に分かち置かれている。

そのうち、たとえば40の「榎葉井事」についてみると、『酔醒記』の記事は、

a　榎木の実よくなる年は、万物よくみのるとなり。

b　又、むかし宮内卿有賢朝臣といふ人、時の殿上人七、八人相ともなひて、大和国かづらきのかたへあそびにゆきたりけるが、（中略）人々興に入て、むれゐて、「かづらき」といふ歌かず〳〵うたひなどして、此おきなにきぬゝぎてかづけたり。

土御門内大臣家に月なみ会ありて、御しのびに御幸などなるよしありしころ、「古寺月」といふ題にて、

ふりにけるとよらの寺のえのは井になを白玉をのこす月かげ

催馬楽歌に、「かづらきや　とよらの寺のえのは井に　白玉雫や　ま白玉しづくや」。この詞をとりてよめるにこそ。

c　榎は、井のもとにうゆる木也。其水、薬となるといふなり。榎のほらにたまりたる水をば、鷹にもそゝぎのますると也。

と、abcの三つの内容から成っている。この記事は、前後の一連の記事とともに「草木」の概念で一括されているとおり、あくまでも草木としての榎木を説明するものであって、初心者に歌道への心得を説示しようとする『無名抄』の意図や主題はここでは全く生かされていない。そのことは、「ふりにける」の歌の後に付された、

五条三位入道是を聞きて、「優しくもつかうまつれる哉。入道がしかるべからん時取り出んと思う給へつる事を、かなしくも先ぜられたり」とて頻りに感ぜられ侍き。此事催馬楽の詞なれば、誰も知りたれど、是より先には歌によめる事見えず。其後こそ冷泉中将定家の歌によまれて侍しか。

という、肝心の自讃めいた記述（ここにこそこの記事を特記する動機があったと思われる）が割愛されていることからも明らかであろう。

月庵の関心はあくまでも個々の〈知識〉にあったのであり、『無名抄』は都の知識人の言説として、それに応えうる好個の資料だったのである。

そして、その場合、一つの文献からこれだけ多くの記事が取り込まれている以上、それは文字テキストを介してのものであったとみるのが自然であろう。そこで次に、その依拠テキストについて検討してみたい。

周知のとおり『無名抄』には多くのテキストが存在するが、そのうち主要なものとしては次のような諸本が挙げられる（〔　〕に略号、下に本稿が用いたテキストを示した）。

1　天理大学附属図書館蔵、呉文炳旧蔵本　〔呉本〕　歌論歌学集成第七巻
2　東京国立博物館蔵、梅沢記念館旧蔵本　〔梅沢本〕　復刻日本古典文学館
3　ノートルダム清心女子大学附属図書館蔵黒川文庫本　〔黒川本〕　写真
4　宮内庁書陵部蔵松岡本（弘安七年本）　〔弘安本〕　無名抄全講
5　天理大学附属図書館蔵、竹柏園旧蔵本　〔竹柏園本〕　天理図書館善本叢書
6　蓬左文庫蔵本（永享十一年本）　〔永享本〕　写真
7　静嘉堂文庫蔵、松井簡治旧蔵本　〔静嘉堂本〕　日本古典文学大系

『無名抄』の場合、諸本が多いわりには本文異同は少ないのであるが、それでも『酔醒記』と対校すると意味のある異同がいくつか認められる。以下、はじめに『酔醒記』の本文を掲げ、それに対する『無名抄』の異同を示そう。

①昔、深草の御門の御つかひにて、和琴ならひに、良峯の宗貞、少将とてかよはれけむほどまで、面影にうかびて（001-28）

呉本――少将とて
梅沢本・黒川本・弘安本・竹柏園本・永享本・静嘉堂本――良少将とて

②卯花のみなしらがともみゆる哉賤が垣ねはとしよりにけり（013-05）

呉本・竹柏園本――みな
梅沢本・黒川本・弘安本・永享本・静嘉堂本――身の
※『散木奇歌集』は第二句を「みの白髪とも」とする。

③和琴のおこりは、弓六張を引ならべて、是を神楽に用けるを、わく（づ）らはしとて（021）

呉本――ひきならべて

梅沢本・黒川本・弘安本・竹柏園本・永享本・静嘉堂本――ひきならして

④むかしさる人の、古老のものをかたらひてたづねければ（119）

呉本――古老のものを

梅沢本・黒川本・弘安本・竹柏園本・永享本・静嘉堂本――古老のものの侍りしを

⑤よその花にはまさり侍りしかば、いづれを申けるにか、わきがたく侍る。（119）

呉本――にか、分き難く侍り。

永享本・静嘉堂本――にかと、分き難く侍り。（「と」は「今」の転か）

梅沢本・黒川本――にか、今わきがたく侍り。

弘安本・竹柏園本――にや、今わきがたく侍り。

⑥「むかしにかはりて水も侍らねど、今に侍る」とて、堂より西いくほどなくゆきて、をしへければ（120-01）

呉本――昔に変りはてて

梅沢本・黒川本・弘安本・竹柏園本・永享本・静嘉堂本――みなあせて

⑦「むかしにかはりて水も侍らねど、今に侍る」とて、堂より西いくほどなくゆきて、をしへければ（120-01）

呉本――幾程もなく行きて

梅沢本・黒川本・竹柏園本・永享本・静嘉堂本――いくほどもさらぬほどにゆきて

弘安本――（西へ）行程に、さらぬところどころ行て

これらをみると、『酔醒記』は呉本が他の諸本と対立して独自の本文をみせる場合、そのほとんどにおいて呉本の方

と一致することが知られる。すなわち、このことは諸本に比して呉本との近さを示しているのである。もっとも、中には、

⑧業平の家は、三条坊門より南、高倉より西に、高倉おもてに有しとなり。（084-04）

呉本・梅沢本・黒川本――高倉より西に

弘安本・竹柏園本・永享本・静嘉堂本――ナシ

のように、呉本・梅沢本・黒川本に共通して一致する例もみられるし、

⑨「むかしにかはりて水も侍らねど、今に侍る」とて、堂より西いくほどなくゆきて、をしへければ、（120-01）

梅沢本・黒川本――今に侍り

呉本・竹柏園本・静嘉堂本――跡は今に侍り

永享本――跡は今に侍る

弘安本――跡はいまだ侍り

のように、呉本から離れて梅沢本・黒川本と近似する例もみられる。ただ、呉本・梅沢本・黒川本の三本は比較的よく古態をとどめており（黒川本は梅沢本からの直接の転写かと思われるほど本文がよく一致する）[※3]、その点他の諸本とは一線を画するように見受けられるので、そのことからすれば、『酔醒記』が依拠した本文は、呉本そのものとはいえないものの、呉本に近いかなり素性のよいテキストであったということになろう。

二　飛鳥井重雅の存在

それでは東国在住の月庵はいかにしてそのような素性のよいテキストに接することができたのであろうか。上述の

とおり彼には幾人かの都の知識人との交流が認められるが、なかでも和歌の面で注目されるのは冷泉明融と飛鳥井重雅である。二人のことは、月庵の自注本『桂林集注』にも、

・此歌は（中略）冷泉明融・飛鳥井重雅モ褒美之歌也。（18番歌）

・此歌（中略）其後冷泉入道明融又は飛鳥井重雅も合点給し也。（35番歌）

・夕されは、夕なればと云心と冷泉入道殿はの給也。飛鳥井重雅は夕更也。時のうつりたる心也。両説共に、春され、秋され、同心得と云也。（63番歌）

と見えるほか、

・此歌は、近衛前関白殿・聖御門主褒美の歌也。此ころ道のかた〲両家共にほうびしたまふし。（88番歌）

・寒天の風景、一首のをもむき、両家のかた〲ほうびありし歌也。（117番歌）

ともあり、この「両家」というのも明融と重雅を指すものと考えられている。[※4]

月庵がこのような都の一流の知識人と交流を持つことができたのは、彼が古河公方（足利晴氏・義氏）家の重鎮として、また関東きっての知識人として公方家の儀礼の場などで重用されてきたことと無関係ではないであろう。たとえば、『新編埼玉県史』資料編8・『小田原市史』第二編「中世史料」に収められる次の史料がその一端を伝えている。[※5]

飛鳥井自庵参上御対面之模様、五月五日之晩酉刻より戌之尾迄祗候、其次第之事、

初献（略）

二献（略）

三献　御盞之台参むすひ花かきつはた、おり二合牛房、けつり物ふぐ、其後御銚子参、御三ツ被召上候処、おりの御さかな月庵御進上、御四ツめし上られ候処ニ、又御くきやうの御さかな進上御申候、其後御盞自庵へ被下候、同上いさま御酌

にて被下候、御くわひ一色宮内太輔持参候、三ツ御給候を、御くきやうの物御さかなを自庵へ御はさミ被下候、重而二ツ御給候、其まゝ御銚子をハ北条陸奥守参候而請取被申候、自庵のさかつき一色月庵へ廻さし、其廻さし寿首座、其次一色宮内太輔、其次町野備中守、其次氏照へ廻さし候間、御銚子をハ一色宮内太輔被相渡候、氏照之次一色右衛門佐、其次高太和守被上此分ニ候、

右、自庵御進物一束一本、御草子詠歌太概御進上、御奏者北条氏照ト云、翌日為御使節一色月庵被遣、其模様、段子三巻、唐之盆ニ置、自庵へ被遣候、（下略）

これは天正四年五月五日のものかと推定される文書であるが、ここには、飛鳥井自庵が古河の公方家に参上して、藤原定家の『詠歌大概』を献上した際、陪席して両者の仲介役を務める月庵の姿が生き生きと記しとどめられている。ところで、ここに登場する自庵は、久保賢司・佐脇栄智両氏の所説のとおり重雅とみて誤りないであろう。[※6] 重雅はこの時期、東国武将の求めに応じて盛んに歌学書を書写して贈っている。

・北駕文庫本『和歌詠草』奥書（『小田原市史』史料編Ⅰ　五七五号文書）

此一冊、依亡父一位入道高雅門弟之儀、江雪斎懇志之条、以栄雅自筆令書写、遣之者也。

天正四年五月廿二日　　重雅（花押）

・早稲田大学附属図書館蔵『歌伝秘書』奥書

此一帖、以祖父入道大納言為家卿自筆本令書写、校合訖。尤為証本矣。

右近権中将為秀判

此詠歌一体、以後小松院震筆御本書写、校合畢。

前大納言入道栄雅判

此一冊、亡父一位祖父栄雅以自筆本、安藤源左衛門尉依懇志、書之遣也。

天正六年霜月十三日　重雅

此詠歌一体、予自南可法師令借用、以重雅自筆本令書写之処、今又依于　義延親王仰而、雖為悪筆君命難黙令書写、備　高覧者也。

延宝六戊午年二月廿一日　従五位上保純

いま二つの史料を挙げたが、[※7]これらの奥書からまず重雅の系譜が明らかになる。すなわち重雅は雅親（栄雅）の孫に当たる雅綱（高雅）の子だったのである。[※8]そして更に、『酔醒記』120-07には「飛鳥井大納言殿」が「将軍家御庭」に松を植えた時の見聞に基づく知識が記されているが、この頃の大納言は飛鳥井雅教（のち雅春と改名）を措いて他にないこと、それに、後述のとおり重雅が天正四年に小田原の玉伝寺に下向して鞠庭に式木を植えている事実を重ね合わせると、関東で重雅もしくは自庵と名乗った人物は、やはり久保・佐脇両氏の推定のとおり雅教であった可能性が高いであろう。

室町・戦国期の飛鳥井家嫡流では「雅」の文字を実名では上に、法名では下に用いるのが通例になっているが、ただ雅教の場合、『公卿補任』によれば文禄三年正月十二日に薨じるまで出家の記載がなく、法名も了雅とされていて、[※10]この時点での重雅という名乗りにはいささか疑問が残る。あるいは佐脇氏の言われるように「彼のプライドによる」関東での号だったのであろうか。因みに、京都大学附属図書館に次のような奥書を有する巻子本の『源氏小鑑』（04-30ケ02貴別）が蔵せられている。

此源氏書出、或人見之、彼本以悪筆無分別書写、相見少々引直雖書之、猶不審有数多、以源氏本可令校合者也。

天正五年丁丑五月廿三日　重雅（花押）

この重雅筆本で注目されるのは、これを納める桐箱の蓋裏に「八幡山橋本坊重雅　飛鳥井殿栄雅御息　源氏小鏡全部一冊」と記されている点である。「栄雅御息」とあるのが誤りであることはいうまでもないが、「八幡山橋本坊重雅」とあるのは一考に値するのではなかろうか。今のところ確かな根拠は持ち合わせていないが、当時石清水八幡宮の橋本坊に拠り、重雅と称していた可能性も完全には否定しがたいように思われるのである。

いずれにせよ、『無名抄』についても、『和歌詠草』や『歌伝秘書』等と同じく栄雅筆写本とそれを写した重雅本が存在した可能性が高いのであるが、果たして黒川本には表題下に「飛鳥井栄雅筆」、本文奥に「右此一帖ハ飛鳥井栄雅筆也」と記されていて、月庵が手にしたテキストは一応この本ではなかったかと推測される。然るに、この本と『酔醒記』の本文とが一致しないことは上述のとおりであるので、重雅のもとにはなお別のテキスト（それは呉本に近い）が存在したことになる。

思うに、飛鳥井家にとって『無名抄』は因縁の深い一書として大切に扱われてきたのではあるまいか。それは雅経と長明との関わりに遡る。

> 新古今撰ばれし時、この歌入れられたり。いと人も知らぬ事なるを、とり申人などの侍けるにや。すべてこの度の集に十首入りて侍り。これ過分の面目なるうちにも、この歌の入りて侍るが、生死の余執ともなるばかりうれしく侍なり。あはれ、無益の事どもかな。（呉本）

これは『無名抄』「瀬見の小川の事」の末尾で、長明が「賀茂社の歌合」で詠んで物議を醸した「石川や瀬見の小川の清ければ月も流れをたづねてぞすむ」という歌が『新古今集』に入集した喜びを記したものであるが、ここで長明が「いと人も知らぬ事なるを、とり申人などの侍けるにや」と記している人物こそ雅経に他ならなかったのである。『新古今集』諸本の作者名注記によれば、長明歌十首中、六首が雅経等の撰入であり、とりわけこの一八九四番歌は九六四番歌とともに雅経単独の撰入歌なのである。[※11] 雅経がいかに長明に肩入れしていたかが察せられるであろう。雅経は関東に下り大江広元の娘を妻とするなど、幕府と太い人脈を築き、定家と実朝との仲介役なども務めているが、[※12] そのような関係からか長明を実朝に引き合わせてもいる。[※13] 雅経には長明の人生に関わるほどの思い入れがあったわけで、その長明の『無名抄』が飛鳥井家でどのように扱われてきたかは想像に難くないであろう。

三　蹴鞠記事について

かくして、『月庵酔醒記』の『無名抄』依拠記事が飛鳥井重雅に由来するものであったとすれば、いま一つの家職である鞠に関する〈知識〉も重雅から直に伝授されたものだったのではあるまいか。もっともこのことは既に佐脇氏が指摘されているところなのであるが、[※14] ここでは『酔醒記』の言説が飛鳥井流の秘説と符合することを明らかにすることでそのことを裏付けておきたい。

『酔醒記』の蹴鞠記事には、上巻014の「鞠の庭」に、01「四季（式）のかゝり」、02「庭（の向き）」、03「軒と木との間」、04「切立之事」、05「網」という体系的な記述がみられるが、中でも01・02は鞠の根本について記述したものとして注目される。

一　四季のかゝりとは、桜・柳・楓・松なり。しきの木不足にして、同木二本うゆる事、くるしからず。又、雑木をうへまずる事、ゆるしを蒙る人ならでは不ㇾ植。榎・柿、是常にうふる木なり。柳の所には榎、楓の所には柿をうゆるなり。（014-01）

一　庭は南向を専とす。しかれども、東向・北向のかゝり、又常の事なり。いづかたにても、桜うしとら、柳たつみ、楓ひつじさる、松いぬいなるべし。又ひがし向・きた向のかゝりに、南向のごとく、軒の左に桜、右に松

を植て、南向の分に用なり。家の秘説、細々用事なしといへり。常の義は、方角を本に可㆑用者也。(014-02)

周知の通り、鞠道には藤原頼経息の宗長を祖とする四条流（難波流）、同雅経を祖とする飛鳥井流、それに藤原俊成子孫の為定の御子左流の三流があり、それぞれ四条流に『蹴鞠簡要抄』（宗長の著か）、飛鳥井流に『蹴鞠略記』（雅経著）・『革匊要略集』（是空著）・『内外三時抄』（雅有著）、御子左流に『遊庭秘抄』（為定著）などの書があるが※15、このうち右の所説は飛鳥井流のものとよく一致する。すなわち、飛鳥井流では、

以㆓南庭㆒為㆑本云事ハ、南方是鬼国也、故用㆓怖魔㆒、以㆓南方㆒可㆑為㆑宗之故也、兼又以㆓四本木㆒当㆓四行㆒、故可㆑司㆓四季㆒、以㆓四季㆒又当㆓因果㆒之日、以春秋二季㆒為㆑正、故就㆓東西両方㆒定㆓其木㆒者也、所謂桜者春木故為㆓東方㆒、以㆑柳属夏故為㆓南方、鶏冠木ハ秋木故為㆓西方㆒、松摂㆑冬為㆓北方㆒、分㆑之摂㆓一方㆒日、以㆓桜柳㆒為㆓東方之木㆒、以㆓鶏冠木㆒為西方之木㆒、以㆓此四本木㆒立㆓四角㆒之時、以㆓各二本㆒可㆑分東西㆒、又依㆓春秋㆒尋㆓因果㆒、方別可㆑有両季不同㆒、所謂春植㆑木、応㆓属㆑因之故、退可㆑立㆑之、秋時立㆑木者、趣㆑果之故、進可㆑植㆑之云々、（『革匊要略集』一）

というのを基本的考え方としていて、「庭は南向を専とす」というのはこれに基づいている。また式木の植え方についても、

凡立㆑木、本方、廻方両説、本方者、向㆓何方㆒、只艮桜、巽柳等ノ定立㆑之、廻方、向㆓何方㆒、南向定立之、是ラハ属屋説トモ云也、（『革匊要略集』一）

というように、屋に対して鞠庭が東西南北どの方角に設けられようとも樹種によって定められた位置に植える本方説と、屋に対する位置が南庭の場合と同じになるように植える廻方説（属屋説とも）とがあるなか、『酔醒記』は「いづかたにても、桜うしとら、柳たつみ、楓ひつじさる、松いぬなるべし」としていて（『酔醒記』には鞠庭の図もみえるが、

これも同じ）、本方説を通例のものとする飛鳥井流の所説に適っている。

なお、四条流の『蹴鞠簡要抄』には式木の位置に関する記述はみられないものの、『革匊要略集』や『内外三時抄』が、

> 又云、四条流ニハ、南向之時坤立レ松、不審存処、近来宗教少将之時、一足書トカヤ云事出来之後、就二四行一植之由、竪レ之云々、同心ニナラン事ハ神妙ナレドモ、違二先人之説一之条、為レ之如何云々、
> 此沙汰之時、中将即同聴也、彼羽林被語云、
> 先年入道将軍若少御時、故修理権大夫、被三申二行蹴鞠御会一、其時宗教朝臣下向之間、切立等事為二彼沙汰、南庭一被レ立レ之、以レ松立レ坤、而故教雅少将、於レ京極伝二聞之一、以外難レ之、剰被三勘二発教定一、而近来被執二乾之義一云、尤以有二不審一事歟云々、（『革匊要略集』一）

と、松の位置に揺れのあることを以て四条流の相伝説に不審を抱いているのが思い合わされる。※16

このように飛鳥井流では本方説を「常の義」としているのであるが、その一方で廻屋説に立脚する「秘説」が立てられていたことに注意したい。すなわち、『革匊要略集』一の裏書に、

> 或本ニ云／　懸の植様事
> 木ハ安宅の術、懸ハ鎮屋の方也、南面をもてもはらとす、然ども東西北方の態《懸》又常事也、何方ニても桜丑寅　柳辰巳　蛙手未申　松戌亥なるべし。但東西北面の懸にも、南向のごとく、軒の左に桜、右に松をうふる、当家の秘説なり。

とあるのがそれで、※17ここではそれが「木ハ安宅の術、懸ハ鎮屋の方也」という式木の本源から説き起こされている。いまこの秘説に注意するのは、全く同じ言説（特に傍線部の表現に注意）がひとり『醉醒記』にとどまらず、次の史料にも認められるからである。

鞠庭事、懸者鎮屋之方、木者安宅之術也。今度就当寺滞留、以当家之秘説植置者也。於向後自然無道輩、植木損事、無勿体次第歟。此旨可被申届、如件。

天正四丙子年二月　日　　飛重雅（花押）

玉伝寺御房

（『小田原市史』史料編Ⅰ　五七七号文書）

この文書は天正四年二月に重雅が玉伝寺に滞留した際、おそらく寺側の求めに応じてであろう、鞠庭を作り式木を植えたというものであり（玉伝寺は小田原の法華宗寺院で、当時東下りの貴顕たちが宿泊所としたところであり、そうしたところから作庭が請われたものと推測される）、その意味するところは『革匊要略集』の裏書と対照すれば明らかになる。つまり、玉伝寺の庭は南向きでなく東西北面のいずれかであったため、重雅は通常の本方説ではなく、飛鳥井家の秘伝に従い廻方説（属屋説）によって式木を植え置いたわけで、ここではそれ故に「軒の左に桜、右に松をうふる」というこの特異な形を理解し得ない無道の輩がのちのち植え損なうことがないよう、あえて注意を促しているのである。

要するに、飛鳥井家の『革匊要略集』の裏書と重雅文書と『酔醒記』の記述とは軌を一にするものであって、これに如上の月庵と重雅との親しい関係を重ね合わせるなら、『酔醒記』の蹴鞠記事も重雅からの口伝なり伝書なりに由来することが知られてくるのである。そうすれば、「草木」の項に、

一　梅を植には、あはびを敷てうゆれば不レ枯也。（120-06）

一　松をうゆるには、鮭を切敷てうゆれば不レ枯。飛鳥井大納言殿、将軍家御庭ニシテ、如レ斯シテ植玉フ。（120-07）

とあるのも、重雅の言動を見聞しての知識であったということになろう。松は式木の定木であり、梅も

問、梅木如何、
もし、至二梅木一者、不レ可レ摂二雑木一、賞レ花事可レ類レ桜、故自レ古用之、祖父三品前庭自然有レ梅、賞レ之、立二加自余三本一ヲ、用レ之、自爾以降、当家殊重レ之、即鞠ヲモ付也、且ハ梅専可レ立レ檐木也、用之イラ、ヲ切払、スハエヲ不二残置也、以之為二故実一、而四条少将亭《東向木也》ニハ、屋前紅葉梅一本白梅一本、東ニハ柳二本有之、是故刑部《宗長》卿立置木也、或時有二蹴鞠会一、行向見之、イラ、ヲモ不レ払、スハエヲモ不切、不知二故実一無レ力事也云々、（『革匊要略集』一）

とあるとおり、雅経以来飛鳥井家で重んじられてきた式木である。この前後にはまた榎（120-01）と柿（120-08）も採り上げられているが、これらも「榎・柿、是常にうふる木なり。柳の所には榎、楓の所には柿をうゆるなり」（014-01）とあるように、時に式木として用いられる木である。とすれば、これら一連の記事の背景にも鞠への関心が存するものと考えられるのである。

おわりに

以上、『無名抄』依拠記事と蹴鞠関係記事についてみてきたが、その結果、これらは、典拠こそ示されていないものの、歌鞠を家職とする飛鳥井家の重雅からもたらされた〈知識〉であったことが明らかになった。

一方、『酔醒記』には重雅からの情報であることを明記した記事が二つある。一つは017-02の名香蘭奢待の話で、「飛鳥井重雅の物語シ給フ」とあり、もう一つは018-07の千鳥の香炉の話で、「飛鳥井重雅の物語し給し事共なり」と記されている。歌鞠記事とこれらの「物語」との差違は、つまるところ家職に関わる、文献を介しての伝承か、歌会や遊宴などの場における比較的気軽な言談かという点にあるのではなかろうか。

室町・戦国期、飛鳥井家の人々がひろく地方の知識人とりわけ武将の求めに応じて、歌書とともに鞠書を書写・贈与していたことが山本啓介氏[※18]や佐々木孝浩氏[※19]らによって明らかにされつつあるが、重雅と月庵の動きもそのような流れの中で捉えることができるであろう。それは歴史状況からみれば、家職を以て糧を得ようとする中央の公家と伝統的な都の〈知識〉を以て自己の存在を揺るぎないものにしようとする地方の武将との、双方の思いが重なり合う場で成立する文化現象であったということが出来よう。[※20]

かくして、その先にはこのようにして継承、伝播していく文化の、質（の変容）の問題が存するが、これについては続考を期したい。

※注

1　典拠研究に先鞭をつけたのは中田徹氏「『月庵酔醒記』の世界」平成四年度中世文学会春季大会研究発表、一九九二年五月三一日、於中央大学、である。

2　平成二〇～二三年度科学研究費補助金「戦国末期における東国武将の文化継承に関する研究」（課題番号二〇五二〇一五九、研究代表者弓削繁）

3　拙稿「ノートルダム清心女子大学附属図書館蔵黒川文庫本『長明無名抄』翻刻」岐阜大学国語国文学37号、二〇一一年三月。

4　赤瀬信吾氏、京都大学国語国文資料叢書三十二『桂林集注　疎竹文庫蔵』解説。本文の引用もこれに拠った。

5　久保賢司氏「古河公方足利義氏期の「連判状」に関する一考察―「飛鳥井自庵参上次第」の検討をふまえて―」学習院史学33号、一九九五年三月、「飛鳥井自庵と古河公方の対面をめぐって」戦国史研究34号、一九九七年八月。その年時は『小田原市史　第二編　中世史料』が天正五年、久保氏および『幸手市史　通史編Ⅰ』が天正四年のこととしている。

6　久保氏、注5の論、および佐脇栄智氏「飛鳥井重雅は誰か」戦国史研究43号、二〇〇二年二月。

7　重雅が『和歌詠草』を贈った板部岡江雪斎は後北条氏の家臣であり（家集『江雪詠草』がある）、『歌伝秘書』（『和歌一体』、『八雲口伝』とも）を贈った安藤源左衛門尉清広も同じく後北条氏の御蔵奉行の一人であって、月庵と同じような立場にある人々であることが注意される。

8　この点は、夙に井上宗雄氏「十市遠忠三十番歌合について」早稲田大学図書館紀要44号、一九九七年三月、に指摘がある。

9　佐脇氏、注6の論。

10　『公卿補任』によれば、雅教は天文一七年に公卿に列し、天正三年二月一九日に権大納言に任じられたが、同一二年一〇月二二日に辞任、文禄三年「正月十二日薨。法名了雅」、享年七五であった。

11　後藤重郎氏『新古今和歌集研究』研究編第一章「撰者名注記」、二〇〇四年二月、風間書房、参照。

12　『吾妻鏡』建保元年八月一七日条、同年一一月二三日条、建保二年一一月二三日条。

13　『吾妻鏡』建暦元年一〇月一三日条。「依雅経朝臣之挙、此間下向」とあるのが注意される。長明の目的が実朝の和歌の師になることであり、その際のテキストとして用意されたのが『無名抄』（の原型）であったとすれば、雅経にとってなおさら思い入れの深い一書であったはずである。

『菟玖波集』巻一七には二人の下向の様子が次のように記されている。

参議雅経と伴ひて東へまかりけるに、宇津山を越え侍るとて、楓を折りて、

昔にもかへてぞ見ゆる宇津の山　　鴨長明

これに蔦の紅葉を打ち添へて

いかで都の人につたへん　　参議雅経

14　佐脇氏、注6の論。

15　渡辺融・桑山浩然両氏『蹴鞠の研究　公家鞠の成立』一九九四年六月、東京大学出版会、参照。『革匊要略集』・『内外三時抄』はこの書に拠り、他は群書類従本に拠った。

16　御子左流の『遊庭秘抄』には、「本儀は柳・桜・松・鶏冠木、此四本也。其外梅も常用之。此木は簷近くいづれの角にても栽也。四本の中には艮の角よりうへはじむべし。これゆへある事なるべし。若艮の木いまだいで来ずば、あなばかり堀そめて、あらぬすみとても可㆓栽侍㆒也。柳は巽、桜は艮、楓は坤也。此すみずみにかの木どもうふる事本式也」とはあるが、殊更庭の向きに言及することはない。

17　この秘説は『内外三時抄』にも「昼云、樹ハ安宅の術、懸ハ鎮屋の方也、然ハ懸ハ尤可植物也、されハ昔より蹴鞠の家ならねども皆植也、凡懸は四面に立れ共、南庭を以て式木とす、（中略）又云、東西北方之式木事、中段にハ本方本木といへども、真実ハ属屋説とて、何方にも如南面之檐、左に桜、右に松、外之左に柳、右にかえで也。是秘説也」とみえる。

18　山本啓介氏「中世における和歌と蹴鞠―伝授書と作法―」中世文学56号、二〇一一年六月、など。

19　佐々木孝浩氏「長門忌宮神社大宮司竹中家の文芸―未詳家集断簡から見えてくるもの―」中世文学会平成二十三年度秋季大会公開シンポジウム「断片から探る中世文学」二〇一一年三年六月四日、於鶴見大学。

20　公家衆の地方下向については、富田正弘氏「戦国期の公家衆」立命館文学509号、一九八八年一二月、参照。

歌人月庵の和歌と『月庵酔醒記』

辻本　裕成

はじめに

小稿では、歌人としての月庵一色直朝がいかなる和歌観の元にいかなる和歌を詠んだのかという問題を考察し、あわせて『月庵酔醒記』の記述が、歌人としての月庵の意識とどのように関わるかについて考える。

月庵は、自詠千三百首のうちから三百二十首を自撰し家集とし、三条西実枝に撰歌を依頼した。その時に三分の一強が撰び落とされたのが『桂林集』であり、さらにそれに月庵自らが注を加えたのが『桂林集注』である。小稿では、両書に残る月庵の和歌と、『桂林集注』の月庵の自注を読み解くことにより、歌人月庵の実作と和歌観について論究する。

月庵の和歌の先行研究としては、赤瀬信吾氏による『桂林集注』の翻刻と解説がある。[※1] 同書の解説に示される指摘の要点をまずはまとめておく。

①「愚詠」「愚意」という謙称から、本書は自注本と推定される。

②『桂林集』にない歌が三首収録される（一六六・一七一・一七四番歌）。[※2]

③正吉（木戸範実）の名が挙がり、対抗意識を持っているらしい（「当流」の語を使う）。

④明融、近衛稙家、道増、飛鳥井重雅の名を挙げ、それらの人物に褒められたことで自作の価値を示す。そもそも『桂林集』は家集から三条西実枝に撰歌してもらったものであった。

⑤漢学の素養を背景にした歌が多いことや、自詠の後に本歌や故事・説話・体験談が記される形は『雲玉和歌集』に近い。

⑥無常観という中世的なものへの志向と、狂言俗態という近世的なものへの志向が共存している。特に、この指摘は小論と深く関わるので引用しておく。

　俗言・俗態といったことへの言及が、実枝撰『桂林集』においては除かれた166歌をわざわざ取り上げてなされているということである。そのことに対する直朝の口ぶりは、次に掲げる箇所にみえるように聊か弁解がましいものではある。（引用略）だが、このように弁解しながらも、俗言俗態あるいは俗体の歌についての自らの関心を書き付けざるを得なかったところには、実枝等の教え示した伝統的和歌の世界からはみ出しつつある意識、つまり直朝の文芸観がもつ過渡的な面といったものを、さらには、「桂林集注」の作者直朝とその読者との周辺に広がっていたであろう文芸の過渡的な雰囲気を窺うことができるものと思う。さきに指摘したように、「桂林集注」にみえる直朝の意識は、地方武士歌人らしい都への志向や中世を代表する理念であるところの無常観に、いわば束縛されたものであった。しかし、そればかりではないのである。右に述べた俗言俗態といったことへの直朝の関心は、巨視的にみれば、中世末期から近世初期にかけての狂歌集や笑話の盛行、また誹諧連歌の成熟とも軌を一にする現象として捉えることができるように思う。そういったことも含めて、この『桂林集注』には、なお考察すべき様ざまの可能性が秘められていると期待している。

また、赤瀬氏は、『月庵酔醒記』との関係では、『月庵酔醒記』にも、「誹諧」という標題で「誹諧」の和歌連歌がまとまって収録されている箇所（中巻八一段）[※3]があり、月庵の、俗言俗態あるいは俗体の歌への関心が見て取れること、『月庵酔醒記』と『醒睡抄』が同じ歌を所載するところから、「月庵にとっての誹諧歌は近世への射程も有していた」ことを指摘される。

小稿では、この論の驥尾に付して、月庵歌とその自注を見直し、月庵にとって和歌とは何であったのか、また『月庵酔醒記』が歌人としての月庵にとってどういう意味を持っていたのかを考えたい。

一　「甲や乙なるらん」をめぐって

『桂林集注』一八二首の中で目に立つのは、次のように「甲や（は）乙なるらん」の構文を取る一連の歌群である。

12うちかすむ柳の糸[※4]　や　さほ姫の朝けのまゆの乱れ　成らん
32山のはのそれともみえず[※5]今日の日のくるゝ　や　春の帰　成らん
3横雲のわかるゝきはの山のはのおぼつかなき　や　霞　成るらん
56大井川岸にいさよふかゞり火　は　井せきにかゝるう舟　成らん

12、32、3は和歌全体が主部と述部から成り、甲は乙であろうかと推定する構造である。56番歌の場合は初句の「大井川」を「岸」に係る修飾句と断じるには少し無理があり、「大井川では甲は乙であろうか」という構造と解するべきであろうか。

32番歌の自注で月庵は「春のかへるとはいへども、何をか其すがたといはんかたなき也。けふのくれ行影がゝへるにてあるぞと見たてたる也」と述べている。月庵の言によると、32番歌は「今日の日が暮れること」が「春の帰る」

ことだと見立てた歌ということになる。甲部分を乙部分と見立てた、とするのか、乙部分を甲部分と見立てたとするのかは、歌意により両方の場合があるし、また3や56のようなものを厳密な意味で「見立て」としてよいのかは議論がありうるが、[※6]これらの歌は広い意味での「見立て」を眼目とする歌としてよかろう。甲を乙あるいは乙を甲と見立てる発想の妙、表現の奇抜さこそがこのような歌の生命である。

「甲や（は）乙なるらん」という、ひねりのない構文で一首を構成しているこれらの歌であるが、無論このような構文の和歌は月庵独自のものではなく、たとえば僧正遍昭の「すゑのつゆもとのしづくや世中のおくれさきだつためしなるらむ」（『新古今集』757）のように、古来より詠まれてきたものである。

『新編国歌大観』の本文により、12、32、3の月庵の歌と同じように、歌が主部と述部から成り、「甲や（は）乙なるらん」の形の歌を捜すと以下のような結果となる。[※7]歌全体が「甲や（は）乙なるらん」の形の和歌の数、総歌数、後者を前者の歌数で割った数値（即ち「甲や（は）乙なるらん」の形の歌が何首に一首出てくるかの数値、四捨五入）をそれぞれ掲げてみる。

古今	○	一〇九五	○	後撰	三	一四二五	四七五
拾遺	○	一三四一	○	後拾遺	八	一二一八	一五二
金葉	五	六三九	一二八	詞花	五	四一五	八三
千載	一一	一二八五	一一七	新古今	五	一九七八	三九六
新勅撰	四	一三七〇	三四三	続後撰	八	一三七一	一七一
続古今	一二	一九二六	一六一	続拾遺	一四	一四五九	一〇四
新後撰	一三	一六〇七	一二四	玉葉	五	二八〇〇	五六〇

続千載	六―二一三八―三五六	続後拾遺	一二―一四五三―一二一
風雅	四―二二一一―五五三	新千載	二九―二三六二―　八二
新拾遺	二七―一九一五―　七一	新後拾遺	二〇―一五五四―　七八
新続古今	一四―二一四〇―一五三		

和歌の解釈に迷う例も少なくなく、また異本などに拘泥せず『新編国歌大観』の本文によった数値なのでこのような数値はおおまかな目安に過ぎないし、そもそも数値的な比較にさほどの意味はないであろうが、本表の三番目の項目の数値を『桂林集注』について出すと、それは六一（一八二首中三首）ということになり、伝統的な王朝和歌に比して、『桂林集注』が、この構造の和歌を多く詠んでいるということは確かめられよう。

「甲や乙なるらん」の形の勅撰集入集歌を見ると、御製、僧侶の作に多く、また『新千載集』に尊氏の二首、義詮の一首が含まれることも注意される。専門歌人、和歌の家の人の作は少ない印象がある。では、月庵と時代が近い人の和歌ではどうであったろうか。『私家集大成』中世Vから、同様の統計を出してみる。※8

三条西実隆	三三―八六三二―二六二	卿内侍	〇―　七〇―　〇
十市遠忠	四―二四五〇―六一三	今川為和	一〇―二一〇二―二一〇
守武随筆	〇―　七九―　〇	尊鎮親王	〇―　二三―　〇
後奈良院	五―一一六五―二三三	邦輔親王	三―　七七一―二五七
三条西公条	五―一六三六―三二七	歌人逸名	一―　一三一―一三一
相玉長伝	九―　六九一―　七七	貞康親王	〇―　一一〇―　〇
蜷川親俊	一―　一五一―一五一	毛利元就	〇―　七五―　〇

貞敦親王	一四	九三〇	六六
三条西実枝	三	九二三	三〇八
大庭宗分	〇	一五	〇
五辻為仲	〇	五〇	〇
中院通勝	一四	一二九一	九二
今川氏真	二一	一二四二	五九
邦房親王	二六	一五六四	六〇
三条西実条	三	四五八	一五三
飛鳥井雅教	四	五四三	一三六
山科言継	六	四九八	八三
北畠国永	一八	二四九〇	一三八
江雪	一八	五二九	二九
細川幽斎	九	六八四	七六
藤原惺窩	〇	二三五	〇
西洞院時慶	一〇	八四六	八五

ほとんどの歌人に於いて、この形の使用率は月庵ほど高くない。その中で月庵の使用率を大きく上回るのは『江雪集』で、その他今川氏真、貞敦親王、邦房親王の率が月庵とほぼ等しい。何故彼らが月庵と同様にこの形を頻用するのかは後で考えるが、月庵が、二〇〇首足らずの家集の中に三首この形を詠んでいるのは同時代の歌人と比べても高率であることは見て取れよう。「甲や乙なるらん」の和歌を橋頭堡として月庵の和歌を考える。

二 「甲や乙なるらん」の評価

もっとも「見立て」ということ自体を眼目とする和歌はかくの如き数ではなく、「甲や乙なるらん」の形以外のものを含めるとその数は非常に多く、名歌として知られるものも少なくない。

谷風にとくる氷のひまごとにうち出づる波　や　春のはつ花（古今・春・12・源正純）

第五句は、「春のはつ花なるらん」の意であろうが、「なるらん」は無くとも歌意は成り立つ。「谷風にとくる氷のひまごとにうち出づる波」を「春のはつ花」と見立てたことがこの和歌の手柄であろうが、「なるらん」の四字は必要ない。

また、「甲は乙なりけり」（あるいはそれに類するもので「けり」を使う例）は「甲や乙なるらん」と類似の構文で、同様の表現価値を有するようにも思われる。

山川に風のかけたるしがらみ　は　ながれもあへぬもみぢ　なりけり（古今303・春道列樹）

しかしこの場合の「なりけり」の「けり」は、「気づき」の意味があり、[※9]「山川に風のかけたるしがらみ」は、何かと思えば「流れもあえぬ紅葉」であったよ、という、気づきの感動が含まれ、鑑賞者に作者の気付きの感動を共有させる働きを果たしているように思われる。

「なるらん」の場合には、そのような積極的なものが付け加わるとは思えない。「甲や（は）乙なるらん」との言い方は三十一文字のうち四文字を無駄に使うということになりかねず、その意味では月庵のこれらの和歌は、稚拙とは言えないまでも洗練からはやや遠いと言わざるを得まい。

ここで、先ほど、月庵と同程度の率で「甲や乙なるらん」の形を詠んでいる歌集として抽出できた『貞敦親王集』について検討する。『私家集大成』の底本となった同集の写本は、三条西実隆の合点・添削・評語をそのまま書写したもので、実際の和歌詠作にあたって、どのような表現が実隆によって非とされたかがわかる貴重な資料である。

「梅香留袖」の題で詠まれた親王の和歌は次の二首であった。[※10]

239花ながら袖の中なる梅がゝ　や　風にしられぬ匂ひ　なるらん
240たが袖もとまるは同じ梅がゝ　や　つきせぬ花の匂ひ　成らん

ここで親王は、小稿で問題にしている「甲や乙なるらん」型の詠を二首並べたのであった。興味深いのは、傍書に示されている実隆の添削である。

239の末句の「るらん」の右には「りけり」とあり「匂ひなるらん」は「匂ひなりけり」と直されている。また、240の下句の傍書には「中なる匂ひ成らんむつかしく候」とあり、やはり「なるらん」という表現を咎めている。これは、この歌題に限り「甲や乙なるらん」が不穏当ということではないらしい。613番歌「松がねに消あへぬ雪　や　白妙のさざれかさなる岩ほ　なるらん」に於いても、実隆は「なるらん」を「とぞみる」と直しているからである。「甲や乙なるらん」という表現が洗練から遠いという如上の推定は、かかる実隆の言によっても支持されうると思われる。[※11]

もっとも、この表現は和歌として許されないものではなかった。勅撰集に少なくはない用例が見られることは先に触れた通りだし、実隆自身や、また実隆の孫で『桂林集』の撰者である実枝にもこの形の実作例が拾えるのである。そもそも、『桂林集』にこの形の和歌が複数選ばれていることは、実枝にとってもそれが許される範囲のものであったことの証左であろう。

そうではあっても、やはり月庵の「甲や乙なるらん」の多用は、注目してよい現象のように思われる。それは月庵と、実隆のような京都の指導的貴族との和歌観の逕庭を象徴することのように思われるし、またそれが、単なる月庵一人の言葉癖や、『桂林集』撰集の際の偶然とは断じがたいからである。さきの私家集大成Ⅴに於いて、この形を月庵以上に多用している歌人は江雪なる人物であった。江雪は後北条氏の臣で、北条氏滅亡後、秀吉、家康に仕えた人物であるという。[※12] 関東に生の主な部分を送った、月庵とほぼ同時代の武士であるという点で、江雪と月庵の間には文化的な土壌の近さが想定し得る。「甲や乙なるらん」の使用率は、大きな文化的な状況の一指標であり得る可能性があるように思われるのだ。

三 「見立て」と月庵

月庵が「甲や乙なるらん」を多用するのは、この形を好んだからというより、「見立て」を眼目とする和歌を多く詠んだ結果であると思われる。以下の月庵詠は「甲や乙なるらん」の形ではないものの、甲と乙が同じことであることを言う「甲や乙なるらん」と同類型の作である。

70銀河暁のそらに立雲のきえかへる　をや　こゝろ　なるらん
95白菊の花もてゆへる庭のおもの籬　ぞ　秋のさかり　なりける
149立ならぶ池の汀の松陰　は　かぜとなみとのやどり　成けり
180かげ高き蓬が島の山〳〵　は　君がよはひをつむ　にぞ有ける

月庵が都の名士たちから褒美され、天聴にまで達したという作もまた、見立ての妙を眼目とするものであった。

18むかしなど雲にまがへて詠けむ花より外の花はあらじを
（中略）此歌は／天上にしろしめしけると前聖《シヤウ》護《ゴ》院《キン》准后《ジユゴウ》仰ける。作者廿六歳之時百首中ノ歌也。其百首近衛《コンエ》前関 白植《クワンハクタネ》（ママ）家御判准后《ジユゴウ》御執《シユ》筆一巻頂戴《チヤウダイ》。天文年中也。冷泉明融《ミヤウユウ》、飛鳥井重雅モ褒美《ホウビ》之歌也。

近衛稙家（「植」は「稙」の誤か）の判、道増の執筆を仰いだ百首に含まれたこの歌は、明融、飛鳥井重雅に褒められ、道増によると天聴にまで達したという月庵自讃の作であった。花を雲に見立てる和歌の世界の伝統の逆をいった※13作で、見立ての常道を否定して花は花にしか見立てられないとする。普通の見立てとはちがう、奇抜な見立てが評価を得たのであろう。

このような発想の奇抜さが月庵の和歌の真骨頂で、それゆえ和歌一首の表現の洗練は二の次にされる。それが「甲や乙なるらん」が月庵に於いて多用された理由ではなかろうか。

もっとも月庵の見立ては常に奇抜とは限らない。「21嶺の月ながめあかしてけさみれば梢の花に成にける哉」のような陳腐な見立ての作も少なくない。月庵の見立てへの執着を見て取れるのは次のような例である。

11梅の花かざしにさせばをのづから袖に消せぬ雪ぞ降ける

　二月雪落レ衣と云詩の心也

96白妙の衣手匂ふ菊の花たそがれ時のきりのまがきに

　霧わたりたる夕に菊のしろく咲たるは、しろきいしやうして人のたてるかとうたがふ也。昔陶《タウ》潜が東籬下《トウリノモト》ニ菊を愛して酒をねがひし也。本文曰、潜九日、無《ナシト》レ酒《サケ》云ゝ。見《ミルニ》ニ白衣人《ハクエノ》至《イタルヲ》一乃王弘太守《スナハチワウコウノタイシュ》也。逆酒《ゲキシュ》トアリ。

11番歌では袖に落ちる梅花を雪と見立て、96番歌では菊を白衣の人と見立てており、共に漢詩文をその出典とすることを自ら注している。小稿冒頭に引用した赤瀬論では漢学の素養を背景に持つ歌が多いことが指摘されているが、漢詩文の知識は自歌の見立ての出典を得るためのものとなっている。さらに言えば、96番歌の場合、自注がないと菊を人に見立てている歌だと読み解くのは少々難しいのではないだろうか。見立てを詠むために月庵は少々無理をし、そのために漢学の知識までを動員している。月庵の見立てへの執着が見てとれる事例と言えよう。

四　月庵に於ける言葉のパズル

月庵が都人の権威によって自歌の価値の保証としていることは、冒頭引用の赤瀬論に述べられる通りである。次の例も『桂林集』の撰者である三条西実枝が撰歌してくれたという権威によって自歌の表現の妥当を主張している。

150もしほやく海士の衣のうら里のうらがなしくも立煙かな
うら〳〵のうちけぶるをみて、あまの世をわたるあはれもおもひやられて物がなしき也。冷泉入道明融《ミヤウユウ》は海士《アマ》の住なるとよむべきかとのたまひし。三亜相《サンアシヤウ》は作者のよめるごとくかきのせたまふなり。（後略）

この記述で興味深いのは、都の別の権威である明融による歌句の改変の勧めを月庵が拒絶していることである。ここでは都の権威の威を借りて都の権威を否定するという面白い現象が起こっている。仔細に考えてみよう。

月庵歌の二・三・四句は「海士の衣のうら里のうらがなしくも」であったが、明融は第二句を「海士の住むなる」と改めるよう勧めている。「うらざと」は『新編国歌大観』に用例を拾えない語で、和歌では普通使わない語であると思われる。[※14]「うらざと」が少なくとも歌の世界では耳慣れない語である故に、明融は「海士の衣の」を「海士の住む」と、「うらざと」の意が明確になるように言葉を変えた上で、いわゆる伝聞の「なる」を加えるよう勧めたのだと思われる。

「うらざと」なる語を使ったのは月庵の俗言への関心の表れの一つであろう。しかしここで明融の改変案を斥け自詠の歌句に固執したことは俗言への関心とは直接に関わらない。「うらざと」という語自体の使用を明融が咎めているわけではないからである。では何故明融の改変案を月庵は容れられないのであろうか。考えられるのは、「住むなる」としてしまうと、「衣の裏—浦里」という掛詞が消えてしまうことである。掛詞を使うためには普通は和歌に詠まれない珍奇な言葉を使い、明融の勧めさえ斥ける。掛詞という作者の機知の働きを示す技法に月庵は執着していると言えるだろう。

しかし自詠の歌句が正当であることを月庵は自らの和歌論を述べることによって主張することはない。明融とは別の権威である実枝が月庵の詠のままこの歌を『桂林集』に収載してくれた故、自詠のままがよいのだという。だが、実枝の撰をもって、自詠が明融の改作案よりよいのだとするのは、いささか月庵の我田引水であるようにも思われる。実枝は『桂林集』を選ぶにあたって、月庵提出の和歌の内、約三分の二を収載している。撰に漏れた三分の一には入らなかったというだけで、実枝がどこまでこの歌を積極的に評価していたと言えるだろうか。

そもそも実枝はどの程度の厳しさをもって『桂林集』の撰歌に望んだのか。以下のような事例もある。

128契をく秋よりさきの露の命いかまほしくも成にける哉
（中略）大納言殿桐つぼのこ、ろばせふかくみえて候と書て給りし。／本歌 限とてわか、る道のかなしきにいかまほしきは命成けり

月庵も自注に引く『源氏物語』桐壺巻、桐壺更衣の詠を本歌としており、それを実枝は褒めたという。しかしこの歌は『源氏物語』冒頭近くの和歌で、梗概書類※15にも載る、多くの人々が記憶していたと思われる和歌である。実枝の褒美の詞はいささか大仰に見えなくもない。

このような実枝が、削除する三分の一の中に「うらざと」詠を入れなかったからといって、それが明融の改作案以上に月庵の歌句の方が上であるという証左になるであろうか。

都人のリップサービスを金科玉条として自らの和歌観を頑迷に守ろうとする田舎人を月庵に想像すべきか、都人の和歌観に対抗する道具に別の都人の権威を使うしたたかな地方人を見るべきか、それは稿者にはわからないが、確かに都人とは違う和歌観を持って月庵は作歌しているように思われる。

月庵の和歌観を知る上で、歌論用語を月庵がどのように捉えていたかということは重要なてがかりとなろう。序詞を使用した自作の注の中で、月庵は『百人一首』にも入る伝人麻呂詠を引用しつつ「余情」について言及する。

53岸近き小川の舟のみなれざほさす程もなき月の影哉

序歌也。只さすほどもなき（と歟＝補入）いはんためなり。岸のちかき川はせまくてさほもおほくさゝぬ也。序歌と云に心得あるべし。いかに序をいひつゞけていふとも、よしなき一ふしをよみつゞけては、きよくなき也。此歌も月の舟といふ事のあればいへるにや。たとへば、あしひきの山鳥の尾のしだりおのなが〱し夜を独かもねん。たゞひとりかもねんと云計の歌也。余情かぎりなき歌也。山鳥は峰谷をへだてゝ夜はひとりぬる物なればいへるにや。上古の歌には専序歌を被用たり。序歌はすこしの心をのべて詠ずる物なれば、をのづから余情もありて、歌の姿もおもしろきと也。たゞ今もまなぶべき事とぞ定家卿説給しと也。

いわゆる序詞について、伝人麻呂詠では「しだり尾が長い」というだけではなく、「山鳥が峰谷を隔てて一人寝をする」ことと「なが〱し夜を独」寝ることとを重ね合わせた所に「余情」があるとする。しかし月庵詠では序詞と下の句とは、「さほさす」「さす程も」という繋がりの他に「月の舟」[※16]という言葉によって序詞中の「月」と下の句の中の「舟」が結びつくということを「余情」と呼んでいる。ここでは厚い研究の蓄積がある「余情」[※17]についての議論に触れる余裕はないが、月庵が言っている「余情」は「言葉の表面上にあらわれたものの他に意味がある」程度の意で、実は月庵自身が説明している伝人麻呂詠の場合とは内実に違いがある。月庵にとっての和歌とは、美的な営為というよりは、言葉のパズル[※18]の如き知的な営為に傾き、後者を前者と同価値のものとしているのである。

言葉のパズルという点では、しばしば月庵は、珍奇な表現を使用する。以下は『新編国歌大観』に月庵以前の例を見いだせない歌語である。

田家柳

13山賤の門田の柳春は先水のみどりの種やまくらん

柳は□《本ノマ、最歟》前に春色を得てみどりなるゆへに、まづみどりのたねをまくといへり。

「春色を得て」と自注にあることから、ここでの「みどり」は原義の[※19]「若芽」の意でなく、「緑色」と解すべきであろう。緑という「色」の種という、よく言えば機知あふれる、悪く言えば珍奇な言葉の発明が月庵の誇るところであった。

同様に、声を発するはずのないものについて「――の声」と造語しているらしい例も見られる。

91落滝つ川せの浪の行方にきりのこゑきく秋の夕暮

霧ふかきま丶川瀬はみえわたらねば霧のこゑきくといへるにや

30かげたかき松の梢に咲藤の花のこゑきく春の夕風

藤埋松と云題にてよめる。題の心をよくしめて見侍べし。花の声の来歴《ライレキ》

三体《テイ》詩《シ》に

閑花落《カンクワヲチテ》レ地聴無《チニキクニナシ》レ声《コエ》　大集胎換骨《シウタイクワンコツ》姿《シ》

歌も如詩。此沙汰愚問賢注《グモンケンチウ》ニあり。

『新編国歌大観』によると「花の声」は『拾玉集』に一首例があるが、月庵はそれを出さずに（恐らくその例は認識していないのであろう）漢詩を引く。「花の声」という表現について、月庵はその言葉遣いが正当であることを、『三体詩』に例があり、漢詩の言葉を和歌に詠んでいいことは『愚問賢注』にあると、二重の論拠をもって主張する。逆に言うならば、「花の声」という表現が、歌語としては珍奇で、一種の逸脱と見られる可能性があることを自覚しているがゆえに、かかる二重の言い訳をしたのだとも受け取ることができよう。

月庵の珍奇な言葉遣い、発想のありようは次の例の中に顕著に現れる。

35なれ〳〵し春を残して夏衣かへても袖は花のかぞする

此歌、正吉法師が難しは、かへたる袖のいかゞして過つる花の香のせん事は、といふ也。然は作者の心まったく花の香を袖にうつしたるにあらず。いか計馴し花の色香を忘ざるを云也。京着百首詠草に書入て備上覧ければ、前近衛《コンエ》摂政《セツシヤウ》植《タネ》家、御判、御褒美《ホウビ》ありし。前聖門道増《サキノシヨウモンダウゾウ》御判も同前也。長墨を給し歌也。其後、冷泉入道明融《シヨウユウ》、又は飛鳥井重雅も合点《ガウテン》給し也。

「夏衣」に替えても袖には「春」が残り、袖はなお花の香がするという機知に富む発想と表現がこの歌の眼目で、この歌は近衛稙家をはじめとする都の四人からそれぞれに褒められたという。また、月庵は正吉法師の「袖の、いかがして過つる花の香のせん」という非難を挙げて、「作者の心まったく花の香を袖にうつしたるにあらず。いか計馴し花の色香を忘ざるを云也」と反論している。実際に袖に花の香がするという和歌ではないというのはそうとしても、衣替えをしても花の香が袖に残るというのが、機知に富む表現か、現実離れした珍奇な表現であるかは紙一重で、このように評価が分かれ得るのである。

この歌は『桂林集』に入っているから、三条西実枝からも一定の評価はされたことになるが、では、月庵の論敵、正吉と実枝の和歌観は隔たっていたものだったのだろうか。実枝の『詠歌大概』の講釈[※20]の聞書を細川幽斎が筆記した資料の一節、『詠歌大概』の「求人未詠之心詠之」の講釈を引用する。[※21]

こゝに此道の好士の大事あり。学者の意によりて情の新きを先とすとばかり心得れば、歌が異風異躰或は又誹諧躰になる也。

学者の思慮すべき所なり。仮令心を新くとて西より東へ月日の行などいはんは、あたらしきにあらず。心ははたらかずして風情のめぐれるさまによりて新しくは見ゆる也。くはしく吟味して能々可得其意也。

> されば八雲御抄に風情のいりほがと云を第四に立られて云。是はあまりに珍しきことをよまんとするほどに、おかしきこともおほくきこゆ。梢によする蜑のつり舟とよめるは、げにも、松の葉ごしにはさにて見ゆらめとおぼゆ。しかるを舟より月出しなんどする事、あまりの事にや。ある者の歌に、女郎花に露のをきたるを読とておみなへしをく白露の色かへて花には黄玉葉には青玉、とかや読たるとて、ふしぎなることにかたる人侍りき。風情の様、世にきたなくこそ聞え侍れ。これほどこそなけれども、かくのごとき事おほし。又あまが海の底に入て月みるらんといふ心を、入てもあまは月やみるらん、とよみたりしもの侍き。かくのごときのことは、いりほがまではなけれども、たゞその道に無下にたへぬ所のをしはからるゝ也。雲ま行くかたわれ月のかた〳〵は落ても水に有ける物を　これぞ風情のいりほがの第一と云べきをこそ。あまりに風情を求てよめば、きときく人などはさもと思はず。よく〳〵それを思慮すべし。

実枝によると、「情の新きを先とすとばかり心得れば、歌が異風異躰或は又誹諧躰になる」と言う。そのもっとも悪しき場合が「風情の入りほが」である。「舟から月が出る」「花には黄玉葉には青玉と露が置く」「月のかたわれが落ちても水上にある」などは好ましからざる例である。もっとも、許容される新しい表現と「入りほが」あるいは「入りほが」に近い好ましからざる表現の境界線は微妙で、「梢によする蜑のつり舟」は許される表現である。

この講釈が行われた時点と、『桂林集』撰の時点[※22]とでの実枝の和歌観には相違があるかもしれないことを割り引かねばならないが、かかる和歌観を持つ実枝によって三分の一の和歌がふるい落とされたのが『桂林集』であった。実枝によって「入りほが」と判断された歌は入らず、実枝はここまでに引用してきた月庵の作を和歌として許容できる範囲内であると判断したのであろう。

しかし、許容できる新しい表現と、「入りほが」に近い許容できない表現との境界線は微妙である。実枝は「梢によする蜑のつり舟」はいいが、「舟から月が出る」は許容できない表現だとする。しかし何故その間に境界線があるのかという説明はしていないし、それはおそらく不可能なのであろう。現に、月庵の「夏衣に変えても袖はなお花の香がする」という歌については、四人の都の人々と正吉との間で正反対の評価が下されているのである。これを機知あふれる清新な表現と見るか、「入りほが」な表現と見るかについては明確な線引きは不可能で、享受者次第であるだろう。

この歌に限らない、ここまでに引用してきた月庵の和歌はすべて、この歌と同様の性格を持つ歌ではなかったか。月庵にとって、和歌とは「情の新きを」求めるものであり、そこに彼が自負するところの自らの和歌の真骨頂があった。しかしある一線を越えてしまうと「異風異躰或は又誹諧躰」に堕してしまいかねないぎりぎりの作風であった。少し想像をたくましうすれば、その一線を越えてしまった作が実枝によって除かれた残り、それが現在に残る月庵の和歌なのかもしれない。

大谷俊太氏は、細川幽斎の歌論を論じた論[※23]の中で、「面白がらするは、いなか芸なり」との幽斎の言葉を取り上げ、それが能の伝書などにある言辞と相通じ「面白がらするは面白からず」という美意識が、和歌の世界だけではない当時の芸術論に見出せることを指摘されている。その言に当てはめれば、月庵の和歌はまさに「面白がらする」歌人の一典型ではなかったか。

都人の「褒美」を自己の和歌の価値の根拠としながらも、月庵が必ずしも都人と和歌観を同じうするものではなかったことは、小稿冒頭に引いた赤瀬論が指摘する通りである。『桂林集』で実枝によって省かれた和歌三首が『桂林集』で再録され、その中の一首の自注で実枝の撰歌のあり方に反論を述べているのである。また、ここまで見てきたように、月庵の自讃の歌は、まさに「面白がらする」ことに成功したような作であり、「入りほが」に陥るのを避けようとする態度などは見られない。実枝を権威として利用しつつも、月庵は「情の新きを先と」して享受者を「面白がら」せようとした、一種の確信犯ではなかったか。

冒頭にも引いた赤瀬氏の「（月庵の指向が）巨視的にみれば、中世末期から近世初期にかけての狂歌集や笑話の盛行、また誹諧連歌の成熟とも軌を一にする現象として捉えることができるように思う」との提言を稿者なりに考えてみた。

付　歌人月庵と『月庵酔醒記』

最後に、歌人月庵と『月庵酔醒記』がどのように関係づけられるかについて触れておきたい。

一つには、和歌を詠むためには本説となる説話を知ることが必要であり（たとえば006-7　閔損の話は『桂林集注』111番歌の本説となっている）、その必要上、種々の説話を集成する必要があったということがあろう。

また、百科事典的な知識は、和歌を詠むためにも活かされ得たと思われる。時として月庵の和歌は伝統的な歌材の詠み方、本意とは異なった形で歌材を詠むことがある。

63水風晩涼

夕されば池の玉もにあそぶ魚のしづむばかりに風の涼しさ

魚は涼しくなれば水底にしづむ物也。（後略）

「魚」は稀に和歌に詠まれるがこのように魚の生態が和歌に詠まれることはなく、宇治などの歌枕、あるいは鵜飼との関わり、水魚の交わりという成句から発想された歌など、机上の知識を前提に詠まれた和歌がほとんどである。稀に魚の生態が詠まれることがあっても、「恋をのみすまの入えにすむ魚の浮きしづみてもあぢきなの身や」（『壬二集』2856）のように浮いたり沈んだりするものとする程度の生態がせいぜいである。「ながれきていはり[※24]のうちによるいをのねたくも浪にさかのぼるかな」(『建春門院歌合』45隆季)のように漁で捕獲される魚の様子を詠んだような和歌は、「いはりのうち何事かと驚く人も侍りき」として判者俊成によって負にされている。このように、和歌の伝統から離れた和歌を詠むこともあった月庵にとって、歌学から離れる知識をも含めて和歌に詠まれる題材を知る必要があり、それが『月庵酔醒記』の編纂と関わるとも考えられよう。

また、和歌と直接関わることとして、『月庵酔醒記』所載の和歌に、どのようなものが選ばれているかを瞥見する。基本的には和歌そのものが選ばれているというより、和歌にまつわる説話、歌徳説話が選ばれていると見た方がいいのかもしれない。しかし、和歌そのものも、前節まででみた月庵の和歌観と無縁ではないように思われる。『月庵酔醒記』所載の和歌の中で多くを占めるのは、当意即妙にその場で地名や人名を掛詞や縁語仕立てで見事に詠み込んだ歌である。

卯花のみなしらがともみゆる哉賎が垣ねはとしよりにけり(013-05　俊頼が名前を自歌に詠み込む)

露の身を嵐の山に置ながら世にありがほに煙立らむ(013-07　尊氏と夢窓の贈答で嵐山の地名を和歌に詠み込む)

ふたつやの窓の笠かけおもしろや峯の嵐のいるに任せて(013-13　冷泉為広「ふたつや」という地名を詠み込む、「や」「笠かけ」「いる」の縁語仕立て)

みるたびにこゝろづくしのかみなればうさにぞかへすもとのやしろに(085-02　たたらの某。筑紫―尽くし、神―髪、宇佐―憂さの掛詞)

この他にも掛詞、縁語仕立ての見事さを眼目とする歌は多い。[※25]『月庵酔醒記』所載の和歌のすべてがそのような和歌ばかりではないけれど、歌人月庵の和歌観と、『月庵酔醒記』所載の和歌の選びようとは、当然と言えば当然だが、決して無縁ではないように思われる。関心ある和歌説話を引くと同時に、自らの和歌観に即して優れていると思う和歌を『月庵酔醒記』に収録しているように思われる。『月庵酔醒記』は歌人としての月庵の編著でもあった。

月庵を当時の京都、関東の歌壇の中で具体的にどのように位置づけるか、また月庵に於ける和歌と連歌との関わりなど、考え残した問題は多いが、文化人としての月庵の同時代の中でのありようが少しでも明らかにできていれば幸いである。

※注

1 京都大学国語国文資料叢書三十二（臨川書店、一九八二年）。

2 『桂林集注』は注1書籍の赤瀬氏の翻刻により引用し影印も参照した。また、同書翻刻に付された歌番号を付す。私に句読点、濁点を加え、論述の都合上一字分を空けた箇所がある。異体字等は現在通行の文字に改めた。

3 『月庵酔醒記』の引用は『中世の文学』（三弥井書店）の翻刻により、同書の章段名を付記する。

4 「うちかすむ」は「柳の糸」を連体修飾すると考える。

5 「ず」は連用形と見、「くるる」を修飾すると考える。

6 3は「霞」を「横雲のわかるゝきはの山のはのおぼつかなき」と言い換えた作、56は「井せきにかゝるう舟」を「いさよふかゞり火」と言い換えた作と解することができよう。これらは二通りの言い方で同じものを詠みなし、その組合せ方の、発想・表現の妙により一首の和歌として成り立っている。そのような点で、これらの和歌は、「見立て」に近いものと思われる。

7 和歌全体が「甲や（は）乙なるらん」の形になっているものに限る。たとえば以下のような和歌は入らない。

①「いづれ」、「いづこ」などの語を含み、甲は乙なのだろうか、の意味でないもの

例　わびはつる時さへ物の悲しきはいづこをしのぶ涙なるらむ（古今集813）

② 句切れがあり、和歌の一部だけが「甲は乙であろうか」の形であるもの

例　別れてはあはむあはじぞ限りなき　このゆふぐれ　や　限　なるらん（拾遺集　312）

もっとも、和歌の解釈によってはぶれが生じる可能性はあり、異本・異文の問題を抜いても、若干の誤差が生まれるだろうことは否定できず、おおまかな目安として考えられたい。また、和歌の分析としてはその表現の内実が重要であり、このような外面的な形式による分類は分析の入り口にすぎないことは承知している。なお、各歌集の総歌数は、長歌、連歌を除いたものである。金葉集は三奏本によった。なお三代集の頃には「にありけり」の形があったが、今回は集計に及ばなかった。

8　複数の家集が収録されている場合は、各集に於ける数値を歌人ごとに合計する。ただし、三条西実隆に限っては、『私家集大成』にⅡ、Ⅲとして挙げられた『雪玉集』および『集玉　追加』の合計とする。また、見せ消ちの形で添削を受けている家集に関しては、添削前の形で集計した。和歌の解釈によって数値がずれる可能性があることや、虫損などによって一部が欠けている場合の処理など、細かい数値に誤差があり得ることは、勅撰集の場合に同じである。総歌数は漢詩、連歌、長歌を除いた。返歌など他人の詠も計上している。

9　「気づき」については、たとえば、北原保雄「気づきの「けり」」（『国文学』四三巻一一号、一九九八年）など参照。

10　私家集の引用は『私家集大成』により私に濁点を付す。

11　この他の添削例としては、『邦房親王集』74番歌「七夕にたむくる花　も　朝がほの露の間ほどのあふせ成らん」が、中院通勝（素然）によって「七夕にたむくる花の朝がほの露の間ばかりあふがあやなく」と直されている例が見える。ただし、同集には「1488ゆく末の遠心はむさし野や野山にかよふたびの夕ぐれ」が今出川晴季によって「ゆく末の心も遠しけふ出て野山やたびのやどり成らん」と添削されている例も見える。この改作案は第二句で切れており、小稿で問題にしている歌全体が「甲や乙なるらん」の形ではないが、必ずしも「なるらん」という表現そのものが忌避されていたわけではないことを示しているだろう。

12　『私家集大成』井上宗雄・神作光一氏解説。

13　同想の作に「88山ふかみ露しく袖もわかぬよのね覚ならはす松風のこゑ」がある。「常に山家などは露けければ」（自注より引用）朝露を感知することがなく、寝覚の習いとなっているのは「松風の声」であるという歌である。普通朝のものといえば露であるのにここでは風であるという常識の逆を言ったところがこの歌の眼目であろう。

14　ちなみに『日本国語大辞典』は、当該例を用例として挙げている。

15　『源氏小鏡』の諸本、『源氏大鏡』の諸本、『十帖源氏』など。

16　「月の舟」は連歌寄合などに見える言葉。

17　この他の『桂林集注』に於ける「余情」の用例は次の通り。

97　大樹より菊の花を給けるによみて奉れる

君が代にあふべき秋はおほけれど先こそおらめ菊の一枝

此君のかぎりなき秋にいかほどか逢べきなれども先この一朶《エダ》は世に有がたき花とこそ見申さめといふを余情に含める也

（単に言外の意があるとの理解か）

106秋の山そめし時雨はふりはてゝ嵐色づく夕ぐれのそら

あらし色づくといふにて落葉也。夕落葉といふ題にてよめる也。惣別題をかくしてよむ事、余情有様なれども大事のさかへなれば思案をろそかにてはこゝろへ有べき事とぞ

（これも単に言外の意があるとの理解で、題をそのままの言葉で詠まないのが「余情」か）

18　言葉のパズルという点では、「28いかなれば浅沢沼のかきつばたこきむらさきに花の咲らん/浅きと云所の花のこき紫にさくは不審也と云也」のように、「浅い」「濃い」という言葉遊びの他に見どころのないような歌も『桂林集』に収載される。また、「71下にしもたへて物おもふ夕ともしらでや軒の荻の上風」は「何の好士も余情有とてほうび」したという。しかし月庵がこの歌に託した眼目は、「下にしも」と「上風」の、「下」と「上」の対比という一種の言語遊戯であろう。

19　佐竹昭広氏「古代日本における色名の性格」（『国語国文』二四巻六号、一九五五年）。同論文によると、月庵の時代にも「みどり」を「新芽」の意とする理解は残っていたはずである。

20　『詠歌大概』の冒頭については、近世初期には問題とされ、さまざまな人々によって論じられた。大谷俊太氏『和歌史の「近世」―道理と余情―』（二〇〇七年、ぺりかん社）第三章二「新情の解釈―詠歌大概注釈と堂上和歌―」（初出は『近世堂上和歌論集』（明治書院、一九八九年））参照。

21　『詠歌大概聞書』（『今井源衛先生華甲記念　在九州国文資料影印叢書』）の影印による。

22　月庵が実枝に『桂林集』の撰を依頼したのは天正三年、注21の写本には天正十四年の奥書があるが、講釈がいつ行われたのかは明らかでない。

23　注20大谷著書第二章二「面白がらするは面白からず―和歌に於ける作為と自然―」。初出は『文学』第三巻二号、二〇〇二年。

24　「いはり」は「網張り」の意か。「いばり」と濁るのかもしれない。

25　013-03段、013-09段、100-05段の和歌はいずれも掛詞が使われている。

風流踊歌《ふりゅうおどりうた》「恋の踊」断簡考

徳田　和夫

一　室町末期の鷹狩文化から

十六世紀に古河公方《こがくぼう》（足利晴氏、義氏）に仕えた武士の一色直朝、号して月庵の著作『月庵酔醒記』三巻は、中世末期の百科事典ともいうべき書である。当代の古典研究、説話伝承、民間信仰、芸能、宗教等、総じて東国文化の歴史考究に益してやまない。その校訂本文が注釈を付けて近時に有り難くも刊行された（三弥井書店刊）。さても、中巻の追尾を飾るように、鷹をめぐる渡来伝承や、鷹の生態、羽の模様、その飼育等の記述がまとまってある。「禽獣之類」と題されたところに二十四項目が配され、内、鷹の話題が二十一を占めている（公刊本100−15〜35）。かくも集中して並ぶのは、中世以降、鷹狩が広く盛んに行われるようになり、特に武門にとってはそれに秀でることが必須であったからである。至っては、放鷹《ほうよう》による狩猟は典範・典礼文化になりおおせていた。

月庵もその作法を学び、儀礼を尊んでいたはずである。右の一連の項目は短章のものが多く、彼自身の鷹にかかわる知識の覚え書きであった。その蘊蓄は鷹を愛でてやまず、絵画の技となって発揮されている。公刊本の中巻の口絵には「白鷹図」（栃木県立博物館蔵）が載る。堂々とした体躯の白鷹が、背を見せて止まり木にとまっている。首は左に向いており、目つきが鋭い。脚爪は鉤のごとく尖っている。そして、羽と肢の模様が波打つようで美しい。その画面の左上部には「月庵作」の落款と、壺形印および「直朝」の方形印がある。もって、月庵の鷹への思い入れを推して知るべし。

いったいに鷹狩は、武家や狩猟集団だけのものではなく、公武全体の教養なのであった。王朝の時代における公家の鷹狩は、はやくに『伊勢物語』にもの語られている（第八二段。惟喬親王の交野の狩り）。武家専有の技芸となってからも、西園寺家が鷹術を支配管理しており、公家社会でも鷹の伝書が尊重されていたことは、近年、二本松泰子、大坪舞氏の考究によっていよいよ明らかになってきた。[※1]

本稿で取り上げる断簡（切）は、室町後期から末期に隆盛を極めた芸能に関わる一葉である（筆者蔵）。大阪の古書肆から売り立てられ、それ以前の伝流経路は明らかではない。その詞章は、公家の手で書写されたと判じられるが、じつに鷹術《ようじゅつ》独特の鷹詞《たかことば》を巧みに利用したものであった。

ついては、『月庵酔醒記』公刊本はまた補注が詳しく、瞠目に価する。いうならば、日本中世の諸文化の文庫《ふみぐら》のごときとなっており、鷹書《たかしょ》も数々を引用している。たとえば［100－24］には、

一　後奈良院御宇、万松院殿へ鎌倉殿ヨリ号二冬木一鷹ヲ参せらる。其御返書ニハ大鷹ト書リ。月丹鷹ノ記ニハ投子青乃チ
青鷹成ト書リ。

とある。これは、万松院殿（足利晴氏）が鎌倉殿（足利義晴）に「冬木」という鷹を進呈した経緯を抄記したものである。冬木は「大鷹」であった。「月丹鷹ノ記」とは、禅僧月丹寿桂の著作『養鷹記』のこと。連歌師柴屋軒宗長の依頼によって作文し、朝倉教景（宗滴）に贈られている。補注は右の「冬木」をめぐって、裏付けを行っている。天文一八年（一五四九）四月三日付の「足利義晴書状」（『古河市史　資料　中世編』）は、京都の公家、近衛《このえ》稙家《たねいえ》に宛てたもの

である。晴氏は官位の昇進を望んで、義晴を介して稙家に取り次ぎを依頼した。義晴は、晴氏から届けられた献上品を挙げている。その中に「大鷹一本、号冬木」とある。また、同日付の「近衛稙家書状」は、稙家から晴氏に宛てたもので、晴氏の昇進が認められた旨を記し、そこにやはり「大鷹一居」と見えている。

右の近衛稙家とは、近衛家十五代（尚通の男）であり、文亀二年（一五〇二）に生まれ、永禄九年（一五六六）に没した。享年六十四。官位は関白、太政大臣に達している。足利将軍家（義晴、義輝）と縁戚にあり、武家伝奏に替って、朝廷と諸大名からの要望を将軍に取り次ぐ役目を担った。当代の公家を代表する一人で、山科言継と親交があり、『言継卿記』にその動静が散見する。

この稙家が、当該断簡に付された極札に詞書筆者として記載されている。いったいに古筆家の極めには、にわかに信を置くことはできず、伝称筆者の域を出ない。しかしながら、断簡の詞章は鷹の気性、飼育法にちなんだ内容であり、それは稙家が公武間のやりとりを通して名鷹に接し、尊重したであろうことと繋がるものである。また、稙家の息、前久《さきひさ》（天文五年・一五三六～慶長十七年・一六一二）は青蓮院流の書家であり、有職故実、暦学に造詣が深く、注目すべきは馬術・放鷹に精通していた。[※2] ここでは天正十七年作の『龍山公鷹百首』（続群書類従19所収）を挙げておこう。

以上からして、江戸後期における鑑定が筆跡面からの比定だけではなく、桃山時代の鷹術の彼此も踏まえたものとするならば、極札の記載は意義あるものになる。

二　断簡の書誌および内容

まずは断簡の書誌を記しておく。

架蔵。一紙。十六世紀末期写。伝近衛稙家筆。料紙：斐紙。縦31・9、横16・5㎝。字高26・8（和歌28・2）㎝。

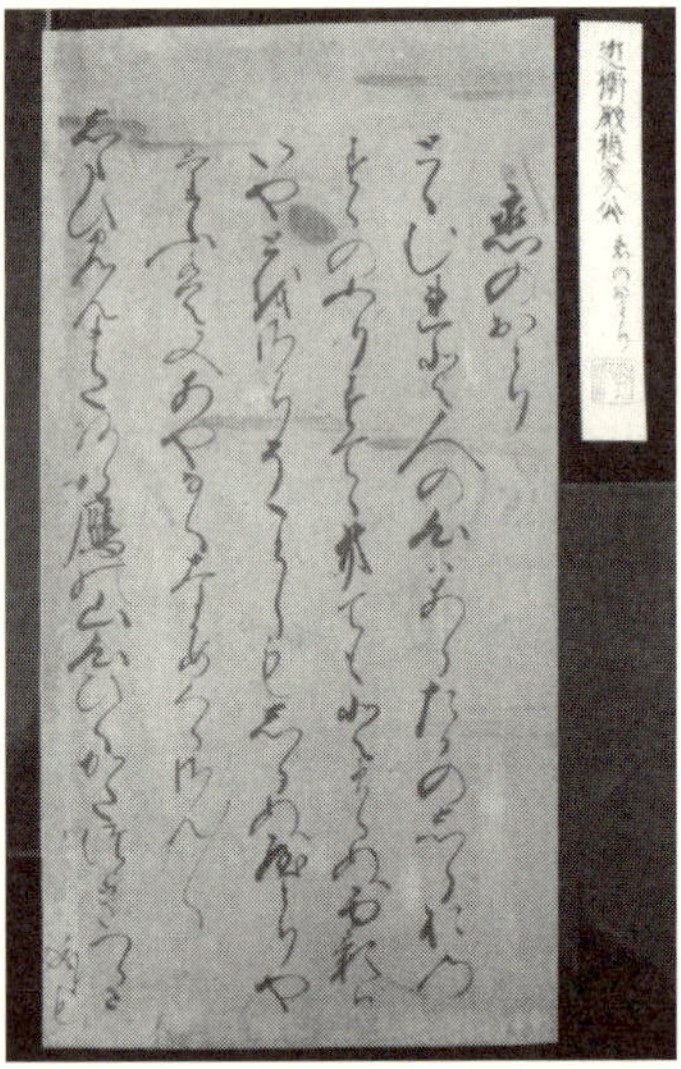

極札が付され、「近衛殿植家公　戀のおとり　印（守村）」とある（図版）。極札の裏には印・記載はない。古筆勘兵衛（〜慶安三年・一六五〇）に始まる古筆分家の、十三代・古筆了仲による極めである。なお、印は同家第二代・了任以降、代々が用いたものである。

　料紙には雲母が施されている。上部二ヶ所に金泥の霞を引き、また右下に金泥の細線で竹を描く。さらに、四ヶ所に薄墨（元は青系顔料か）あるいは銀泥で霞を引き、半月と思しきも描く。大型の装飾料紙であり、雄渾な筆遣いからも、貴家に伝来したものと推測される。料紙、書体から判じて室町後〜末期の書写としてよい。

　一行目の頭部に朱の丸点《まるてん》（丸印）を付し、その右傍らに朱の合点（鉤）を付す。合点は五行目頭部にも付されており、この二行が他行に比して特別なものであること示している。すなわち、前者はそれ二行目以降の内容のタイトルであろう。五行目は和歌体である。

　しかし、いまだ不分明なところがある。あるいは、和歌はこれ一首だけではなく、複数首を連ねていたかもしれない。それを裁ち落としたのだろうか。そもそも、この一紙のみで単一の作品であったのか、然るべく書籍の一部であったのか判然としない。もし後者とした場合、天地が32センチほどで、しかも大ぶりの文字であり、行間をたっぷりと取っており、こうした形状は冊子本にはほとんど見ないものである。そこで、巻子本の一部かと見ることも可能だが、むしろ屏風あるいは画帖に貼付されていたものと見ておくのが順当であろう。

以下、原本通りの改行、文字位置によって翻刻し、校定本文を掲げておく。

【翻刻】

　戀のおとり
とゝむれと人の心はあらたかのしらおの
すゝのふりすてゝきてもとまらぬ面影ハ
いやとをさかりそことしもしらぬやとりや
けふは又あやなくなかめくらさん〳〵
したひみんまたあら鷹の山心ひくかたつよきつらさ成とも

【校定本文】

　恋の踊《おどり》
止《とど》むれど　人の心は　荒鷹《あらたか》の　白尾《しらお》の鈴《すず》の振《ふ》り捨《す》てて　来《き》ても留《と》まらぬ面影は　いや　遠《とを》ざかり　そことしも知《し》らぬ宿《やど》り
や　今日《けふ》も又　あやなく　ながめ暮《く》らさん　ながめ暮《く》らさん
慕《した》ひみん　また荒《あら》鷹の　山心《やまごころ》　引《ひ》くかた強《つよ》き　辛《つら》さな《(成)》れども

三　桃山時代の風流踊歌「恋の踊」

右の詞章は、冒頭「止むれど」から結句「ながめ暮らさん」まで、七五調で通している。そして、締め括るように和歌を配している。長歌と短歌を組み合わせた韻文であり、歌唱に適したものと認めてよい。後述するが、「荒鷹」

「白尾」「山心」といった鷹詞が使われており、鷹の生態に倣って男女の恋愛を歌ったものと見なされる。おそらくは女性が、男性を荒鷹に譬えたのであろう。まだ人に慣れきっていない若い鷹が、ともすれば山の古巣にもどって行ってしまうように、男の気ままなそぶりを女はあげつらって、つれない恋を歎いているのである。これと類似の詞章は、管見の限り他に見ない。恋をめぐるこうした歌いぶりは、鷹を止まり木に据えることを鷹詞で「木居《こゐ》」というが、その音感から着想したとも考えられる。それはまた、一条兼良の『連珠合璧集』に「恋トアラバ…鷹、いけすの魚、淵、山」とあり、『西園寺家鷹秘伝』（後出）が鷹術の伝来譚（後述）を引いて「鷹に恋を付る事、此説與」とあるように、「鷹」と「恋」との縁語関係のごときを背景にしている。

さて、韻文体の詞章からして、「恋の踊」とは踊歌の名称と判じられる。桃山時代を中心に、祭礼時や、虫送り・盂蘭盆会の折に、都市や在郷の庶民らによる集団の踊りがよく行われていた。総称して風流踊《ふりゅうおどり》と呼ぶ。[※3]華やかな衣装で、また仮装して群舞した。さらに行列による披露もなされている。ともに笛・鼓・太鼓等の囃子を伴い、歌声も響きわたっていた。そこには、音頭取りもいたはずである。そうした歌謡を踊歌《おどりうた》という。中には念仏を唱える風流踊もあり、これは後に盆踊に展開していく。また、室町のそうした芸能が各地に流布して根づき、今に民俗芸能となっている例も多い。

風流踊の十六世紀おける洛中での盛行ぶりは、『言継卿記』の所々に記されている。それに関して、元亀二年（一五七二）七月十一日条に、

飛鳥井中将、をとりの歌三色五首つゝ可作与之由被申被来。真木島来。十五六日に可踊用、云々。はねおとり、恋のゝゝゝ、すきのゝゝゝ、三色遣之。

とある。言継は飛鳥井雅教《まさのり》の依頼を受けて、「をどりの歌」三種をそれぞれ五首ずつ作った。さらに、将軍義昭の臣、

真木嶋昭光が来たる十五、十六日に踊に使うといってきた。十六日条には「近所町衆踊有之、見物了」とある。踊歌は「跳《はね》踊」と、「恋の、、、」「数寄《すき》の、、、」すなわち「恋の踊」「数寄の踊」であった。この「恋の踊」は江戸後期以降の風流踊歌本や、現行の各地における民俗芸能の風流踊にも見出されるタイトルである。注目すべきは、それが遡って十六世紀に踊歌名に用いられているのであり、さらに同時期に書写された断簡の題目と一致していることである。断簡が五首の体裁であるか否か確認しえないが、やはり十六世紀の踊歌詞章としてよいだろう。そして、十九日条には、供衆の畠山親行等の求めに応じて「踊之歌三色」を創ったとある。それは「数奇の茶」「鷹野」「跳踊」であった。鷹野とは鷹狩のことであり、他二種が十一日条のそれと類似することを踏まえると、「鷹野」は「恋の踊」の別名かとも思われる。なお、当断簡が屏風に貼付されていたのであれば、その近くには群舞の風流踊の絵が付されていたのではなかろうか。画帖貼付であれば、そうした画図を併載していたかと思われる。

ちなみに、風流踊と、祭礼時等での作り物の引きまわしや仮装は密接な関係にあり、後者の行列ページェントでも音曲、歌謡を伴っていた。そして、作り物や仮装は故事説話、芸能を題材としており、いうならば文芸の視覚体なのであった。[※4] そこで想起されるのは、十五世紀後期の京都の桂地蔵の祭礼で繰り広げられた風流行列の数々を、往来物に仕立てあげた『桂地蔵記』の一節である。

暫時『月庵酔醒記』にもどると、鷹の記事の始まりは鷹の本朝伝来譚である（〔100-15〕）。この説話を鷹書類では一様に蔵人頭「源政頼《まさより》（政頼《せいらい》）」なる者の手柄ともの語っている。政頼は小竹《こちく》という女を遣わして鷹の秘術を盗み取るのである。[※5] この政頼は室町前期には、世上に聞こえていた。公家、武家だけではなく、狂言で『政頼』が演じられたこともあって、庶民もその姿を眼の当りにするようになっていた。『桂地蔵記』が記す風流の仮装のうちに、史上あるいは伝承上の偉人を並べる箇所があり、そこに「或ヒハ源ノ政頼ガ鷹ヲ使フヲ学《まね》ビ」とある。洛中の町人や地下人がそれに扮したのである。想像するに、仮装の者は腕に鷹を止まらせていたのではなかろうか。あるいは、作り物であったならば、政頼と小竹の二体の人形をしつらえたり、鷹狩の風景を提示したかと思われる。このように巷間の風流に〈鷹匠の祖〉政頼が扱われていたと見てよく、また風流踊に鷹詞を用いた「恋の踊」が行われていたのであり、つまりは鷹術をめぐる伝承と芸能は互いに影響しあっていたようである。

四　「荒鷹」と「白尾」の説

後先になったが、ここで鷹詞の「荒鷹」にはいかなる言説があるのか、おもに鷹書あるいは「鷹百首歌」類から引用しておこう。

古辞書では、天正十五年本『運歩色葉集』に「荒鷹《アラタカ》」と見えている。また、『日葡辞書』は「Arataca（アラタカ）まだ馴らしていない野生の鷹」としている。『言塵集（六）』（『時代別国語大辞典・室町時代篇』所引）には「夜据《す》へとは、荒鷹《あらたか》のいまだ人に恐《をそ》るゝを、夜々に手に据へて心をとるを云也。」とある。つまりは、いまだ野生が抜けきらない荒々しい若鷹（あるいは新鷹）をいうのである。そこからして、「荒鷹の鳥屋《とや》をくぐらんとするやうに、鉦を傾け、乱れ入りてぞ切つたりける」（『義経記』五「忠信、吉野山の合戦の事」）とか、「荒鷹が鳥屋を《ナシ》くぐつて雉に逢ふ《を追ふ》」（幸若舞曲『屋島』。『鎌田』の類似詞章と対校）といった表現が作られている。

以下に、荒鷹がともすれば山に飛び去っていってしまうと歌うものや、そのように言い表わす例を挙げておく。

＊一小山がへりの鷹とは。去年の若鷹の次の春にとられたるを云也。年こえぬれども、毛もせざるあひだ、山かへりとはさだめがたきまゝに、小山帰と名付也。」（『禰津松鷂軒記』群書類従）

＊年々にたけき心をあらはして待つかひなしの野への新たか（『後京極殿鷹三百首』恋、群書類従）

＊新鷹の心に似たる妹なれやとかくふるまひあはしとそ思ふ（同）

＊いかはかり遠くゆけはやあら鷹の尾羽をはやして籠には入らん（『鷹三百首和歌』群書類従）

＊新鷹も手馴るほとに居をかす《（ママ）》馬にくらおけつかひてをみん（『慈鎮和尚鷹百首』群書類従）

＊新鷹のひき切へをのみしかきをまつときぬとや人のみるらん（『小鷹部』群書類従）

＊一　山忘れの毛。又、すくちとも云。是は荒鷹を取りて飼うには、口餌をかう時、脇に筋のおほひきゝりかはんとて、山を忘れたる事なり。」（『西園寺相国御家秘伝書』[※6]）

＊あまた鳥屋踏ませて使ふ鷹なれば（他本「箸鷹の」）手帰るまでも慣れし甲斐あり。（蓬左文庫本『西園寺相国家鷹百首和歌』[※7]）

＊一　はしたかに思ひ妻と云事あり。是は、ゐふくろにさしたるゐからのこと也。連歌に／・鷹は猶心をのこす思ひ妻」（『鷹口伝』続群書類従。『西園寺家鷹秘伝』「雑々通用の詞」も同旨）

＊一　くれは鳥の毛と云所あり。人になつかぬ程は、身にしかと引つけてをき、人になづきぬれば其の毛をこす也。」（同）

そして、お伽草子『和泉式部』（御伽文庫本）や仮名草子『薄雪物語』に見える数え歌の第十番は、本稿にとって極めて重要である。道命法師が和泉式部に恋して、柑子売りに身をやつして歌うのである。

十とかや　鳥屋を離れし荒鷹をいつか我が手にひき据へてみん（静嘉堂文庫蔵松井本『和泉式部』、第二、三句「と山はなしのあらたかを」）

この歌は、飼育小屋を飛び出した荒鷹をいつかは自分の腕に止まらせてみようと歌うものであり、断簡において、飛んで行ったきり戻って来ない荒鷹（若い人）を指して嘆き、いつかは呼び戻そうと歌うのと近似している。ただし、断簡では女が男の非を言ひ立てているのであり、『和泉式部』では逆に、男がなかなか靡かない女を「世馴れていない」と難じているのである。これに近いものが右の「新鷹の心に似たる妹なれや」の歌である。

次に、「白尾」についてである。「特に鷹などの白い尾。また、その尾で矧いだ矢」（『時代別国語辞典・室町時代篇』）とある。ここでは鷹の白い尾をいう。

＊一しら尾の鷹と云事有。是は春野の事也。春はたか、深山を心がけ、長閑なければ野心さす。たける心也。鈴つけ二まい、くらゐのきみしらすにてつく。是はとびける時、柳桜花みどりを見て、雪かゝりけると思。深山の心をしるため也。」（『禰津松鷂軒記』）

＊一はし鷹のしら尾をつくと云事。政頼、君の御鷹のくしのおを切りて、くぐ井のきみ、しらすにてつく。是は、（政頼）（略）、たとへ玉の鷹なりとも、逃げては曲あるべからず。鷹と申すは、春になれば、古巣を恋（乞）ひて必ず北へ帰るなり。白尾を付けば、鷹、身くじりするをする時、我が身を返り見て我が身にはいまだ雪の降りたるよと心得て古巣を乞ひぬ也と申しければ、さてはと思し召し、せいらひ流さるる事を止め給ひぬと聞こえけり。（天正十二年奥書、廣田宗綱写『鷹書才覚巻抄出[※8]』。）

＊四　政頼申（す）やう、たとへ国王の御鷹なりとも、逃してはゐきなし。鷹は春になれば、古巣をこひ、北に帰るなり。白尾つけば、おのれと見て、我が身にいまだ雪のふりたると心へ、古巣を恋ぬと申（す）。／
△朝霞霧のうち野の遠まはり白尾つかすは尾かけ見ましや
△白尾つく鷹よおのれが尾となみそ去年のまゝなる雪山としれ
扠はとおぼしめし、政頼をながさるゝ事をゆるさるゝ、ときこゑし。
△きさらぎの白尾にのこる雪見れば心まかせに君ゆるし給ふ

△箸鷹の尾の上の雪のまたのこり花はたどりにはやきあらしは（『啓蒙集』）※9

総じて、春先における若い鷹をいう時に「白尾」と使っており、それがまた古巣の山や雪山に心を向ける状態にあることをいうのである。

立ち戻って、断簡の踊歌は恋をそうした「荒鷹」「白尾」を用いて歌うのであり、秀れた技巧だといえよう。加えて指摘しておくべきは、中世の歌謡は和歌の伝統表現に強く影響されている。そこにあって、鷹を表現して「鷹百首」などが多く編纂されている。こうしたことを踏まえれば、当該の踊歌は題材、語句ともに鷹歌から取ったとすることもできるだろう。そのような踊歌を創作した人物は、鷹書や鷹歌に明るく、風流踊を楽しむ軽妙洒脱な面もあった公家ということになる。踊歌を作成した者として山科言継が知られているが、ここに近衛稙家も浮かび上がってきた。この点は、なおも歴史的に考証を続けなければならないが、『月庵酔醒記』の記事がその端緒を開いたのであった。

※注

1 二本松泰子『中世鷹書の文化伝承』（二〇一一年二月、三弥井書店）。大坪舞「鷹書における説話形成」（説話文学会・平成二三年度大会発表。『説話文学研究』47号、二〇一二年七月刊行予定）。本稿をなすに当たって、大坪氏には別途、資料提供を賜った。感謝申し上げる次第である。

2 『国史大辞典』（吉川弘文館）、阿部猛・西村圭子編『戦国人名事典』（一九八七年三月、新人物往来社）に依る。

3 風流踊の芸態や文化史的特質については、すでに小笠原恭子、守屋毅、山路興造、河内将芳、川嶋将生氏等に多くの論究がある。紙幅の都合で具な掲出は省略するが、論題の風流踊歌に絞るならば、室町末期のそれを取り上げる論考として、佐々木聖佳「『御状引付』書留盆踊歌考」―中世の風流踊歌と俳諧連歌」（『歌謡 雅と俗の世界』一九九八年九月、和泉書院）は逸せない。ただし、ここには「恋の踊」の曲名、詞章は見えない。また、各地の民俗芸能としての風流踊「恋の踊」の諸例を押さえた上で、江戸後～末期の踊歌テキスト類の歌詞を考察したものとして、真鍋昌弘「風流踊歌考―語りぐさをめぐって（二）―Ｉ恋の踊」（『中世近世歌謡の研究』一九八二年一〇月、桜楓社）がある。さらに、風流踊は室町末期～江戸初期の洛中洛外図や風俗画にしばしば描かれているが、その絵画作品を芸能史に照らしながら分析した論考に、川本桂子「大英博物館蔵の風流踊図屏風について」（『美術史論集』10、二〇一〇年二月、神戸大学美術史研究会）があって注目される。

4 拙論「風流《ふりゅう》の室町―文芸としての作り物・仮装―」（『〔シンポジウム〕芸能と中世文学―表現と場―』。『中世文学研究』52、二〇一〇年六月、中世文学会）。

5 拙論「〈欲の熊鷹〉の分布圏――お伽草子・異類物世界への通路―」（『伝承文学研究』46、一九九七年一月）にて、政頼説話や鷹をめぐる伝承を取り上げた。

6 鷹書研究会における輪読資料に拠る。二本松泰子氏の御厚誼を賜わり、感謝申し上げる次第である。

7 鷹書研究会における山本一氏の御報告資料に拠る。以下に引用する二点も二本松氏の御配慮に拠る。

8 二本松泰子「諏訪・大宮流の鷹書―廣田宗綱筆『鷹書才覚巻抄出』全文翻刻―」（『立命館文学』六二一、二〇一一年七月）。

9 二本松泰子「資料紹介　宮内庁書陵部蔵『啓蒙集』」（注1書所収）

補説

〈001-08〉

「たがいの御影」は、寛永二〇年（一六一五）頃に成立したとされる、紀行文『玉舟和尚鎌倉記』の浄光明寺項に記載されることから、江戸初期には浄光明寺の什宝として著名であったことが窺われる。この浄光明寺蔵「たがいの御影」と、『酔醒記』で鶴岡八幡宮寺に襲蔵されたとされる「たがひの御影」との関係は未勘である。しかし一色直朝は、従来、月輪院を介して鎌倉の古寺名刹と交渉が深く、また古記録からも永禄元年（一五五八）四月の古河公方、義氏による鶴岡参詣にも随従していることから（『北区史　資料編・古代中世2』所収「77鎌倉公方御社参次第」「78鶴岡八幡宮社参記」）、一色直朝が、鶴岡八幡宮寺と浄光明寺とを混同したとは考え難い。浄光明寺は、室町中期から幕末期まで、鶴岡八幡宮寺神主家の大伴氏の墓所とされたことからも窺われるように、鶴岡八幡宮寺との関連が深い寺院でもあった。浄光明寺蔵「たがいの御影」は、南北朝期頃の作品とされることから（『鎌倉の文化財 第三集』「僧形八幡神像・弘法大師像　浄光明寺」）、かつて鶴岡八幡宮寺に所蔵されていた原本による模本であるか、あるいは一色直朝の存命期頃、同御影は、鶴岡八幡宮寺に襲蔵され、後に浄光明寺に返納ないし移管されたと解するべきであろう。

〈001-15〉

「神の御祓《みそぎ》の場合には、椙の葉を敷き、人の御祓の場合には茅の葉を敷くと言われている」という意味か。

「神のみそぎ」については未勘。既に指摘されるように、左記の『新古今和歌集』「神祇」第一八八六番歌の文言に比定可能である。

香椎宮の杉を詠み侍りける　　詠み人知らず
ちはやぶる香椎の宮の綾杉は神のみそぎにたてるなりけり
（一八八六）

当該歌は、『六花和歌集』および『六花集注』、内閣文庫蔵『玉集抄』（翻刻：鈴木元氏『室町の歌学と連歌』）にも収められるが、『六花集注』・『玉集抄』の左注には、「神のみそぎ」を、神躰を造る用木の意に解している。故に、この「神のみそぎ」は、いわゆる「御祓《みそぎ》」とは無関係であり、かつ「椙の葉を敷」く所作についても未勘である。

「人の御祓」については、左記の『六花集注』第七四・七五番歌の注記が注目されるところである。

今日見れば麻の立枝にゆふ掛けて夏水無月の祓をぞする
（一〇七四）
麻の葉に人形を取副て身を撫でゝ、河に流し、是を撫物とも申。次の歌にも見ゑたり。
あわれ又我いく年の今日にあゐて浅茅すがぬぎ禊ぎしつらむ
（一〇七五）
浅茅すがぬぎとは、浅茅をもて輪に作て、着たる物を脱ぎ捨てゝ、すが脱ぎして、此の輪を越ゆる也。」

第七四番歌は、麻の葉と人形《ひとがた》とを用いた「撫物」、第七五番歌は、浅茅で作った輪をくぐる「菅脱ぎ」についての記載であり、

「茅の葉を敷く」所作については未勘。但し、以下に示す『六花集注』第九二番歌の注記には、七夕の習俗ではあるが、「茅の葉を敷く」所作に言及する（波線部は私意）。

七夕の合夜の庭に置琴はあたりに引はさゝがにの糸
（一〇九二）
の歌。篠蟹の糸、此の祭に茅の葉を敷て、瓜を手向るに、七夕の受け賜ふ時は、瓜の上に、蜘蛛の網を懸るなり。

『酔醒記』〔001-15〕の典拠は依然として未勘であるが、あるいは『六花集注』所見のこれらの知識が錯綜したと解することも可能であろう。

〔009〕

『月庵酔醒記（下）』補遺において、『酔醒記』〔009〕は、以下に示す永正七年（一五一〇）の序を具える尊舜の『法華経鷲林拾葉鈔』と天文一五年（一五四六）入寂に栄心による『法華経直談抄』に類似の記載が認められることを指摘した。

① 『法華経鷲林拾葉鈔』四「序品第一之四・八堪忍事」
「付モ何事ニ、善悪ニ堪忍ルヲ、為此土ノ風俗ト也。忍土ト名此心也。大集経ノ十來ニモ、端正ハ自忍辱ノ中來ルト云ヘリ。又一経ノ中ニハ、於忍ノ中ニ説ト二十種ノ功徳見タリ。其中ニ忍能具端正ヲ、忍能ク具眷属ヲ、忍能降伏怨ヲ、乃至忍能ク至ル佛果ヲ云ヘリ。」

② 『法華経直談鈔』二末「序品・三忍并忍十種功徳事」
「大集経ノ十忍ノ中ニハ端正ニ生付也。又一経ノ中ニモ於忍ニ十種ノ功徳ヲ説也。其中ニ忍ハ能ク具端生《ママ》、忍ハ能ク具眷属ヲ、忍能ク降伏ス怨敵ヲ、乃至忍ハ能ク至佛果ニ矣。」

以上の二例は、室町後期の「法華直談書」における事例であるが、同様の事例は、享禄四年（一五三一）に成立した、天台僧の実海（一四四九以前～一五三二以降）の著作、『法華懺法抄』の左記の記載にも認められる［『天台宗全書』一一・九四頁上段］。

「或経ニ云。忍辱具ス十徳ヲ。忍能具シ端正ヲ、忍能具シ眷属ヲ、忍能成シ衆行ヲ乃至忍能至ル仏果ニ文。」

この『法華懺法抄』での事例も、『法華経鷲林拾葉抄』・『法華経直談鈔』と同じく、典拠名を明記せず、かつ十項目のうち、四項目のみを提示するという記載である。『酔醒記』〔009〕の典拠は依然として未詳であるが、『酔醒記』には、〔009〕のみならず、「法華経直談」など、天台学僧の言談による影響を指摘することが可能である。

〔013-04〕

西行の忌日は、二月一五日とする説と翌一六日とする説が行われていたらしい。『長秋詠藻』、『拾遺愚草』など、西行と親交があった同時代歌人の私家集では、建久元年二月一六日とあり、現在の通説も、これに従うようである。他方、『古今著聞集』では、建久九年（傍記・元年）二月一五日（傍記・一六日）などと両説を併記するほか、文明本『西行物語』、久保家本『西行物語絵巻』では建久九年《ママ》二月一五日とする。時代が降り、西行への畏敬が深まるとともに、西行の忌日を仏涅槃の二月十五日とする説が主流化したと解するべきか。但し、左記に示す『兼載雑談』では、西行の忌日を二月一五日とする説を退け、一六日と強調し、室町後期の歌人・連歌師が、二月一六日とする説を「相伝」してきた様子が窺われる（但し、西行の入寂は建久元年である）。

「ついたち頃の夕月夜といふは、七日以前の月をば、いつもいふべし。源氏にも見えたり。西行歌に、

　ねかはくは花の下にて春しなん其二月の望月の頃

かくて、建久三年二月十六日に死。日たがふといふ人あり。無二相伝一の事なり。望月の頃とあれば、十四日五日、十六日七日の間をいふ也。」

故に、一色直朝が歌人でもあったということを考慮すれば、『酔醒記』〈013-04〉に、「常に願ひしごとく、二月十五日に身罷りし」とあるのは不審である。但し、左記に示す『六花和歌集』一「春」第二二三番歌の詞書には、「翌年二月十五日臨終と聞えしかば」とあることから、二月一五日とする説も、歌人・連歌師の間で受容されたことが窺われる。

「山家

　ねがはくは花の下にて春しなんその二月の望月のころ　西行上人（二二二）

「かくて翌年二月十五日臨終と聞えしかば

　契をきて花の下にておはりなば　蓮の衣同かるらむ　定家（二二三）」

但し、『酔醒記』〈013-04〉所見の定家詠は、現時点において他書に未検である。参考として、他書に見られる、西行の入寂を詠じた定家詠を左表に示す。

典拠	定家詠
月庵酔醒記	願ひける花の下にて死にゝけり　蓮の上のさこそあるらめ
拾遺愚草	望月の比は違はぬ空なれど消えけむ雲の行方哀しな
古今著聞集	望月の比は違はぬ空なれど消えけむ雲の行方哀しな
西行物語	望月の頃は変はらぬものなれど　消えけむ空の夕辺哀しな
西行物語絵巻	望月の頃は違はぬ空なれど消えけん雲の行方哀しも
六花和歌集	契をきて花の下にておはりなば蓮の衣同かるらむ

『酔醒記』所収歌と一致する例は未勘であるが、敢えて選択するならば、『六花和歌集』第二二三番歌が、もっとも近似している。

また、西行の入寂を詠じた同時代歌人の詠歌ということに留意するならば、『酔醒記』所収歌は、左表に示すように『長秋詠藻』所収歌に近似している。

典拠	歌人	詠歌
月庵酔醒記	定家	願ひける　花の下にて死にゝけり　蓮の上のさこそあるらめ
六花和歌集	定家	契　をきて花の下にて終はりなば　蓮の衣　おなじかるらむ

長秋詠藻	俊成	願ひおきし花の下にて終はりけり 蓮の上もたがはざるらん

『酔醒記』所収歌自体は、既出の定家詠よりも『長秋詠藻』所収歌に近似している。しかし、『長秋詠藻』所収歌は俊成の詠であり、かつその詞書にも、西行の忌日を二月十六日と明記するなど、『酔醒記』〈013-04〉との相違が顕著である。

もとより『六花和歌集』の伝本は、島原松平文庫本のみの孤本であり、かつ良質な本文であるとは評しがたいため、現存本『六花和歌集』が『酔醒記』の注釈に有効であるかについては、一定の留保をせざるを得ない。しかし、『酔醒記』〈013-04〉に見られる本文が成立する背景には、『六花和歌集』所収歌に見られるような、室町期に流布した私撰集の影響を考慮する余地は認められよう。

〈013-14〉

既に指摘された『雲玉和歌抄』第五七一番歌のほか、和歌自体を提示するわけではないが、『正徹物語』の左記の記載が注目されよう。

一、寄レ虎恋にては、時の寅をば詠まぬことなり。時の寅も虎の事なれども、日読みの寅は、字も変はりたり。此の題は、生きたる虎のことなれば、虎臥す野辺も、石に立つ矢など、詠みたるが良きなり。日読みの寅は、寅の声なり。

虎の生け剥ぎと云ふこと、新撰六帖にあり。為家卿、大納言にてありしを、子の為氏、大納言に任ぜんとするに、当官はあらばこそ任ぜめ、仍て父卿をば前官になして、為氏、当官に任ぜしかば、為家、これを述懐して、虎の生け剥ぎと詠みたり。

このほか近世初期に降る事例であるが、『百人一首切臨抄』「六十七・周防内侍」の注記には、切臨の師である一華堂乗阿の言説として、左記の記載が認められる。

師云。為相は為家の四男也。中納言正二位、道号は玄国、法名は昌久と云。大系図云、母は安嘉門院右衛門佐と云、為相の弟は為守と云、其下に僧八人、女二人有、合て兄弟十五人也。父為家、述懐の歌に

生ながらはかるゝ身こそ悲しけれ
つたへて虎の皮を見るにも

是は、為家の大納言を辞して、為氏を亜相に任するをよめり。虎は、生はぎの皮を美也と云、又官を剥に比す。又、所領を為氏に押へとられて微々の時に、為家の歌に

限りある命を人にいそがれて
なき世の事そおもひしらなく

歌道を知て行跡を貞くせぬは、人面獣心也とて、為相を取立て、冷泉家を建立せり。

なお興味深いことに、この『百人一首切臨抄』所載の二首目の為家歌は、『雲玉和歌抄』第五七一番歌の直前に第五七〇番歌としても収められている。(『百人一首切臨抄』については補遺〈100-14〉参照。)

『酔醒記』〈013-19〉によると、〈013-14〉は冷泉明融の談話の筆録とあり、『正徹物語』に言及されることをも勘案するなら

ば、当該説話は、本来、冷泉流歌学に親しい人物により、二条家に対する冷泉家の優位を示す説話として創作された想定される。しかし『雲玉和歌抄』の撰者、衲叟馴窓や一華堂乗阿など、冷泉流歌道との緊密な関連が確認できない人物もまた、当該説話へ言及することの背景には、二条家の断絶という歴史的事実のもと、単なる和歌説話としても受容された様子が窺われよう。

〈076〉

一行禅師出行吉凶日

	正・四・七・十	
当方日	一日・七日・十三日・十九日・廿五日	此日行ハ大吉。
蒼庫日	二日・八日・十四日・廿日・廿六日	大凶ベシ。
金　日	三日・九日・十五日・廿一日・廿七日	此日出レバ宝得。
順陽日	四日・十日・十六日・廿二日・廿八日	此日千里ノ内心ニマカス。
大虚日	五日・十一日・十七日・廿三日・廿九日	此日ハツ、シムベシ。
実蒼日	六日・十二日・十八日・廿四日・晦日	酒飯ニアウ、万事吉。
	二・五・八・十一	
天道日	一日・九日・十七日・廿五日	万事凶、人ニ恨ラル、。
天門日	二日・十日・十八日・廿六日	福来、貴人ニ迎、万吉。
天賊日	三日・十一日・十九日・廿七日	大凶、ウレイアリ。

【一行誤脱】

天陽日	五日・十三日・廿一日・廿九日	万事飯、売買利有、酒飯ニアフ。
天蒼日	六日・十四日・廿二日・晦日	遠ハ凶、近ハ吉。
天嗔日	七日・十五日・廿三日	口舌アリ、凶ベシ。
天堂日	八日・十六日・廿四日	万事酒飯ニアフ。
	三・六・九・十二	
朱雀　日	一日・九日・十七日・廿五日	此日大凶ベシ。
白虎頭日	二日・十日・十八日・廿六日	四方吉、悦アリ、賊(財)ヲウル。
白虎脇日	三日・十一　・十九　・廿七	切大吉。
白虎足日	四日・十二　・廿日・廿八	盗人ニアフ、凶ベシ。
玄武　日	五日・十三　・廿一　・廿九	万事吉。
青龍　日	六日・十四　・廿二　・晦日	酒飯ニアフ、売買利アリ。
青龍脇日	七日・十五　・廿三	酒飯ニアフ、貴人アガメラル、
青龍足日	八日・十六　・廿四	心愁アリ、女人口舌アリ

一行禅師（阿闍梨）に擬託された、外出あるいは旅立ちを行う月日の吉凶を占う一覧表として、『酔醒記』とほぼ同時期には成立していたと想定される例は、既に指摘されるように、左記の『（天正十七年本）運歩色葉集』所載「一行阿闍梨出行

勘文」（以下、「出行勘文」と略称）である。（なお『簠簋内伝』巻二「一行禅師出行之吉凶」では、左記のうち中央の二段のみが記載される。）

一行阿闍梨	尓時弥勒菩薩 ○●○○●○	正・四・七・十	朔日 二日 三日《ト》 次第、可繰返。
	梵音深妙令人楽聞 ●○●○○○●○	二・五・八・十一	当○日、出行大吉 当●日、出行大凶
出行勘文	仏子文殊願次衆疑 ●○○●●○○●	三・六・九・十二	当澄字、大吉 当濁字、大凶

この「出行勘文」と『酔醒記』〔076〕とを比較したところ、以下のような異同が見受けられる。

「出行勘文」では、『法華経』「序品」の「爾時弥勒菩薩」、「梵音深妙令人楽聞」、「仏子文殊願決衆疑」という三箇所の経文を、各々「正月・四月・七月・十月」の各月を朔日から六日周期、「二月・五月・八月・十一月」と「三月・六月・九月・十二月」の各月を朔日から八日周期で晦日まで繰り返し、各日が『法華経』「序品」のどの文字に該当するかを定め、その文字が、音読で読経する場合、清音（○印）であれば「大吉」、濁音（●印）であれば「大凶」とする。これに対して『酔醒記』〔076〕では、「正月・四月・七月・十月」の各月を朔日から六日周期、「二月・五月・八月・十一月」と「三月・六月・九月・十二月」の各月を朔日から八日周期で晦日まで繰り返すという法則性は、「出行勘文」と一致しているが、『法華経』「序品」の経文の文字の清濁ではなく、「当方日」以下の固有名称により各日を分別し、かつ吉凶の内容も細分化している。

このように、『酔醒記』〔076〕と「出行勘文」は、構成原理自体は一致していることが認められ、かつこの二種類の占いを組み合わせた一覧表が、左記に示す『三宝吉日』および良恕法親王『叢塵集』収められる。〔但し、二例とも「一行禅師（阿闍梨）」への言及はない。また『三宝吉日』現存本文では、八日周期とすべき「三・六・九・十二月」を六日周期で表示するなど誤謬が顕著である。〕

① 『三宝吉日』

「出行吉凶《キウ》。清《マハ》行、濁《ラハ》留《レ》。殊《ノ》字《ヲハ》コトニ慎《メハ》人《ハ》善悪。」

正・四・七・十月　○　●　○　○　●　○
　　　　　　　　　爾　時　弥　勒　菩　薩

二・五・八・十一月　●　○　●　○　○　○　●　○
　　　　　　　　　　梵　音　深　妙　令　人　楽　聞

三・六・九・十二月　●　○　○　●　●　○　○　●
　　　　　　　　　　佛　子　文　殊　願　決　衆　疑

正・四・七・十月

一日。七　。十三　。十九　。廿五　。　此日門出神助有。錢財得テ何事叶也。

二日。八　。十四　。廿日。廿六日。　此日門出、凶事ニ相愁有ナリ。

三日。九　。十五　。廿一　。廿七日。　此日門出、東西南北、意ニ叶也。

四日。十　。十六　。廿二　。廿八日。　此日門出、百里ノ内ニ吉。其レスクレハ忌也。

五日。十一　。十七　。廿三　。廿九日。　此日門出、飯酒呑、財求、万事大吉也。

六日。十二　。十八　。廿四日。卅日。

二・五・八・十一

一日。九日。十七日。廿五日。　此日門出、何事凶。大驚ク事アリ。

二日。十日。十八日。廿六日。此日門出、求事、意ニ吉。行道、寶ヲ得テ、大悦アリ。

三日。十一。十九日。廿七日。此日、門出アシキ事ニ合イ、弓箭ニカヽル、忌也。

四日。十二。廿日。廿八日。此日門出、東西南北、皆悉、悦アリ。馬人、向恨。悦商イ、ヨシ。

五日。十三。廿一日。廿九日。此日門出、何事モ悉吉。思事、叶、大吉也。

六日。十四。廿二日。丗日。此日門出、近行、吉。遠行、大、イムナリ。

七日。十五。廿三日。此日門出ハ、馬人向恨。アキナイ吉也。

八日。十六。廿四日。此日門出、何事、悦アリ。

三・六・九・十二

一日。七日。十三日。十九日。廿五日。此日門出、悦事、悪シキ也。

二日。八日。十四日。廿日。廿六日。此日門出、其レ豊饒ナリ。南北東西行、悦有ル也。

三日。九日。十五日。廿一日。廿七日。此日門出、財失、口舌事アリ。命失、忌也。

四日。十日。十六日。廿二日。廿八日。此日門出、行所飯酒呑、財エテ、大悦アル也。

五日。十一。十七日。廿三日。廿九日。此日門出、東西南北、福門開、大悦アリ。

六日。十二。十八日。廿四。丗日。此日門出、愁アリ。男女、別ル、也。大凶ナリ。」

② 『叢塵集』

「正・四・七・十月

一　尓　当房日　一・七・十三・十九・廿五　行、万事任レ心、前開二福門一。
時　倉庫日　一《ママ》・八・十四・廿・廿六　莫レ出。若出有レ難。
弥　金当日　三・九・十五・廿一・廿七　出レ門、必吉。財納レ家。
勒　順陽日　四・十・十六・廿二・廿八　出レ門、向二貴人一。千里間、任レ心遊ブ。
菩　大灵日　五・十一・十七・廿三・廿九　行、□立事。有レ財求不レ得。大凶。
薩　宝倉日　六・十二・十八・廿四・廿《ママ》　行、逢二酒飯一、万事大吉。

二・五・八・十一月

梵　天道日　一・九・十七・廿五　行、万事悪、被レ恨レ人、有レ悪事。
音　天門日　二・十・十八・廿六　行、幸来、万事叶レ心。吉
深　天賊日　三・十一・十九・廿七　行、愁多、逢レ難、失レ財。
妙　天財日　四・十二・廿・廿八　東西南北、行、任レ所レ被レ仰也。
令　天陽日　五・十三・廿一・廿九　行、万事賣買、有レ利。
人　天倉日　六・十四・廿二・丗　行、不可遠迹。悪事有。
楽　天瞋日　七・十五・廿三　出レ門、必有二悪事一。
門　天当日　八・十六・廿四　行、万事吉。逢二酒飯一饒。

三・六・九・十二月

仏　天雀　日　一・九・十七・廿五　出門、物言事、逢レ難、失レ財。
子　白虎　日　二・十・十八・廿六　行、得レ財、福来。
文　白虎脇日　三・十一・十九・廿七　行、万事吉。福来。
殊　白虎足日　四・十二・廿・廿八　不レ可レ行、有二悪事一。
願　玄武日　五・十三・廿一・廿九　行、逢レ難、失レ財、

沢　青龍日　六・十四・廿二・卅

有二盗人事一。

行、必吉。逢二酒飯、如レ意。

衆　青龍脇日　七・十五・廿三

出門、酒飯逢。大吉之。

疑　青龍足日　八・十六・廿四

行、必愁。有レ得二少人一。有二宮事一。

見二清濁吉凶一可レ定。清吉也、濁凶也。」

『酔醒記』〔076〕所見の「当方日」以下の名称が、我が国で用いられ始めた時期は未詳である。しかし、その手掛かりは、近時報告された福島県南会津郡只見町楢戸・龍蔵院旧蔵『陰陽雑書抜書A（仮題）』（影印：久野俊彦・小池淳一両氏『簠簋傳・陰陽雑書』）に求められよう。既に指摘されるように、この『陰陽雑書抜書A（仮題）』所載「出行の事」は、『酔醒記』〔076〕と恐らく典拠を等しくする記載である。この「出行の事」は、永禄六年（一五六三）の識語を挟み、本文とは別筆で記されることから、同年以降の増補記事とされる。他方、『陰陽雑書抜書A（仮題）』の永禄六年には成立していたと想定される部分の「出行事」には、「出行勘文」と同内容の記載が収められる［但し当該記載には「一行禅師（阿闍梨）」とする記載は見られない。故に、『酔醒記』〔076〕所見の「当方日」以下の名称が、我が国で用いられ始めた時期は、一案として、『陰陽雑書抜書A（仮題）』所見の永禄六年以降を上限とし、『酔醒記』の成立時期とされる天正年間を下限とすることが可能である。参考として、左記に『陰陽雑書抜書A（仮題）』「出行事」・「出行の事」を提示する。（□は、本文破損および判読不能箇所。）

「出行事

偈曰　南無大威徳天上自在土王佛〈此文、三返可レ唱也。〉

正四七十月　○●○○○○　尒時文殊師利

二五八十一月　●○●○○○○○　梵音深妙令人楽聞

三六九十二月　●○○●●○○○　佛子文殊願決衆疑」

「出行の事

正・四・七・十月

当房日　一日・七日・十三日・十九日・廿五日　此日、よし。

倉庫日　二日・八日・十四日・廿日・廿六　此日、以之外わるし。

金当日　三日・九日・十五日・廿一・廿七日　此日、行よし。

須湯日　四日・十日・十六日・廿二・廿八日　此日、万事大吉。

天虚日　五日・十一日・十七日・廿三・廿九　此　、行不レ叶レ心、凶。

事虚日　六日・十三《ママ》・十八日・廿四・晦日　此日、諸事、相叶。

二・五・八・十一月

天道日　一日・九日・十七日・廿五日　此日、行□

（天門日）（二日・十日・十八日・廿六日）（此日、　）

天賊日　三日・十一日・十九　・廿七　此日、母路次□

天財日　四日・十二　・廿日・廿八　此日、四方最吉。

天湯日　五日・十三・廿一日・廿九　此日、大吉也。
天倉日　六日・十四日・廿二・晦日　此日、行悪人あふ。
天恵日　七日・十日・十五日・廿三　此日、大悪日。
天当日　八日・十六日・廿四日　此日、酒飯あふ也。
「永禄六稔癸亥碧雨《（ママ）》月五日書畢。悪筆恥入候」（別筆）
　三・六・九・十二月
朱雀日　一日・九日・十七・廿五　此日、大き凶也。
白虎脇　三日・十一・十九・廿七　此日、以之外凶也。
白虎頭　二日・十日・十八・廿六　此日、大吉。
白虎尾　四日・十二・廿日・廿八　此日、大凶也。
玄武日　五日・十三・廿一・廿九　此日、四方、心ニまかせ也。
青龍頭　六日・十四・廿二・晦日　此日、以之外あしき也。
青龍脇　七日・十五日・廿三　此日、万事、凶也。
青龍王　八日・十六日・廿四日　此日、女人か口舌□」

『酔醒記』〔076〕所載の「当方日」等の呼称は、異同も認められるが、『叢塵集』・『陰陽雑書抜書A』に確認される。但し、これらと類似する記載は、『簠簋抄』に代表される、我が国の陰陽道書類には言及されず、その成立・受容については未詳とせざるを得ない。

しかし、明清代の唐土に流布した通書『玉匣記』（『増補諸家選択万全玉匣記』・我が国の「大雑書」に類し、まじないや雑知識を収載した道教系の事典。）所収の「諸葛武侯選択逐年出行図」は、小異は見られるが、基本構造・各日の名称・吉凶判断などにおいて、『酔醒記』〔076〕と同一の内容と断じ得る。

「上元　〔正月・四月・七月・十月〕
順陽日　出行者、去處通達、好人相逢、求財得意、爭訟有理。
堂房日　出行者、神道不在宅中、求財稱意、貴人得遇、大吉。
金堂日　出行者、貴人相遇、財利通達、詞訟有日、此日用之大吉。
金庫日　出行者、車馬不成、求財反失、路逢賊盜、大有失悞、大凶。
寶倉日　出行者、和利、見大人求財遂心、百事如意、衣錦還鄉、大吉。
賊盜日　出行者、百事不利、枷鎖臨身、人亡財散、宜道避、不可。
　中元　〔二月・五月・八月・十一月〕
天盜・天賊日　出行者、求財不成、縱有壬失脱者、官事理、大凶。
天門日　出行者、凡事遂心、所求和合、去處通達、此日用之、大吉。
天堂日　出行者、所求順遂、貴人接引、買賣亨通、諸事如意、大吉。
天財日　出行者、最宜求財、主通達、好人相逢、百
事和順、大吉。
天倉日　出行者、見官得喜、財穀豊盈、凡事順和、
此日用之、大吉。
天候日　出行者、吉少凶多、士有口舌、是非血光之
災、此日、大凶。
天陽日　出行者、求財得財、求婚得婚、百事和合、
此日用之、大吉。
下元　［三月・六月・九月・十二月］
朱雀日　出行者、求財不得、主反失財、見官無理、此日
用之、大凶。
白虎日　出行者、主宜遠行、求財必得、去處通達、此日
用之、大吉。
白虎脇日　出行者、求財如意、東西任行、南北順利、好人
相逢、大吉。
白虎足日　出行者、不宜遠行、作事不成、求財不利、此日、
大凶。
玄武日　出行者、主招口舌、百事不利、不可用之、此日、
大凶。
青龍頭日　出行者、宜鶏鳴時、或卯時、出門求財、通達百
事。大吉。
青龍脇日　出行者、求財遂心、凡事満意、東西南北、任行、
大吉。
青龍足日　出行者、求財不得、不得見官沒理、凡事不宜、
用此日、大凶。」
［国立国会図書館蔵・（特2-1540）許真君玉匣記二巻］

『玉匣記』は、東晋の許遜（二三九～三〇一）に擬託され、明代の宣徳八年（一四三三）成立とされる。ここに引用した『玉匣記』は、清代末期の光緒一七年（明治二四年・一八九一）の版行であり、『酔醒記』の成立時期から約三世紀下る文献である。ゆえに、この「諸葛武侯選択逐年出行図」が成立した年代については、現段階において未確認である。しかし、興味深いことに、この「諸葛武侯選択逐年出行図」の原形あるいは断片と想定可能な記載が、以下に示す『纂図増新群書類要事林広記』（以下『事林広記』と略称）・『居家必用事類全集』（以下『事類全集』と略称）という元代に成立した日用類書に、各々「出行吉日」、「周公出行吉日」として記載される。

①『事林広記』己集巻下「選擇類・出行吉日」
［至元庚辰（一二四〇）良月鄭氏積誠堂刊］
「天門〈初◇（初二）・初九・十七・廿五〉天財〈初三・◇◇（十二）・十九・廿七〉天陽〈初四・十一（十二）・二十・廿八〉天倉〈初五・十二（十三）・廿一・廿九〉天當〈初々（初七）・十五・廿三〉並宜レ求レ財」

②『事類全集』丙集「周公出行吉日」
「天門〈初一・初九・十七・廿五〉天財〈初三・十一・十九・廿七〉天陽〈初四・十二・二十・廿八〉天倉〈初五・十三・廿二（廿二）・廿九〉天富〈初七・十五・廿三〉並宜レ求レ財」

但し、『事林広記』・『事類全集』の記載と、『玉匣記』・『酔醒記』の記載とを比較したところ、何月何日に比定するかという点において、両者の異同が顕著である。故に、『事林広記』・

『事類全集』の記載と『玉匣記』・『酔醒記』の記載に直接の影響関係は認め難い。しかし、この四者において、各日の呼称が一致ないし、極めて類似するほか、吉凶も五日のうち一日を除き一致していることから、現存資料に依る限りでは、『事林広記』・『事類全集』の所伝と、『玉匣記』・『酔醒記』の所伝は、無関係ではなく、むしろ『事林広記』・『事類全集』の成立以降に大成されたと想定すべきであろう。いずれにせよ『酔醒記』〔076〕は、『玉匣記』所収「諸葛武侯選択逐年出行図」の影響下に成立、享受されたと見るべきであろう。従来、『玉匣記』が我が国に受容された時期は、江戸後期以降に比定されてきた。但し『酔醒記』〔076〕および『陰陽雑書抜書A（仮題）』・『叢塵集』に、『玉匣記』との関連が想定される記載が確認されることから、『玉匣記』の内容自体は、遅くとも室町後期の我が国へも伝来していたと見るべきであろう。このほか、鎌倉後期頃から室町前期頃に成立したとされる『簠簋内伝』や、長禄二年（一四五八）、足利義政の台命により、賀茂在盛が撰進した『吉日考秘伝』には、左記の注目すべき記載が認められる。

① 『簠簋内伝』四「六・八神吉凶事」

「朱雀日　一日・九日・十七　・廿五日　大凶
白虎頭　二日・十日・十八日・廿六日　大吉
白虎脇　三日・十一日・十九　・廿七　吉
白虎足　四日・十二日・廿日・廿八日　凶
玄武日　五日・十三日・廿一　・廿九　半
青龍頭　六日・十四　・廿二　・晦日　凶
青龍脇　七日・十五日・廿三　凶
青龍足　八日・十六　・廿四　半
右今八神者、造屋出行両篇用ㇾ之。爰有二吉日一。白虎頭・白虎脇、是最上吉日也。若用二余日一、則災妖自ㇾ天来、蘡難従ㇾ地出。是大凶。若無ㇾ拠、則玄武・青龍足、可ㇾ用。
世人号二小八神一是也。」

② 『吉日考秘伝』「八神日吉凶」

「朱雀　一日・九日・十七日・廿五日　此作屋、有懸官、家長死、失火。
白虎頭　二日・十日・十八日・廿六日　作屋、其年、益口増財物、大吉。
白虎脇　三日・十一日・十九日・廿七日　作屋、富貴、安楽、至卅年、吉。
白虎足　四日・十二日・廿日・廿八日　作屋、二年、遭火、亡財害、小《(ママ)》吉。
玄武　五日・十三日・廿一日・廿九日　作屋、二年、一人死、亡財物六畜、凶。
青龍頭　六日・十四日・廿二日・卅日　作屋、対吏、妨女、傷死。
青龍脇　七日・十五日・廿三日　作屋、出病女子一人、懸官、凶。
青龍足　八日・十六日・廿四日　作屋訖、火上神害小女、殺六畜。
〈出宅檮經〉」

③ 『吉日考秘伝』「八神吉凶」

「朱雀　一日・九日・十七　・廿五日　移徙、不出其年、憂懸官家長、死。
白虎頭　二日・十日・十八日・廿六日　移徙、富貴得財物、大吉。
白虎脇　三日・十一日・十九　・廿七　移徙、不出二年、致富、如願、吉。
白虎足　四日・十二日・廿日・廿八日　移徙、其年、遭盗賊、亡財。
玄武　五日・十三日・廿一　・廿九　移徙、其年、亡財六畜。
青龍頭　六日・十四　・廿二　・卅日　移徙、失財銭、享懸官、凶。
青龍脇　七日・十五日・廿三　移徙、不出二年、享官死表。
青龍足　八日・十六　・廿四　移徙、殺小子及六畜、凶。」

『酔醒記』〔076〕・『陰陽雑書抜書A』「出行の事」・『叢塵集』および『玉匣記』「諸葛武侯選択逐年出行図」の「三月・六月・九月・十二月」（下元）に該当する記載が、『簠簋内伝』「八神吉凶事」・『吉日考秘伝』「八神（日）吉凶」では、某月某日の「作屋」・「移徙（出行）」吉凶を知る一覧として収められている。（但し『簠簋内伝』の記載よりも『吉日考秘伝』の記載がより詳細である。）特に『吉日考秘伝』には『事林広記』が主要な典拠として用いられているが、『事林広記』の現存諸本には類似の記載は未確認である。無論、『吉日考秘伝』が典拠とした『事林広記』が現存せず、かつ既述の『事林広記』所載「選択類・出行吉日」と同じく、後に『玉匣記』所載「諸葛武侯選択逐年出行図」として再編される前段階の記載が、『吉日考秘伝』に抄出されたと想定することも可能である。しかし、現在「諸葛武侯選択逐年出行図」が収める『玉匣記』は、明代の宣徳八年（一四三三）成立したとされ、他方『吉日考秘伝』は長禄二年（一四五八）に成立とされることから、『吉日考秘伝』が、『玉匣記』所載「諸葛武侯選択逐年出行図」を利用したとしても矛盾は生じない。故に、『玉匣記』所載「諸葛武侯選択逐年出行図」は、あるいは一五世紀後半頃、我が国に受容されていた可能性も認められよう。

中世以前において、『酔醒記』〔076〕と類似の記載を「一行禅師（阿闍梨）」に擬託する例は、現時点では『（天正十七年本）運歩色葉集』と『簠簋内伝』のみである。しかし、近世に刊行された各種『重宝記』では、類似の記載は、基本的に「一行禅師」に擬託されたようである。

［参考］

①『懐中重宝記』「一行禅師出行吉凶」→「出行勘文」に類似。

②『方角重宝記』〈『大増補万代重宝記』〉「唐一行禅師出行日吉凶秘事〈唐一行禅師出行日吉凶〉」・『金神方位重宝記』「唐一行禅師、旅立日取の秘事」・『懐中重宝記（弘化五年版）』「唐一行禅師旅立日取」『懐中重宝記（慶応四年再刻板）』「唐一行禅師出行日之事」

→『三宝吉日』提示資料八行目以下の一覧表に類似。

また『酔醒記』〔076〕の原拠に比定可能な記載は、唐土撰述の類書において「周公（旦）」（『事類全集』）あるいは「諸葛武侯（亮）」（『玉匣記』）に擬託される例が確認されるが、我が国と同様に一行禅師（阿闍梨）に擬託された例は未確認である。但し、『事類全集』所載の「選日捷法」には、一行禅師に擬託された「一行禅師尅応法」を収める。この「一行禅師尅応法」は、縦軸を一年十二ヶ月、横軸を「受死」を除く一二種類の星にとることで、某月某日の吉凶を占うという構成の一覧表である。『酔醒記』〔076〕とは構成を異にするが、某月某日の吉凶を占うという目的は一致している。

「選日捷法

	正	二	三	四	五	六	七	八	九	十	十一	十二
殺星。	午	亥	申	丑	戌	卯	子	巳	寅	未	辰	酉
禍星。	未	子	酉	寅	亥	辰	丑	午	卯	申	巳	戌
嘉星。	申	丑	戌	卯	子	巳	寅	未	辰	酉	午	亥
吉星。	酉	寅	亥	辰	丑	午	卯	申	巳	戌	未	子
凶星。	戌	卯	子	巳	寅	未	辰	酉	午	亥	申	丑
幽微。	亥	辰	丑	午	卯	申	巳	戌	未	子	酉	寅
死気。	子	巳	寅	未	辰	酉	午	亥	申	丑	戌	卯
天劫。	丑	午	卯	申	巳	戌	未	子	酉	寅	亥	辰
満星。	寅	未	辰	酉	午	亥	申	丑	戌	卯	子	巳
神后。	卯	申	巳	戌	未	子	酉	寅	亥	辰	丑	午
口舌。	辰	酉	午	亥	申	丑	戌	卯	子	巳	寅	未
活曜。	巳	戌	未	子	酉	寅	亥	辰	丑	午	卯	申
受死。別輪	丙戌	壬辰	辛亥	丁巳	戊子	丙午	癸丑	乙未	甲寅	戊申	辛卯	辛酉

四星吉慶六神蔵。百禍能消、耀晃晃。君子参レ官相見、吉。小人営運、甚相当。遷移・修造・田蚕、旺。婚嫁・埋蔵、男女昌。六畜・資財、主二萬倍一。更宜三献レ策上二君王一。亥加二死気・殺星一凶。凡事施為、不レ可レ逢。囚禁・遭刑、難レ得レ免。遷移・起造、亦無レ終。上官・求職、難二遷改一。船車水陸、並沈レ蹤。人見レ生離二財帛一散。立交レ災横入二門中一。

凡択レ日不レ問二年月、三殺・太歳・長短星・空亡・十悪・大敗・九空・四廃・諸殺一。只不レ用二受死一。余萬事、大吉。如レ遇二吉日一、不レ拘二五音一。造作・婚嫁・逓送・開門・放水・建造・埋葬・上官・入宅・出兵・交戦・開肆・入学、但取二吉慶・幽微・満徳・活躍、四星一大吉。余八星、凶。上應二亢金龍・武曲・禄存一、又應二生気旺星一、百日内、見二吉祥一。

歌訣曰

月内何日吉　陽順陰月逆　至レ五倶順行　四六九十二」

（返点私見）

さらに興味深いことに、この「一行禅師尅応法」は、多少の異同は認められるが、『陰陽雑書抜書A（仮題）』所載「一行禅師上古萬通暦　揀日星図」、『簠簋内伝』二所載「萬通十二星」として採録されている。一行阿闍梨は、真言密教の伝持の八祖に数えられるほか、「太衍暦」の作成という史実、更には『宋高僧伝』に言及され、「吉備大臣入唐譚」の原拠に比定可能な北斗七星封印説話、『平家物語』諸本等に言及される火羅国配流譚など、唐土・本朝において、天体との関連の深い人物である。『酔醒記』〔076〕・「出行勘文」などが、なぜ「一行禅師（阿闍梨）」に擬託されたのかは依然未詳である。しかし、一案として以下のような可能性も指摘も認められよう。『事類全集』所載「一行禅師尅応法」は、『簠簋内伝』にも取り入れられるように、遅くとも室町以降の我が国において一定の流布を見せていた。そして、恐らく『事類全集』よりも遅れて『玉匣記』所載の「諸葛武侯選択逐年出行図」も我が国にもたらされた。この「一行禅師尅応法」と「諸葛武侯選択逐年出行図」との構成原理は全く異なってはいるが、既述の通り、某月某日の吉凶を占う一覧表であることは一致している。また、室町中後期の我が国において、「諸葛武侯（亮）」は代表的な忠臣のひとりとして定着してはいたが、『三国志演義』に活写されるような、天候を操り天体に通暁した超人的な人物と解することは、いまだ定着してはいなかったようである。故に「諸葛武侯選擇逐年出行図」を、原拠通り「諸葛武侯」に擬託するよりも、類似した内容である『事類全集』所載「一行禅師尅応法」による発想から、「一行禅師（阿闍梨）」に擬託され、これが定着したと見るべきであろうか。

〔077〕

典拠未詳。但し、良恕法親王の雑筆『叢塵集』に左記の記載が認められる。

「日待縁起

南無帰命頂礼。日天子之本地ヲ奉レバ㆑尋ネ者、過去久遠劫之昔、弥陀ト薬師ト陰陽ヲ生給。東方薬師之御前ニテハ日光菩薩トモ申シ、西方阿弥陀之御前ニテハ観音・勢至トモ申也。御名ハ善正・善心太子ト奉㆑申、為ニ㆑照サンガ㆓一切衆生ノ闇㆒ヲ、虚空ニ光ヲ放シ給フ故ニ、広サ五十一由旬也。軍陣ヲ守護シ給時、摩利支天。亦ハ弁才天トモ現ジ、衆生ニ福智ヲアタヘ給フ。皆是、日天之御変化也。亦是、神ト現ジ給時ハ天照太神是也。故ニ尺迦一代之説法ヲ、奉㆑擬《ソナヘ》㆓日天㆒之時ハ、花厳・阿含、朝日也、法(方)等・般若ハ日中也、法花・涅般(槃)ハ暮日也。然則、真言秘密之本尊ハ皆是、大日如来ヲ根本トシテ仏法トモ成、仏神トモ成給フ。殊ニ我朝ニ秋津嶋日本国ト名付、日天ニ形取国也。此土ハ仮ニ乍ラ㆑受ケ㆓人身㆒ヲ、一生ヲ空ク送ル事、哀ナル哉。

夫日待ト者、梵天・帝尺ヨリ始メ給フ故ニ、御日ニ向ヒ給テ、一切衆生ノ願ヲ祈レバ、煩悩悪業、露霜ニ消ル也。依テ㆑是ニ如㆑此、帝尺天モ授ケ給フ事ナリ。両眼ノ左ノ眼ハ日天子、右ノ眼ハ月天子、則チ我ラガ等身ニモ具足セリ。日月ノ御光ヲ顕シ給フ事ヲ不㆑奉㆑崇、不信之輩、悪業ヲ不㆑除、唯偏ニ愛テ㆓盲目之身㆒ヲ、眼不㆑見、土竜之身ト成リ、当ツテ㆑日、死カヽル報イノ早キ世ニ万ノ障ヲ差置テ毎日(毎月カ)、晦日・朔日・十五日ニ垢離《コリ》ヲ取リ、精進潔斉(潔斎)シテ備ヘ㆓香花・灯明㆒、手ニ持テ㆓百八ノ念珠㆒ヲ、金打鳴シ唱ヘ㆓弥陀之名号㆒ヲ、一筋ニ御日ヲ可㆑奉㆑念。

倩案世間ヲ、尺迦既ニ御入滅、弥勒ハ未出世シ給ハズ。今ノ世ニ只、日月ヨリ外ニ新ナル仏ハ別ニ不㆓御座㆒。故ニ御日待ヲ成スル輩、無量ノ罪業消滅シ、現世安穏、後生福徳ハ自在也。諸ノ道ニ闇キ事ナシ。迷(迷)途ノ無シ㆑苦ミ。闇キ境ヒヲ免カル常住ノ光リ不㆑絶、往㆓詣スル玉台㆒ニ事、無シ㆑疑ヒ。仍テ日待縁起、如意満足。敬白。

日待日記之事

正月三日　当《アタル》㆓八千日㆒ニ。

二月一日　当㆓五千日㆒。

三月四日　当㆓二千日㆒。

四月五日　当㆓五千日㆒。
五月十二日　当㆓七千日㆒。
六月十一日　当㆓一百日㆒。
七月二十四日　当㆓五千日㆒。
八月十日　当㆓一千日㆒。
九月八日　当㆓二万三千日㆒。
十月十五日　当㆓千三百日㆒。
十一月六日　当㆓四千日㆒。
十二月十三日　当㆓五百日㆒。」

両者を比較したところ、月日は十二ヶ月のうち八ヶ月が一致し、また五月・十二月のように、いずれかの誤記と想定が可能である。しかし「当某日」については、正月・二月・十一月の三ヶ月が一致する以外、異同が顕著である。これらの相違が、両書が成立した時代差あるいは地域差に依拠するものであるかは未勘。

なお『酔醒記』〈077〉末尾には、「右此日、奉㆑待者、百万魔、命長久ニシテ而福徳来」とあるが、「百万魔」前後に「祓」・「除」に相当する一文字あるいは熟語の誤脱が想定されよう。また『叢塵集』には「日待日記之事」に先立ち「日待縁起」を収め、日待の由来と功徳とを詳述する。この「日待縁起」の典拠も未勘であるが、阿弥陀如来と薬師如来の間に生まれた二王子を「善正・善心太子」と称することが注目されよう。つまり『叢塵集』「日待縁起」には、「善生太子（＝阿弥陀如来）」と「阿閦夫人）＝薬師如来）」の間に生まれた二王子を「善光・善心」とする、お伽草子『阿弥陀の本地』との関連が認められよう。また、お伽草子『月日の本地』と類似した内容である。お伽草子『月日の本地』では、「ほうおう（はふわう）・さんそう」兄弟に仇をなしてきた継母と「きりうの局」は、各々現報を受けることとなるが、古活字本や奈良絵本では、両者は日の下に死に、他方巻子本では、継母は土竜に、「きりうの局」は蚰蜒に変じたとする。従来、お伽草子『月日の本地』諸伝本のうち、巻子本は他本よりも時代の下る伝本しか報告されていない。しかし、この『叢塵集』「日待縁起」所見の、日月に対し「不信之輩」は「土竜の身と成」るとする記載から、お伽草子『月日の本地』巻子本の本文も、江戸初期には成立していた可能性が認められよう。以上『叢塵集』「日待縁起」は、お伽草子『阿弥陀の本地』・『月日の本地』との関連をも指摘することが可能である。

〈079〉

『酔醒記』〈079〉が、いかに用いられるかは依然として未詳。但し、これに類似する記載が、南宋末期頃の陳元靚の原撰である日用類書『事林広記』（『新編群書類要事林広記』）に得られた。この『事林広記』の記載もまた、具体的な用途については未詳であるが、参考として左記に示す。

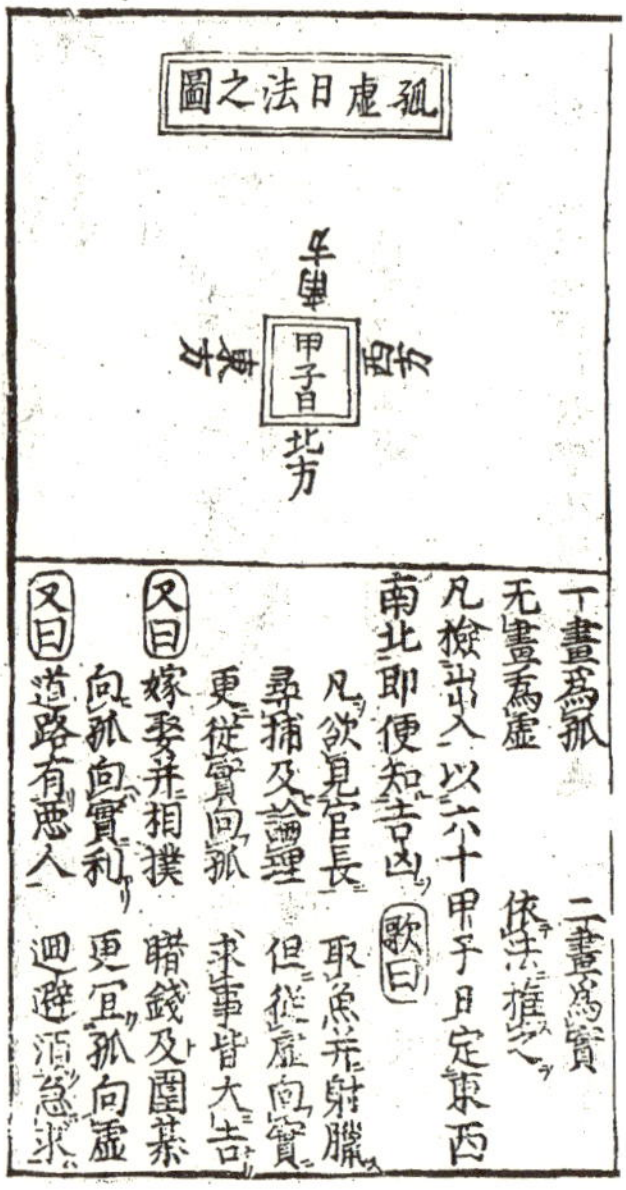

孤虚日法之圖

南方

西方　甲子日　東方

北方

下畫為孤　二畫為實
无畫為虛　依法推之
凡撿出入以六十甲子日定東西南北即便知吉凶
歌曰
凡欲見官長　取魚并射臘
尋捕及論理　但從虛向實
更從實向孤　求事皆大吉
又曰
嫁娶并相撲　賭錢及圍棊
向孤向實利　更宜孤向虛
又曰
道路有惡人　迴避須急求

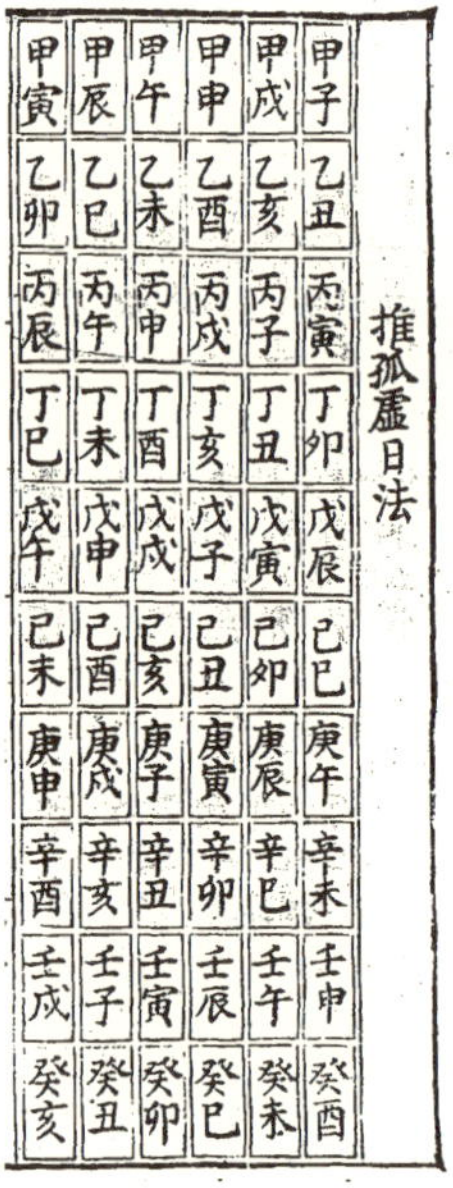

推孤虛日法

甲子	乙丑	丙寅	丁卯	戊辰	己巳	庚午	辛未	壬申	癸酉
甲戌	乙亥	丙子	丁丑	戊寅	己卯	庚辰	辛巳	壬午	癸未
甲申	乙酉	丙戌	丁亥	戊子	己丑	庚寅	辛卯	壬辰	癸巳
甲午	乙未	丙申	丁酉	戊戌	己亥	庚子	辛丑	壬寅	癸卯
甲辰	乙巳	丙午	丁未	戊申	己酉	庚戌	辛亥	壬子	癸丑
甲寅	乙卯	丙辰	丁巳	戊午	己未	庚申	辛酉	壬戌	癸亥

〈080〉

『酔醒記』〈080〉が、住吉明神との関連で語られる背景は未勘ながら、『酔醒記』〈001-03〉では、「あかはだの歌」（『六花和歌集』第一八三三番歌としても収載）や「夜やさむき」の歌が言及ないし引用されることから、一色直朝自身も住吉明神と衣類との間に、何らかの関連を懐いていたことが想定されよう。

なお、吉日を選び衣裁ちを行うという習俗は、『纂図増新群書類要事林広記』己集下「選択類」の左記の記載にも認められる。

「裁衣吉日　丙寅・戊辰・癸酉・庚辰・丁亥・甲午・辛丑・戊申・庚戌・乙卯」

『纂図増新群書類要事林広記』の記載は、『酔醒記』〈080〉とは異なるが、福島県会津只見の修験寺院、吉祥院蔵『簠簋内伝』（影印：久野俊彦・小池淳一両氏『簠簋傳・陰陽雑書』）に指摘される例と類似することが興味深い。

〈100-01〉

『酔醒記』〈100-01〉が、左記に示す『法華経鷲林拾葉抄』一一「化城喩品・十・迦陵頻伽声事」と関連深いことは既に指摘されるところである。

「一、迦陵頻伽声事。

迦陵、梵語。此、翻二妙声一也。在二卯中一、声、勝二衆鳥一。（中略）一、此文（注・「聖主天中天　迦陵頻伽声　哀愍衆生者　我等今敬礼」）、常、火伏、書二用之一。諸堂塔社塔廟等棟札、書レ之、此心也。天竺祇園精舎、七度炎上也。後、書二此文一、門柙《押か》、不レ焼申也。」

但し、『酔醒記』と『法華経鷲林拾葉抄』に重なる記載は、実質『法華経』「化城喩品」の「聖主天中天」以下の文言が、火伏の呪符に用いられるという記載のみである。この「化城喩品」の文言が、呪符に用いられるに至った何らかの説話が存在したものと想定されるが、おそらく、この説話に比定可能な説話が、以下に示す、定珍（一五三四～七一以降）『法華懺法私』及び撰者未詳の『法華懺法私』に認められる。

①定珍撰『法華懺法私』上末

「一、迦陵頻伽ト者、此ニハ云二妙声鳥一ト、亦ハ云二好声一ト。（中略）又タ、以テ二此文ヲ一用ルコトハ二火防札一ニ、祇苑（ママ）精舎、七度回禄ス。是レ依レリ二須達カ慳貪ノ業一ニ。而ルニ妙声鳥、自リ二巽ノ方一来テ二祇園一ニ、此ノ四句ノ文ヲ囀ス。写シレ之ヲ信ルニレ之ヲ、其後ニ無シ二火災一云々。四句ノ文ト者、聖主天中天、迦陵頻伽声等ノ文也。」

[『天台宗全書』一一・二〇四頁上段]

②撰者未詳『法華懺法私』上

「一、容顔奇妙ノ文ノ事。

薬王菩薩ハ、昔シ日月浄明徳ノ時ハ、一切衆生喜見菩薩ト申ス也。身ヲ燃シ玉フ事、千二百歳ノ間也。命終ノ後、生ヲカヘテ、浄徳王ノ子ト生レテ、又日月浄明徳仏ノ弟子トナリテ、一切衆生喜見菩薩ト申ス也。此時、浄明徳仏ヲ供養シテ、以レ偈、奉讃ノ時、容顔甚大奇妙云々。如シ二薬王品ノ文一ノ、略スレ之ヲ。

次ニ、聖主天中天ノ文ハ、化城喩品ノ文也。昔シ大通仏出世ノ時、十六王子達ノ、請スル二転法輪ヲ一時、十方ノ梵天、来テ、以テ二天華ヲ一、如ク二須弥ノ積一テ、供二養シ之ヲ一、又以テ二宮殿ヲ一、供二養ス之ヲ一。十方梵天ノ中、東南方五百万億ノ梵天、一心同声ニ、以テレ偈ヲ白ク、聖主天中天、迦陵頻伽ノ声文。迦陵頻ヲハ好音鳥トモ名ル也。須達長者、祇園精舎ヲ建ル時、火事アリ。作レハ焼ケ々々、七度、焼クト云々。此事ヲ仏ニ歎キ玉フニ、万民、欲心深キニ依テ焼ト、宣ヘ玉フ。長者、焼マシキ方便ヲ奉レ問。仏、辰巳ノ方ニ奇特、可レト有ル云々。聽テ巽ヲ見レハ、放ルレ光ヲ三人ノ鬼神、来テ云様ハ、南海ニ鳥アリ、氏南ト云フ。是カ住ム処ハ、火災、無シレ之。此鳥ノ文ヲ唱ルニ、三十万里ノ内ニ、火難、不レト寄申。其文ニ聖主天中天〇哀愍衆生者云々。今ニ家ノ棟札ニ書スレ之ヲ。」[『天台宗全書』一一・一三二頁下段～三頁上段]

このふたつの説話のうち、内容がより豊富な撰者未詳『法華懺法私』所収話を取り上げる。

迦陵頻伽は、「好音鳥」とも称される。須達長者が祇園精舎を建立したところ七度に渡り火災に遭った。長者が釈尊に火災を避ける方法を尋ねたところ、釈尊は巽（南東）の方向に解決の鍵があると伝えられた。そこで、長者が南東を見たところ、三人の「鬼神」がやって来て次のように述べた。「南海」に氏南という鳥がおり、その鳥の棲み家は火災に遭うことがなく、また、この鳥は「化城喩品」の「聖主天中天」以下の文言を称えるが、（この声が届く?）三十万里以内には、火災が起こらない。故に、（家屋を火災から防ぐため）棟札に、「聖主天中天」以下の文言を記すとある。

『酔醒記』には、迦陵頻伽が「人面鳥翼」で「仏之池辺の鳥也。鳴声世界にきこゆる事遠近なし」という、『法華懺法私』上には見られない記載がある。更に、『酔醒記』では、「三万里ノ間ニ水火難を除」くのは、迦陵頻伽の声とする。他方『法華懺法私』上では、迦陵頻伽に言及する経文を唱える、氏南の声により、「三十万里ノ内ニ火難」が寄らないという顕著な相違も認められる。しかし、『酔醒記』〈100-01〉の出所は、天台宗の談義所で語られた言説に比定可能なことから、恐らく撰者未詳『法華懺法私』上に近い言説が、転訛したものと想定されよう。

撰者未詳『法華懺法私』は、「芦浦観音寺舜興蔵」との識語を持つ、西教寺正教蔵現蔵の聖教で、承応元年（一六五二）の伝領識語が見られる。同書の編者、成立時期などについては未詳であるが、恐らく室町後期の成立に比定可能である。この『法華懺法私』については、同書での『注好選』の引用を考察した、高橋伸幸氏「『法華懺法私』所収の説話―『注好撰』の引用を中心に―」がある。

〈100-04〉

『酔醒記』〈100-04〉は、「又云」を挟み前後二分された内容である。前半部分については、左記に示すように、『祖庭事苑』に基づくことが指摘されている。

◎『祖庭事苑』

「金鶏　人間本無金鶏之名、以應天上金鶏星故也。天上金鶏鳴、則人間亦鳴。」

後半部分も、何らかの漢籍に基づくものと想定されるが、現段階では未勘。但し、当該箇所と典拠を等しくすると想定される記載が、以下に示す『山家要略記』一「天下鶏鳴事」に認められる。

◎天海蔵本『山家要略記』一「天下鶏鳴事」

「蓮華經曰。此樹《間浮樹也》而有二鶏王一、以棲《スム》二其上一、彼鳴即《(則)》天下鶏皆鳴。已上。
傳聞《裏書云》新録曰。桑《(扶桑木也)》　上有二金鳳一、九色ノ鳥ナリ。日昇テ、其鳳一ヒ鳴ク、即天下群鶏、皆鳴ク。應レ之ニ、日即出矣。文
口決云。鳳ハ諸鳥王也。鶏ハ鳳部類也云々。」
［『続天台宗全書・神道1』一〇頁上段］

『蓮華経』および「此樹」以下の本文については未勘。また、『傳聞新録』についても未勘、あるいは南宋末期成立の類書、陳元靚『博聞録』の誤記か。『博聞録』には、増補版の『新編分門纂図博聞録』が知られることから、当該書を『博聞新録』と略称した可能性も認められよう。但し、現段階において『博聞録』は佚書とされることから、『山家要略記』所引『傳聞新録』との関連は一切不明。また『博聞録』が再編、増補拡張され、鎌倉後期から南北朝期の山門においても受容されたことが指摘されている『事林広記』諸本にも、当該記載は未確認。
［宮紀子氏「叡山文庫所蔵の『事林広記』写本について」／同氏「対馬宗家旧蔵の元刊本『事林広記』について」］

『酔醒記』〈100-04〉後半部分と、『山家要略記』所引『傳聞新録』逸文には、文字の異同が見られるが、基本的に両者の文意は一致している。しかし、恐らく『山家要略記』所引本文が、典拠により近いか。

『酔醒記』に本条が筆録された背景は未勘であるが、由阿による『万葉集』古注釈書である『詞林采葉抄』・『青葉丹花抄』には、『万葉集』第一九九番歌に付随し、左記の記載が見られる。

①『詞林采葉抄』五「鶏之鳴東」
又、鶏カ鳴東ト云詞ハ、暁ニ至レハ、雌《メトリ》、先、ク、ト

鳴ヲ聞テ、雄《ヲトリ》、即チ鳴也。然ハ鳥カ鳴ハ、アカ妻ト云フ言也トモ云也。アハ、明ル詞ナレハ、夜明ルト云フ詞也トモ申。故ニ玄中記曰ク、東南ニ有桃都《ヲウト》山。上ニ有大樹。名ク桃都ト。枝、相ヒ去コト三千里、上ヘニ有天鶏。日初テ出テ、照ス此樹ヲ。鶏即鳴、天下ノ鶏、皆、随レ之鳴ト矣。

②『青葉丹花抄』第三

鳥か鳴あつまの国の御軍《ミイクサ》を〈長歌略也〉

　須弥山のたつみのかたに、桃都山と云山、銀の鶏、有。夜の明始なく。これを聞て、人間の鶏、皆、鳴。東よりはしむれは、あつまと申也。（下略）

『月庵酔醒記』〈100-04〉は、『詞林采葉抄』および『青葉丹花抄』の記載との相違は顕著であるが、あるいは歌学に対する関心から筆録されたものか。

〈100-09〉

『月庵酔醒記（下）』補遺において、『酔醒記』〈100-09〉は、『伊勢物語聞書宗印談〈太永《ママ》三年十一月六日〉』上冊に、「此鳥（注・鶏）、『勢至経』の文を唱ていはく、『今日已過、明日已近。今生已過、後生已近。我足即寒人早驚、厭者夢世蕉方末《（芭蕉泡沫か）》』」とある記載に類似することを指摘した。

　この『伊勢物語聞書宗印談〈太永《ママ》三年十一月六日〉』の記載よりも、更に『酔醒記』〈100-09〉に類似する例が、左記に示す『法華懺法私』下［『天台宗全書』一一所収、『酔醒記』〈100-01〉補遺に既出］に確認できた。

「一、勢至経ニ云、今生已ニ過キ、後生已ニ近ク、今日已ニ過キ、明日已ニ近ク、身ハ如ク石火ノ、随テ風ニ易ク滅シ、命ハ如ク朝露ノ、向レ日亦落ツ。〈文〉義云。鶏ヲ八音ノ鳥ト云事ハ、此八句ノ偈ヲ鳴ク故也。」

〈100-10〉

『酔醒記』〈100-10〉に波線部分で示した箇所は、既に指摘されるように、左記に示す『古今和歌集』十九「雑体・短歌」所収の壬生忠岑歌の一部である。

「古歌に加へて奉れる長歌　壬生忠岑

呉竹の　世々の古言　なかりせば　伊香保の沼の　いかにして　思ふ心を　述ばへまし　あはれ昔へ　ありきてふ　人麿こそは　うれしけれ　身は下ながら　言の葉を　天つ空まで　聞えあげ　末の世までの　あと、なし　今も仰せの　下れるは　塵に継げとや　塵の身に　積もれる事を　問はるらむ　これを思へば　獣の　雲に吠えけむ　心地して　千々のなさけも　思ほえず　ひとつ心ぞ　誇らしき

［下略］」（一〇〇三）

『酔醒記』〈100-10〉の典拠としては、左記に示す、『顕注密勘』の記載が注目されよう。

「是をおもへば　獣の　雲に吠えけむ　心地して　千々の情けも　おもほえず　ひとつ心ぞ　誇らしき

　獣の雲に吠えけむ心地してとは、淮南王は仙薬を服して仙に成て昇れる也。其仙薬の残りの、器物に付きたるを食ひたりし、犬鶏などの、仙に成て、空に昇りしが、雲の

上にて吠え、雲の上にて鳴きたりし事也。」

『古今和歌集』第一〇〇三番歌の忠岑歌からの抄出部分が完全に一致しているほか、『顕注密勘』引用本文傍線部分は、多少の本文の前後や異同が認められるものの、『酔醒記』〔100-10〕の典拠に比定することが可能であろう。

また、この『古今和歌集』第一〇〇三番歌は、『桂林集注』第一七九番歌の本歌であったことが注目されよう。

「後奈良院御時　宣旨下し給はりぬる秋、悦びに堪へで、詠み侍りける

きこえあげて名をぞたのむの雁のこゑ身は下ながら雲の上まで　（一七九）

下臈の身ながら、天上に知ろしめしたることを悦びて、仕りける。雁を、我が身に装へたるなり。古今に、忠岑長歌に、身は下ながら言の葉はを、天つ空まで、聞こえあげ、人麿の事を詠める。この言葉をとりて、仕りける。」

〔100-12〕

一　書二檀越家五字一云、「潙山ノ僧某牛《（某甲カ）》」旦那のしんぜを蒙僧《（信施を蒙る僧）》、牛に生て、其旦那につははる《（つかはるカ）》。板敷に涎を垂に、此五字有りト云。

晩唐の禅僧、潙山霊祐（七七一〜八五三）の故事として著名な公案「潙山水牯牛（大潙左脇五字）」の転訛である。この「潙山水牯牛（大潙左脇五字）」については諸書に言及されるが、代表例として『景徳伝灯録』九「潙山霊祐章」と『碧巌録』二四「大潙左脇五字」の記載を左記に挙げる。

①『景徳伝灯録』九「潙山霊祐章」

「師、上堂シ示シテレ衆ニ云フ。老僧ノ百年ノ後ニ、向カヒテ二山下一ニ、作リ二一頭ノ水牯牛一ト、左脇ニ書キテ二五字一ヲ云ハク、潙山僧某甲ト。此ノ時喚ニ作スルモ潙山僧一ト又是レ水牯牛ナリ、喚二作スルモ水牯牛一ト又云フ二潙山僧一ト、喚二作シ什麼一ヲ即チ得ム。」

②『碧巌録』二四「大潙左脇五字」

「潙山、道《い》フ。老僧ノ百年ノ後ニ、向カヒ二山下ノ檀越家一ニ、作リ二一頭ノ水牯牛一ト、左脇ノ下ニ書キテ二五字一ヲ云ハン二潙山僧某甲一ト。且ハ正シク当リ二恁麼時一ニ、喚二作スルニ潙山僧一ヲ、即チ是レ喚二作ス水牯牛一ヲ。」

潙山霊祐は、福州長渓（現・福建省）の出自で、俗姓を趙氏と称し、潭州（湖南省）大潙山に住して仰山慧寂に代表される高弟を輩出した、唐代の禅僧を代表する高僧のひとりである。ある時、潙山霊祐が、自分の入寂後、大潙山の麓にある檀越の家に、一頭の水牯牛（水牛の一種）として転生し、その水牯牛の脇腹には「潙山僧某甲《むかふ》」という五文字が浮かび上がることを予言したと伝えられる。なお現存本『酔醒記』〔100-12〕では「潙山ノ僧某牛」とするが、典拠および文脈上から「潙山ノ僧某甲」とすべきであろう。（「某甲《むかう》」は、自称の代名詞である「某《なにがし》」と同義。）

この「潙山水牯牛」は、道元撰『永平広録』九「頌古」に言及されるほか（尾崎正善氏『唐代の禅僧 五 潙山』「作務における問答」）、無住撰『雑談集』一「仮実事」で、「されば今の僧も、牛になして、又思ば仏となる。是れ自の分別也。実には

牛も非ず仏も非ず、唯是れ法性の幻なり」とある記載に、その影響を読み取ることも可能であろう。

また、この故事は、禅宗の公案として著名であったばかりではなく、以下に示すように、禅僧が牧牛や耕牛が描かれた絵画を漢詩に詠む際、なかば常套表現としても用いられたらしい。

①『江湖風月集』下「題二群牛圖一　希叟曇和尚」

「三三五五戯ル二平蕪ニ一　蹈二裂シテ春風ヲ一百草枯ル

莫レレ寫スコト潙山僧某甲ト　恐ラクハ人ノ誤リテ作サン二祖師ノ圖ト一」

（同詩は、『希叟語録』に「題老融群牛図」・『広録』七に「題直夫牛図」として収められる。）

②一休宗純『狂雲集』「画三首（第三首目）」

「潙山来也目前牛　戴角披毛僧一頭

異類如甘一身静　三家村裏也風流」

③『翰林五鳳集』「寺前有田図　天隠」

「水満閑田古寺幽　齋盂開口似期秋

村々農事一犂雨　鞭起潙山僧某牛《ママ》」

現在においては、この「潙山の僧某甲」は、著名であるとは言い難いようであるが、中世には比較的流布していたらしく、禅林での文学以外にも、お伽草子『鴉鷺合戦物語』や狂言「牛馬」等に言及される。

①『鴉鷺合戦物語』

「烏阿弥陀仏、云「今は俗縁切れて、世間の事におゐ《い》て、危うき所なし。もとより高野山の聖の業なれば、今や国をも廻りて、世をも広く度し、いづれも心ひとつなれば、珍しき所もあらば、しばしば庵を結びて、春は本分の田地に出て、田烏《くわゐ》をも拾い《ひ》て飢を支え《へ》、秋は山家・村里の住居をもして、稲をも刈り、落穂をも拾い《ひ》て、いよいよ仏法を紹隆せん」と言へば、鷺阿弥陀仏、気を損じて云「貴方は、なま禅宗にて、常に落ちもつかぬ事をのみ仰られ候ぞや。禅の話に『鷺鷥、雪に立て、同色ならず。明月、芦花、他に似ず』なんど云て、我々も形の如く、禅をば、うかゞひ候へ共、念仏に機縁ありて、此山に住す」。烏阿弥陀仏、云「我等も宏智の八句『紫極宮中に烏、卵《かひこ》を抱く、銀河波底に兎、輪を推す』と候」。鷺阿弥陀仏、云「まづ此方の申事を御聞候へ。本分の田地、いづれの所にかある。衆生、此田地に迷ふてこそ、生死にも沈淪し候へ。又、山家村里の住居、いか躰の趣候や。山翁、農郎農夫の振舞、潙山和尚の仏祖転却の姿、至極共十成共、手をつくれば若干、鈍漢となる。然共、御所存の一理、とう〳〵仰られ候へ。やはかに御説破候はじ。」

（『鴉鷺合戦物語』の梗概は以下の通りである。祇園林に棲む烏の真玄と中鴨に棲む鷺の正素は、恋の遺恨が原因で合戦に及び、その結果、正素が勝利し、敗れた真玄は高野山に隠棲し真阿弥陀仏と名を変える。しかし勝利した正素もまた、この世に無常を観じ、鷺阿弥陀仏と名乗り隠棲する。鷺阿弥陀仏は、高野山へと真阿弥陀仏を尋ね、両者はともに仏道修行に励み、やがて極楽往生を遂げたとある。問題の部分は、鷺阿弥陀仏が高野山に真阿弥陀仏を尋ねたときの対話である。潙山への言及は傍線部分に認められるが、その意味は必ずしも明瞭ではない。しかし当該箇所は「山家村里」描写で、「山翁・農郎農夫の振舞」と対照的に

「潙山和尚の仏祖転却の姿（傍線部分）」が挙げられている。「仏祖転却」も難解であるが、一案として「仏祖」から嫡伝の仏法を継承してきた「潙山霊祐」が、「転生してしまった」という意味に解することが可能である。〈「却」は直前の動詞を強調する助字。〉つまり、この「潙山和尚の仏祖転却の姿」という文言は、「潙山水牯牛」による連想から、農村で「山翁・農郎農夫」により農作業に使われる牛を表現した可能性が認められよう。）

②『天理本狂言六義』所収「牛馬」

「それ牛は、大日如来の化身とて、牽牛・織女と聞ときは、七夕も牛をこそ、寵愛したまへり。潙山和尚といつし人、その身を牛になしてこそ、異類の法をば見せしむれ。許由といへる人は、王になれとの勅をうけ、頴川の滝にて、耳を洗ひし水をさへ、巣父は牛に飼わ《ママ》さじ。（下略）

（但し大蔵虎寛本・大蔵虎明本・『狂言記』等所載「牛馬」では、「潙山」を「恵山」とする。）

なお既に言及したように、『景徳伝灯録』・『碧巌録』等の所伝では、恐らく毛並みの具合から、牛の左脇に浮かび上がった文字と解するようである。このように、牛の体に文字を浮かび上がるという趣向は、江戸後期の安永七年（一七七九）に、烏亭焉馬が、同年六月一日から行われた、両国回向院での善光寺如来の出開帳に合わせ、平賀源内等と申し合わせ、戯文を副えて見世物にしたとされる「名号牛」をも連想させるものがあり、恐らく「名号牛」の発想も、「潙山僧某甲」に着想したものと想定されよう〔延広真治氏「烏亭焉馬年譜（未定稿）二」・同氏『江戸落語』〕。この潙山の故事が、近世後期に至るまで定着していた証左と見ることが可能な事例である。しかし、『酔醒記』〔100-12〕では、板敷に垂れた牛の涎のあとが「潙山僧（ノ）某《(甲)》牛」という漢字五文字として判読できたとする、特異な説を伝えている。

我が国において、牛の涎が文字として判読されたとする説話は、例えば『流布本太平記』二四「依二山門嗷訴、公卿僉議事」（『天正本太平記』では「和漢宗論事」）『法華経直談鈔』七末「従地涌出品第十五・二十九時節長短之事」などに言及される「応和の宗論」、およびこれを嵯峨天皇御代の空海の験力説話として翻案したと想定されるお伽草子『横座房物語』の一場面として著名である。但し『太平記』・『横座房物語』・『法華経直談鈔』での例は、牛の涎から判読できた文字は、神祇の詫宣である神詠であり、悪趣に堕ち牛に転生した人物が自ら前世を示したものではない。このほかにも、永正一一年（一五一四）の成立とされる『雲玉和歌抄』には、以下に示すように嵯峨天皇が牛に転生した説話が収められる。

「嵯峨天王、小野篁、冥官なれば、御命にかへて三千人、咎なきものを殺させ給ふに、野大臣《(ママ)》『此御宇に非業の者三千人あるべし』閻魔の庁に記せり。御命は、延ぶべからずとて、やがて崩御あり。いかがありけん、『牛に生れ変はりて、大原にあり』と、后の御夢に見え給ふ。牛を集めて御覧ずるに、夢のごとくなるをとりて、小倉山より材木を運ばせて、寺を建てんとて、此牛を責め給ふに、嵯峨野にて、涎のあとに文字顕れて見えける歌

又も世にうし《(憂し・牛)》や嵯峨野の露の命かか《(掛かる・斯かる)》る草ばに消えし果てずは　（四七六）

やがて死にき。皮を剥がせ給ひて、花慢《(鬘)》に飾りて、寺を建て給ふに、『仏果となりぬ』と御夢に見えぬとなり。此后は橘清友の姫となり。」

本文に曖昧な箇所も見られるが、大凡、以下の通りであろう。嵯峨天皇は宝算の延長の代償として、罪科のない者三千人の命を召された。小野篁は、冥官を務めていたので、閻魔庁の記録に「この嵯峨天皇の御宇に、三千人もの非業の死を遂げた者がいるに違いない」と記した。結局、嵯峨天皇の宝算が延びることはなく、そのまま崩ぜられた。その後、どのような事情があったのか、亡き嵯峨天皇が、（恐らく牛の姿で）皇后（橘智嘉子＝檀林皇后）の夢に現れ、「今、牛に転生して大原に居る」と仰った。その夢告により、皇后が牛を集めさせて御覧になったところ、その中に（夢に現れた牛と同じ）牛が居た。皇后は、その牛を選び出し、（嵯峨天皇の追善のための）寺院を建立するということで、（その牛に、功徳を積ませるために）小倉山から材木を運ばせようと、駆り立てられた。すると、嵯峨野で、この牛が、垂らした涎の跡が、一首の和歌（和歌略）となったかと思うと、そのまま、牛は死んでしまった。皇后は、この死んだ牛の皮を剥がせて、牛皮花鬘《ごひけまん》につくらせて、その新造の寺院の荘厳に用いられた。すると皇后の夢に、再び嵯峨天皇が現れ、「このことが仏果となり、成仏が叶った」という夢告があった。

『雲玉和歌抄』では、牛の前世は夢告により語られることから、涎のあとの和歌は、いわば牛の辞世歌である。故に『酔醒記』〔100-12〕と同様に、牛の涎のあとを判読することで、牛の前世が明らかになったわけではない。また『雲玉和歌抄』のみならず『太平記』・『法華経直談鈔』・『横座房物語』においても、牛の涎が示したのは和歌である。牛の涎は糸状に長く伸び滴り、他方、和歌は通常、連綿体書かれることから、牛の涎で和歌を記したとするのは発想の上からも自然である。牛の涎が漢字五文字として判読できたとする『酔醒記』〔100-12〕の記載は、恐らく牛の涎で示された和歌という先行説話から着想を得たものであろう。

現世で不正に蓄財した人物が、来世で家畜に転生し、その対価を労役などで贖うとする説話は、「畜類償債譚」と称され、特に、信施を貪った僧が、来世のみならず現世においても牛に変じるという説話は、『沙石集』・『雑談集』などにも喧伝されている。但し、我が国の中世の「畜類償債譚」では、転生以前の人物を明示する模様が、転生後の畜類に浮かび上がるという趣向は希薄なようである。他方、たとえば元代の成立とされる撰者未詳の『重刊湖海新聞夷堅続志』（以下『夷堅続志』と略称）には、左記に示す「画工為㆑牛」という「畜類償債譚」が収められる。

洛陽画工解奉先、為㆓嗣江王家㆒画㆓壁像㆒、未㆑畢而逃。及㆑見㆑禽、乃妄言「工直已相当」。因為㆓像前誓㆒曰、「若負㆑心者、願死為㆓汝家牛㆒」。歳余、奉先卒。後、王家特牛、生㆓一犢㆒、有㆓白文在㆒㆑背、曰「解奉先」。

洛陽の画工の解奉先なる人物が、嗣江王家の壁画を描く作業をし、完成しないうちに逃亡した。彼は、捕らえられた時、「自分は賃金相応の仕事をした」と出任せを言い、自らが描いた絵の前で、「もし賃金に見合った仕事をしていないのなら、お前の家の牛として生まれるように」と誓願した。一年余りたって、彼は亡くなった。その後、王家の雄牛が一頭の仔牛を産んだ。その仔牛の背中には、「解奉先」という文字が白く浮かび上がっていた。

この『夷堅続志』が我が国に請来された時期は未勘であるが、同書が、文禄四年（一五九五）から慶長五年（一六〇〇）にかけて成立したとされる『謡抄』の「芭蕉」項に引用され、また万治二年（一六五九）版行の編者未詳『江湖集夾山鈔』（『江湖風月集』の注釈書）六によると、『夷堅続志』の恐らく当該説話により、「潙山水牯牛」を非難する言説も存在したらしい。『酔醒記』の編者である一色直朝は、曹洞宗に帰依しており、この「潙山水牯牛」に関する知識がなかったとも断じ難い。恐らく『酔醒記』〔100-12〕は、何らかの機会に「早物語」として語られた内容であり、直朝自身も、この『酔醒記』〔100-12〕が奇矯な説であると知りながら、敢えて筆録したのであろう。

〔100-13〕

既に、指摘されるように『酔醒記』〔100-13〕は、『桂林集注』および島原公民館蔵松平文庫本『桂林集』末尾部分の左記の記載（注・歌注ではない）と関連する内容である。

「鳥のあとは手跡なり。むかし、蒼頡といふもの、鳥、真砂を踏みたる跡を見て、文字を作りたるより云へり。和歌に千鳥の跡を詠める、蒼頡が、千鳥の跡を見て、作りたるにあらず。古人、鳥の跡なれば、折にふれて、千鳥を詠みたるなり。それより、うき世にいたつて、千鳥の跡と、詠みなせるなり。文字を千鳥の跡と云ふにはあらず。」

両者の内容は、基本的に一致するようであるが、『酔醒記』〔100-13〕では、「浜千鳥の跡」なる言辞を含む先行和歌の存在や、「歌のならひなりとしるせり」という何らかの典拠が想定可能な記載が認められる。一色直朝が、いかなる典拠に依拠したのかは未勘であるが、『酔醒記』〔100-06〕に、典拠として挙げられた『顕注密勘』の左記の記載が注目されよう。

「忘られむとき偲べとぞ濱千鳥ゆくへも知らぬ跡をとゞむる

「濱千鳥」、「跡をとゞむる」と詠めるは、『史記』に「蒼頡、観㆓鳥跡㆒、作㆓文字㆒」とみえたり。されば、鳥の跡と言ふによせて、濱千鳥の跡と詠めり。文字をも鳥の跡と読也。他鳥も同事なれど、千鳥にて読み初めつれば、やがて詠むは歌の習ひ也。又いづれの鳥も、跡は同事なれど、千鳥は岸の白洲にも、渚の干潟にも、常に降りゐてあさる物也。さて又、潮満ちぬれば、浦伝ひして、いづ方へも渡れば、「ゆくへも知らぬ」と詠むにも、たよりある歟。」

『酔醒記』〔100-13〕が、『顕注密勘』の記載と完全に一致する訳ではないが、『顕注密勘』引用本文に付した傍線部分は、概ね『酔醒記』〔100-13〕と一致し、かつ『酔醒記』〔100-13〕に言及された「濱千鳥の跡」を詠んだ和歌とは、『古今和歌集』「雑歌下」第九九六番歌「忘られむとき偲べとぞ濱千鳥ゆくへも知らぬ跡をとゞむる」（詠み人知らず）に比定が可能である。

〔100−14〕

既に指摘されるように、『酔醒記』〔100−14〕は、『説苑』一六「説叢」を典拠とするらしいが、『説苑』を直接の典拠には比定し難い。参考として、『藝文類聚』・『太平御覧』引用の本文を示す。

・『太平御覧』九二一「羽族部八・鳩」

説苑曰。梟逢レ鳩。鳩曰、子安之。梟曰、我将二東徙一。鳩曰、何之。梟曰、郷人悪二吾鳴一。鳩曰、子改レ鳴則可、不レ能レ改レ鳴、徙猶悪二子之声一。

・『藝文類聚』九二「鳥部第二十九・鳩」

説苑曰。梟逢レ鳩。鳩曰、子将二安之一。梟曰、我将二東徙一。鳩曰、子改レ鳴則可、不レ能レ改レ鳴、徙猶悪二子之声一也。

『酔醒記』〔100−14〕が、いかなる典拠によるものかは未勘であるが、当該説話は、室町後期の『百人一首』受容の場で語られた説話でもあった。参考として、その事例を以下に三例、提示する。

①京都大学中院文庫本『百人一首聞書』

「三条西家流の百人一首注釈書である。『未来記』・『雨中吟』の聞書と合綴されており、末尾に「右此三部者、称名院御講釈、聞留分、記之者也〈追而書加之、此内詠歌大概、有子細取除、別書之。〉／永禄三年四月下旬書之／又其以後、大納言実枝、聞合之也。／桑門泛梗」と記す。三条西公条（称名院）の注記を聞きとめ、そこに三条西実枝の注説を頭注や付箋の形で書き加えたものとみられ、また、その成立は永禄三年（一五六〇）以前と考えられる。識語を記した泛梗は、大徳寺第百五十九代の賢谷宗良（一五六一〜一六二一）と思われる。土佐の出身で、俗姓は吉良氏、同世代に吉良峰城主の吉良宣経（生没年未詳）がいるが、関係は未詳。玉甫紹琮（一五四六〜一六一三）の法を嗣ぐ。勅嗣、本覚広済禅師を賜わる。【中略】書写年代は、江戸時代極初期かと思われる。（赤瀬知子氏解題）」

「良暹法師

さびしさに宿を立出てながむればいづくもおなじ秋の夕暮

（〇七〇）

いづくもおなじと云所に心ある事也。我やどの、たへがたきまでさびしき時、おもひ侘て、いづくにも行ばやと立出て打ながむれば、いづくも又おなじ物也。我心のほかの事は、あるまじきと也。世上は、何か、よき、あしきと云事はなきものと也。たゞ一身のなす事とみえたり。我からの心ゆへ、さびしきぞト也。詞には、いはずして、心に籠たる事とみれば、猶、感ふかく、余情かぎりなき也。定家卿ノ歌ニ秋よたゞながめすてゝも出なましこの里のみの夕とおもはゞとあるは、此、さびしさにやどを立出ての歌をとれると也。本歌の心は、なを感ふかき歌となり。

〔頭注1〕

三。三体詩。栄辱昇沈影与身。右歌、心アル名誉ノ歌ト也。荘子《ママ》ニ、梟カ、里ニ啼たるヲ、かしましく思て追ヤリたる也。梟が鳳凰に尋たれは、汝ガ啼《ナキ》を止よといひし事也。此事、称名院は、世中に道こそなけれの所にの給也。

〔頭注2〕

祇注、同レ之。聞書。」

［『［百人一首注釈書叢刊・二］〈百人一首〉頼常聞書・〈百人一首〉経厚抄・百人一首聞書（天理本・京大本）』

（和泉書院・一九九五年）」

②永青文庫蔵『百人一首注』

「永青文庫蔵の写本一冊。奥に「此抄、両義、加二取捨一、少々令二了見一了。可レ禁二外見一者也。　幽斎玄旨（花押）」とあり、また外装の桐箱に「玄旨公御筆百人一首注」とあって、ともに本書が幽斎の自筆本であることを主張するが、事実、その筆蹟は、間違いなく幽斎その人の筆になるものと認められる。【中略】慶長元年（一五九六）以前に成立していたことは確かであろう。（荒木尚氏解題）」

「皇太后宮大夫俊成中納言俊忠男母敦家朝臣女

千載 世中よ道こそなけれおもひ入山のおくにもしかそなくなる　（〇八三）

こと書に、述懐百首よみ侍りける時、鹿の歌とてとあり。歌の心は、色々に世のうきことを、おもひとりて、いまはとおもひいる山のおくに、鹿の物かなしけに打なくをきゝて、山のおくにも、世のうき事は有けりと思ひわひて、世中よのかれ行へき道こそなけれと打なけく心也。又世の中よさても道はなき世（世に道だに有らば）かな、思ひ入山のおくにもうき事は有けりと思ふ心也。世にみちたにあらは、かゝらんやはと、世上にみちなき事を、おもひ侘ぬる義とそ。おもひ入とは、山にても又、心に先思ひ入たるにても侍るへし。又、おもひ入に、二の義有。世は、かなしき物と思ひ入と、又身は、はかなき物と思ひ入との二義なりとそ。

【系図略】

述懐百首歌よみ侍ける時、鹿の歌とて、世中（注）よみちこそなけれ。うき世をのかるゝみちは、なひといふ所なり。山のおくにも、なをしかの音、かなしきと也。

〔注〕ふくろうの、人のキラフ故ニ、向ノ里へ行タレハ、其里ニモ嫌。然ニふくろう、対二鳳凰一、問ヤウハ、イカニシタル故ニ、我ヲ人ノ、如レ此キラフソト、トヒタレハ、鳳凰ノ答云ハ、ふくろうの鳴声ヲ、アラタメたラハ、イツクニ居タリ共、別義ナカルヘシト云テ、鳳凰、立ルト也。只、心カ肝用云、引事也。（朱）」

［『［百人一首注釈書叢刊・三］百人一首注・百人一首（幽斎抄）』

（和泉書院・一九九一年）」

③『百人一首切臨抄』

「切臨は、天正十九年（一五九一）出生、寛文年中か延宝初年（一六六一～七三）に八十歳前後で入寂と推定されている。慶長（一五九六～一六一五）のはじめ、若くして時宗の僧侶となり、乗阿に師事すること十年余に及んだという。

（田尻嘉信氏解題）」

「八十三　皇太后宮ノ大夫俊成

【小伝等略】

世中よ道こそなけれ思ひ入山のおくにも鹿そ啼なる

（〇八三）

千載集雑ノ中ニ、保延の比ほひ、述懐の百首歌よみ侍ける時、鹿の歌とてよめる

一、宗祇註云。【略】

一、師云。【略】

一、金葉抄（未詳）云。梟を人の嫌故に、別の里へ行たれハ、其里にも、又、人の嫌しかハ、鳳凰に問やうハ、何故に人の嫌にや、鳥の王にてましませハ、訓給へと云。鳳凰、答云、梟が声を改たらハ、いづくに居たり共、別義なかるへしと云々。是ハ、只、心か肝要なりと云、引事也。

一、口伝云。【略】

一、玄旨抄云。【略】

［『百人一首注釈書叢刊・四』百人一首切臨抄（和泉書院・一九九九年）］

『酔醒記』では、梟と鳩との寓話であるが、ここに示した三件の『百人一首』古注釈書では、梟と鳳凰との寓話であるという顕著な相違点が認められること。また『酔醒記』では、『説苑』という、一応正確な典拠が挙げられているが、『百人一首』古注釈書では、『荘子』あるいは『金葉抄』などが挙げられているに過ぎない。［『荘子』現行本文に当該説話は未勘。ただし、梟と鳳凰との寓話自体は、『荘子・外篇』一七「秋水」に所見。また『金葉抄』については存否未勘。あるいは『金葉和歌集』関連の注釈か。］故に、『酔醒記』〔100-14〕と『百人一首』古注釈とは、無関係とも想定されよう。しかし、この『百人一首』注釈を語った人物に注目したところ、一色直朝個人との接点が浮かび上がってくる。つまり、京都大学中院文庫本『百人一首聞書』によれば、この梟と鳳凰との寓話を語った人物は、三条西公条（称名院）およびその息、実枝である。また、『百人一首切臨抄』を著した、切臨の師は「（称名院（公条）殿・三光院（実技）殿、二代ノ弟子也、一華堂乗阿也」と伝えられている。更に、永青文庫蔵『百人一首注』では、この寓話を語った人物については言及されないが、同書を書写者とされる細川幽斎は、『伊勢物語闕疑抄』跋文に明記されるように、三条西公条・実枝から歌学の伝授を受けた人物でもある。無論、一色直朝が三条西実枝による百人一首の講義を聴聞したのか否かは未詳である。しかし、一色直朝と三条西実枝に交流があったことは、『酔醒記』〔136〕が直朝が実枝から直接耳にした談話であり、また一色直朝が自身の私家集である『桂林集』の精選を依頼したのも実枝であったことなどからも明らかである。事実、『酔醒記』〔140〕は、『酔醒記』に三条西家周辺での歌学が反映された好例と解することが可能である。但し『酔醒記』〔100-14〕に、三条西実枝の言説との関連を想定した場合、両者に顕著な異同が見られることは不審である。あるいは、実枝の言説を得た直朝が、彼自身の手で、その言談の典拠につき考証した、一応の成果と見るべきであろうか。

〔122〕

頭注及び補注で、前半部の類話として融舜上人撰『観経厭欣鈔』上之本所収のものを挙げたが、その他、院政期以前成立の国会図書館本『和漢朗詠註』・三「九月九日」、室町時代初期以

前成立の書陵部本『朗詠抄』・上「九月九日　付菊」、広島大学本『和漢朗詠集仮名注』・二「九月九日　付菊」、鎌倉時代初期頃成立の永青文庫本『和漢朗詠集永済注』・上末「九日　付菊」等和漢朗詠注類にも『和漢朗詠集』の「採故事於漢武　則赤萸插宮人之衣／尋舊跡於魏文　亦黄花助彭祖之術」（上「秋九日　付菊」二六二）の注として『観経厭欣鈔』の同話・類話が載る。以下書陵部本『朗詠抄』の当該話を引用する。

「物語云、彭祖ト云、道ヲ行ニ、廿ハカリナル冠者、八十ハカリナル翁ヲ、トラエテ打ツ。彭祖此ヲ見テ云、何トテ打ソ。其人ノ過ヲ、我ニユルシ玉ヘト云イケレハ、冠者答云、アレハ、我カ子也。我ハ、酈県菊ト云仙薬ヲ、服スルカユヘニ、三百余歳ニナレトモ、若ク侍ル也。彼ノ男ハ、我カ教ヲ不レシテ聞、不レ服二彼薬一ヲ故ニ、老耄シタル也。其ニクサニ打ト云。彭祖ノ云、願クハ、其薬ヲ得テ、服セント云時ニ、一ツノ菊花ヲ取出シテ、与フ。彭祖、此ヲ服シテ、七百歳ヲ得タリ。」

〈129〉

『酔醒記』〈129〉の類話が、『六花集注』第一四〇番歌注記・『雲玉和歌抄』第一七六番歌左注に確認されることは、既に佐々木孝浩氏の指摘されるところである（佐々木孝浩氏「人麿を夢想する者―兼房の夢想説話をめぐって―」）。但し、これら三例の和歌説話には、宗尊親王の霊夢に現れた人麿が、親王の和歌に長点あるいは合点を引いたと伝えるのは『六花集注』・『雲玉和歌抄』所収説話、長点あるいは合点を引かずに、ただ下句を讃歎したと伝えるのは『酔醒記』所収説話、更に鶴岡八幡宮での出来事と伝えるのは『雲玉和歌抄』所収説話という相違が認められる。前掲佐々木氏・久保田淳氏は、『宗尊親王三百首』において、当該歌が八人の点者から合点を得、殊に九条基家から「如法秀逸也、下句など、争、如レ此可レ候哉」との好評を得たことを、本説話の成立背景に比定される（佐々木氏前掲論文・久保田淳氏「『月庵酔醒記』での和歌のことなど」）。

当該説話が、『酔醒記』のみならず、藤沢の由阿の編纂と伝えられる『六花和歌集』所収歌への注釈書『六花集注』や、永正一一年に下総で成立した『雲玉和歌抄』に収められることに注目するならば、当該説話は、室町中後期の東国武家歌人に流布した和歌説話と解せられよう。もっとも『六花和歌集』あるいは『六花集注』は、一条兼良『花鳥余情』や清原宣賢『環翠軒抄出』に引用されるほか（三村晃功氏「『六花和歌集』『六花集注（註）』解題」）、大和国の十市遠忠も所蔵していたことが指摘されることから（武井和人氏『中世古典籍学序説』「室町後期南都における古典籍の諸相」）、安易に当該説話を東国での成立と解することは留保されよう。しかし、当該説話は『雲玉和歌抄』第二五六番歌左注にも略述されるほか（後掲）、第一六一番歌・第四九〇番歌では、宗尊親王を「金源三」なる人物の後身とするなど、東国の歌人としての宗尊親王への畏敬が窺われる。（「金源三」については未勘である。しかし一例として行誉撰『壒嚢鈔』四・一九「大和語の事・金源三歌事」によると、藤原定家による『新勅撰和歌集』編纂時の説話として、第一六一番歌と同工の説話を収めるが、同書には「金源三」を宗尊親王の後身とする言及は見られない。）故に、この宗尊親王による夢想説話が成立場所については未勘ながら、当該説話が室町中後期の東国武家歌人の間で流布していたことは首肯されよう。

既述のように、この宗尊親王説話は、左記に示す『雲玉和歌抄』第二五六番歌左注（部分）にも言及されるが、当該箇所では、行尊の説話も併記されている。

「信実も、時代不同の御歌合に、百余人の歌人をかかれしかば、人丸をば、ねて直に見給ひしとなり。人丸ならば『ほのぼのとあかしのうら』・『梅花それとも見えず』ばかりさだまると心得たらん、口惜しき事なるべし。大峰笙岩や出現の体、多分此比、人丸影あり。行尊のその時の歌をかくべきや、鶴が岡の御うつつも宗尊親王の御歌なるべし、申さんかぎりなければ、かきのこし申すなり。」

宗尊親王による人麻呂の夢想説話と類似する説話が、行尊にも伝えられていたことを想起させる記載であるが、事実、行尊にも宗尊親王と同様の説話が、左記に示す、天理図書館蔵・竹柏園旧蔵本『百人一首聞書』に認められる。

「大僧正行尊

〈園城寺長吏。号桜井僧正。小一条院孫。参議基平男。〉

もろともに哀れと思へ山桜花より外に知る人もなし

金葉に入る。事書に、峰入りの時、大峯にて、思はず桜の一本咲けるを見て詠めると云々。此の作者は、聖護院の先徳にて、峰入りの時、詠めるなり。峰入りに順逆あり。秋は順、春は逆なり。歌の心は、山深く、所の知る人もなきに、不慮に此の花を見て、花も我ならで誰かは見ん、又花ならで誰かは我を知らんと云ふ心を、もろともに哀れと思へと云へり。惣じて、此の作者、無上の読み口なり。ある年、峰入の時、葛木の笙の岩屋にて、

草の庵なに露けしと思ひけん漏らぬ岩屋も袖は濡れけり

此の歌を柿本、夢中に現給ひて点を合給ふと見て、夜明けて見れば、あらたに墨を引けりと云々。」

［『百人一首注釈書叢刊二）百人一首頼常聞書・百人一首経厚抄・百人一首聞書（天理本・京大本）』（和泉書院・平成七年）］

『百人一首聞書』傍線部分の説話は簡潔ではあるが、まさに『六花集注』・『雲玉和歌抄』・『酔醒記』所載の宗尊親王説話の換骨奪胎である。

行尊が、吉野の笙の岩屋に参籠した時、和歌を詠じたとする説話自体は、『金葉和歌集』第五三三番歌・『古来風体抄』第五二四番歌・『今鏡』第一〇二番歌・『古今著聞集』第一六番歌・『撰集抄』第八八番歌・文明本『西行物語』第六一番歌などに言及される。他方、行尊が、笙の岩屋で和歌を詠じた時に、人麻呂が示現したとする説話は、左記に示す「永仁五年（一二九七）三月十三日」元奥書を具える、京都府立総合資料館蔵『古今大事』（和八三二・一一）に指摘されている（佐々木孝浩氏・前掲論文）。

「其後も、人王七十二代帝《白河院》御代にも、参議源基平男、平等院の僧正行尊、しやうのいは《（笙の窟）》屋にこもり《（籠もりて）》くおはせし時の歌に

くさのいほなに露けしとおもひけん

もらぬいはやも袖はぬれけり

此歌、秀歌なるによりて、其歌の性をあらはして、人丸、出現す。これを人丸に、いはやの本と云也。」

この京都府立総合資料館蔵『古今大事』は、永仁五年三月十五日に、冷泉為相が大江広貞なる伝不詳の人物に相伝したとする元奥書を具えることから、「大江広貞注」と称される『古今和歌集』古注釈書（京都大学蔵『古今集註』など）の「別紙」に比定される歌書で、宮内庁書陵部蔵『古今秘事』（266-384）・同『古今秘伝』（266-243）・神宮文庫本『古歌抄』などの諸本が確認されている（三輪正胤氏『歌学秘伝の研究』「灌頂伝授期の秘事の流転」）。この『古今和歌集』古注釈「大江広貞注」や『古今大事』諸本は、冷泉為相に擬託された歌書とされるが、行尊が笙の窟で人麻呂の示現を蒙ったとする説話自体は、『兼載雑談』や不完全ながらも『戴恩記』などの室町中期以降に成立した文献にも散見される。

ただし、この『百人一首聞書』には、「永禄七年（一五六四）七月二十五日巳之時書写畢」という奥書を具え、同書跋文によると、今川了俊、正徹、木戸孝範、宗祇が相承してきた秘伝と伝える。その相承の真偽については未勘であるが、『雲玉和歌抄』の編者である衲叟馴窓は木戸孝範と親交があり、また『雲玉和歌抄』には『六花集注』による濃厚な影響が各所に認められること、更に、この行尊歌は『六花和歌集』に第一七四〇番歌としても収められていることなどをも考慮するならば、この宗尊親王による人麻呂の夢想説話は、東国武家歌人の『六花和歌集』・『六花集注』受容とともに流布し、また大僧正行尊の説話としても再話されたことが想定されよう。

〔134〕

当該箇所については〔134〕補注10で考察したほか、定珍（一五三四～七一以降）『法華懺法私』中末に左記の記載が認められた［『天台宗全書』一一・二三七頁下段］。

「一、猶ヲ如クト二猿猴一ノ者、梵ニハ云二摩斯吒一ト、此ニハ云二獼猴一ト。又猿ハ、似テレ猴ニ、長臂也。凡ソ心念散乱ナルヲ、准フ二山猿一ニ。是ヲ云二心猿一ト。意識麁動ナルヲ、類ス二野馬一ニ。是ヲ云二意馬一ト。猿馬、心経ノ口決、有レ之。毘曇ニハ六窻六獼猴トテ、六識體一ト談シ、成論ニハ六窻六獼猴トテ、六識體別ト判ス。両論共ニ、以テレ猿ヲ、譬レ意ニ。彼コニ一ノ獼猴、身ニ塗リ二糞穢一ヲ、搪二突シ己ガ衆一ヲ、以テ二諸ノ悪事一ヲ、誣二謗ス良善一ヲ。是モ示スコト二造罪作業ノ全兆一ヲ、託セリレ猿ニ。」

『法華懺法私』では、「訖栗枳王の十夢」のひとつとして引用されたわけではないが、『倶舎論頌疏』本文と極めて近い本文である。「法華経直談」と同じく、天台談義所における「訖栗枳王の十夢」の受容例として興味深い。

〔136〕

「富士の根方」地域にある法華宗寺院の内、沼津の妙海寺と三島の本覚寺には早雲による諸役免除の判物が発給されている。両寺とも早雲以後も後北条氏による庇護を受けており、あるいは当該伝承は、こうした後北条氏に対して親近感を持っていたはずの寺院またはその門徒の間で語られていたものかも知れない。詳細は本書所収の論考「「富士の根方の法華宗の夢」考」を参照願いたい。

〔168-01〕「梅山聞本和尚御影遁世事」（『月庵酔醒記　下』一〇八頁）の後半に、

征夷大将軍（足利義満カ）が、能登の総持寺へ帰ってしまった師の梅山聞本の影像を持仏堂に掲げて焼香・御茶などを上げていたが、ある夜、空中から「聞本聞本」と呼ぶ声がして、さらに「莫住城皇聚洛、向深山裡钁頭辺、摂取一筒半筒、嗣続吾宗、莫令断絶。」（都に住むな。深山幽谷に住んで、わずかな弟子を相手にし、我が宗を断絶させてはならぬ、の意か。）と声がすると同時に、懸け緒が切れて絵が落ちてしまった。

という話がある。この中の「一筒半筒」は「一箇半箇」とあるべきところ。これを注釈で「すべて」と訳したが、これは「きわめて少数希少の人」（『禅学大辞典』大修館）であるべきこと、澤崎久和氏のご指摘をいただいた。さらに「莫住城皇聚洛、……莫令断絶。」の句につき、もとの典拠は『建撕記』であることもお教えいただいた。道元が中国から日本へ帰る時に、師の天童如浄より与えられた言葉であるという。「汝以㆓異域人㆒授㆑之表㆑信、帰㆑国布㆑化広利㆓人天㆒、莫㆑住㆓城邑聚落㆒、莫㆑近㆓国王大臣㆒、只居㆓深山幽谷㆒、接㆓得一箇半箇㆒、勿㆑令㆔吾宗致㆓断絶㆒云云」（『建撕記』巻上〈『曹洞宗全書　史伝下』〉）『建撕記』は応安二年（一四六六）〜文明四年（一四七二）頃の成立とされる、比較的早い道元禅師の伝記である。

おなじく〔168-02〕「筑紫商人に一銭乞玉フ事」について、

越前の「みその」という所へ欲心深く後世も知らぬ商人が博多から来て商売をした。聞本はそこへ行き、「一銭を」と乞うた。商人は金を出さず、和泉の堺へ行った。聞本はなおも後を追い、「一銭を」と乞うた。商人はさらに「小野みち」へ「博多」へと行った。聞本はその後を追い「一銭を」と乞い続けた。

という話がある。この話は聞本の寺である龍沢寺（福井県あわら市〈旧金津町〉御簾尾《みすのお》）では別バージョンで伝えられている。（榎本千賀「梅山聞本禅師の説話と絵解き―福井県坂井郡金津町御簾尾龍沢寺を中心に―」（『絵解き研究』八、一九九〇年）にくわしい。）このような一銭を乞う乞食坊主（実はえらい坊さん）と、それを無視する俗人という話は、どこかで読んだような気がするのだが思い出せない。一つだけ『耳嚢』（巻一）にあったので紹介しておく。版本大蔵経を開版した鉄眼道光（黄檗宗　一六三〇年〜一六八二年）の話である。

大蔵経の出版を思い立った鉄眼は、京の粟田口に立って往来の者に喜捨を乞うた。一人の侍が通りかかったので、これに喜捨を求めたが侍は無視して通り過ぎた。鉄眼は侍の後を一里半余も追い、喜捨を乞うた。侍は「うるさき坊主かな」と言って、一銭を与えた。鉄眼が大喜びをしたので、不思議に思った侍が立ち返ってわけを聞いたところ、「今日大願のはじめ一銭を乞得ざれば、我心法迷ひぬ。此一銭を得し故、早一切経成就の心歴然におもふ」と答えた。（岩波文庫『耳嚢』上〈心の決する所成就する事〉にもとづく。）

一銭という最小の金の大切なることは『徒然草』九十三段・

百八段にも説かれているし、ごくありふれた物言いである。ここに和歌がついていれば、聞本和尚の話のように、事実譚としてよりもいっそう説話として機能するのであろう。聞本和尚の一銭と『耳嚢』の鉄眼の一銭とでは求める意味も違うが、一銭を出したがらない俗人と、無理にでも出させようとする常軌を逸した僧侶という図式は興味深い。

〈169-04〉

『浄眼寺叢書』によると、浄眼寺所蔵の「浄眼寺玄虎長老、国司逸方江御状写」と題する文書に『「御歌」をもつて返答あり「我心心ト知レバ仏ナリ余所ノ仏ノ仏タノマジ」この歌に対して開山和尚（注・大空玄虎）も歌あり「仏トモ知レバ心ノ隔テニテ知ラヌ心ゾ仏ナリケリ」』との記載が指摘される。文面によると、同文書は「浄眼寺虎蔵主」（玄虎）が師檀関係にあった「大石御所」（伊勢国司、北畠材親、のち将軍義尚の偏諱を賜わり義材と改む）に宛てた書状の写しである。なお同文書には年次が記載されないが、文明一三年（一四八一）頃、玄虎が、備中の洞松寺に止住していた時の書状に比定されている。『浄眼寺叢書』の記載からは、この贈答歌が同文書のどの部分に筆録されているのかは不明である。金田弘氏は、同書状において、玄虎が、「念仏坊」（浄土真宗の門徒）に対する非難と、曹洞宗への帰依を主張していることから、この贈答歌にも、これと同様の歌意を読み取られている。（金田弘氏「大空」）

なお『酔醒記』〈169-04〉では「伊勢国司北御方」と「浄元《ママ》寺大空和尚」との贈答歌とするが、同文書によると、「大石御所」（北畠材親）と玄虎との贈答歌とする。（「逸方（無外逸方）」は、政郷あるいは息材親の法号に比定する二説が伝えられるが、同文書では材親と解するようである。）さらに『酔醒記』〈169-04〉では、大空玄虎につき「いせ《(伊勢)》の小蔵主と云し人」とあるが、この「小蔵主」は「虎蔵主」の宛字であろう。一色直朝が、この贈答歌を知り得た背景は未勘であるが、直朝自身が曹洞宗に帰依し、また玄虎は一時期、『酔醒記』〈162〉に言及される、大雄山最乗寺おいて修行したこととの関連を想定すべきであろうか。

現在、玄虎の事績は、必ずしも著名であるとは言い難いようであるが、永正一〇年（一五一三）成立とする『大空和尚行状録』には、「如今、于㆓天下㆒有㆓二禅師㆒、紫野順《(純)》蔵主与㆓伊勢虎蔵主㆒也」とあり、玄虎は一休宗純と双璧を為す傑僧と評されたとある。また、この『大空和尚行状録』には、執心の余り蛇体に変じた女性の遺骸を荼毘に付すにあたり、玄虎は「邯鄲旅客栄華枕、江口美人歌舞舟、這箇家伝真仏法、六輪一路転風流」と手向けたと伝える。同様の記載は、享禄二年（一五二九）成立とする『玄虎禅師行業記』などにも認められるが、この一偈は、金春禅竹『六輪一露之記』に、南江宗沅が記した「題六輪一剣図後」の異文である。この「題六輪一剣図後」は、吉田東伍が、宗純の作と誤認して以来、禅竹と宗純との親交が想定される原因となった資料でもあるが（伊藤正義著『金春禅竹之研究』）、これとは別に承応二年（一六五三）成立の『四座役者目録』「音阿弥」では、音阿弥を荼毘に付す際に、宗純が手向けた「引導ノ文」とも伝えられ、既に江戸前期に、宗純の作とする所伝があったことが窺われる。現段階では詳細は不明ながら、室町後期から江戸初期にかけて、玄虎と宗純の説話は、能関連の知識をも交えつつ、おそらく相互に影響し合いながら形成されたと想定されよう。

〔169-11〕

『酔醒記』〔169-11〕「みなし子と」の和歌は、藤原俊成の私家集『長秋詠藻』(第四〇五番歌)をはじめ、『新勅撰和歌集』(第五九〇番歌)、『夫木和歌抄』(第一六一七六番歌)に収められるほか、『訳和和歌集』・『轍塵抄』・『法華経直談鈔』「譬喩品」、『法華和語記』「薬草喩品」などにも「証歌」とされることから、中世の『法華経』享受と不可分な和歌でもあったことが窺われる。

廣田哲通氏は、当該歌が法華経直談書に散見することから、『酔醒記』での当該歌の受容につき、法華経直談との関連を想定された(廣田哲通氏『中世法華経注釈書の研究』「中世の教養(二)―『月庵酔醒記』覚書―」)。『酔醒記』に法華経直談の影響が想定されることは、〔009〕「弘法大師十忍語」・〔100-01〕「迦陵頻伽」・〔169-08〕「弘法大師歌」などの事例からも窺われるが、当該歌の場合、勅撰集入集歌でもあることから、法華経直談以外による影響も想定されよう。参考として、以下に『愚問賢注』での事例を示す。

「一、法華経の品などの歌詠み様は、只心をとるべき歟。又詞にて詠める作例あるにや。心をとりて、たゞことに詠まむも、詞にかゝりて、そへ詠まむも、ともに苦しからず。六義、いづれを捨つべきにも候はず。法華経には、七喩と申て、七の喩へ候。その外も、品々に、喩へ多く候。その喩へを、多くは詠みて候。法門にとりては、そへうた、なずらへ歌などにて候へども、経のまゝにて候へば、たゞごと歌とも申ぬべく候。代々の集の尺教部に見え候。作例を勘中に及ばずといへども、

俊成卿

序品。広度㆓諸衆生㆒、其数無㆑有㆑量

渡すべき数も限らぬ橋柱いかにたてける誓ひなるらむ

随喜功徳品。最後第五十、聞㆓一偈㆒随喜

谷川の流れの末を汲む人もきくはいかゞは験ありける

これは、詞にかゝりて侍るにや。

安楽行品。深入㆓禅定㆒、見㆓十方仏㆒

寂かなる庵を占めて入ぬれば一かたならぬ光をぞ見る

譬喩品。其中衆生、悉是吾子

みなし子となに歎きけん世の中にかゝる御法のありけるものを

これは、心をとりて詠まれたるにや。」

この『愚問賢注』の例で興味深いことは、『法華経』「譬喩品」の作例として挙げられる俊成歌が『酔醒記』〔169-12〕と同文であるということのみならず、『法華経』各品を詠じた法門歌を「詞にかゝりて」詠む歌と、「心をとりて」詠む歌の二種類に分類することである。『酔醒記』〔169-11〕においても、「恵信(恵心)」僧都源信の『極楽六時讃』の「詞」を示し、「是」(つまり『極楽六時讃』の「詞」)をとった俊成歌に続けて、『法華

経』「譬喩品」の「心」を詠じた俊成歌を挙げるという、『愚問賢注』を意識したかのような法文歌の二分類を示している。

『酔醒記』に『愚問賢注』の書名が言及されたり本文が引用される例は未確認である。しかし一色直朝の自撰私家集『桂林集注』の「自序自注」と第三〇番歌左注に『愚問賢注』が引用され、特に後者では『愚問賢注』の書名が挙げられることは、既に鈴木元氏が論及されるところである（鈴木元氏『室町の歌学と連歌』「いなかればば立田姫をばゆるすらん」）。このほか『桂林集（桂林集注）』「自序」後半部分と、『愚問賢注』「二条良基序」とを対比したところ、『桂林集（桂林集注）』という書名自体も『愚問賢注』に依拠したことが指摘可能である。（但し、『桂林集注』「自跋」によると、『桂林集』という書名は、三条西実枝により付けられたとする。『愚問賢注』が三条西家においても重視されたことは、前掲の鈴木氏の論考に詳しい。）ここで改めて、『酔醒記』と『愚問賢注』との関係という視点から考察したところ、既に指摘したように『酔醒記』〔134〕「訖栗枳王十夢」は、『源氏物語』古注釈に引用ないし言及される他、頓阿が『愚問賢注』「跋文」において、第三番目と第四番目とを混同したことが注目されてきたことにも留意されよう。このように考察するならば、『酔醒記』〔169-12〕に、「法華経直談」による影響のみならず、『愚問賢注』による影響を読み取ることも可能であろう。もっとも『酔醒記』〔169-11〕に『愚問賢注』の影響を想定した場合、何故『愚問賢注』に収められず、『法華経』法文歌でもない「いにしへの」の俊成歌が収められたのかという疑問が残る。もとより成案は望み得ないが、『酔醒記』〔169-10〕の恵心僧都擬託「十王歌」による連想から恵心撰『極楽六時讃』を詠じた俊成詠が収められ、これに『愚問賢注』による法文歌の「詞」と「心」による二分法が加味された結果、「みなし子と」の俊成歌が加えられたと解することが可能であろう。

中世〈知〉の再生―『月庵酔醒記』論考と索引

平成24年 2 月14日　初版発行

定価はカバーに表示してあります。

ⓒ編　者　服部幸造
弓削　繁
辻本裕成

発行者　吉田栄治

発行所　株式会社　三弥井書店
〒108-0073東京都港区三田3-2-39
電話03-3452-8069
振替00190-8-21125

ISBN978-4-8382-3222-2 C1093

整版　ぷりんてぃあ第二
印刷　シナノ印刷

『月庵酔醒記』索引凡例

一　索引は、1「一般語句」、2「漢詩句・経文等」、3「和歌・連句・呪歌・いいまわし等」の三種に分けた。

二　「漢詩句・経文等」は、はじめの漢字二文字を機械的に音読して見出しとした。意味による配列ではない。

三　「一般語句」は、固有名詞(人名・神仏名・地名・寺社名・年号など)、普通名詞を中心に、一部の動詞・形容詞・副詞などを掲げた。

四　「見出し　原文　巻-頁-行」の順に掲げた。

五　「見出し」は現代仮名遣いに従ったが、一部に例外がある。

六　(　)は、検索の便のために仮に注記したもので、漢字をあてたり、原文に疑問がある場合に「?」を付したりした。

七　〈　〉は、原文にある振り仮名・注記などである。

八　巻は「上・中・下」を「a・b・c」で表し、「頁」は三桁のアラビア数字で表し、「行」は本文行のみを数えて二桁のアラビア数字で表した。説話番号や空白行は数えない。たとえば、「a-045-06」は「上巻の45頁の6行」を表す。

先祖専慶　a-136-07
いけみず　池水　c-073-13
いけん　異見　b-046-07、いけん　b-056-09
いけん　遺賢　c-075-04
いげん　偉元　a-080-03
いご　囲碁　a-030-08・a-129-03・a-129-07
いこう　威光　a-066-03
いこく　異国　c-100-15
いこくのくんしゅ　異国君王　c-087-04
いごのあそび　囲碁のあそび　a-129-02、囲碁の遊　a-129-05
いごのきょく　囲碁之局　a-129-06
いごのこと　囲碁事　a-128-01
いごのばん　囲碁乃盤　a-129-12
いころす(射殺す)　いころし　b-115-07、射ころし　b-115-09、いころされ　b-117-15、
いこん　遺恨　a-119-03
いこん　移根　c-025-04
いさい　委細　c-096-14
いさかい　いさかひ　b-061-02・b-062-01
いさざ　いさゞのかしら　b-066-01
いささのもの　いさゝのもの　b-057-15
いざなぎのみこと　伊弉諾〈イザナギノ〉尊　a-032-12、伊弉諾　a-033-06
いざなみのみこと　伊弉冊〈イザナミノ〉尊　a-032-12、伊弉冊　a-033-06
いさむ　いさめ給ふ　b-056-03
いさめ　諫　a-085-10・a-086-04
いさやま　伊散山　b-102-06
いさん　潙山　b-106-11
いし　石　a-031-01・a-060-13・a-064-02・a-120-07・a-143-04・b-053-12・b-088-10・b-096-03・c-099-08・c-104-02、死人焼石　a-043-09、石上　a-043-10、御庭の石　a-060-11、めづらかなる石　a-060-12、石之名　a-031-01
いしい　石井といふ町人　a-064-03
いしずえ　石ずへ　b-047-06
いしぶち　石渕　b-102-06
いしゃ　医者　a-099-07、いしや　a-082-12・b-060-04・b-076-05
いしやま　石山　b-102-04
いしょう　衣装　a-096-09、衣裳　a-122-05・c-086-04・c-093-12、いしやう　a-101-03
いしょく　異色　c-021-02
いしょく　移植　c-024-04
いず(伊豆)　豆州　c-081-07
いすず　いすゞ　a-035-02
いすずのみや　五十鈴の宮　a-035-01、いすゞの宮　a-035-01
いずみ　泉　a-077-04・a-077-05・a-077-08
いずみ(和泉)　和泉　b-107-10、いづみのさかゐ　c-109-01、泉の逆井　c-110-02、和泉逆井　c-011-10、和泉のさかい　b-051-07、泉州さかゐ　c-113-02
いずみしきぶ　和泉式部　a-106-12・b-028-03・b-028-07
いずみのうだいしょう　和泉右大将藤原実国　b-050-04
いずものくに　出雲国　a-045-05、出雲の国　a-108-09
いずれのころ　何のころ,a-027-03
いずれのみよ　いづれの御代にか　b-112-10
いせ　伊勢　a-034-10・a-091-01
いせい　威勢　a-089-08・a-091-09・a-098-10
いせいぜんじ　惟政禅師　c-102-08、師　c-102-12・c-102-14・c-102-09
いせこくし北の方　伊勢国司北御方　c-011-09・c-110-01・c-012-09
いせさだむね　伊勢貞宗　a-029-04・a-060-02・a-063-04、貞宗　a-063-09・a-063-11・a-063-16・a-063-17
いせのしょうぞうす　いせの小蔵主　c-112-11
いせたいじんぐう　伊勢太神宮　a-056-07・a-089-12
いせものがたり　伊勢物語　b-110-02
いせん　渭川　c-021-04
いそく　夷則　a-138-10
いたさ　いたさ　b-058-14
いたじき　板敷　a-061-05・b-107-01
いたずらもの　いたづら物　b-051-12
いただき　巔　c-014-02
いたち　イタチ　b-095-03
いたびさし　板びさし　b-035-09
いたぶき　板ふき　b-026-09
いたましむ　いたましむ　c-103-04
いたみ　痛　b-051-13
いたみくだる(痛み下る)　いたみくだる　a-104-05
いち　一　a-071-01・a-071-11・a-087-06
いちあした　一あした　a-078-06
いちいん　一韵　a-111-10
いちいん　一陰　a-138-06
いちおう　一泓　c-032-02
いちかいちよう　一花一葉　a-135-13
いちぎょうぜんじ　一行禅師　b-011-06・b-016-08
いちぎょうぜんじしゅっこうきちきょうじつ　一行禅師出行吉凶日　b-016-08
いちげい　一芸　a-028-12
いちげそう(一花草)　一げさう　b-076-06
いちご　一期　b-070-07・c-083-07・c-084-08・c-086-07

いちごん　一言　a-094-02
いちざ　御一座　c-076-01
いちじ　一時　a-077-12・c-092-08
いちじく　一軸　a-126-01・a-126-05
いちじさんらい　一字三礼　c-089-05
いちしちにち　一七日　c-098-03
いちじゅ　一樹　c-060-04
いちじょう　一定　a-093-16
いちじょう　一乗　c-077-02
いちじょう　一条〈デウ〉　a-064-08
いちじょういん　一条院　a-052-04・c-077-03
いちじょうごしゃく　一丈五尺　a-118-04・a-118-06
いちじょうごろくしゃく　一丈五六尺　a-117-13
いちじょうししゃく　一丈四尺三寸　a-117-08
いちじょうしちはっしゃく　一丈七八尺　a-117-12
いちじょうだに　一条〈乗カ〉谷　a-112-08
いちじょうてんのう　一条　b-111-01
いちじょうどの　一条殿　c-091-12
いちじょうにさんじゃく　一丈二三尺　a-117-13
いちじょうにしゃく　一丈二尺　c-098-09
いちじょうにすん　一丈二寸　b-014-11
いちぞく(一族)　一ぞく　c-082-14
いちだ　一朶　c-026-08
いちだいじ　一大事　c-080-15・c-093-12
いちだいのみのり　一代の御法　c-100-05
いちだち　市立　b-046-11
いちてんせい　一天星　c-043-08
いちとく　一徳　b-090-05
いちにく　一二句　a-108-01
いちにち　一日　a-075-03・b-016-10
いちにちだいじ　一日大事　c-086-04
いちにのく　一二之句　c-013-01
いちにん　一人　a-092-07
いちねん　一年　a-054-05・c-023-03、一年の罪　a-059-03
いちねん　一念正直　c-082-07
いちねんだいじ　一年大事　c-086-04
いちねんのねんぶつ　一念の念仏　c-100-12
いちねんばかり　一年計　b-051-14
いちのたすけ　一の助〈タスケ〉　a-039-06
いちはくさんぜん　一白三千(一顧三千？)　c-024-04
いちひゃくきく　一百菊　c-036-07
いちひと　イチ人　b-091-02
いちべつ　一別　c-015-01
いちまいきしょう　一枚起請　c-099-11、法然上人一枚起請　c-010-13
いちまいざっしょ　一牧雑書　b-011-08・b-019-04
いちまん　銭一まん　a-079-04
いちまんさんぜんぶつ　一万三千仏　a-059-04
いちめい　一鳴スレバ　b-103-09
いちめん　一面　c-120-11
いちめんのしょう　一面粧　c-055-04
いちもじ　一文字のおれ　b-067-05
いちもつ　一物　a-066-01・a-066-02
いちもんふち　一文不智　c-100-05
いちや　一夜　c-035-09
いちやのかり　一夜ノ花裡　a-121-02
いちょう　帷帳　a-083-02
いちらい　一礼　c-121-08
いちるい　一類　b-109-07・c-109-15
いちるのいと　一楼絲　c-105-15
いちをなす　市をなす　a-097-12
いつえ　五重　c-098-10
いつか　五日　b-014-15・b-016-15・b-017-06・b-017-16・b-023-04・b-023-06・b-060-05、四月五日　b-018-08、五月五日　a-052-01・a-134-09・c-062-06、十月五日　a-057-02
いつかのせちえ　五日節会　a-052-01
いっかのちゃ　一裹の茶　a-126-06
いつかぶ　五株　c-060-02
いっき　一季　c-063-12
いっきゅうそうじゅん(一休宗純)　純蔵主　c-011-10・c-110-02・c-113-02・c-114-05、〈純蔵主〉　c-113-04
いっく　一句　c-105-09
いつくし　いつくしき　b-039-14・b-054-12、いつくしく　b-040-08
いっけ　一家　a-046-09
いっこう　一向に　c-100-06
いっこうのく　一劫の苦　c-096-03
いっこく　一国　b-117-07・b-117-16・b-118-01
いっこくいちぐん　一国一郡　a-097-07
いっこくのしゅう　一国の主　b-117-13
いっこはんこ(一箇半箇)　一筒半筒　c-108-09
いっさい　一歳　a-129-09
いっさい　一切物怪　b-103-04
いっさいしゅじょう　一切衆生　a-043-07・c-085-11
いっさいしょにん　一切諸人　a-089-15
いっさつ　一冊　a-027-02
いっさんいちねい(一山一寧)　一山国師　c-091-02
いっさんこくし→いっさんいちねい
いっし　一子　a-074-13・a-080-08・c-095-01
いっし　一詩　a-111-10
いっし　一枝　c-052-04
いっしのしん　一枝之真　a-135-07
いっしのはる　一枝ノ春　b-105-04

いっしゃく　影〈一尺〉　b-014-11、一尺ばかり　c-064-04

いっしゃくごすん　一尺五寸　b-099-15

いっしゅ　一首の故　a-114-08

いつしゅう　逸秋　a-145-13

いっしゅう　一宗　c-101-02

いっしゅうき　一周忌　c-115-07

いっしゅく　一宿　c-095-11

いっしょう　一生　c-041-04・c-097-15

いっしょう　一笑　a-027-13

いっしょうのねむり　一床の眠　a-027-09

いっしょく　一色　a-131-05

いっしん　一真　c-106-02

いっしん　観〈法〉一心　a-067-11

いっしんかんぼう　一心観法　a-068-01

いっしんに　一心に　c-084-08

いっすん　一寸　a-123-03・b-113-02・b-113-04・b-113-06

いっすんごぶ　一寸五分　b-113-03

いっすんにぶ　一寸二分　b-113-04

いっすんはちぶ　一寸八分　b-113-06

いっせいのあき　一声秋　a-105-08・a-105-10

いっせいのひびき　一声響　a-109-07

いっせき　牛蹄一隻　a-082-06

いっせん　一銭　c-011-08・c-107-07・c-108-15・c-109-03・c-109-07

いっせんこう　一千劫　c-085-05・c-085-06・c-085-07・c-085-08

いっせんざい　一千歳　a-137-01

いったい　一体の神　a-045-10

いったいぶんしん　一体分身　b-118-03

いつたび　五たび　a-058-01

いったんのおそれ　一旦の恐　a-097-12

いっちょう　一朝　a-076-12・a-081-02

いっつい　一対　a-067-04

いってん　一天　a-067-12

いってんのゆき　一点の雪　c-107-04

いっとうさんらい　一刀三礼　c-101-04

いっとくえいふく　一得永不苦　c-098-08

いっとくすい　徳〈一徳水〉　b-091-01

いっぱ　一葩　c-052-04

いっぱん　一半　a-149-04・c-020-04

いっぱん　一般　c-042-07・c-049-04・c-057-06

いっぴゃくこう　一百劫　c-084-12・c-084-13・c-084-14・c-084-15・c-085-01

いっぺん　一片　a-075-09

いっぺんのはる　一片春　c-032-04

いっぽう　一方　a-043-09

いっぽん　柳一本　a-118-01、松一本　a-118-01

いて　射手　a-110-06

いでがわ　井手川　c-066-11

いでたち　いでたち　b-032-02

いでのだいじん（井出大臣）→たちばなもろえ

いでのやまぶき　井出ノ山吹　c-008-05、井出山吹　c-066-07

いでわ→でわ

いと　糸　c-064-04・c-088-05・c-088-11・c-098-08、いと　c-065-01・c-088-07、糸の長　c-098-09

いどう　医道　b-046-07

いとくこうい　威徳高位　c-097-11

いどころ　射所　a-067-09

いとざくら　糸桜　a-106-09、いと桜　a-106-14

いどのしょう　井戸庄　b-011-17・b-066-04、井との庄　b-066-05

いとま　暇　a-041-04、御いとま　b-109-12

いどむ　いどむ詞　a-114-10

いなり（稲荷）　いなり　b-072-07

いなわしろけんさい　兼載　b-032-02・b-032-03、兼載法師　b-034-09

いにしえ　いにしへ　c-115-11

いぬ　戌　a-139-09・b-019-06・b-019-09・b-019-12・b-020-01・b-020-04・b-020-07・b-020-09・b-020-12・b-020-15・b-021-01・b-021-04・b-021-07

いぬ　犬　b-062-05・b-099-06・b-110-04・b-110-06、いぬ　b-035-05、鷹犬　b-110-03

いぬい　乾　b-013-05、いぬい　a-116-08

いぬかうもの　養犬者　b-110-04

いのいえ　医之家　a-099-04

いのくま　猪熊〈ヰノクマ〉　a-065-03

いのしし　猪のにく　a-103-04、猪　a-103-09、いのしゝ　a-103-10

いのち　命　a-083-11・b-019-03・b-053-02・b-106-02・b-108-06・b-117-13・c-103-05、いのち　c-064-13、物の命　a-088-09・a-092-03・a-092-04

いのはや（猪速太？）　井ノハヤ　a-068-02

いのもと　井のもと　c-068-02

いのゆ（猪の油）　いの油　b-100-09

いのり　祈　a-088-08・a-088-09・a-089-07・a-090-03・a-090-08・b-091-06、御祈　a-088-03・a-089-01・a-089-12・a-090-07・a-090-15・a-093-14

いのりのし　御祈の師　a-089-05

いのる　祈る　a-082-14、祈ケル　c-009-04、いのりける　c-077-06

いはい　位牌　c-105-17

いばい　移梅　c-020-03

いばはじめ　射場殿始〈イバハジメ〉　a-057-02

いぶり（異振）　いぶりにて　b-044-07

いぶん　維文　b-089-06

いほう　遺芳　c-031-07

いま　今　a-028-02・a-039-06・a-075-09、今は　a-114-01、今の世中　a-027-06
いまがわなかあき　仲秋　a-029-10・a-085-09・a-095-06
いまがわりょうしゅん　今川了俊　a-029-10・a-085-09、今河ノ了俊　a-095-06
いましむ　いましめ　b-059-08
いましめのご　戒ノ語　b-011-13
いまのよ　今の世　a-042-08・a-075-13・b-047-06・b-109-13・c-104-06、いまの世　a-113-09
いままで　今まで　b-055-15
いまわのとき　いまはの時　b-037-05
いみじ　いみじう　b-066-10、いみじきもの　a-125-11
いみょう　十二月異名　a-137-10
いめん　衣綿　a-139-05
いもうと　いもうと　c-103-03
いものは(芋の葉)　いものは　b-052-03、いもの葉　b-052-05
いもり(守宮)→しゅきゅう
いやし(賤し)　いやしき　b-054-03・b-055-05、いやしき雑談　b-041-13
いよ　伊予　b-102-06
いりあい　入会　b-069-01
いりえ　入江　c-110-08
いりがらかい　入がらかい　b-064-04
いろ　色　a-028-03・a-100-02・b-039-11・b-056-11・b-066-03・b-075-07・b-082-03・b-099-06・b-112-08、花の色　a-060-10、のぞみの色　a-111-08
いろいろし　いろ／＼しき　b-032-02
いろごのみ　色ごのみにて　b-051-08
いろづく　色づきわたれる　c-076-01
いろふかし　いろふかく　b-038-02、色ふかきさま　b-057-14
いわお　巌　b-053-06
いん　院　a-063-07
いん　陰　a-066-07
いん　韵　b-089-08
いんがのどうり　因果之道理　a-096-11
いんがのとが　因果の科　a-098-06
いんかん　烟看(烟梅？)　c-022-05
いんきょ　隠居　a-096-10、陰居　c-060-01
いんじゅ　院主　a-043-06・a-043-07・c-061-05
いんじゅ　尹寿　b-089-04
いんしょく→おんじき
いんだろしんおう　因反留神王　a-042-13
いんちゅう　院中　c-107-13
いんちゅう　陰忠(中？)　a-146-03
いんと　陰莵　a-140-03
いんどう　引導スル　a-068-03
いんねん　因縁　a-039-13・c-081-13・c-082-02
いんのひ　陰ノ日　a-100-08、陰日　a-100-08
いんぱ　烟波　c-030-02
いんふんきく　韶粉菊　c-041-03
いんぼう　陰謀　c-008-14・c-073-03・c-074-03
いんよう　陰陽　a-066-02・c-078-06
いんらく　院落　c-032-08
いんりょう　蔭涼　c-091-10
いんりょうけん　蔭涼軒　c-091-09

う

う　鵜　b-031-01・b-063-01、鵜鷹　a-095-08
う　羽　a-127-05
う　卯　a-139-08・b-019-05・b-019-07・b-019-10・b-019-13・b-020-02・b-020-05・b-020-08・b-020-10・b-020-13・b-020-16・b-021-02・b-021-05
ういぢにのみこと(泥土煮尊)　泥瓊〈ウヒヂニノ〉尊　a-032-08
ういてんぺん　有為転変　a-136-03
うえき　うへ木　a-118-04
うえすぎかじゅん　上杉可淳　a-107-12
うえすぎさだまさ　上杉定正　a-115-11
うえたるひと(飢ゑたる人)　うへたる人　c-093-03
うえまずる(植え混る)　うへまずる事　a-116-04
うえもんのじょうしゅんとう　右衛門尉俊当　b-086-05
うえん　烏猿　a-145-09
うお　魚　a-047-07・a-133-02、うを　a-075-12、うをのなます　a-077-02、鯉のうを　a-077-05、たらといふ魚　b-037-02、池の魚　c-082-03
うおう　烏押　a-142-06
うおん　羽音　a-137-08
うかびいず(浮かび出づ)　うかび出がたき　c-081-12
うかぶせ　うかぶ瀬　b-055-11
うき(憂き)　うき　a-071-03
うきみ　うき身　c-115-02
うきよ　うき世　c-102-01、憂世　c-113-03、うきよ　c-111-05
うぎょく→かけい
うきよのなか　うき世の中　b-055-09
うきよのなみ　うきよの浪　a-115-05
うきん　烏巾　c-019-03
うく　うけ候はぬ　b-040-12
うぐい　うぐひ　b-034-08
うぐいす　鶯　a-145-02・b-054-04・b-074-04・b-079-01・b-104-01、うぐひす　b-104-02
うぐいすのす　鶯の巣　a-045-12

うぐいすのやど　鶯の宿　c-083-06
うげ　換骨羽化　c-121-14
うごき　うごきなき　a-027-07
うこんのうまば　右近馬場　a-052-02
うさ(宇佐)　うさ　b-058-09
うさ(憂さ)　うさ　b-058-09・b-083-02
うさぎ　兎　a-103-11・a-145-11、うさぎ　a-104-02、うさぎのにく　a-102-11
うさはちまんぐう　宇佐八幡宮　a-035-05
うさん　鳥(烏？)盞　b-089-01
うし　牛　a-133-08・a-136-14・a-145-08・b-051-10・b-051-13・b-062-12・b-065-15・b-077-09・b-078-02・b-103-04・b-106-11・b-107-01・c-066-01・c-068-04・c-070-11・c-072-05、　うし　b-071-07・b-073-06・b-077-01、こなたの牛　a-060-06
うし　丑　a-139-08・b-019-05・b-019-07・b-019-10・b-019-13・b-020-02・b-020-05・b-020-08・b-020-10・b-020-13・b-020-16・b-021-02・b-021-05
うし(憂し)　うし　b-038-07
うじ　宇治　b-025-05・b-027-05
うじがみ　氏神　a-041-04・b-090-01・b-105-06
うじがわ　宇治川　a-110-10・b-051-05、うぢ川　b-052-02
うしとら　艮　b-013-06、うしとら　a-116-08、うしとらのかた　a-061-11
うじにゅうどう→ふじわらよりみち
うしのお　牛の尾　c-070-13
うしのふさ　牛のふさ　a-060-05
うしひくつな　牛引綱　c-066-03
うじゃくでん　瑀〈瑀カ〉鵲殿　a-143-05
うじやま　宇治山　b-047-05・b-049-07
うじやまのきせん→きせん
うじゅきつ(温州橘)　うじゆきつ　b-078-03
うじょう　有情　c-082-06
うしろみ　うしろみ　a-108-12
うしろめたし　うしろめたし　a-108-13、うしろめたく　b-062-12
うずまさ(太秦)　うづまさ　c-100-11
うすむらさき　ウス紫　c-091-04
うすゆき　うす雪　b-112-08
うずらがわら　鶉瓦(月？)　a-138-12
うせつ　雨雪　a-139-01
うそ　うそをふき　b-040-03
うぞく　羽族　b-103-07
うた　歌　a-107-05・a-107-08・a-112-05・a-113-03・a-113-09・a-113-12・a-114-15・a-115-08・b-034-02・b-036-10・b-037-05・b-038-17・b-039-03・b-054-17・b-055-13・b-057-12・b-058-08・b-058-10・b-061-11・b-062-03・b-065-08・b-074-05・b-082-06・b-091-01・b-091-03・b-091-05・b-091-07・b-091-09・b-091-11・b-091-13・b-091-15・b-092-01・b-094-03・b-096-06・b-096-07・b-098-06・b-098-09・b-100-15・b-101-02・b-104-01・b-104-11・b-107-04・b-107-05・b-108-08・b-109-14・c-011-09・c-011-10・c-011-11・c-060-09・c-060-10・c-064-06・c-067-10・c-074-12・c-074-15・c-075-01・c-075-05・c-076-15・c-077-03・c-077-07・c-077-09・c-101-11・c-110-01・c-110-02・c-110-03・c-114-08、　御歌　b-061-15・a-035-06、明神御歌　a-036-03、わらはべの歌　a-039-15、つぼの石ぶみの歌　a-105-05、西行歌　a-107-01、俊頼の歌　a-107-06、歌両仙　a-029-14、歌十二首　a-029-16、歌十九首　a-105-06
うたい(謡い)　うたひ　b-045-16・b-057-09・b-073-04
うだいしょう　右大将　b-052-02
うだいしょう→みなもとよりとも
うたいもの　うたひ物　b-084-15
うたう(謡う)　うたふ　b-042-05、うたひけり　b-083-06・c-078-03
うたがい　うたがひ　c-112-04
うたがうくさ(疑う草)　うたがふ草　c-063-02
うたたね　うたゝね　b-038-09・c-083-02
うたづか　歌塚　b-047-02
うだてんのう(宇多天皇)　寛平　b-110-08
うたのぎょかい　御歌の御会　a-061-03
うたのことば　歌の詞　c-093-07
うたのりょうせん　歌両仙　a-104-10、歌の両仙　a-104-11
うたものがたり　歌物語　b-065-08
うち(内)　うち　b-031-10
うち　三界裏　a-040-13
うちあう　うちあふ　c-078-07
うちぎ(打衣)　うちぎ　a-106-07
うちしんず　うちしんじける　a-106-10
うちじに　うち死　c-106-13
うちとく　うちとけて　b-038-14
うちのあそび　内の遊　b-083-11
うちのしょうぼう　内正法　c-079-14
うちのみかど　内の御門　c-074-10
うちはし　うち橋　a-125-13、うちはし　c-083-12
うちはぶく(打羽振く)　うちはぶき　b-109-02
うちょうさたん　右長左短　a-136-07
うちわ　団扇　a-147-03
うつ　拍子うつ　b-042-05
うつくしきはな　美シキ花　a-136-06
うつしうう(移し植う)　うつし植て　c-061-05
うつす　命をうつす　a-092-03

うったつ　うつたち　b-056-02
うつつ(現)　うつゝ　a-038-10・b-038-10・c-084-06
うつとう　鬱陶　a-128-08
うつぼ　うつほ　b-115-02・b-115-05
うつほぶね　うつほ船　a-035-09
うつむぐさ　ウツムクサ　b-096-01
うつわ　器　b-106-04
うつわもの(器)　さいだうの器〈ウツハモノ〉　a-039-05、うつはもの　a-077-11、うつは物　a-082-04
うでたて　腕立　b-046-13
うでもち　腕持　b-046-03
うとう(空洞)　うとふ　b-073-07
うどき　卯時の酒　a-101-09
うとくにん　有徳人　c-080-01
うどぐん　宇代郡　a-047-07
うとます　うとませむ　c-095-17
うなぎ(鰻)　うなぎ　b-075-04
うのはな　卯花　a-107-09・a-134-11・b-054-04
うのはふきあわせずのみこと　彦波瀲武鸕羽葺不合尊〈ヒコナギサダケウノハフキアハセズノ〉　a-033-03、鸕羽葺不合尊　a-033-04
うのひ　二月上卯日　a-050-03、四月上卯日　a-051-03
うはう(有は有)　うはう　b-073-05
うばたまのよ　むば玉の夜　b-032-01
うばら　むばらの枝　b-105-01
うばらじごく　嗢鉢羅地獄　c-120-02
うぶね　鵜舟　b-028-02
うま　馬　a-068-08・a-069-02・a-069-06・a-070-02・a-131-13・a-133-11・a-133-15・a-133-16・a-145-07・b-026-02・b-026-04・b-063-15・b-063-16・b-077-01・b-093-03・b-100-05・b-100-07・b-100-11・b-100-13・c-072-05・c-083-17・c-084-03・c-084-04・c-120-10、むま　c-084-01、御馬　a-055-01・a-055-02、馬よ／＼　b-100-14
うま　午　a-139-08・b-019-06・b-019-08・b-019-11・b-019-14・b-020-03・b-020-06・b-020-08・b-020-11・b-020-14・b-020-17・b-021-03・b-021-06
うまごぞうやまい　馬五臓病　b-099-04
うまし　むまきもの　a-071-04
うまぬし　馬主　b-100-11
うまのこく　午刻　c-073-05
うまのしょびょう　馬諸病　b-101-09
うまのすそ　馬のすそ　a-125-03
うまのとき　午時　b-014-11
うまのみ　馬の身　b-101-04
うまはじめ　馬はじめ　c-083-16
うまや(厩)　むまや　a-125-14、馬屋　b-101-07
うみ　海　a-031-01・a-143-03、塩ならぬ海　a-115-05、海のむかひ　b-085-01、海之名　a-031-01
うみ(膿)　黄なるうみ　b-100-01
うみずら　海づら　c-069-08
うみのそこ　海のそこ　a-084-04
うみやま　海山　a-115-12
うむ(産む)　うむ時　a-071-02
うめ　梅　a-040-02・a-134-12・a-142-03・b-030-06・b-072-02・c-020-02・c-069-01・c-072-01・c-082-15・c-083-05・c-083-06・c-083-08、梅津のむめ　b-024-10
うめがえ　梅が枝　b-074-04
うめがこうじ　梅小路〈ムメガ〉　a-064-15
うめさくかど　梅さく門　c-083-08
うめづ　梅津　b-024-10
うめのき　梅の木　b-035-01・c-077-05
うめのたちえ　梅のたち枝　c-083-10
うめのはな　梅のはな　b-030-04、梅花　b-104-02
うめのみや　梅宮　a-044-04
うめぼうし　梅ぼうし　b-036-02
うめぼし　梅干　b-043-16
うめみず(埋め水)　うめ水　b-033-05
うやまう　うやまひ　b-056-14
うゆ(植ゆ)　うゆる　c-069-02、うゆれば　c-069-02
うら(裏)　家のうら　a-064-03
うら　紘ノウラ　a-066-06
うらいた　うら板　c-089-06
うらかく　浦かけたる　a-115-08
うらかぜ　うら風　c-115-05
うらかたむるくすり　うらかたむる薬　b-100-09
うらがる　うら枯たり　b-072-08
うらしまのおきな(浦嶋の翁)　うら嶋の翁　a-044-06
うらはず(末弭)　ウラハズ　a-066-06・a-066-12
うらぼん　盂蘭盆　a-054-01
うらぼんきょう　盂蘭盆経　a-070-09
うらみ　恨　a-098-05・a-098-06・a-128-09・a-128-12・b-054-10・b-056-01
うらみごと　恨事　b-054-14
うらめし　うらめしく　c-082-01、うらめしや　c-115-02
うり　瓜　a-142-09、うり　a-103-02
うるさし　匂ノウルサキ　a-136-08
うるわし　心うるはしく　a-091-02、うるはしき　a-091-12・a-091-15
うれい　愁　a-027-10・a-096-01・b-013-11・b-018-03、無道の愁　a-089-11、憂　b-015-08、ウレイ　b-017-05
うれしげ　うれしげなる　b-057-17、嬉しげに

b-108-15
うろ　雨露　c-114-06
うわかわ　うはかは　a-122-08
うわぎ(上着)　うはぎ　c-096-09
うわさ　うはさ　b-011-15・b-053-04・b-054-05
うわめぶち　うはめぶち　b-100-11
うん(吽)　ウン　a-065-11
うんう　雲雨　c-075-05
うんえい　雲英　a-141-05
うんえん　雲煙　c-109-06
うんか　雲霞　c-121-06
うんかい　雲開　c-037-06
うんかく　雲客　b-084-02
うんきゃく　雲脚　a-147-05
うんこん　雲根　a-143-04
うんしゅう　雲収　c-028-08
うんしゅう　雲愁　c-035-07
うんすい　雲水　a-109-10・a-146-05
うんぜんだけ　雲善嶽　b-102-08
うんばい　雲梅(雪梅？)　c-045-09
うんばいたいきく　雲梅堆菊　c-045-09
うんよう　雲葉　a-141-05
うんろう　雲浪　a-143-03

―――え―――

え　絵　a-126-03・b-096-05・c-108-07・c-108-10・c-108-11、合戦之絵　a-110-05、無絵　a-110-08、達磨絵　a-110-11
え　餌　b-108-14・b-114-08
えい(詠)　花鳥風月の詠　a-028-05
えい　栄　c-094-09
えい→とうえい
えいえい　英々　c-044-04
えいか　詠歌　a-114-07・b-056-09、御詠歌　b-056-14・c-093-08
えいが　栄花　a-095-11・b-117-14・c-083-15・c-084-08
えいかく　古来永格　a-123-04
えいかん(叡感)　ゑいかん　c-089-01・c-089-08
えいげんほうし　永源法師　b-026-03
えいこう　衣被香〈エイカウ〉　a-122-04、哀衣香　a-122-05、衣被香　a-122-06
えいこうのか(衣被香の香)　えひかうのか　a-122-04
えいさい　栄西国師　c-091-07、千光国師　c-092-04
えいざん(叡山)→ひえいざん
えいし　曳姿　c-019-07
えいしずむ(酔ひ沈む)　酔しづむ　a-101-13
えいしゃく　栄爵　a-054-07
えいじゅう　瀛州　c-062-10
えいしょう　永正七年　c-076-11
えいせいほうし　永成法師　b-024-02・b-026-05
えいぞう　影像　c-011-08・c-092-08・c-107-11
えいへいじ　永平寺　c-010-11・c-094-07・c-094-09・c-097-05
えいほう　永芳　c-011-04・c-104-09・c-104-11・c-104-12、ひとみの永芳　c-104-10
えいゆうのひと　英雄の人　c-081-08
えいらん　叡覧　c-088-15、ゑいらん　c-089-03
えいりょ　叡慮　c-075-06
えがいぶっちょう　会蓋仏頂　a-037-03
えがた　絵形　a-036-01
えき　益　a-090-16
えきき　疫気　a-059-08
えきげんきつ　易元吉　a-132-07、慶之　a-132-07
えきしゅう　益州　c-073-01
えきとく　答得(益得？)　c-050-07
えきびょう　疫病　b-015-08・b-016-01・b-016-02・b-016-04・b-016-06・b-095-06
えきよう　嶧陽　c-072-02
えぐのな　恵具之菜　c-007-09
えぐのわかな　ゑぐのわかな　c-060-09・c-060-11
えこ　依怙　a-090-12
えこう　廻向　c-103-06
えざ　会座　c-120-10
えじょう　会場　c-120-12、仏ノ会場　a-136-05
えしんそうず　恵心　c-011-11・c-110-03・c-115-09、恵信僧都　c-114-08
えずし　エズキ物　a-067-01、持エズキ　a-067-04
えせもの　えせ者　a-094-13
えせんがん　絵千貫　a-126-07
えぞう　絵像　c-108-05
えだ　枝　a-027-07・a-118-03・b-030-04・b-061-16・b-066-07・b-091-16・b-105-01・b-109-07、桜の枝　b-053-11、桂の枝　c-071-02、かれたる枝　c-077-05
えたか　兄鷹　b-113-04
えだは　枝葉　c-112-04
えちぜん　越前のつるが　a-112-02、越州　b-110-03、越前国　c-108-13・c-109-13
えちぜんのしゅ　越前の主　c-094-09
えつ　悦　b-017-13
えつしゅう→えちぜん
えつぼ　えつぼに入　b-042-06
えと(干支)　エト　a-066-11
えどごう　江戸郷　c-101-10
えなんじ　淮南子　a-087-11
えにちさん　恵日山　c-091-11
えのあぶら(荏の油)　荏の油　b-101-06

えのき　榎　a-116-05・c-008-06、榎〈エノキ〉　c-068-02、榎のほら　c-068-02、榎木の実　c-067-02
えのこ(犬の子)　ゑの子　b-045-03
えのはい　えのは井　c-067-07・c-067-14・c-067-15
えのほとり　江のほとり　c-061-07・c-061-09
えのみず　江の水　a-076-13、江水　a-077-04
えびす　夷　a-045-08
えぼしな(烏帽子名)　えぼし名　b-045-13
えみし→えびす
えらび(選び)　えらび　a-038-04・a-062-15
えり　ゑり　b-099-09
えん　縁の広さ　a-117-09
えん　菊の花の宴　a-056-06
えん(艶)　えんなるさま　a-060-11、えんなる　c-076-03、えんにして　a-108-10
えん　延は延年(「延は」は衍？)　a-079-03
えん(遠)→ばえん
えんいん　宴飲　c-054-05
えんえん　厭々　c-019-03
えんおうきく　鴛鴦菊　c-049-09
えんおうばい　鴛鴦梅　c-027-02
えんか　煙霞　a-028-08
えんか　鉛花　c-041-04
えんか　炎夏　a-138-06
えんがくきょう　円覚経　c-089-11
えんがくじ　円覚寺　c-092-03
えんぎ　延喜　a-038-04・b-110-08
えんぎ→だいごてんのう
えんきょ　塩虚　a-141-06
えんきん　遠近　a-130-12・b-103-01
えんげつ　円月　a-138-14
えんこう　遠行　b-052-13
えんざん　遠山　a-119-05・a-130-06・a-130-12
えんじ　燕脂　c-025-08・c-039-02・c-054-09
えんじきく　燕脂菊　c-041-07
えんじばい　臙脂梅　c-027-06
えんじへい　閻次平　a-132-04、次平　a-132-08
えんじゅ　遠樹　a-130-05
えんじゅ　延寿　c-071-08
えんじゅつ　袁術　a-084-09、術　a-084-09・a-084-11・a-084-12
えんじょ　風興の宴助　a-028-10
えんじょうばい　檐上梅　c-033-05
えんしろう　燕子楼　a-143-06
えんじん　遠人　a-130-05
えんすい　遠水　a-130-06・a-130-12・a-131-04
えんせつ　炎節　a-137-05・a-138-06
えんてい　炎帝　a-137-05・c-031-07
えんどう　遠道　b-046-09・b-056-02
えんどうもりとお　遠藤ムシヤモリトヲ　a-095-04
えんに(円爾)　聖一国師　c-091-11
えんにん(円仁)　慈覚大師　c-101-04、大師　c-101-04
えんねん(延年)→とうえい
えんぱ　遠波　a-143-03
えんばい　遠梅　c-024-01
えんばい　簷梅　c-024-07
えんばい　塩梅　c-026-07
えんぷう　炎風　a-137-05
えんふつ　燕弗　a-148-02
えんまん　延蔓　c-059-06
えんめい→とうえんめい
えんめいきく　渕明菊　c-054-06
えんめいそう　延命草　c-008-8・c-070-04・c-070-06・c-070-12
えんも　闞(闟？)茂　a-139-09
えんよう　艶陽　c-034-06
えんら　閻羅　c-105-14・c-105-15・c-116-06
えんりょ　遠慮　a-097-17
えんりょのきゃく　遠旅の客　a-128-05
えんろ　遠路　b-046-05
えんろう　烟篭　a-131-04

―――――――――――――お―――――――――――――

お　尾　b-079-01・b-109-12・c-079-04・c-079-06、を　b-077-01、くじらの尾　b-066-01
お(緒)　ひうちぶくろのを　b-045-06
お　苧　a-118-07
おい　老　c-076-06
おいかがまる　老かゞまりて　c-070-05
おいたつ　生ひたちて　b-064-15
おいたるおのこ　老たる男　b-025-05
おいほうし　老法師　c-075-05
おいまつ　老松　c-082-15
おいめ　おいめ　a-079-06・a-079-08
おいやる　追やり　b-066-11
おう　凰　b-103-07
おう　王　c-079-03・c-080-05・c-120-12、しゝ国の王　b-116-06
おう(王)→ぼくおう
おう(負う)　おい　b-117-03、おいて　c-104-05
おうい　王位　a-072-11・c-087-05
おうい　王維　a-132-09、摩詰　a-030-10・a-130-04・a-132-09
おうえい　応永廿二年　a-114-13、応永廿七年　a-038-10
おうえん　横煙　a-131-05
おうえん　王渕　a-133-05、若水　a-133-05
おうおう(ぎょくおう？)　王鴨　a-123-08

おうか　桜花　c-107-13
おうかん　往還　a-096-13
おうぎ　扇　a-031-06・a-101-16・a-101-17・a-110-08・a-147-01・b-042-05・c-106-06、扇之名　a-031-06
おうきゅう　王宮　b-117-01・b-117-03・b-117-04
おうきょう　黄香　a-079-10・a-079-11、わうきやう　a-079-12、文強　a-079-12
おうぎん　鶯吟　a-028-09
おうこう　王功　b-048-08
おうこう　王弘　c-037-08
おうごん　黄金　a-080-07・c-047-06
おうごん　黄芩　b-114-04
おうごんずい　黄金蘂　c-050-03
おうさか(逢坂)　あふさか　a-045-01
おうさんこく　黄山谷　a-077-07、わうさんこく　a-077-09
おうじ(王子)→さったおうじ
おうしゅう　奥州　a-112-02、b-111-08
おうしゅう(奥州)→むつ
おうじゅう　晋の王戎　c-071-05
おうしゅん　王春　a-137-11
おうしょう　応鐘　a-138-17
おうしょう　王祥　a-075-08・a-075-09、わうしやう　a-075-10、祥　a-075-12
おうじょう　往生　c-099-13・c-100-01・c-100-03
おうしょうくん　王昭君　c-060-03
おうじんてんのう　応神天皇　b-048-07、b-105-06
おうせい　王政　c-086-10
おうぜん　盎然　c-025-04
おうたん　王餤　c-087-05
おうばく　黄蘗　b-100-09
おうぶつ　王物　c-087-05
おうべん　王冕　a-133-07、元章　a-133-07
おうほう　王裒　a-080-01、わうほう　a-080-03・a-080-04
おうぼう　王法　a-046-05・a-088-11・c-086-12・c-087-01・c-087-03・c-087-04、皇法　a-029-03
おうま(牡馬)　お馬　b-100-16
おうみ　近江　b-072-04・c-081-10
おうみさむらい　近江侍　b-083-04
おうめい　王命　c-086-10
おうもう　王莽　a-082-03
おうらい　往来の僧　c-095-08
おうろう　王朗　b-048-08
おえふじょう　汚穢不浄の所　c-101-08
おお　小緒　b-113-04・b-113-06
おおあめ　大雨　a-102-05
おおいのみかど　大炊御門〈オホイノミカド〉　a-064-08
おおいのみかどさんみただより　大炊御門三位忠従　b-087-09
おおうち　大内　a-055-08・b-109-04
おおうちのなにがし　大内のなにがし　a-060-12
おおえきみすけ(大江公資)　公資朝臣　b-024-09
おおえまさふさむすめ　匡房卿姫　b-028-01
おおお　大緒　b-113-04・b-113-07
おおかぜ　大風　a-102-05・b-014-05・b-085-10
おおかぜ→たいふう(大風)
おおがたな(大刀)　おほかたな　b-045-05
おおがのまつり　太神〈ヲホガ〉祭　a-051-03
おおかみ　狼　b-106-08、おほかみ　b-115-03・b-115-06・b-115-07・b-115-09
おおかみのこ　おほかみの子　b-114-11
おおぎまち　正親町〈オホキマチ〉　a-064-08
おおきみ　大君　c-093-11
おおきり　大霧　a-102-05
おおくるい(大狂ひ)　大くるひ　b-042-13
おおしこうちのなつぎ　凡河内名次　b-050-03
おおしこうちのみつね(凡河内躬恒)　躬恒　b-050-03
おおすみのかみ　粟田口大隈守　b-087-13
おおぞん　大ぞん　b-061-08
おおたか　大鷹　b-111-06・b-113-06
おおだちのなにがし　大館のなにがし　a-063-04
おおたどうかん　太田道灌　a-115-08、道灌〈上杉定正家人也〉　a-115-11
おおたのしょう　武州太田荘　c-069-07
おおちご(大稚児)　おほちご　b-035-09
おおつのみこ　大津親王　b-061-15
おおどし(大歳)　おほどし　c-083-16
おおとのぢのみこと　大戸道〈ヲホトノヂノ〉尊　a-032-09
おおとまべのみこと　大戸間辺〈ヲホトマベノ〉尊　a-032-09
おおとみ　大富　a-125-10
おおともくろぬし　大伴黒主　b-049-09、くろぬし　a-046-04
おおともたびと　大伴旅人　b-049-09
おおはらえ　大祓〈ミソギ　ヲホハラヘトモ〉　a-053-04
おおはらのまつり　大原野祭　a-050-03
おおみき(大酒)　おほみき　b-056-01・c-076-04
おおみず　大水　b-014-04
おおみず→たいすい(大水)
おおみね　大峯　b-102-06
おおみや　大宮〈オホミヤ〉　a-065-03
おおみやちゅうなごん　大宮中納言　b-086-04
おおむね(大胸)　大むね　b-039-17
おおやけ　公　a-055-07
おおゆい(おおお(大緒)？)　大結　b-113-02
おおゆかのはしら　おほゆかのはしら　a-063-01

おおゆび　大指　a-041-12・b-094-08、足ノ大指　b-097-07・左右の大指　a-041-08
おかしげ　おかしげに　b-057-12
おかたがた　おかた／＼　a-063-01
おがみ　男神　a-032-04・a-032-05・a-032-07・a-032-08・a-032-09・a-032-10・a-032-12
おがらかい　お〈出〉がらかい　b-064-04
おきつしらなみ　奥津白浪　b-055-14
おきな　翁　a-126-04・b-114-11・b-115-04・b-115-05・c-070-02、おきな　a-033-13・b-025-07・c-067-06・c-067-10
おきのかみ　隠岐守文睦　b-050-02
おく(奥)　おく　b-031-08
おく(おほく？)　おくは　a-039-05
おく(置く)　箸ををかで　b-043-08
おくねん　憶念恩　a-071-13
おくびょう　臆病　b-046-13
おくふかきこと　おくふかき事　c-100-04
おくめんめん　憶綿々　a-128-09
おぐるま　小車　c-101-12
おこがまし　おこがまし　b-044-05
おこたる　おこたる　c-113-10
おこなう　国をおこなふ　b-117-13
おこり(起こり)　和琴之起　a-030-07、和琴のおこり　a-127-10
おごる(驕る)　おごれり　a-072-06
おさなきひと　おさなき人　b-054-13
おさなきもの　おさなきもの　a-076-06
おじ　叔〈ヲヂ〉　a-086-11、伯父　a-105-03・c-081-02
おしいた　座しきのをし板　a-125-14
おしえ　をしへ　b-108-06
おしえのことば　教ノ詞　b-011-12、をしへの詞　b-037-07
おしげ(惜しげ)　おしげに　b-042-11
おしこうじ　押小路〈オシ〉　a-064-10
おしなおす　押なをし／＼して　a-089-02
おしよう　灰の押様　a-124-01
おしょう　和尚　c-011-06・c-097-01・c-103-10・c-105-09・c-105-10・c-105-12・c-105-13・c-105-17・c-107-07・c-107-09・c-109-12・c-109-13・c-109-15
おしょう→ばいざんもんぽん
おす　雄　b-103-07・b-106-08
おす(押す)　をして　b-101-07
おそくうまるる　ヲソク生ルヽ　b-093-05
おそろし　おそろし　b-084-05、おそろしの　b-060-04、恐事　c-078-04
おちかかる　落かゝり　b-059-11
おちゃ　御茶　c-108-06
おつかい　御使　a-061-17
おつぼね　御局〈ツボネ〉　a-038-09、播磨大納言の御つぼね　a-040-03
おつぼね→かさんいんのおつぼね
おと　音　b-029-04・b-089-08、をと　b-030-09・c-065-04、物つく音　b-024-11、きねの音　b-025-02
おとこ　男　a-042-03・a-042-04・b-014-07・b-015-13・b-093-08・b-095-08・c-063-08・c-088-03、おとこ　a-039-08・b-027-05・b-055-07・b-059-01・b-060-09・c-063-07、男をんな　b-058-03、おとこ女　b-039-04、c-063-10、三十歳計のおとこ　c-070-02
おとことなる　変じて男と成て　c-098-01
おとこやま　おとこ山　c-063-11
おとずる　音信ざる　c-061-10
おとと　おとゝ　a-072-05・a-072-07、弟〈ヲトヽ〉　a-072-07、弟　a-072-09・a-085-04・a-086-11
おとな(大人)　おとな　b-044-07
おとなし　おとなしく　b-038-01、おとなしげなる　b-044-13
おとひめ　竜宮の乙姫　b-115-11
おとまる　剣乙丸　b-086-11
おどり　おどり　b-071-07・b-071-09
おとろえゆく　おとろへゆけば　b-039-12
おどろかす　おどろかす　b-083-12、おとろかし　b-084-06
おどろく　驚べき,a-027-10
おどろきやすし　驚やすくして　b-099-05
おなじけむり　おなじ烟　b-053-03
おに　鬼　a-029-04・a-059-09・a-060-01・a-061-11・a-061-12・a-061-15・a-062-03・a-106-01・b-075-05・b-083-10・b-085-04・b-085-06・b-096-03・c-114-10
おに→あべのなかまる
おにあざみ　鬼あざみ　a-135-07
おにがみ　鬼神　b-039-03
おにのて　鬼の手　b-085-05
おの　斤　a-111-13、斧　b-089-10
おの　小野　a-114-06
おの(小野)→たつの(立野)
おのえのかね　尾上の鐘　c-115-11
おのこ　男など　b-054-11、おのこ　b-116-13
おのじゅうにごう　小野十二郷　a-114-08
おののこまち　小野小町　b-049-08、小町　b-036-01
おののしょう　小野荘　a-114-04・a-115-03
おののとうふう　小野当〈道カ〉風　c-011-12
おののみちかぜ　小野道風　c-116-01、道風　a-104-13・c-116-02
おののよしざね　小野義実　b-049-08
おののよりかぜ　小野依〈ヨリ〉風　c-063-06

おのみち(尾道)　小〈尾〉野みち〈道〉　c-109-02
おばあまぎみ　御おばあま君　a-062-08
おび　帯　b-044-02
おぼえよきこと　おぼえよき事　b-056-10
おぼつかなし　おぼつかなげに　b-038-10
おまえ(御前)　おまへ　c-076-01・c-076-02
おまえのにわ　おまへの庭　a-060-10
おまします　おましまし　a-061-02
おみなえし　女郎花　c-007-16・c-063-05・c-064-01、をみなへし　c-063-11
おむろやま　お室山　a-043-03
おもいいる　おもひいりたる　b-038-02
おもいで　思出　a-110-10、世のおもひ出に　b-040-09
おもいとる　おもひとりて　c-100-01
おもいまどう　おもひまどへる　b-038-03
おもいみだる　おもひみだれて　c-115-04
おもうどち　おもふどち　c-064-08
おもかげ　面影　a-045-04
おもくいたる　気ノヲモクキタル　b-114-08
おもし　心のおもき人　b-038-06
おもしろし　おもしろし　b-108-02、おもしろき事　b-052-12、おもしろきさまに　b-057-10、おもしろく　b-083-06、おもしろけれ共　b-065-01
おもたるのみこと　面足〈オモタル〉尊　a-032-10
おもて　面　a-081-02・a-101-07・b-091-11、おもて　b-053-10・c-095-04
おもと　尾本の血　b-099-13
おもなさ　おもなさに　b-059-06
おもみ　おもみ　b-059-03
おもわしからぬ　おもはしからぬ　b-060-01
おもわぬひと　思はぬ人　b-061-12
おや　親　a-071-04・a-073-08・a-076-07・a-076-08・a-076-09・a-077-08・a-083-02・a-085-04・b-044-13・b-109-16、おや　a-072-07・a-076-05・a-076-07・a-077-13・a-083-04・a-084-04・b-034-05・b-044-11・b-109-06、我が親　b-109-03・親の身　a-071-05
おやなし　おやなし　c-093-09
おり　折　a-027-07、折にふれたる　b-054-05
おりくぶる　折くぶる　c-083-05
おりだす　織出し　c-088-12
おりどの(織殿)　をり殿　c-088-05・c-088-06
おりひめ　おり姫　a-079-07
おりふし　おりふし　b-039-02、折ふし　b-109-03
おりまげ　おりまげ　b-045-12
おりもの　織物　c-089-07
おれ(折れ)　一文字のおれ　b-067-05
おろかなり　をろかなる　a-027-04、愚なる事　a-028-06
おわり(終り)　をはり　b-055-16、上巻目録終　a-031-09、中巻目録終、b-012-14、下巻目録終　c-012-01
おわりのくに　尾張国　a-045-05
おん　恩　a-071-03・a-071-04・a-071-09・a-078-02・a-078-07、になひありく恩　a-071-02、くるしみの恩　a-071-02、やつしぬる恩　a-071-05、やしなひ立ける恩　a-071-06、あらひぬる恩　a-071-07、心づくしの恩　a-071-08、心ざしの恩　a-071-09、守護恩　a-071-11、受苦恩　a-071-11、忘愛恩　a-071-11、吐甘恩　a-071-12、就湿恩　a-071-12、養育恩　a-071-12、不浄恩　a-071-13、憶念恩　a-071-13、悪業恩　a-071-13、憐愍恩　a-071-14、正法念経恩　a-071-14
おん(遠)→ふざんほうおん
おんごく　遠国　b-116-06
おんじき　飲食　b-042-14・c-061-12、飯食相反　a-103-07
おんしょう　恩賞　a-098-07
おんでき　怨敵　c-086-06
おんな　女　a-049-03・a-106-08・b-015-14・b-042-07・b-054-15・b-057-02・b-058-06・b-059-01・b-059-02・b-059-03・b-059-04・b-059-07・b-060-04・b-060-09・b-093-08・b-095-04・b-095-09・c-009-04・c-063-07・c-063-08・c-073-07・c-088-03・c-098-03、をんな　b-033-01・b-058-12・b-060-10・b-068-04、おんな　b-064-01、女ながらも　b-056-02、男をんな　b-058-03、ある女　b-060-03
おんなぎみ　ゆかりの女君　b-053-04
おんなぞうたん　女雑談　b-042-06
おんなのうえ　女のうへ　b-057-13
おんなのみ　女の身　a-039-08
おんみ　御身　a-089-01・a-089-02・a-089-03・a-089-06・a-091-17・a-092-15
おんめい　恩命　c-121-10
おんよしょうにん　音誉上人　c-010-16・c-101-09・c-101-10、上人　c-101-13
おんり(厭離)　遠離生死　a-036-05
おんる　遠流　b-118-02・c-121-04

――――――か――――――

か　香　a-028-03、こきか　b-066-10
か　火　a-127-03・b-021-05、地水火風空　a-066-08・a-067-04
か　蚊　a-083-02・a-083-05
か　驊　c-120-07
が　画　a-031-05・a-146-08
が(賀)　三位入道賀　a-127-07

かい　会　a-112-11
かい　槢(楷？)　c-050-09
かい　階　c-104-10
かい　戒　c-096-03・c-097-07・c-097-10・c-097-11
かい　甲斐　c-107-05、甲斐ノ駒引　a-054-05
がい　害　a-086-08・c-095-16
かいがん　海岸　a-123-01
かいきゅう　階級　a-035-02
かいぎょう　戒行　c-097-09・c-097-10
かいご　戒語　b-046-01
がいこく　外国　c-049-08
がいじ　孩時　b-111-03
がいしゃく　がひしやくといふ物　b-100-07
かいしゅ　灰酒　a-103-12
かいしゅう　開秋　a-138-10
かいじょう　海上　c-055-02
かいじょうえ　戒定恵　a-136-02
かいじん　界神(鬼神？)　a-102-05
かいすい　海水　c-080-04
かいぞく　海賊　a-092-06・a-108-09
かいだい　海内　b-110-08
かいたつ　飼たて　b-115-01
かいだんか　槐檀火　a-137-09
かいちゅう　懐中　a-126-04・c-011-02・c-065-03・c-103-01・c-103-11
かいてい　海底　a-084-03・b-118-01
かいどう　海棠　a-134-12、かいだう花　b-082-03
がいどう　艾衲　c-030-06
かいどり　飼鳥　b-114-09
かいなし　かひなきやうに　b-054-10
かいのこまひき　甲斐ノ駒引　a-054-05
かいばい　懐梅　c-015-02
かいばい　廨梅　c-029-03
かいびゃく　開闢　a-065-09
がいふう　飄風　a-141-02
がいふく　艾服　a-149-04
がいようきく　艾葉菊　c-048-05
かいらぎ(梅花皮)　かいらぎ　b-067-08
かいりき　戒力　c-097-09
かいろ　開炉　a-139-01
かいん　花陰　c-028-06
かう(養う)　かふ　b-101-06
がうん　臥雲　a-146-05
かえき　貨易　a-136-14
かえし　返し　a-033-13・a-107-12・a-108-07・c-113-04
かえるさ　かへるさ　c-111-08
かえるをぼうず　帰を忘じける　a-126-01
かえで　楓　a-068-09・a-069-03・a-116-03・a-116-05・a-116-08・a-117-01・a-117-03・a-117-06
かえる(蛙)　かへる　b-105-01
がえんのつき　我園の月　c-075-11
かお(顔)　かほ　b-031-12・b-041-10・b-062-06・c-065-09、御顔　c-101-07、御かほ　c-101-06
かおう　花王　a-142-10、華王　c-037-04
がおう　鵝黄　c-058-08
がおうしょく　鵝黄色　c-047-01
かおばせ　かほばせ　b-054-12・c-061-02、少年のかほばせ　c-121-16
かおり　香　c-018-02・c-018-06
かおる　薫　a-030-02、薫みくさの事　a-122-03
かか　花菓　c-079-15
かがく　花萼　c-041-01
かがくる　柯縷　c-098-09、かゞくる　c-098-08
かかずどち　かゝずどち　b-064-08
かがみ　境(鏡？)　b-089-04、鏡　b-089-07・c-032-02
かがむ　手をかゞめて　b-042-09
かかり　北向のかゝり　a-116-07・a-116-09、まりのかゝり　b-081-03
かかりのき　かゝりの木　a-061-07
かかん　花寒(花間？)　c-022-02
かかん　花間　c-040-04
かがん　花顔　c-037-06
がかん　瓦缶　c-025-04
ががん　鵞眼　a-148-06
かき　柿　a-104-05・a-116-05・a-116-06・a-142-06・c-069-04・c-069-05・c-069-06・c-072-04
かき　垣　c-070-07・c-070-12・c-076-13
かき　家貴　a-145-09
がき　餓鬼　a-070-09・b-063-12・c-089-10
かきおく　かき置ける　c-100-09
かきおとす(掻き落す)　かきおとす　b-042-12
かきく　夏菊　c-046-06
かきけす(かき消す)　かきけすやうに　a-040-05・c-083-09
かきなづ　かきなでゝ　a-111-02
かきね　垣根　b-096-08、賎が垣ね　a-107-09
かきのさね　柿の核〈サネ〉　b-063-05
かきのね　垣ノ根　b-096-06
かきのもと　かきのもと　b-034-03
かきのもとひとまろ　人麻呂　a-104-11・c-009-01、人麿　b-047-02・c-077-01、柿本　c-075-02
かきもと→かきのもとひとまろ
かく　角　a-127-01・a-127-02
かく(書く)　物をもかゝず　b-038-17
かく　かけける　b-067-01・b-067-03
かく　佳句　c-028-04
かぐ(嗅ぐ)　かぐ　b-042-09
がく　学　a-087-04
がく　額　c-011-12・c-116-01・c-116-02

がく　楽　b-089-08
かくしつ　鶴膝　c-020-06
かくしな　かくし名　a-123-06
がくしゃ　学者　c-101-01
がくじょうのたま　額上珠　c-053-06
かくしん　隔心　b-046-08
がくす　学す　c-100-05
かくぼく　郭璞　b-106-09
がくもん　学文　a-096-16・b-038-17
がくもん　学問　c-099-13
がくようろう　岳陽楼　a-143-06
かぐら　神楽　a-127-10、御神楽　a-059-02
かぐらおか　神楽岳　c-101-06
かくらん　霍乱　a-101-04・a-103-11
かくる　かくれさせ給　c-062-03
かくれいる(隠れ居る)　かくれゐる　c-061-11
かくれんばい　隔簾梅　c-034-01
がくろく　楽録　a-136-11
かげ　影　a-035-03、かげ　c-062-07・c-115-03、松のかげ　a-038-05、かげにて　a-093-11、影〈一尺〉　b-014-11、日月ノ影　b-091-10、つくば山のかげ　c-076-07
かげ(鹿毛)　かげ　b-026-06、日かげ　b-036-12、かげの馬　b-036-08
かけい(筧)　カケヒノ水　b-091-08
かけい　夏景　a-131-04
かけい　夏珪　a-132-08、禹玉　a-132-08
かげい　花鯨　a-109-07、華鯨の響　a-027-09
かけお　かけ結(緒？)　c-108-10
かけじ　かけ字　b-051-04・b-067-06
かげつ　夏月　a-101-05
かげつ　花月　a-138-02・c-029-06
かけはし　雲のかけはし　c-074-14
がけんせき　瓦硯石　b-088-07
かこ　過去　a-065-10
かこ(河皷)→あこ(阿皷)
かご　籠　b-114-09
がこ　餓虎　c-099-06
かこう　嘉肴　a-087-03
がこう　鵝黄　c-051-05
がこうばい　画紅梅　c-036-01
かさ　笠　a-112-05・b-115-04・c-064-11
かさ(瘡)　かさ　a-104-03、口ノカサ　b-095-07
かさい　花寨　c-031-01
かさかけ　笠かけ　a-112-07
かざぐるま　風ぐるま　b-068-09
かささぎ　かさゝぎ　b-030-03
かざる　荘ル　a-095-13
かさん(遐算)　遐算　a-028-11
かさんいんのおつぼね　花山院御局　a-029-04・a-060-01、花山院の御つぼね　a-062-15、御つぽね　a-062-16
かし　菓子　b-043-14・c-072-04
かじ　梶　a-134-09
かじ　花児　c-058-07
かじ　鍛冶　b-012-04、御太刀磨鍛冶　b-086-01、御師徳鍛冶　b-086-01
かじ(訶字)　力字　b-098-07
かしこし　かしこき道　a-028-01
かしこねのみこと　惶根〈カシコネノ〉尊　a-032-10
がじしょく　鵝児色　c-047-02
かじちょうじゃ　鍛冶長者　b-086-06
かじふじゅく　過時不熟　b-104-05
かしゃ　火車　c-010-16・c-101-09・c-101-11
かしょう　和尚　a-105-03
かしょう(迦葉)　かせう　b-079-08、迦葉佛　c-079-01
かしょく　稼穡　a-087-12
かしょく　家職　a-096-06
かしま　鹿島　a-048-08
かしら　頭　a-060-06・b-117-11・c-084-01、かしら　b-066-01・c-065-02、青蛇のかしら　a-041-08、諸士のかしら　a-098-01、頭ノ中　b-114-04
かしん　火神　b-013-11・b-013-13・b-014-04・b-014-06
かしん　花神　c-015-09・c-038-09・c-040-02・c-046-03・c-057-06・c-059-04
かじん　佳人　c-039-08・c-040-02・c-052-02
かず　かず　b-105-09、かずかく　b-105-10
かすい　河水　a-075-09
かすが　春日　a-044-03・a-089-13、春日〈カスガ〉　a-064-08
かすがのおんかみ　春日御神　a-048-08
かすがのだいみょうじん　春日の大明神　a-043-10
かすがのまつり　春日祭　a-048-08
かすがやま　春日山　a-043-09、春日ノ山　b-096-01
かずく　かづけたり　c-067-10
かずさのすけときしげ　上総介時重　c-009-03・c-077-03
かすみ　霞　a-030-16・b-032-05
かすみのな　霞名　a-141-01
かすみをくむ　酌霞　a-028-12
かずら(蔓)　槿のかづら　c-066-04
かずらき(葛城)　かづらき　c-067-04・c-067-09・c-067-15、葛城　b-102-07、葛城山　a-106-04
かぜ　風　a-027-07・a-030-16・a-105-08・a-105-09・a-105-11・a-141-02・b-013-03・b-015-06・b-015-08・b-015-11・b-015-13・b-015-16・b-016-

01・b-016-02・b-016-03・b-016-04・b-029-08・b-030-08・b-055-14・b-075-03・c-018-02・c-019-03・c-063-10・c-069-08・c-073-13・c-108-01、冷なる風　c-106-07
かせいきゅう　華清宮　a-143-05
かせぐ　かせぐ　b-063-06
かぜのな　風名　a-030-16・a-141-02
かぜん　華前　c-017-04、花前　c-017-06
かぞう(数う)　かずへて　b-099-07
かそん　何遊(何遜？)　c-027-09、何遜　c-029-02
かた(肩)　民のかた　a-049-08、かたのほね　c-106-07、カタ　a-066-16
かたおか　かた岡　c-093-03、片岡〈カタヲカ〉山　c-093-09
かたき　敵　a-066-05、かたき　b-065-13・b-109-03・b-109-04
かたぎぬ(肩衣)　かたぎぬ　b-039-16・b-041-09
かたく　火宅　c-101-12、三界火宅　a-090-02
かたくな　かたくなに　a-072-05
かたそぎ　かたそぎ　a-034-02
かたそぎづくり(片削ぎ造)　かたそぎづくり　a-034-03
かたそぎぶき(片削ぎ葺き)　かたそぎぶき　a-034-04、かたそぎ葺　a-034-07
かただのみ(片頼み)　かたゞのみ　a-034-09
かたち　形　a-032-04、かたち　a-035-03・a-073-09・a-076-01・b-037-08・c-093-14、八幡の御かたち　a-035-12、御かたち　a-035-01・b-084-03、菩薩ノ形　a-066-15
かたどる　かたどれる　a-118-06
かたな(刀)　刀　b-067-08、人のかたな　b-042-03、刀ノサキ　a-068-04
かたのほね　かたのほね　c-106-07
かため　国土のかため　a-093-14
かたやまでら　片山寺　a-053-02
かたらいくらす　かたらひくらし　b-059-01
かたりいる(語り入る)　みゝにかたり入て　c-070-11
かたる　かたり給ひし　b-085-16、語給ひし　c-081-09、かたるな　b-108-09
かたわら(傍ら)　かたはら　c-093-04・かたはら　c-121-02
がだん　画断　a-132-09
かちぐり　かちぐり　b-043-15
かちまけ　勝まけ　a-100-03
かちゅう　火中　b-085-04
かちゅう　夏中　c-059-04
かちょう　花鳥　a-126-01・a-131-14・a-132-01・a-132-02・a-132-10・a-132-11・a-132-15・a-132-17・a-133-05・a-133-11・a-133-12
かちょう　花朝　a-138-01
かちょうよせい　花鳥余情　a-122-09
かちょうふうげつ　花鳥風月　a-028-04・a-039-11
がちりん(月輪)　如来月輪　a-034-11
かつおぎ(鰹木)　かつほ木　a-034-04
がっき　楽器　a-030-06・a-127-07・b-083-09
かっきょ　郭巨　a-080-06・a-080-12、くはつきよ　a-080-08、巨　a-080-09
かっこう　郭公　b-104-05
かっし　甲子　b-011-03・b-013-08・b-013-09・b-089-04
かつし　葛氏　a-087-04
かっしき　喝食　a-111-01・a-111-05、小喝食　a-111-03、かつしき　b-082-02
かつじん　渇人　c-079-07・c-079-08
かつせん　葛僊　b-089-10
かっせん　合戦　a-096-15・a-097-08、b-013-11・c-106-13、かつせむ　b-080-01
かっせんのみち　合戦の道　a-098-10
がっぽ　合浦　c-072-06
かつま　勝間　c-106-05
かつもう　褐毛　a-081-08
かつら　月の中の桂の枝　c-071-02
かづらき→かずらき
がつりょう　月令　a-126-11
かてい　花亭　c-072-05
かてき　貨狄　b-089-05
かでのこうじ　勘解由小路〈カデノコウヂ〉　a-064-08、かでのこうぢ　b-048-03
かてん　夏天ニハ　a-079-11
かど　四ツノ角　a-066-05
かど(才)　かど　b-045-01
がと　画図　a-059-04
かどう　歌道　a-039-02・b-083-05
がとさんすいふ(画図山水賦)　画図山水賦　a-030-10
かどしのぎなし　かどしのぎなく　b-054-08
かなうた(仮名歌)　かな歌　a-039-02
かながく　かながく　b-072-05
かなし　かなしや　b-116-01
かなしみのみ　かなしみの身　b-117-11
かなたこなた　カナタコナタ　b-091-12
かなづち　ひたえのかなづち　a-090-07
かなでん　仮名伝　a-136-01
かなもののるい　金物之類　b-012-05、金物類　b-087-15
かなん　火難　a-062-04・b-102-09
かに(蟹)　かに　a-103-02・a-103-03・a-103-06・a-103-12・a-104-05
かぬ　花奴　a-145-09
かね　かね　b-053-12、金　b-062-12、千両の金

a-094-02

かね　鐘　b-092-02、四殺ノ鐘　b-091-07、九役ノ鐘　b-092-01、尾上の鐘　c-115-11

かね(鉄漿)　かね　b-040-02・かね　b-040-15

かねこと　かねこと　b-108-04

かねさわ　金沢　a-113-12

かねのこえ　鐘のこゑ　c-076-09

かねまさ→みなもとかねまさ

かのうほうげん　狩野法眼　c-107-10、法眼　c-107-11

かのえ　庚　a-139-11、庚辛年　b-015-10・b-016-03

かのえいぬ　庚戌　b-021-14

かのえうま　庚午　b-021-10

かのえさる　庚申　b-021-15

かのえたつ　庚辰　b-021-11

かのえとら　庚寅　b-021-12

かのえね　庚子　b-021-13、かのへね　c-092-10

かのと　辛　a-100-09・a-139-11、庚辛年　b-015-10・b-016-03

かのとい　辛亥　b-021-14

かのとう　辛卯　b-021-12

かのとうし　辛丑　b-021-13

かのととり　辛酉　b-021-15・b-060-10

かのとひつじ　辛未　b-021-10・b-052-13

かのとみ　辛巳　b-021-11

がのな　画之名　a-031-05

かばい　歌梅　c-017-07

かひ　花飛　c-017-06

かびろしんおう　迦毘留神王　a-042-15

かぶとのお　甲の緒　b-061-06

かぶら(鏑)　カブラ　a-067-08

かぶら　かぶらへ〈一カ〉もと　a-125-15

かぶろなるき　カブロナル木　b-091-15

かぶん　下分十五　a-129-09

かぶん　何文　c-063-15

かへい　華瓶　b-088-02

かへい　嘉平　a-139-05

かべがき　壁書　a-098-12

かほう　果報　c-083-04・c-083-07、をよばぬ果報　c-084-08

かぼう　花房　c-035-09

かま(釜)　こがねのかま　a-080-12

がま　蝦蟇　a-121-08

かまえ　私のかまへ　a-091-12

かまがみ　釜神　b-090-01・b-090-12

かまくら　鎌倉　c-007-10・c-061-01・c-096-16

かまくらごさん　鎌倉五山　c-010-08・c-092-01

かまくらどの→みなもとよりいえ

かまくらどの→あしかがはるうじ

かまのしりえ　かまのしりへ　b-059-14

がまん　我慢〈ガマン〉　a-039-14

かみ　紙　a-031-08・a-124-03・a-148-05・b-028-03・b-042-10、紙のはし　a-109-03

かみ　御神　a-033-10・a-033-14・a-035-05・a-036-05・a-037-05・a-041-06・a-044-01・a-044-02・a-044-06、神　a-035-03・a-036-05・a-037-08・a-044-06・a-044-07・a-045-02・a-046-04・a-050-04・a-058-02・a-090-09・a-091-08・b-025-04・b-049-02・b-053-15・b-056-16・b-083-10・b-105-05、かみ　b-028-06、神のみそぎ　a-038-01、同体の神　a-044-03、一体の神　a-045-10、→たつた、つくし、ひろせ、みずのえ、よしののかみ

かみ　髪　a-111-03・髪　b-040-14、かみ　a-111-01・b-037-11・b-039-16・b-045-12・b-058-08・b-058-09・b-069-03・b-078-08・b-081-01、須弥のかみ　c-084-02

かみけずる(髪梳る)　かみけづり　a-078-03

かみならす(噛み鳴らす)　かみならす　b-043-09

かみのあか(髪の垢)　カミノアカ　b-093-06

かみのあぶら(髪油)　かみのあぶら　b-100-07

かみのきぬ(紙の衣)　かみのきぬ　b-080-08

かみのちかい　神ノ誓　b-091-04

かみのな　紙之名　a-031-08

かみよ　神代　a-059-06

かむ(噛む)　かむ　b-099-09

かむりがだけ　冠ガ嶽　b-102-07

かむろう　花夢楼　a-143-06

かめ　亀　a-102-04・a-103-06・a-103-14・b-115-11・b-115-14・b-116-01・b-116-03

かめい　花明　c-019-05

かめい　嘉名　c-044-06

かめやまほうおう　亀山法皇　c-091-03

かも　鴨　b-055-02、かも　a-103-05・b-055-01、鴨のにく　a-102-15、鴨のあし　b-055-11

かも　賀茂の橋本の宮　a-036-08、賀茂　a-036-10・a-089-13・c-081-12、加茂　b-028-03、賀茂の神人　a-061-05

がもうきく　鵝毛菊　c-041-01

かもがわ　賀茂川　a-125-03、加茂川　b-027-05・b-027-08

かもしゃ　加茂社　b-024-11

かもなりすけ(賀茂成助)　神主成助　b-025-01

かものまつり　賀茂祭　a-051-06

かものりんじ　賀茂臨時　a-058-04

かもみょうじん　賀茂明神　a-036-03

かや　夏夜　a-083-02

かや(蚊帳)　かや　a-083-04

かやのみ(榧の実)　かやのみ　b-043-14・c-065-01、榧実　c-008-01

かよいくだる　かよひくだりぬ　b-059-10

かよう(通ふ)　かよふ　c-063-06
かよう　河陽人　a-132-02
かようけん　汀陽県(河陽県？)　c-072-01
かよす　加与　c-087-07
かゆ(粥)　かゆ　a-104-09
かゆう(何遊)→かそん(何遜)
から　唐　c-008-11
から(掛絡)　くはら　b-071-01、掛落　c-107-01
からいぬ　唐犬　c-070-10
からきもの　からきもの　b-043-13・b-057-07
からくさ　唐クサ　c-068-08
からし　からきこゝろ　a-115-05、からく　b-033-04
からす　烏　a-121-05・b-063-01、からす　b-063-02、烏の声　b-098-07
からすなき　烏鳴　b-098-01
からすまる　烏丸〈カラスマル〉　a-065-04
からだ　体　a-086-04
からのくさき　唐ノ草木　c-071-09
からはしこうじ　唐橋〈カラハシ〉　a-065-01
からまる　からまり　b-059-04
からろ　からろ　b-029-04
からん　過乱　a-096-01
からんぼう　火乱坊　b-102-02
かり　狩　a-093-09
かり　雁　a-072-10・a-145-05、鴈のにく　a-102-15・a-103-01
かりいる(刈り入る)　かりいれたる　c-066-14
かりうど　かり人　a-081-11
かりぎぬ　かりきぬ　b-032-03
かりすなどり　狩漁　a-092-03
かりそめ　仮初〈カリソメ〉にも　a-039-16
かりとる(刈り取る)　かりとり　c-066-15
かりね　かりね　c-114-02
かりのしゅく　花裏ノ宿　a-120-09
かりばかま　かりばかま　b-027-10
かりゅう　驊騮　a-145-07
かりょうびんが　迦陵頻伽声　b-103-02、かれうびんが　b-102-11・b-103-03
かりん　花林　a-142-06
かる(枯る)　かれなむ　c-060-05、かるゝ　c-068-05・c-068-08、不枯　c-069-01・c-069-02
かれの　かれの　c-076-14
かろう　花老　a-138-02
かろがろと　かろ／＼と　b-056-17
かわ　河　a-085-13・b-014-12
かわ(皮)　しかのかは　a-081-10、身の皮　a-061-15
かわうそ　かはうそ　a-104-02
かわかぜ　川風寒み　a-125-08
かわかみだんじょう　川上弾正忠　a-108-09
かわき　渇　c-121-12
かわず　蛙　a-102-12、かはづ　b-034-03
かわずがこども(蛙が子供)　かはづが子ども　b-032-11
かわだち　河立　b-046-04、川立　b-063-03
かわち　河内　b-087-03、河内国　c-106-05
かわやしろ　川社　a-036-08
かわよど　河よど　b-055-01、川よど　b-055-03
かわらおもて　河原おもて　a-125-04
かわらけ　土器　b-114-06、こかはらけ　c-066-09
かわらげ(川原毛)　かはらけ　b-036-12
かわらげのうま　かはらげの馬　b-036-08
かわらや(瓦屋)　かはらや　b-026-07・b-026-09
かん　漢文帝　a-073-01、漢のれいてい　a-099-08
かん(巻)　巻第五百七十八　a-043-01
かん　干　a-030-14・a-139-06・a-139-10
かん　官　a-080-13・a-081-04・a-086-02
かん　旱　b-015-02・b-015-05
かん　肝　b-099-06・c-078-02
かん　寒　b-099-07・b-099-09・b-099-11・b-099-14・b-100-03
かん(鐶)　くはん　b-071-01
かん→かんあみ
がん　願　a-057-05・a-111-07・b-049-01
がん→かり
かんあみ　観阿弥　b-083-08、観　b-084-10
かんい　官位　a-062-11、官位の身　b-117-01
かんい　緩衣　a-138-15
がんい　含飴　a-084-08
かんう　宮宇(官宇？)　c-029-02
かんえい　冠纓　b-060-01
かんえつ　感悦　c-075-09
がんかい　顔回　a-054-03
がんがい　岸崖　a-130-13
かんき　官羈　a-108-02
かんき　勘気　a-035-08
かんき(咸熙)→りせい
かんきゅうばい　漢宮梅　c-029-01
かんきょ　閑居　b-076-01
かんぎょく　寒玉　a-142-07
かんくう　嵌空　a-131-01
かんぐん　官軍　b-116-09
かんけい　寒景　a-137-08
かんけつ　汗血　a-145-07
かんけつ　綰結　c-059-02
かんげん　管絃作者　a-030-06・a-127-07
がんけん　眼妍　c-020-08
かんげんのぎょゆう　管絃の御遊　a-061-04
かんこう　還幸　a-062-13・c-074-05・c-074-06
かんこう　官貢　a-128-11

かんこう 寒香 c-054-09
かんこつうげ 換骨羽化 c-121-14
かんざし 簪 c-019-03
がんさん 元三 c-068-06
かんし 観視 a-070-09
かんし 寒枝 c-047-08
かんじ 諫事 a-093-10
がんし 顔氏 a-087-05
がんじつ 元日 a-047-01・c-104-10
かんしゅう 勧酬 c-057-02
かんじょ 漢書 a-086-01・a-086-14・a-086-17
かんしょう 干将 a-147-04
がんしょう 含章 c-024-04
がんしょう 元正 a-046-07
かんじょう 勧請 c-085-09
かんじょうこう 管城公 a-148-02
かんしょうじょう→すがわらみちざね
がんしょく 顔色 c-042-07・c-057-08
かんしょのとき 寒暑の時 a-091-14
かんじん 漢人 c-063-15
かんじん 姦人 a-086-06
かんじん 勧進 c-088-05
かんず→げんず
かんぜ 観世 b-084-14、観世々阿 b-083-01
がんせい 眼睛 a-040-13
がんせい 雁声 a-028-09
がんぜき 岩石 b-116-07
かんぜじ 観世寺 c-116-03
かんせん 甘泉 a-076-12
がんぜん 眼前 a-067-12
かんせんほうし 観暹法師 b-025-11・b-031-09
かんそう 甘霜 a-142-09
かんぞう 肝臓の病 b-099-05
かんぞう 甘艸 b-114-04
かんだちべ 上達部 a-047-09・a-051-05
かんちょう 漢朝の風雅 a-028-01
かんてい 漢廷 a-073-02
かんてん 寒天 a-139-05
かんとう 観灯 a-137-12
かんとう 関東 c-104-07
がんとう 巌頭 a-040-12
かんなん 艱難 a-087-12
かんぬしなりすけ→かもなりすけ
かんねん 観念ノ心法 a-065-07
かんねん 桓然(坦然？) a-134-01、劉履 a-134-01
かんねんのねん 観念の念 c-099-12
かんのう 感応 a-088-16
かんのこうそ 漢高祖 b-048-07
かんのぶんてい 漢文帝 a-073-01、かんのぶんてい a-073-03
かんのん 観音 a-132-13・a-147-05・c-077-07、観音の像 c-102-15
かんのんきく 観音菊 c-058-04
かんのんぎょう 観音経 b-097-02・c-011-15・c-120-06
かんぱ 寒波(寒坡？) c-022-08
かんばい 官梅 c-013-05
かんばい 観梅 c-016-05
かんばい 寒梅 c-025-01
かんぱく 関白 a-047-01・a-061-10
かんぱくけ 関白家 a-047-09
かんばつ 旱魃 b-013-04・b-014-12・b-015-01・b-015-03・b-015-07・b-015-10・b-015-13・b-015-14・b-015-16・b-016-01・b-016-02・b-016-03・b-016-04、大旱魃 b-016-06
かんぴょう(寛平)→うだてんのう
かんぷう 寒風 a-125-04
かんぶつ 潅仏 a-051-04
かんぶつ 官物 a-128-02・a-128-03・a-128-15
かんぺい 官弊 a-048-09
かんほう 宮袍(官袍？) c-058-09
かんぽう 観法 a-065-12・a-066-03、観〈法〉一心 a-067-11、観法セラル丶 a-067-13
がんぼう 願亡 b-019-11・b-021-06
かんぼく 寒木 a-131-03
がんみゃく 眼脈 b-099-07
かんむてんのう 桓武 b-049-06・b-049-08、桓武天皇 b-110-07
かんめい 寒鳴 a-145-05
かんもつ 官物 b-118-01
かんもん 勘文など a-052-07
かんもん 寒門 a-080-07
かんよう 肝要 a-039-12、かんようなれ a-038-13
かんよう 簡要也 a-098-07
かんよう 琯瑤 b-089-01
がんらい 雁来 a-138-14
かんらく 歓楽し a-088-10
かんらく 堪落 c-087-05
かんれいしき 管領職 a-108-03、官領の職 a-062-10
かんろ 天の甘露 c-121-12
かんろく 官禄 c-083-15

き

き 木 a-030-17・a-069-05・a-069-07・a-073-08・a-073-09・a-084-04・a-084-05・a-085-10・a-113-12・a-117-08・a-117-09・a-118-03・a-118-04・b-014-11・b-035-03・b-064-03、きぎ 木々 b-052-10、木の寸 a-034-05、おもふやうな

きゅう　宮　a-126-11・a-126-12・b-090-06
きゅう　灸　b-099-04・b-099-08、灸針　b-114-06・c-062-08
きゅうす　灸す　b-099-09・b-099-12・b-099-15・b-100-03
きゅう　九　a-126-13
きゅうい　宮衣　c-052-08
きゅういん　窮陰　a-139-04
きゅうう　宮宇(官宇？)　c-029-02
きゅうか　九夏　a-137-05
きゅうか　窮夏　a-138-08
きゅうか　旧花　c-015-07
ぎゅうか　牛貨　a-136-14
きゅうがく　宮額　c-019-05
きゅうかそう(？)　荍花叟　a-146-01
きゅうかん　九カン　b-019-05
ぎゅうきょく　牛棘　a-142-11
きゅうけい　急景　a-139-04
きゅうこう　九江　a-084-09
きゅうこう　九光　a-141-01
きゅうさい　九歳　a-149-02
きゅうさい　旧妻　c-094-13・c-095-01・c-095-16
きゅうし　九枝(九秋？)　c-042-09
きゅうしこうきく　毬子黄菊　c-047-03
きゅうじゃく　久鵲　a-146-07
きゅうしゅ　九種　b-019-05・b-019-06・b-019-08・b-019-11・b-020-11・b-020-14・b-021-05
きゅうしゅう　九州　a-041-13・b-082-04・c-109-12
きゅうしゅう　九秋　a-137-06、九枝(九秋？)　c-042-09
きゅうしょ　旧杵　b-089-06
きゅうせん　弓箭得達　a-068-02、弓箭　b-089-12、弓箭器　c-087-08、弓箭賞　c-087-08
きゅうたいのひげ　旧苔鬚　a-106-03
ぎゅうてい　牛蹄一隻　a-082-06
きゆうでん→くうでん(宮殿)
きゅうば　弓馬　a-096-15・a-098-08
ぎゅうば　牛馬　b-014-07・b-015-13・b-066-06
きゅうばい　宮梅　c-024-05
きゅうはく　京師九陌名〈ケイシキウハクノナ〉　a-064-07
きゅうはくのな(九陌名)　京師九陌名　a-029-06
ぎゅうべん　牛鞭　a-142-11
きゅうほう　宮袍(官袍？)　c-058-09
きゅうめい　糺明　a-095-09
きゅうやく　九厄　b-090-07
きゅうやくのかね　九役ノ鐘　b-092-01
きゅうゆう　旧遊　c-029-02
きゅうよう　九陽　a-140-02
きゅうり　求利　c-079-12
きゅうれんし　九蓮糸　b-088-04
きゅうろう　窮臘　a-139-04
きょ　虚〈キヨ〉　c-078-05
きょ(巨)→かっきょ(郭巨)
きょう　京　b-058-12・b-069-07・c-081-06・c-088-04・c-095-02
ぎょあいこうきく　御愛黄菊　c-053-09
きよう　黄喜(喜容？)　c-041-05
きょう　経　a-031-05・a-052-04・a-146-06・c-103-05
きょう　興　a-028-05・a-125-02・a-125-08・a-126-03・a-126-05、御会の興　a-061-08、興ある事　a-044-06・a-064-06、興に入て　c-067-09
きょう　強　a-149-04
きょう　凶　b-014-06・b-015-13・b-017-03・b-017-08・b-017-09・b-017-15・b-019-05・b-019-06・b-019-14・b-020-02・b-020-09・b-020-11・b-020-13・b-020-16・b-021-03・b-021-04・b-021-06、大凶　b-017-12
きょう　今日　c-105-02・c-115-01
きょう(香)→ようきょう(楊香)
ぎょう　尭　a-072-04・a-089-17、尭王　a-072-11
ぎょう　御宇　b-111-08・c-008-15・c-074-08・c-088-15、後鳥羽院御宇　b-086-01、後奈良院御宇　b-111-05
きょうい　教意　a-028-02
きょうえん　嬌艶　c-042-05
きょうか　狂歌　b-055-15
きょうがた(今日方)　けふがた　a-041-14
ぎょうかん　凝寒　a-139-05
きょうかんじごく　叫喚地獄　c-119-05
ぎょうき　行基　b-111-03
きょうぎょ　強圉　a-139-11
きょうきょう　恐驚　a-100-07
きょうきょうきんげん　恐々謹言　a-094-16
きょうきょうのしょもう　経教所望　c-088-01
きょうくんぎ　教訓義　c-094-03
きょうげ　教化　b-046-07
ぎょうげつ　暁月　c-014-08
きょうげべつでん　教外別伝　c-112-01
きょうげん　狂言　b-042-13・b-061-02
きょうこう　恊洽　a-139-08
ぎょうこう　行幸　a-029-04・a-033-08・a-060-01・a-060-03・a-060-04・a-061-02・a-064-01・a-064-02・c-073-04
きょうごく　京極〈キヤウゴク〉　a-065-04
きょうごさん　京五山　c-010-07・c-091-01
きょうこつ　胸骨　b-099-09
きょうし　姜詩　a-076-11、姜子　a-077-01、きやうし　a-076-13
ぎょうじ　行事　a-048-06

きょうしゅ　興趣　c-016-06
きょうしゅ　嬌姝　c-023-03
ぎょうしゅ　暁首　a-149-05
きょうじゅう　京中　a-041-01・a-052-06・a-063-09・a-093-09
ぎょうじゅうざが　行住坐臥　a-098-02
ぎょうしゅつ　暁出　a-146-05
きょうしょう　夾鐘　a-137-13
きょうじょう　凶上　b-020-02
ぎょうしょう　暁粧　c-025-06・c-035-01
きょうす(饗す)　きやうする　a-077-06
きょうすい　薌水　c-018-08
きょうぞく　狂賊　c-079-15
きょうだい　兄弟　a-033-07・a-083-07・a-083-08・a-084-03・a-084-04・a-084-06
きょうだい(兄弟)→ひんでい
きょうち　嬌痴　a-076-04
きょうちゅうのはる　鏡中春　c-033-02
ぎょうてん　暁天　a-028-09・c-022-04
きょうと　京都　c-094-10
きょうどう　脇だう　b-099-10
ぎょうどう　行動　a-102-05
きょうどう　驚動　b-011-04・b-013-10
きょうどうねずみ(経堂鼠)　きやうどうねずみ　b-070-02
ぎょうにん　行人　a-131-07
きょうねん　凶年　a-047-04
ぎょうのしるし　行ノシルシ　b-091-06
きょうのな　経之名　a-031-05
きょうのひと　京の人　b-052-07・b-052-09
きょうばい　杏梅　c-021-01
きょうび　嬌媚　c-041-06・c-056-04
きょうぼう　京房　b-106-09
きょうぼう　教法　c-085-12
ぎょうぼう　行法　c-082-03
きょうまん　憍慢〈ケウマン〉　a-039-04
きょうみ　凶巳　b-020-08
きょうもん　経文　c-100-11
きょうよ(恭輿)→ぞうしん(曽参)
ぎょうらい　暁来　c-016-04
きょうりつのほうもん　経律の法門　c-120-15
ぎょうろう　暁老　a-149-05
ぎょうろう　暁漏　c-076-09
きょおう　虚応　c-102-09
ぎょかい　御会　c-008-15、御歌の御会　a-061-04、踏鞠の御会　a-061-04、御会の興　a-061-08、法性〈寺〉殿の御会　a-107-05
ぎょかん　御感　c-108-03
ぎょく　玉　c-018-02・c-018-06・c-019-03・c-019-09・c-028-04
ぎょくおう　王(玉？)鴨　a-123-08
ぎょくか　玉柯　c-030-02
ぎょくかい　玉階　c-084-07
ぎょくかく　玉客　a-142-04
ぎょくかん　玉澗　a-132-05、若芳　a-132-05、仲石　a-132-05、芙蓉峯主　a-132-05
ぎょくかん　玉寒　c-013-08
ぎょくかん(玉環)→ようきひ
ぎょくがん　玉顔　c-025-06
ぎょくき　玉肌　c-021-06
ぎょくきゅう　玉鳩　c-033-06
ぎょくきゅうきく　玉毬菊　c-038-08
きょくこうてん　極光天　c-117-11
ぎょくこつ　玉骨　c-018-08
ぎょくこん　玉痕　c-033-02
ぎょくさい　玉碎　c-028-08
きよくさかゆる　キヨクサカユル　b-093-09
ぎょくじゅ　玉樹　c-020-02
ぎょくしょくふくじゅう　玉食服獣之類　c-008-11、玉食服獣ノ類　c-071-09
ぎょくじん　玉塵　a-141-06
きょくせつ　曲折　c-019-07
ぎょくせつ　玉屑　a-141-05
ぎょくせつ　玉雪　c-015-01
ぎょくち　玉墀　c-052-08
ぎょくちょう　玉帳　c-031-01
ぎょくてき　玉笛　c-015-03
ぎょくてきばい　玉笛梅　c-036-03
ぎょくと　玉兔　a-140-03
ぎょくどう　玉堂　c-025-04
ぎょくはい　玉佩　c-030-08
ぎょくばい　玉梅　c-049-07
ぎょくふん　玉粉　a-141-06
ぎょくばんきく　玉盤菊　c-056-05
ぎょくべん　玉辨　c-026-08
ぎょくぼう　玉房　a-040-10
ぎょくぼんきく　玉盆菊　c-050-04
ぎょくよう　玉葉　a-140-07
ぎょくよう　玉容　c-025-08
ぎょくりつ　玉立　c-024-06
ぎょくりゅう　玉竜　a-141-06
ぎょくれいきく　玉鈴菊　c-039-07
ぎょくろうきんでん　玉楼金殿　c-082-14
きょけい　巨京　b-099-03
きょけつ　巨闕　a-147-04
ぎょけん　御剣　a-061-17
ぎょけん　御献　c-051-02
ぎょこう　御満(御溝？)　c-072-01
きょじつ　虚実　c-078-08
ぎょしゅう　漁舟　a-131-06
きょす　虚〈キヨ〉すれば　c-078-06
ぎょせい　御製　b-033-08・c-075-16

ぎょせん　御饌　c-102-03
ぎょちょうのほね　魚鳥のほね　b-043-09
きょねん　去年　a-048-02
きょびょう　虚病　a-096-08
ぎょふ　漁夫　c-061-07・c-061-08・c-061-13
ぎょふ　漁父　a-131-07
ぎょふく　兼〈魚カ〉服　a-147-04
ぎょぶつ→ごもつ
きよまる→わけのきよまる
ぎょまん　御満（御溝？）　c-072-01
きよみず　清水　c-009-04・c-077-06
きよみはらのてんのう→てんむてんのう
きよむ（清む）　きよむ　b-041-02
きょむ　虚無　a-065-13・a-100-01
きよやか　きよやか　b-037-10
ぎょゆう　管絃の御遊　a-061-04
ぎょりん　魚鱗　a-146-07
きらう　呰〈キラフ〉　a-086-04
きらく　帰洛　b-051-08・b-112-02・c-107-10
きらめく　きらめいて　b-065-02
きり　桐　a-134-12・c-072-02
きりかね　切金　a-110-08
きりきおう　訖栗枳王　c-009-06・c-078-11・c-079-01
きりきりきりちょう　きり／＼きりてう／＼　b-104-03
きりぎりす　きり／＼す　b-077-06
きりしく　切敷て　c-069-02
きりしま（霧島）　切嶋　b-102-08
きりたおす（切り倒す）　きりたをし　a-106-05
きりたて　切立之事　a-118-01
きりん　麒麟　b-106-08
きりんでん　麒麟殿　a-143-05
きる（着る）　きて　a-081-10
きるもの　きる物　b-041-12
きれい　きれゐに　b-041-01
きろ　帰路　a-109-10
きろう　耆老　a-149-05
きわだ→おうばく
きん　金　a-137-01
きん　琴　b-089-11
きん　キン　b-094-03
きん（黔）→ゆきんる
きんう　金烏　a-140-02
きんえい　金英　a-141-05
きんおう　金鴨　a-123-08
きんおうきく　金甌菊　c-051-01
きんおくばい　琴屋梅　c-029-07
きんかいばい　金開梅（全開梅？）　c-035-06
きんき　金気　a-138-14
きんき　錦機　c-027-01
きんきく　錦菊　c-039-05
きんきょう　金鏡　a-040-10
きんぎょく　金玉　c-021-02
きんけい　金鶏　b-103-08
きんけいせい　金鶏星　b-103-08
きんげつ　金月　a-138-04
きんこ　金壺　c-018-08
きんこく　金谷　c-072-02
きんこつ　筋骨　a-104-07・c-109-06
きんこん　金根　a-067-09
きんさくし　金錯子　a-148-06
きんさん　金盞　c-057-02
きんざん　金山　b-049-02
きんざん　近山　a-130-12
きんし　金糸　b-088-04
きんし→きんむらさき（金紫）
きんじ　勤事（勤仕？）　c-094-10
きんしきく　金絲菊　c-055-05
ぎんじゃくだい　銀雀台　a-144-01
きんじゅ　近習　a-097-16
きんしゅう　錦綉　c-055-06
きんじゅう　禽獣　b-012-13・b-117-05
きんじゅう　金獣　b-106-09
きんしょう　金商　a-137-06・a-138-10
きんじょう　錦城　c-039-06
きんしん　金針　c-042-09
きんず　禁べき事　b-041-08・b-042-14
ぎんず　吟かへたり　b-082-06
きんすい　近水　a-119-05・a-130-12・a-131-05
きんぜい　禁制　a-092-06
きんせいてん　金星点　c-040-03
ぎんせつ　銀屑　a-141-06
きんせん　金僊　c-030-06
きんせんきく　金銭菊　c-037-01・c-055-04
きんせんぎんだいきく　金盞銀台菊　c-037-07
きんぜんれいきく　金前鈴菊　c-051-07
きんぞくだん→きんりつだん
きんだい　近代　a-089-09・a-125-02・a-130-02、近代の様　a-090-08、近代の誹諧　a-028-01
きんだいさん　琴台山　c-091-13
きんだん→くんたん（裙灘）
きんちゅう　禁中　a-044-02・a-060-07・b-084-06
きんちょう　金鳥　a-145-04
きんちょうのたのしみ　金帳の楽　a-027-08
きんちんせき　金珍石　b-088-07
きんとう　金刀　c-019-09
きんとう→ふじわらきんとう
きんとんきく　金墩菊　c-058-06
きんぱい　金盃　c-054-05
きんぱいきく　金盃菊　c-054-04
きんはく　金博　a-123-08

ぎんばんきく　銀盤菊　c-050-02

きんぽう　錦袍　c-030-08

きんぽうざん　金宝山　c-092-06

きんむね→さいおんじきんむね

きんむらさき　金紫　c-055-05

きんめいてんのう　欽明天皇　a-051-06

きんり　禁裏　a-060-14・b-012-03・b-084-10・b-109-01、禁裡　b-083-03

きんりつだん　金栗(粟？)檀　c-102-05

きんる→ゆきんる

きんれい　金鈴　a-142-05・b-109-12

きんれいきく　金鈴菊　c-052-01

きんれん　金蓮　c-054-03

きんれんきく　金蓮菊　c-054-02

く

く　句　a-039-12・b-032-05・b-033-09・b-034-02・b-035-07

く　九ノ節　a-066-13、九　a-071-08・a-071-13

く(苦)　父母に随ふ苦　c-097-14、人の妻と成苦　c-097-15、老て子にしたがふ苦　c-097-15

くいあぐ(食ひあぐ)　くいあぐる　b-043-08

くいころす　くいころし　b-116-08・b-116-09

くいはさむ(食い挟む)　くいはさみて　b-043-10

くいはらう(食い払ふ)　くい払　b-043-03

くいふす　くいふせ　b-115-06

くいもの　くいもの　a-076-08

くう(空)　皆空　a-034-11、地水火風空　a-066-08・a-067-04

くう　物クハヌ　b-093-03、くはず　b-099-10、食　c-061-13、くはで　c-061-12

くうかい→こうぼうだいし

くうこく　空谷　c-032-04

ぐうじ　宮寺　b-089-10

くうず　くうずれば　b-061-01

くうちゅう　空中　c-106-02・c-108-07・c-108-08

くうでん　宮殿　a-143-05、宮殿之名　a-031-02

くうむへんしょてん　空無辺処天　c-118-08

くかたな　九刀　a-068-02

くがつ　九月　a-103-03・a-134-12・a-138-15・b-014-06・b-015-08・b-016-01・b-016-03・b-090-04、九月三日　a-056-01、九月七日　a-056-03、九月八日　b-018-13、九月九日　a-134-09・c-085-05、九月十日　c-075-10、九月十一日　a-056-07、九月十三日　c-076-11、九月十三夜　c-074-08、九月十三　c-008-15、九月の節会　a-056-06、九　b-017-11・b-020-13・b-023-08、九十月　b-087-02、八九月　b-015-11、六・八・九・十　b-015-07

くがなわて　久我〈クガ〉なはて　b-036-08

くかん　句感　a-030-01・a-118-08

くかん　九カン　b-019-07・九カン　b-020-02

ぐきゅう　供給　a-080-07

くぎょう　公卿　a-057-03・a-106-05・b-051-05・b-052-11・b-117-17、昭近の公卿　a-061-01

ぐきょう　禺強　b-099-03

くぐ　供具　a-054-03

くげ　公家　b-084-07

くけつ　九穴　c-098-09

くこ(枸杞)　クコ　b-114-05

くごう　老耄の口業　a-028-02

くこく　鴝鵒　a-148-04・b-105-03・b-105-04

く　さ　草　a-031-01・a-072-04・a-072-11・b-029-09・b-114-05・c-062-06・c-063-01・c-066-14

くさい　九歳　a-079-12

くさき　草木　a-028-04・a-097-16・c-008-11、唐ノ草木　c-071-09

くさきもの　くさきもの　b-043-13

くさきる　耘　a-072-04

くさなぎ　草なぎ　a-045-07

くさのな　草之名　a-031-01、草名　a-142-08、草の名　b-067-02

くさのみ　の実　c-070-13

くさはむ　草はめ　b-100-14

くさびら　くさびら　a-104-01

くさまくら　草枕　b-052-05

くさり　くさり　a-061-13

くし　狗子　b-073-05

くじ(公事)　公事　a-047-02

くしきのひ　九色日　b-103-09

くしげ　櫛笥〈クシゲ〉　a-065-03

ぐしゃ　愚者　b-046-07

くじゅうにち　九十日　b-015-11

くじょう　九条　a-065-02

くじょうどの　九条殿　c-091-12

くじら　くじらの尾　b-066-01

くず　葛　c-115-05

くすだま　くす玉　a-052-03

くすり　薬　a-046-09・a-094-07・b-099-04・b-100-03・b-115-11・c-068-02、御薬　a-093-08

くせ(癖)　女性のくせ　a-039-09、くせある馬　b-063-15

ぐぜいのふね(弘誓の舟)　グゼイノ舟　b-091-02

くぜつ　口舌　a-087-14・b-017-09・b-018-03

くせまい(曲舞)　くせまひ　b-045-15

ぐそくす　具足　b-087-11、具足せり　c-102-05

くだく　ひしぎくだく　c-065-02、くだけ　c-065-04

くたびれ　くたびれの時　b-056-02

くだもの　御くだもの　c-076-03

くだらこく　百済国　b-048-06

くだる　くだり給ふ　b-053-04
くだんのうま　件の馬　c-083-17
くだんのひと　件の人　b-045-17
くち　口　a-027-01・a-076-04・b-041-10・b-057-02・b-063-05・b-117-15・c-105-05、くち　a-072-07、口をとぢ　a-093-11、口ト歯　b-096-04
くちおし　口惜かるべき　a-098-12、口惜かるべし　b-054-11、口惜事　b-056-13
くちきく(口利く)　くちきゝて　b-044-07
くちぐち　惣門の口々　a-063-09、口／＼　b-084-09
くちすさび　口すさび　b-028-11
くちだて　口立　b-046-04
くちなし(梔子)　くちなし　b-033-06
くちなしのその　口なしのその(園)　c-077-08
くちなわ　くちなは　b-059-04・b-059-11
くちのかさ(口の瘡)　口ノカサ　b-095-07
くちをたつ　口をたち　b-057-01・b-057-06
くつ　沓　b-104-07
くつ(朽つ)　くちやすし　b-065-02、くつる　b-064-15
くつき(朽木)　くつ木と云七谷　b-112-02
くつで　沓手　b-104-10・b-104-11、沓手出さぬ人　b-104-12
くつぬい(沓縫い)　沓ぬひ　b-104-12、くつぬい　b-104-06
くつわずら　くつはづら　a-074-11・a-074-12
くでん　口伝　a-037-04・a-048-07・a-054-07
くとうのへん　鑺頭辺　c-108-09
くどく　功徳　a-088-05・a-088-06・a-090-08・c-097-07、くどく　c-120-14
くどん　瞿曇　c-044-08
ぐどんのみ　愚鈍の身　c-100-05
くないきょうありかた(宮内卿有賢)→みなもとありかた
くに　国　a-086-03・a-086-04・a-086-10・a-086-12・a-088-10・a-092-06・a-094-07・a-096-16・a-097-03・a-118-06・b-084-08・b-117-13・c-077-03・c-121-01、くに　b-058-07、国々　a-054-05
くにさづちのみこと　国狭槌〈クニサツチノ〉尊　a-032-05
くにただ　国忠　b-027-03
くにとこたちのみこと　国常立尊〈クニトコダチノミコト〉　a-032-04
くにとも　国友　b-086-11
くにのかみ　国のかみ　c-081-05・c-109-15
くにのしゅう　国の主　b-117-09・c-095-16
くにひろ　国弘　b-087-11
くにやす　藤三郎国安　b-086-07
くね　くね　b-061-14
くねりまわる　くねりまはりて　b-065-01
くねる　クネル　c-007-16、くねる　c-063-05・c-063-10・c-063-12・c-063-13
くはい　九拝　c-085-04・c-085-05・c-085-06・c-085-07・c-085-08
くび　頸　a-092-10、くび　b-059-04・b-059-06・b-059-11・b-080-01・c-107-03
くぶ　九分　a-066-15
ぐぶ　供奉　b-116-07
くふう　工夫　a-135-02・a-135-11
くぼし　くぼき　a-091-10
くほん　九品蓮台　a-068-03
くまのさん　熊野山　b-102-06
くも　雲　a-030-16・a-036-04・b-091-03
くもい　雲井　a-067-15
くもで(蜘蛛手)　玉階のくもで　c-084-07
くものな　雲之名　a-030-16、雲名　a-140-07
くものひま(雲の隙)　雲のひま　a-042-05
くもる　くもらじ　b-083-02
くもをうがつ　穿ツ雲ヲ　a-111-13
くやく　苦薬　b-099-10
くやし　くやしく　b-109-04
くゆる　クユル　b-091-13、くゆるばかりに　b-038-12
くらい　位　a-087-07・b-078-06・c-122-02、天子の御くらひ　a-073-05
くらいだち　位立　b-046-03
くらげ　くらげ　b-063-11・くらげ　b-075-01、海月　b-115-13・b-116-03
くらま　鞍馬毘沙門　b-011-09・b-023-02
くらまる　くらまり　b-085-10
くり　栗　c-072-03
くり　苦李　c-008-10
くり　庫裏　c-105-02
くりかた(栗形)　くりかた　b-045-08
くりふね　クリ舟　b-091-12
くるしみ(苦しみ)　くるしみ　a-070-06・a-071-02・a-090-02・c-095-14、苦み　c-115-06、民の苦み　a-093-05、膏肓のくるしみ　a-028-08、水中の〈く〉るしみ　c-096-01
くるま　車　a-029-04・a-060-01・a-063-02・b-062-12・b-089-06、御車　a-060-14・a-060-15・a-062-06・a-063-06、我が車　a-062-17、よそのくるま　a-063-04
くるみ(胡桃)　くるみ　a-104-06・b-043-14・c-068-04
くれ　暮　a-101-12、くれ　b-115-03
くれがた　暮がた　a-109-14
くれない　くれなゐ　b-025-12、紅ノ色　a-066-07、紅　b-085-14、くれなひの衣　c-081-04、紅のうはぎ　c-096-09、くれなゐの小袖　c-096-13
くれに　くれに　b-059-13

くれはとり　くれはとり　b-032-04
くろ　黒　a-127-05
くろ(黒・畔)　くろ　b-026-04
くろう　苦労　b-054-15
くろう→しんぢくろう
くろがね　みなくろがね　a-061-15
くろがねのや　くろがねの矢　b-117-09
くろがねのゆみ　くろがねの弓　b-117-08
くろきもの　くろき者　a-082-05
くろくも　黒雲　a-067-11・b-085-10
くろし　黒シ　a-111-03、くろき　b-031-03、黒く　b-112-01、眼くろくして　b-099-05
くろぬし→おおともくろぬし
くろぬしのみょうじん　くろぬしの明神　a-046-03
くろまだら　黒駁〈マダラ〉　b-110-04
くろやき　くろ焼　b-036-04、くろやき　b-060-01、黒焼　b-100-07・b-114-06
くわ　桑　b-096-07
くわのかど　桑の門　a-027-08
くわのみ　くはの実　a-082-03
くんおう→くんしよう(君相)
くんおん　君恩　b-109-10
ぐんぎ　群議　c-121-05
くんきゅう　薫休(薫林？)　c-020-08
ぐんけい　群鶏　b-103-10
くんし　君子　a-087-01・a-087-14
ぐんじ　郡司　b-066-04
ぐんしょ　軍書　a-096-17
くんしょう　君相(君王？)　c-054-01
ぐんしん　群臣　b-108-01・c-102-06・c-121-03
ぐんじんのにわ　軍陣之庭　a-069-04
くんだいかんそうちょうき　君台観左右帳記　a-131-12
くんたん　涒灘　a-139-09
ぐんは　群葩　c-045-06
ぐんびょう　軍兵ども　a-106-05
くんぷう　薫風　a-141-02
くんぷのおん　君父之恩　a-095-14
ぐんほう　群芳　a-084-03
ぐんぽう　群峯　a-130-11
くんめい　君命　b-109-05

―――――け―――――

け(毛)　け　b-080-06・b-112-11
け(笥)　けにもる　b-052-05
げ　偈　c-090-04
けい　敬　a-087-07
げい　藝　a-085-06
けいか　恵果ノ灯　c-086-02
けいが　経互(経牙？)　c-017-06
けいかん　軽寒　a-139-01
けいかん　瓊管　c-036-02
げいかん　迎寒　a-138-14
けいき　瓊姫　c-035-05
けいきょう　契経　c-102-10
けいけつ　瑩潔　c-053-04
けいけん　鶏犬　b-106-03
けいこう　瓊皓(瓊葩？)　c-050-07
けいこうてんのう　景行天皇　a-045-06・a-047-07、景行のみこ　a-045-08
けいし　京師九陌名〈ケイシキウハクノナ〉　a-064-07
けいし(慶之)→えきげんきつ
けいしつ　軽質　a-141-03
げいしゅんきく　迎春菊　c-038-06
けいしょう　百官卿相　a-129-04
けいじょう　京城　c-094-12
げいしょう　霓裳　c-022-02
けいしょうすい　桂将水　b-088-05
けいず　系図　c-098-05
けいぜつ　鶏舌　a-147-05
けいせつのまど　蛍雪の窓　a-028-10
けいせんりっし　律師慶暹　b-030-05
けいそ　畦蔬　c-049-06
けいそう　軽篂(篁？)　a-147-01
けいそさいじき(荊楚歳時記)　刑楚記　c-060-07
けいちゅう　奚仲　b-089-06
けいねん　携念　c-094-11
げいのう　芸能　a-054-06・b-040-11
けいは　瓊皓(瓊葩？)　c-050-07
けいばい　渓梅　c-014-01
けいはんりっし　権律師慶範　b-024-04
けいふん　軽分　c-017-08
けいぼ　継母　a-075-09・a-075-11、けいぼ　a-075-10
けいほく　渓北　c-072-02
けいめい　鶏鳴　b-066-06・c-062-07、鶏鳴の八声　a-027-09・鶏鳴時　c-084-13
けいよう　形容　a-073-08
けいりん　桂輪　a-140-03
けいりん　瓊林　c-016-06・c-029-04
けおこす(蹴起こす)　けおこす　b-100-16
げかい　下界　b-084-04、下界の衆生　a-036-05
げかん　下官　c-075-13
げかん　下巻　c-007-01・c-012-01
げき　履　b-089-09
げぎょう(現形)　げぎやうし　a-035-12・a-038-11・a-040-07・a-041-06
げこ　下戸　b-046-08
げこう　下向　c-081-06
げこく　外国の人　a-049-05

げこく　下国　a-112-02
けこのうつわもの　けこの器〈ウツハモノ〉　b-052-03
げこのくさ　下戸の草　c-068-08
けさ(今朝)　けさ　b-069-05・c-076-14
けし(芥子)　けし　a-103-13・a-104-07
げし　夏至　a-138-06
げじ　御下知　a-092-07
けしからず　けしからず　b-038-16
けしき　けしき　b-041-13・b-054-03、御気色　a-113-02、山中のけしき　c-095-07
けじめ　けじめ　b-054-03
けしょう　化生　a-067-10・a-068-01・a-068-04、化生ノ物　a-067-12
げじょうひつ　下上筆　a-133-14
げしょうほうとう　外生萌稲　b-013-09
けじょうゆぼん　化城喩品　b-103-01
げしょく　下食　b-019-06・b-019-09・b-019-10・b-019-13・b-020-03・b-020-05・b-020-09・b-020-11・b-020-14・b-021-01・b-021-02・b-021-05
けしん(化身)　けしん　c-071-03
げす　解　c-079-01
けだかし　けだかく　b-037-09
けたがわ(気多川)　けたがは　b-028-09
げだつ　解脱　a-067-02・c-080-10・c-096-01
けだもの　獣　a-031-04・a-112-10・a-132-15、けだもの　b-053-09・b-106-06
けだもののな　獣之名　a-031-04、獣名　a-145-06
けちえん　結縁　c-097-07、けちえん　c-095-14
けちえん　掲焉　c-101-08
けちみゃく　血脈　c-010-11・c-011-02・c-094-07・c-096-15・c-097-04・c-097-06・c-098-03・c-098-05・c-103-01・c-103-07・c-103-11、御血脈　c-096-02・c-103-08・c-103-10
けちょう　化蝶　a-148-06
けつ　闕　c-020-04
げつあん　月庵　a-124-06・c-081-09
げつあんすいせいき　月庵酔醒記上　a-032-01
げつあんそう　月庵叟　a-028-15
げっか　月下　c-016-04
げつか　月花　c-030-08
げっかはくきく　月下白菊　c-050-06
げつきょう　月峡　c-072-02
げつきんじき　月禁食　a-102-09
げっけいうんかく　月卿雲客　b-116-12
げっしゅう　月舟　b-111-06
げっしゅうたかのき　月舟鷹ノ記　b-111-06
けつじょう　決定して　c-100-02
げつせき　月夕　a-138-14
げつたん　月旦　c-017-04
げったん　但馬の月潭　c-107-05
げつちゅう　月中　c-027-03
げつばい　月梅　c-022-01
げどうもんぶつ　外道問仏　c-081-02
けにん　家人　a-114-04・a-115-11
けはい　御けはひ　a-063-03
けびいし　検非違使　a-052-07
けびろしんおう　気毘留神王　a-042-15
けぶり→けむり
げほう　外法　a-090-04、外法の諸道　a-088-15
けまりのぎょかい　踏鞠の御会　a-061-04
けむり　煙　a-108-04・a-108-06・b-091-13、烟　b-042-09、けぶり　b-034-11・c-082-15、ケブリ　b-091-14
けむりによせるじゅつかい　寄煙述懐　a-114-05
げめん　外面　c-085-14
けら(螻蛄)　けら　b-063-02
けりょう　仮令　b-117-17
げろう　下臈　c-066-13
けわく(蹴分く)　けわけて　b-085-09
けわし　けはしく　b-056-04、けはしき所　b-055-04
けをふく(毛を吹く)　毛をふき　b-061-16
けん　県　a-082-09
けん　賢　a-086-08・a-086-09・a-086-14
げん　験　a-093-15
げん　言ハ　a-121-02
げん(幻)→つうげん
げん(玄)→たいようけいげん
けんい　権威　a-096-03
げんうん　玄雲　a-148-01
げんえい　玄英　a-137-08・a-138-17
けんか(喧嘩)　けんくわ　b-045-12
けんぎゅうか　牽牛花　c-066-05
げんくろう→みなもとよしつね
けんくん　賢君　a-073-06
げんき　元亀二年　b-052-13
げんげつ　玄月　a-138-15
けんげんこうりてい　乾元亨利貞　b-098-03
けんく　犬狗　b-066-05
げんこう　玄泓　a-148-01
げんごう(元毫)→げんりょう(元亮)
げんこうしゃくしょ　元亨釈書　c-093-15
けんこうほうし　兼好法師　c-010-14・c-100-08・c-100-09
けんこん　乾坤　c-033-02、乾坤ノ間　a-135-10
けんさい→いなわしろけんさい
げんざい　現在　a-065-10
けんさく　賢作　a-028-04
けんさん　建盞　b-089-01
けんし　遣使　a-128-10・a-129-03
げんじ→げんじものがたり

げんじものがたり　源氏物語　a-122-03、源氏　b-081-07
けんしゃ　縣(懸？)車　a-149-05
けんじゃ　賢者　a-086-06・a-130-01
けんしゅ　賢主　a-089-15
げんしゅうのさけ　源(涼？)州酒　c-038-05
けんしゅん　献春　a-137-11
げんしょう→おうべん
けんじょう　賢聖　c-094-03
げんじょう　玄弉　a-043-02、玄壮大法師　c-084-11
けんしん　賢臣　a-096-04
けんしん　懸針　a-146-07
けんじん　賢人　a-086-12・a-097-03・a-097-06・b-053-14
げんしん　元真　c-011-05
げんず(減ず)　かんじて　a-080-09
けんぞく　眷属　a-098-15
げんせ　現世　a-136-04
げんぜあんのん　現世安穏　c-097-11
けんせい　賢聖　c-085-09
けんせき　硯石之類　b-012-07、硯石類　b-088-06
けんぜん　顕然　a-096-17
げんそう　厳霜　a-141-04
げんそう　玄宗　b-110-01
けんぞく　眷属　b-090-01
げんちゅう　玄中　a-139-01
けんちゅうみっかん　顕註密勘　b-105-02
げんちょう　玄鳥　a-145-01
げんちょう　玄徴　a-131-11
けんちょうじ　建長寺　c-092-02・c-096-16、けんちやうじ　b-080-03
げんと　玄兔　a-140-03
けんとうかごどう　見桃花悟道　c-112-03
けんとうし　遣唐使　a-128-02・a-128-03・a-128-11
げんとかん　玄都観　c-055-08
けんどん(慳貪)　けんどんの者　b-085-11
けんにんじ　建仁寺　c-091-07
けんふく　兼〈魚カ〉服　a-147-04
けんぶつ　見物　b-046-11・b-068-06
げんぶにち　玄武日　b-017-16
けんぶん　見聞　c-116-08
けんぼ　賢母　a-073-02
けんぽう　乾峰　c-104-01
けんぽうせき　乾峯石　c-011-03・c-103-13・c-104-02
けんぽうのさた　憲法の沙汰　a-097-15
けんみつ　顕密ノ二法　a-067-01
げんみょうしゅそ　玄明首座　c-010-11・c-094-08・c-098-13
げんめい　元冥　a-137-08
けんもん　権門　a-097-13
げんゆう　元祐　a-077-09
げんよく　玄默　a-139-11
げんりつ　玄律　a-137-09
げんりょう　元毫(元亮？)　c-041-08
けんろ　険路　b-111-04
けんろう　賢郎　a-074-08

―――――――――こ―――――――――

こ　子　a-071-02・a-071-03・a-071-04・a-071-05・a-071-07・a-071-08・a-073-03・a-074-09・a-074-10・a-075-10・a-076-12・a-078-07・a-080-10・a-081-03・a-085-04・a-085-11・a-086-11・b-083-08・b-093-05・b-093-07・b-108-05・b-108-06・b-116-14・b-117-15、唐人の子　a-108-10
こ(粉)　粉　a-122-08、タドンノ粉　a-030-04、たどんの粉　a-124-03
こ　挙　c-116-05、挙一話　c-104-01
ご　期　c-101-13
ご　悟　c-108-09
ご　巻所ノ五　a-066-08、五　a-067-04・a-071-05・a-071-12
ご　語　c-009-13・c-009-14、五常語　a-029-09、十恩之語,a-029-12、十忍之語　a-098-13
ご　碁　a-129-07
こあまぎみ(故尼君)　こあま君　a-122-06
こい　恋　a-034-09・a-039-12・b-035-08、恋をする馬　b-100-05、恋の心　c-062-11
こい　鯉　a-104-03、ふたつの鯉　a-075-12、鯉のうを　a-077-05、鯉の汁　b-060-06
こいし　恋しと　b-040-08、恋しかる　b-058-14、恋しさ　b-059-10
ごいん　五音　a-066-09・a-109-12
こう　香　a-030-03・a-123-04・a-125-11・a-126-04・b-042-08・b-042-09、香を焼　a-039-16・c-102-04
こう　功　a-086-15
こう　我が甲　b-115-12、我甲　b-116-02
こう(劫？)　百千万億巧　a-068-01
こう　孝　a-073-08・a-077-08、孝ナリ　a-076-12、孝悌　a-084-08
こう　福徳幸　a-091-11
こう(江)→ようすこう
こう(公)→きびのまきび
こう　耕に　b-066-06
ごうす　号冬木　b-111-05
こうあん　江庵　a-114-14、江庵といふ人　a-114-10・a-115-01
こうい　高位の人　c-097-08

こういん　後胤　b-048-08・後胤　b-049-08
こううんきく　紅暈菊　c-043-03
こうお　好悪　c-054-01
こうおんちょう　好音鳥　b-102-11
こうか　巷歌　b-012-02・b-082-01
こうか　紅花　b-088-05
こうか　紅花(江花？)　c-036-02
こうか　好花　c-050-01
こうが　高臥　c-028-06・c-046-07
こうかりょくよう　紅花緑薬(葉？)　b-088-05
こうかい　後悔　b-065-06
こうがい(笄)　かうがい　b-042-03
こうかくろう　黄鶴楼　a-143-06
こうかてん　広果天　c-118-02
こうかん　孝感　a-079-02、孝感動天心　a-072-04
こうき　公紀　a-084-09
こうき　皇基　a-091-09
こうき　黄喜(喜容？)　c-041-05
こうき　紅輝　c-053-06
こうぎ　孝儀　a-029-08・a-070-04、孝義a-077-13
こうききゃくきく　黄喜客菊　c-041-05
こうきく　蒿菊　c-049-05
こうきく　黄菊　c-053-01
こうきん　皐禽　a-145-01
ごうきん　豪唫　c-016-06
こうけい　孝敬ニ　a-078-02
こうけい　好景　c-043-06
こうけつ　膏血　a-083-02
こうげつ　皐月　a-138-06
こうげつ　皓月　a-138-11
こうげん　効験　a-090-06
こうげん　荒原　a-128-09・a-128-13、荒原の叢　a-128-07
こうけんい　広堅衣　c-078-12
こうこ　黄姑　a-140-04
こうこう　孝行　a-073-06、かう／＼　a-072-05・a-073-12・a-076-05・a-076-13・a-078-03・a-079-07・a-079-12・a-080-03・a-082-06・a-083-04・a-083-13
こうこう　口香　a-142-09
こうこう　荒郊　c-057-04
こうこう(楻紅)→しょうこう(猩紅？)
こうごう　香合　c-102-05
こうこうのくるしみ　膏肓のくるしみ　a-028-08
こうこん　香魂　c-050-01
こうこんじ　黄昏時　c-085-01・c-085-03・c-085-07・c-085-08
こうさい　光彩　a-080-07
こうさい　葩粉(皓彩？)　c-050-07
こうさく　耕作　b-014-02
こうさつ　高札　b-117-08・b-117-12
こうさんこく→おうさんこく
こうし　孝子　a-080-12
こうし　孔子　a-035-03、先聖孔子　a-054-03・a-086-06
こうし　好枝　c-019-09
こうじ　小路　c-084-05
こうじ　講師　a-107-05
こうしおう　香至王　c-092-10
こうじく　黄軸　a-146-06
こうじつ　好日　b-019-05・b-019-07・b-019-12・b-019-14・b-020-02・b-020-05・b-021-01・b-021-03・b-021-06
こうしゃ　功者　b-084-02
こうじゃこうきく　黄麝香菊　c-049-03
こうしゅ　黄腫　a-103-13
こうじゅ　口人(入？)　b-046-11
こうじゅう　縞楺　c-019-07
こうしゅん　光春　a-138-03
こうじゅん　孝順　a-082-02
こうしょう　高声　a-081-08・a-081-11・c-108-08
こうしょう　黄鐘　a-139-02
こうじょう　定考　a-054-06・a-054-07
こうじょう　江上　c-015-03
こうじょうらきく　黄疊羅菊　c-052-05
こうしょく　庚色　c-058-07
こうしん(？)　鞕脣　a-145-11
こうじん　貢人　c-055-02
こうず　好事　b-065-10
ごうす　号　c-081-08
こうずい　洪水　b-013-04・b-013-06・b-015-16・b-016-01・b-016-02・b-016-03・b-016-04
こうずけ　上野　a-055-01・a-055-05
こうずけのこまひき　上野駒引　a-055-05
こうせい　江西　a-077-09
こうせき　行跡　a-054-06
こうせき　高跡　c-097-01
こうぜはくひ　紅是白非　a-028-14
こうせん　紅牋　a-148-05
こうせん　高賎　b-046-08
ごうせんきく　合蝉菊　c-047-07
こうぜんじ→こうふくじ
こうそ(高祖)　こうそ　a-073-03
こうそ　興祖　a-132-10・a-132-12
こうそう　高僧　c-083-03
こうそう　孝宗皇帝　c-060-03
こうそう　黄壮　a-137-01
こうた　小歌　b-045-15
こうだい　後代　a-066-03
こうだい　広大正直　a-089-04
こうたいし　皇太子　c-122-02
こうちこうはく　広智広博　a-135-14

こうちょう　黄鳥　a-145-02
こうてい　黄帝　b-089-12
こうてい→ぶてい
こうてん　皇天　a-081-02・a-137-05
こうどう　公道　c-094-12
こうどう→ぎょうどう(行動)
ごうどう　強盗　a-092-06
こうない　口内　a-061-16
こうにしょくきく　紅二色菊　c-042-04
こうにしょくきく　黄二色菊　c-051-05
こうにん　弘仁二年　b-110-08
こうにんてんのう　光仁天皇　b-105-08
こうのあぶら　香のあぶら　a-123-04
こうのしゅっしょ　香之出所　a-122-11
ごうのはかり　業の秤　c-115-02
こうのもの(香の物)　かうの物　b-043-11
ごうは　熬波　c-026-06
こうはい　行輩　c-015-07
こうばい　江梅　c-013-07
こうばい　黄梅　c-026-05
こうばい　紅梅　c-025-07、c-046-01
こうはく　紅白　c-039-05
こうばし　かうばし　c-093-05
こうひん　郊犨(効犨？)　c-023-03
こうひん　江浜　a-131-09
こうぶ(工部)→とほ
こうふう　光風　c-013-04
ごうぶく　降伏　a-098-14
こうふくじ　弘福寺　c-084-11
こうふくじ　興福(善？)寺　c-102-06
こうふん　紅粉　c-056-04
こうべ　頭　a-111-11
こうへい　広平(宋璟)　c-029-06
こうべい　縞袂　c-017-08
ごうほう　業報　c-095-15
こうほうけい　孔方兄　a-148-06
こうぼうだいし　弘法大師　a-029-12・a-035-12・a-043-03・a-098-13・b-011-13・b-046-01・c-009-14・c-011-10・c-065-01・c-070-01・c-086-01・c-114-01、弘法　b-011-08・c-110-03、大師　a-036-01・b-059-08・c-008-01・c-070-03・c-070-08・c-086-02
こうぼうだいしかいご　弘法大師戒語　b-046-01
こうま　黄磨　a-148-05
こうみょうぶじどの(光明峯寺殿)→ふじわらみちいえ
こうむ　公務　a-048-01・a-095-12
こうむ　好夢　a-102-08
こうめい　香茗　a-147-05
こうもり　蝙蝠　b-065-16
こうもん　衡門　a-121-04
こうや　高野　b-059-07・b-059-09・b-059-13
こうやさん　高野山　b-067-01・b-067-03
こうよう　紅葉　a-113-12
こうり　黄鸝　a-145-02
ごうり　蛤蜊　c-011-01・c-102-02・c-102-03
こうりき　畊力　a-145-08
こうりつ　丂立　a-149-03
こうりのおもい　攪離思　c-017-08
こうりゅう　興隆　a-088-04
こうりんぼう　高林坊　b-102-02
こうる　降婁　a-138-01
こうるいせんせん　紅涙潺々　a-128-13
こうろ　香爐　a-123-07、香炉　a-030-02・a-030-04・a-124-01・a-124-02・a-124-06・a-125-02・a-126-05・b-042-08・b-088-02、かうろ　b-042-08
こうろ　紅炉　c-107-04
こうろう　絳爉　c-034-08
こうろさん　高呂山　b-102-07
こうろせんがん　香炉千貫　a-126-07
こうろのな　香炉の名　a-125-01
こえ　声　a-090-07・a-100-02・b-066-06・b-104-03・b-117-05・c-015-03・c-015-07、こゑ　a-102-12・b-024-01・b-024-03・b-075-05・b-104-13、声々　b-034-07、鳥の声　b-098-07、迦陵頻伽声　b-103-02
こえだか　こゑだか　b-054-13
こおり　氷　a-047-03・a-047-04・a-075-09・a-075-12・a-075-13・a-106-03
こおる(氷る)　氷る　a-076-01
こおろぎ　蛩　a-146-02、蟋蟀　a-146-03
ごおん　御恩　a-088-06・a-089-10
こか　古歌　a-034-08・b-063-09・b-112-05・b-112-07・b-112-10
こかげ　木陰　b-051-12、木かげ　b-080-06
こかしこげ　こかしこげなる　b-041-17
ごかしわばらてんのう　後柏原天皇　a-105-02・c-088-15、後柏原御門　a-060-03
こがたな　小刀　b-042-03・b-044-08
ごがつ　五月　a-052-07・a-102-14・a-134-11・a-138-06・b-014-02・b-014-14・b-015-10・b-016-04・b-090-06、五　b-016-04・b-017-02・b-020-02・b-023-06・b-086-10・c-058-04、五月二日　b-018-09、五月三日　c-085-01、五月五日　a-052-01・a-134-09・c-062-06、五月十三日　a-134-09、五月中　a-052-04、五六月　b-015-05、三・五・六　b-015-16、二・三・五　b-016-01
こがなわて(久我縄手)　こがなはて　b-036-12
こがね　金　a-094-04、黄金　a-094-04、こがねのかま　a-080-11
こがねのきし　こ金の岸　c-115-09

こがねのつつみ　金の堤　c-066-12
こがねのやま　金の山　b-049-01、金山　b-049-02
ごかぶ　五株ノ柳　c-007-06
こがらかす　こがらかす　b-035-08
ごかん　後漢人　a-079-03
こかんしれん(虎関師錬)　虎関　c-091-02
ごかんしょ　御鋻所〈御台所？〉　a-094-08
ごかんじょ　後漢書　a-086-10
ごがんじょ　御願所　c-091-03
ごき　五鬼　b-090-05
ごきのつち→ごどのつち
こぎゆく　漕行に　c-061-08
こきょう　古郷　a-109-05、故郷　b-059-09
ごきょう　五経　a-096-17
ごぎょう　五形　a-065-08・a-066-08
ごぎょう　菩薩の五行　a-093-01
ごきょうごくどの→ふじわらよしつね
ごぎょうごしき　五形五色　a-135-12
こきんしゅう　古今集　a-113-01・b-049-03、古今　b-104-01
こきん→こきんしゅう
こきんじょ　古今序　c-063-11
こく　古句　b-116-04
こくう　虚空〈コクウ〉　a-079-09、虚空　b-085-14、こくう　a-072-10
ごくう　御供　a-036-10
こくうん　谷雲　a-140-07
こくうん　黒雲　b-015-01
こくおう　国王　c-097-12
こくきんし　黒金糸　b-088-04
こくげつ　黒月　a-129-10
こくさく　視告朔　a-048-06・a-048-07、告朔の文　a-048-07
こくし　国司　a-097-03・c-112-09
こくし(？)　穀皏　a-145-08
こくしすいこき　国史推古記　c-093-07
こくしょう　穀屑　a-148-05
ごくじょう　極上　b-088-10
こくじょうじごく　黒縄地獄　c-119-03
こくしょうせき　湎星石　b-088-07
こくしん　谷神　c-019-09
こくじん　黒椹　a-082-02
こぐち　小ぐち　b-041-15
こくど　国土　a-089-07・a-091-14・a-092-16・a-093-13・a-094-04・b-016-06
こくとう　黒冬　a-137-09
こくびゃく　黒白　a-129-09、黒白の石　a-129-10、黒白の小石　a-129-08
こくほう　谷鳳　a-138-01
こくみん　国民　a-098-04
ごくらく　極楽　c-100-01
こくりゅう　黒竜　a-148-01
こけ　苔　b-053-07・c-099-09
こげつ　辜月　a-139-02
ごげつ　午月　a-138-06
ごけにん　御家人　a-063-14
ごご　五々　b-070-01
ここう　虎口　c-010-12・c-099-04・c-099-07・c-099-10
ごこう　御幸　a-060-14・a-061-09・c-067-12・c-073-08
ごこうのそら　五更の空　a-027-09・b-066-06
ごこく　五穀　b-013-04・b-015-11・b-015-13・b-016-06・b-016-07・b-089-11
ここのか　九日　b-016-12・b-017-03・b-017-12、二月九日　c-084-13、九月九日　a-134-09・c-085-05、十二月九日　a-059-03
ごこのざいほう　五袴の財宝　a-128-05
ここのつ(九つ)　コヽノツ　b-096-03
ここばじごく　虎々婆地獄　c-120-01
ごごばじごく　護々婆地獄　c-119-13
ここもと　こゝもと　a-041-15
こころ　心　a-039-01・a-039-08・a-039-13・a-041-11・a-044-07・a-048-07・a-059-03・a-059-08・a-059-09・a-066-16・a-067-05・a-067-13・a-068-03・a-072-06・a-072-09・a-077-12・a-085-07・a-100-02・a-120-06・b-016-13・b-018-03・b-038-06・b-056-16・b-056-17・b-058-12・b-063-05・b-064-17・　心　b-083-11・b-084-08・b-104-11・c-013-06・c-014-08・c-109-10・c-110-06・c-111-04、　こゝろ　b-037-08・b-037-09・b-037-11・b-037-12・b-039-05・c-110-05・c-111-01・c-112-10、人の心　a-039-06、慙愧の心　a-028-13、無二ノ心　a-066-05、両部心　a-067-04、御心　a-090-15・a-113-06・b-084-06、からきこゝろ　a-115-05、心ヲ慰　a-136-04、なりもこゝろも　b-038-04、慈悲の心　b-053-09、ひがめる心　b-053-12、心のさとさ　b-064-17
こころあさし　心あさくて　b-038-15
こころあるひと　心ある人　a-064-05
こころうきめ　心うきめ　a-090-02
こころうるわし　心うるはしき　a-091-10・a-091-11
こころえ　意得　a-097-15、こゝろ得　b-058-04、心得　c-074-12
こころおく　心をくまゝ　a-041-15、心ををくも　b-038-16
こころかく　心かくべき　b-040-11
こころがけ　御心がけ　a-064-01
こころざし　心ざし　a-038-11・a-071-08・b-058-11・b-061-03、和光の心ざし　a-038-13
こころづくし　心づくし　a-071-07、こゝろづく

し　b-058-09
こころにかく　心にかゝり　b-052-08
こころにくさ　心にくさ　b-055-06
こころにくし　心にくく　b-057-14
こころにまかす　心にまかせざる　c-097-15
こころのうち　心のうち　b-053-12
こころのかすみ　心の霞　a-113-05
こころのまま　心のまゝに　b-116-08
こころばえ　こゝろばへ　b-038-10、心ばへ　b-058-10
こころふかし　心ふかくも　b-038-15
こころぼそさ　心ボソサ　b-091-08
こころもち　心持　a-098-10
こころゆるす　心ゆるしぬる　b-108-05、こゝろゆるすな　c-110-09
こころよわし　心よはきもの　b-117-05
こころをむく　心をむけ　b-053-13
ここん　古今　a-083-07、古今の間　a-092-17
ここん　孤根　c-014-04・c-019-09
ごさい　五歳　a-149-02
ごさい　五菜　b-106-09
ごさいえ　御斉会〈ゴサイエ〉　a-049-01
ごさがいん　後嵯峨　c-100-13
こさけ　醴酒〈コサケヲ〉　a-053-01
こざる　こ猿　b-080-06
こさん　孤山　c-029-08・c-038-01
こざん　湖山　c-034-04
ごさん　五山　a-109-15、諸五山　a-111-07、五山之上　c-091-02、五山初　c-091-06、京五山　c-091-01、鎌倉五山　c-092-01、
こざんばい　孤山梅　c-028-05
こし　御輿　a-062-08、こし　a-062-14
こし　腰　b-100-04、こしかゞみ　b-040-06、我こしに　b-042-03
ごじ　五字　b-106-11・b-107-02
ごじ　午時　c-085-02・c-085-04・c-085-05・c-085-06
こしかき　御こしかき　a-062-10
ごしき　五色　a-030-05・a-066-08・a-066-09・a-076-05
こじき(乞食)　こぢき　b-064-09
ごしきのいと　五色の糸　c-098-08
ごしきのなみ　五色の波　c-074-01
ごしちにち　五七日　c-115-03
こじつ　故実　a-136-09
こじのつき　古寺月　c-067-13
ごしゃく　五尺　b-113-02・b-114-02、五尺八尺　b-014-13
ごしゃくごすん　五尺五寸　b-113-04
こじゅ　古樹　c-028-02
ごじゅう　五十　a-035-02・a-035-04・a-149-04
ごしゅじゅ　五株樹　a-142-02
ごしゅつ　五出　c-019-05
ごじゅうにい　五十二位　a-035-02
ごじゅうねん　五十年　a-081-02・a-081-04
ごじゅっぴき　御馬五十疋　a-055-02
ごしょ　御所　a-062-08・a-063-09・a-064-01
こしょう(胡椒)　こせう　b-043-17
こしょう　古松　b-116-07
こじょう　湖上　c-015-07
ごしょう　後生　a-090-02・b-080-04・b-106-01
ごじょう　五常　a-085-01、五常語　a-029-09
ごじょう　五条　a-064-13
ごじょうげさ(袈裟)　五条けさ　b-069-08　五でうのけさ　c-068-06
ごしょうさんじゅう　五障三従の罪　a-039-10、五障三従の告(苦？)　c-097-13
ごじょうのぼうもん　五条坊門　a-064-12
こじん　古人　a-028-04、古人之語　a-029-10、古人之語　a-085-08
こじん　故人　c-015-09・c-017-02・c-018-04
ごじん　呉人　a-132-14
こしんのつき　己心ノ月　c-087-14
こずえ　木ずゑ　a-040-02・a-118-04・b-035-04、梢　b-112-08・a-060-10・a-061-07
ごすん　五寸　b-099-07・b-099-12・b-113-03
ごせ　後世　a-088-05・c-108-14・c-109-14
ごせい　五声　a-126-10
ごせち　五節　a-057-07・a-058-01
ごせのつみ　後世の罪　a-092-10
ごぜん　御前　c-105-13
ごせんにち　五千日　b-018-06・b-018-09・b-019-01
こぞ　去年　a-047-03
こそう　庫倉　a-090-16
こそう　虎爪　a-147-01
ごぞう　五臓病　b-099-04
こそだい　姑蘇台　a-144-01
こそで　小袖　a-125-06・b-039-16・c-096-13、こそで　b-032-04
こそん　孤村　a-131-07
ごたい　五体　a-065-09
ごだい　地神五代　a-029-02・a-033-01・a-033-04
ごだいごてんのう(後醍醐天皇)　主上　c-008-14
ごたいさん　五台山　b-049-02
ごだいしんめい　五代神明　a-027-16
ごだいどの　五ダイ殿　b-097-05
ごたいふ　五大夫　a-142-02
こだか　小鷹　b-045-04・b-113-03、初小鷹　b-112-11
こちく　小竹　b-108-03、こちく　b-108-09
こちゃく　挙着　c-106-01
こちょう　古塚　a-131-10

こちょうはい　小朝拝　a-047-01
こっか　国家　a-091-06
こつがわ(木津川)　こつ川　b-081-04
こづち(小槌)　こつち　b-113-05・b-113-07
こつにく　骨肉　a-075-02、こつにく　a-073-09
ごてい　三皇五帝　a-089-17
ごてん　御殿のもや　a-061-05
こと(琴)　こと　a-127-11
こと→きん
ことう　胡銅　b-088-01
こどう　古洞　b-116-11
ごとう　御灯　a-056-01
ごどう　悟道　c-112-03
ことおんな　こと女　c-063-07
ことかたらい　事かたらひ　b-108-09
ことごころ(異心)　こと心　a-041-13・こと心　c-095-01
ことごとし　こと／＼しき　b-056-03、こと／＼し　b-104-14
ことたらず　事たらず　b-066-07
ことたらぬよ　ことたらぬ世　b-055-11
ごどのつち　五ドノ土(五鬼ノ土？)　b-091-09
ことのは　ことの葉　a-027-01・ことの葉　b-052-08・ことの葉　b-085-13、言の葉　a-106-09、花の言の葉　a-106-14
ことのほか　ことのほかなる由　b-084-01
ことば(言葉)　ことば　a-039-11・こと葉　b-062-02、言　a-073-08、詞　a-085-07・b-083-05・b-084-04・c-068-01、人のことば　b-057-05、
ごとばいん　後鳥羽の院　b-035-12、後鳥羽院　b-086-01
ことはじめ　ことはじめ　c-083-16
ことばづかい　ことばづかひ　b-057-12
ことばのした　言の下　a-112-06
ことひと(異人)　こと人　c-065-08
ことぶき　御ことぶき　a-061-03
こども　いやしき子ども　b-040-03
ことり　小鳥　b-105-01
ことわざ　ことわざ　c-115-06、事わざ　a-061-03、よろづの事わざ　c-109-14
ことわり　ことはり　a-071-10・b-039-13・b-053-14・b-055-17
ごならいん　後奈良院　b-033-08・b-111-05・c-008-15・c-074-08
ごなん　五男　a-099-08
このえ　近衛〈コノエ〉　a-064-08
このえだいじょうどの　近衛太政殿　a-041-01・a-041-07
このえどの　近江殿　a-060-07・a-060-15
このえどのさきのかんぱく→このえのぶただ
このえのぶただ(信尹)　近衛殿前関白　b-032-07
このかみ　このかみ　a-083-12
このくに　此国　a-039-03、この国　c-062-11
このさとすぎよ　此里過よ　a-113-10
このみ　木のみ　b-066-07
このよ　この世　a-035-07
こばい　古梅　c-014-09
こばい　孤梅　c-022-07
こばかま(小袴)　こばかま　b-039-16
こびたい　小びたひ　b-041-01
ごひゃく　五百　a-145-09
ごひゃくさい　五百歳　a-136-15
ごひゃくしちじゅうはち　巻第五百七十八　a-043-01
ごひゃくよにん　五百余人　c-106-13
こびん(小鬢)　こびん　b-045-10
ごひん　五貧　b-019-05・b-019-07・b-020-08・b-020-16
ごふうろう　五風楼　a-143-06
こふきだけ　小吹嶽　b-102-04
こぶつ　古物　b-088-09
こふくさん　巨福山　c-092-02
ごへい　御幣　a-056-07・a-058-06
ごべい　牛米　a-082-02
こへん　湖辺　c-020-02
こほう　孤芳　c-030-04
こぼう　古貌　c-020-06
ごぼう(牛蒡)　牛房　c-070-01・c-070-14
こぼく　古木　a-130-13・a-131-03
ごぼく　五木　b-091-10
こま(高麗)　こま　a-039-02・b-107-10・b-108-11
こまうど　こま人〈コマウド〉　b-107-10、こま人　b-108-08
こまき　小巻　a-066-09
こまち→おののこまち
こまのさと　古麻〈コマ〉の里　c-088-03
こまひき　駒引　a-055-04、甲斐ノ駒引　a-054-05、武蔵ノ駒引　a-055-01、上野駒引　a-055-05
ごまんさんぜんにち　五万三千日　b-018-07・b-018-08
こむ　母おやこめて　b-045-02
こむらさきのころも　コムラサキノ衣　c-091-02
こめ　米二斗　a-082-06
ごめい　五明　a-147-01
こめやなぎ　こめ柳　a-135-07
ごめん　御免候へ　a-093-04
ごもう　呉猛　a-083-01、ごまう　a-083-04
ごもつ　御物　a-029-05・a-060-02・a-063-11、御物ども　a-063-13・a-063-14
こもる　こもり候　c-100-03
こや　姑射　c-021-08、姑野　c-072-01
こゆい(おお(小緒)？)　小結　b-113-02

こよい(今宵)　こよひ　a-041-15、今夜　c-111-10
ごよう　五陽　a-138-02
ごよく　五欲　c-010-04・c-089-11
こよみ　暦　b-089-04
こらい　古来　a-123-04
ごらく　五落　a-147-03
ごらん　御覧　a-113-01
こり　箇裏　a-112-01
こりはつ　こりはてぬ　c-115-06
ごりゅうせんせい→とうえんめい
ごりょう　御領　b-011-17・b-066-04
ころう　虎狼　c-073-07・c-121-06・c-121-13
ころうのもの　古老のもの　c-066-07
ころす　ころし　b-059-02・b-059-03・c-078-05、ころさん　c-081-10
ころも　衣　a-034-02・a-076-06・a-081-08・a-082-02・a-100-02・a-122-05・b-060-05・b-098-10・c-080-07、着たる衣　c-081-11
ころもがえ　十月更衣　a-057-01
ころもたち　衣タチ　b-011-10、衣たち　b-023-03
こわしきたい(強式体)　こはしきたひ　b-043-12
こわもの　こはもの　a-089-05・a-093-03
こん　金　a-126-14
こんいん　婚姻　b-060-01
こんいんひじゅつしょう　婚姻秘術抄　b-060-01
ごんか　言下　c-090-10・c-104-12
こんき　根基　c-020-02
ごんぎょう　勤行　c-087-10
こんげん　こんげん　b-057-03、根元　b-083-04・c-011-06・c-094-09
ごんげん　権現　a-046-01
ごんげんづくり　権現作り　a-034-07
こんごうかい　金剛界　a-045-11
こんごうじょう　金剛浄　a-144-05
こんざん　崑山　a-128-05
こんじちょう　金翅鳥　b-014-03・b-014-07
ごんじゃ　権者　a-044-07
こんじょう　今生　b-106-01・c-096-13・c-097-08・c-097-10・c-098-01・c-116-02
こんしん　金神　b-014-02
こんとん　困敦　a-139-08
こんにち　今日　a-108-02・b-106-01
こんにち　金日　b-016-12
ごんのちゅうなごんかねむね→ふじわらかねむね
ごんのちゅうなごんきんつね→ふじわらきんつね
こんぴらぼう　金比良坊　b-102-02
こんぽん　根本　c-010-11・c-094-07
こんぽんちゅうどう　根本中堂　a-037-01・b-102-04
こんや(今夜)→こよい
こんりゅう　建立　c-010-11・c-091-05・c-091-09・c-094-07・c-094-09・c-096-16・c-109-13・c-116-02
こんろん　崑崙　c-072-06

―――――――――さ―――――――――

ざ　座　a-124-08・b-040-12
さい(菜)　さい　b-043-03、四め五ツ目のさい　b-043-02、同さい　b-043-03、七種ノ菜　c-007-08
さい　蓑衣　a-131-07
ざい　材　a-085-12
ざい　財　c-089-12
さいあい(最愛)　妻愛　a-033-04
さいえ　綵衣　a-076-04、采衣　b-083-10
さいおんじきんしげ　竹林院中納言公重卿　c-074-03
さいおんじきんむね　大納言公宗　c-073-03、公宗卿　c-008-14・c-074-03・c-074-06
さいおんじだいじょうだいじん　西園寺太政大臣　b-109-15
さいか　災禍　b-103-05
さいか　最可　c-105-10
ざいか　罪科　c-121-03
さいかいしん　西海神　a-099-03
さいかく　才学　a-098-01
さいかん　歳寒　c-016-08・c-038-01
さいきょう　西京　c-040-06
さいぎょう　西行　a-107-01
ざいきょう　在京　b-058-06・b-082-04・b-082-05・c-095-16
さいぐさのこと　三枝の事　a-051-07
さいぐさまつり　三枝〈サイクサ〉祭　a-051-07
さいくだにしゅう　西瞿耶(陀？)尼州　a-136-14
さいくたんれん　細工鍛錬　a-136-01
さいけ　崔家　a-078-02
さいげつ　歳月　c-022-06
さいこ　柴戸　a-144-03
ざいごう　罪業　a-068-01・a-090-17
さいこく　西国　c-084-11
さいさい　細々　a-116-10、さひ／＼と　a-089-01、さい／＼　b-040-15
さいさい　采々　c-027-01
さいし　妻子　a-098-07・c-079-05
さいし　歳始　a-137-04・b-011-02・b-013-02
さいしけんぞく　妻子眷属　c-087-12
さいしちゅう(蔡氏注)　葵氏注　b-103-07
さいしゅ　債主　a-079-02
さいじゅん　蔡順　a-082-01、さいじゆん　a-082-03、順　a-082-03
さいしょ　最初　c-100-12
ざいしょ　在所　a-054-01・a-055-08

b-015-10、三・五・六　b-015-16、二・三・五　b-016-01
さんがつまつ　三月末　c-040-07
さんかん　三巻　b-103-01
さんかんのいましめ　三感の戒　a-027-14
ざんき　慙愧の心　a-028-13
さんきょ　山居　c-087-10・c-095-07、山居の庵　c-095-04
さんぎょう　山形　a-131-10
さんきょのご　中将姫山居之語　c-010-01、中将姫山居語　c-087-09
さんげ　懺悔　a-059-03
さんけい　参詣　a-123-03
さんけい　三径　c-038-01・c-038-03・c-042-03
さんげつ　蠶月　a-138-03
さんけん　筆道三賢　a-029-15・a-104-12、筆道の三賢　a-104-13
さんご　紫珊瑚　a-084-03
さんこう　三皇五帝　a-089-17
さんこう　三更　a-129-05、三更の夜半　b-066-06
さんこう　山光　a-131-08
ざんこう　纔口　a-078-10
さんごくそうでん　三国相伝　a-090-05
さんごじゅ(珊瑚樹)　さんごじゆ　a-084-04
さんごのけ(産後の気)　サンゴノケ　b-092-04
さんさい(三歳)　三さい　a-080-08
さんさつ　三冊　a-028-15
さんさん　粲々　c-022-02
さんし　三子　a-074-14
さんじ　三字　a-123-05・a-123-06
さんしちにち　三七日　c-115-01
さんじつ　酸実　c-026-02
さんじっさい　三十歳計　c-070-02
ざんじのべつ　暫時の別　c-094-11
さんじゃ　三社　a-043-03
さんじゃく　三尺　a-117-10・b-014-12、三じやく　a-080-11
さんじゃたくせん　三社託宣　a-043-03、三社託宣之始　a-029-02
さんしゅ　三種　c-071-08
さんしゅう　三秋　a-137-06
さんじゅう　三従　c-097-14、五障三従　c-097-13
さんじゅういち　三十一　a-029-10・a-085-08、卅一　a-149-04
さんじゅういちじ　卅一字　b-074-05
さんじゅうごこ　三十五ケ　c-011-16
さんじゅうごさい　三十五歳　c-106-12
さんじゅうろく　三十六ケ　c-008-12
さんじゅっさい　三十歳　a-149-03
さんしょう　山椒　a-103-04・b-043-13・b-043-17
さんしょう　参商　a-081-02
さんしょう　三性　b-090-01
さんしょう　三性ノ木　b-091-05
さんじょう　山上　a-037-01
さんじょう　三条　a-064-11
さんじょうぜん　山上善　b-102-04
さんじょうだいなごん　三条大納言　a-106-10
さんじょうにしさねき　実枝卿〈三条西殿御事也〉　c-081-09
さんじょうにしさねたか(三条西実隆)　前内大臣　c-008-16・c-074-09・c-076-12
さんじょうにしどの→さんじょうにしさねき
さんじょうぼうもん　三条坊門〈ノバウモン〉　a-064-10、三条坊門　b-047-08
さんしょく　山色　a-131-04
さんしょく　蠶食　b-015-04・b-015-06・b-015-11・b-015-14
さんしょくこう　三色紅　a-142-12
さんしょくのけい　山色景　a-121-06
さんじん　三心　c-100-02
さんず　地獄三途　c-098-06・c-098-07
さんず　参　c-105-11、参じつる　c-105-13、参じ様　c-105-14
さんすい　山水　a-119-06・a-130-05・a-130-08・a-130-10・a-131-04・a-132-01・a-132-02・a-132-03・a-132-04・a-132-06・a-132-08・a-132-09・a-132-10・a-132-11・a-132-12・a-132-16・a-132-17・a-133-03・a-133-05・a-133-10・a-133-11・a-133-16
さんずん　三寸　b-113-07
さんぜ　三世　a-086-08・c-077-02・c-101-10、三世の敵　a-090-13、三世不可得　a-065-12、三世諸仏　a-059-03、c-088-08
ざんせつ　残雪　c-018-04・c-022-08
さんせん　山川　c-120-08
さんぜんいっぴゃくさんじゅうにど　三千一百卅二度(座？)　a-050-04
さんぜんがん　三千貫　a-126-07
さんそう　山僧　c-009-09
さんぞう　山荘　a-095-13
さんぞう　三蔵　a-146-06
さんぞうほっし→げんじょう
さんだい　三代　a-032-06・a-032-11
さんだい　三台　a-140-04
さんだい　参内　a-128-15・b-084-02・c-008-15・c-074-08、参内の儀式　a-060-15
さんちゅう　山中　a-075-05・a-081-08・b-072-02
さんちゅうばい　山中梅　c-032-05
さんつう　三通　b-098-02
さんど　三度　a-085-06・b-091-05・b-101-02・c-097-11・c-101-07
さんとう　山頭　a-120-01

さんとう　三冬　a-137-09・a-139-04
さんにん　三人　a-074-09・a-129-15・b-031-11・b-036-07・b-079-08・b-087-11
さんねん　三年　c-105-12
さんねん→みとせ
さんねんき　三年忌　c-115-08
さんのう　山王廿一社　a-036-11
さんのめんぎ　算ノ面木　b-089-13
さんばい　三盃　b-037-04
さんぱく　三白　a-141-06・c-051-08
さんばん　三番　b-078-06
さんびゃくこう　三百劫　c-085-03・c-085-04
さんびゃくねん　三百年　a-100-08
さんびゃくひき　三百ぴき　a-079-06
さんびゃくまん　三百万余　b-116-07
さんびゃくよけ　三百余家　c-121-15
さんびゃくよにん　三百余人　b-051-05
さんびゃくろくじゅうこ　三百六十ケ　a-129-08
さんびゃくろくじゅうもく　三百六十目　a-129-08
さんぶがいち　三分一　a-056-05・b-015-06
さんぷく　三伏　a-138-08、三伏夏　a-105-08・a-105-09
さんふじず　賛富士図　a-108-01
さんべん　三反　a-102-08・b-094-03・b-094-10・b-096-02・b-096-06・b-097-05・b-097-07・b-098-10・b-100-15・b-101-02
さんぽう　三宝　a-090-01・a-091-08、三宝諸天　a-091-06
さんぼん　松三本　a-118-01、柳三本　a-118-01
さんまい(三枚)　三まい　a-084-10
さんまい　三昧　c-088-04
さんまんごせんにち　三万五千日　b-018-13
さんまんさんぜんにち　三万三千日　b-018-12
さんまんにん　三万人　a-060-13
さんまんり　三万里　b-103-03
さんまんろくせんにち　三万六千日　b-018-14
さんみにゅうどう→ふじわらとしなり
さんみのちゅうじょうさねやす　三位中将実康　b-086-13
さんみのなにがし　三位のなにがし　a-061-05
さんみゃくさんぼだいか　三藐三菩提果　c-085-11
さんみょう　三明六通　a-070-07
さんもん　山門　c-101-07
さんゆうのあと　三友の跡　a-027-10
さんよう　山腰　a-130-06・a-130-12
さんらい　三礼　c-093-14
さんりょ　三閭　c-044-06
さんりょう　山陵　a-046-07
さんりょう　三(山？)梁　a-145-04
さんりん　山林　c-022-06
さんろ　山路　c-030-04
ざんろう　残臘　a-139-04

―――――――――――し―――――――――――

し　四　a-071-03・a-071-12
し　死　a-082-09、し　b-080-04
し　士　a-085-12・a-086-12
し　支(支)者　a-139-06・a-139-07、支者　a-030-14
し(志)→りつれきし
し　詩　a-029-16・a-031-08・a-039-03・a-039-06・a-039-08　a-054-04・a-077-09・a-081-06・a-105-09・a-109-02・a-109-04・a-148-03・c-007-03・c-007-04、詩九首　a-105-06御詩　a-040-08、詩之名　a-029-16、二十四孝之詩　a-029-08、二十四孝詩　a-031-08、二十四孝之詩選　a-072-02
し　子　c-026-06
し　師　c-096-15・c-096-17・c-097-02・c-107-08、仏の師　c-077-02
し(師)→いせいぜんじ
し　駟　c-120-07
じ　児　a-084-08
じ　痔　a-104-01
じ　駬　c-120-07
しあん　御思案　c-074-02
しいか　詩歌　a-029-16・a-038-13・a-039-07・a-105-06・b-040-12・b-057-09
しいん　緑陰(緑陰？)　c-026-04
しう　四于　b-019-08・b-019-10・b-020-03・b-020-06・b-020-12・b-020-17・b-021-02
じう　時雨　a-138-07
しうとめ　姑　a-076-12・a-078-02、しう〈と〉め　a-077-02
しえ　しゑといふ菜　c-060-09
しお　塩　b-089-06、米塩　a-052-06・a-052-07
しおうてん　四王天　c-116-11
しおならぬうみ　塩ならぬ海　a-115-05
しおのこうじ　塩小路〈シホノ〉　a-064-15
しおはゆし　塩はやき　b-100-03
しおる　しほれぬ人　b-038-04
しか　鹿　a-081-10・　a-132-07、しかのかは　a-081-10、鹿の乳　a-081-09・a-081-10
しか　紫霞　a-147-07
しか→しかしゅう
しか　詞歌　b-089-13
しが　鷙鷀　a-134-02
しかい　四海　a-027-07
しかく　四角　b-114-02
しかく　觜角　a-143-01

しがく　志学　a-149-03
じかくだいし(慈覚大師)→えんにん
じがじだい　自画自題　c-010-09・c-092-07
しかしゅう　詞花　b-061-11・c-060-10
しがつ　四月　a-051-02・a-102-13・a-134-11・a-138-04・b-014-01・b-014-14・b-015-11・b-086-06・b-090-11・c-046-06・c-049-05、四月一日　a-050-05、四月五日　b-018-08、四月八日　c-084-15、四月上申日　a-051-01、四月上卯日　a-051-03、四月中酉　a-051-06、正月四月　b-015-03、三・四月　b-015-05・b-015-07・b-015-10、四　b-016-03・b-016-04・b-016-09・b-019-13・b-023-04
しがのこおり　志賀郡　a-046-03
しかのしま　しかの嶋　b-027-02、つくししかの嶋　b-027-01
しかばね　しかばね　a-128-08
しかん(支干)　シカン　a-066-11
しがん　脂顔　c-038-03
じかん　寺観　a-130-13
しき　四季　a-069-04、四季の庭　a-065-05、四季庭　a-068-06、四季折々ノ無常　a-136-02
しき　色　c-089-12
しき　子規　a-145-03
しき　史記　a-086-11・a-087-09・b-107-03
しき　祭の式　a-057-06
しぎ　鴫　b-105-05・b-105-06
じき　食　c-089-12,食消せず　a-101-04
じぎ　時宜　b-078-08
しきい　敷井　b-101-01
しぎおう　鴫王　b-105-05
しきかい　色界十七天　c-117-05
しきかわ(敷皮)　しきかは　b-074-02
しきく　紫菊　c-057-03
しきくきょうてん　色究竟天　c-118-06
じきす　食せん　c-105-04
しきだい　色代　a-094-08・a-094-11
しぎだいじん　鴫大臣　b-105-05・b-105-07
しきたえ　そでをしきたえの　c-083-02
しきにわ　四季庭ノ乗馬　a-029-07
しきのかかり　四季のかゝり　a-116-03
しきのき(式木)　しきの木　a-116-03
しぎのはね　鴫の羽　b-105-07・b-105-09
しぎのはねがき　鴫の羽〈ハネ〉がき　b-105-10、鴫のはねがき　b-105-11
しぎひめ　鴫姫　b-105-07
しきむへんしょてん　識無辺処天　c-118-09
じきもつ　食物　c-086-04
じきもつ→しょくもつ
しきゅう　始裘　a-139-03
しきょ　死去　c-101-10
しきょう　歯頬　c-017-04・c-025-02
しくうしょ　無色界四空處　c-118-07
しくのもん　四句之文　c-099-04、四句ノ文　c-099-05、四句の文　c-099-08
しくもん　四句文　c-010-12
しぐれ　時雨　b-054-05
しくん　此君　a-142-07
じくん　二君　a-086-13・b-053-14
しげつ　子月　a-139-02
しげどう　繁藤　a-066-11・a-066-12
しげののないし　滋野のないし　b-023-12
しげふさ　新中納言重房　b-086-16
しげやま　しげ山　b-074-01
しけん　子褰　a-074-09
しけん　思謙　a-085-03
しこう　刺紅　a-142-11
しこう　紫黄　c-037-03
しごがつ　四五月　b-104-07・b-104-13
しごく　至極の後　a-093-08、最詮至極　a-094-15
じごく　地獄　a-070-06・a-071-15・b-031-12・b-063-13・c-104-11、地ごく　a-070-06、地獄三途　c-098-06・c-098-07、地獄の苦　c-116-05
しごねん　四五年　b-044-15
しこのじゅつ　指呼之術　b-110-05
じごくのつかい　地獄ノ使　c-085-14
しさい　子細　a-039-14・a-046-10・a-057-01・a-058-04・a-059-06・c-098-11・c-100-02・c-116-04
しさい　四歳　a-149-02
しざい　死罪　a-095-09・a-098-05・c-121-04
しさつ　四殺　b-090-10、四殺ノ鐘　b-091-07
じさん　自讃　b-046-04
しさんご　紫珊瑚　a-084-03
しし　獅子　b-116-06・b-116-11・b-117-04・b-117-07・b-117-09・b-117-10、しし　b-080-09
しじ　四時　a-030-12・a-131-04、四時の草木　a-028-03、四時名　a-137-03
ししこく　しゝ国の王　b-116-06・b-118-03、しゝこくの王宮　b-117-01、獅子国の王　b-118-02
ししそうでん　師資相伝　c-098-04
ししそんそん　子々孫々　b-117-14
ししちにち　四七日　c-115-02
ししのおう　獅子の王　b-116-10
ししのくび(獅子の頸)　しゝのくび　b-117-15
ししのこ　獅子の子　b-117-08・b-118-01
じじめきすずめ　ぢゞめきすゞめ　b-045-04
ししゃ　使者　b-110-03・b-110-05・c-096-17
ししゃく　四尺　b-014-12
ししゅう　四州　a-136-10、須弥四州　a-030-12・a-135-12
ししゅう　四修　c-100-02
ししゅう　刺就　c-059-02

しじゅう　四十　a-149-04
しじゅう　始終　b-106-07
じしゅう(時宗)　ぢしう　b-080-08
しじゅうから(四十雀)　四十から　b-045-04
じじゅうでん　仁寿殿　a-050-02
しじゅうに　四十二の辻毛　c-084-02
しじゅうにさい　四十二歳　c-105-01
ししゅうのな　四州名　a-136-10
しじゅうり　四十里　c-060-03
しじゅうりょう　四十両　a-060-08・四十両　a-060-15
しじゅっぴき　四十疋　a-055-01
じじゅん　耳順　a-149-04
ししょ　四書　a-096-17
ししょう　試裳　a-138-01
ししょう　死生　c-044-04
しじょう　四条　a-064-12
しじょう　至情　a-075-02
しじょう　糸茸　c-055-06
しじょう　紫茸　c-059-02
じしょういん→あしかがよしまさ
しじょうのぼうもん　四条坊門〈ノバウモン〉　a-064-11
しじょうらきく　紫疉羅菊　c-052-07
ししょく　子職　a-079-11
ししょく　止色(正色？)　c-039-02
ししん　紫宸　c-075-03
しじん　緇塵　c-032-04
じしん　児心　a-075-02
じしん　自身　a-091-07
じしん　殿上の侍臣　a-059-08
ししんでん　紫震殿　a-129-12
しす(死す)　死せる〈イニ　シカル〉人　a-043-10、死スル人　a-066-04
しずか　寝〈シヅカナルコト〉　c-078-13
しずがかきね　賎が垣ね　a-107-09
しずのお　賎のお　b-036-07・b-085-02
しずのめ　賤のめ　a-088-12
しずむ(沈む)　しづみ給ふ　b-052-06、しづめて　c-095-04
しすん　四寸　a-118-07
しせいのこう　四声之綱　a-126-12
しせき　紫石　b-088-08
じせつ　時節　a-135-01・c-052-08
しせん　詩選　a-072-02
しせんにち　四千日　b-018-15
しせんはっぴゃくこう　四千八百劫　c-085-02
しそう　使僧　c-108-11
しそう(紫桑)→さいそう(柴桑)
じぞう　地蔵　b-019-09、地蔵菩薩　c-061-04
じぞうざくら　地蔵桜　c-007-10
しそく　四足　c-078-12
しそん　子孫　a-078-02・a-086-09
した(舌)　した　b-057-02
しだい　次第　a-030-06・a-030-10・a-127-07・b-012-10
したがいのつま(下交の褄)　したがいのつま　b-098-11
したく　私宅　a-095-13
したくさ　下草　b-053-02
したす　下巣　b-109-07・b-109-09
したつゆ　下露　c-121-11
したなき(舌泣き)　したなきして　a-107-10
したのつま(褄)　下のつま　b-098-10
したば　菊の下葉　c-121-11
しだりお　しだりおの　b-045-07
したん　師旦　b-019-08・b-019-09・b-019-11・b-019-13・b-020-01・b-020-03・b-020-05・b-020-06・b-020-09・b-020-10・b-020-15・b-021-01・b-021-02・b-021-05
しち　七　a-071-06・a-071-13、巻所ノ七　a-066-09
じちいき　日域　a-128-13、日域夷　c-087-04
しちかじょう　七ケ条　a-115-07
しちがつ　七月　a-103-01・a-134-12・a-138-10・b-014-04・b-014-14・b-015-05・b-015-08・b-015-10・b-016-02・b-090-02・c-058-04、七月七日　a-134-09・c-085-03、七月廿四日　b-018-11・七月十五日　c-011-10・c-103-03・c-110-03・c-114-05、七　b-016-04・b-016-09・b-020-08・b-023-04、b-086-14
しちく(紫竹)　しちく　b-079-01
しちくりん　紫竹林　c-030-06
しちけつ　七穴　c-098-09
しちさい　七歳　a-081-02・a-108-10・a-109-14・a-149-02・c-071-05、七さい　a-081-03
しちしちにち　七々日　c-115-05
しちしゃくごすん　七尺五寸　b-113-07・b-114-02
しちしゅ　七種　c-008-12
しちじゅう　七十　a-076-05・a-149-05
しちじゅういちかじょう　七十一箇条　a-031-09
しちじゅうにち　七十日　b-015-03
しちじゅうりょう　七十両　a-060-07・a-061-01
しちしゅのさい　七種ノ菜　c-007-08・c-060-07
しちじょう　七情　a-027-13
しちじょう　七条　a-064-15
しちじょうのぼうもん　七条坊門　a-064-14
しちすん　七寸　b-113-07
しちすんごぶ　七寸五分　b-113-06
しちすんはちぶ(七寸八分)→ななきはちふん
しちせい　七星　a-066-09・b-088-09
しちせい　七声　b-103-05
しちぜつ　七絶　a-142-06

しちせんにち　七千日　b-018-11
しちだい　天神七代　a-029-02・a-032-03・a-032-14
しちだいのおんかみ　七代の御神　a-027-15
しちだいめ　七代目　a-032-11
しちど　七度　c-097-12
しちなん　七難　b-098-08
しちはちだい　七八代　a-105-01
しちはちにん　七八人　a-063-01・c-067-03
しちふく　七福　b-098-08
しちへん　七反　b-103-06
しちよう　七陽　b-090-01、七陽ノ火　b-091-13
しちょうばい　紙帳梅　c-036-05
しちん　支枕　a-143-04
じちんかしょう　慈鎮和尚　a-105-03
しつかいじ(室戒寺)→ほうかいじ
じっかじょう　十ケ条　b-053-05
じっかんろくき　十巻録記　c-069-07
じっしゅう　十宗　c-098-13
しつじょ　執徐　a-139-08
しっす　可執事　b-040-14
しっそ(質素)　しつそに　a-077-10
じっそう　十相　a-066-14
じつそうにち　実蒼日　b-017-01
しっちんまんぽう　七珍万宝　c-096-01
しっと　嫉妬〈シツト〉の心　a-039-09
しつとく　失得　a-100-03
しっぽう　七宝　b-088-01
じっぽう　十方　c-121-08
じっぽうせかい　十方世界　c-090-02
してい　攴(支？)提　a-144-04
してつ　子姪　a-073-08
しとう　紫銅　b-088-01
しとう　枝頭　c-026-02・c-054-05
じとう　寺塔　a-095-13
じどう　児童　a-079-11
じどう　慈童　c-121-01・c-121-02・c-121-05・c-121-07・c-121-09・c-121-10・c-121-12・c-121-16・c-121-17
しとく　御師徳　b-012-04、御師徳鍛冶　b-086-01・b-087-12
しとど(巫鳥)　しとど　b-030-02
しとみ(蔀)　しとみ　b-028-10
しどろもどろ　しどろもどろに　b-045-16
しな(品)　しなすくなし　b-057-05・b-062-02・b-062-04、しな% \,a-027-04
しなてるや　しなてるや　c-093-09
しなの　信濃　a-037-08・a-045-10・a-055-04、信濃国　b-062-10、信濃の八幡宮　b-109-12、信州　c-106-05
しなののこうじ　信乃小路〈シナノノ〉　a-065-01
しなののちょくし　信濃ノ勅旨　a-055-04
しなん　御指南　a-109-14
しにいく(死生く)　死いく　b-079-08
しにいる　死入　b-051-13
しにく　脂肉　c-084-01
しにん　死人　b-085-03
じにん　神人　a-061-06、賀茂の神人　a-061-05
しにんやくいし　死人焼石　a-043-09
しぬ　死ぬ　a-129-11、しぬな　b-100-14、しぬる　c-104-03
しぬもの(死ぬ者)　しぬもの　b-064-13
じねん　自然　a-130-01、自然と　a-090-13、自然に　a-092-16
じねんのちえ　自然の智恵　c-082-06
しの　篠　a-135-09
しののめ　しのゝめ　a-038-10
しのび　しのびになく　b-104-14、御しのびに　c-067-12
しのびかえす　しのびかへさむ　b-040-05
しのびやか　しのびやかに　a-107-07、忍やかに　b-054-10
しのぶぐさ　忍草　b-048-04
しのぶのさと　忍里　b-111-08
しば(芝)　しばのごとく　b-045-11
しはい　四拝　c-084-12・c-084-13・c-084-14・c-084-15・c-085-01・c-085-02・c-085-03
しはく　紫陌　c-033-04
しばのと　柴の戸　c-111-05
しはん　御師範　a-115-01
しばんじょう　詩番匠　a-111-12
しばんじょうのずのさん　詩番匠ノ図ノ賛　a-111-12
しひ　詩脾　c-025-02
じひ　慈悲　a-039-14・a-063-16・a-089-05・a-097-17、御慈悲　a-094-06、慈悲の心　b-053-09・c-109-12、慈悲の物　b-085-11
しひょう　賜氷　a-138-08
しびょう　死病　c-096-05
じへい→えんじへい
じぶつどう　地仏堂　c-107-08・c-108-05
じぶん　時分　b-041-17
しぼ　しぼ　b-112-03・b-112-04
じぼ　慈母　a-080-02
しほう　四方　a-046-07・a-066-06・a-081-04・a-123-03・a-126-12・a-136-10・b-017-13
しぼうす　死亡　c-080-11
しほうせて　しほうせて　c-069-06
しほうはい　四方拝　a-046-06
しま　嶋　b-065-16
しまがくれ　嶋がくれ　b-074-03
しみず　清水　a-064-04・b-100-05

しむ　しみられたる　b-038-05
しむ(占む)　しむらん　c-115-08
しむ(締む)　しめられて　b-059-05
しめ(注連縄)　しめ　b-025-02
しめやか　しめやかにして　b-066-09
しめん　四面　c-080-07
しも　霜　a-030-17・a-034-02・b-054-05・b-065-07・b-075-07・c-037-04・c-076-14、霜の朝　a-070-01、霜名　a-141-04、まゆみの霜　c-083-03
しもがれ(下枯れ)　下がれ　b-075-07
じもく　　耳目　a-087-14
じもく　除目　a-049-05
しもた　下田　b-015-06・b-015-09・b-015-11
しもつき　霜月　a-139-03
しもつけ　野州　b-114-11
しもつさ→しもふさ
しものく　下の句　c-076-16
しものやしろ(下の社)　しものやしろ　b-028-08
しもふさ(下総)　しもつふさのくに　b-082-08、下つさ　b-082-09
しもべ　下べ　a-108-12、しもべ　c-095-03
じゃ　蛇　b-067-09・b-075-05、じや　b-073-02
しゃえこく　舎衛国　c-120-09
しゃか　釈迦　b-073-02・c-079-05・c-079-09・c-079-12、釈迦如来　a-034-10・c-079-02、釈迦ほとけ　b-068-01、釈迦大師　c-094-06、釈尊　c-098-04・c-120-09、世尊　c-079-01・c-120-14、仏　c-120-10・c-120-11・c-120-12
しゃき　斜暉　a-131-09・c-046-09
じゃき　年中の邪気　a-048-04
しゃく　釈　a-132-03
しゃく→しゃくもん
しゃくきょう　釈教　c-009-11、尺教　c-084-10
しゃくきょう　石橋　c-013-08
しゃくしゃく　灼々たり　c-061-08
しゃくじゅ　尺樹　a-130-05
しゃくすい　尺水　b-015-05・b-015-10
じゃくすい→おうえん
しゃくすんぶん　尺寸分　b-113-01
じゃくせき　雀石　a-147-05
しゃくそん→しゃか
しゃくはち(尺八)　しやくはち　b-069-02
じゃくほう→ぎょくかん
じゃくまく　寂寞　c-014-08
しゃくもん　釈文　a-126-14、釈　a-127-01・a-127-03・a-127-05
しゃくやく　芍薬　a-142-12
しゃけい(？渓)→れんけい(濂渓)
じゃこう　麝香　a-122-06
じゃこうのう　麝香嚢　c-049-04
しゃしょう　写昭　a-146-08
しゃしょく　赭色　c-058-03
しゃすいき(瀉水器)　しやすい器　b-075-06
じゃせいのう　麝臍嚢　c-049-02
しゃぜんそう　車前草　b-114-05
しゃそく　舎側　a-076-12
しゃっきょう　尺教　a-039-12、尺教の歌　c-111-07
しゃべつ　差別　a-135-10
しゃみ　沙弥　c-104-04、道立沙弥　c-103-13
しゃもん　沙門　a-096-12・a-146-05・b-052-07
しゃれいうん　霊運　b-089-09
じゅ　寿　a-100-08
じゅ　呪　a-042-16、名号呪　a-042-10
しゅい　主位　a-110-12
しゅい(趣意)　しゆい　a-113-02
じゅい　授衣　a-138-16
しゆう　雌雄　a-129-03
しゅう　宗　a-041-07・a-041-11
しゅう　衆　a-085-03
しゅう(集)　代々の集　a-038-07
しゅう　しう　b-064-01、主の仰　a-093-01
しゅう(主)→いっこくのしゅう
しゅう(主)→くにのしゅう
しゅう　周　c-120-07
じゆう　自由　a-135-11、自由ならず　b-065-01
じゅう　十　a-071-09・a-071-14
しゅういしゅう　拾遺集　b-049-04
じゅういちか　十一ケ　c-009-10
じゅういちがつ　十一月　a-103-05・a-134-12・a-139-02・b-014-08、十一月三日　c-085-07、十一月十二日　b-018-15、十一月下酉　a-058-04、十一月中辰　a-058-05、十一　b-017-02・b-021-02・b-023-06・b-087-06
じゅういちしゅ　詩十一首　a-029-16
じゅういちにち　十一日　a-058-07・b-016-15・b-017-05、十一　b-017-14、六月十一日　b-018-10、九月十一日　a-056-07
じゅういちめんどう　十一面堂　c-116-02
しゅううん　岫雲　a-131-10
しゅうえい　秋英　c-047-02
じゅうおう　縦横　c-090-02
じゅうおう　十王　a-134-05・b-031-12・c-110-03・c-114-08
じゅうおうどう　十王堂　b-031-11
じゅうおうのうた　十王ノ歌　c-011-11
じゅうおん　十恩之語　a-029-12
じゅうがつ　十月　a-103-04・a-134-12・a-138-17・b-014-07・b-016-01・b-087-02・b-090-02、十月一日　c-085-06、十月三日　b-052-13、十月五日　a-057-02・、十月八日　a-114-14、十月十日　a-057-04、十月十五日　b-018-14、、十月

中申日　a-057-06、十月の祭　a-050-03、十　b-016-09・b-020-16・b-023-04、六・八・九・十　b-015-07
じゅうがつきく　十月菊　c-043-05
じゅうがつころもがえ　十月更衣　a-057-01
じゅうがつばい　十月梅　c-034-05
しゅうきゃく　秋客　c-039-04
しゅうきゅうきく　綉毬菊　c-042-08
じゅうきん　重衾　a-139-01
じゅうくさい　十九歳　a-095-05・c-088-03
じゅうくにち　十九日　b-016-10・b-017-05、十九　b-017-14
しゅうけい　秋景　a-131-05
しゅうけん　収繭　a-138-05
しゅうげん　祝言　a-135-01
じゅうご　十五　b-116-13
じゅうご　重午　c-052-08
しゅうこう　秋江　a-131-10
しゅうこう　秋光　c-038-07・c-054-09
しゅうごうじごく　衆合地獄　c-119-04
じゅうごさい　十五歳　a-149-03
じゅうごにち　十五日　a-138-11・b-016-12・b-017-09・b-023-04・b-023-06・b-023-08、正月十五日　a-049-07、二月十五日　a-107-03、七月十五日　c-011-10・c-103-03・c-110-03・c-114-05、八月十五日　a-055-03、十月十五日　b-018-14、十五　b-018-01
じゅうごねん(十五年)　三五年　c-085-10
じゅうさん　十三　b-076-07
じゅうさんにち　十三日　b-016-10・b-017-06・c-075-11、十三　b-017-16、五月十三日　a-134-09、九月十三日　c-076-11、九月十三　c-008-15
じゅうさんねん　十三年　c-061-12
じゅうさんや　二月十三夜　a-040-07、九月十三夜　c-074-08
しゅうし　宗旨　c-107-02
じゅうしさい　十四歳　a-114-02
じゅうしちてん　色界十七天　c-117-05
じゅうしちにち　十七日　b-016-15・b-017-03・b-017-12、八月十七日　a-054-05
じゅうしちはちさい　十七八歳　b-051-09・c-061-01
しゅうじつ　終日　a-109-13、b-013-13、c-016-06
しゅうしゃ　秋社　a-138-13
しゅうしゅ　衆首　c-080-06
しゅうしゅう　舟楫　c-075-04
じゅうしょ　住所　b-090-06・c-086-02・c-086-07
じゅうす　住する　c-095-07・c-095-15
しゅうずい　秋蘂　c-038-03
しゅうせい　収成　a-137-07
しゅうせつ　秋節　b-015-03
しゅうせんきく　綉泉菊　c-059-01
じゅうぜんじ　十禅師　c-077-04
しゅうそう　秋叢　c-047-08
しゅうそう　衆僧　c-080-01・c-102-06
しゅうぞう　修造　a-088-04
しゅうぞう　聚蔵　a-127-05
しゅうちゅう　袖中　a-084-08
しゅうちゅう　衆中　b-046-11
じゅうちょう　柔兆　a-139-11
しゅうとう　就頭　a-145-08
しゅうとう　秋冬　c-057-06
しゅうとめ　せうとめ　a-078-03・a-078-04、せう〈と〉め　a-078-05
じゅうに　十二　a-030-01・b-021-05・b-023-08
じゅうにがつ　十二月　a-030-12・a-103-06・a-134-11・a-134-12・a-139-04・b-012-04・b-014-09・b-086-01・b-087-06・b-090-04・c-009-12・c-038-06、十二月比　a-095-02、六月十二日〈月蝕〉　a-058-06、十二月一日　c-093-03、十二月三日　c-085-08、十二月十一日　a-058-07、十二月九日　a-059-03、十二月廿三日　b-019-01、十二月晦日　a-059-06、十二月之名　a-030-12
じゅうにがつぶん　十二月分　b-011-10
じゅうにがつれいぶつ　十二月礼仏　c-085-09
じゅうにがつれいぶつもん　十二月礼仏文　c-084-11
じゅうにじ　十二時　c-105-07・c-105-16、十二時之名　a-030-12
じゅうにしゅ　歌十二首　a-029-16
じゅうにどころ　拾二所　a-066-11
じゅうににち　十二日　b-017-01、十二　b-017-15、十一月十二日　b-018-15
じゅうにぶん　十二分　b-013-12
じゅうにん　十人　a-092-08
じゅうにん　住人　b-086-02・b-086-03・b-086-10・b-086-15・b-087-03・b-087-06・c-106-12
じゅうにんのご　十忍之語　a-098-13
じゅうねん　十年　c-062-03
じゅうはちにち　正月十八日　a-050-01、応永廿七年正月十八日　a-038-10、十八日　b-017-01・b-017-04・b-017-13・b-023-04・b-023-08
じゅうはちにん　十八人　c-080-07
じゅうはちぶ　十八部　c-080-09・c-080-12
じゅうばんのうたいもの　十番のうたひ物　b-084-15
じゅうひゃく　什百　c-026-08
しゅうふう　秋風　c-041-06・c-046-09・c-053-08
しゅうぶん　秋分　a-138-13
じゅうまんり　十万里　b-117-06・c-120-08
じゅうむ　十夢　c-009-06・c-078-11・c-079-01
しゅうめい　羞明　a-141-05

じゅうようきく　十様菊　c-048-01
じゅうよっか　十四日　a-049-01、b-016-11・b-017-08・b-023-04・b-023-06、正月十四日　b-014-11、十四　b-017-17
じゅうよねん　十四年　c-080-14
じゅうより　十余里　c-023-09
じゅうらい　従来　c-052-04
しゅうらく　聚落　c-031-09・c-108-08
しゅうり　秋籬　c-048-04
じゅうり　十里の道　b-069-05
じゅうろくしち　十六七　b-039-08
じゅうろくぜんしん　十六善神　a-042-06・a-042-11
じゅうろくにち　十六日　b-016-13・b-017-10・b-023-06・b-023-08、十六　b-018-03
しゅえ　衆会　b-046-12
しゅえのひ　集会之日　c-085-09
しゅえん　酒宴　a-096-06・b-039-01・b-083-06
しゅか　首夏　a-138-04
しゅか　朱夏　a-138-04・a-138-07
じゅかく　壽客　c-037-04
しゅき　酒旗　a-131-07・c-028-02
じゅきゃくきく　寿客菊　c-056-01
しゅきゅう　守宮　c-035-09
しゅきょう　酒狂　b-046-12
しゅぎょう　修行　a-070-08・a-121-02・b-059-13・c-080-10
しゅぎょうじゃ　す行者　b-085-02、修行者　b-085-04
しゅぎょうのぜんもん　修行の禅門　b-059-13
しゅぎょく　珠玉　a-102-08
しゅく(宿)→やど
しゅぐ　酒具　c-054-05
じゅく　受苦恩　a-071-11
しゅくき　淑気　a-137-12
しゅくさし(夙沙氏)→ふうさし
じゅくし(熟柿)　じゆくし　a-104-08
しゅくしょ　宿所　c-097-03
しゅくす　祝する　c-116-04
しゅくど　宿土　c-025-04
しゅくゆう　祝融　a-140-05・b-099-02
しゅげんせき　珠原石　b-088-07
しゅご　守護　a-097-03・b-097-09・b-101-06・c-081-07・c-109-16、仏法守護　a-043-03、守護恩　a-071-11、祈祷之守護　b-101-09
じゅごいのげ　従五位下　b-049-09
しゅこう　酒航(酒舵？)　c-050-03
しゅごす(守護す)　守護する　a-039-01、守護せむ　a-043-05
じゅさんみよりまさ→みなもとよりまさ
じゅし　樹枝　a-131-08
じゅじ　受持　c-085-10・c-093-12・c-097-02・c-097-07・c-097-09・c-097-11・c-097-12・c-098-01・c-098-03・c-120-13
しゅじつ　朱実　a-142-06
しゅじゃくにち　朱雀日　b-017-12
しゅじゃくもん　朱雀門　a-053-04
しゅじゅしょう　朱寿昌　a-081-01、しゆじしやう　a-081-03、じゅしょう　a-081-04
しゅしょう　殊勝　a-115-01・c-076-16
しゅじょう　衆生　a-088-06・a-098-02・b-085-13・b-103-02・c-101-05・c-101-06、下界の衆生　a-036-05・c-085-12・c-094-03
しゅじょう　主上　b-083-14・b-084-06・b-084-12・c-073-03・c-073-06・c-073-08・c-073-11・c-074-01・c-074-08
しゅじょう→ごだいごてんのう
じゅしょう→しゅじゅしょう
じゅじょう　樹上　b-115-15・b-116-05
しゅじん　主人　a-098-10
じゅず(数珠)　ずゞ　a-111-09、ずゞのふさ　a-111-07
じゅせい　寿星　a-138-13
しゅそ　首座　a-111-09・c-094-08・c-098-13・c-098-14・c-098-15・c-099-01・c-099-02
じゅそ　呪咀　b-092-06、上呪咀　b-090-10
しゅそう　修桑　a-138-03
じゅつ　術　c-121-17
じゅつ→えんじゅつ
しゅつかい　述懐　b-056-01
しゅっけ　出家　a-070-05・a-096-12・a-108-11・c-079-05・c-097-05、出家して　c-106-08
しゅっけじ　出家児　c-090-03
しゅつげん　出言　c-010-12
しゅつげん　出現して　c-116-03
しゅっこう　出行　b-011-06
しゅっさんしゃか　出山釈迦　a-132-13、出山の釈迦　b-073-02
しゅっし　出仕　b-046-05・b-046-12
じゅっしゅ　十種　b-114-06
しゅっしょ　出所　a-123-07、香之出所　a-030-03、香炉之出所　a-030-04、出処　c-014-02
しゅつじん　出陣　b-023-02
しゅつせしゃ　出世舎　a-144-05
しゅったい　出来して　c-106-13
しゅつだい　御出題　a-114-13
しゅつり　出離　c-081-13
じゅとう　樹頭　a-131-11
しゅにんあいぎょう　衆人愛敬　a-097-07
しゅはん　酒飯　b-017-01・b-017-06・b-017-10・b-017-17・b-018-01
しゅひょう　酒瓢(酒飄？)　c-033-06

じゅふくじ　寿福寺　c-092-04
しゅみ　須弥　a-066-06、須弥のかみ　c-084-02
しゅみししゅう　須弥四州　a-030-12・a-135-12、須弥四州名　a-030-12
しゅみせん　須弥山　a-136-10・c-085-10
しゅめい　朱明　a-137-05・a-138-06
じゅもく　樹木　a-131-04
しゅゆ　須臾　a-074-02
しゅゆきく　茱萸菊　c-044-01
しゅりつ　朱律　a-137-05
しゅりはんどく　周利盤特　c-065-05
しゅろ　棕櫚　c-068-08、しゆろ　c-068-05
しゅん　旬　a-050-05・a-050-05・a-050-06
しゅん　舜　a-072-11・a-072-12、舜の君　a-089-17
じゅん→さいじゅん
しゅんえん　春園　c-031-05
しゅんか　春架　c-048-04
しゅんかん　春寒　c-022-02
しゅんき　春機　c-035-01、春幾(春機？)　c-020-06
しゅんきょ　舜挙　b-105-03
しゅんけい　春景　a-131-04
じゅんこう　巡行　c-024-06
じゅんじつ　旬日　a-082-09
じゅんしゅ　鶉首　a-138-07
しゅんじゅう　春秋　a-054-04・a-055-06・c-045-08
しゅんじゅうさしでん　春秋左氏伝　a-086-16
しゅんじゅん　春笋　a-074-02
しゅんしょ　春初　c-024-02
しゅんしょう　春松　a-040-12
しゅんしょく　春色　c-033-04
しゅんせい　ましこの春清　c-104-10、春清　c-011-04・c-104-09・c-104-11・c-104-12
じゅんぞうす→いっきゅうおしょう
しゅんだん　春暖　c-014-04
しゅんてん　春天　a-101-03
しゅんとう　右衛門尉俊当　b-086-05
しゅんのこと　旬事　a-050-05
しゅんぱ　春把　a-111-01・a-111-04・a-111-09・b-082-03
じゅんぱく　純白　c-054-01・c-059-03
しゅんぷう　春風　a-076-04・a-084-03・a-110-07・c-031-01・c-036-02
しゅんぶん　春分　a-138-01
しゅんぼう　春榜　c-029-04
しゅんや　春野　c-040-08
じゅんようにち　順陽日　b-016-13
しゅんれい　峻嶺　c-030-04
じゅんれい(順礼)　じゆんれ(い？)　b-064-10
しゅんろ　春露　a-147-05
しょ　書　a-146-07、書之名　a-031-05
じょ　序　c-008-16・c-074-09、続古今序　a-038-02
しょあく　諸悪　c-080-01・c-080-06
しよう　枝葉　a-131-08・c-045-04・c-058-04
しよう　私用　a-095-12・a-098-08
しょう　小なる　b-112-03
しょう(賞)　しやう　b-117-16
しょう(象)　おとゝの象　a-072-06
しょう　商　a-126-14・a-126-15
しょう　頌　b-012-10・b-089-13
しょう　笙　a-127-08
しょう　鎗(鏡？)　c-073-01
しょう　生　c-081-12
しょう　性つよく　b-064-15
しょう→おうしょう
しょう　暑雨　a-138-08
じょう　情　a-085-02・c-075-05
じょう　茸　c-045-01・c-056-03
じょう　上　b-019-07・b-019-12・b-019-14・b-020-06・b-020-08・b-020-11・b-020-17・b-021-02・b-021-03
しょういちこくし→えんに(円爾)
しょううん　湘雲　c-033-08
しょうえん　松烟　a-148-01
しょうおうしょく　正黄色　c-058-02
しょうおん　商音　a-138-13
しょうか　小過　a-095-09
しょうか　裳花　a-138-01
しょうか　鉊華　c-025-08
しょうか　小家　c-087-13
しょうが(生姜)　しやうが　a-103-02・a-103-03・a-103-10・a-103-11
しょうかいほういん　正海法印　c-010-06・c-090-06、正海　c-090-09、法印　c-090-07・c-090-08
しょうかく　墻角　c-031-05
しょうがつ　正月　a-102-10・a-134-11・a-137-11・b-013-11・b-015-05・b-015-08・b-015-10・b-016-06・b-090-12、正月一日　b-014-14・b-015-01・b-015-16・c-084-12、正月二日　a-047-09、正月三日　b-018-05・b-069-01、正月七日　a-048-04・c-060-07、正月八日　a-049-01・a-049-03、正月十四日　b-014-11、正月十五日　a-049-07、正月十八日　a-050-01、正月廿三日　a-094-17、応永廿七年正月十八日　a-038-10、同二年正月　a-095-03、正　b-016-02・b-016-09・b-019-05・b-023-04・b-086-02
しょうかのだい　章花之台　a-086-17
しょうかん　傷寒　a-101-04
じょうかん　上巻目録　a-029-01、上巻　a-031-09
じょうがん　貞観の比　a-059-04
じょうがんせいよう　貞観政要　a-086-03・a-086-

05・a-087-10・a-087-12
しょうぎ　将碁　a-030-09・a-129-15
しょうきく　松菊　c-072-03
しょうきのかた　御生気の方　a-048-02
しょうきゅう　滕丘(勝丘？)　c-072-03
しょうきょう　小橋　a-130-13
しょうぎょう　聖教　c-101-01
じょうきょう　上京　c-096-08
しょうきょうばい　照鏡梅　c-034-03
しょうきん(？)　昭近の公卿　a-060-15
しょうきんこうきく　勝金黄菊　c-047-05
しょうぎんだい　小銀台　c-055-01
しょうぐん　将軍　a-062-14・a-123-03、摂家将軍　a-130-01、よき将軍　a-092-04
しょうぐん→あしかがたかうじ
しょうぐん→あしかがよしもち
しょうぐんけ　将軍家　a-109-14、将軍家御庭　c-069-02
しょうぐんけ→あいかがよしはる
しょうくんむら　昭君村　c-007-07・c-060-03
じょうげ　上下　b-046-07
しょうけい　小景　a-132-02・a-134-01
じょうけいふ　肇慶府　a-076-01
しょうげつ　賞月　a-138-14
しょうげつ〈松月〉→しょうてつ
じょうげのひと　上下の人　a-098-02
じょうげん　上元　a-137-12
じょうげん(状元)→そうげん
じょうげんじ　浄元寺(浄眼寺？)　c-112-11
しょうこ　証拠　a-068-01・c-078-10
じょうこ　上古　b-114-03・c-068-08・c-068-09
しょうごいん→さきのしょうもんじゅこう
しょうごいんどの→どうぞう(道増)
しょうごいんもんしゅ　聖護院門主　b-052-01
しょうこう　相公　a-062-08・a-062-11・a-114-07・a-123-03・相公　c-106-05
しょうこう　将公　c-107-09・c-108-03
しょうこう　賞貢　a-128-06
しょうこう　昭光　a-138-03
しょうこう　焼香　a-102-06・c-106-01・c-108-06
しょうこう　楻紅(猩紅？)　c-043-04
しょうこう→あしかがまさうじ(政氏)
しょうこう→あしかがよしのり(義教)
しょうこう→あしかがよしみつ(義満)
しょうこう→あしかがよしもち(義持)
じょうこう　城皇　c-108-08
しょうこうてん　小光天　c-117-09
じょうこうにち　上好日　b-020-13
しょうこくじ　相国寺　c-091-08
しょうこてん　小壺天　c-027-07
しょうこのぎ　上古之儀　a-135-10
しょうごみみのちゃがま(鉦鼓耳の茶釜)　しやうごみゝのちやがま　b-080-05
じょうざ　上座　a-125-16
じょうさく　杖策　c-032-06
しょうざん　鐘山　b-111-02
じょうざん　丈山　a-130-05
しょうじ　遠離生死　a-036-05、生死　a-090-02
しょうじ　少事　a-087-10
しょうじ　正治元年十二月比　a-095-02
しょうじき　正直の心　a-089-04
しょうじき　一念正直　c-082-07
じょうじじ　浄慈(寺)　a-132-05
じょうじつ　上日　a-048-06
しょうしゃ　瀟洒　c-019-01
じょうしゃ　条舎　a-144-03
しょうじゅ　聖主　b-103-02
じょうじゅ　成就　c-084-08・c-098-01・c-109-16
じょうじゅ　上寿　c-121-15
しょうしゅう　抄秋　a-138-15
じょうしゅう　上秋　a-138-11
じょうしゅう　超州　b-073-05
じょうじゅうしゃ　浄住舎　a-144-05
しょうじゅうばい　樵住梅　c-030-05
じょうしゅうはんせん　趙州飯銭　c-105-10
じょうじゅうぶつ　常住物　c-108-12
しょうしゅん　小春　a-138-17・c-014-06、小春時　c-034-04
しょうしゅん　照春　a-137-12
じょうしゅん　上春　a-137-11・c-015-05
しょうしょ　尚書　a-085-10
しょうしょ　勝所　a-137-01
しょうしょ　焦暑　a-138-09
しょうじょ　少女　c-022-02
しょうしょう　少将　a-045-03
しょうしょう　簫々タル　a-074-02
しょうじょう　清浄　c-101-07
じょうしょう　上章　a-139-11
じょうじょう　条々　a-096-15
しょうじょうえん　清浄園　a-144-05
しょうじょうせぜ　生々世々　c-097-07
しょうじょうてん　小浄天　c-117-12
しょうしん　賞心　c-076-10
しょうしん(勝身)→とうしょうしんしゅう
しょうじん　少人　b-037-07・b-064-17
しょうじん　精進　c-098-03
じょうじん　丈人　c-034-06
しょうじんおしえのことば　少人をしへの詞　b-037-07
しょうず　小豆　b-015-09
じょうず　弓の上手　a-042-04
しょうずい　祥瑞　c-102-07

しょうすいばい　照水梅　c-032-03
じょうすう　丈数　a-117-09
しょうせい　照星　a-040-09
しょうせい　七星ノ小星　a-066-10
しょうせい　鐘成　c-038-03
しょうせつ　商節　a-137-07
しょうせつ　賞雪　a-139-05
しょうせつどうじん→ちょうすごう
しょうせん　照仙　a-145-01
しょうぞう　少象　c-079-17
しょうぞく(装束)　そうぞく　b-051-08、鷹のさうぞく　b-113-01
じょうだ　嫋荼　a-139-05
しょうたい　小隊　c-035-05
しょうだい　粧臺　c-034-02
じょうだい　上代　c-100-15
しょうち　正知　c-078-12
じょうちじ　浄智寺　c-092-06
しょうちく　松竹　c-022-06
じょうちゅうげ　上中下　a-028-15
じょうちん　上珍　c-019-01
しょうてき　嘯笛　a-110-13
しょうてつ(正徹)　松月　b-062-03
しょうてん　粉点(粧点？)　c-057-06
しょうでん　正伝　c-053-02・c-096-03
じょうてん　上天　a-137-08
しょうど　章度　a-126-14
じょうと　上都　c-084-11
しょうどう　少堂　b-085-03
じょうとう　嘗稲　a-138-15
じょうとう　上冬　a-139-01
じょうとうばい　城頭梅　c-032-07
じょうとうばい　杖頭梅　c-033-07
じょうとくいんどの→あしかがよしひさ
しょうとくたいし　聖徳太子　c-009-16・c-086-08・c-093-02、太 子　c-010-10・c-092-09・c-093-03・c-093-05・c-093-08・c-093-12・c-093-14・c-094-01
しょうとくてんのう　称徳天皇　a-035-05
じょうどしゅう　浄土宗　c-010-14
じょうどしゅうろくじらいさん　浄土宗六時礼讃　c-100-08・c-100-10
じょうどそう　浄土僧　c-110-02・c-113-06
しょうなごん　小納言　b-050-01
しょうに　小児　b-093-08
しょうにん　上人　c-082-03
しょうにん　少人　b-011-12
しょうにん　商人　c-011-08・c-107-07・c-108-14・c-109-07・c-109-13
しょうにん→おんよ
しょうねつじごく　焦熱地獄　c-119-07
しょうねん　少年の時　c-097-14、少年のかほばせ　c-121-16
じょうねん　上年　a-058-02
しょうねんじょ　少年女　c-094-11
しょうねんじょう　少年場　c-034-06
しょうねんのじゅ　少年の寿　c-122-01
しょうねんのひと　少年の人　c-065-06
しょうのいみ　生之忌　a-101-15
しようのふぜい　枝葉之風情　a-136-07
じょうのもの　上之物　a-124-02
しょうは　咲挹　c-024-06
じょうば　乗馬　a-029-07、乗馬の事　a-065-05、乗馬之事　a-068-06
しょうばい　松煤　a-148-01
しょうばい　賞梅　c-016-07
しょうばい　粧梅　c-019-06
しょうはく→ぼたんかしょうはく
しょうはくほうし(肖柏法師)→ぼたんかしょうはく
しょうばつ　賞罰　a-095-15
しょうばん　相伴　a-097-01
しょうひ　松皮　a-131-02
しょうび　薔薇　a-142-11・c-057-08
しょうびきく　薔薇菊　c-057-07
じょうひつ　上筆　a-030-10・　a-131-12、上筆之次第　a-130-04
しょうひょう　商飈　a-141-02
しょうぶ　勝負　a-096-06
しょうぶ　菖蒲　a-134-09
じょうぶ　上部　c-078-04
しょうふう　商風　a-137-06
しょうふう　松風　c-114-07
しょうぶがわ　菖蒲皮　b-113-02・b-113-04・b-113-07
じょうぶつ　成仏　c-106-02
しょうぶのかつら　菖蒲のかつら　a-052-03
じょうぶん　上分十五　a-129-09
しょうへい　召平　a-142-09
しょうへい　障屏　c-059-06
じょうへい　浄瓶　c-030-06
しょうぼう　正法　c-079-12・c-080-09・c-086-12・c-087-06
しょうぼうえん　正法苑　c-079-16
しょうぼうねんきょうおん　正法念経恩　a-071-14
しょうぼうのいえ　正法家　c-087-07
しようほん　日(四？)要品　c-120-15
しょうみょう　声明　c-100-12
じょうみょうじ　浄妙寺　c-092-05
しょうむてんのう　聖武天皇　a-128-03
しょうめつめつい　生滅々已　c-099-09
じょうもう　焼亡　a-063-16・b-051-02・c-099-01

しょうよう　逍遥　a-056-08・a-095-08
しょうよう　昭陽　a-140-01
しょうよう　松葉　a-147-02
じょうよう　上陽　a-137-11
じょうよう　衰陽(襄陽？)　c-046-02
しょうようしゃ　昭陽舎　a-060-09
じょうら　畳羅　c-052-06
しょうらかん　生羅漢　c-098-15
しょうり　勝利　a-095-07
しょうり　小利　b-061-08
じょうり　条理　a-052-06
じょうりゃく　上略　a-086-08
じょうりょく　定力　c-053-04
しょうりん　招林(松林？)　c-021-04
じょうりん　上林　c-072-02
じょうりんげちゃく　上林下着　c-076-04
しょうりんじ　少林寺　c-092-11
じょうろう　上臈　b-046-11
しょうろうびょうし　生老病死　a-136-03
しょうん　書雲　a-139-03
しょえい　所詠　c-075-03
じょえん　女垣　c-032-06
しょおう　諸王　b-110-01
じょおう　女王　c-093-02
しょか　初夏　a-138-04
しょか　初華　c-023-03
しょかんりょう　諸官領　b-083-12
じょき　徐熙　a-132-15
しょぎょう　諸行　c-099-05
しょぎょうむじょう　諸行無常　c-099-09
しょく　職　a-086-02、官領の職　a-062-10
しょく　食　a-086-04
しょく　諸苦　a-098-15
しょくきく　食菊　c-057-09
しょくこう　蜀江　c-073-01
しょくこきん　続古今序　a-038-02
しょくじ　食事　b-041-04・b-044-01・b-046-04・b-057-06
じょくしゅう　蓐収　a-138-11
しょくす　食しける　c-070-04
しょくせい　属星　a-046-07
しょくてい　蜀亭　c-027-09
しょくばく　食麦　a-137-12
しょくもつ　食物　b-015-04・b-015-06・b-015-09・b-015-11
しょくれん　織練　a-138-14
しょけ　諸家の儀　a-098-09
しょげい　諸芸　b-083-08
しょげつ　且月　a-138-08
しょげつ　暑月　a-138-08
じょげつ　如月　a-137-13
じょげつ　除月　a-139-04
しょけん　所見　c-078-14
しょこく　諸国　a-059-04、諸国の田　a-056-04
じょこん　如今　c-038-05
じょごん　助言する　b-042-02
しょざい　所在　c-009-02・c-078-01
しょし　諸士　a-098-01
しょし　処士　c-054-07
しょしきく　処士菊　c-042-02
しょじしょさん　諸寺諸山　a-091-09
しょしゃ　書写　a-027-14・c-085-10・c-108-02
しょじゃく　書籍　a-027-02
しょしゅう　初秋　a-138-10
しょしゅん　初春　a-137-11
しょしょう　初商　a-138-10
しょせい　諸星　a-089-13
しょせん　所詮　a-067-08
しょせん　初戦　c-046-03
しょそうばい　書窓梅　c-029-05
しょぞん　所存　a-093-02・a-100-03
しょたい　所帯　a-098-07
しょてん　諸天善神　a-089-13、三宝諸天　a-091-06
しょとう　初冬　a-138-17
しょどう　諸道　a-088-14・a-088-15
しょどうじょうじゅ　諸道成就　a-097-08
しょなぬか　初七日　c-114-09
じょなん　汝南　a-082-03
しょにち　初日　a-061-03
しょにん　諸人　a-097-10、諸人の依怙　a-090-12
しょびょう　諸病　b-114-06
しょふ　諸符　b-012-11・b-092-03・b-097-02
しょぶつ　三世諸仏　a-059-03
しょぶん　諸文　a-085-06
しょほう　諸法　a-098-03
しょぼだい　諸菩提(菩薩？)　c-088-09
しょめい　庶名　a-146-02
しょもう　所望　a-107-12・b-046-09・b-058-01・b-058-02
しょりょう　所領　a-098-09・a-098-11
しらいと　滝のしら糸　b-030-09
しらが　しらが　a-107-09
しらかわいん　白河院　b-111-01
しらたま　白玉　c-067-14
しらたましずく　白玉雫や　c-067-15
しらち　白血　b-094-02
しらとり　白鳥　a-045-09
しらなみ　白浪　a-035-07、白なみ　c-115-04、君はしらなみ　a-033-11
しらぬくに　しらぬ国　b-117-06
しらは　白羽　a-067-08

しらはと　白鳩　b-109-06
しらん　芝蘭　b-116-11
しらんのしつ　芝蘭の室　a-125-06
しる　汁　b-042-16・しる　b-043-17、鯉の汁　b-060-06
しる　物しりたる人　a-094-01
しるし　しるし　a-047-04・a-111-06・c-082-10
しれもの→あきらかなるもの
しれわらい　しれわらひ　b-044-10
しれん　士廉　a-134-07
しろ　白　a-126-14、草木白　a-136-11
しろいろ　白色　a-066-07
しろくきゅう(白屎)　しろくきう　b-100-02
しろし　白シ　a-111-04、しろきうちぎ　a-106-07
しろし　しろし　b-071-05、白く　b-111-08
しわ(皺)　しはうちよりて　b-040-06
しわぶき　しはぶき　b-099-15
しん　秦　a-081-04・a-086-17・c-061-11
しん　臣　a-085-04・a-085-10・a-085-11・a-085-13・a-086-01・a-086-02・a-086-05・a-089-09・a-096-14・a-126-15
しん　真　a-085-07・a-135-07
しん　信　a-085-07、徳と信と　a-090-10
しん　神　a-101-10
しん　晋　c-071-05
しん　心　c-078-02
しん→ぞうしん
じん　仁　a-085-02
じん　腎　b-100-03・c-078-04
しんい　親闈　a-082-02
しんい　宸衣　c-058-03
しんいのぎ　心恚之儀(瞋恚？)　c-087-12
しんのもん　讖の文　c-075-07
しんいん　深院　c-050-09
しんおうしょく　深黄色　c-053-07・c-054-06・c-058-06
しんか　臣下　a-095-15・a-096-09・a-097-13・a-098-07・b-048-06、臣下のみだり　a-097-14
じんか　人家　c-015-05
しんかく　僧正深覚　b-025-06
しんかん　心肝　b-116-05
じんかん　人間　a-040-13・c-049-08
しんかんぜんそうにじゅうしこう　新刊全相二十四孝　a-072-02
じんき　仁卉　a-147-05
じんぎ　神祇　a-029-02、a-032-02・a-039-12
じんぎかん　神祇官　a-059-06
じんぎのい　神祇威　c-086-11
しんきゅう　深宮　c-035-05
しんぎょう　心行　a-097-11
しんぎょう→はんにゃしんぎょう
じんぎれいちしん　仁義礼智信　a-098-04
しんぎん　晋銀　a-148-04
しんく　辛苦　a-087-12
しんぐ　神供　a-058-07
じんぐう　神宮　a-058-06
しんけいちどう　真仮一同　c-101-08
しんげつ　親月　a-138-12
しんけん　神剣　a-045-08
しんこう　親交　a-098-14
しんごう　賑〈シン〉給　a-052-06
しんごう　信仰　c-096-16
じんこう　仁孝　a-073-02
じんこう　沈香二分　a-122-06
しんこうしょく　深紅色　c-042-04・c-046-02
しんこきんしゅう　新古今　a-105-04
じんごけいうん　神護慶雲年中　a-048-08
じんごじ　神護寺　a-091-07
しんごん　真言　c-086-02
じんごんじき　神今食　a-058-07
じんさい　人歳之名　a-031-08、人歳名　a-149-01
しんざん　深山　a-078-10・a-078-11・b-116-08・c-097-01、深山幽谷　c-095-03・c-121-09、深山裡　c-108-09
しんざん　浸山(満山？)　c-022-08
しんざんきょうこう　深山強政　b-116-06
しんじつ　真実　a-090-09・c-090-03
じんじゃ　神社　a-095-11
じんじゃだいおう(深沙大王)　神社大王　b-097-09
しんじゅ　真珠　c-079-11
しんじゅ　信受　c-120-14
しんしゅう→しなの(信濃)
しんしゅうおうきょう　新修鷹経　b-110-08
しんしゅこう　津洒侯　a-142-07
しんしょ　心緒　a-098-03
しんじょうえ　新嘗会　a-058-02・a-058-03
しんしょくぎょほうこうきく　深色御袍黄菊　c-058-02
しんしん　心神　a-100-03
しんじん　信心　c-098-07
しんぜ　信施　c-105-08・c-105-09、しんぜ　b-107-01
しんせんえん　神泉苑(エン)　c-073-10、神泉苑　c-073-12
しんせんでん　神仙伝　a-101-09
しんぞう　心臓の病　b-099-09
しんたい　神体　a-034-10・a-036-08
しんたろう　備前吉岡新太郎　b-086-14
しんたろしんおう　真反留神王　a-042-14
しんだん　震旦　a-089-14
しんだんこく　震旦国　c-120-12
しんぢくろう　新地ノ九郎　a-029-04、新地九郎

a-060-01・a-061-11、九郎　a-061-12
しんちゅう　心中　a-041-05・c-098-01
しんちゅうなごんしげふさ　新中納言重房　b-086-16
しんちゅうなごんのりよし　新中納言範義　b-086-09
しんてい　心底　c-121-01
しんとう　神道　b-084-04、神道ノ秘事　a-034-05、仏道神道　a-135-13
しんどう　新藤　a-041-02
じんとう　陣頭　b-046-12
じんとう(腎当)　腎たう　b-100-04
しんとうれい　留陶令(晋陶令？)　c-056-02
しんにょ　神女　c-075-04
しんにょどう　真如堂　c-010-15・c-101-03
しんのう　神農　b-089-11・c-048-06
しんばい　浸梅　c-019-02
しんばい　簪梅　c-019-04
しんばい　新梅　c-023-04
じんばい　尋梅　c-015-06
しんぴつ　真筆　a-113-01
じんぴのもん　深秘文　c-120-15
じんびょう　腎病　b-100-02
じんぷう　仁風　a-147-01
じんぶつ　人物　a-132-10・a-132-11・a-132-12・a-133-03・a-133-04・a-133-06・a-133-10・a-133-15・a-134-03
しんぺき　津碧　a-142-07
しんぽう　観念ノ心法　a-065-07
しんぽう　新豊　c-073-01
しんぽう　真法　c-080-09
しんまんだら　新曼荼羅　c-088-02、新まんだら　c-089-07
じんみん　人民　a-091-09・a-094-05・b-013-05・b-014-12・b-015-06・b-015-08・b-015-12・b-015-14・b-015-16・b-016-02
じんむてんのう　神武天皇　a-033-05
しんめい　時神名　a-030-15
しんめい　神明　c-109-16
じんめん　人面鳥翼　b-102-11
じんめんしんじゅう　人面身獣　b-103-04
しんらきく　薪羅菊　c-049-07
しんりょ　神慮　c-063-03
しんりゅうのかみ　新柳ノ髪ヲ　a-105-11
しんれい　神嶺　c-072-04
しんれい　泰嶺(秦嶺？)　c-072-06
しんろう　真臘　a-123-01
しんをひらく　信をひらく　c-102-09

―――す―――

す(巣)　す　b-034-07、巣　b-109-06
すい　水　a-127-05、地水火風空　a-066-08・a-067-04
すい　睡　c-089-12
ずい　瑞　b-106-10
ずいえい　瑞英　a-141-04
すいえき　水駅　c-017-02
ずいえん　隋園(陶園？)　c-052-06
ずいがい(隋我意)　ずいがいに　b-045-03
すいかのなん　水火難　b-103-03
すいかん(水干)　すいかん　b-080-07
すいがん　酔顔　c-041-08
ずいき　随喜　c-097-03
すいきょう　酔興　b-083-06
すいぎょく　翠玉　c-032-08
すいきん　翠禽　c-027-01
すいげつばい　水月梅　c-033-03
すいこき　推古記　c-093-07
すいこてんのう　推古　c-093-02
すいこにじゅういちさい　推古廿一歳　c-093-01
すいさく　水作　c-015-05
すいさん　推参　b-046-08・c-106-06
すいしふんきく　垂糸粉菊　c-056-03
すいじゃく　垂迹　a-036-11・a-037-01
すいしゅう　翠袖　c-027-03
ずいじゅん　随順　a-097-01
ずいじん　随身　b-050-04
すいせいのき　酔醒ノ記　a-028-14
すいせんきく　水仙菊　c-057-05
すいそう　水霜(氷霜？)　c-022-06
すいちくばい　水竹梅　c-033-01
すいぢにのみこと(沙土煮尊)　沙瓊〈スヒヂニノ〉尊　a-032-08
すいちゅう　水中　a-037-05・a-037-06・c-081-12
すいちょう　水鳥　a-131-15
すいでい　翠泥　c-022-04
ずいてい　隋堤　c-072-01
すいてん　水天　a-131-05
すいにんてんのう　垂仁天皇　c-062-02
すいは　水坡　c-023-07
ずいひん　猆賓　a-138-06
すいぼく　水墨　a-134-04
すいぼくばい　水墨梅　c-035-08
すいめんひ　酔面妃　a-142-12
すいよう→じょうよう
すいようこうきく　襄陽紅菊　c-046-02
すいようひきく　酔楊妃菊　c-038-04
すいりつ　水栗　a-143-01

すいりゅう　水隆　a-135-15
すいりゅう　垂柳　c-058-05
ずいりゅうざん　瑞竜山　c-091-02
すいろ　垂露　a-146-07
すいろう　衰老のすがた　c-121-16
ずいろくさん　瑞鹿山　c-092-03
すいみん　睡眠　b-046-12
すうげつ　陬月　a-137-11
すうざん　嵩山　c-092-11
すうしゅう　数榴(数楷？)　c-050-09
すうてん　数椽　c-031-03
すえ　末　a-071-09、モトスヱ　a-066-14
すえのことば　末の詞　b-085-15
すえのにく　末の二句　c-099-05
すえのよ　末ノ世ニ　b-093-09
すおう(蘇芳)　すはう　c-064-07
すおうのないし　周防内侍家　b-048-04
すかす　すかしかくれ　b-104-07
すがた　すがた　b-064-17、姿〈スガタ〉　b-083-11、姿　b-116-11・c-015-01、僧のすがた　c-104-02、衰老のすがた　c-121-16
すがわらふみとき　文時三位　a-105-09
すがわらみちざね　菅丞相　a-038-03
すぎ　杉　a-135-09・b-064-15、椙の葉　a-038-01
すきいる　すきいりぬべき　b-025-07
すぎしよ　過し夜　c-081-06
すぎのきそだち　杉〈スギ〉の木そだち　b-064-14
すくせ(宿世)　すくせ　b-118-04
すぐろく(双六)　すぐ六　b-070-08
すけかね　宰相中将資兼　b-087-05
すけとし　助俊　b-026-10
すけなり　助成　b-087-06
すけのぶ　助延　b-087-07
すけまさ→ふじわらすけまさ
すけむね　助宗　b-087-02
すごう(子昴)→ちょうすごう
すこく　数刻　c-106-13
すごのみ(酢好み)　すごのみ　b-064-07
すごろく　双六　b-041-11
すさのおのみこと→そさのをのみこと
すさまし　すさましく　a-027-09、すさまじく　b-038-04、すさましき　b-115-08、すさましう　c-095-07
すし(酸し)　すくも　b-033-05
すじ　筋　a-101-02・b-100-11・c-084-01
ずしゅう(豆州)→いず
すじんてんのう　崇神天皇　b-049-01
すず　鈴　b-109-13・c-084-03、すゞ　b-109-13、初の鈴　c-082-03、後鈴　c-082-04、金鈴　b-109-13
ずす(誦す)　ずして　c-103-05
すすき　薄　a-135-06・b-115-04・c-007-15・c-064-03
すすきのみくさ　薄の三草　c-064-08
すずし　涼しかりけり　c-112-08
すずしきにおい　すゞしきにほひ　a-122-08
すずめ(雀)　ぢゞめきすゞめ　b-045-04
すずり　硯a-148-04・b-088-09、硯之名　a-031-07
すずろに　すゞろに　b-109-04
すせんかん　数千巻　b-079-05
すそ(裾)　すそ　b-080-08・b-081-01
すだれ　玉のすだれ　a-060-11
すだれ　箔　c-033-08
すとくいんぼう　朱徳院坊　b-102-02
すなお(素直)　直〈スナヲ〉なる　a-039-09
すなすくなし→しなすくなし
すね〈脛〉　すね　a-062-02
すのこ(簀子)　すこの(すのこ？)　c-083-12
すはい　数盃　b-046-08
すはだ(素肌)→そき
すひゃくひき　敉天尺〈本ノマヽ〉　a-054-05
ずふう　頭風　a-101-04、頭フウ　b-092-07
すぶる　すぶる　b-063-16
すべらぎ　すべらき　a-027-16・a-046-07・a-050-05・a-057-02
すまいぐさ　すまゐ草　b-029-11、すまひ草　b-029-09
すみ　墨　a-121-01・a-148-01・b-089-09・b-094-08、すみ　b-044-09、つい松の墨　a-109-02、墨之名　a-031-07
すみ　炭　b-089-07
すみいろ　墨色　c-045-03
すみえ(墨絵)　すみ絵　a-125-15
すみか　すみか　b-063-13、あまの栖　a-115-10
すみがま　炭がま　b-034-11
すみぞめ　墨染　a-121-02
すみだがわ　墨田川のわたり　a-114-03、すみ田川　b-082-09
すみのえ　すみの江　b-031-05
すみのそで(墨の袖)　すみの袖　b-033-10
すみよし　住吉　a-033-08・a-033-09・b-011-10・b-023-03・b-084-05・c-007-14、すみよし　a-033-12
すみよしころもだち　住吉衣タチノ吉日　a-011-10、住吉衣たちの吉日　b-023-03
すみよしのきし　住吉の岸　c-062-10
すみよしみょうじん　住吉明神　c-062-09、明神　c-062-11
すもう(相撲)　すまう　b-039-15
すもも(李)→くり(苦李)
すもも　李　c-071-06
すゆる　膳をすゆる　b-042-15

すりあつ(擦り当つる)　身をすりあつる　c-070-12
するが　駿河　a-045-11
すわみょうじん　諏訪明神　b-109-06
すわる　居〈スハリ〉　b-109-01
すん(寸)　木の寸　a-034-05
すんど　寸土　a-119-07
すんば　寸馬　a-130-05

せ

せ　背　b-099-07・b-099-12・c-084-02、胸背いたむ　a-102-03、せ　b-099-15
ぜあ→ぜあみ
ぜあみ　世阿弥　b-083-08、世阿　b-084-10・b-084-15・b-085-12・b-085-14、観世々阿　b-083-01
せい　聖　a-085-10・a-087-04
せい　御制　a-092-15
せいい　征衣　c-046-03
せいいたいしょうぐん　征夷大将軍　c-107-08
せいいたいしょうぐん→あしかがよしみつ
せいうん　青雲　c-075-03
せいえい　清題(清影？)　c-023-07
ぜいえんし　説演詩　b-107-08
せいおう　成王　a-086-11
せいおう　聖王　a-089-15
せいおう　青鷹　c-080-15・c-081-01
せいか(せがい？)　せいか　a-124-01
せいがい→せがい
せいかく　清客　a-142-03・c-031-03
せいかく　星角　a-146-02
せいかん　清寒　c-025-06
せいがんじ(誓願寺)　せいぐわん寺　a-106-12
せいき　清気　a-138-03
せいき　星輝　c-040-04
せいき　星記(紀？)　a-139-02
せいきょう　清興　c-027-09
せいぎょく　青玉　a-142-07
せいげつ　霽月　c-013-04
せいこ　西湖　a-132-05・c-028-04・c-035-07・c-053-08
せいご　成五　a-149-03
せいご　世語　b-060-11
せいこう　清高　c-014-02
せいこう　清香　c-014-04・-016-02・c-021-02・c-024-06・c-046-01
せいこう　清光　c-076-08
せいこうばい　清江梅　c-028-03
せいこばい　西湖梅　c-027-08
せいざ　静坐　a-102-06
せいさく　製作　c-100-15
せいし　制詞　a-029-11・a-085-09、制詞ノ条々　a-095-06
せいし　青子　c-026-04
せいじ　青磁　b-089-02
せいしきょう　勢至経　b-106-01
せいじつ　盛実　c-078-02・c-078-03・c-078-04
せいしゅう　清愁　c-015-03
せいしゅん　青春　a-137-13
せいしょ　盛暑　a-138-07
せいじょ　青女　a-140-05・a-141-04
せいしょう　靚粧　c-027-03
せいしょう　青松　c-042-03
せいしょく　止色(正色？)　c-039-02
せいしょくよう　西蜀様　c-039-06
せいしん　精神　c-016-04・c-026-08・c-032-06・c-041-06
せいじん　成人　a-149-03
せいすい　井水　b-014-12
せいせい　青々　c-026-06
せいせい　性成　c-066-04
せいそう　青霜　a-141-04
せいそう　清相　c-014-08
せいそう　西窓　c-072-04
せいだい　聖代　a-047-04
せいだい　清題(清影？)　c-023-07
せいたかわかしゅう　せいたか若衆　b-035-07
せいだく　清濁　a-130-11・a-136-01・c-101-02
せいてい　井底　a-121-08
せいてい　青帝　a-137-04
せいてん　青天　a-128-08
せいとう　盛冬　a-139-03
せいどう　青銅　a-148-06
せいどう　政道　a-029-10・a-085-08・a-092-13・a-096-17・a-098-05
せいとうしょうぐん　征東将軍政氏　c-010-06・c-090-06
せいばい　青梅　c-026-03
せいはくり　清白吏　c-013-06
せいばつ　征伐シテ　c-080-11
せいひ　犀皮　b-088-05
せいふ　青蚨　a-148-06
せいふう　西風　b-016-06・c-039-08・c-042-05・c-049-02・c-055-06・c-056-08
せいふう　腥風　a-078-10
せいふん　清芬　c-028-04・c-055-02、靚粉粧　c-040-02
せいほう　西方　b-013-05・b-107-06・b-107-07・c-084-14・c-085-08
せいほう　清芳　c-056-02
せいむ(世務)　せいむ　a-039-07
せいむ　清夢　c-036-06

せいめい→あべのせいめい
せいもん　青門　a-142-09
せいもん　誓文　b-041-06
せいゆう　清幽　c-032-08
せいよう　青陽　a-137-04
せいよう　正陽　a-137-05
せいらい　政頼　b-110-05、政頼ト云人　b-110-04
せいりつ　青律　a-137-04
せいりゅうきょうにち　青竜脇日　b-018-01
せいりゅうそくにち　青竜足日　b-018-03
せいりゅうにち　青龍日　b-017-17
せいりょう　凄涼　a-138-15
せいりょうでん　清涼殿　a-052-04
せいりょくせき　青緑石　b-088-08
せいりん　井輪　a-148-06
せいるい　清羸　c-023-05
せいろ　正路　a-096-05
せいろ　清露　c-053-04
せいわ　清和　a-138-04
せかい　世界　a-043-06・b-103-01
せがい(船枻)　せいがい　a-124-01、せがい　a-124-06・a-124-07
せがいじん　世外人　c-016-08
せがきのたな(施餓鬼の棚)　せがきのたな　c-103-06
せき　諸関　a-096-13
せき→りくせき
せきうん　赤雲　b-015-01
せきおくおしょう→せきおくしんりょう
せきおくしんりょう　石屋和尚　a-110-01
せきか　石火　b-106-02
せきかのし　惜花詩　c-024-02
せきがん　石岸　a-131-01
せきがんせき　石眼石　b-088-07・b-088-09、石眼　b-088-09
せきき　赤鬼　a-128-08・a-128-13
せきこ　石虎　a-132-02
せきし　赤子　a-086-14
せきじ　関路　c-115-07
せきしゅ　赤珠　a-136-14
せきしょう　石菖　c-068-08
せきじょう　石上　c-030-02
せきせつ　積雪　a-139-05
せきてん　釈奠　a-054-03
せきとせんり　石途千里　b-013-08
せきのな　関の名　b-035-10
せきのみょうじん　関明神　a-045-01
せきばい　惜梅　c-018-03
せきび　赤眉　a-082-02、赤眉の賊　a-082-04
せきび　鵲尾　a-123-08
せきふんじゃく　赤奮若　a-139-08
せきへき　石壁　a-130-06
せきもと　関本　c-011-03・c-103-13
せきよう　夕陽　a-028-09・a-109-13
せきれい　鶺云鳥　a-032-13
せぐくまる　跼　a-085-03
せけん　世間　a-070-09・b-013-13・b-014-04・b-014-05・b-098-12
せご　世語　b-011-16
せじょう　世上　b-014-08・b-083-05
せじん　世人　a-067-11・a-114-01・b-103-04
せすじ(背筋)　せすぢ　c-084-03
せせる　せヽる　b-043-08、セヽリテ　b-096-04
せそう　世巣　a-132-10・a-132-12
せそん(世尊)→しゃか
せたのみや(あつた？)　勢田の宮　a-045-05
せち　世智　c-089-10
せちえ　節会　a-047-03・a-047-08・a-048-04・a-050-02、九月の節会　a-056-06
せちゅう　世中　a-115-03
せつ　説　a-046-01・a-071-10・c-010-14・c-082-05
せっかん(折檻)　せつかむ　b-054-11、せつかん　c-070-02
せつけい　雪景　a-139-03
ぜつけい　絶景　a-145-07
せっけしょうぐん　摂家将軍　a-130-01
せつげつ　竊月　a-138-02
せつし　雪師　c-051-08・c-052-02
せつじ　雪児　c-017-06
せっしゅ　摂取　c-108-09
ぜつじゅ(絶入)　ぜつじゆ　b-117-05
せっしょう　摂政　a-047-09・a-061-10
せっしょう　　殺生　a-095-08
せつじょう　雪上　b-065-07
ぜつしょう　絶勝　c-033-06
ぜつしん　舌身　b-090-06
せっす(摂す)　摂して　a-035-02
せつそう　雪霜　a-147-03・c-024-08
せつそう　節操　c-014-02
せつたいかく　摂提格　a-139-08
ぜつちん　絶釣　a-147-04
せつでい　雪泥　c-023-09
せっとう　窃盗　a-092-06
せつは　雪葩　c-014-06・c-031-03
せつばい　折梅　c-018-05
せつばい　接梅　c-020-01
せつばい　雪梅　c-021-07、雲梅(雪梅？)　c-045-09
せつひ　雪肥　a-142-04
せっぽう　説法　c-102-11・c-102-12、説法教化　c-094-06
せつろう　雪廊　c-018-08

ぜに　銭　a-148-06、銭一まん　a-079-04、銭之名　a-031-08
せにおう　背において　a-129-11
ぜひ　是非　a-085-06
せまい　施米　a-053-02
せみ　蟬　a-145-13
せみまる　蟬丸　a-045-01
せめ　責　c-105-16、閻羅のせめ　c-105-14
せめころす　責ころし　b-109-10
せん　仙　b-106-04・c-078-13
せん　憺（蟾？）　c-033-02
ぜん　禅　c-086-12・c-107-02
ぜん　善　a-086-15・a-087-03・a-088-08・a-088-11・b-063-14
ぜん　膳　b-042-15・b-043-01、ぜん　a-077-06
せんあ　纖阿　a-140-03
ぜんあく　善悪　a-095-15・a-097-09、善悪の友　a-097-02
せんいつ　専一　a-098-06
せんえい→いけのぼうせんえい
せんが　川河　b-097-09
せんかい　千廻　a-080-02
ぜんかいばい　金開梅（全開梅？）　c-035-06
せんかく　仙客　a-145-01
せんがん　千貫　a-126-04、千貫のあたへ　a-126-06
ぜんかんちゅう　前漢注　b-106-08
ぜんかんぼう　善観房　c-100-12
せんぎ　先規　a-098-09
せんぎ　宣儀　a-129-04、宣議　b-084-02、せんぎして　b-117-17
ぜんぎょうのるい　禅行類　c-087-08
せんきん　千金　a-027-11
せんきんほう（千金方）　千金　a-101-01
ぜんくしゅう　全九集　c-078-01
せんげ　遷化　c-093-13・c-099-02
ぜんけ　禅家　c-009-14・c-086-01・c-087-07
せんけい→いけのぼうせんけい
せんげつ　宣月　a-137-12
せんげつ　千月　a-139-02
ぜんげつだいし→そうかんたい
せんけん　嬋娟　c-021-08
せんげん（浅間権現）　浅間　a-045-10
ぜんげんてん　善現天　c-118-05
せんこ　千古　a-079-11
ぜんご　前後　a-125-09
せんこう　先皇　c-074-10
せんこうこくし（千光国師）→えいさい（栄西）
せんざい　千歳　a-100-04・c-056-02
せんざい　銭財　a-101-06
ぜんざい　善哉　c-116-06・c-120-12
せんし　仙子　a-141-05
せんし　僊子　c-027-03
せんし→ろうし
せんじ　宣旨　b-088-01
ぜんし　剡子　a-081-07、ぜんし　a-081-09・a-081-10
ぜんじ　禅師　c-096-17
ぜんじ→らんけいどうりゅう
せんしばんし　千枝万枝　a-135-13
せんしゅ　千首　a-114-10・a-114-12
せんしゅう→いずみ（和泉）
せんしゅう　泉州　c-072-03
せんしゅうばんざい　千秋万歳　a-089-04・b-055-07
せんしゅわか　千首和歌　a-114-05
せんしゅん　先春　c-031-07
せんしょう　先蹤　a-097-14
せんしょう　仙掌　c-056-06
せんしょう（千章）→へいしょう（平章）
せんじょうぜん　浅上前　b-102-05
せんしょくぎょほうこうきく　浅色御袍黄菊　c-058-08
せんしん　剪深（剪染？）　c-052-06
ぜんしん　善神　a-089-13・a-091-01
ぜんしん　全心　c-106-02
せんずい　泉水　b-075-02、せんずい　b-080-06
せんぜ　先世　c-097-09・c-097-10
せんせい　先聖孔子　a-054-03
せんせい　宣政　a-131-14
せんせいでん　宣政殿　a-143-05
せんせき　泉石　a-028-08
せんせつどうじん　剡雪道人　c-036-04
せんせん　銭選　b-105-03
せんせん　剪深（剪染？）　c-052-06
せんせん　紅涙潺々　a-128-13
せんぞ　先祖　a-095-13・a-136-07
せんそう　鷹爪　a-138-09
せんそう　線窓　c-059-02
せんそうばんぼく　千草万木　a-135-12
ぜんそんばい　前村梅　c-032-01
せんだんぼく　栴檀木　c-079-13
せんちゅう　船中　b-097-08
せんちょう　先兆　c-078-13・c-079-02
せんてい　顓帝　a-137-08
せんてん　薦忝　a-139-03
せんど（先途）　せむと　b-116-09
せんとう　仙洞　c-008-15
せんとう　剡藤　a-148-05
ぜんどう　善導　c-100-14
せんとうぎょかいひゃくいん　仙洞御会百韻　c-074-09

ぜんなんし　善男子　c-085-09
ぜんにょにん　善女人　c-085-09
せんにん　仙人　a-106-04・c-121-14
ぜんにん　善人　a-097-06
せんにんばり　千人張　b-117-08
せんば　千馬　b-101-06
せんばい　剪梅　c-018-07
せんびょう　仙廟　c-058-01
せんぶ　千部　c-077-03
せんふくか　旋覆花　c-048-05
せんぶじゅ　瞻部樹　a-136-12
せんぺき　浅碧　c-033-02
せんぽう　仙方　c-071-08
せんぼんのさくら　千本のさくら　a-106-05
せんもう　旃蒙　a-139-11
ぜんもん　禅門　b-059-13・c-105-05・c-105-06、新禅門　c-105-03
せんやく　仙薬　b-106-03・b-106-04
せんよう　穿楊　c-031-01
せんよう　千葉　c-038-02・c-039-05・c-039-07・c-040-05・c-042-04・c-049-07・c-053-09・c-056-03・c-058-02・c-058-08・c-059-03
せんようばい　千葉梅　c-026-09
せんよく　蝉翼　a-147-01
せんよにん　千余人　c-082-15
せんり→ちょうはくく
せんりいちもう　千里一毛　c-041-02
せんりのうち　千里ノ内　b-016-13
せんりょう　千両の金　a-094-02
ぜんりょく　前緑　a-137-12
せんれい　先例　c-083-16
せんわ　宣和　a-131-14・a-132-01・a-132-02
せんわでん　宣和殿　a-131-14

―――――そ―――――

そ　楚　a-086-17
そい　祖意　a-028-02
そう　僧　a-041-13・a-042-05・a-042-08・a-042-09・a-055-07・a-111-05・a-111-07・a-111-09・a-111-11・a-132-05・a-146-05・b-071-01・b-106-11・b-107-01・c-081-01・c-095-07・c-095-08・c-095-10・c-095-13・c-095-14・c-096-05・c-096-06・c-096-09・c-096-11・c-096-13・c-099-02・c-100-11・c-100-12・c-104-01・c-104-02・c-104-09・c-105-02・c-108-15・c-109-08、叡山の僧　c-081-11、僧之名　a-031-05
そう　宋　a-077-09・a-132-03・a-132-04・a-132-08・a-132-10
そう　箏　a-127-08
ぞう　象　a-072-04・a-072-10・c-079-04
そうあん　草庵　a-027-08・c-095-08・c-096-11
そうい　相違　c-094-12
そううんあん(草雲庵)→ほうじょうそううん
そうえすう　僧恵崇　a-134-02
そうおう　相応　b-060-08
そうおく　屮屋　c-031-03
そうか　双華　c-027-01
ぞうか　造化　c-027-05・c-048-02
そうかく　捴〈総カ〉角　a-149-03
そうかく　騒客　c-037-04
そうかん　蒼官　a-142-02
そうかん　霜翰　a-145-05
そうかん→やまざきそうかん
そうがん　双眼　c-084-03
ぞうがん　象眼　b-088-01
そうかんたい　僧貫体(貫休？)　a-133-13、徳隠　a-133-13、禅月大師　a-133-13
そうぎ　宗祇　b-011-12・b-031-12・b-040-10・b-062-09・b-062-13、宗祇法師　b-062-10、宗祇ほうし　b-058-03
ぞうき　雑木　a-116-04・a-118-02
そうぎながととば　宗祇長詞　b-011-12
そうぎひゃっかじょう　宗祇百ケ条抜書　b-040-10
そうぎほうしながことば　宗祇ほうし長ことば　b-058-03
そうぎょう　相形　c-083-17
そうく　蒼狗　a-140-07
ぞうげ(象牙)　象げ　b-073-07
そうけい　　渓　c-086-02、曹渓ノ流　c-086-02
そうけつ　蒼頡　b-107-03
そうげつ　相月　a-138-10
そうげつ　壮月　a-138-13
そうげつ　霜月　a-139-03
そうげん　壮元(状元？)　c-040-06
そうこ　双股　c-018-06
そうこにち　蒼庫日　b-016-11
ぞうさののぞみ　造作所望　c-087-13
そうし　草紙　c-100-10
そうじ　掃地　c-105-07
そうじ　荘子　a-085-13
そうじじ　総持寺　c-108-12
そうししつ　僧子湿(温？)　a-134-04、仲言　a-134-04、日観　a-134-04、知婦子　a-134-04
そうじゃ　惣社　c-069-07
そうしゃばい　僧舎梅　c-030-07
そうしゅ　僧酒　a-147-05
そうしゅう　早秋　a-138-10
そうしゅう　総州　a-115-08
そうしゅう(相州)→さがみ
そうしゅうむ　荘周夢　a-146-01
そうしゅん　送春　a-138-05

そうじょう　相譲　a-085-03
そうじょうがだけ　僧正嶽　b-102-04
ぞうじょうじ　増上寺　c-101-10
そうじょうへんじょう→へんじょうそうじょう
そうしん　双親　a-076-04
そうしん　相臣　c-051-02
ぞうしん　曽参　a-075-01・a-075-05、参　a-075-03、ぞうしん　a-075-03、恭輿　a-075-03
そうしん　凄辰　a-137-07
そうじん　宋人　a-131-13・a-132-15・a-132-16
そうじん　騒人　c-039-04
そうしんせつ　霜辰節　a-137-07
そうせい→れいぜいためひろ
そうせん　霅川　b-105-03
そうぜん　蒼然　c-020-06
そうぜんそう　蒼髯叟　a-142-02
ぞうそ　蔟踈　a-131-05
そうそう　曹林(曹操と林逋)　c-029-08
そうそく　宗則　c-062-06、文慶　c-062-06
そうそふ　曽祖父　a-115-06
そうたい　蒼苔　c-030-02
ぞうたん　雑談　b-040-12・b-041-13・b-046-12、女雑談　b-042-06
そうちゅうせん　草中仙の粧　a-028-04
そうちょう　霜朝　a-139-01
そうちょう　宗長　b-031-13・b-032-02・b-032-04、宗長法師　b-035-06
そうちょうしょう　早超勝　a-137-01
そうちん　双枕　a-119-01
そうてん　蒼天　a-089-10
そうでん　相伝　a-124-04・a-124-06・b-011-09・b-023-02・c-063-04、三国相伝　a-090-05
そうとう　早冬　a-138-17
そうとうしゅう(曹洞宗)　宗棟宗　c-099-01、宗棟　c-098-13
そうねん　壮年　a-149-03
そうは　滄波　a-109-11
そうは　蒼波　a-143-03
そうばい　早梅　c-014-07
そうばい　痩梅　c-023-06
そうひ　痩肥　a-083-07
そうび→しょうび(薔薇)
ぞうふ　臓府〈ザウフ〉　c-078-08
ぞうぶつ　造物　b-012-09
そうふつこう　曹弗興　a-132-14
ぞうぶつはじめ　造物始　b-089-03
そうみょう　総名　a-037-03
そうみょう　惣名　c-060-09
そうめん(素麺)　さうめん　b-043-17・b-072-03
そうもく　草木　a-028-04・a-102-08・a-136-11・a-136-12・a-136-14・a-137-01・c-007-02・c-013-01
そうもん　桑門　a-146-05
そうもん　奏問　a-062-06、奏門　b-084-01
そうもん　惣門　a-063-09
そうもん　双紋　c-053-09・c-058-02・c-058-08
そうやく　惣薬　b-114-07
そうらそう　僧蘿窻　a-134-03
そうりゅうのう　蒼竜脳　c-055-02
そうりょ　僧侶　a-088-14・c-100-15
そうりん　曹林(曹操と林逋)　c-029-08
そうれんきく　早蓮菊　c-040-07
そうろん　相論　c-106-13
そえい　疎影　c-021-08
そえい　流英(疎英？)　c-035-03
そか　疎花　c-031-09・c-036-06
そが　素蛾　c-021-08
そがきょうだい　曽我きやうだい　b-032-10
そき　素肌　c-018-04・c-027-03
そく　息　a-085-09、息仲秋　a-095-06
ぞく　賊　a-082-06・a-083-09・a-083-11・a-083-13・b-017-13、赤眉の賊　a-082-04、天上ノ賊　a-120-05
そくあん　側安　c-057-02
そくきんさんきく　側金盞菊　c-057-01
そくじょ　御息女　a-038-09
そくしょう　即生　b-098-08
ぞくじん　俗人　c-098-05
そくたい　束帯　a-057-03
ぞくふん　俗棼　c-016-02
そけんそ　蘇顕祖　a-134-06
そこ　底　b-091-13
そこうえん　蘇香円　b-060-05
そさのお　素盞烏〈ソサノヲ〉　a-033-07、そさのをのみこと　a-045-05
そしゅう　素秋　a-138-15
そじょ　素女　b-089-11
そしょう　素商　a-137-06
そじょう　訴状　b-066-04
そしょうい　素綃衣　c-021-06
そしり　そしりを申　a-094-09
そしりわらう　そしりわらふ事　b-057-13
そぜい　租税　a-056-05
そせつ　素節　a-137-07
そそぐ　そゝぎのまする　c-068-03、灌〈ソソイデ〉頂ニ　c-080-04
そぞろぐ　そゝろぎたる　b-057-11
そたいふ　楚太夫　c-044-06
そつか(曾東)　そつか　b-047-03
そで　袖　a-058-01・b-042-13・b-044-02・b-051-10・c-104-12、御袖　a-063-03、そで　c-083-01・c-114-09

そてい　蘇堤　c-027-07
そてつ　楚〈蘇カ〉鉄　c-068-08
そでみつ　袖光　b-110-04
そと　外　b-083-11
そとうば　東〈坡〉　a-081-05
そとのしょてん　外書典　c-079-14
そとば　卒都婆　a-144-04、塔婆　a-144-04
そなえ　そなへ　a-075-04
そのぶんおう→ぶんおう
そばい　疎梅　c-022-09
そばい　咀梅　c-025-03
そばいそう　疎梅叟　a-146-01
そふう　素風　a-137-06
そふく　素幅　c-036-04
そぼ　祖母　a-114-02
そほばい　蔬圃梅　c-031-06
そめつけ　染付　b-089-02
そら　空　b-066-06・b-106-06・c-074-14・c-075-15・c-083-01、空のけしき　c-075-11
そらうた　そ(そら？)歌　b-040-03
そらだき　空だき　b-037-10
そらぼめ　そらぼめ　a-089-05
そり　疎籬　c-031-03
そりつ　素律　a-137-07
そりゃく　そりやくにて　b-054-09
そりん　疎林　c-023-09
そろそろと　そろ／＼と　b-099-11
そん(損)　そんする　b-064-05、御損　a-090-17
そん→びんそん
そんえん　尊円　a-105-01・a-105-02・a-130-02
そんえん　孫火(炎？)　b-089-08
そんおう　尊応　a-105-01
そんか→そんえん
そんきょう　尊敬し　c-107-08
そんじきく　孫児菊　c-046-04
そんじゃ　尊者　c-093-12、目連尊者　a-054-01
そんすう　尊崇　a-096-12
そんぜん　尊前　a-074-08
そんちょう　二位僧都尊長　b-086-04
ぞんちょう　存奝和尚　a-121-01
そんちん　尊珍　a-105-02・a-130-03
そんどう　尊道　a-105-01・a-130-02
そんのう　尊応　a-130-02
そんろうこう　尊老公　c-104-10

―――た―――

た　田　a-072-08・a-072-10・a-072-11・b-013-13・b-026-04、諸国の田　a-056-04、田の中　b-025-05・b-025-07、田作る　c-066-14
だい　台　a-144-01、台之名　a-031-02
だい　題　a-112-11・a-114-05・a-114-14・c-067-13
だい　大なる　b-112-03
だいいち　第一　a-043-05・a-094-15・a-096-16・a-135-02・a-136-02・b-043-09・b-044-05・b-053-09
だいいちぎ　第一義　c-092-11
たいいつさん　大乙山(太一山)　c-102-08
だいえ　大会　a-057-05
だいえつ　大悦し　c-102-15
たいえんけん　大渕献　a-139-09
たいか　大科　a-095-10
たいか　大火　b-019-06・b-019-10・b-020-02・b-020-04・b-021-03
だいか　大過　b-019-08・b-020-07・c-078-05
たいがい　胎外　a-034-05
だいかい　大海　a-091-10・c-085-10
だいかくぜんじ(大覚禅師)→らんけいどうりゅう
だいがくりょう　大学寮　a-054-03
だいきち　大吉　b-016-10・b-017-14・b-020-16・b-021-02
だいきょう　大凶　b-016-11・b-017-05
だいきょうかんじごく　大叫喚地獄　c-119-06
たいきょく　太極　c-014-08
だいきょにち　大虚日　b-016-15
だいく　第九　b-057-12
だいくう　大空和尚　c-011-09・c-110-01・c-112-11
たいくつ　たいくつなれば　b-054-16
だいご　第五　b-056-06
だいご　大悟　c-065-07
たいこうらく　大荒落　a-139-08
たいこく　大国　b-105-05・b-117-07
たいこく　大谷　c-072-04
だいこく　大黒　b-041-06
だいごてんのう(醍醐天皇)　延喜　b-110-08
だいこん　大根　b-043-13
だいさ　大蜡　a-139-05
たいざん　大山　b-091-07
だいさん　第三　b-054-09
だいさんく　第三句　c-076-12
たいし　太史　a-077-09
たいし(太子)→しょうとくたいし
たいじ　御退治　b-037-01
だいし(大師)→こうぼうだいし
だいし→えんにん
だいし　第四　b-055-05
だいじ　大事　a-029-07・a-067-08・a-087-10・b-046-07・b-097-08、弓大事　a-065-05、弓秘密大事　a-065-06、箭秘密大事　a-067-03、御大事　a-110-13、八ケ大事　c-086-03
だいしきく　大師菊　c-043-01
たいしぎょえい　太子御詠　c-094-01

だいじだいひ　大慈大悲　c-108-13
だいしち　第七　b-056-17
たいしゃくてん　帝釈　b-014-05・b-014-08・b-014-09・c-097-13、大〈帝〉尺々　b-014-01
たいじゅ　大樹　a-136-12
だいしゅ　大衆　c-104-06
だいじゅう　第十　b-057-15
たいじゅしょうぐん　大樹将軍　c-091-10
たいしゅん　大舜　a-072-03・a-072-08、たいしゆん　a-072-05
だいしょう　大笑　b-116-03・c-035-04
だいじょう　大乗　c-096-02
だいじょう　大嘗　a-058-02
だいしょうきく　大笑菊　c-037-05
たいしょうぐん　大将軍　a-089-03・b-083-13
たいしょうぐん→あしかがよしのり
だいじょうしょうこく　大政相国　c-081-04
だいじょうだいじんにいさいしょう　大政大臣二位宰相　b-086-08
だいしょうねつじごく　大焦熱地獄　c-119-08
だいしょうべん　大小便　a-102-02
たいしょく　大食　b-046-12
だいじん　大臣　a-047-01・a-047-09、大臣など　a-053-03、左右ノ大臣　a-061-10
だいしんいん(大心院)→ほそかわまさもと
だいじんぐう　大神宮　a-050-04
だいず　大豆　b-015-09・b-015-14
たいすう　戴嵩　a-133-08
たいすい　大水　b-014-13・b-015-07・b-015-08・b-015-13
たいせつ　大切なる事　b-042-01
だいせんちょうだけ　大千町嶽　b-102-05
たいそう　太宗皇帝　c-009-12、唐太宗　b-110-01、大宗皇帝　c-084-11
だいぞう　太象　c-078-12、大象　c-079-03・c-079-17
だいぞう　大蔵典籍　c-100-15
たいぞうかい　胎蔵界　a-045-11
たいぞく　大族　a-137-11
たいたい　隊々　a-072-04
だいち　大地　a-119-07・b-011-04・b-013-10・c-085-11
だいぢからのひと　大力人　b-117-03
たいどう　天槐(大槐？)　b-089-04
だいとう　太唐　a-109-08、大唐　a-109-14・a-128-02・c-062-10・c-097-01、大唐の法　a-128-15
だいどう　大道　a-046-03
たいない　胎内　a-034-05、母のたいない　a-071-01
だいなごん　大納言　a-099-05、父大納言　a-112-10
だいなごんたかふさ→ふじわらたかふさ
だいなるもの　大なる物　b-061-13
だいに　第二　b-054-02
だいにち　大日　a-066-01・a-066-03・c-090-06・c-090-07・c-090-08、胎蔵界大日　a-045-11、金剛界大日　a-045-11
だいにちもんどう　大日問答　c-010-06・c-090-06
だいねつ　大熱　a-101-05
たいばい　苔梅　c-020-07
たいはく→りたいはく
だいはち　第八　b-057-09
たいはん　待伴　a-141-05
だいはんにゃきょう　大般若経　a-055-06
だいはんにゃはらみった　大般若波羅蜜多　a-043-01
たいひさん　能皮盞　b-089-01
だいひのちかい　大悲ノ誓　b-091-02
だいひふ　大秘符　b-094-10
だいひん　大賓　a-086-14
たいふう　大風　b-015-07
だいほ　代歩　a-145-07
だいほう　大法　a-047-04
だいぼさつ　大菩薩　a-045-10
だいほっし　玄壮大法師　c-084-11
だいぼんてん　大梵天　c-117-08
たいま　当麻　c-088-02
たいまのしんまんだら　当麻ノ新曼荼羅　c-088-02、たいまのまんだら　c-088-05・c-088-08
たいままんだら　当麻曼荼羅　c-010-02
だいみゃく　大脈　b-100-01
だいみょう　大名　c-097-12
だいみょうじん　大明神　a-034-03
だいみょうじんづくり　大明神づくり　a-034-07
たいめん　対面　a-096-08・a-125-16・c-096-13
たいゆう　体用　a-130-11
たいようけいげん(大陽警玄)　太陽玄　c-081-02、大陽　c-080-14、玄　c-081-02
たいらのうじとき→ほうじょううじとき
たいらのためなり　平為成　b-025-13
たいらののりつね　能登守　a-110-06・b-081-06
たいらん　大乱　b-013-11・b-014-08
だいり　内裡　a-048-03、内裏　a-053-06、大裏　a-062-06
だいり　大利　b-019-08・b-020-06・b-020-08・b-020-10
たいりょ　大呂　a-139-04
だいりょう　大涼　a-101-05
だいりょうぼう　大量坊　b-102-02
たいれい　泰嶺(秦嶺？)　c-072-06
だいろく　第六　b-056-13
たえしのぶ　たえ忍べき　c-114-10

たえはつ　絶やはつべき　b-056-08
たか　鷹　a-131-14・a-132-01・a-133-15・b-107-10・b-108-01・b-108-13・b-108-15・b-109-02・b-109-07・b-109-10・b-109-16・b-110-01・b-110-02・b-110-06・b-110-07・b-111-05・b-111-08・b-112-08・b-113-01・b-114-07・c-068-03、鶬鷹　a-095-08、鷹の儀式　b-108-11、鷹の心　b-109-14、鷹巣　b-111-02・b-111-03
たか(多寡？)　たかをおしまず　b-083-13
たかいぬ　鷹犬　b-110-03
たがう　たがふ　b-105-11
たかお　高雄　a-088-04・a-091-07
たかおか　高崗(岩？)　c-112-02
たがいのみえい　たがひの御影　a-035-11
たかがい　鷹飼　b-109-01
たかかうもの　養鷹者　b-110-04
たかかんきん(高看経)　たかかんきん　b-056-13
たかくなる　タカクナル　b-102-07
たかくら　高倉〈タカクラ〉　a-065-04、高倉　b-047-08
たかくらおもて　高倉おもて　b-047-08
たかさ　高さ　b-114-02、たかさ　a-118-03
たかし(高し)　たかき　b-054-03・b-055-05
たかた　高田　b-015-06・b-015-08・b-015-11・b-015-13
たかつじ　高辻〈タカツジ〉　a-064-12
たかどきょう　高読経　b-046-04
たかの(鷹野)　たかの　b-056-02
たかのみち　鷹のみち　b-108-07
たがみとうざえもん　田上藤左衛門　b-052-13
たかや　鷹屋　b-114-09
たから　財　a-088-09、宝　a-090-10・b-016-12・b-116-11
たからのやま　宝の山　a-060-05、たからの山　b-065-09
たかわらい(高笑い)　高わらひ　b-045-17、たかわらひ　b-057-01
たき　滝　a-143-02、たきのひゞき　b-074-07、滝之名　a-031-01
たきぎ　薪　a-075-02・a-075-05・a-075-06・c-030-04、たきぎ　b-052-10
たきのしらいと　滝のしら糸　b-030-09
たきもの　焼物　a-122-09、たき物　b-052-10・b-081-01
たきょう　他郷　a-109-11
たく　香をも焼　a-125-11、空にたく　c-083-01、たかせざりける　c-083-06
たくこく　沢国　c-043-02
たくす　詫し　c-103-04
たくせん　託宣　c-063-02、三社託宣　a-029-02・a-043-03、御託宣　a-091-04・a-091-05・a-091-07
たくみ(企み)　たくみ　a-129-02
たくみいだす　たくみ出す　b-083-09
たくら　宅良　c-011-05・c-104-13
たぐりのいと　手ぐりの糸　c-088-09
たくりょうじ　擲竜児　a-142-07
たくれい　蜂鈴(鐸鈴？)　c-052-01
たけ　竹　a-074-02・a-118-02・a-118-03・a-132-02・a-134-09・a-134-11・a-135-09・a-142-07・b-064-03・c-084-03、竹のはやし　a-074-04、竹之名　a-030-17
たけ(丈)　たけ八尺　a-061-15
たけし(猛し)　たけき　c-073-07
たけじざいてん　他化自在天　c-117-04
たけとりのおきな　竹とりの翁　a-045-11
たけのこ　竹の子　a-074-03、竹子　a-074-05、竹のこ　b-034-06
たごん　多言　b-046-08
たさい　多才　c-027-09
たしなむ　たしなみ　b-042-14・b-044-06・b-055-07
たじま　但馬　c-107-05
たじまのかみ　但馬守　b-028-09
たじまのもとまさ　たじまのもとまさ　c-062-02
たじまもり　田道間守〈マリ〉　c-062-04
たしょう　多少事　a-098-10
たじょう　多情　c-029-02
たず　田鶴　b-076-07
たそがれ　たそかれ　a-042-04・a-106-10
ただいま　只今　b-085-07、只今ノ事　a-136-09
たたかい　たゝかひ　b-081-06
ただくに　忠国　b-087-14
ただならぬみ　たゞならぬ身　b-116-12
ただのぶ→さとうただのぶ
たたみ(畳)　たゝみ　b-044-08
ただみね→みぶのただみね
ただゆき→ふじわらただゆき
ただより　神主忠頼　b-028-05
ただより(忠従)　大炊御門三位忠従　b-087-09
たたら(多々良)　たゝら　b-058-06
たたらのなにがし(多々良)　たゝらのなにがし　b-058-06、多々羅のなにがし　b-082-04
たたり　タヽリ　a-068-04、たゝり　b-065-04
たち(館)　たち　b-028-09
たち　太刀　c-106-06・c-107-03
たちい　立居　a-071-01
たちき　立木　b-114-02
たちきり　太刀切　b-039-15
たちばな　橘　a-084-09・a-084-11・a-134-13・c-007-12・c-062-02・c-072-02
たちばなうじ　橘氏人　a-044-04

たちばなならまる　橘奈良丸　b-049-07
たちばなのあそん(橘の朝臣)　たちばなのあそむもろのり　a-038-09
たちばなのみ　橘の実　c-062-04
たちばなもろえ(橘諸兄)　井手大臣　c-066-08
たちみがきかじ　御太刀磨鍛冶　b-012-04・b-086-01・b-087-10
たつ　辰　a-139-08・b-019-05・b-019-07・b-019-10・b-019-13・b-020-02・b-020-05・b-020-08・b-020-10・b-020-13・b-020-16・b-021-02・b-021-05、十一月中辰　a-058-05
たつ(縦)　たつ　a-135-03
たつ(立つ)　のどにたつ　b-043-09
たつ　タテヨ　b-095-02
たっしゃ　達者　a-110-06
たつたのかみ　竜田神　a-044-02
たつたひめ　立田姫　a-140-05
たつたまつり　竜田祭　a-053-05
たつたやま　たつ田やま　b-055-14
たづな(手綱)　たづな　c-084-05
たつの　立野(小野？)　a-055-02
たつみ　辰巳　b-013-03、たつみ　a-116-08
たで(蓼)　たで　b-028-11・b-029-01、なまたで　a-102-10、たでのみ　a-102-11・a-102-12
たてあわざるくさき　不立合草木　a-135-09
たておく　立置ける　b-066-08
たてど　立所　a-061-16
たてばな　立花　a-030-11・a-134-08・a-135-12・a-136-06
たでゆ(蓼湯)　たでゆ　b-033-04
たとうがみ(畳紙)　たたうがみ　b-067-04
たとえ　たとへ　a-090-07
たどんのこ　タドンノ粉　a-030-04、たどんの粉　a-123-07・a-124-03
たな　棚　c-114-06
たなか　田中　b-026-02・b-073-03
たなかみ(田上)　たなかみ　b-047-03
たなのお(棚の緒)　たなのを　b-036-06
たなばた　七夕　a-053-06
たに　谷　b-067-04
たにがわのみず　谷川の水　c-107-04
たにし(田螺)　田にし　b-100-09
たにのとら　谷の虎　b-067-04
たにのみず　谷の水　c-121-12・c-121-14
たにん　他人　a-096-01・a-096-03・c-079-12
たね　種　b-066-07
たねん　多年　a-121-02・多年　b-059-09
たのしみ　楽　a-087-09、たのしみ　a-091-13
たのしむ　たのしめり　b-083-07、たのしむこと　c-078-03
たのもしげ　たのもしげ　a-090-15
たばかり(謀り)　たばかり　b-115-14
たはた　田畠　b-014-01
たはん　佗伴　c-042-03
たび　旅　b-052-05
たびのそら　たびの空　c-114-09・c-115-08
たびびと　旅〈タビ〉人　c-093-09
たま　玉　a-087-02・a-111-06・b-098-11・c-072-06、瓊　c-024-02、珠　c-072-06
たまき(環)　玉木　a-066-17
たまくら　手枕　c-114-02
たましい　魂　b-098-09
たましき　玉しき　c-075-17
たまずさ　玉づさ　b-038-09
たまつしま　玉津嶋　b-084-05
たまのおのこ　玉のおのこ　b-116-12
たまのすだれ　玉のすだれ　a-060-11
たまる(溜まる)　たまりたる水　c-068-03
たみ　民　a-049-07・a-052-06・a-080-13・a-086-14・a-097-03・a-097-13・a-127-02・b-015-04・c-121-15
たむけ　手向　a-038-06、御手向　c-073-13
ためいえ→れいぜいためいえ
ためうじ→れいぜいためうじ
ためかね→れいぜいためかね
ためさだ　為貞　b-087-11
ためし　ためし　a-116-01、タメシ　b-091-01
ためすけ→れいぜいためすけ
ためつぐ　備中為次　b-087-14
ためひろ→れいぜいためひろ
ためまさ(為尹)→れいぜいためまさ
たもと　袂　a-066-17・b-085-08
たゆうきく　太夫菊　c-044-05
たよう　多葉　c-039-03・c-059-01
たより　便　c-075-08
たよりなし　たよりなし　b-052-08
たら(鱈)　たらといふ魚　b-037-02
たらじゅもく　多羅樹木　c-099-07・c-099-09
たらじる　鱈汁　b-037-04
だるま　達磨　a-110-11・a-110-12・c-010-10・c-092-09・c-092-10・c-093-03・c-093-06・c-093-10・c-093-13・c-094-04
だるまえ　達磨絵　a-110-11
だるまきょう　達磨教　c-087-06
だるまごへんか　達磨御返歌　c-094-04
たろうぼう　太郎坊　b-102-02
たわぶる　たはぶれ　b-083-13・b-108-07
たん　憺(蟾？)　c-033-02
だん　団之名　a-031-06
たんあつ　単闕(闕？)　a-139-08
だんおつけ　檀越家　b-106-11
たんか　短歌　b-106-04

だんか　団華　c-042-09
たんかいこう→ふじわらふひと
だんがん　断岸　a-130-13
たんけ　丹家　a-099-07・a-099-09、丹け　a-099-09
たんけい　端渓　a-148-04
たんけいせき　端渓石　b-088-07
たんげつ　端月　a-137-12
たんごのかみ　丹後守守長　a-099-07、丹後守　a-099-08
たんごのくに　丹後国　a-044-05・a-060-12・a-064-02
たんごん　端嚴　c-078-12
たんざく　たんざく　a-115-11
たんじょ　淡敉　b-105-03
たんしょう　淡粧　c-042-05
たんしょう　桃将(擔将？)　c-033-04
たんじょう　端正　a-098-15
たんせい　丹青　a-146-08・c-035-09
たんせつ　端雪　a-139-03
だんせつ　団雪　a-147-03
だんぜつ　断絶　c-108-09
だんだん　団々　c-040-02
たんたんこう　淡々紅　c-020-08
たんちゅう　短虫　c-078-07
たんとう　灘頭　c-013-08
だんな　旦那　a-088-16・b-107-01
たんねん(坦然)→かんねん(桓然)
たんばい　探梅　a-139-03・c-016-01
たんばい　短梅(矮梅？)　c-023-08
だんぴ　断碑　a-131-10
たんびらしんおう　但毘盧神王　a-042-12
だんよく　団翼　a-147-03
たんよう　単葉　c-037-07・c-038-06・c-039-01・c-040-03・c-040-07・c-043-01・c-053-01・c-053-03・c-054-08・c-055-07・c-057-01・c-057-03・c-057-05・c-057-07
たんりょ　短慮　b-054-15
たんろ　湛盧　a-147-04

ち

ち　地　a-074-04・a-084-10・a-085-03・a-118-04・a-118-06・b-063-04・b-065-12・c-018-02　地水火風空　a-066-08・a-067-04
ち　血　a-073-11・b-099-10・b-100-01・b-100-04・c-099-08、血を吐　a-104-06、ち　b-062-07
ち(乳)　女ノチ　b-095-04
ち　智　a-085-06
ち　地　b-036-03
ち　微　a-127-03・a-127-04
ちいさきこ(小さき子)　ちいさき子　a-076-09
ちうふくのはな　ちうふくの花の真　a-135-07
ちえ　智恵　a-098-01・c-082-06
ちかい　神ノ誓　b-091-04
ちかいのげん　誓の言　c-099-08
ちかごろ　近比　a-130-02
ちから　力　a-114-12・b-063-10
ちからなし　力なし　a-062-06、力なく　a-063-04
ちからわざ　力わざ　b-042-01
ちぎ　千木　a-034-04・a-034-07、千木のかたそぎ　a-034-09
ちぎょう　知行　a-098-09・a-114-08・c-098-15・c-106-13
ちぎり　契　a-106-09、ちぎり　b-105-11
ちぎりきぼう　ちぎり木ぼう　b-062-01
ちぎる　契けれども　b-108-10、契ければ　c-060-05
ちくがい　竹外　c-031-09
ちくごのくに　筑後国　a-047-07
ちくさ　千草　b-066-07
ちくさのはな　ちくさのはな　b-054-05
ちくしょう　畜生　b-116-14、ちくしやう　b-116-15
ちくせき　竹石　a-132-02
ちくば　竹馬　a-149-02
ちくばい　竹梅　c-021-05
ちくよう　竹葉　a-147-07
ちくり　竹籬　c-049-06
ちくりんいんちゅうなごん(竹林院中納言)→さいおんじきんしげ
ちご　児　a-080-07・b-054-12・b-069-03、ちご　b-035-01・b-035-04
ちこくのほう　治国の法　c-120-13
ちこつ　地骨　a-143-04
ちじ　癡児　c-047-04
ちしき　智識　c-106-08・c-107-05・c-107-06
ちしゃ　智者　c-090-10・c-099-12・c-102-01、ちしや　b-080-04
ちしゃのふるまい　智者のふるまひ　c-100-06
ちじん　地神五代　a-029-02・a-033-01・a-033-04
ちすいかふうくう　地水火風空　a-066-08・a-067-04
ちち　父　a-072-05・a-072-06・a-074-09・a-074-11・a-074-12・a-075-11・a-078-11・a-078-12・a-079-02・a-079-03・a-081-03・a-082-12・a-085-11・b-083-08・b-094-04・c-079-01、ちゝ　a-074-13・b-034-06・b-057-04、ちゝの乳　b-077-07、父の獅子　b-117-04
ちち　乳　a-071-06・a-078-06・b-093-07、鹿の乳　a-081-09・a-081-10、ちゝの乳　b-077-07
ちちだいなごん　れいぜいためいえ
ちちぶ　秩父　a-055-01

ちちをうつつみ　父をうつ罪　b-117-17
ちつこう(剔紅)→てきこう
ちどり　千鳥　a-125-10・a-126-08・b-076-04　・b-107-04、千どり　b-080-06、千鳥と云香炉　a-125-02、ちどりのあと　千鳥の跡〈アト〉　b-107-03
ちのなみだ　血のなみだ　b-108-14、血の涙　b-109-05
ちのは(茅の葉)　茅のは　a-038-01
ちのみち　血ノ道　b-094-04、チノ道　b-094-04、チノ道ノ神　b-094-04
ちび　雉尾　a-147-02
ちひつ　知筆　a-149-02
ちふ　知父　a-149-02
ちふく　地福　b-019-14・b-020-08・b-021-06
ちふし→そうししつ
ちへき　地僻　c-014-04
ちへん　池辺　b-102-11
ちぼ　知母　a-149-02
ちほう　知方　a-149-02
ちまき(粽)　ちまき　b-078-05
ちまきばしら(粽柱)　ちまきばしら　b-047-09
ちめい　知名(命？)　a-149-04
ちゃ　茶　a-055-07・a-101-09・a-147-05・b-044-08・b-052-02・b-089-11、吉茶　b-093-04、茶之名　a-031-06
ちゃえん　茶園　a-055-08
ちゃがま(茶釜)　しやうごみゝのちやがま　b-080-05
ちゃくす　着し　c-093-15
ちゃくちゃく(嫡々)　ちやく／＼　b-081-04
ちゃとう　茶湯　c-106-01
ちゃや　茶屋　a-064-04
ちゃわん　茶垸　b-089-01
ちゃんぱ　点城〈占城？〉　a-123-01
ちゅう　注云　a-122-04
ちゅう　忠　a-085-13・a-086-01、忠不忠　a-098-07
ちゅうおう　中央　a-126-11
ちゅうおうしょく　中央色　c-053-02
ちゅうか　仲夏　a-138-06
ちゅうかん　中巻　b-011-01・b-012-14
ちゅうぎ　忠儀の殿人　a-094-08
ちゅうくうざん　中空山　a-133-06
ちゅうげん　中元　a-138-11
ちゅうげん→そうししつ
ちゅうこ　中古　c-100-15
ちゅうこう　忠孝　a-095-14
ちゅうざい　誅罪　a-097-17
ちゅうしゅう　中秋　a-138-13
ちゅうしゅうにゅうめつのとき　中秋入滅の時　c-111-09
ちゅうしゅん　仲春　a-137-13
ちゅうしょう　仲商　a-138-13
ちゅうじょうひつ　中上筆　a-133-01
ちゅうじょうひめ　中将姫　c-010-01・c-087-09・c-088-08・c-088-12
ちゅうじょうひめさんきょのご　中将姫山居語　c-087-09
ちゅうしん　忠臣　a-086-13
ちゅうせがい　中せがい　a-124-07
ちゅうせき→ぎょくかん
ちゅうせつ　忠節　a-094-12
ちゅうてんじく　中天竺　c-120-08
ちゅうとう　仲冬　a-139-02
ちゅうなごんやすなり　中納言康業　b-086-12
ちゅうぶ　中風　a-101-17、中風の病　c-106-09
ちゅうもん　注文　b-011-05
ちゅうや　昼夜　a-097-17
ちゅうよう　仲陽　a-137-13
ちゅうりつ　中律　a-138-13
ちゅうりょ　仲呂　a-138-04
ちゅうわせつ　中和節　a-137-13
ちょう　朝　a-049-01・a-086-06・c-007-12
ちょう　寵　c-094-09
ちょう　蝶　a-146-01
ちょうあい　寵愛　c-060-04・c-060-05・c-121-02、てうあい　c-094-10、てうあひ　c-121-04
ちょうおん　宝作長遠　a-089-16
ちょうかん　長竿　c-030-02
ちょうきばい　釣機梅　c-030-03
ちょうきゅう　長久　b-019-03
ちょうげつ　暢月　a-139-02
ちょうけん　長鶱〈けん〉(張騫？)　c-066-01、長鶱　c-066-06
ちょうご　長語すれば　a-102-03
ちょうこう　重光　a-139-11
ちょうこう　張孝　a-083-06・a-083-10
ちょうさい(調菜)　てうさい　b-043-01
ちょうさくのしゅ　長作ノ主　b-105-04
ちょうし　張氏　a-083-07
ちょうしゅう　肇秋　a-138-10
ちょうじゅ　長寿　a-099-01
ちょうじゅう　鳥獣　b-102-10
ちょうじゅてん　長寿天　c-089-10
ちょうじん　張陣　b-082-08
ちょうしゅん　朝春　a-137-13
ちょうしん　齠齓　a-149-03
ちょうず　長　a-096-06
ちょうすごう　子昂　a-133-16、松雪道人　a-133-16、趙孟頫　a-133-16
ちょうせいでん　長生殿　a-060-10・c-083-13
ちょうぜんにん→ようほし

ちょうてい〈唐の～〉　朝帝　a-099-07
ちょうてい　迢遆　c-023-09
ちょうにん　町人　c-061-01・c-110-02、石井といふ町人　a-064-03
ちょうねん　調年　a-139-04
ちょうはくく　趙伯駒　a-133-03、千里　a-133-03
ちょうほう　重宝　a-126-08・c-108-12
ちょうもうふ(趙孟頫)→ちょうすごう
ちょうもく　鳥目　a-148-06
ちょうゆう　朝揖　a-130-11
ちょうよう　重陽　c-037-06・c-043-08・c-044-02・c-048-06・c-059-04、重陽のえん　c-122-01
ちょうようしゅ　重陽酒　c-044-02
ちょうようのえん　重陽宴　a-056-06
ちょうよく　人面鳥翼　b-102-11
ちょうりょう(張良)　ちやうりやう　b-080-01
ちょうれい　張礼　a-083-06、礼　a-083-09・a-083-11・a-083-12
ちょうれいぼう　長嶺坊　b-102-02
ちょうれん　鵃練　a-138-11
ちょうろ　朝露　b-106-02
ちょうろう　長老　c-106-09
ちょく　勅　a-035-09・c-089-05
ちょくがんじょ　勅願所　c-091-13
ちょくきょ　勅許　c-087-05
ちょくし　勅使　a-035-05・a-061-17
ちょくせん　勅撰　a-038-03
ちょくひつ　勅筆　c-089-04
ちょこく　楮国　a-148-05
ちょせんじょう　楮先生　a-148-05
ちょっか　直下　c-106-02
ちょよう　著雍　a-139-11
ちらんのこえ　治乱のこゑ　a-027-06
ちり　智理　b-070-06
ちり　ちり　b-101-02
ちり(塵)　ちり　b-076-03
ちりうす　散うせて　b-112-09
ちりとり　ちりとり　b-070-06
ちりば(散り刃)　ちりばして　b-044-08
ちれい　知礼　a-149-02
ちん　朕　c-102-14
ちんこうてい　沈香亭　a-144-02
ちんすい(沈酔)　ちんすい　c-076-07
ちんせいえい　陳世英　a-132-13
ちんてい　椿庭　a-082-09
ちんやく　沈約　b-089-08

つ

つ　イカナルツニヤ　b-096-03
ついう　堆鳥(烏？)　b-088-04
ついえ　国のつゐへ　a-090-09、田地のつゐへ　a-090-16、世のつゐへ　a-093-10
ついきゃく　追却　c-010-11・c-094-08・c-099-01
ついこう　堆紅　b-088-04
ついじ(築地)　ついぢ　a-060-08
ついしつ　堆漆　b-088-04
ついしゅ　堆朱　b-088-04
ついす(追従す)　ついせむ　b-105-01
ついせい　堆青　a-131-04
ついたち　一日　b-017-03・b-017-12、正月一日　b-014-14・b-015-01・b-015-16・c-084-12、四月一日　a-050-05、十月一日　c-085-06、十二月一日　c-093-03
ついて(ついでに？)　つゐてけり　a-033-12
ついな　追儺　a-059-08
ついまつ　つい松　a-109-02
ついやく　堆薬　b-088-04
つうげん　通幻和尚　c-105-01、通幻　c-105-01、幻　c-105-04
つうゆう　通融　c-009-14・c-086-01
つか　塚　c-064-01・c-093-13・c-103-03・c-103-12、つか　a-080-04・a-106-12・c-063-09
つか(柄)　つか　b-045-05
つかい　使　a-128-02・b-066-05・b-069-03、つかひ　b-057-16、御つかひ　a-045-02
つがう　ツガハン矢　a-065-07
つかなし　つかなけれ共　b-065-02
つかまつりよう　つかまつり様　a-063-17
つかみあう　つかみあひ　b-044-11
つから→おのずから
つき　月　a-040-09・a-066-08・a-119-03・a-120-05・a-121-08・a-122-02・b-014-11・b-032-01・b-038-01・b-054-05・b-071-04・b-073-03・b-081-08・b-091-15・c-020-02・c-023-07・c-028-06・c-071-02・c-074-14・c-076-02・c-083-01・c-107-03・c-111-04・c-112-08・c-114-07、ゆみはりの月　b-027-04、南殿の月　c-076-08、今夜の月　c-111-10、月之名　a-030-14、月名　a-140-03
つぎいえ　次家　b-086-15、備中次家　b-087-13
つきかげ　月かげ　c-067-14、月影　c-074-14
つきこむ(築き込む)　つきこめ　c-093-13
つきなみかい　月なみ会　c-067-12
つきなみのまつり　月次祭　a-058-06
つきにむらくも　月に村雲　b-066-08
つきのいみ　月の忌　a-101-13
つきのひかり　月の光　a-060-11
つぎのぶ→さとうつぎのぶ
つきひ　月日　b-108-05
つきまち　月待　b-083-06
つきよ　月夜　a-040-08・b-083-02

つきよみ(月読)　月よみ　a-034-12
つきよみのみこと　月夜見〈ツキヨミノ〉尊　a-033-06
つきよみのみや(月読の宮)　月よみの宮　a-034-10
つく(搗く)　つく　b-024-11・b-025-04
つくし　筑紫　a-042-08・b-102-07・c-011-08・c-011-12・c-107-07・c-116-01・c-116-08、つくし　b-058-10・b-082-06・c-108-14・c-109-06、つくししかの嶋　b-027-01、こゝろづくしのかみ　b-058-09
つくば　もろこしのよしのつくば　b-049-05
つくばやま　付葉山　b-049-03、つくば山　c-076-07
つくりうつす　作うつせる　a-127-11
つくりつむ　作りつめて　b-085-13
つけさば(付生飯)　付さば　b-042-16
つじがため　つぢがため　a-063-10
つじげ　四十二の辻毛　c-084-02
つくつくぼうし　蟿　a-146-03
つぐなが　中務少輔嗣長朝臣　a-099-04
つげ　御夢之告　c-008-14
つごう　都合　c-012-01
つた　蔦など　a-064-04
つち　土　b-040-01
つち　五ドノ土　b-091-09
つち　槌　a-111-13
つちくれ　つちくれ　b-026-11
つちのえ　戊　a-139-11、戊己年　b-015-07・b-016-02
つちのえいぬ　戊戌　b-021-13
つちのえうま　戊午　b-021-15
つちのえさる　戊申　b-021-14
つちのえたつ　戊辰　b-021-10
つちのえとら　戊寅　b-021-11
つちのえね　戊子　b-021-12
つちのと　己　a-100-09・a-139-11、戊己年　b-015-07・b-016-02
つちのとい　己亥　b-021-13
つちのとう　己卯　b-021-11
つちのとうし　己丑　b-021-12
つちのととり　己酉　b-021-14
つちのとひつじ　己未　b-021-15
つちのとみ　己巳　b-021-10
つちみかど　土御門〈ツチミカド〉　a-064-08
つちみかどないだいじん(土御門内大臣)→みなもとみちちか
つつがなし　無恙　a-078-10
つつじ　つゝじ　a-135-09
つつしむ　以慎為(以慎為宗？)　a-087-14
つつしむもの　慎物　b-046-06
つつむ　嚢　c-098-10・c-098-11
つつらしんおう　通頭留神王　a-042-15
つとめ　勤〈ツトメ〉　c-100-11
つな(綱)　つな　b-051-10・c-070-11、牛引綱　c-066-03
つねいえ→ふじわらつねいえ
つねつぐ　備中国住人恒次　b-086-10
つねに(無常に？)　常になずらへて　a-039-12
つねのぎ　常の義　a-116-10
つねのこと　常の事　a-116-07
つねみち→ふじわらつねみち
つの　角　b-065-15・b-106-08・b-106-09、かた角　b-078-02
つばき　椿　a-134-12・a-135-09
つばさ　つばさ　c-121-06
つぶてうち　つぶてうち　b-039-16
つぶめく　つぶめきあへり　a-042-03
つぶり　つぶり　b-079-08
つぼ(坪)　つぼ／＼　a-060-09
つぼのいしぶみ　つぼの石ぶみ　a-105-04
つま　妻　a-077-01・b-060-03・b-082-06・b-116-14、つま　a-079-05・b-058-10・b-082-05・c-082-13
つま(褄)　下のつま　b-098-10
つみ　罪　a-065-13・a-070-05・a-092-02、御罪　a-093-01、つみ　a-041-11・a-071-08・b-033-09・b-059-03、五障三従の罪　a-039-10、一年の罪　a-059-03、後世の罪　a-092-10、人のする罪　a-092-11、父をうつ罪　b-117-17
つむ(抓む)　つみて　b-058-14
つめ　爪　b-041-03、爪〈ツメ〉　b-100-09、つめ　b-040-01、大指ノツめ　b-094-08、鳥ノ爪　b-111-02
つや　通夜　c-082-12
つゆ　露　a-061-07・b-068-08・b-081-08・c-075-16・c-076-14
つゆのなさけ　露の情　b-053-10
つゆのみ　露の身　a-108-06・a-108-08
つゆはらい　露はらひ　a-061-09
つら(面)　つら　b-065-02・つら　b-075-01
つらし　つらけれど　b-055-12、つらし　b-056-08
つらにくし　うそつらにくゝ　b-044-14
つらぬく　いとにつらぬいて　c-065-01
つらゆき→きのつらゆき
つらゆきのいえ　貫之家　b-048-03
つる　絃　a-067-05、絃ノウラ　a-066-06、弓ノツル　a-066-16
つる　鶴　a-134-07・a-145-01・c-072-05
つるが　敦賀　b-110-05、越前のつるが　a-112-02、敦賀の浦　a-112-04、敦賀津　b-110-03
つるがおか(鶴が丘)　鶴岡　a-036-01
つるぎ　剣　a-045-09・a-147-04・b-014-06、つるぎ　a-061-16・a-062-02、剣桜丸　b-086-14、剣

乙丸　b-086-11、剣菊丸　b-087-02、剣之名　a-031-06
つるはぎ　つるはぎ　b-027-08
つれうた　つれ歌　b-064-10
つれづれぐさ　つれづれ草　c-100-09

て

て　手　a-067-05・a-115-13・a-121-01・b-027-06・b-038-12・b-042-05・b-042-09・b-043-16・b-044-10・b-044-12・b-065-02・b-109-09、手をつく　b-043-02、とるて　b-029-12
てあし　手足　a-061-14・b-111-02、てあし　b-040-01、手足のはづれ　b-037-10・b-041-03
てい→ぶてい(武帝)
てい(帝)→ぶんてい(文帝)
てい　亭　a-144-02、亭之名　a-031-02
てい　孝悌　a-084-08
ていい　庭圍　a-076-04
ていおう　帝王　a-061-06・a-061-12・a-062-09・a-090-12・a-093-13・b-116-11・b-117-16
ていか　庭花　c-033-08
ていこう　締交　c-056-02
ていじょ　貞女　a-086-13・b-053-14
ていしょう　庭上　a-040-10・b-066-08・c-070-09・c-089-01
ていしょう　低唱　c-017-06
ていじょう→ぶてい
ていぜん　庭前　c-024-06
ていだい　鼎鼐　c-026-06
ていと　帝都　b-110-06
ていとう　棣棠　c-045-08
ていとうきく　棣棠菊　c-045-07
ていねん　丁年　a-149-04
ていばい　庭梅　c-013-03
ていはん　帝範　a-085-12・a-086-02・a-086-15・a-087-06
ていやふ　丁野夫　a-133-10
ていようけん　汀陽県(河陽県？)　c-072-01
ていらん　丁蘭　a-073-07、ていらん　a-073-09・a-073-10、らん　a-073-10・らん　a-073-11
でいり　出入の輩　a-097-11
でがらかい　お〈出〉がらかい　b-064-04
てき　敵　a-065-13・a-066-01・a-067-02・b-090-11、御敵　a-092-01
てきけんざん　酈県山　c-121-05
てきこう　剔紅　b-088-04
てきちょう　適釣　c-026-06
てきてき　的々　c-096-03
でし　弟子　a-132-04・a-132-08・c-079-02・c-079-05・c-079-09・c-079-12・c-079-14・c-079-16・c-080-01・c-080-03・c-080-06・c-080-09・c-080-12・c-091-02・c-100-10・c-105-02、御弟子　c-098-13
てつせき　鉄石　c-019-07
てつぼう　鉄棒　a-118-09
てつもの　鉄物　b-088-01
ての(手の舞？)　手の　b-083-07
てのうち　手ノ内　a-067-04
てのした　手ノ下　a-067-12
てのひら　手のひら　b-042-08
てのまいあしのふむところ　手の舞足のふむ所　c-075-09
てびょうし　手拍子　b-045-14
てら　寺　a-031-03・a-144-05・b-111-03・c-069-04・c-081-06・c-104-05・c-105-01・c-105-04・c-105-05、御寺　a-062-07、寺／＼　b-059-13
てらのすまい　寺のすまひ　b-044-15
でわ　出羽　b-108-13・b-109-16
でわのぐんじ　出羽郡司　b-049-08
てをひく　手をひかれ　b-051-09
てん　天　a-072-09・a-074-04・a-075-11・a-080-07・a-080-12・a-085-03・a-087-08・b-036-03・b-065-12・c-062-09・c-084-03
てんい　天意　a-074-02
でんいん　田匀　a-146-06
てんか(てんが)　天下　a-037-02・a-066-02・a-072-12・a-073-02・a-075-09・a-077-08・a-082-03・a-086-11・a-086-12・a-086-17・a-092-05・a-098-11・a-108-03・a-118-06・a-130-01・b-013-04・b-013-11・b-014-01・b-014-11・b-103-10・b-111-03・c-096-16・c-102-15
てんき　天気　b-011-05
てんき　天姫　a-079-02
てんぎょう　天行　c-085-09
てんぐ　天狗　b-080-04、天狗之名　b-012-12、天狗名　b-102-01
てんぐじゅうさんのめいしょ　天狗住山之名所　b-102-03
でんけ　田家　a-144-03、田家之名　a-031-03
てんこ　天皷　b-098-02
でんこう　伝香　c-017-02
てんし　天子　a-047-01・a-048-06・a-056-01・a-115-01、天子の御くらひ　a-073-05
てんじく　天竺　a-089-14・b-116-06・c-093-01・c-098-04
てんじくさん　天竺山　c-058-05
てんしはくきく　纒枝白菊　c-048-07
てんしゃく　天酌　c-076-06
でんじゅ　伝授　c-080-15・c-081-02・c-122-02、秘密伝受　a-067-11
てんじょう　天上　a-040-13・a-079-07・b-103-08

・c-071-03・c-114-07
てんじょう　天上（殿上？）　c-088-15
てんじょう　殿上　a-056-08・a-129-06
てんじょうきんけい　天上金鶏　b-103-08
てんじょうのじしん　殿上の侍臣　a-059-08
てんじょうのぞく　天上ノ賊　a-120-05
てんじょうびと　殿上人　a-056-08・b-051-05・c-067-03、天〈殿〉上人　a-106-05
てんしん　天心　a-072-04
てんしん　天真　c-019-01
てんしん　天親菩薩　c-100-14
てんしん　天真和尚　c-104-13・c-106-03、天真　c-105-01・c-105-06
てんじん　天神　c-116-02、天神七代　a-029-02・a-032-03・a-032-14
でんしん　田真　a-084-02
でんしん　伝神　a-146-08
てんしんにち　天嗔日　b-017-09
てんす　天須　a-141-04
でんす　殿主　c-011-05・c-105-07・c-105-11・c-105-13・c-105-17・c-106-01、殿主〈デンスニ〉　c-104-13
てんすい　添翠　a-131-08
てんせい　天性　a-084-08、てんせい　a-039-08
てんせき　大蔵典籍　c-100-15
てんそ　点酥　c-035-03
てんそうにち　天蒼日　b-017-08
てんぞくにち　天賊日　b-017-05
てんそん　天孫　a-140-04
てんだいさん　天台山　a-130-01・b-036-05・b-067-01・b-067-03
てんだいろ　天台路　c-044-08
てんたくじ→あさくらさだかげ
てんたん　展箪　a-138-07
てんち　天地　a-046-07・a-065-09・a-066-06・a-131-06・a-131-07・b-117-05
でんぢ　田地　a-090-16
てんちかいびゃく　天地開闢　a-135-12
てんちしんどう　天地震動　c-095-12
てんちゅうてん　天中天b-103-02
てんちょうよう　展重陽　a-138-15
てんてい（天帝）　天てい　a-079-08
てんてつ　点綴　c-034-04
てんてん　点々　c-040-04
てんどう　天道　a-062-11・a-095-12・c-011-13、天道二十七天　c-116-09
でんどう　殿堂　c-105-07
てんどうにち　天道日　b-017-03
てんどうにち　天堂日　b-017-10
でんとうろく　伝燈録　b-103-05
てんとく　天徳　b-019-08・b-020-02・b-020-05
てんにょ　天女　a-141-06・b-051-09
てんにん　天人　c-071-03・c-121-13
てんねんのこう　天然巧　c-057-06
てんのう　天皇　a-050-01・b-110-06
てんぷ　天賦　c-023-05
てんぷく　天福　b-019-05・b-019-07・b-019-08・b-019-14・b-020-01・b-021-03・b-021-06
てんぶん　天文年中　c-101-10
てんぺき　天碧　a-131-08
てんぼうりん　転法輪　c-094-05
てんま　天馬　c-120-07
てんむてんのう　清御〈見イ〉原天皇　a-057-07
てんめい　天命　a-035-04・b-108-10
てんもく（天目）　てんもく　a-126-06
てんもくざんおしょう　天目山和尚　c-011-06
てんもくせんがん　天目千貫　a-126-07
てんもんにち　天門日　b-017-04
てんよう　天陽　a-141-06
てんようにち　天陽日　b-017-06
てんりゃく　天暦　a-038-04・b-111-01
てんりゃく→むらかみてんのう
てんりゃくいおう　天暦以往　c-075-01
てんりゅう　天竜　a-051-04
てんりゅうじ　天龍寺　c-091-04
でんりょう　畋猟　a-139-05
てんりんじょうおう　転輪聖王　c-097-14

と

と　戸　b-031-10、門の戸　a-063-11
ど　土　a-126-11
とい　屠維　a-139-11
といつけ　とひつけ　b-064-12
とう　塔　a-144-04、塔之名　a-031-03
とう　唐　c-081-01・c-102-03
とう　驣　c-120-07
とう　杜宇　a-145-03
どう　堂　a-078-05・c-067-08、あれたる堂　c-067-04
どう　道　a-132-03
とうい　冬為　a-139-01
どういんばい　道院梅　c-030-09
とううん　凍雲　a-131-06
とうえい　董永　a-079-01、とうゑい　a-079-03、ゑい　a-079-05・a-079-07、延年　a-079-03
とうえん　騰猿　a-145-10
とうえん　陶園　c-038-03・c-039-02・c-049-06・c-059-06
とうえん　隋園（陶園？）　c-052-06
とうえんめい　渕明　c-042-01・c-046-07・c-050-03・c-054-07・c-055-08、陶潜　c-060-01、五柳

先生　c-060-02
とうか　桃花　a-147-07・c-061-07・c-112-03
とうか(きく)　桃花(桃花菊？)　c-055-07
とうか　灯火　c-087-14
とうかいしん　東海神　a-099-02
とうかおう　桃花鷹　b-112-04
とうかく　東閣　c-013-04
とうかく　東郭　c-032-06
どうがく　同学　c-097-01
とうかくばい　東閣梅　c-028-01
とうかさん　稲荷山　c-092-05
とうかすい　桃花水　c-007-11・c-062-01
とうかつじごく　等活地獄　c-116-05・c-119-02
とうかつのく　等活の苦　c-116-06
どうかん→おおたどうかん
どうかん　同盥(同盟？)　c-021-02
とうき　投機して　c-105-06、投気(投機)　c-081-02
とうきく　藤菊　c-059-05
とうきゅう　滕丘(勝丘？)　c-072-03
どうきょ　同居　a-084-03
とうくん　東君　a-137-04・a-140-05
とうけい　冬景　a-131-06
とうげつ　冬月　a-079-11・a-101-05
とうけのとみ　陶家の富　a-028-12
どうげん　道眼　a-070-09
どうげん　道元和尚　a-040-07・a-040-11・c-098-04、道元禅師　c-010-11・c-094-07・c-110-01、道元　c-098-13・c-098-15・c-099-02・c-099-03、道玄(道元？)和尚　c-097-03、(道元禅師)　c-111-06
とうげんいんし　桃源陰士　c-062-01
とうこう　東皇　a-137-04
とうこう　登高　a-138-16
とうこう　橙黄　c-043-06
とうこく　登穀　a-138-11
どうこく　同刻　a-114-12
とうざ　当座　c-074-12・c-081-06
どうざ　御動座〈ドウザ〉　b-037-01
とうざい　東西　a-131-07
とうさいしょう　藤宰相　a-061-01
とうさぶろうくにやす　藤三郎国安　b-086-07
とうざん　東山　c-029-08
どうざん　同山して　c-107-05
とうじ　当時　a-122-09
どうじ　童子　a-041-08・c-121-02
とうしぎせい(投子義青)　投子青　b-111-06、義青　c-080-14・c-081-01
とうしせい→とうしぎせい
どうじつ　同日　a-114-12
どうしゃ　同車　a-062-17
とうじゅ　桃樹　c-061-08
とうしゅう　陶州　c-060-03
どうしゅう　同州　a-081-05
どうじゅく　同宿　b-035-01
とうしゅけいげん　唐朱景元　a-132-09
とうしょう　桃将(擔将？)　c-033-04
とうじょう　闘諍　c-078-12・c-080-12
とうしょうしんしゅう　勝身(東勝身洲？)　a-136-11
とうしん(灯心)　とうしん　b-072-06
とうじん　唐人の子　a-108-09
とうじん　豆人　a-130-05
とうすい　倒垂　c-052-04
とうずおうきょう　当途王経　c-011-15・c-120-06・c-122-03
とうせい　当世　a-136-06・b-044-04
とうせいのせつ　当世乃説　a-135-10
とうせん→とうえんめい
どうぞう　道増聖護院殿　a-124-06、道増聖護院門主　b-051-14
とうぞく　盗賊　c-086-05・c-087-15
どうぞく　道俗等　c-079-09、道俗男女　a-136-04・b-083-10
とうたい　透体　a-120-09、トウタイ　a-121-03
とうだい　当代　c-074-11
どうたい　同体の神　a-044-03
とうだいじ　東大寺　a-030-03・a-122-11・a-123-02・a-123-05、亘大寺　a-088-04
とうちゅう　冬中　a-139-03
とうてつ　透徹　c-050-05
とうてん　唐天　a-111-13
とうてんもくざん　唐天目山　c-011-06
とうど　唐土　c-098-04
とうなんいん　東南院　a-043-06
とうのたいそう→たいそう
とうば→そとうば
とうばく　登麦　a-138-07
とうびだいかしゅう　東昆(毘？)提訶州　a-136-11
とうふう　東風　a-137-12・b-016-06・b-105-04・c-017-08・c-057-08
とうふう(道風)→おののみちかぜ
どうふう　同風　a-147-01
どうぶく(胴服)　どうぶく　b-045-09
とうふくじ　東福寺　a-111-01・c-091-11
とうふつばだいしゅう　東昆提〈弗婆イ〉訶州　a-136-11
とうぶにん　唐夫人　a-078-01・a-078-06、とうぶにん　a-078-03
どうへい　銅瓶　c-034-02
とうほう　東方　a-102-07・a-136-11・b-013-03・c-085-01・c-085-02・c-085-03
とうぼう　灯房する　a-101-15

とうぼうさく　東方朔　b-011-05・b-014-10
とうほうにち　当方日　b-016-10
どうぼく　同木　a-116-03
とうみょう　　灯明　c-114-07
とうもん　東門　a-142-09
とうもん　東問　c-016-02
とうもん　陶門　c-072-01
とうや　灯夜　a-137-12
とうやく　湯薬　a-073-02、たうやく　a-073-04
とうらい　当来　c-079-02、当来余事　c-078-13
とうり　桃李　c-022-08
とうり　陶籬　c-037-02
とうり　東籬　c-037-08・c-038-09・c-040-04・c-043-08・c-055-08
とうり　未籬(東籬？)　c-048-08
とうりてん　忉利天　c-116-12
とうりのかふ　東籬花譜　c-040-08・c-057-04
とうりゅう　逗留　c-109-03
どうりゅう(道了？)　道立沙弥　c-011-03・c-103-13、道立　c-104-04・c-104-05・c-104-07
とうりょう　東陵　a-142-09
どうりょう(道了)→どうりゅう(道立)
とうりん　桃林　c-072-05
とうりん　登臨志　a-108-02
とうりん　国友粟田口藤林　b-086-11
とうれん　登蓮法師　c-064-11
どうろ　道路　a-130-07
とうろく　滕六　a-141-05
とうわ　当話　c-011-04・c-104-09
とお(十)　とう　b-075-01
とおか　十日　b-016-13・b-017-04・b-017-13・b-023-04、八月十日　b-018-12、九月十日　c-075-10、十月十日　a-057-04
とおくゆく　遠く行く　a-101-14
とおやまもと　とを山もと　b-035-13
とが　過　a-089-01、科　a-092-08・a-092-09・a-092-11・a-094-06・a-094-07・a-094-12、とが　a-098-05、咎〈トガ〉　a-102-08、咎なき　a-129-01
どか　土華　c-020-06
とがえす　外返ス　a-067-01
とがくしのみょうじん　戸がくしの明神　a-037-08、戸隠明神　a-037-09
とがのかど　とがのかど　b-057-02
とき　時　a-027-06・c-023-01・c-088-15・御時　a-060-04、とき　c-063-12・c-063-13、(時神名)　a-030-15、時ノ神名　a-140-05
どき　土器類　b-012-08・b-088-11
ときしらぬ　時しらぬ　b-054-05
ときのこえ　時のこゑ　b-080-01
ときのひと　時人　c-060-02
ときめく　ときめきたる女　b-108-03
ときよ　時代　c-121-15
ときわ　常葉　b-112-08、常盤　c-071-01
とく　徳　a-086-08・a-087-01・a-088-07・a-088-09・a-090-10、福徳幸　a-091-11
とく　徳〈一徳水〉　b-091-01
とく(解く)　とけにけり　b-108-05
とく(説く)　とくべからず　c-064-15
どく　毒　a-094-12
とくい　徳威　c-097-08
とくいん→そうかんたい
どくじゅ　読誦　b-102-09
とくだつ　弓箭得達　a-068-02
とぐち　槙の戸ぐち　c-076-03
とくぶん　徳分　a-090-01
どくほ　独歩　c-046-05
どくみ　独味　a-096-10
どくやく　毒薬　b-060-04・b-060-05・b-117-09・c-065-03
とけつ　吐血する　a-103-12
とけん　杜鵑　a-145-03
とこう　杜康　b-089-07
どこう　土貢　c-086-05
とこよ　常世　c-062-02
とざま　外様　a-097-16
とし　年　a-076-05・a-083-04・b-091-16、とし　a-084-09・c-059-07・c-068-07、としたけて　a-074-03、年たけて　a-078-04、年ひさしく　a-078-04
としごろ　年比　a-027-02、としごろ　c-075-07
としつき　年月　b-116-13
としなみ　としなみ　c-113-07
としのいみ　歳忌　a-101-14
としのころおい　年のころおひ　c-070-05
としまのこおり　豊嶋郡　c-101-10
としゃ　吐瀉する　a-103-09・a-104-04
としょうきく　都勝菊　c-047-01
としより→みなもととしより
としよる(年寄る)　としより　b-040-05
としわかきひと　年若人　b-054-07
とず　桑の門を閉　a-027-08
どす　度せん　a-043-07、度し　c-101-06
とそ　屠蘇〈トソ〉　a-046-09
どせい　土精　a-143-04
とそうば　　斗数(藪？)婆　a-144-04
とそつ　都卒　a-036-06
とそつてん　都卒天　a-043-07・a-066-13・c-094-05、兜率天　c-117-02
とちゅう　途中　b-032-02
とっき　突起　c-058-06
どど　百々　a-114-04・a-114-07・a-115-03・a-115-04
とどう　渡唐　a-035-12

ととき　とゝき　b-067-02
となり　となりなる　a-108-12、となりの人　a-077-03
とねり(舎人)　とねり　a-125-04・b-051-11
との　殿　a-089-03・a-091-17　・a-093-03・a-093-05・a-094-03
との→ふじわらただみち
どのう　土嚢　a-141-02
とのびと　忠儀の殿人　a-094-08
とひ　都鄙　c-094-12
とびうす　飛うせ　b-085-10
とびきく　酴醿菊　c-059-03
とびゆく　飛行　c-084-06
とぶ　飛　c-078-05
とほ(杜甫)　工部　a-111-13
とほくめん　都北面　b-117-10
とまりがり(泊狩り)　とまり狩　b-112-06
とみ　富　a-086-16・c-037-02、陶家の富,a-028-12
とみのいえ　とみの家　c-083-07
とみのおがわ　とみの小川　c-093-11
とみのこうじ　冨小路〈トミノ〉　a-065-04、とみの小路　b-048-03
とむらい　とぶらひ　c-096-03、吊せぬ　c-103-04
とむらう　とぶらはむ　c-103-05
とめがり　留狩　b-110-02
とめは(留端)　とめは　b-045-15
とめゆく　とめゆきける　c-061-03
とも(供)　御とも　a-063-05
とも　友　a-097-05・b-083-06
ともしび　燭　a-087-05、灯　c-108-06
ともだち　ともだち　c-113-09
とものおのこ　とものおのこ共　a-106-11
とものり→きのとものり
ともやらい　友やらゐ　b-064-09
とや　鳥屋　b-112-09
とやがえり　鳥屋がへり　b-112-11
どよう　土用　b-090-04・b-090-08・b-090-09
とよくむぬのみこと　豊斟渟〈トヨクムヌノ〉尊　a-032-07
とよたまひめ　豊玉妃　a-033-04
とよのあかりのせちえ　豊明節会　a-058-05
とよらのてら(豊浦寺)　とよらの寺　c-067-14・c-067-15、〈と〉よらの寺　c-067-07
とら　虎　a-078-12・a-078-13・a-132-02・a-134-03・b-067-04・c-099-06、とら　a-078-11、虎の口　a-078-12、虎の皮　a-112-12
とら　寅　a-139-08・b-019-05・b-019-07・b-019-10・b-019-13・b-020-02・b-020-05・b-020-08・b-020-10・b-020-13・b-020-16・b-021-02・b-021-05・b-019-06・b-019-09・b-019-12・b-019-14・b-020-03・b-020-06・b-020-09・b-020-11・b-020-14・b-020-17・b-021-03・b-021-06
とらのとき　元正寅の時　a-046-07
とり　鳥　a-134-03・b-031-03・b-034-07・b-065-16・b-102-11・b-104-06・b-104-12・b-107-04・c-061-10・c-077-05・c-084-01、　と　り　b-028-02・b-030-01、鳥之名　a-031-04、鳥名　a-144-06
とり　禽　a-072-04
とり　酉　a-139-09、四月中酉　a-051-06、十一月下酉　a-058-04
とりかかる　とりかゝる事　b-040-11
とりつく　とりつゐて　b-05904、取つゐて　c-103-03
とりどころ　くつはづらのとり所　a-074-12
とりなす　とりなし　b-057-10
とりのあと　鳥跡　b-107-03
とりのこ　鶏卵　a-032-04
とりのつめ　鳥ノ爪　b-111-02
とりはやす　とりはやし給ふ　b-054-06
とりやこえ　鶏八声　b-106-01
どろ(泥)　どろ　b-062-06、泥　c-018-02
とん　墩　c-058-06
どん　鈍　c-065-06
どんきゃく　呑却ス　a-121-08
とんしょう　敦脌　a-139-08
とんしん　貪瞋　a-099-01
どんりゅう　嫩柳　c-058-04

な

な　名　a-030-12～17・a-031-01～08・a-067-14・a-075-03・a-079-02・a-107-06・a-110-04・a-126-08・b-084-14・c-011-13・c-011-14、御名　a-107-07・c-093-11
な(菜)　菜　a-083-08
ないえん　内宴　a-050-02
ないがい　内外　a-085-07、弓ノ内外　a-066-13
ないしどころのみかぐら　内侍所御神楽　a-059-02
ないしん　内心　c-085-14
ないら　ないら　b-099-14
なおききき　なをき木　b-061-16
なおきこと　ナヲキ事　b-091-11
なおざり　なをざり　b-056-06
なかあき→いまがわなかあき
ながい　長居する　b-065-17
ながえ　さきのながえ　a-062-13
ながきもの　ながきもの　b-061-13
ながくかく　長書　c-116-04
ながことば　長ことば　b-058-03
ながさ　長さ　b-113-02・b-113-06・b-114-02
ながし(長し)　心をもながく　b-055-09

ながす　ながされ　b-084-10
なかだち　媒　a-086-16、中だち　b-039-04
ながち　長血　b-094-01
なかつかさのしょう　中務少輔嗣長　a-099-04
なかのいん　中院　b-051-07
なかのうしのひ　中丑日　a-057-07
なかのみかど　中御門〈ナカノミカド〉　a-064-08
ながばかま　長袴　b-046-03
ながはま(長浜)　宇代郡長渓　a-047-07
なかはらごんのかみのぶふさ　中原権守信房　b-086-06
ながひら　永平〈ナガヒラ〉　c-094-09、永平　c-095-02・c-095-05・c-095-16・c-095-17・c-096-04・c-096-08・c-096-11・c-096-12・c-096-14・c-097-02・c-097-03・c-097-04
なかまる→あべのなかまる
ながむし　長虫　c-078-08
ながら(長柄)　ながら　b-057-04
なからい　半井〈ナカライ〉　a-099-04
ながれ(流れ)　ながれ　a-077-01、流　b-097-09
なき　百様の鳴　b-105-03
なきかなしむ　啼悲事　c-078-03
なきごえ　鳴声　b-102-11・b-107-07
なきさけぶ　なきさけぶ　b-117-05
なぎさのくさ(渚の草)　なぎさの草　b-081-08
なきはて　鳴はて　b-104-01
なく(啼く)　うちなきて　b-064-16
なくこえ　人のなく声　c-103-03
なぐさむ　なぐさむべき、a-027-13・なぐさめぬる　b-058-12
なげき　歎　a-088-10・a-090-09・a-093-05・a-093-09・b-015-14、なげき　c-115-06
なげく　なげきけるに　c-103-05
なさけ　情　b-037-12、なさけあるべし　b-040-09、露の情　b-053-10、ちゞのなさけ　b-106-06
なさけなし　なさけなかる　b-039-07
なし　梨　a-102-11・a-142-04・c-072-04、なし　a-102-10・b-077-02
なすび　茄子　c-072-04
なずらう　なずらへて　b-054-08・b-085-12
なだかきくさ　名だかき草　c-066-14
なつ　夏　a-101-04・b-013-08・b-015-01・b-051-02・b-054-04・b-074-01・c-112-08
なづく　名　a-085-06、名づけ、a-028-14、名ヅケ　c-011-15
なつにわ　夏庭　a-068-08
なつのかみ　夏神　a-140-05
なつのな　夏名　a-137-05
なつのの　夏の野　b-045-11
なつのやまべ　夏の山べ　b-104-10
なつみのかわ　なつみの川　b-055-01
なでん　南殿　a-060-09・b-110-07・c-076-08、南殿の儀式　a-052-02
なとつ　那突　b-089-09
ななえ　七重　c-098-10
ななきはちふん(七寸八分)　七き八分　c-083-17
ななたに(七谷)　くつ木と云七谷　b-112-02
ななたび　七度　c-098-01
なにぞ　なにぞ　b-012-01・b-066-12
なにともかとも　何トモカトモ　b-091-12
なにびと　何人　a-125-09・c-061-11
なにわづのみや→にんとくてんのう
なにわのうら　難波の浦　c-115-04
なのか　七日　a-049-01・b-016-10・b-017-09・b-018-01・c-114-09、正月七日　a-048-04・c-060-07、二月七日　b-018-06、三月七日　c-084-14、六月七日　c-085-02、七月七日　a-134-09・c-085-03・c-085-03
なまうお(生魚)　なまうを　a-075-11
なます　なます　a-077-02・a-077-03
なまず　なまづの魚　a-103-08
なまたで　なまたで　a-102-10
なまどり(生鳥)　なま鳥　b-077-05
なまひともじ　なまひともじ　a-102-10
なまる　なまる人　b-024-01
なみ　浪　a-027-07・a-091-15・a-106-03・b-082-09・c-069-08・c-112-02、うきよの浪　a-115-05、うらの浪　a-115-10、ひたひのなみ　c-083-03
なみだ　涙　a-074-02・a-082-02・b-117-11、血のなみだ　b-108-14、血の涙　b-109-05
なみだがわ　涙川　c-114-09
なみのおと　浪の音　c-115-09
なむあみだぶつ　南無あみだ仏　c-100-01・c-100-03
なむさいかいしん　南無西海神　b-099-03
なむほっかいしん　南無北海神　b-099-03
なやす(萎やす)　なやして　b-100-02
なやます　なやまし　b-083-11
なやむここち　なやむこゝち　b-115-15
なら　奈良　a-057-04
ならい　歌のならひ　b-107-05、習　c-115-01
ならのきょう　ならの京　c-063-06
ならひばち　奈良火鉢　b-081-05
ならかか　なら丶かなる　a-106-07
なり(形)　なりもこゝろも　b-038-04
なりひら→ありわらなりひら
なりひらのいえ　業平の家　b-047-08
なりみつ　成光　b-031-07
なる(慣る)　なれけるに　b-108-04
なる(生る)　ならざるには　c-068-06
なれなれし　なれ／＼しき　b-038-14
なわ　縄　a-085-10・a-118-07・b-091-12

なわしろ　なはしろ　b-026-06
なわて　なはて　b-036-09
なわながとし(名和長年)　伯耆守長年　c-074-07
なん(難)　なん　b-054-16
なんか　南訛　a-138-06
なんかい　南海　a-123-01
なんかいしん　南海神　b-099-02
なんくん　南薫　a-141-02
なんごく　南国　c-035-07
なんざん　難産　c-086-06
なんし　南枝　a-142-03・c-015-05・c-032-02
なんし　男子　c-086-06・c-097-11・c-098-03
なんせい　南斉　a-082-11
なんぜんじ　南禅寺　c-091-02
なんせんぶしゅう　南贍部州　a-136-12
なんたい　男体　a-032-11
なんてい　南帝　a-061-17
なんてい　難提　a-144-04
なんてん　南天　a-135-07
なんでん→なでん
なんど　南渡　a-132-03・a-132-04・a-132-05・a-132-08・a-132-10
なんにょ　男女　b-060-08・b-096-02・c-061-09
なんにょのうわさ　男女のうはさ　b-011-15・b-053-04・b-053-04
なんにょのきょうがい　男女境界　c-087-11
なんにょのちぎり　男女ノ盟　a-032-13
なんにょのみち　男女之道　a-032-11
なんにょのわざわい　男女のわざはひ　a-028-05
なんぷう　南風　b-016-06
なんぽう　南方　a-136-12・b-013-04・b-107-06・c-084-12・c-084-13・c-085-04・c-085-05・c-085-06・c-085-07
なんめん　南面　b-075-02
なんようけん　南陽県　c-072-03
なんりょ　南呂　a-138-13
なんろう　南楼　c-072-02

に

に　二　a-071-02・a-071-11
にあう(似合う)　にあはぬ　b-045-05、にあはぬ雑談　b-041-13
にいさいしょう　二位宰相　b-086-08
にいそうず→そんちょう
にいん　二陰　a-138-08
にえ　賀茂の贄　c-081-12
におい　にほひ　a-112-09・a-125-07・b-039-11・b-081-01・c-071-01、匂　a-136-08
におう　匂へる,a-028-03、にほふ　b-035-10
におにおと　にほ／＼と　b-054-04
におやか　にほやかに　b-037-11
にがぐすり→くやく
にがし(苦し)　にがき　a-082-13、苦　c-071-07、にがき物　a-071-03
にがつ　二月　a-102-11・a-134-11・a-137-13・b-013-12・b-086-02・b-090-11、二月七日　b-018-06、二月九日　c-084-13、二月十三夜　a-040-07、二月十五日　a-107-03、二月上卯日　a-050-03、　二　b-016-02・b-016-04・b-017-02・b-019-07・b-023-06、二・三・五　b-016-01
にがつばい　二月梅　c-034-07
にがむ　にがむ　b-041-10
にぎ　二儀　b-090-01、二儀ノ火　b-091-03
にぎる　手をにぎり　b-043-16
にぎわい　にぎはゐ　b-061-14
にく(肉)　にく　a-101-03、うさぎのにく　a-102-11、雉子のにく　a-102-13、鴈のにく　a-102-15・a-103-01、猪のにく　a-103-04、鴨のにく　a-102-15
にくげ　にくげなく　b-038-01
にくのげ　二句の偈　c-121-07
にくむ　にくむ　b-107-06、にくまむ　b-107-08
にげうす(逃げ失す)　にげうせ　b-054-17
にごりざけ(濁り酒)　にごりざけ　b-069-06・b-073-08
にごる　濁　b-091-11
にし　西　a-126-14・b-023-01・c-067-09、にし　b-070-05・b-075-03
にしき　錦　c-073-01・c-102-05
にしのきょう　西の京　c-083-08・c-083-10
にしきのこうじ　錦小路〈ニシキノ〉　a-064-11
にししゅしゃか　西朱雀〈シユシヤカ〉　a-065-03
にしたに　にし谷　b-072-08
にしちにち　二七日　c-098-03・c-114-10
にしのうみ　西海　a-035-07
にしのとういん　西洞院〈ニシノトウヰン〉　a-065-03
にしゃく　二尺　b-014-12・b-106-09
にしゅ　二種　a-097-12
にしゅ　二首　c-011-11
にじゅういちにち　廿一日　b-016-12・b-023-06、廿一　b-017-16、八月廿一日　a-054-06
にじゅういっしゃ　山王廿一社　a-036-11
にじゅうくか　二十九箇　b-012-14
にじゅうくにち　廿九日　b-016-15・b-017-06・b-023-07、廿九　b-017-16
にじゅうごさい　廿五歳　c-106-12
にじゅうごにち　廿五日　a-055-01・b-016-10・b-017-03・b-017-12・b-023-05
にじゅうさんかじょう　制詞廿三箇条　a-029-11、制詞廿三ケ条　a-085-09
にじゅうさんにち　廿三日　b-016-15・b-017-09・

b-023-04・b-023-08、正月廿三日　a-094-17、十二月廿三日　b-019-01、廿三　b-018-01
にじゅうしこう　二十四孝之詩　a-029-08、新刊全相二十四孝　a-072-02、二十四孝詩　a-070-04
にじゅうしちてん　天道二十七天　c-011-13・c-116-09、二十七天　c-118-12
にじゅうしちにち　廿七日　b-016-12・b-017-05、廿七　b-017-14
にじゅうしちねん(二十七年)　応永廿七年　a-038-10
にじゅうににち　廿二日　b-016-13・b-017-08、廿二　b-017-17
にじゅうはち　巻所廿八　a-066-10、二十八ノ材木　a-112-01
にじゅうはちしゅく　廿八宿　a-066-10
にじゅうはちそ　二十八祖　c-098-04
にじゅうはちにち　廿八日　b-016-13・b-023-05・b-023-07・b-023-08、廿八　b-017-15、八月廿八日　a-055-05
にじゅうよちょう　廿余町計　b-047-05
にじゅうよっか　廿四日　b-017-01・b-017-10、七月廿四日　b-018-11、八月廿四　a-114-13、廿四　b-018-03
にじゅうろくにち　廿六日　b-016-11・b-017-04・b-017-13・b-023-05・b-023-08
にじゅっさい　廿歳　a-149-03
にじゅっぴき　御馬廿疋　a-055-01
にじょう　二条　a-064-10
にじょうちゅうなごんありまさ　二条中納言有雅朝臣　b-087-08
にじょうちゅうなごんまさつね　二条中納言雅経朝臣　b-087-04
にじょうどの　二条殿　b-011-17・二条殿　b-053-04・b-066-08、二条殿〈ドノ〉　b-066-04
にじょうにしゃく　二丈二尺　a-117-10
にじょうのうち　二丈の内　a-117-11
にじょうばかり　二丈計　a-117-09
にしょくもくこうきく　二色木香菊　c-048-03
にしん　二神　a-032-13
にしん　二親　a-072-09・a-109-01
にしん　二臣　c-086-09
にしんのきょぎ　二心の虚偽　c-095-17
にすん　二寸　b-113-07
にすんごぶ　二寸五分　b-113-06
にせ　二世　c-109-16
にせい　二星　c-066-04
にせおとこ　偽男　b-060-03
にそん　二尊　c-100-04
にたやま　仁田山　b-114-11
にち　日　b-089-05
にちげつ　日月　a-097-15・a-102-01・b-091-03・c-093-04、日月ノ光　a-067-12、日月ノ影　b-091-10
にちげつしょせい　日月諸星　a-135-13
にちや　日夜　a-042-06・a-091-05
にちれんしゅう　日蓮宗　a-041-01
にっかん(日観)→そうししつ
にっき　日記　b-011-07・b-011-09・b-023-02
にっこうさん　日光山　b-102-05
にっとう　入唐　a-128-04・c-070-01
にと　米二斗　a-082-06
にど　二度　a-048-09・a-119-04
にどう　二道　a-087-06
になし(二なし)　になき　a-062-16、二ナク　a-066-17、になく　b-058-10
にねん　二年　b-115-01、二年正月　a-095-03
にのみや　二宮　b-091-04、第二宮　a-036-11
にびいろ　にび色　c-073-06
にひゃくごじゅうさい　二百五十歳　a-136-11
にひる(に蒜)　にひる　a-102-12
にふ　二夫　a-086-13
にぶつ　二仏　b-079-05
にほう　顕密ノ二法　a-067-01
にほん　二本　a-116-04・a-118-01
にほん　日本　a-099-07・a-128-02・a-128-04・b-048-07・b-049-01・b-105-06・c-094-06
にほんぎ(日本紀)　日本記　a-046-08・b-050-05・b-105-05・c-063-06
にほんごく　日本国　a-089-14・a-090-13、日本国の大将軍　a-089-03、日本国中　b-086-06
にほんごくのおう　日本国ノ王　b-110-02
にほんじん　日本人　b-048-06
にほんばれ　日本晴　a-110-09
にまんこう　二万劫　a-037-06
にもう　二毛　a-149-03
にもち(煮餅)　にもち　a-102-14
にゅうせんせんり　入船千里　b-013-08
にゅうどう　入道　b-078-08、尼入道　c-100-05
にゅうばち(乳鉢)　にうばち　b-071-08
にゅうめつ　入滅　c-111-09
にょう　黄色の尿　b-099-13
にょういつ　遶逸　a-145-13
にょうき　溺器　a-077-08
にょうしゅうわん　饒州垸　b-089-01
にょうぼう　女房　a-038-11・a-039-17・a-040-05・b-051-09・b-051-10・b-054-12・b-108-01・c-086-06、ねうばう　b-081-01
にょじょい　女叙位〈ニヨジヨヰ〉　a-049-03
にょしょう　女性　a-039-09・b-046-11
にょたい　女体　a-032-11
にょにん　女人　b-018-03・c-085-14・c-097-12・

c-097-15
にょらい　如来　c-053-06・c-079-16、如来月輪　a-034-11
にら(葉韮)　はにら　a-102-14
にらむ　にらめ奉る　a-061-12
にわ　庭　a-113-11・a-116-07・a-117-11・c-075-17、将軍家御庭　c-069-03、御庭　a-061-11、四季の庭　a-065-05、四季庭　a-068-06
にわとり　鶏　a-132-01、庭鳥　b-045-03
にわのいし　御庭の石　a-060-11
にわのきょく　庭の曲　c-084-04
にわのこずえ　庭の梢　c-076-02
にわのすな　庭の砂　b-066-09
にんおう(人皇)　人皇ノ始　a-033-04
にんがい　人界　b-116-15
にんかん　任官　a-049-05
にんぎょう　人形　a-131-13・a-131-14・a-132-01・a-132-02・a-132-03・a-132-13・a-132-14・a-133-12・a-133-16・a-133-17
にんぎょう→ひとがた
にんげん　人間　a-075-09・a-084-08・b-055-03・b-103-09
にんげんかい　人間界　a-065-10
にんじゅ　人寿　a-136-11・a-136-12・a-136-14・a-137-01
にんじゅう　任重　a-145-08
にんじょう　人情　c-054-03
にんじょうじ　人定時　c-084-14
にんじん　人参　b-114-04
にんぜい　人勢　b-063-12
にんとくてんのう　仁徳天皇　b-110-03、仁徳御宇　a-047-05
にんみょうてんのう(仁明天王)　深草の御門　a-045-02
にんとくてんのう　難波津宮　b-048-08
にんとくてんのうしじゅうろくねん　仁徳天皇四十六季　b-110-03

ぬ

ぬえ(鵺)　ヌヱ　a-067-14
ぬきあしす　蹐　a-085-03
ぬきがき　抜書　b-040-10
ぬく(抜く)　窓をぬけて　a-111-05
ぬし　主　b-098-11
ぬすびと　ぬす人　a-042-01・a-042-05・a-042-07・a-063-09・b-051-02・b-064-12、盗人　b-015-04・b-015-15・b-017-15・c-070-10
ぬなわ　ぬなは　a-103-01
ぬの　布　c-069-05・c-073-01
ぬりき　努力シテ　a-078-10
ぬる(寝る)　ぬる時　b-044-02
ぬるがね　ぬるがね　b-100-10
ぬれがみ　髪〈ヌレガミ〉　a-086-12
ぬれぬれ　ぬれ／＼と　b-038-05

ね

ね　子　a-139-08・b-019-05・b-019-07・b-019-10・b-019-13・b-020-02・b-020-05・b-020-08・b-020-10・b-020-13・b-020-16・b-021-02・b-021-05
ね　根モハモ　b-096-01
ねいじん　佞人　a-096-04・a-097-03
ねいる　ねいられず　b-062-08
ねうねう　ねう／＼と　b-064-16
ねがい　願　b-091-04
ねがお(寝顔)　ねがほ　b-082-03
ねかた　富士ノ根方　c-009-08、富士のねかた　c-081-04
ねこ　猫　a-145-09、ねこ　b-064-16
ねこがき(猫掻)　ねこがき　a-061-06
ねこごころ　ねこ心　b-064-14
ねずお　ねず緒　b-113-03・b-113-05・b-113-07
ねずみ　鼠　a-027-02・a-145-10、臘(鼠？)　b-114-10
ねたし(妬し)　ねたく　b-059-02
ねたまき　ネタマキ　a-067-06、根多巻　a-067-07
ねつ　熱　b-099-06・b-099-07・b-099-10・b-099-12・b-100-03
ねつす　熱せば　b-099-15
ねながら　ネナガラ　a-122-02
ねのひ　子日　c-059-07
ねぶたし　ねぶたく　b-023-11
ねむる　眠　b-099-10、ねぶりて　c-103-11、かいねぶりて　b-064-17
ねや(閨)　ねや　a-038-12・a-108-13、閨　a-083-03、
ねり(練り)　ねり　b-081-01
ねる→ぬる
ねんがん　念願　a-088-07
ねんき　年期　c-015-01
ねんごろ　懇に　b-054-06
ねんさい　年災　a-046-07・a-048-04・a-050-04
ねんじゅ　念珠　a-111-06
ねんじゅう　年中の邪気　a-048-04
ねんず(念ず)　ねんずれば　c-084-08
ねんちゅう　年中　a-059-08・a-048-08
ねんねん　年々　a-048-09
ねんのこころ　念の心　c-099-13
ねんぶつ　念仏　c-088-04・c-099-13・c-100-06・c-113-08、一念の念仏　c-100-12

ねんぶつざんまい　念仏三昧　c-088-01

―――の―――

のうか　納稼　a-139-01
のうさい　能才　a-129-01
のうしきく　脳子菊　c-051-03
のうしょう　濃粧　c-027-05
のうす　納子(衲子？)　a-146-05
のうまつ　濃抹　c-025-08・c-042-05
のうらん　悩乱　c-041-06
のき　軒　a-116-09・a-117-08・b-048-04、のき　b-030-01
のぎく　野菊　c-043-07
のきのひだり　軒の左　a-116-09
のごう　鼻をのごはむ　b-041-10
のこり　残おほく　b-038-12
のぞみ　のぞみ　a-027-14、大納言の望　a-112-10
のちのつま　のちの妻　a-074-09
のちのひと　後の人　a-127-11
のちもの　後物　b-092-05
のと　能登国　c-107-09・c-108-11、能登　c-107-12
のど(喉)　のど　a-104-03・b-043-09・b-064-13、ノドノ病　b-093-01
のとのかみ→たいらのりつね
のはら　のはら　c-115-05
のぶつな　信綱　b-027-09
のぶふさ　備前中原権守信房　b-086-06
のべのおくり　野べのをくり　a-079-04
のべのくさ　野べの草　a-038-06
のぼる(登る)　女ののぼる事　b-059-08
のます(飲ます)　のまする　b-060-02、そゝぎのまする　c-068-03
のむ　のむ　a-077-01、のむべからず　b-043-11、呑べからず　b-043-10
のり　法　c-112-02
のりのともしび　法の灯　c-115-07
のりむね　則宗　b-086-04
のりもの　のりもの　a-074-11
のりよし　範義　b-086-09
のりゆみ　賭弓　a-050-01

―――は―――

は　歯　b-096-05、は　a-078-04、口ト歯　b-096-04、虫ノクウハ　b-096-04、絵ノハ　b-096-05
は(葉)　根モハモ　b-096-01
は(羽)　前後のは　b-112-09
はあり(羽蟻)　ハアリ　b-095-02
はい　灰の押様　a-124-01、水をとしたるはい　c-069-05
はい　肺　c-078-03
ばいか　梅花　a-028-03・a-040-08・a-040-09・a-040-12・a-118-09・a-119-03・c-041-02・c-051-04
はいかい　誹諧　a-028-02・b-011-11・b-023-09・b-036-05
はいかい　裴徊　c-018-02
はいかい　敗壊　a-095-13
はいかいきく　徘徊菊　c-039-03
ばいざんもんぽん　梅山聞本　c-107-07、梅山和尚　c-011-08・c-107-08、聞本和尚　c-108-13、聞本　c-107-11・c-108-07・c-109-09、和尚　c-107-12・c-108-02・c-109-12・c-109-13・c-109-15
はいしん　裴襯　c-051-08
はいたい　胚胎　c-027-05
はいたか　鶏(鷂？)　b-113-02
ばいてん　梅天　a-138-07
はいのおしよう　灰ノ押様　a-123-09
はいのそこ　灰の底　a-124-03
ばいばい　売買　b-017-06・b-017-17
はいはにろしんおう　波夷波你留神王　a-042-13
はいびょう　肺病　b-099-14
ばいよう　唄葉　a-146-06
ばいらい　莅蕾(蓓蕾？)　c-034-08
はいろしんおう　波夷留神王　a-042-12
はえばえし　はへ／＼しく　b-056-17・b-057-15
ばえん　馬遠　a-132-10・a-132-17・a-133-10・a-134-06、遠　a-132-11
はか　墓　a-080-02・a-110-01、はか　a-110-02、女のはか　c-063-09、御墓　c-099-03、人麿の墓　b-047-02
ばか　馬鹿　b-063-03
はかい　破戒　c-080-01
はかいそう　破戒僧　c-080-06
ばかげ　ばかげにて　b-044-10
はかた　博多　c-109-06、はかた　c-108-14
はかなきこと　はかなき事　a-035-08、はかなきこと　c-064-12
はかま　はかま　b-027-06・b-041-09
はかまのおび(袴の帯)　はかまの帯　b-045-08
はかり　業の秤　c-115-02
はかりこと　はかりこと　a-094-14
はきゅうほう　頗躬宝　a-136-14
はきょう　巴峡　c-072-05
はく(吐く)　実はく　b-043-16
ばくい　曝衣　a-138-09
はくうん　白雲　a-142-04・b-015-02・c-036-06
はくうんざん　白雲山　b-102-07
はくおうきょう　白王京　a-143-06
はくおく　白屋　a-144-03

はくか　白花　c-053-03・c-056-05
はくかく　白鶴　a-140-07
はくかん　薄寒　c-035-01
はくきく　白菊　c-053-03
はくく　白駒　a-140-07
はくがく　白額　a-078-10
はくがく　博学　a-085-06
はくげつ　白月　a-129-09
はくさいこく　百済国　b-110-03
はくさん　白山　b-102-05
はくさん　博山　a-123-08
はくじ(伯時)→りこうりん
はくじき　白磁器　b-089-02
はくじゃこうきく　白麝香菊　c-049-01
はくしょう　陌上　a-079-02
はくしょく　白色　c-045-05
はくせつ　白雪　c-029-06
はくせん　白戦　c-029-08
はくそう　剥棗　a-138-14
はくぞう　白蔵　a-137-06
ばくたい　莫太　a-098-07
はくたいこう(薄太后)　はくたいこう　a-073-03
はくたく　白沢　b-103-04
ばくち　ばくち　b-041-11
ばくち　驀地　c-020-08
はくば　白馬　a-146-06
はくひ　栢皮　a-131-02
ばくふ　瀑布　a-131-05・a-143-02
はくぶんきょうしき　博聞強識　c-102-08
はくぼ　薄暮　a-138-04
はくま　白磨　a-148-05
はくむ　薄霧　a-131-08
ばくや　鏌鎁　a-147-04
はくらうむし　歯クラウ虫　b-096-09
はくらく(伯楽)　はくらく　b-101-01
はくりょう　白竜　a-141-06
はぐろさん　羽黒山　b-102-05
ばけんせき　馬兼石　b-088-08
はこ　箱　a-044-07
ばこうけん　馬公顕　a-132-12
はこねやま　箱根山　c-099-02
はこべ　はこべ　b-114-05
ばさ　婆娑　c-023-07
はし(端)　玉木ノ端　a-066-17
はし　箸　b-043-08
はじ　恥　a-097-05、はぢ　b-055-16、c-113-05
はしきく　波斯菊　c-052-03
はしたか　鶚　b-107-10、箸鷹　b-112-06
はしぢか(端近)　はしぢかなる　b-053-13
はしのさき(箸の先)〉　はしのさき　b-042-16
はしのすそこ(すのこ？)　はしのすそこ　a-117-09
はしばしら　橋柱　b-057-04
はじめて　宗祇はじめて　b-062-09・b-062-13
はしもとのみや　賀茂の橋本の宮　a-036-08
はしら　はしら　b-031-06・b-031-08・b-044-08・b-047-09、もやの柱　a-061-05、おほゆかのはしら　a-063-02
はしん(把針)　はしん　b-057-13
はす(蓮)→はちす
はずまき　ハズマキ　a-067-06
はた　川のはた　b-081-04
はだか(裸)　はだか　b-078-06
はたかる　目はたかる　b-043-07
はたけやま　畠山　a-062-10・a-062-11・a-062-12
はたち　はたち　b-039-10
ぱたに　浡沈(渤泥？)　a-123-01
はだぬぐ　ハダヌグ　a-066-16・a-066-17、はだぬぎて　b-045-15
はたもの　はた物　c-088-09
はたろしんおう　波反留神王　a-042-15
はち(鉢)　はち　b-077-03、鉢の外　a-123-05
はち　八　a-071-07・a-071-13
はちかだいじ　八ケ大事　c-009-15・c-086-03
はちがつ　八月　a-103-02・a-134-12・a-138-13・b-014-05・b-016-01・b-086-14・b-090-02、八月四日　a-054-02、八月十日　b-018-12、八月十七日　a-054-05、八月廿一日　a-054-06、同廿五日　a-055-01、八月八日　c-085-04、八月十五日　a-055-03、八月廿四日　a-114-13、八月廿八日　a-055-05、八月末つかた　b-115-01、八月中　a-055-06、八　b-017-02・b-020-10・b-023-06、八九月　b-015-11、六・八・九・十　b-015-07
はちかんじごく　八寒地獄　c-011-14・c-119-10、(八寒地獄)　c-118-13
はちくどく　八功徳　c-079-07
はちくのげ　八句の偈　c-120-15
はちくめ　八九め　b-099-15
はちじっしゅこう　八十種好　a-035-01
はちじゅう　八十　a-149-05
はちじゅういちかじょう　八十一箇条　c-012-01
はちじゅうよねん　八十余年　c-061-12
はちじゅうりょう　八十両　a-060-14
はちじゅうろくさい　八十六歳　a-062-15
はちじゅうろくねん　八十六年　c-093-01
はちじゅん　八旬　c-070-02
はちじょう　八条　a-065-01
はちじょうのぼうもん　八条坊門　a-064-15
はちす　蓮　a-107-04・a-133-02、はちす　b-079-02
はちすば　はちす葉　b-033-02、はちすば　b-032-11
はちたたき(鉢叩き)　はちたゝき　b-072-09

はちちょう　蜂蝶　c-033-04
はちなん　八難　b-090-10
はちなんじょ　八難処　c-010-03・c-089-09
はちなんのき　八難ノ木　b-091-15
はちねつじごく　八熱地獄　c-011-14・c-119-01、(八熱地獄)　c-118-13
はちひき　八疋　c-120-07
はちひん　八貧　b-019-09・b-019-10・b-019-13・b-019-14・b-020-14・b-020-16・b-021-07
はちぶ　八分　b-113-02
はちまん　八幡の御かたち　a-035-12、八幡　a-091-01・a-091-11
はちまんぐう　信濃の八幡宮　b-109-13
はちまんだいぼさつ　八幡大菩薩　a-035-12・a-089-13・a-091-04・b-109-06
はつか　廿日　a-061-02・b-016-11・b-017-15・b-023-04・b-023-06
はっかく　八角　b-114-03
はっけ　八卦　b-089-08
はづき　葉月　a-138-13
はつこだか　初小鷹　b-112-11
はっさい　八歳　a-083-04・a-149-02
はっしゃく　たけ八尺　a-061-15、五尺八尺　b-014-13
ばっすい　甲斐の抜砕　c-107-05
はっすん　八寸　b-114-02
はつせ　初瀬　b-047-02
ばつぜつじごく　抜舌地獄　a-071-15
はっせんにち　八千日　b-018-05
はつねのまき　初子巻　a-122-04
はっぴゃくよねん　八百余年　c-121-15
はつほ(初穂)　はつほ　a-058-02
ばてい　馬蹄　a-148-04
はと　鳩　b-107-06・b-107-07・b-109-07・b-109-08・b-109-09
はどまじごく　鉢特摩地獄　c-120-03
はな　花a-040-02・a-084-03・a-112-09・a-121-03・a-136-03・a-136-08・b-029-12・b-038-02・b-054-04・b-074-01・b-085-14・c-013-04・c-016-06・c-017-08・c-019-01・c-020-04・c-029-02・c-061-05・c-061-08・c-066-04・c-071-01・c-072-01・c-110-06・c-121-13、はな　c-065-09・c-112-08、かいだう花　b-082-03、梅花　b-104-02、桜の花　b-112-04、きちかう〈桔梗ナリ〉の花　c-065-08、花のあか鷹　b-112-06、花の藤ふ　b-112-11、よその花　c-066-12
はな　鼻　b-042-09・b-100-01、はな　b-041-10・b-099-14、はなの中　b-041-02、はなうちたれて　b-040-07、鼻ノ上　b-106-09
はないた　花板　a-135-03
はながさ(花笠)　はながさ　b-030-06
はなかみ　花紙　a-135-03
はなくぎ(花釘)　はなくぎ　b-029-06
はなげ(鼻毛)　はなげ　b-041-02
はなざかり　花ざかり　c-066-11
はなさけ(花咲け)　花さけ／＼　c-077-05
はなぢ　鼻血　b-094-03
はなにかぜ　花に風　b-066-08
はなのいろ　花の色　a-060-10・b-036-02・b-066-10
はなのごしょ　花の御所　a-060-03・a-062-08
はなのことのは　花の言の葉　a-106-14
はなのころ　花のころ　a-106-06
はなのたより　花のたより　c-111-08
はなのもと　花のもと　a-107-02、花の下　a-107-04
はなばし　花箸　a-135-04
はなびら　英　c-044-06
はなむしろ　花筵　a-135-03
はなやか　はなやかに　b-037-09
はなをたつる　花を立ル事　a-136-01
はなをもてあそぶひと　花ヲ翫ブ人　a-136-04
はね(跳ね・羽)　はね　b-080-06
はねはばき　羽はゞき　b-075-08
はにら(葉韮)　はにら　a-102-14
はね　羽　a-067-07
はねび　はね火　b-042-12
はは　母　a-054-01・a-070-05・a-070-07・a-071-01・a-072-05・a-072-06・a-073-03・a-074-03・a-074-08・a-074-09・a-074-13・a-074-14・a-074-15・a-075-02・a-075-03・a-075-04・a-075-06、a-075-13・a-076-12・a-076-13・a-077-03・a-077-06・a-077-10・a-077-11・a-077-12・a-080-03・a-080-04・a-080-07・a-080-08・a-080-09・a-080-10・a-081-02・a-081-03・a-082-05・a-083-08・a-083-10・a-084-08・a-084-12・b-085-02・b-085-06・b-085-09・b-093-07・b-094-04、〈母〉　a-075-10、はゝ　b-077-07、君の母　c-060-04
はは(葉は・母)　はゝ　b-034-06
ははおや　母おや　b-045-02
ははぎみ　母君　b-116-13・b-117-02
はふん　葩粉(皓彩？)　c-050-07
はま　浜　c-014-08
はまぐり→ごうり
はまちどりのあと　浜千鳥の跡　b-107-03
はむ(食む)　はむ　b-026-04
はめつ　破滅　c-099-01
はやし　竹のはやし　a-074-04
はやしかみ　林〈村カ〉上　b-062-11
はやる　はやる　b-098-12
はら　腹　a-062-03・a-104-05・b-106-09
はらい　御はらひ　a-056-01

はらえ　人の御祓　a-038-01、祓　a-053-04
はらかのみえ　腹赤御贄〈ハラカノミヘ〉　a-047-07
はらだち　御腹立候な　a-094-10
ばらもんそんじゃ　ばらもん尊者　a-123-02
はらをたつ　はらをたてたる　b-054-12
ばらんとう　馬蘭頭　c-057-03
はり　針　b-099-04、はり　a-073-11、灸針　b-114-06
はりごと(張り事)　はり事　b-064-05
はりつく　張付　b-114-10、はりつけて　c-089-07
はりのあと　針のあと　c-065-02
はりのこうじ　針小路〈ハリノ〉　a-065-01
はりまのだいなごん　播磨の大納言の御局〈ツボネ〉　a-038-09、播磨大納言の御つぼね　a-040-03
ばりん　馬麟　a-132-11
はる　春　a-028-09・a-072-04・a-106-06・a-107-02・a-113-03・b-013-08・b-014-08・b-015-01・b-054-04・b-066-07・b-074-01・c-014-02・c-014-08・c-015-09・c-019-03・c-022-04・c-023-03・c-027-05・c-028-04・c-056-04・c-060-11・c-107-13・c-111-08・c-112-08、はるたつ　b-032-06、春ならぬ　b-112-11
はる(腫る)　チノハレタル　b-095-04
はるか　はるかにて　a-062-07
はるかけて　春かけて　b-074-04
はるかぜ　春風　a-112-09・c-112-04
はるにわ　春庭　a-068-08
はるのかみ　春神　a-140-05
はるのな　春名　a-137-04
はるのはじめ　春の初　a-047-09
はるのはな　春の花　b-039-08
はるのひ　春の日に　a-041-10
はるのゆき　春の雪　b-053-11
はるべ　春べ　b-048-08
はれあがる　ハレアカルベキ　b-096-03
はれま　雨のはれま　c-064-13
はれもの　腫物　b-096-02、ハレ物　b-094-08、ハレモノ　b-094-07・b-095-08・b-095-09
はろう　波浪　c-109-06
はん　飯　a-101-09・b-017-06
ばん(盤)　ばんの上　b-042-02
ばんあ　晩鴉　a-121-04
はんうん　畔雲　a-140-07
はんかい　半開　c-041-06
はんかいばい　平開梅(半開梅？)　c-035-04
ばんかじ　番鍛冶　b-086-01、番之鍛冶　b-012-04
はんぎ(版木)　はんぎ　a-042-08・a-042-09
ばんげつ　晩月　a-139-04
ばんこ　万古　c-053-02
はんこう　半更　c-076-09
ばんこん　盤根　c-023-07
はんし　藩祉ス　a-127-03
ばんじ　万事　b-016-07・b-017-01・b-017-03・b-017-06・b-017-10・b-017-16
ばんしいっしょう　万死一生　a-129-04
はんじょう　繁昌　b-053-07
ばんじょう　晩娘　a-074-08
ばんしょういん→あしかがよしはる
はんすい　半垂　c-057-01
ばんすい　晩翠　a-142-05
ばんせ　万世　b-055-06・c-092-08
はんせいはんすい　半醒半酔　a-028-13
ばんせつ　晩節　c-038-01
はんせんのわ　飯銭之話　c-011-05・c-104-13・c-105-11・c-105-14
ばんたん　万端　a-096-07
ばんちゅう　晩中　a-145-08
はんにゃ　般若　a-034-11・a-147-07
はんにゃしんぎょう　心経　b-097-02
ばんにん　万人　a-089-11
ばんのうえのあそび　ばんの上のあそび　b-042-02
ばんのおもて　　盤のおもて　a-129-08
ばんばい　幡梅　c-019-08
はんばいきく　伴梅菊　c-037-09
ばんぶつ　万物　c-067-02
はんぶん　半分　a-123-03・b-077-03
はんぽ　泛蒲　a-138-07
ばんぼく　万木　b-066-07
ばんみん　万民　a-088-12・a-089-07・a-089-16
ばんり　万里　a-109-11
ばんり→ばんりしゅうく
ばんりしゅうく(万里集九)　万里　a-110-05・a-111-12
ばんりのはじょう　万里の波上　a-128-04

ひ

ひ　日　a-066-07・a-073-08・a-087-05・b-025-10・b-091-14・b-103-10、ひ　b-025-12、さむき日　a-074-11、日之名　a-030-14、日名　a-140-02
ひ　火　a-062-04・a-062-05・a-124-04・b-048-01・b-051-02、二儀ノ火　b-091-03、七陽ノ火　b-091-13
ひ　脾　c-078-03
ひ　非　b-061-01
ひいき　屓屭　a-095-10、ひいき　a-105-04・a-114-11
ひうちぶくろ　ひうちぶくろ　b-045-06
ひえ　日吉　c-077-04

ひえいざん　叡山　c-081-11・c-101-05
びおうきゅう　未央宮　a-143-05
びおうしょく　微黄色　c-053-05
ひおこり　日起リ　b-093-04
ひかげ　日かげ　b-036-12
ひがし　東　a-127-01・b-015-01・b-021-09・b-096-06・b-100-15
ひがしおもて　東おもて　c-076-01
ひがししゅしゃか　東朱雀〈シユシヤカ〉　a-065-04
ひがしだに　東谷　b-036-05
ひがしのとういん　東洞院〈ヒガシノ〉　a-065-04
ひがしむき　東向　a-116-07、ひがし向　a-116-09
ひがしやま　東山　a-064-01・c-010-15・c-091-07・c-101-03
ひかず　日数　a-129-09・b-108-15・c-076-14
ひがむ　ひがむ　b-066-02
ひがめるこころ　ひがめる心　b-053-12
ひかり　光　a-087-05・b-091-10、月の光　a-060-11、日月ノ光　a-067-12
ひかん　被官　a-097-17
ひがん　大悲願　a-036-05、悲願　a-037-02
ひがん　彼岸　c-113-07
ひぎ　非儀　a-098-05
ひきこす　引こす　b-101-02
ひきさく(引き裂く)　引さかれ　b-042-13
ひきそう　引そひて　b-051-09
ひきちゃ　引茶　a-055-06
ひきめ　ヒキ目　a-067-08、b-051-12・b-065-17
ひぎょう　霏凝　a-131-08
ひぎょうしゃ　飛香舎　a-060-09
びきろしんおう　毘枳留神王　a-042-14
ひく　牽　b-110-06
びく　鼻吼　a-040-13
ひぐち　樋口〈ヒグチ〉　a-064-13
ひくとき(引く時)　ひく時　b-043-12
びくに　比丘尼　c-069-04、びくに　b-033-01
ひぐれ　日暮　b-046-05
びけい　美景　a-137-13
ひこ(曾孫)　彦　b-053-07
ひご　肥後　c-088-03
びこう　獼猴　c-078-12・c-080-02・c-080-04
ひこさん　彦山　b-102-07
びこつ　尾骨　b-099-11
ひこなぎさだけうのはふきあわせずのみこと　彦波瀲武？羽葺不合〈ヒコナギサダケウノハフキアハセズノ〉尊　a-033-03
ひこほほでみのみこと　彦火々出見〈ヒコホ、デミノ〉尊　a-033-03
ひこん　悲恨　a-128-08
ひざ　膝　c-084-02、ひざ　a-035-09
ひさかたのあめ　久堅のあめ　a-027-15
ひさくに　久国　b-087-13
ひさし(庇)　ひさし　a-117-08
ひし　菱　a-143-01
ひじ　秘事　a-034-05
びし　美子　c-072-04
ひしお(醤)　麦のひしほ　a-104-03
ひしおく　秘し置ける　c-089-07
ひしぐ　ひしぎくだく　c-065-02
ひしくい(鴻)　ひしくい　b-076-07
ひじにす　臂ニシ　b-110-05、臂　b-110-07
びしゃもん　毘沙門　b-011-09・b-041-06、鞍馬毘沙門　b-023-02
ひじゅつ　秘術　b-060-01
ひしょ　秘所　a-043-05
ひしょ　道の秘諸　b-084-05
ひしょ　避暑　a-138-09
びじょ　美女　b-065-13・c-041-04・c-063-15・c-095-13・c-095-16・c-096-13
ひしょう　婢妾　a-077-08
びしょう　微少　a-128-12・a-128-15
びじょうじょ　美上女　c-094-10
ひじり　聖　c-064-10
びじん　美人　a-062-16・c-015-01・c-021-04、美人の女房　b-108-01
ひすか　ひすかに　a-072-05、ひすかなるとは　a-072-06
ひせい　避世　c-011-08
ひせつ　秘説　a-036-09・a-046-02・a-049-04・a-051-07、家の秘説　a-116-10
ひせん　飛泉　a-143-02
びぜん　備前国　b-086-02、備前の国　c-109-02、備前　b-087-02・b-087-06、同国　b-087-07、備前中原権守信房　b-086-06、備前吉岡新太郎　b-086-14、備前行吉　b-087-13、備前真則　b-087-14
びぜんたゆう　備前大夫　b-086-02
ひそうひひそうてん　非想非々想天　c-118-11
ひたいのなみ　ひたひのなみ　c-083-03
ひたえ　ひたえのかなづち　a-090-07
ひたくち　ひた口のこはもの　a-093-02、ひた口の木法師　a-094-08
ひたちのすけ　常陸介　b-050-03
ひだり　左　a-066-17・a-116-09・b-093-08　b-108-13、左の足　a-035-09
ひだりまきのみ　ひだりまきの実　c-065-03
ひちりき(篳篥)〉　篥　a-127-09
ひっきょう　畢竟　a-034-11
ひっこうだ　引こうだる　a-124-08
びつさん　蜜攅(密攅？)　c-026-08
ひつじ　未　a-139-09・b-019-06・b-019-08・

b-019-11・b-019-14・b-020-03・b-020-06・b-020-09・b-020-11・b-020-14・b-020-17・b-021-03・b-021-06
ひつじさる　ひつじさる　a-116-08、未申　b-013-04、未申方　b-049-02
ひっしゃ　筆者　a-129-15
ひっせん　筆先　a-130-05
ひつぜん　必然　b-100-12
ひつだい(筆台)　ひつだい　b-076-08
びっちゅう　備中　b-086-15、備中国　b-086-03、備中次家　b-087-13、備中貞次　b-087-13、備中真次　b-087-14、備中為次　b-087-14、備中国住人恒次　b-086-10
ひつどう　筆道　a-130-01
ひつどうのさんけん　筆道三賢　a-029-15・a-104-12、筆道の三賢　a-104-13
ひつぼう　畢昴　a-140-04
ひっぽう　筆法　a-131-10・a-134-06
ひでん　箭秘伝　a-029-07・a-065-05
ひと　人　a-027-06・a-038-01・a-076-01・a-077-08・a-077-09・a-084-05・a-086-04・a-087-02・a-087-08・a-097-02・b-016-05・b-062-11・b-063-16・b-093-02、ひと　a-090-03・b-034-02・b-062-05・c-013-04、得達ノ人　a-068-02、心のおもき人　b-038-07、物のあはれをしる人　b-038-08、人のかたな　b-042-03、問人　b-091-08
ひどう　非道　a-085-07・a-096-05
ひとえ　ひとへ　a-074-14、一重　c-098-11
ひとがた　人形　b-115-04、人がた　b-115-06
ひとがた→にんぎょう
ひとかたな　一刀二刀　a-068-02
ひとくち　一口　a-092-14・b-043-05
ひとくひとく　ひとく／＼　b-104-01・b-104-02
ひとこえ　一声　b-062-04、一こゑ　b-057-05・c-108-08
ひところ　一ころ　b-062-10
ひとさし　一さし　b-039-02
ひとしらぬこと　人しらぬ事　c-064-15
ひとさと　一里　a-046-10
ひとせせり　人せゝりして　b-044-07
ひとたび　一　a-086-11・a-086-12・a-087-12、ひとたび　b-112-10
ひとつ　一ツ　a-066-12・b-106-08、一つ　a-080-12、一　b-096-03
ひとつき　一月　a-079-06
ひとつこころ　ひとつ心　b-106-07
ひとつばし(一つ橋)　ひとつはし　b-067-06
ひとつふ(一つ符)　ひとつふ　b-112-03
ひとづま　人妻　b-046-03　→ひとのめ
ひとつもの　一ツ物　a-135-06
ひととき　一時　c-063-12
ひととせ　一とせ　c-066-08・c-083-05、ひとゝせ　c-083-14
ひととせのひ　一とせの火　b-048-02
ひとなか　人中　b-041-10、人なか　b-056-17
ひとなる　人なれて　b-037-12
ひとのあと　人のあと　c-061-10
ひとのいのち　人の命　b-108-05
ひとのうえ　人の上　b-041-07
ひとのおもい　人のおもひ　b-053-11
ひとのきき　人のきゝ　b-041-07
ひとのくに　人の国　b-066-11
ひとのこころ　人の心　a-039-03・b-107-09
ひとのこと　人のこと　b-063-05
ひとのことば　人のことば　b-062-04
ひとのまえ　人の前(門前？)　a-097-12
ひとのみ　人の身　b-039-14
ひとのめ(人の妻)　人のめ　b-055-16、人の妻　c-097-14
ひとのもの　人の物　c-078-09
ひとまえ　人前　b-042-12・b-043-17
ひとます　一舛　c-079-11
ひとまろ→かきのもとひとまろ
ひとまろのはか　人麿の墓　b-047-02
ひとみ　眸　c-033-08
ひとみ(人見)　ひとみ　c-104-10
ひとむら　人村　c-095-03
ひとめ(人目)　人め　a-090-08・c-113-05
ひともじ　ひともじ　a-102-13、なまひともじ　a-102-10
ひともと　一もと　a-113-11
ひとよ　一夜　b-038-13、一よ　b-038-08
ひとよざけ　ひとよ酒　a-053-01
ひとよのふし　一夜のふし　b-108-09
ひとり　一人　a-046-09・b-087-11、ヒトリ　b-091-15
ひとりね　ひとりね　b-082-05・ひとりね　b-082-06
ひのあかり　火のあかり　a-108-13
ひのいみ　日忌　a-101-12
ひのえ　丙　a-139-11、丙丁年　b-015-05・b-016-01
ひのえいぬ　丙戌　b-021-12
ひのえうま　丙午　b-021-14・b-060-10
ひのえさる　丙申　b-021-13
ひのえたつ　丙辰　b-021-15
ひのえとら　丙寅　b-021-10
ひのえね　丙子　b-021-11
ひのおんいのり　氷御祈　a-047-04
ひのくるま　ひのくるま　b-068-03
ひのさちゅべん　日野左中弁　a-061-01
ひのためし　氷様〈ヒノタメシ〉　a-047-0

ひのと　丁　a-100-09・a-139-11、丙丁年　b-015-05・b-016-01
ひのとい　丁亥　b-021-12
ひのとう　丁卯　b-021-10
ひのとうし　丁丑　b-021-11
ひのととり　丁酉　b-021-13
ひのとひつじ　丁未　b-021-14
ひのとみ　丁巳　b-021-15
ひのもと　日のもと　a-037-03
びばしゃせき　毘婆娑石　c-099-07・c-099-09
ひはん　批判　a-098-02
ひび　日々に　a-077-01
ひびき　響　a-090-07、たきのひゞき　b-074-07
ひびょう　脾病　b-099-11
びふう　微風　a-137-06
ひぶせ　火ぶせ　b-103-03
ひふつ　披拂　c-039-08
ひまぜ　日マゼ　b-094-11
ひまち　日待　b-011-07・b-083-06
ひまちのひ　毎月日待日　b-018-04
ひみつ　秘密　a-066-03・a-067-10・b-084-04、弓秘密大事　a-065-06、箭秘密大事　a-067-03、弓矢ノ秘密　a-067-10
びみょう　微妙　b-098-07
ひむろ　氷室　a-047-05
ひめ　うつくしき姫　a-079-04、彼姫　b-105-09
ひめぐるみ　ひめくるみ　b-068-07
ひめこまつ　姫小松　c-007-05・c-059-07
ひめまつ　岸の姫松　a-033-09・a-033-12
ひゃく　百　b-075-01・b-077-09
ひゃくいん　百韻　c-008-15・c-074-09・c-076-13
ひゃくえ(百会)　ひやくゑ　b-100-15
ひゃくおう　百王　a-073-02・c-086-09
ひゃくかにち　百ケ日　c-115-06
ひゃくかん　百官　a-048-06・a-049-07・a-051-05・a-053-04・b-084-02、百官卿相　a-129-04
ひゃくぎく　百菊　c-007-04
ひゃくぎくし　百菊詩　c-013-01
ひゃくさい　百歳有余　c-070-06
びゃくさん　白散　a-046-09
ひゃくさんじゅうねん　百三十年　c-094-08
ひゃくさんじゅうねんご　百三十年後　c-099-02
ひゃくしず　百子図　c-046-05
ひゃくしゅ　百種　a-028-04
ひゃくじゅう　百十　a-149-05
ひゃくしゅわいん　百首和韵　a-111-10
ひゃくしょう　百姓　a-088-12・a-089-16・b-011-17・b-066-04
ひゃくぜつ→もず
ひゃくせんまんおくこう　百千万億巧　a-068-01
ひゃくそう　百艸　c-031-07
びゃくぞう　白象　c-078-12
びゃくだん　白檀三分一　a-122-06
ひゃくにじゅう　百廿　a-149-05
ひゃくにち　百日　c-077-06、百日計　a-111-11
ひゃくにちゆうよ　百日有余　b-107-11
ひゃくにん　百人計　b-051-06
ひゃくねん　百年が間　b-118-01
ひゃくばい　百梅　c-007-03
ひゃくばいし　百梅百菊詩　c-013-01
ひゃくはちじゅっこ　百八十箇　a-028-15
ひゃくびょう　百病　a-100-07
ひゃくぼくちょう　百木長　a-142-02
ひゃくまんべん(百万遍)　百万返　b-052-07
ひゃくまんま　百万魔　b-019-03
ひゃくよう　百様　b-105-03
ひやしる(冷汁)　ひやしる　b-043-05
びゃっこきょうにち　白虎脇日　b-017-14
びゃっこそくにち　白虎足日　b-017-15
びゃっことうにち　白虎頭日　b-017-13
びややらんというむし　ビヤヤラント云虫　b-096-08
ひゆ(？)　ひゆといふ草　a-103-14
びよう　微容(緋容？)　c-035-09
びょう　病　b-090-02
ひょうが　氷娥　c-055-04
ひょうかく　標格　c-016-04
ひょうき　氷肌　c-023-05
ひょうこん　氷魂　a-080-02
ひょうし　拍子　a-127-08・b-042-05・b-083-09
ひょうす　表ス　c-079-02・c-079-12、表　c-079-05・c-079-09・c-079-14・c-079-16・c-080-01・c-080-03・c-080-06・c-080-09・c-080-12
ひょうずい　氷甃　c-025-02
ひょうそう　水霜(氷霜？)　c-022-06
びょうとう　杪冬　a-139-04
びょうにん　病人　b-013-12・b-094-09・b-099-01
ひょうばい　評梅　c-017-05
びょうぼう　渺茫　a-109-10
ひょうりん　氷輪　c-050-07
ひょうれい　飄零　c-048-08
ひよく　比翼　a-147-01
ひらが(平鹿)　ひらが　b-109-16
ひらがのさと(平鹿の里)　ひらがの里　b-108-13
ひらのまつり　平野祭　a-051-01
ひらのやま　平野山　b-102-04
びらんじゅのき(毘蘭樹の木)　びらんじゆの木　b-031-13
ひりょう　比量　a-110-10
びりょう　微涼　a-138-11
ひりん　比倫せる　b-107-09
ひる　昼　b-083-11・b-085-07、ひる　b-030-10

ひる(蒜)　にひる　a-102-12
ひるこ　蛭子〈ヒルコ〉　a-033-07
ひるね(昼寝)　ひるね　b-044-09
ひるま(昼間)　ひるま　a-125-12
ひろう　披露　c-108-03
ひろえん(広縁)　ひろえん　c-108-01
ひろせ　広瀬竜田神　a-044-02
ひろせまつり　広瀬・竜田祭　a-053-05
びわ　琵琶　a-127-08・b-089-10
びわ　枇杷　a-142-05
ひわい　飛猥〈猥〉　a-145-10
びわしょくせき　枇杷色石　b-088-07
ひん　貪　a-122-01・b-020-10
びん　鬢　a-111-04、びんしろき　c-067-05
ひんかく　賓客　a-084-11
ひんきち　貧吉　b-021-02
ひんきゅう　貧窮　c-087-15
びんきょう　閩嶠　c-040-06
びんし　閔氏　a-074-08
ひんじゃ　貧者　b-046-11
ひんしゃく　擯斥〈シヤク〉スル　c-080-01
ひんしゅ　賓主　a-130-11
ひんしゅう　賓州　c-039-01
ひんしゅうこうきく　賓州紅菊　c-039-01
びんそん　閔損　a-074-07、びんそん　a-074-09、損　a-074-10・a-074-12・a-074-13　a-074-14、そん　a-074-10
ひんでい　兄弟　a-146-06
びんてん　旻天　a-137-06
ひんにん　貧人　c-086-05
びんのかみ(鬢の髪)　びんのかみ　b-058-07
びんぱつ　鬢髪　c-052-03
びんぼう(貧乏)　びんぼう　b-063-06
ひんぼく　貧乏　a-080-07
ひんみん　貪民　a-095-11
ひんるい　品類　c-040-06
びんろうじ　檳榔子　a-122-08

ふ

ふ　符　b-092-04・b-092-06・b-093-04・b-094-01・b-094-02・b-094-05・b-094-06・b-094-07・b-094-08・b-094-11・b-095-01・b-095-06・b-097-02・b-099-04・b-101-04・b-101-06、諸符事　b-092-03
ふ　婦　a-078-02
ふ　夫　c-061-10・c-061-12・c-061-13
ぶ　部　c-080-12
ふう　風　b-099-06、地水火風空　a-066-08・a-067-04
ふうう　風雨　a-131-07・c-043-08
ふうが　漢朝の風雅　a-028-01
ふうき　富貴　c-086-05
ふうきょう(風興)　風興の宴助(冥助？)　a-028-10
ふうきょう　諷経　c-114-07
ふうけ　風気　b-098-12
ふうけい　風景　b-083-05
ふうげつ　風月　c-027-07
ふうこん　風衰　c-038-09
ふうさし　風沙氏　b-089-06
ふうさん　風饕　c-031-09
ふうしゃ　風謝(風榭？)　c-024-02
ふうしょくそん　風色尊　a-135-01
ふうず　ふじ〈封〉たり　b-048-01
ふうぜん　風前　c-015-01
ふうそう　風操　a-148-02
ふうそう　風霜　a-074-08・c-017-04・c-023-01・c-043-02
ふうそんし　風湌士　a-145-13
ふうばい　風梅　c-022-03
ふうひょう　風標　c-019-01
ふうふ　夫婦　c-061-11・c-098-10、ふうふ　a-077-02・b-055-05、夫婦ツレタ　a-121-05、夫婦の中　b-060-01
ふうみ　風味　c-044-04
ふうりゅう　風流　a-122-01・c-019-05・c-092-08
ふえ　笛　a-127-08
ぶえき　無射　a-138-15
ふえたけ　笛竹　b-108-09
ぶおう　武王　a-086-11
ふか　布訛　a-137-05
ふかくさのみかど→にんみょうてんのう
ふかとく　不可得　b-098-07、三世不可得　a-065-12
ふかどろ　深泥　b-046-03
ふかみぐさ　深美草　a-142-10
ふかん(不堪)　ふくはん　b-041-16
ふかんでんそう　不堪田奏　a-056-03
ふき　吹を　b-099-14
ふぎ(不義)　不議　a-086-16、不儀　a-088-08・a-088-09、放逸不儀　a-088-13
ふぎ　浮蟻　a-147-07
ぶきよう　無器用　a-098-08
ぶきょう　無興げなる　b-042-13
ぶぎょう　奉行　a-058-06・a-063-09・b-086-04・b-086-08・b-086-12・b-086-16・b-087-04・b-087-08・c-120-14
ふく　福　a-090-05・b-017-04
ぶぐ　武具　a-096-09
ふくこつ　腹骨　b-099-12・b-099-14
ふくしょ　覆所　c-051-02
ふくしょうてん　福生天　c-118-01

ぶくす　服すれば　c-071-08
ふくちゅう　腹中　c-078-07
ふくとく　福徳　b-019-03・b-019-09・b-019-11・b-020-10・b-021-07、福徳之利　c-085-12
ふくとくこう　福徳幸　a-091-11
ふくべしきぶしょう　福部式部少輔　b-083-04
ふくよう　復陽　a-139-02
ふくらむ　鼻をふくらめて　b-042-09
ふぐり　ふぐり　b-100-02
ふくろ　袋　c-098-09
ふくろう　梟　b-107-06
ぶけ　武家　a-090-11・a-092-13・b-053-04・b-084-08
ふげん　普賢　b-070-05
ふげんぼう　普厳坊　b-102-02
ふこういん　普光院)→あしかがよしのり
ふさ(房)　牛のふさ　a-060-05、ふさのごとく　c-070-13
ふさい　〈上夫妻〉　b-090-03
ふざん　巫山　c-075-04
ふざんほうおん(浮山法遠)　浮山遠　c-009-07・c-080-13、遠　c-080-14・c-080-15、普山遠　c-081-01
ふし　節　a-067-04、ふし　b-064-15、九ノ節　a-066-14、末のふし　a-118-02
ふし　父子　a-078-10・a-078-13・a-087-07・b-084-14
ふし　鳧氏　b-089-07
ふじ(富士権現)　富士　a-045-10・a-045-11
ふじ(富士山)　富士　c-009-08・c-081-04
ふじ　藤　a-135-06・a-135-09
ぶし　武士　b-046-13
ふしぎ　不思議　b-084-03・b-092-02・c-088-07・c-095-09、ふしぎ　b-033-06・c-108-10、不思議の事　a-061-14、ふしぎの事　c-109-11、ふしぎなり　c-102-04
ふじき　不食　b-093-02
ふしきしゃ　不識者　c-098-06
ふしさんのの(節三の篦)　節三ノノ　a-067-06
ふじし　藤氏　a-041-05
ふじぜんじょう(藤禅定)　富士前上　b-102-05
ふじのうらば　藤のうら葉　a-041-10
ふじのず　富士の図　a-107-12
ぶしのとく　武士の徳　a-091-17
ふじのはな　藤花　b-112-09
ぶしのみち　武士の道　a-096-15
ふしはかせ(節博士)　ふしはかせ　c-100-12
ふじふ(藤符)　藤ふ　b-112-09、花の藤ふ　b-112-11
ふしまろぶ　ふしまろむで　c-070-12
ぶしゅう→むさし
ぶしゅうおおたのしょうそうじゃさぎみょうじんじっかんろくき　武州太田荘惣社鷺明神十巻録記　c-069-07
ふじゅく　不熟　b-013-04
ふじょう　不浄　a-071-06、不浄恩　a-071-13
ふじょう　不定　a-136-12
ふじょうのなん　不浄之難　c-098-10
ふじわらかねむね(兼宗)　権中納言兼宗　a-127-08
ふじわらきんつね(公経)　権中納言公経　a-127-08
ふじわらきんとう　公任卿　a-130-02
ふじわらさだいえ　定家卿　a-104-13・a-107-03、定家　a-113-01
ふじわらさねくに　和泉右大将藤原実国　b-050-04
ふじわらすけまさ　佐理　a-104-13
ふじわらたかふさ(隆房)　大納言隆房　a-127-08
ふじわらただみち(忠通)　殿　a-107-11、法〈性〉寺殿　a-107-05
ふじわらただゆき　忠行といふ人　a-105-01
ふじわらつねいえ(経家)　正三位経家　a-127-08
ふじわらつねみち(経通)　経道朝臣　a-127-09
ふじわらとしなり(藤原俊成)　三位入道　a-030-06・a-127-07、俊成卿　c-011-11
ふじわらふひと(不比等)　淡海公　a-057-05
ふじわらみちいえ　光明峯寺殿　c-091-11
ふじわらみちのぶ　藤原道信朝臣　c-077-09
ふじわらみちのぶおんな　藤原道信朝臣女　c-009-05・c-009-05
ふじわらみつちか　光親朝臣　b-087-01
ふじわらゆきなり　行成　a-104-13
ふじわらよしつね(良経)　後京極殿　a-105-02・a-105-03
ふじわらよりみち(頼通)　宇治入道前太政大臣　b-025-08
ふしん　不審　c-010-14・c-100-08
ふすま　衾　a-079-11、ふすま　a-079-13
ふぜい　風情　a-061-08・a-126-03・b-041-16・c-074-13・c-075-02
ふぜん　不善　a-085-07
ふそう　扶桑　a-109-06
ぶそう　無双　a-089-05
ふそうこく　扶桑国　a-129-02
ふそうのき　扶桑木　b-103-09
ふそく　不足　a-116-03
ふた　蓋　a-048-02
ふたえぎぬ(二重衣)　ふたえぎぬ　c-073-06
ふたかたな　一刀二刀　a-068-02
ふたぐ　烟をふたぎ　b-042-09
ふたたび　二たび　b-039-14
ふたつ　二　a-112-05・c-065-02、二づゝ　a-077-05、

二の間　b-099-09
ふたつや(二ツ家)　二やといふ所　a-112-05、ふたつや　a-112-07
ふたば　二葉　c-059-07
ふたよ(二夜)　ふたよ　b-038-13
ふたり　二人　a-072-12・a-083-08・a-083-13・c-071-02・c-071-03、ふたり　b-059-01・b-082-05・b-082-06
ふち　淵　a-087-04
ふち　扶持　a-098-08
ふち　布置　a-131-10
ぶち(鞭)　ぶち　b-051-11
ふちゅう　忠不忠　a-098-07
ふつうがんねん　普通元年　c-092-10
ふつか　二日　a-061-03・a-082-12・b-014-14・b-016-11・b-017-04・b-017-13・b-023-04・b-023-06、正月二日　a-047-09、五月二日　b-018-09
ぶっか　仏果　a-066-16・c-097-07、仏果菩提　a-066-04・a-090-03
ふつかおき　二日ヲキ　b-095-01
ふっき　伏犠　b-089-08
ぶつぐがら　仏供柄　c-082-03
ぶつご　仏後　c-089-10
ぶっこうこくし(仏光国師)→むがくそげん
ぶっこくぜんじ　仏国禅師　c-011-09・c-110-01・c-110-04
ぶつざいせ　仏在世　a-136-02
ぶつじ　仏寺　c-097-03
ぶつじ　仏事　c-097-08
ぶっしゅ　仏種子　c-085-14
ぶっしょう　仏性　c-082-06
ぶつしん　仏身　c-097-14
ぶつじん　仏神　a-089-10・a-090-10・a-090-15・b-056-13・b-084-03・b-094-06・c-083-04
ぶつぜん　仏前　c-089-10
ぶっそ　仏祖　c-096-02・c-098-11
ぶつぞう　仏像　a-132-14・a-134-05
ぶつだ　仏陀　c-109-16
ぶっちょうきく　仏頂菊　c-053-05
ぶつでし　仏弟子　a-054-01
ぶつどう　仏道　b-084-04、仏道修行　a-039-13・a-070-08、仏道神道　a-135-13
ぶっぽう　仏法　a-088-11・a-089-14・a-090-04・c-087-01・c-102-08、仏法以前　a-089-17、仏法守護　a-043-03
ぶつみょう　仏名　a-059-03
ぶつりき　仏力　a-091-08
ふで　筆　a-148-02・b-053-08・b-089-09・c-108-01、筆之名　a-031-07
ぶてい　武帝　a-128-03・a-128-12・a-129-02・c-092-11、皇帝　a-128-06・a-128-07、帝上　a-128-09、帝　c-092-11
ふでのすさび　筆のすさび　a-027-04・b-044-05
ふと　浮図　a-144-04
ふと　ふとして　b-053-06
ふどう　不動　b-035-08
ぶどう　葡萄　a-134-04
ぶどう　武道　a-095-07
ふどうじくじゅ　不動慈救呪　b-097-02
ふとくちがらす　フト口烏　b-114-04
ふところ　懐　a-084-11・b-042-10、懐ニス　a-084-08、ふところ　a-084-10
ふとん　蒲団　c-095-10
ふな(鮒)　ふな　a-103-13・a-103-15
ふなばらそう(船腹草)　フナ原　b-114-05
ふね　舟　b-028-10・b-029-01・b-067-09・b-074-03・b-089-05・c-061-07・c-061-09
ふびん　ふびんさ　a-071-02
ふびん　夫旻　a-137-06
ぶへん　武篇　a-029-07・a-065-05
ふぼ　父母　a-071-15・a-073-08・a-073-09・a-073-12・a-079-12・a-081-09・a-088-12・a-089-16・c-079-05、父母に随ふ苦　c-097-14
ふぼう　誣謗　c-080-03
ふまがだけ　冨万ガ嶽　b-102-07
ふみ　c-075-08、御文　a-094-15・b-053-05、文の中　a-115-04、文のおく　c-113-09
ふみ　不味　a-149-05
ふみおとす(踏み落とす)　ふみおとし　b-099-11
ふみころす　〈ふ〉みころす　b-100-12
ふみつき　文月　a-138-12
ふみとき→すがわらふみとき
ふみまよう(踏み迷う)　ふみまよふ　c-110-07
ふみむつ→きのふみむつ
ぶも→ふぼ
ぶもじゅうおん　父母十恩　a-071-01、父母重(重恩？))〉経　a-071-10
ぶもしょしょう　父母初生　c-112-05
ふもと　ふもと　a-072-08、麓　b-037-04・b-051-12・b-085-01、箱根山の麓　c-099-02、神楽岳のふもと　c-101-06
ふもんぼん　普門品　c-121-07
ふや　傅野　c-075-04
ふゆ　冬　a-074-03・a-101-05・a-113-03・b-013-09・b-015-01・b-051-02・b-054-05・b-074-01・c-112-08
ぶゆう　武勇　c-087-06
ふゆき　冬木　b-111-05
ふゆにわ　冬庭　a-069-02
ふゆのな　冬名　a-137-08
ふようきく　芙蓉菊　c-042-06
ふようてい　芙蓉亭　a-144-02

ふようほうしゅ→ぎょくかん
ふり　ふり　b-037-11・b-038-06・b-056-14
ふりかえる　ふりかへりて　b-042-10
ふりかく　フリ懸テ　b-114-08
ふりはえて　ふりはへて　c-082-11
ふりはつ(旧り果つ)　ふりはてゝ　c-089-06
ぶりょう　武陵　c-072-01
ふるいぬ　古犬　c-070-09
ふるきこと　ふるき事共　a-027-03
ふるきものがたり　ふるき物語　b-104-03
ふること(古事)　ふること　c-064-09
ふるさと　ふるさと　c-111-03・c-111-08
ふるせあさ　ふるせ麻　b-114-05
ふるまい　ふるまひ　b-044-03・b-053-13・b-115-08
ふるものがたり　ふる物語　b-064-11
ふろうふし　不老不死　c-121-15
ふわく　不惑　a-149-04
ふわり　ふはり　b-035-10
ふん　糞　a-082-14、ふん　a-082-13
ぶん　分　a-096-09
ぶん　文　b-083-05
ふんえ　糞穢　c-080-02
ぶんおう　文王　a-086-11
ぶんおう　楚ノ文王　b-110-01
ふんか　粉花　b-114-04
ぶんきょ(文挙)→かっきょ
ぶんきょう(文強)→おうきょう
ぶんきん　文禽　c-050-01
ぶんけい(文慶)→そうそく(宗則)
ぶんげん　分限　a-096-02
ふんこう　粉紅　c-038-02
ぶんこう　文公　c-043-02
ふんこうきく　粉紅菊　c-054-08
ぶんこく　分国　a-096-13
ぶんざい　分際　a-089-07
ふんしょう　粉粧　c-054-09
ぶんしょう　文章　b-011-04・b-013-10・c-055-06
ぶんしん　分身　c-090-05
ぶんそうてい　文宗帝　c-102-03、帝　c-102-04・c-102-05・c-102-08・c-102-12・c-102-14
ふんだい　粉臺　c-041-04
ふんだんきく　粉団菊　c-055-03
ぶんてい　漢文帝　a-073-01、文帝　a-073-03、かんのぶんてい　a-073-03
ぶんてい　魏文帝　c-121-17、文帝　c-121-17、帝　c-122-01
ふんてん　粉点(粧点?)　c-057-06
ぶんと　文渡　c-007-13
ぶんとう　文道　a-095-07・b-048-06・b-048-07
ふんばい　粉梅　c-026-01
ぶんぶ　文武　a-087-06・c-081-08、文武二道　a-098-03
ふんぷん　紛々　a-072-04
ぶんぶん　分々　c-082-06
ふんべつ　分別　a-097-14
ふんぼくじきく　粉撲児菊　c-040-01
ふんみょう　分明　a-085-06・a-109-05・a-112-01・c-021-08
ふんれんれん　憤連々　a-128-09

―――――へ―――――

へい　兵　a-098-11
へい　瓶　a-136-07
へいあん　平安　a-074-02
へいか　陛下　c-102-09・c-102-13・c-102-14
へいかいばい　平開梅(半開梅?)　c-035-04
へいけ　平家　b-081-04・b-081-06
へいけ(平家物語)　平家　a-095-04
へいけ(平家琵琶)　へいけ　b-057-09
へいじょ　并除　c-043-02
へいしょう　千章(平章?)　c-043-02
へいしょく　秉燭　a-087-05
へいぜい　平生　a-077-08、へいぜい　a-080-03
べいせん　米銭　a-094-05
へいそう　敝帚　a-027-11
へいた(平太)→やだのへいた
へいとう　并刀　c-018-06
へいは　平坡　a-131-05
へいぶ　蔽蕪　a-131-05
へいほう　兵法　a-110-06
へいめいじ　平明時　c-084-12
へいらん　兵乱　a-091-15・b-015-03・b-015-06・b-015-12・b-015-13・b-016-03・b-016-06・c-086-10
べいるり　吠琉璃　a-136-12
へきぎょく　碧玉　c-028-02
へきしょ　僻処　c-057-04
へきしょう　壁璫(壁牆?)　c-024-06
へきたん(碧潭)　ヘキタン　b-091-01
へきとう→へきしょう(壁牆)
へきろうかん　碧琅玕　a-142-07
へた(下手)　へた　b-064-06
べつ　鼈　b-116-05
べついん　別飲　c-055-08
べつさん　敝鵬盞　b-089-01
べつばい　別梅　c-018-01
べつひん　別品　c-040-04
へつらう　諛〈ヘツラウ〉　a-086-05
へび　蛇　b-114-10、蛇の類　a-102-04、へび　b-059-08

へびくい　蛇クイ　b-097-03
へんあい　偏愛(偏受？)　c-024-08
へんか　返歌　a-110-03・c-011-09・c-110-02、御返歌　c-093-10・c-094-04
べんざいてん　弁財天　b-041-06
へんし　片時の間　b-085-07
へんじ　返事　b-057-15・c-108-08・c-112-11、御返事　a-095-03
へんしょ　御返書　b-111-05
へんじょう　返状　a-029-10・a-085-08・a-088-01
へんじょう　返上　a-063-15
へんじょうそうじょう　僧正遍正〈昭〉　b-049-06
へんじょうてん　偏浄天　c-117-14
べんず　不翔(辨？)　a-095-15
べんそう　弁聡　c-089-10
べんめん　便面　a-147-01
へんもく　篇目　a-028-15

―――――――――ほ―――――――――

ほう　法　a-088-11・c-079-09、ほう　a-039-05
ほう　鳳　b-103-07・b-103-09
ぼう　坊　b-036-05
ほうい　宝位　a-072-04
ほういつ　放逸〈ハウイツ〉　a-039-14、放逸不義　a-088-13
ほういん　法印　a-105-04
ほういん→しょうかいほういん(正海法印)
ほうえんのうつわ　方円の器　a-097-02
ほうおう　鳳凰　b-103-07・b-103-09
ほうおうだい　鳳凰台　a-144-01
ほうおく　蓬屋　c-076-09
ほうかいじ　室戒寺(宝戒寺？)　c-061-01
ほうがく　方角　a-116-11
ぼうかく　芒角　a-127-01
ほうがん　飽玩　c-016-06
ほうき　烹葵　a-138-11
ほうきのかみ(伯耆守)→なわながとし
ぼうきゃく　忘却　a-095-14
ほうきゅう　芳韮　c-040-08
ほうけん　宝剣　b-085-05
ほうげん(法眼)→かのうほうげん
ほうこう　奉公　a-093-03
ほうこう(宝公)→ほうし
ほうこうのしょう　ほうこうのしやう　b-117-14
ほうこしゃ　法固舎　a-144-05
ほうこん　芳魂　c-015-03・c-018-06
ぼうこん　忘魂(亡魂？)　c-054-03
ぼうこん　亡魂　c-114-06
ほうさん　放参　c-095-11・c-095-14
ほうし　法師　b-046-13・c-061-02・c-061-03・c-075-14、ほうし　b-035-01・b-035-05、法師ばら　a-053-02
ほうし(宝誌)　宝公　b-111-02・b-111-04
ほうしゃ　報謝　c-099-06
ぼうしゃばい　茅舎梅　c-031-04
ほうじゅういん(法住院殿)→あしかがよしずみ
ほうしゅん　芳春　c-028-08
ほうじょう　豊饒　b-016-07
ほうじょう　芳条　c-019-07
ほうじょう　芳茸　c-038-08
ほうじょう　方丈　c-061-01
ぼうしょう　傍生　c-089-10
ぼうじょう　坊城〈バウシヤウ〉　a-065-03
ほうじょううじとき　平氏時　b-082-08
ほうじょううじやす　北条平氏康　b-052-13
ほうじょうえ　放生会　a-055-03
ほうじょうそううん(北条早雲)　草雲庵　c-081-08
ほうじょうときより(北条時頼)　西明寺殿　b-055-15
ほうしん　芳信　c-014-06
ほうしん　芳心　c-034-02・c-035-03・c-050-05
ぼうす　捧して　c-105-16
ぼうず　坊主　b-044-11
ぼうせき　紡績　a-087-12
ほうせつくん　抱節君　a-142-07
ほうそ　宝祚　a-046-08・a-089-16
ほうそ　彭祖　a-100-01・c-121-17
ほうたく　彭沢　c-060-01
ほうてき　抛擲　c-038-09・c-047-04
ほうでん　宝殿　a-036-02・b-109-13、東大寺宝殿　a-030-03・a-122-11・a-123-02
ほうとう　宝塔　b-102-06
ほうとう　朋党　c-080-01・c-080-06
ほうとう(放倒)　放倒して　a-027-09
ほうねん　法然上人　c-010-13・c-099-11・c-100-10・c-114-03、法然　c-110-03
ほうのすえ(法の末)　ほうのすゑ　b-079-05
ぼうのつ　房津　a-041-13
ほうばい　蜂媒　c-024-08
ほうびす　褒美せし　a-108-03、褒美して　a-126-03
ほうひん　方兄　a-079-02
ぼうふ　望夫　a-143-04
ほうふつ　彷彿　a-130-10
ほうふつ　髣髴　c-046-05
ほうべん　方便シテ　c-079-04
ぼうぼ　亡母　a-070-09
ほうまん　飽満　c-078-09
ほうみょう　法名　a-112-03・b-037-03
ほうめい　芳茗　a-147-05・c-053-02

ほうもん　法門　c-090-09
ぼうりゃくのともがら　謀略の輩　a-097-13
ほうりん　芳林　c-027-05
ほうれい　蜂鈴(鐸鈴？)　c-052-01
ほうれん　鳳輦　c-073-12・c-074-02
ほき　蒲葵　a-147-01
ほきょじん　歩虚人　c-030-08
ぼく(僕)　僕　a-028-12
ぼくおう　穆王　c-120-07、ぼくわう　c-120-07、王　c-120-10・c-120-11・c-120-12・c-120-15・c-121-01・c-121-02
ぼくぎ　墨戯　c-045-04
ぼくきく　墨菊　c-045-03
ぼくぎゅう　牧牛　a-146-05
ほくくるしゅう　北倶盧州　a-137-01
ほくし　北枝　c-024-08
ほくしゅう　北州　c-089-10・c-094-09
ほくしん　北辰　a-082-14
ぼくせき　墨石　a-148-01
ほくそう　北窓　c-046-07
ぼくち　墨池　a-148-04
ほくと　北斗　a-056-01
ぼくとつそう(木納叟)→むそうそせき
ぼくばい　墨梅　a-133-07・a-133-09
ほくふう　北風　b-016-07
ほくぼう　北望　a-082-09
ぼけ(木瓜)　ぼけ　a-135-07
ぼけい　暮景　a-131-09
ほけきょう　法華経　c-077-04・c-120-09、法花　b-103-01
ほこ　ほこ　b-114-02
ほこ(架)　ほこ　b-109-01・ほこ　b-114-01・b-114-02
ほこたれ(架垂)　ほこたれ　b-114-03
ほころびがち　ほころびがち　b-041-09
ほころぶ　ほころびけり　c-112-04
ほさ　輔佐　c-075-04
ぼさつ　菩薩　a-036-01・a-093-01・b-111-03・c-011-01・c-085-14・c-102-02、菩薩ノ形　a-066-15、菩薩の形　c-102-05、菩薩の身　c-102-12
ほし　星　a-040-12・a-053-06・a-110-09、星之名　a-030-14・a-140-04
ほし　照星　a-040-09
ぼしゅう　暮秋　a-138-15・c-045-06
ぼしゅう　暮愁　c-033-08
ぼしゅん　暮春　a-138-02
ぼせつ　暮節　a-137-08
ほせん　逋僊　c-015-07
ほせん　逋仙　c-028-04
ほそかわさきょうだいぶ　細川左京太夫　a-107-12
ほそかわまさもと(細川政元)　大心院　a-112-02・a-112-05・a-113-03・a-113-06
ほそみち　ほそ道　b-036-09
ぼそん　母損(母指？)　a-075-02
ぼたい　母胎　c-078-13
ぼだい　菩提　a-070-05・a-099-02、仏果菩提　a-066-04・a-090-03
ほたる　蛍　a-110-10
ぼたん　牡丹　a-120-09・a-142-10
ぼたんか→ぼたんかしょうはく
ぼたんかしょうはく　牡丹花　b-032-01・b-051-05・b-051-12、肖柏法師　c-008-15・c-074-08・c-074-10、夢庵〈牡丹花ノ庵号ナリ〉　c-075-07
ぼたんきく　牡丹菊　c-037-03
ほっかいしん　北海神　b-099-03
ほっく　発句　a-039-17・c-074-10・c-074-12・c-075-13・c-075-14
ほっけ→ほけきょう
ほっけ　法華　c-120-15
ほっけしゅう　法華宗　c-009-08・c-081-04
ほっしょうじどの　法性〈寺〉殿→ふじわらただみち
ほっしん　発心　a-095-05・c-011-07・c-097-04・c-105-01・c-105-02・c-105-03・c-106-04・c-106-11・c-107-04
ほっぽう　北方　a-137-01・b-013-06・c-084-15
ほていのうた　布袋之歌　c-010-05、(布袋之歌)　c-090-01
ほとけ　仏　a-035-03・a-051-05・a-088-06・a-090-09・b-076-03・b-079-03・b-083-10・b-085-12・b-089-10・b-102-11・b-111-04・c-077-02・c-079-01・c-079-12・c-080-09・c-083-04・c-090-02・c-090-07・c-090-08・c-101-04・c-101-06・c-112-10・c-113-01、a-098-02、ほとけ　a-051-04・b-032-10・b-053-15・c-110-05・c-113-01
ほとけ→しゃか
ほとけのえじょう　仏ノ会場　a-136-05
ほとけのな　ほとけのみな　c-113-10
ほどこす　ほどこせ　c-108-15
ほととぎ　ほとゝぎ　b-034-08
ほととぎす　郭公　a-067-14・a-145-03・b-104-05・c-112-08、時鳥　a-113-09・b-104-05・b-104-06・b-104-08・b-105-01、ほとゝぎす　b-054-04・b-062-04・b-079-07、郭公　b-057-05・b-104-09・b-104-10・b-104-11
ほとり　河水ノ上リ　a-075-09
ほね　骨　b-099-07、ほね　a-101-02・b-063-11・b-116-04、魚鳥のほね　b-043-09、骨あがり　c-084-01、かたのほね　c-106-07
ほねん　甫年　a-137-11
ぼねん　暮年　a-101-14
ほのお(炎)　ほのほ　a-062-05、銅のほのほ　a-

091-04
ほのぼの　ほの／＼　b-074-03・c-064-10
ほばい　補梅　c-020-05
ほほ　歩々　c-054-03
ほまれ(誉れ)　ほまれ　a-039-04
ほめごと　ほめ事　b-055-15
ほゆ(吠ゆ)　ほへけり　c-070-09、吠ぬる　c-070-10
ほら(洞)　ほら　b-116-10
ほらがい(法螺貝)　ほらがい　b-074-06
ほりかわ　堀川〈ホリカハ〉　a-065-03、ほりかは　b-048-04
ほりだす　ほり出し　c-093-14
ぼりつ　暮律　a-138-02
ほりもの　彫物類　b-012-06・b-088-03
ほん　本　a-116-11、右本也　a-066-16、本とす　a-124-02・a-124-08、ほんとす　a-124-01、本とする　b-112-05
ほんかほんぜつ　本歌本説　a-135-14
ほんがん　本願　c-100-04
ほんげんじしょう　本源自性　c-105-06
ほんし　本師　c-094-06
ぼんしゅてん　梵衆天　c-117-06
ぼんじょう　凡上　a-085-04
ほんぜつ　本説　a-135-01
ほんそう(奔走)　ほんそうのざしき　b-057-10
ぼんそう　梵相　c-102-05
ほんぞん　本尊　a-042-08、御本尊　c-101-04
ほんたい　本体　a-045-07
ほんち　本地　a-036-11・a-037-01・a-037-03・a-045-11
ほんちょう　本朝　c-086-09・c-100-15
ぼんてん　梵天　c-097-13
ほんど　本土　b-091-09
ぼんにん　凡人　c-075-03・c-089-03
ぼんばい　盆梅　c-025-05
ぼんぷ　凡夫　c-098-06
ほんふしょう　本不生　b-098-07
ぼんぼく　凡木　c-079-13
ぼんほてん　梵補天　c-117-07
ほんまつくきょう　本末究竟　a-066-14
ほんみょう　本名　b-104-06
ほんもん　本文　a-092-14・a-094-01・c-100-14
ほんらいめんもく　本来面目　c-112-07
ぼんりょ　凡慮　c-075-03

――――――――ま――――――――

まあお　真青ニ　a-110-09
まい(舞)　まひ　a-076-06・まひ　b-057-09
まいつき　毎月　a-048-06・b-011-07
まいつきひまちのひ　毎月日待日　b-018-04
まいとし　毎年　a-055-02
まいにち　毎日　a-036-10
まいねん　毎年　b-011-05・b-014-10
まいよ　毎夜　a-125-05
まえ　前　a-068-09・a-068-09・a-069-03・a-069-06・a-070-03
まおう　魔王　c-097-13
まかはどまじごく　摩訶鉢特摩地獄　c-120-04
まがりき　まがり木　b-061-14
まがる(曲がる)　まがらで　b-070-07
まきつ→おうい(王維)
まきつがずさんすいふ　摩詰画図山水賦　a-130-04
まきつく　巻つゐて　b-059-11
まきどころ　巻所　a-066-08・a-066-09・a-067-06、巻所廿八　a-066-10
まきのと　槙の戸ぐち　c-076-03
まきみ(牧見)　まきみ　a-112-02
まくず　真葛　c-076-14
まくら　枕　a-079-11・a-079-13、峙枕　a-109-08、枕ならぶる　b-038-08、さよの枕　c-083-02、御枕のうへ　c-121-03
まくら　臣等　b-050-06
まくら　まくら　b-050-06
まくらことば　枕言　b-050-05
まくらことば　臣等　b-050-05
まご　孫　a-078-07・b-053-07・b-105-05・b-105-07
まこと(誠)　まこと　a-039-05、真　b-091-02
まことのみち　まことの道　b-056-16
まさつね→あすかいまさつね
まさふさきょうひめ→おおえまさふさむすめ
まさやわれかつのみこと　正哉吾勝〈マサヤワレカツノ〉尊　a-033-02
ましこ(益子)　ましこ　c-104-10
まじない　マジナイ　b-097-06
まじないうた　マジナイ歌　b-096-02、まじなひ歌　b-100-13
まじなう　マジナウ　b-095-09
ましらたましずく　ま白玉しづくや　c-067-15
ましろ　真白シ　a-110-09
ますかがみ　ます鏡　c-064-04・c-115-03、十寸の鏡　c-064-05
まずし　まづしからず　b-083-04、まづしく　c-082-07、まづしき女　c-077-06、まづしき者　c-097-10
ますほのすすき　ますほのすゝき　c-064-03、ますほの薄　c-064-04
ませがき　ませがき　c-070-12
まそ　真麻〈マソ〉　c-064-06

まそうのすすき　まそうのすゝき　c-064-03、まそうの薄　c-064-07
まそおのいと　まそをの糸　c-064-06
まそおのすすき　まそをの薄　c-064-03
まそほのすすき　まそほのすゝき　c-064-05
また(股)　また　b-079-03
またのあした　又の朝　a-109-09
またろしんおう　摩但留神王　a-042-14
まち　町の家々　a-060-08、町〈マチ〉　a-065-04
まちょう　摩頂　a-142-02
まつ　松　a-068-09・a-069-03・a-105-08・a-105-09・a-116-03・a-116-08・a-116-09・a-117-01・a-117-03・a-117-06・a-134-11・a-135-09・a-142-02・b-065-01・c-069-02、まつ　b-034-02、松三本　a-118-01、松一本　a-118-01、松のあらし　a-040-04、松のかげ　a-038-05
まつかげ　松陰ト云硯　b-088-09
まっく　末句　a-106-01・c-010-12・c-099-04・c-099-06
まっく　末句(未匂？)　c-030-04
まっしゃ　末社等　a-029-02、末社　a-036-10
まっせ　末世　a-067-09・a-136-05
まつだい　末代　a-068-04・a-126-08
まつのおのまつり　松尾祭　a-051-02
まつのきそだち　松木そだち　b-064-14
まつのは　松のは　b-061-03
まつよい　待ヨヒ　a-120-04
まつり　二度の祭　a-048-09、十月の祭　a-050-03、祭の式　a-057-06
まつりごと　政　a-027-16　・a-050-05・a-090-06、まつりごと　c-093-02
までのこうじ　万里小路〈マデノ〉　a-065-04
まと　的　a-092-14
まど　窓　a-111-05・a-112-05・a-112-07・b-085-10・c-029-06・c-070-07・c-079-04・c-079-06、蛍雪の窓　a-028-10
まど　安康郡の窓(？)　a-077-13
まどろむ　まどろみ　c-073-06
まなか　真中　b-069-07
まなかぶら　額月　c-084-04
まなこ　眼　c-093-04、さうのまなこ　a-081-09
まなぶ　まなび　a-060-09、まなぶ　b-084-08
まねる　まねて　b-084-12
まの→もの
まほう　魔法　c-087-07
まぼろし　まぼろし　c-096-10・c-105-13
まもり　守　b-094-01・b-105-07・b-114-09、御守　a-090-12、御まぼり　b-053-15
まり　鞠　c-058-06
まりのかかり(鞠の懸り)　まりのかゝり　b-081-03
まりのにわ　鞠の庭　a-116-02
まるづくり　丸作　b-047-09
まれびと　まれ人　b-054-02
まゆ(眉)　喜悦のまゆ　a-039-17、まゆしろく　b-040-06
まゆみのしも　まゆみの霜　c-083-03
まよい(迷ひ)　まよひ　a-028-06・c-113-01
まら　懡〈モ〉儸(心+羅)　c-092-08
まり　鞠　a-061-06、御鞠　a-061-09・a-061-11、まり　a-061-07
まんき(慢気)　まんきの心　c-104-07
まんきち　万吉　b-019-06・b-019-10・b-019-13・b-020-03・b-021-04・b-021-07
まんきょう　万凶　b-020-13
まんざん　万山　c-014-02
まんざん　浸山(満山？)　c-022-08
まんさんぜんにち　万三千日　b-018-10
まんじゅ　満樹　a-084-03
まんじゅじ　万寿寺　c-091-05・c-091-13
まんじょう　万城　b-102-05
まんず(慢ず)　まんじ　b-041-16・c-104-06
まんだら　曼陀羅　a-136-05、新曼荼羅　c-088-02、新まんだら、c-089-07、昔のまんだら　c-089-06
まんだらのあま　まんだらの尼　c-089-08
まんてんせいきく　満天星菊　c-043-07
まんとうきく　饅頭菊　c-044-03
まんねん　万年　c-056-02
まんねんじ　万年寺　c-091-08
まんめん　満面　c-035-05
まんようしゅう　万葉集　b-078-01・c-064-04

み

み　身　a-027-06・a-027-07・a-065-09・a-073-05・a-074-12・a-076-05・a-086-08・b-033-09・b-035-08・b-037-11・b-040-01・b-058-14・b-091-14、親の身　a-071-05
み　巳　a-139-08・b-019-06・b-019-08・b-019-11・b-019-14・b-020-03・b-020-06・b-020-11・b-020-14・b-020-17・b-021-03・b-021-06
み　実　c-066-04・c-069-06・c-070-08・c-071-06
みあかし→ごとう
みあわす　見合べからず　b-042-15
みいでら　三井寺　b-035-01
みえ　三重　c-098-10
みえい　御影　a-054-03・c-107-07、たがひの御影　a-035-11
みおくる　み送る　b-042-07
みおつくし　みほつくし　c-110-08
みおとす(見落とす)　みおとされぬ　b-055-07

みかいばい　未開梅　c-034-09
みかき　御垣　c-063-02
みかげ　みかげ　b-101-01
みかさやま　三笠山　a-037-03・a-048-08
みかど　帝　a-123-03・b-109-02・c-062-03、御門　a-033-08・a-058-07・a-061-14・b-108-14・c-062-10・c-102-15
みかど→ぶんそうてい
みかまぎ　御薪〈ミカマギ〉　a-049-07、薪　a-049-07
みぎ　右　a-071-10・a-116-09・b-093-08
みぎのおおいもうちぎみ(右大臣)　右ノオホイマウチ君　a-067-14
みぎょうしょ　御教書　a-095-02
みぎり　ミギリ　a-066-09
みぎわ　汀　b-115-12・c-066-11
みくさ　薫みくさの事　a-122-03
みくさ　みくさといふ焼物　a-122-09
みくさ　三くさ　c-064-03、薄の三草　c-064-08
みくさ(三種)　之種(三種？)　a-030-02
みくさのすすき　三種ノ薄事　c-007-15
みぐるし　見苦　a-096-09、みぐるしき　b-041-14、みぐるしく　b-043-06、みぐるしかるべし　b-057-01、みぐるしき事共　b-057-13
みけしき　御気色　a-114-15
みこ(御子)　御子　a-033-06、景行のみこ　a-045-08、皇子　b-105-09
みこと　御こと(みこと？)　a-045-09
みごと(見事)　み事　b-057-09
みことのり　詔　a-043-02
みじかし　みじかくなく　b-055-10
みしん　未真　c-016-04
みす　御簾　a-062-12
みず　水　a-051-04・a-051-05・a-062-05・a-087-04・a-091-10・a-097-02・a-101-08・a-102-07・a-105-08・a-105-09・b-014-14・b-014-15・b-015-03・b-015-07・b-015-10・b-015-10・b-015-11・b-015-13・b-015-14・b-025-09・b-026-06・b-027-05・b-031-01・b-034-03・b-051-13・b-055-03・b-063-01・b-074-01・b-077-03・c-019-01・c-076-13・c-079-07・c-103-07、江の水　a-076-13、水はやく　b-055-02、六害ノ水　b-091-11
みずうみ　水海　c-081-10
みずおのつるぎ　水尾剣　b-086-07
みずがき(瑞垣)　みづがきの　a-033-11
みずかげ　水影　b-100-05
みずから　自親〈ミヅカラ〉　b-110-07
みずぐき　みづぐきの　b-038-11
みずしのかみ　水主の神　a-044-01
みずとり→すいちょう
みずのうえ　水のうへ　b-055-02
みずのえ　壬　a-140-01、壬癸年　b-015-13・b-016-04
みずのえいぬ　壬戌　b-021-15
みずのえうま　壬午　b-021-11
みずのえさる　壬申　b-021-10
みずのえたつ　壬辰　b-021-12
みずのえとら　壬寅　b-021-13
みずのえね　壬子　b-021-14・b-060-09
みずのえのかみ(水の江の神)　美豆の江の神　a-037-05
みずのと　癸　a-100-09・a-140-01、壬癸年　b-015-13・b-016-04
みずのとい　癸亥　b-021-15
みずのとう　癸卯　b-021-13
みずのとうし　癸丑　b-021-14
みずのととり　癸酉　b-021-10・c-093-02
みずのとひつじ　癸未　b-021-11
みずのとみ　癸巳　b-021-12
みずひき　水ひき　b-100-11
みずふね　水船　c-104-04
みずら　ミヅラ　c-008-07、みづら　c-069-07
みずをふくむ　水を含て　a-102-07
みそか　晦日　a-053-04・a-101-13・b-017-01・b-017-08・b-017-17・b-023-05、十二月晦日　a-059-06
みそぎ　大祓〈ミソギ　ヲホハラヘトモ〉　a-053-04、神のみそぎ　a-038-01
みそじ(三十)　みそぢ　c-082-08
みその(御簾尾)　みそのと云所　c-108-13
みだ(弥陀)→あみだ
みだいどころ　御台所　a-062-04、御臺所〈御台所？〉　a-094-08
みたか　御鷹　b-109-16
みたび　三　a-086-07・a-086-12
みだりがわし　みだりがはしき,a-028-14,みだりがはしく　b-066-05
みだれ　乱　b-014-01
みち　道　a-039-01・a-039-04・a-039-08・a-039-11・a-042-02・a-083-08・a-087-02・a-087-03・b-036-12・b-051-10・b-058-12・b-091-07・b-107-11・c-076-06・c-110-07、みち　b-039-04・b-045-14、六七里の道　a-077-01、十里の道　b-069-05、かしこき道　a-028-01、古いまのみち　c-075-06、別のみち　c-101-13
みちかぜ→おののみちかぜ
みちきる　道切タル　b-095-03
みちしば(道芝)　道しば　b-077-08
みちのくに　みちのくに　b-024-05
みちのひかり　道の光　a-113-05
みちのひしょ　道の秘諸　b-084-04
みちばた　道傍　c-008-10・c-071-05

みつ　三　a-084-04
みっか　三日　a-061-04・b-014-14・b-016-12・b-017-05・b-017-14・b-023-08、正月三日　b-018-05・b-069-01、三月三日　a-134-09・c-062-01、五月三日　c-085-01、九月三日　a-056-01、十月三日　b-052-13、十一月三日　c-085-07、十二月三日　c-085-08
みっかめ　三日メ　b-097-01
みつがわ　三津河　b-032-01
みづくろい　身づくろひ　b-042-15
みつさん　蜜攅(密攅？)　c-026-08
みつちか→ふじわらみつちか
みつでん　密伝　a-067-01
みつね→おおしこうちのみつね
みつば　みつ葉　b-075-07
みつぼう　蜜房　c-056-08
みどう　御堂　c-061-03・c-066-08
みとせ　三年　c-115-08、みとせ　b-045-01
みどり　楊は緑　b-085-14
みな　御名　a-059-03
みなかぬしのみこと(御中主尊)　水中主〈ミナカヌシノ〉尊　a-032-04
みなかみ　水上　c-066-01・c-066-02・c-066-03
みなくち(水口)　みなくち　b-025-09
みなくろがね　みなくろがね　a-061-15
みなしご　身なし子　c-115-13
みなひと　みな人　b-037-06
みなみ　南　a-117-04・a-127-03・b-021-12、みなみ　b-075-03
みなみいんど　南印度　c-092-10
みなみむき　南向　a-116-07・a-116-09・a-116-10
みなもと　源　a-085-13
みなもとありかた　宮内卿有賢朝臣　c-067-03
みなもとかねまさ　兼昌　a-107-05・a-107-10
みなもとぎしん　源義真　c-063-01
みなもととしより　俊頼朝臣　a-107-05・c-064-06、俊頼　a-107-06、としより　a-107-09
みなもとひであき　源ノ英明　a-105-07
みなもとみちちか(源通親)　土御門内大臣　c-067-12
みなもとよしつね　源九郎　a-110-06、義経　b-011-09・b-023-01
みなもとよりいえ　頼家　a-029-10・a-085-08・a-088-01・a-095-03、鎌倉殿　a-088-01
みなもとよりつな(頼綱)　頼綱朝臣　b-027-07
みなもとよりとも　頼朝　a-105-03、右大将殿　a-088-03・a-088-04・a-093-02・a-093-08
みなもとよりふさ(頼房)　頼房　a-127-09
みなもとよりまさ　従三位頼政　a-067-10、頼政　a-067-11・a-067-14・a-067-15・a-068-04
みなもとよりみつ　源頼光　b-028-09、源頼光朝臣　b-028-13
みなる(見慣る)　みなれぬ　c-061-02
みにくきもの　見にくき物　b-054-13
みね　嶺　b-067-02
みねのあらし　峯の嵐　a-112-07
みねのさる　嶺の猿　b-067-02
みの　蓑　c-064-11
みのかわ　身の皮　a-061-15
みのむし　みのむし　b-030-04・b-030-06
みのり　御法　c-077-02、みのり　c-115-13
みのる(実る)　みのる　c-067-02
みはし(三箸)　三はし四はし　b-043-03
みぶ　壬生〈ミブ〉　a-065-03
みぶのただみね(壬生忠岑)　忠岑　b-050-04、忠峯　b-106-04
みまかる　身まかりて　c-077-09
みみ　耳　a-027-01・b-063-16・b-092-09・b-100-02・b-100-15・c-084-03、みゝ　b-033-07、うまのみゝ　b-077-01、みゝもきこえず　b-040-06
みみずく　みゝづく　b-045-04
みむろと(三室戸)　むろとのおく　b-047-05
みめかたち　みめかたち　a-108-10・b-054-12、みめもかたちも　b-040-08
みもち　身持　b-037-09、身もち　b-058-03
みや　宮　a-045-07
みや　三夜　b-038-15
みやこ　都　a-038-05・a-112-04・a-113-08・a-125-02・b-036-08・b-070-01・b-082-10・b-107-11・b-112-01・c-107-09・c-112-06、竜の都　a-037-06、都の外　b-117-06
みやこどり　都鳥　b-082-10
みやこのよしか　都のよしか　a-106-01・a-106-04
みやづくり(宮造り)　宮作　a-045-05
みやま(深山)　みやま　b-073-01、み山　c-115-06、み山のおく　c-112-06、太山の奥　c-113-05、太山のおく　c-113-03
みやまぎ　深山木　b-053-02
みやまべ　みやまべ　c-060-11
みゆき(御幸)　みゆき　a-038-05、幸　c-073-12
みよ　御代　a-094-11・b-082-09
みよ　御世　b-108-13
みょう　妙なる　a-114-15
みょう　名　c-089-12
みょうえんりん　妙園林　c-079-15
みょうが　冥加　b-037-04
みょうが　名荷　c-065-05、名何　c-008-02・c-065-06
みょうごう　名号　a-042-10・b-103-06
みょうじ　名字　b-012-04・b-087-12
みょうじん　明神　c-062-11
みょうたん　妙丹といふ比丘尼　c-069-04、みや

うたん　c-069-04
みょうてん　妙典　a-041-07
みょうちょう　明朝　a-128-14・a-129-03・a-129-06
みょうにち　明日　a-129-12・b-106-01
みょうらくだいし　妙楽大師　c-009-15・c-086-03
みょうり　名利　c-079-05・c-079-09
みょうりょ　冥慮　a-089-10・b-084-05、みやうりよ　a-034-01
みよしの　みよしの　b-055-01
みらい　未来　a-065-10
みり(未籬)→とうり(東籬)
みるところ　みる所　b-059-06
みるひと(見る人)　みる人　a-027-13・b-083-11、みたりける人　c-082-04
みれん　未練　c-101-01
みろく　弥勒　a-147-06・c-090-05
みをすぐす　身を過し　b-059-14
みをなぐ　身をなげ　b-051-05・b-052-02・c-063-08

む

むあん(夢庵)→ぼたんかしょうはく
むいか　六日　b-017-01・b-017-08・b-017-17
むうんてん　無雲天　c-117-15
むえき　無益　a-095-08・a-098-09、無益の働　a-098-08
むえきりかねばかりのおうぎ　無絵切金計之扇　a-110-08
むかい　むかひ　b-081-01、海のむかひ　b-085-01
むがくそげん(無学祖元)　仏光国師　c-092-03
むかし　昔　a-033-08・a-037-06・a-044-06・a-045-01・a-045-02　a-055-07・a-060-10・a-128-02・a-130-02・c-115-01、むかし　a-046-04・a-054-06・a-057-04・a-064-05・b-047-06・b-091-15・b-107-10・c-060-01・c-061-07・c-062-09・c-063-11・c-066-01・c-066-07・c-067-03・c-067-08・c-070-01・c-088-08・c-120-07、かへらぬ昔　a-028-11
むかしいま　昔今詩歌ノ物語　a-029-16、昔今詩歌物語　a-105-06
むかしおとこ　むかしおとこ　b-078-09
むかしびと　昔人　a-122-06
むかしれんが　むかし連歌　b-033-03
むぎ　麦　b-015-03・b-015-09・b-015-14、むぎ　b-076-02
むぎこがし　麨　c-079-11
むぎのひしお(麦醤)　麦のひしほ　a-104-03
むく(剥く)　むかざる　b-043-14
むくう　酬〈ムクヒ〉　c-093-07
むくづけきて　むくづけき手　b-085-07
むくら(むつら？)　むくらの紅葉　a-113-12
むぐらもち　むぐらもち　b-036-04
むげ　むげに　b-057-17
むげんじごく　无間地獄　c-119-09
むこ(婿)　むこ　c-083-14
むこう　無功　a-086-16
むこうてん　無光天　c-117-10
むこうば　向歯　a-110-13
むさし　武蔵　a-055-01、むさしの国　b-082-08、むさし　b-082-09、武州　c-069-07・武州　a-055-01・c-101-10・c-103-02・c-106-12
むさしのこまひき　武蔵ノ駒引　a-055-01
むさぼる　貪る　a-097-03、民をむさぼり　a-097-13
むさむさと　むさ／＼と　b-040-02
むし　無氏　b-046-03
むし　虫　a-056-08・a-103-15・b-013-13・b-053-09・b-096-08、虫ノクウハ　b-096-04、歯クラウ虫　b-096-09、虫之名　a-031-04、虫名　a-145-12
むしえらび　撰虫　a-056-08
むしきかい　無色界四空處　c-118-07
むじな　むじな　b-070-04
むしむしゅう　無始無終　b-076-03・b-079-05・c-090-08
むしや(虫屋)　むしや　a-056-08
むしやむうま　虫やむ馬　b-100-13
むしょ　墓所　c-065-05、御墓所　c-062-04
むしょう　霧鎖　a-131-04
むじょう　四季折々ノ無常　a-136-03
むじょう　常に(無常に？)なずらへて　a-039-12
むしょうしょてん　無所有処天　c-118-10
むしん　無心　b-046-09・b-054-02、むしんげ〈な〉る色　b-056-11
むじんりき　無尽力　a-037-08
むすび　結　b-109-05
むすぶ　むすびとゞめむ　b-098-11
むすめ(娘)　むすめ　a-072-12・c-077-09
むせいし　無声詩　a-146-08
むせる　むせる事　b-057-07
むそう　夢想　c-008-13・c-073-02、御夢想　c-008-15・c-074-08、無念無想也　a-065-08
むそうじがじだい　夢窓自画自題　c-092-07
むそうそせき　夢窓国師　a-108-04・b-051-01・c-010-09・c-011-09・c-091-04・c-091-08・c-110-01・c-111-02、夢窓　a-108-07・c-092-07、木納叟　c-092-08
むちのともがら　無智の輩　c-100-06
むちゅう　夢中　c-009-01・c-076-16
むつ(陸奥)　奥州　c-105-01
むつまし　むつまじき　b-055-05、むつましくしけ

る　b-058-06、むつましげなる　b-054-07
むつましきひと　むつましき人　b-056-09
むどう　無道　a-088-09・a-092-01・a-097-13、無道の愁　a-089-11
むなさわぎ　むなさはぎ　a-075-05、むなさはぎする　a-082-11
むなし　むなしく　b-051-14
むに　無二ノ心　a-066-05
むね　胸　a-104-08・b-111-08、むねの間　a-100-03
むねせいたむ　胸背いたむ　a-102-03
むねたかしんのう(宗尊)　宗高親王　c-009-01・c-076-15
むねつてん　無熱天　c-118-04
むねとの　宗の　a-094-08
むねのおもい　胸の思　b-118-03
むねよし　宗吉　b-086-14
むはんてん　無煩天　c-118-03
むねん　無念無想也　a-065-08、むねんの事　b-054-02、無念の事ども　b-055-08
むのう　務農　a-138-01
むばい　夢梅　c-015-04
むはむ　無は無　b-073-05
むはり　弓六張　a-127-10
むほんにん　謀叛人　a-092-01
むら(斑)　むら　b-054-16
むらかみ　むらかみ　b-062-11
むらかみ　林〈村カ〉上　b-062-11
むらかみてんのう　天暦御門　b-023-10、天暦　b-111-01
むらさき　紫　c-055-05
むらむら　むら／＼　c-066-09
むり　夢裡　a-028-06・a-109-05
むりだけ　无理嶽　b-102-08
むりひほう　無理非法の君　a-097-12
むりょうおくこう　無量億功　a-090-01
むりょうじょうてん　無量浄天　c-117-13
むりょく　無力　b-046-03
むれいる(群れ居る)　むれゐて　c-067-09
むろと→みむろと
むろまち　室町〈ムロマチ〉　a-065-04
むろまちどの　室町殿　a-029-04・a-060-01・a-060-03・a-060-08・a-060-15
むろまちどの→あしかがよしずみ、→あしかがよしもち、→あしかがよしはる

―――――――――め―――――――――

め　目　a-027-01・a-102-01・b-043-07、め　a-101-07・a-101-08・a-102-01・b-092-08・b-094-08、眼　b-099-05、御めをみせて　a-094-09、めにはつく　b-039-03、めもくさり　b-040-07、めをつけて　b-042-07、馬の眼　b-100-11
め　妻　a-073-10、め　a-073-12・a-080-09・a-080-11、人のめ　b-042-07
めい　命　b-090-12
めいおう　明王　a-094-03
めいおしょう　明和尚　c-106-03
めいか　名花　c-016-02
めいく　明句　c-106-03
めいくん　明君　a-085-12
めいけい　明景　a-137-07
めいけつ　明袂　a-145-11
めいげつ　明月　c-013-06・c-036-06
めいこう　名香　a-123-02、めい香　a-125-04
めいじ　名児　a-130-01
めいしょ　名所　c-008-11・c-071-09、天狗住山之名所　b-102-03
めいしょう　名将　a-097-09
めいしょう　明粧　c-032-02
めいじん　名人　a-110-06、詩の名人　a-077-09、五山の名人　a-109-15
めいてい　(後漢)明帝　b-089-10
めいど(冥途)　めいど　b-053-01
めいにん　迷人　c-098-06
めいひつ　名筆　a-126-01
めいぶつ　名物　c-045-02
めいぼく(面目)　老のめいぼく　c-076-06
めいよ　名誉　a-066-02・c-107-06
めいろかん　鳴呂館　b-107-11
めいわく　めいわく　a-063-05
めうま(雌馬)　め馬　b-100-16
めがみ　女神　a-032-08・a-032-10・a-032-12
めききら　めきゝら　b-064-01
めきろしんおう　迷紀留神王　a-042-12
めくち　目口　c-106-07・c-106-09
めぐみ　道のめぐみ　c-076-07
めし　飯　b-043-04
めしつかい　めしつかひの人　b-054-09
めしつかう　召つかひ候　b-054-16
めす　雌　b-103-07・b-106-08
めず(愛ず)　めでゝ　b-108-05
めずらか　めづらかにも　c-075-01
めずらしきふ(符)　めづらしきふ　b-111-07
めつざい　滅罪　c-084-12・c-084-13・c-084-14・c-084-15・c-085-01・c-085-02・c-085-03・c-085-04・c-085-05・c-085-06・c-085-07・c-085-08
めっす　滅せよ　b-098-08
めつもん　滅門　b-019-07・b-019-11・b-019-13・b-020-05・b-020-09・b-020-11・b-021-02・b-021-03・b-021-07
めでたし　めでたく　b-053-06・b-055-05・c-061-02、目出度事　c-098-14

めでまよう(愛で迷う)　めでまよひぬる　b-108-02
めどうのと(馬道の戸)　めだうの戸　c-083-13
めにかく　御めにかけ　b-084-01
めのあい　目の間　b-113-02・b-113-04・b-113-06
めのいろ　目の色　b-099-06
めのうえ　目の上　a-129-10
めのうき　聖徳太子碼碯記　c-009-16・c-086-08
めのひろさ　目のひろさ　a-118-07
めやす　目安　b-011-17・b-066-04
めん　面　c-019-05、めん　b-071-05
めんぎ　算面木　b-012-10、算ノ面木　b-089-13
めんぷう　雨〈面イ〉風　a-101-04
めんめん　綿々として　c-061-08
めんもく　面目　a-062-13

―も―

もうか　孟夏　a-138-04
もうぎょくかん　孟玉磵　a-133-11
もうけ(設け)　まうけ　c-108-04
もうけのもの(設けの物)　まうけの物　b-083-13
もうここく　蒙古国　c-087-08
もうし　毛詩　b-050-06
もうしゅう　孟秋　a-138-10
もうしゅう　妄執〈マウシウ〉　a-039-09
もうしゅん　孟春　a-137-11
もうしん　猛津(孟津？)　c-066-06
もうすう　孟陬　a-137-11
もうそう　孟宗　a-074-01・a-074-03、まうそう　a-074-03
もうてん　蒙恬　b-089-09
もうとう　孟冬　a-138-17
もうとう　毛頭のまの(もの？)　a-063-12
もく　木　a-127-01
もくこうきく　木香菊　c-048-03
もくこさん　木古山　b-102-05
もくせい　木犀　c-008-09・c-071-01・c-071-04
もくぞう(木像)　もくざう　a-073-11
もくのかみ　木工頭　b-050-02
もくよく　沐浴　a-100-08
もくれん　目連　a-070-05、目連尊者　a-054-01
もくろく　上巻目録　a-029-01、上巻目録終　a-031-09、中巻目録　b-011-01、中巻目録終　b-012-14、下巻目録　c-007-01、下巻目録終　c-012-01、源氏のもくろく　b-081-07
もじ　文字　a-039-03・a-039-05・a-067-07・b-107-03・c-088-12・c-089-01・c-089-02・c-089-05、八幡の文字　b-111-08
もじつめのざ(文字詰めの座)　文字つめの座　a-039-15
もず　鵙　b-104-05・b-105-03、もず　b-104-06、百舌　b-105-04、もとの鵙　b-104-09、かくれあるくもず　b-104-09、鵙のはやにえ　b-104-14
もすそ　もすそ　b-115-01
もずまる　鵙丸　b-104-13
もせい　茂盛ナル　c-079-15
もちづき　二月の望月　a-107-02
もっけ　物怪　b-098-01・b-103-04
もっけいず　牧渓図　a-126-03
もっとうす　没倒　a-095-11
もてなし　もてなしとして　a-126-06
もと(元)　もと　a-027-01
もとい(基)　もとひ　b-061-02
もとい(元結)　モトイ　b-093-06
もとすえ　モトスヱ　a-066-14、本末　a-066-14
もとのおとこ　本の男　b-060-03
もとはず　本ハズ　a-066-07、モトハズ　a-066-06
もの　一冊の物　a-027-03
もの　毛頭のまの(もの？)　a-063-12
ものがたり　物語　b-046-11・b-046-12・b-054-06・b-085-16、あらたなる物語　a-028-01、詩歌ノ物語　a-029-16、御物語有し　b-052-01、ふるき物語　b-104-03
ものがたりす　物語し　a-115-07・a-126-08、物語シ　a-123-06
ものくう(物食う)　物くふ　a-101-12
ものしりがお　物しりがほ　b-040-02
ものずき　ものずき　b-064-06
ものだね　物ダネ　b-091-05
ものどお(もの遠)　物とをの　b-056-06
もののあわれ　物のあはれ　b-038-07
もののぐ　物具〈モノヽグ〉　a-042-04
もののふ　武士　a-028-01、ものゝふ　b-039-05・b-058-11
もののふのみち　ものゝふの道　a-116-01
もののまね　物のまね　b-083-09
ものやみ　物やみ　b-051-14・c-104-01
ものやわらか　物やはらかに　b-053-11
もみじ　紅葉　a-134-12・c-076-13、もみぢ　b-031-12、青葉の紅葉　a-114-01、北山の紅葉　c-073-03
もみじくりげ　紅葉くりげ　c-083-17
もみじば　もみぢば　a-113-11
もも　桃　a-134-09・c-072-01、もゝ　b-077-09
もも〈腿〉　もゝ　a-062-03
ももえ(百枝)　もゝえ　a-028-03
ももしき　百敷　a-055-06
ももぞの　桃ぞの　b-024-06・b-024-08
もものえだ　桃ノ枝　b-096-07・桃の枝　b-100-15
もものはな　桃のはな　b-024-06・c-112-04、もゝ

のはな　b-024-08
もものゆみ　桃の弓　a-059-08
ももはがき　百羽書〈モヽハガキ〉　b-105-10
ももよ　百夜　b-105-08、もヽ夜　b-105-08
もや(母屋)　御殿のもや　a-061-05
もやのはしら　母屋の柱　a-117-08
もりなが　丹後守守長　a-099-07
もろこし　唐国　a-057-05、唐土　b-049-02、唐　c-065-01、もろこし　a-039-02・a-060-04・a-075-13・a-109-01・a-109-09・b-049-04・b-108-11・c-062-06c-075-04・c-092-10・c-099-12
もろのり→たちばなのあそん
もろびと　もろ人　c-111-08
もん　文　a-043-04・a-043-06・a-071-10・b-103-03・c-122-02、告朔の文　a-048-07、礼仏ノ文　c-009-12
もん　門　a-087-14・c-015-09
もんか　門下　c-060-01
もんがい　門外　a-042-03・b-115-01
もんがく　文覚　a-088-05・a-090-17・a-093-02・a-095-04、文覚上人　a-029-10・a-085-08・a-088-01・a-094-17・a-095-02
もんこ　門戸　c-079-03
もんじ→もじ
もんじゅ　文殊　b-070-05
もんじゅじ　文殊寺　c-103-06
もんじん　門人　c-080-12
もんぜん　文選　a-086-13・a-129-13・c-063-12
もんぜん　門前　a-115-09
もんどづかさ　主水司　a-048-03
もんのと　門の戸　a-063-11
もんばい　間梅　c-015-08
もんぽん(間本)→ばいざんもんぽん
もんをたたく　敲ニ門ヲ　a-120-03

や

や　屋　a-117-04
や　矢　a-042-08・a-065-08・a-065-11・a-065-13・a-066-05・a-066-15・a-067-04・b-101-04・b-116-09、箭　a-081-08、矢の跡　a-042-09、箭秘伝　a-065-05、蘆の矢　a-059-09、ツガハン矢　a-065-07
やいとう　あつきやいとう　a-094-10
やかた　館　a-125-13
やきく　野菊　c-046-08
やきすつ　やきすてヽ　b-085-03
やきめ　焼メ　b-097-06
やきょう　野橋　c-023-09
やぎょう　夜行　b-046-08
やく　約　c-015-05
やくけいばい　薬畦梅　c-031-08
やくし　薬師の日　b-078-08
やくしじゅ　薬師呪　b-094-08
やくしそう　薬師草　b-114-04
やくしにょらい　薬師如来　a-036-11
やくせん(？)　役繊　a-146-03
やくも　八雲たつ　a-045-06
やくりょう　役領　c-105-08
やけしぬ(焼け死ぬ)　やけしなん　a-063-02
やげつ　夜月　c-013-08
やこう　夜光　a-145-08
やごえ　矢声　a-065-11
やごくがだけ　屋〈ヤ〉獄ガ嶽　b-102-06
やさき　矢サキ　a-066-04
やさし　やさしく　b-037-09、やさしき　b-038-06・b-040-04・c-075-10
やさぶろう　弥三郎　b-085-01・b-085-06・b-085-08
やしまかっせん　八島合戦　a-110-05
やしまかっせんのえ　八島合戦之絵　a-110-05
やしまのうら　八島の浦　a-110-01・a-110-02　・八嶋浦　a-110-07
やしゅう(野州)→しもつけ
やしょう　夜鐘　a-138-17
やしろ　御社　a-034-03、社　a-034-04・a-034-07、やしろ　b-058-09
やすなり　中納言康業　b-086-12
やすよ→よしみねやすよ
やせい　夜星　a-145-08
やせもの(痩せ者)　やせもの　b-064-07
やそじ(八十)　ヤソヂ　b-091-16、八そぢあまり　c-083-02
やだい　夜台　a-080-02
やだのへいた　谷田ノ平太　c-009-10・谷田平太　c-082-07
やつす　やつし　c-093-04
やつれがち　やつれがちなる紙　a-109-03
やてい(野亭)　野亭　a-028-12
やど　宿　b-044-01・c-081-05・c-081-06、やど　c-115-08・c-110-07、わがやど　c-114-04
やどのけぶり　宿のけぶり　a-114-06
やなぎ　柳　a-068-07・a-069-01・a-116-03・a-116-08・a-117-02・a-117-05・a-117-07・a-134-11・c-027-07・c-060-01・c-060-02・c-060-03・c-072-01、柳の所　a-116-05、柳一本　a-118-01、柳三本　a-118-01、柳の枝　b-063-10、柳は緑　b-085-14、五株ノ柳　c-007-06、昭君村ノ柳　c-007-07
やのひでん　箭秘伝　a-029-07
やのひみつ　箭秘密大事　a-067-03
やばい　野梅　c-014-05

やはん　夜半　b-014-11、b-066-06、夜半の遊　b-083-11
やはんじ　夜半時　c-084-15
やひこさん→あひこさん
やぶ　藪　b-104-13
やぼね(屋骨)　やぼね　b-085-09
やま　山　a-113-11・b-034-08・b-085-01・b-085-08・b-091-01・b-115-12・c-074-14、やま　b-034-10、れきさんといふ山　a-072-08、山／＼　c-076-02
やまい　病　a-046-09・a-046-10・a-082-12・a-094-07・a-094-11・a-100-04・b-013-13・b-014-06・b-015-04・b-015-06・b-015-15・c-009-02・c-060-08・c-062-08・c-078-01、やまひ　a-074-03・a-074-06、疾　a-082-09、病ナシ　b-014-02、五臓病　b-099-04、肝臓の病　b-099-05、心臓の病　b-099-09
やまいのとこ　病の床　c-113-08
やまうつぎ　山卯月木　a-124-03・a-135-08
やまかげ　山かげ　b-055-01
やまぎわ　山ぎは　a-046-03
やまざきそうかん　山崎宋閑　b-011-12・b-032-06・b-035-11・b-044-03、宗閑　b-036-05
やまざくら　山桜　b-065-14・c-110-09
やまざと　山里　b-091-08・c-070-01
やまじ　山路　b-085-02
やましなでら　山階寺　a-057-04
やましば　山柴　a-114-06
やまた　矢股〈ヤマタ〉　c-103-02
やまたいのし　野馬台詩　a-129-13
やまだち　山だち　a-092-05
やまでら　山寺　a-053-02
やまてん　夜摩天　c-117-01
やまと　大和　c-010-02・c-088-02、やまと　c-093-03、大和国　a-037-06、c-067-04
やまとことば　大和ことば　a-045-06
やまとだけ(大和竹)　やまとだけ　b-074-10
やまとたけのみこと(大和たける)　やまとたけのみこと　a-045-08
やまとのひと　大和人　a-099-04
やまどりのお　山鳥ノ尾　a-067-08、山鳥の尾　b-045-06
やまのい　山の井　c-111-01
やまのおく　山の奥　b-115-03・c-104-04
やまのは　山のは　c-111-04
やまぶき　山吹　c-066-09、井出ノ山吹　c-008-05、井出山吹　c-066-07
やまべ→やまべのあかひと
やまべのあかひと　赤人　a-104-11、山辺　c-075-02
やまほととぎす　山ほとゝぎす　a-113-08
やまみず　山水　b-096-03
やまもも　楊梅〈ヤマモヽ〉　a-064-13
やまゆう　山佑といふ翁　b-114-11、佑　b-115-01・b-115-08・b-115-09
やまんば　山優婆　b-084-15、山うば　b-085-13
やみ(闇)　やみ　b-083-02
やむ　雨やめて　c-064-12
やるかたなし　ヤルカタモナイヨ　a-120-02
やわた　八幡　c-063-06
やわたのもじ　八幡の文字　b-111-08
やわたやま　八幡山　b-112-01
やんごとなし　やごとなき　b-108-03

ゆ

ゆ　湯　b-043-11、ゆ　b-101-07
ゆ　柚　c-068-06・c-072-02
ゆいほう　遺法　c-079-02・c-079-05・c-079-09・c-079-12・c-079-14・c-079-16・c-080-01・c-080-03・c-080-06・c-080-09・c-080-12
ゆいまえ　維摩会　a-057-04
ゆいまきょう　維摩経　a-057-04
ゆいよう(結い様)　ゆひ様　b-040-14
ゆう(結う)　かみゆふ　b-069-03
ゆう→やまゆう
ゆうかん　庾関　c-014-02
ゆうき　幽期　c-023-01
ゆうきちかみつ　結城判官親光　c-074-07
ゆうきょう　遊興　a-096-06・b-083-05
ゆうけい　幽馨　a-040-13
ゆうげつ　酉月　a-138-14
ゆうけむり　夕けぶり　b-036-04
ゆうしで　前摂政太政大臣家のゆふしで　b-029-07
ゆうしひ　憂思悲　a-100-07
ゆうしん　憂心　a-082-09
ゆうじん　遊人　a-028-13・c-047-04
ゆうせいが　有声画　a-148-03
ゆうてい　幽亭　a-131-05
ゆうばい　友梅　c-017-01
ゆうひ　熊羆　c-073-07
ゆうぶんきょう　右文鏡　b-060-08
ゆうべ　ゆふべごとに　a-077-11
ゆうほう　遊蜂　c-056-08
ゆうめん　宥免　a-095-10
ゆうれい　庾嶺　c-072-01
ゆえ　ゆへ　b-081-04
ゆえあり　ゆへある事　b-084-15
ゆえん　油烟　a-148-01
ゆかし　ゆかしく　c-095-05
ゆがむ　ゆがめ　b-041-10、ゆがむ　c-106-07・c-

106-09
ゆかり　ゆかりの女君　b-053-04
ゆき　雪　a-040-02・a-040-09・a-040-12・a-119-08・b-014-09・b-054-05・b-074-01・b-074-04・c-013-04・c-026-06・c-027-09・c-060-11・c-112-08、春の雪　b-053-11、雪の上　b-078-02、雪之名　a-030-17、雪名　a-141-05
ゆきあいのま　ゆきあひのま　a-034-02
ゆきあう　ゆきあはぬ　a-034-08、ゆきあはで　a-034-09
ゆきおれ　雪おれ　b-063-10
ゆきくに　行国　b-087-03
ゆきしげ　行重　b-025-03
ゆきせんり　雪千里　b-013-09
ゆきなり→ふじわらゆきなり
ゆきのあさ　雪の朝　a-070-01
ゆきよし　備前行吉　b-087-13
ゆきんる　庾黔婁〈キンル〉　庾黔婁　a-082-08、a-082-11、黔　a-082-13、いうきん　a-082-11、きんる　a-082-14
ゆくさき　ゆくさき　c-110-07
ゆくすえ　ゆくすゑ　b-055-10・b-055-12
ゆげのみちひさ　ゆげの道久　a-099-05
ゆさん(遊山)　ゆさん　b-045-14
ゆだん　油断　a-098-01・b-051-03、ゆだんなく　b-041-04
ゆてき　油滴　b-089-01
ゆばどの　弓場殿　a-050-01・a-057-02
ゆび　ゆび　a-075-04・c-065-02
ゆびをさす　指をさす　c-107-03
ゆみ　弓　a-042-04・a-050-01・a-057-02・a-065-07・a-065-08・a-065-13・a-066-01・a-066-15・a-067-01・a-127-10・b-115-02・b-115-05、桃の弓　a-059-09、弓ノ内外　a-066-13、弓ノツル　a-066-16、弓之大事　a-029-07、弓大事　a-065-05、弓秘密大事　a-065-06
ゆみはりづき　弓ハリ月　a-067-15、ゆみはりの月　b-027-04
ゆみやのひみつ　弓矢ノ秘密　a-067-10
ゆめ　夢　a-027-10・a-109-01・a-119-02・b-023-13・b-056-02・b-074-07・c-009-02・c-009-03・c-009-04・c-009-05・c-009-07・c-009-08・c-009-09・c-009-10・c-075-04・c-077-04・c-077-06・c-077-09・c-078-01・c-078-08・c-079-03・c-079-07・c-079-11・c-079-13・c-079-15・c-079-17・c-080-02・c-080-04　c-080-07・c-080-11・c-081-04・c-081-05・c-081-06・c-081-11・c-095-05・c-105-02・c-105-17・c-114-02、ゆめ　c-083-09、御夢　b-084-13・b-109-02・b-109-11・c-008-14・c-073-06・c-073-11・c-074-10、御ゆめ　c-073-09、夢かうつゝか　b-038-10、青鷹之夢　c-080-13
ゆめのしるし　夢のしるし　c-083-08
ゆめのつげ　夢の告　c-073-11・c-083-02・c-083-11、ゆめの告　c-074-01、御夢之告　c-088-14、御夢のつげ　c-074-05
ゆめびと　夢人　c-081-07・c-083-12
ゆめみる　夢みる　c-078-02・c-078-03・c-078-04・c-078-06、夢ミケル　c-080-15、ゆめみる　c-078-03・c-078-04・c-078-05・c-078-07・c-078-07・c-078-10、所ハ夢　c-078-13
ゆらりと　ゆらりと　b-064-15
ゆりゅう　楡柳　a-137-04
ゆるし　ゆるしを蒙る人　a-116-04

よ

よ　予,a-028-02
よ　代より　a-033-11・a-089-01
よ　世　a-087-08・a-092-17・b-076-01・b-083-07・b-083-12・b-084-07
よ　夜　a-034-02・a-125-03・b-069-07・b-084-12・b-105-10、よ　b-031-05、よ〈夜〉　c-075-15
よう　陽　a-066-07・a-126-12
よう　用モ無シテ　a-066-13
よう　幼　a-087-05
よう(酔う)　酒にえひたる　b-099-06
よういく　養育恩　a-071-12
ようう　陽烏　a-140-02
ようえん　妖艶　c-075-05
ようか　八日　a-049-01・b-016-11・b-017-10・b-018-03、正月八日　a-049-03、四月八日　c-084-15、八月八日　c-085-04、九月八日　b-018-13、十月八日　a-114-14
ようかい　陽回　c-038-07
ようかく　羊角　a-141-02
ようがんきみょう　容顔奇妙　c-095-13
ようきひ　楊妃　c-050-08、玉環　c-050-09
ようきょう　楊香　a-078-09、やうきやう　a-078-11、きやう　a-078-11
ようぎょく　幼玉　c-023-03
ようげつ　陽月　a-138-17
ようこう　姚黄　a-142-10
ようごう　影向し　a-036-06、やうがう　a-039-15
ようごう　永劫　c-096-01
ようじ　楊枝　b-041-04・b-044-01・b-096-04・b-096-06・b-097-01、やうじ　b-040-02
ようじつ　陽日　a-137-12
ようしゃ　用捨　a-027-12・b-043-14
ようしゅう　半琇(羊琇？)　b-089-07
ようしゅう　楊州　c-029-02
ようしゅう　揚州　c-073-01

ようしょう　幼少　a-096-17
ようじょう　養性　a-087-13・b-101-07、養生ノ道　a-101-01、養生ノ論　a-099-03
ようじょうようしゅう　養生要集　a-100-08
ようじょうろん　養性論　a-029-13・a-099-10
ようじん　用心　b-056-03・b-062-14・c-087-15
ようすこう(揚子江)　江　c-092-11
ようせい　陽精　a-140-02
ようせい　容成　b-089-04
ようせつ　容雪　a-142-04
ようだい　瑶台　c-021-02
ようち　幼稚　a-149-02
ようち　瑶池　c-025-06
ようちゅう　陽中　a-137-13
ようとう　陽冬　a-138-17
ようなきもの　ようなきもの　b-057-16
ようひきく　楊妃菊　c-038-02
ようひくんきく　楊妃裙菊　c-050-08
ようふくそう　葉副宗　a-146-01
ようへん　曜変　b-089-01
ようぼく　用木　b-065-01
ようほし　楊補之　a-133-09、逃禅人　a-133-09
ようようし　やう／＼しき　c-067-05
ようらい　陽来　c-017-04
ようりゅう　楊柳　b-053-10
ようれい　曜霊　a-140-02
よおり　節折　a-059-06
よきこと　よき事　a-094-02・b-055-10
よきしょうぐん　よき将軍　a-092-04
よきちゃ　吉茶　b-093-04・b-095-06
よきひと　よき人　a-092-05
よきふ　吉符　b-092-04
よきふり　よきふり　b-040-14
よく(避く)　よく　b-116-08
よくかい　欲界六天　c-116-10
よくじつ　翌日　c-105-11
よくしん　欲心　c-108-13
よくばい　浴梅　c-018-09
よこ　横　a-135-03・b-113-04・b-113-06、よこ　a-135-04・b-101-02・b-113-02
よこう　餘巧　c-059-04
よこしま　邪　a-089-11
よこん　余昏(余春？)　c-020-04
よさのこおり(与謝郡)　よさのこほり　a-044-05
よしあし　よしあしに　c-115-04
よしおかしんたろう　備前吉岡新太郎　b-086-14
よしだのまつり　吉田祭　a-057-06
よしだみょうじん　吉田明神　a-044-03
よしつね→みなもとよしつね
よしの　吉野　b-102-06
よしの　もろこしの吉野　b-049-05
よしののかみ　吉野の神　a-037-05
よしののかわ　吉野の川　b-055-02
よしののやま　吉野の山　b-074-09、よしのゝ山　b-049-04
よしのやま　吉野山　a-057-07・b-049-03
よしみねのむねさだ　良峯の宗貞　a-045-03
よしみねやすよ(良岑安世)　大納言安世　b-049-06
よしゅん　余春　c-026-02
よしゅん　余昏(余春？)　c-020-04
よじょう　余情　a-135-14
よせ(寄せ)　よせ　b-032-08
よせい　余清　c-025-02
よせく　よせ句　b-062-14
よせて　よせて　a-115-10
よそ(余所)　よそ　b-054-16
よそのきこえ　よそのきこえ　b-055-06、よその聞え　b-056-01
よそめ　よそめ　b-054-07・b-057-06
よだれ　涎　b-107-01
よつ　四め　b-099-07
よっか　四日　a-061-04・a-062-04・b-014-14・b-016-13・b-017-15・b-023-04・b-023-06、三月四日　b-018-07、八月四日　a-054-02
よつのかど　四ツノ角　a-066-05
よところ　四所ノ巻所　a-067-06
よどむ　よどむ所　b-055-03
よなき　夜鳴　b-093-08、夜鳴ナキス　b-093-09
よになし　世ニなし　b-112-10、世になき　b-055-17
よね(米)→こめ
よねみつ　米光　b-110-04・b-110-05
よのすえ　世の末　b-048-02
よのつね　よのつね　c-114-04
よのとなえ　世の唱　c-090-09
よのなか　世の中　a-089-15・b-055-09、世ノ中　a-120-07、世中　a-027-06・a-091-15・a-115-12・b-014-06・b-014-09
よのはじめ　代の始　a-058-02
よのひと(余の人)　よの人　a-061-13
よのひと　世の人　c-088-13
よびこす　よびこし給ふ　b-048-07
よまいごと　よまひ事　b-054-10・b-054-14・b-056-09
よまずどち　よまずどち　b-064-08
よみひとしらず　読人しらず　b-026-08・b-029-05・b-029-10、読人不知　b-034-04、よみ人しらず　b-027-12・b-031-04・b-032-09
よみよう　読様　a-048-07、よみ様　a-054-07
よむ(詠む)　よみし　b-048-09
よめ　婦　a-076-12
よめむかい(嫁迎い)　よめむかひ　b-068-06

よもぎ　艾　c-007-13・c-062-07、よもぎ　c-062-06
よもすがら　夜もすがら　a-129-12・b-108-07
よよ（代々）　代々の集　a-038-07
よりあい　寄合　b-046-08
よりいえ→みなもとよりいえ
よりそう　よりそふもの　b-056-12
よりつな→みなもとよりつな
よりはのざ　よりはの座　a-125-13
よりふさ→みなもとよりふさ
よりまさ→みなもとよりまさ
よりゅう　輿椛ス（盥流？）　a-078-02
よる　夜　a-087-05・a-101-06・c-076-03・c-077-04・
c-077-06、よる　b-030-01・b-030-09
よるよる（夜々）　よる／＼　a-125-10
よろこばしさ　よろこばしさに　a-071-03
よろこび　有喜　b-016-07
よろこぶ　悦こと　c-078-02
よろずのこと　万の事　a-027-01、よろづの事
c-100-09
よろずのもの　万のもの　a-060-04
よわ（夜半）　よは　b-055-14
よわきもの　よはき物　b-063-08
よわし　よはき　b-063-10
よわりめ　よはりめ　b-065-04
よをひにつぐ　夜をもつて日につゐで　c-096-11
よんしゃく（四尺）→ししゃく
よんせん（四千）→しせん

―ら―

らい　雷　a-080-02・a-080-04、らい　a-080-03
らいあん　懶庵　a-133-02
らいき　礼記　a-086-04・a-087-02・a-087-07
らいけいほうし　頼慶法師　b-024-07
らいごう　来迎　c-114-06
らいさんほうし　頼算法師　b-031-02
らいす　礼して　c-102-06
らいせ　来世　c-097-11・c-098-01
らいちん　雷陳　c-016-08
らいでん　雷電　a-102-05
らいはい　礼拝　c-085-10・c-095-13
らいめい　雷鳴　b-011-02・b-013-02
らいりん　来臨　a-036-06
らかん　羅漢　a-133-13
らかんきく　羅漢菊　c-044-07
らぎ　らぎ　b-067-07
らくい　絡緯　a-146-02
らくし　落枝　c-071-01
らくじ　楽事　c-076-10
らくじつ　落日　a-131-09
らくせい　浄土僧楽西　c-110-02・c-113-06
らくばい　落梅　c-024-03
らくひょう　落表　a-142-03
らくへんげてん　楽変化天　c-117-03
らくよう　洛陽　c-072-03
らくよう　落葉　c-114-06
らしょうもん　羅城門　a-106-01
らせつ　羅刹　c-085-14
らふばい　羅浮梅　c-028-07
らん　蘭　c-071-08
らん→ていらん
らんかん　欄檻　a-121-06
らんけいどうりゅう（蘭渓道隆）　大覚禅師　c-092
-02・c-096-16、禅師　c-096-17
らんげき　乱劇の比　a-115-03
らんじゃたい　蘭奢待　a-030-03・a-122-11・
a-123
-02・a-123-05
らんしゅう　蘭秋　a-138-10
らんすい　懶睡（懶酔？）　a-028-11
らんてい　乱堤　a-130-13
らんにゅう　乱入しける　a-115-08
らんぴ　乱飛ノ蛍　a-110-10
らんぼう　濫望　a-096-03

―り―

り　理　a-089-09・a-096-03・b-061-01、りをつけ
て　b-044-13、りなきは　b-061-17
り　利　b-017-06・b-017-17
り　驪　c-120-07
りあんちゅう　李安忠　a-132-01
りうん　梨雲　c-022-04
りか　梨花　a-147-07・b-105-03
りかくこくのずさん　梨花鵓鴿之図賛　b-105-03
りぎょ　鯉魚　a-076-12・c-081-10
りく→りくう
りくう　陸（陸羽）　b-089-11
りくか　六花　a-141-05
りくごう　六合　b-019-05
りくしゅつか→ろくしゅつか
りくしんちゅう　陸信忠　a-134-05
りくせき　陸績　a-084-07・a-084-09、績　a-084-
10・a-084-11、陸郎　a-084-11

りくん　尼理薫　c-103-01・c-011-02、理薫　c-103
-02・c-103-03・c-103-10
りけい　籬畦　c-055-04
りご　俚語　a-027-04
りこう（利口）　りこうして　b-040-03
りこうりん　李公麟　a-131-13、李竜眠　a-131-

13、伯時　a-131-13
りこん　利根　a-096-07
りし　驪駟　a-145-07
りしょう　利生　b-094-06・c-082-09
りすう　李嵩　a-133-04
りせい　李犀〈リセイ〉　c-071-02
りせい　李成　a-132-16、咸熙　a-132-16
りそうこうてい　李宗皇帝　a-133-12
りたいはく(李太白)　太白　a-111-13
りちゅうわ　李仲和　a-133-15
りっか　たてばな
りっしゅん　立春日　a-048-03
りつれきし　律暦志　a-126-11、志　a-126-14・a-127-01・a-127-03・a-127-05
りてき　李迪　a-132-02
りとう　李唐　a-132-04
りばつた(離婆多)　りばつた　b-079-08
りへん　籬辺　c-031-05
りぼく　李木〈リボク〉　c-071-02
りみん　理民　c-120-14
りもつ　利物　a-036-07
りやく　利益　a-088-06・a-090-06・c-096-04・c-101-08
りゅう　竜　a-134-03・c-084-02、竜の都　a-037-06、諸竜　a-102-05
りゅう　騮　c-120-07
りゅうえい　流英(疎英？)　c-035-03
りゅうえいばい　柳営梅　c-031-02
りゅうぐう　竜宮　b-115-11
りゅうぐうじょうど　竜宮浄土　b-115-12
りゅうじゅ　竜樹菩薩　c-100-14
りゅうしょうじ　竜青寺(竜勝寺？)　c-106-05・c-106-09
りゅうしょうじ　竜青寺(竜沢寺？)　c-109-13
りゅうじん　竜神　b-013-12・b-084-06・c-073-13
りゅうすい　竜水　a-143-02
りゅうすい　流水　c-114-07
りゅうすい　柳垂　c-056-04
りゅうぞう　竜象　a-146-05
りゅうたい　劉体　a-133-17
りゅうたくじ→りゅうしょうじ
りゅうだん　龍團　c-058-09
りゅうち　竜池　a-148-04・b-115-13
りゅうち　龍墀　c-058-03
りゅうてん　竜天　a-148-02
りゅうとう　隆冬　a-139-02
りゅうとうれい(留陶令)→しんとうれい(晋陶令？)
りゅうのうきく　龍脳菊　c-055-01
りゅうみょうだいし　籠猛大士　c-009-13・c-085-13
りゅうり→かんねん
りゅうれん　留連　c-039-04
りゅうろう　劉郎　c-028-07
りょう　七十両　a-061-02
りょうおう　両王　c-086-09
りょうかい　梁楷　a-132-03、梁風子　a-132-03
りょうぎょく　崑山の良玉　a-128-05
りょうけ　両家　a-029-13・a-099-03
りょうげつ　涼月　a-138-12
りょうげつ　良月　a-138-17
りょうご　了悟　c-098-07
りょうこう　梁鴻　c-072-04
りょうし(猟師)　れうしのふる物語　b-064-11
りょうし　両枝　c-042-07
りょうじ(聊爾)　りやうじ　b-081-06
りょうしゅう　源州(涼州？)　c-038-05
りょうじゅせん　霊鷲山　c-120-09
りょうしょう　良匠　a-085-12
りょうしん　両親　a-109-06
りょうしん　良辰　c-076-10
りょうじん　両神　a-034-01
りょうず　領じぬる　c-081-08
りょうせん　両仙　a-029-14
りょうぜん　良善　c-080-03
りょうち　領知　c-098-14・c-109-15
りょうてん　涼天　a-138-11
りょうひょう　涼飈　a-141-02
りょうふ　両夫　b-053-14
りょうぶ　両部　a-065-13・a-066-02・a-067-04、両部一対　a-067-05
りょうふう　涼風　a-147-01
りょうふうし→りょうかい
りょうもく　両目　a-129-10
りょくいん　緑陰(緑陰？)　c-026-04
りょくきつ　緑橘　a-084-08
りょくこんせき　緑金石　b-088-08
りょくじ　騄駬　a-145-07
りょくばい　緑梅　c-027-04
りょくやく　緑薬　b-088-05
りょくりん　緑林児　a-083-07
りょじん　往還之旅人　a-096-13
りらい　莅蕾(蓓蕾？)　c-034-08
りらく　籬落　c-023-07
りりょうめん(李竜眠)→りこうりん
りん　淋　a-104-09
りん　麟　b-106-08
りん(輪)　花のりん　c-066-09
りんがん　林雁　a-131-05
りんき(悋気)　りんき　b-055-16
りんけい　臨禊　a-138-02
りんこう　臨幸　c-073-04・c-073-05・c-074-04

りんじのきゃく　臨時ノ客　a-047-09、臨時〈客〉　a-048-01
りんしゅう　凛秋　a-138-14
りんじゅうだいじ　臨終大事　c-086-07
りんしょう　林鐘　a-138-08
りんちん　林珎　a-142-05
りんぴん　檁賓　a-142-03
りんぽ　曹林（曹操と林逋）　c-029-08
りんぼく　林木　a-131-05

―― る ――

るいるい　纍々　c-026-02
るきく　縷菊　c-049-07
るす　留守　a-041-13・b-059-02・c-095-03・c-095-16、るす　a-073-10
るり　瑠璃　b-088-01

―― れ ――

れい　礼　a-085-05・a-086-01・b-060-06
れい→ちょうれい
れい　霊ナル者　b-103-07、小野当〈道カ〉風霊　c-011-12、小野道風霊　c-116-01
れいいんじ（寺）　霊陰　c-071-01
れいうん→しゃれいうん
れいぎ　礼儀　a-096-12
れいきさん　霊亀山　c-091-04
れいきし　霊鬼志　c-063-15
れいきんこうきく　灑金黄菊　c-040-03
れいぐ　霊供　c-105-07
れいげつ　令月　a-137-13
れいこん　霊魂　a-128-08・b-083-10・b-084-06
れいしきく　茘枝菊　c-040-05
れいじょ　霊女　c-096-08・c-096-15・c-097-04・c-097-08
れいすい　天の霊水　c-121-12
れいずい　鈴蘂　c-052-01
れいぜいそうせい（宗清）→れいぜいためひろ
れいぜいだいなごん　冷泉大納言　a-061-01
れいぜいためいえ　為家卿　a-112-11、父大納言　a-112-10
れいぜいためうじ　為氏卿　a-112-10
れいぜいためかね（為兼）　為兼　a-113-07
れいぜいためすけ　為相　a-114-02、為相卿　a-113-12、前中納言為相　b-034-01
れいぜいためひろ　為広卿　a-113-04・a-115-03・a-115-06、冷泉宗清為広卿法名　a-112-03、為広卿法名宗清　b-037-03、宗清　b-037-06
れいぜいためまさ　為尹　a-115-06、為尹卿　a-114-04・a-114-10・a-114-11・a-114-15
れいぜいめいゆう　冷泉明融　a-115-07・b-085-16、冷泉入道明融　c-116-08
れいそう　礼屮　a-147-05
れいたく　霊澤　c-072-04
れいてい（霊帝）　漢のれいてい　a-099-08
れいてん　礼奠　a-054-04
れいなん　嶺南　c-072-02
れいばい　嶺梅　c-014-03
れいぶつ　礼仏　c-009-12・c-084-12・c-084-13・c-084-14・c-084-15・c-085-01・c-085-02・c-085-03・c-085-04・c-085-05・c-085-06・c-085-07・c-085-08・c-085-09
れいぶつ　霊物　c-090-02
れいへい　例弊　a-056-07
れいみん　黎民　a-086-17
れいろう　玲瓏　c-032-08
れつしゅく　列宿　a-140-04
れきけん　酈県　c-072-03
れきけんざん（酈県山）→てきけんざん
れきさん（歴山）　れきさんといふ山　a-072-08
れんが　連歌　a-039-17・a-040-05・b-029-02・b-057-12、御連歌　c-074-10・c-075-12
れんがし（連歌師）　連歌し　b-051-07
れんげ　蓮花　a-068-04、蓮華　c-071-08
れんけい　溓溪（濂渓？）　c-042-01
れんげきく　蓮花菊　c-041-09
れんしん　憐心　a-085-02
れんぜい　冷泉〈レンゼイ〉　a-064-08、れんぜい　b-048-04
れんだい　九品蓮台　a-068-03
れんみん（憐愍）　れんみむす　a-039-10

―― ろ ――

ろう　楼　a-143-06・c-015-03、楼之名　a-031-02
ろう　老　a-085-04・a-087-05
ろう→ねずみ
ろううん　瓏雲　c-017-02
ろうおう　老翁　a-125-10・c-081-11
ろうおうしょく　蠟黄色　c-056-07
ろうかく　楼閣　a-130-07
ろうかん　楼観　a-132-17
ろうきん　縷金　c-058-09
ろうきんでん　楼金殿　b-116-11
ろうげつ　臘月　a-139-05
ろうし　老師（先師？）顔回　a-054-03
ろうしぶつとうきく　楼子仏頭菊　c-053-07
ろうしゃ　籠者せらる　a-111-09
ろうしゃ　老者　b-046-05
ろうじゅ　老樹　a-040-12・b-116-08
ろうじゅう　郎従　a-063-14・c-082-14

ろうしょう　老樵　a-131-06
ろうじょう　楼上　a-109-07
ろうしん　老親　a-081-08
ろうじん　老人　c-076-05
ろうずい　臈蘂(臘蘂？)　c-034-06
ろうぜき　狼藉　a-110-07
ろうせつ　浪説　c-021-04
ろうそく　老足　c-109-06
ろうたけ　らうたけ　a-108-10・b-064-16
ろうにゃく　らうにやく　a-078-06
ろうばい　老梅　c-020-04・c-023-02
ろうばい　爉梅　c-021-03
ろうばいきく　蠟梅菊　c-056-07
ろうひつ　籠櫃〈ロウヒツ〉　a-092-10
ろうほ　老圃　c-038-07
ろうもう　老耄の口業　a-028-02
ろうらいし　老莱子　a-076-03、らうらいし　a-076-05
ろか　露華　c-050-05・c-056-06
ろがん　芦雁　a-134-02
ろがん　鷺雁　a-134-02
ろきゅう　露嗅　c-042-07
ろく(禄)　きへんのろく　a-042-01
ろく　騄　c-120-07
ろく　六　a-071-06・a-071-12、とし六　a-084-09
ろくい　六位以上　a-054-06
ろくえふ　六衛府　a-052-02
ろくおんいん→あしかがよしみつ
ろくが　六牙　c-078-12
ろくがい　六害　b-090-05
ろくがいのみず　六害ノ水b-091-11
ろくがつ　六月　a-053-03・a-102-15・a-134-11・a-138-08・b-014-03・b-014-12・b-014-14・b-015-16・b-016-01・b-016-02・b-086-10・b-090-08、六月晦日　a-053-04、六月七日　c-085-02、六月十一日　b-018-10、六月十二日〈月蝕〉　a-058-06、五六月　b-015-05、六　b-017-11・b-020-05・b-023-08、六・八・九・十　b-015-07、三・五・六　b-015-16
ろくぎ　六義　a-112-01
ろくごう　六合　b-019-08・b-019-12・b-020-01・b-020-03・b-020-06・b-020-10・b-020-16・b-021-05
ろくさい　六歳　a-084-07・a-149-02
ろくしちにち　六七日　c-115-04
ろくしちり　六七里　a-077-01
ろくじのみょうごう　六字ノ名号　b-097-07
ろくしゃくごすん　六尺五寸　a-034-05
ろくじゅう　六十　a-149-04
ろくじゅうさんかじょう　六十三箇条　a-029-03・a-046-05
ろくじゅうにち　六十日　b-015-04・b-015-07
ろくしゅつか　六出花　a-141-05・c-021-06
ろくじょう　六条　a-064-14・c-009-10、六条わたり　c-082-07
ろくじょうのぼうもん　六条坊門　a-064-13
ろくしょく　六食　b-020-09
ろくじらいさん　六時礼讃　c-010-14・c-100-08・c-100-10・c-100-14
ろくすん　六寸　b-113-02・b-113-04
ろくそ　六祖　c-086-02・c-098-04
ろくちく　六畜　b-015-08
ろくつう　三明六通　a-070-07
ろくてん　欲界六天　c-116-10
ろくど　六度　a-099-01
ろくどうりんね　六道輪廻　c-094-03・c-103-08
ろくへん　六片　c-017-06
ろくよう　六陽　a-138-04
ろこう　露光　c-053-06
ろじきく　鷺鷥菊　c-045-01
ろしゅう　鷺朶　c-045-02
ろっかく　六角〈ロツカク〉　a-064-11
ろっかくさだより　六角貞頼　a-125-03・b-037-01、貞頼　a-125-12・a-125-16・a-126-05
ろっかくさだよりおや→ろっかくたかより
ろっかくたかより(高頼)　六角貞頼親　b-037-01
ろくにゅう　鹿乳　a-081-08
ろこん　露根　a-130-13
ろじん　路人　a-131-09
ろん　論(諸病源候論？)曰　a-100-07
ろんぎきょう　論義経　b-079-05
ろんご　論語　a-087-08
ろんぶん　論文　c-078-14

―――わ―――

わ　話　c-081-02・c-105-06・c-105-11
わいなんおう　淮南王　b-106-03
わいん　和韵　a-111-10
わか　和歌　a-140-05・a-142-10・c-010-10・c-092-09・c-093-06・c-109-09、和歌のうら　a-115-10
わかきひと　わかき人　b-038-16
わがくに　我国　b-107-10
わがこ　我子　b-117-10
わかしゅ　若〈ワカ〉衆　b-040-07、若衆〈ワカシユ〉　b-044-03
わがたつそま　我たつ杣　b-037-04
わがちょう　我朝　b-048-06・c-093-01・c-099-12、吾朝　b-111-03
わかどころ　和歌所　a-030-06・a-127-07
わかな　若菜　c-060-07、わかな　b-066-07、ゑぐ

のわかな　c-060-09・c-060-11
わがな　我名　c-065-05、わがな　c-115-01
わがみ　我身　a-092-05・a-092-08・a-092-11・a-094-06、わがみ　b-044-12
わかみず　若水　a-048-02
わかんのこころざし　和漢之志　a-135-13
わき　和気　a-138-01
わき　脇　c-075-16
わく(湧く？)　わく　b-030-10
わく(枠)　わくのごとし　b-066-05
わくらわし　わくらはし(わづらはし？)　a-127-10
わけ　和家　a-099-04、和気　a-099-09
わけのきよまる　清丸　a-035-09・a-035-05・a-099-04・a-099-05
わご　和語　c-120-14
わこう　和光の心ざし　a-038-13
わこうどうじん　和光同塵　a-036-06
わごん　和琴　a-045-03・a-127-09、和琴之起　a-030-07、和琴のおこり　a-127-10
わざ　態,a-028-14、態〈ワザ〉　b-041-17
わざわい　男女のわざはひ　a-028-05
わざわい　殃　a-086-08、禍　a-086-16・a-087-14、わざはひ　a-089-11・a-090-04・b-057-02、飢疫のわざはひ　a-091-14
わさん　和賛　c-115-09
わし　鷲　a-034-10・b-109-03・b-109-08・b-109-09・b-109-16、うへみぬわし　b-065-05
わしのて　わしの手　b-109-10
わしのは　鷲ノ羽　a-067-08
わじん　和人　a-125-01
わずらい　患　a-087-14、煩　a-099-07
わずらう　煩　a-103-13・b-101-04
わすれぐさ　忘草　c-007-14・c-062-09
わせわら　ワセワラ　b-097-04
わた(綿)　わた　a-074-10
わたくし　私　c-013-06、私のかまへ　a-091-12
わたくしかぜ　関東のわたくし風　c-104-08
わたくしに　私に　c-075-13
わたどの(渡殿)　わた殿　a-125-14
わたなべ(渡辺)→わたのべ
わたなべさこんのしょうげん　渡辺左近将監　a-095-04
わたなべはんがん　渡辺判官　c-106-04・c-106-05
わたなべもちとお　渡辺左近将監モチトヲ　a-095-04
わたのべ　わたの辺　c-064-09
わちょう　和朝　c-098-13・c-100-15
わとう　話当　c-105-13・c-106-01
わにだいじん　王仁大臣　b-048-06
わびことだて　侘言だて　b-041-05
わびしきめ　わびしきめ　a-093-07
わびびと　侘人　b-085-04
わぶ　侘ける　c-082-11
わふう　和風　a-138-03
わらいて(患いて？)　笑て　b-099-09
わらいののしる　わらひのゝしり　c-109-08
わらうず(藁沓)　わらふづ　b-028-03
わらや(藁屋)　わらや　a-045-01
わらわ(童)　わらは　b-030-07・c-071-05
わらわのみち　わらはの道　a-105-03
わらわべのうた(童の歌)　わらはべの歌　a-039-15
わりつく　わりつけたる　b-043-14
わりなし　わりなき　c-077-05
わん　椀〈ワン〉　b-043-07、わん　b-071-02

——ヨミ不明のもの——

？？　日直留神王　a-042-13
？？　珊治留神王　a-042-13
？？　照反留神王　a-042-14
？　□月(天)　a-139-02
？？　驥驅(驥驅)　a-145-07

漢詩句・経文等（最初の二字を機械的に音読する）

あ

あいか　愛花終日対瓊林　c-016-06
あいしん　愛心当不滅測明　c-042-01
あいみん　哀愍衆生者我等今敬礼　b-103-02
あいみん　愛民如赤子　a-086-14
あきょう　阿香時一震　a-080-02
あくむ　悪夢着草木　a-102-08
あのく　阿耨多羅三藐三菩提果　c-085-11
あんこう　暗香微度石橋辺　c-013-08
あんらく　安楽世界不退位転法輪不絶　c-094-05

い

いか　為花掃雪開東閣　c-013-04
いき　依俙残雪照寒波　c-022-08
いき　以其所好反自不禍　a-087-11
いぞう　為造悪業恩　a-071-13
いちおう　一泓映出西南枝　c-032-02
いちし　一枝ノ春　b-105-04
いちし　一枝梅花似鉄棒　a-118-09
いちしん　一真直下透全心　c-106-02
いちせい　一生終不買鉛花　c-041-04
いちせつ　一切不如心真実　c-090-03
いちちょう　一朝相見面　a-081-02
いちちょう　一朝双鯉魚　a-076-12
いちてん　一点芳心香透徹　c-050-05
いちてん　一点芳心対面開　c-034-02
いちと　一斗好景重来占　c-043-06
いちはく　一白三千莫此芳　c-024-04
いちは　一葩生向一枝上　c-052-04
いちはつ　一発花児高突起　c-058-07
いちはん　一般顔色是誰香　c-042-07
いちはん　一飯三吐哺以待士　a-086-12
いちはん　一半余昏一半枯　c-020-04
いちへん　一片臥氷模　a-075-09
いちへん　一片湘雲鎖暮愁　c-033-08
いちへん　一片芳心早破寒　c-035-03
いちや　一夜花房賜守宮　c-035-09
いちや　一夜花裏宿　透体牡丹香　a-120-09
いちゅう　囲中百艸護先春　c-031-07
いぼ　遺母報含飴　a-084-08
いゆう　惟有青松可共名　c-042-03
いれん　為憐純白不繁花　c-054-01
いんじん　因人名物花増勝　c-045-02
いんらく　院落清幽匂不同　c-032-08

う

うきん　烏巾春満酒厭々　c-019-03
うじ　宇治川辺乱飛蛍　a-110-10
うろ　雨露自供落葉棚　c-114-06
うんすい　雲水渺茫帰路遠　a-109-10

え

えいじょ　瑩如庚色両相妍　c-058-07
えいらく　影落西湖月暗天　c-035-07
えんいん　宴飲不須携酒具　c-054-05
えんく　燕苦吐甘恩　a-071-12
えんこう　遠行憶念恩　a-071-13
えんざん　遠山見有色、近水聞無声　a-119-05
えんだ　猿駄乗髄北　心肝掛樹上　b-116-05
えんてい　炎帝遺芳済世玲　c-031-07
えんどう　遠道財宝　b-046-09
えんよ　宛與宸衣赭色同　c-058-03

お

おうい　応以身得者　c-102-11
おうきん　黄金天所賜　a-080-07
おうしょう　王祥天下無　a-075-09
おうぜん　盎然春満玉堂開　c-025-04
おてん　於天下亦不賤　a-086-11
おんあ　ヲンアフルアフルソラ／＼ソハカ　b-097-10
おんしん　恩深移植傍含章　c-024-04

か

かいかん　廻乾就湿恩　a-071-12
かいこう　開向西風逞嬌艶　c-042-05
かいし　回思何遊更多才　c-027-09
かいし　解使騒人去復来　c-039-04
かいじ　開時只向暮秋中　c-045-06
かいじ　開時似帯鵝児色　c-047-02
かいじ　開時若向天台路　c-044-08
かいじ　開時占得中央色　c-053-02
かいじ　開時不仮金針力　c-042-09
かいじ　開時面々対秋風　c-053-08
かいぜ　皆是吾子　c-115-12
かいたん　懐擔守護恩　a-071-11
かいてい　海底紫珊瑚　a-084-03
かいはく　開白荒郊深僻処　c-057-04

がかん　瓦缶移根宿土栽　c-025-04
かかん　花寒少女剪春寒　c-022-02
かかん　花間点々似星輝　c-040-04
かぎょう　仮饒尽把楻紅染　c-043-04
かくしん　隔心推参　b-046-08
がくとく　学得柳垂春已遠　c-056-04
かげい　花鯨楼上一声響　a-109-07
かげつ　花月窓寒弾白雪　c-029-06
かこう　河広源大　a-085-13
かさい　花寨穿楊月掛弓　c-031-01
かしゃ　花謝東風攪離思　c-017-08
かじゅう　花縦勝如西蜀様　c-039-06
かじょ　何如綺翠渭川漬　c-021-04
かしん　花神応喜故人来　c-015-09
かしん　花神巧製団々様　c-040-02
かしん　花神自是天然巧　c-057-06
かじん　佳人応笑寂無声　c-039-08
かぜ　可是紫桑即鷺刕　c-045-02
かぜ　可是曽同元毫飲　c-041-08
かぜ　可是花神有余巧　c-059-04
かぜ　可是花神有餘巧　c-059-04
かぜ　可是君相偏好悪　c-054-01
かぜ　箇是陶籬真富　c-037-02
かぜん　花前低唱怕花飛　c-017-06
かそう　何曽怨晩娘　a-074-08
かそん　何遜多情憶旧遊　c-029-02
かちゅう　夏中開時至重陽　c-059-04
かてん　夏天扇枕涼　a-079-11
かはつ　華発蘇堤柳未烟　c-027-07
かひつ　何必他求處士名　c-054-07
がぶん　我文王子武王弟成王之叔　a-086-11
がほん　我本師釈迦大師　c-094-06
かめい　嘉名応自滄英得　c-044-06
かや　夏夜無帷帳　a-083-02
かりつ　河立自讃　b-046-04
かれん　可憐金鏡転　a-040-10
かんかん　閑々究竟出家児　c-090-03
かんき　官羈未遂登臨志　a-108-02
かんこう　寒香為厭秋光淡　c-054-09
かんし　観視世間　a-070-09
かんしゅう　勧酬正要盃々満　c-057-02
かんしゅん　緘春莅蕾冷含烟　c-034-08
がんしょう　願将身代死　a-082-09
かんじん　姦人在朝賢者不進　a-086-06
がんせい　眼睛鼻吼見幽馨　a-040-13
かんてい　漢廷事賢母　a-073-02
がんとく　願得子孫如　a-078-02
かんらい　看来三径即孤山　c-038-01
かんらい　看来此品人間少　c-049-08

き

きかい　幾回東問挹清香　c-016-02
ぎかい　擬魁春榜冠瓊林　c-029-04
ぎかん　宜間葵蔬発満盤　c-058-01
きき　喜気動皇天　a-081-02
ぎぎ　巍々冠百王　a-073-02
きくげん　菊元有入錦城中　c-039-06
きげん　寄言諸子姪　a-073-08
きけん　貴顕聞天下　a-077-08
ぎこう　宜向陶園結障屏　c-059-06
ぎし　擬賜宮衣向玉墀　c-052-08
きしょく　喜色満庭園　a-076-04
きせい　寄声湖上旧花魁　c-015-07
きせい　気霽風梳新柳髪　a-105-11
ぎぜ　疑是花神初戦罷　c-046-03
ぎぜ　疑是瞿曇小現身　c-044-08
ぎぜ　疑是玄都観裡来　c-055-08
ぎぜ　疑是如来額上珠　c-053-06
ぎぜ　疑是線窓人刺就　c-059-02
ぎぜ　疑是文禽双化去　c-050-01
きちり　吉利底〈キリテイ〉　a-042-16
きつりょく　橘緑橙黄莫浪誇　c-043-06
きてき　幾滴露華承着底　c-056-06
きとう　幾討名花謝俗棼　c-016-02
きど　幾度西風披拂處　c-039-08
きど　喜怒憂思悲恐驚　a-100-07
きば　騎馬出門春尚小　c-015-09
ぎぶ　戯舞学嬌痴　a-076-04
きほう　起法喜禅悦食飢　c-094-02
きゃくぎ　却疑泣露抱寒枝　c-047-08
きゃくぎ　却疑折破麝香嚢　c-049-04
きゃくきょう　却教開向畦蔬裡　c-049-06
きゃくじゅう　却従春野闘芳韮　c-040-08
きゅうきゅう　喼急如律令　b-092-04・b-092-05・b-092-06・b-092-07・b-092-08・b-092-09・b-093-01・b-093-02・b-093-03・b-093-04・b-093-05・b-093-06・b-093-07・b-093-08・b-094-01・b-094-02・b-094-05・b-094-06・b-094-07・b-094-11・b-095-02・b-095-03・b-095-04・b-095-05・b-095-06・b-095-07・b-095-08・b-095-09・b-101-05・b-101-10
きゅうこ　休誇閩嶠壮元紅　c-040-06
きゅうこう　旧交松竹隔山林　c-022-06
きゅうせん　汲泉涓溺器　a-077-08
ぎゅうべい　牛米贈君帰　a-082-02
ぎょうげつ　暁月清相寂寞浜　c-014-08
きょうすい　共雖立欄檻山色景不同　a-121-06
ぎょうしょう　暁粧初試薄寒侵　c-035-01
ぎょうしょう　暁粧濃試破清寒　c-025-06

ぎょうだい　暁奈蜂媒凍損何　c-024-08
ぎょうらい　暁来標格愈精神　c-016-04
ぎょくかん　玉環去後今何在　c-050-09
ぎょくき　玉肌寒擁素綃衣　c-021-06
ぎょくきゅう　玉鳩横影暗香飄　c-033-06
ぎょくこつ　玉骨清寒凝雪廊　c-018-08
ぎょくさい　玉碎雲収迹已陳　c-028-07
ぎょくじゅ　玉樹重栽梅不知　c-020-02
ぎょくてき　玉笛声飛江上楼　c-015-03
ぎょくはい　玉佩光寒白錦袍　c-030-08
ぎょくふ　玉不琢不成器　a-087-02
ぎょくよう　玉容有似伝鉊華　c-025-08
ぎょくりつ　玉立庭前映壁瑠　c-024-06
きんぎょく　金玉同盥破雪開　c-021-02
きんこ　金壺薌水浸来温　c-018-08
きんさん　金盞如何帯側安　c-057-02

く

ぐうち　偶値緑林児　a-083-07
くきょう　究竟憐愍恩　a-071-14
ぐしゃ　愚者教化　b-046-07
くんあん　君闇臣諛危亡不遠　a-086-05
くんぎゃく　君逆諫則国亡　a-086-04
くんきゅう　薫休驀地暗香伝　c-020-08
くんし　君使臣以礼　a-086-01
くんし　君子不学不知其徳　a-087-01
くんじゅう　君従臣諫則聖　a-085-10
くんたく　君択臣而授官　a-086-02
ぐんほう　群芳総不如　a-084-03
くんめい　君明臣忠　a-085-13

け

けいき　瓊姫小隊遍深宮　c-035-05
けいけん　敬賢如大賓　a-086-14
けいけつ　瑩潔不因清露洗　c-053-04
けいてい　兄弟復同居　a-084-03
けいぼ　継母人間有　a-075-09
けいこう　瓊皓葩粉両相宜　c-050-07
けいまつ　軽抹燕脂伝粉粧　c-054-09
けいよう　形容在日新　a-073-08
げこ　下戸数盃　b-046-08
げつい　月惟天上賊　a-120-05
げつか　月下相逢認未真　c-016-04
げつき　月輝如晴雪　a-040-09
けつざん　闕残老梅着花疎　c-020-04
げつじょう　月上梅花遺恨多　a-119-03
げつたん　月旦華前豈乏人　c-017-04
げつてい　月低清題舞婆娑　c-023-07
けんき　見其亡母　a-070-09
げんきゅう　元窮高上帝　b-098-05
けんじん　賢人二君につかへず　b-053-14
けんこん　乾坤清征鏡中春　c-033-02
けんせい　賢聖教訓義愚者　c-094-03
けんせい　見成排当東籬下　c-037-08
げんせき　言石解語　a-120-07
けんせつ　見説元従外国来　c-049-08

こ

こうが　高臥花陰酔後醒　c-028-06
こうかん　孝感尽知名　a-079-02
こうかん　孝感動天心　a-072-04
こうぎょう　香凝双股断芳魂　c-018-06
こうけい　孝敬崔家婦　a-078-02
こうこん　香魂来作好花開　c-050-01
こうさい　光彩照寒門　a-080-07
こうさ　香鎖泥汚意裴徊　c-018-02
こうさ　香鎖南国雲愁地　c-035-07
こうし　好枝分得続孤根　c-019-09
こうしょう　好将覆所相臣名　c-051-02
こうしん　向深山裡鑼頭辺　c-108-08
こうせん　高賎寄合　b-046-08
こうてい　孝悌皆天性　a-084-08
ごうは　熬波飜雪子青々　c-026-06
こうふ　好付佳人靚粉粧　c-040-02
こうむ　好夢成珠玉　a-102-08
こうらん　更懶西風為披拂　c-049-02
こうろう　絳爉封香信暗伝　c-034-08
こおう　故應留得疊羅名　c-052-06
こくし　国之所治者君明也　a-086-03
こくじん　黒椹奉親闈　a-082-02
こくもく　刻木為父母　a-073-08
ここ　箇々従来自倒垂　c-052-04
こさん　孤山擬折東山屐　c-029-08
こじ　固似西京伝品類　c-040-06
ごし　誤使遊蜂作蜜房　c-056-08
こじゅ　古樹烟籠碧玉流　c-028-02
ごしゅつ　五出風流掃面軽　c-019-05
こじん　故人応説寄来遅　c-018-04
こじん　故人遥隔瓏雲辺　c-017-02
ごずい　誤随風衰墜東籬　c-038-09
こつにく　骨肉至情深　a-075-02
ごにゅう　誤入陶園三径裡　c-038-03
こへん　湖辺鋤月換根基　c-020-02
こぼう　古貌蒼然鶴膝枝　c-020-06
こり　箇裏分明六義分　a-112-01
こんにち　今日已過　明日已近　今生已過　後生已近　b-106-01
こんにち　今日開図見此山　a-108-02
こんむ　恨無仙掌向空擎　c-056-06

さ

さいしん　細真白物点真青　a-110-09
さいかん　歳寒誰是旧雷陳　c-016-08
さいさい　采々双華対錦機　c-027-01
さいしゃく　細嚼氷甃歯頬香　c-025-02
さいぜ　最是一般香可掬　c-049-04
さきょ　乍去無向歯　a-110-13
さくしょう　索咲最宜清白吏　c-013-06
さくや　昨夜瑶池酔玉顔　c-025-06
さば　娑婆訶〈ソワカ〉　a-042-17
さんかん　三諌而不聴則逃之　a-086-07
さんし　三子免風霜　a-074-08
さんえき　三益堂前世外人　c-016-08
さんさん　粲々霓裳舞隊僊　c-022-02
さんしょう　参商五十年　a-081-02
ざんせつ　残雪軽揺攪素肌　c-018-04
さんちゅう　山中帯箭帰　a-081-08

し

しい　只為締交留陶令　c-056-02
しいん　只因一二戯成数　c-048-02
じえん　自縁定力曽不汚　c-053-04
しおん　此恩以無報　a-078-02
しか　此花移向龍墀下　c-058-03
しぎょう　嗣尭登宝位　a-072-04
しきょ　恣渠膏血飽　a-083-02
しきん　至今河水上　a-075-09
しきん　至今長帯酔顔酡　c-041-08
しきん　至今留得賞重陽　c-048-06
しくん　思君山頭如推車　a-120-01
しけつ　只欠王弘送酒来　c-037-08
しけつ　只欠龍團幾縷金　c-058-09
じけん　似嫌老圃秋光淡　c-038-07
しさく　只作尋常墨戯看　c-045-04
しし　枝々宛若垂柳嫋　c-058-05
しし　枝々綰結紫茸心　c-059-02
しし　枝々但見色交加　c-051-06
じじ　時々示時人　c-090-05
ししゅつ　刺出団華向九枝　c-042-09
ししょ　其所以乱者君暗也　a-086-03
ししん　始信全無造化功　c-048-02
しじん　使人欲語五音別　a-109-12
じしん　児心痛不禁　a-075-02
じじん　時人自不識　c-090-05
しせい　死生同一滾英々　c-044-04
じぜ　自是花顔媚重陽　c-037-06
しせき　試折両枝和露嗅　c-042-07
しぞく　嗣続吾宗　c-108-09
しちく　紫竹林中艾衲寒　c-030-06
しちさい　七歳生離母　a-081-02
じちん　峙枕猶聞在太唐　a-109-08
しとう　枝頭自有小金盃　c-054-05
しとう　只箇心心心是仏　c-090-02
じどう　児童知子職　a-079-11
しのう　子能知事母　a-076-12
しひ　詩脾冷似有余清　c-025-02
しひん　此品只縁風味別　c-044-04
しぶつ　此物若堪供御献　c-051-02
じぼ　慈母怕聞雷　a-080-02
じゃくきょ　若許糸茸可錦緝　c-055-06
じゃくきょう　若教採泛重陽酒　c-044-02
じゃくきょう　若教重午開時節　c-052-08
じゃくし　若使濂溪曽一見　c-042-01
じゃくしょう　若将色与黄金比　c-047-06
じゃくとう　若当梅花堪折贈　c-041-02
じゃくふ　若不高声語　a-081-08
しゃしゅ　射手名人能登守　a-110-06
しゃそく　舎側甘泉出　a-076-12
じゅうおう　縦横妙用可憐生　c-090-02
しゅうかい　衆会大食　b-046-12
じゅうきょう　従教曲折抱曳姿　c-019-07
じゆう　自有春秋景不同　c-045-08
しゅうちゅう　袖中懐緑橘　a-084-08
しゅうちゅう　就中更得黄金蘂　c-050-03
しゅうにつ　終日無言送夕陽　a-109-13
しゅうちゅう　衆中物語　b-046-11
じゅうひゃく　什百春蔵一朶中　c-026-08
しゅうふう　秋風吟落伴斜暉　c-046-09
じゅうほう　十方世界最霊物　c-090-02
しゅうほん　愁黐縞袂忍軽分　c-017-08
じゅうらい　従来三径無佗伴　c-042-03
しゅうり　秋籬春架一般香　c-048-04
じゅうれい　縦令色似燕脂好　c-039-02
しゅか　種花宮宇説楊州　c-029-02
しゅか　種花年少負幽期　c-023-01
しゅき　酒旗風動暗蘶浮　c-028-02
しゅきょう　酒狂物語　b-046-12
しゅぎょく　種玉西湖独台春　c-028-04
しゅきょく　酒極則乱　a-087-09
しゅこう　守口摂意身莫犯　c-065-07
しゅちょう　主張風月小壺天　c-027-07
しゅつし　出仕雑談　b-046-12
しゅつしょ　出処清高節操堅　c-014-02
しゅは　手把長竿綺玉柯　c-030-02
しゅゆ　須臾春笋出　a-074-02
しゅうろ　修呂底〈シユロテイ〉　a-042-17
じゅんこう　巡行索咲挹清香　c-024-06
しゅんしょう　春松何怕巌頭雪　a-040-12
しゅんしょ　春初早賦惜花詩　c-024-01

しゅんだん　春暖孤根到処芳　c-014-04
しゅんにゅう　春入胚胎造化深　c-027-05
しゅんふう　春風動綵衣　a-076-04
しゅんふう　春風花満樹　a-084-03
しゅんふう　春風有恨八嶋浦　a-110-07
しゅんゆう　春融剡雪道人家　c-036-04
しゅんれい　峻嶺孤芳吐末句　c-030-04
じょい　汝以国莫驕人　a-086-12
じょうげ　上下人短　b-046-07
しょうけん　傷賢者殃及三世　a-086-08
しょうこう　松高風有一声秋　a-105-08
しょうさく　升作疎籬護雪葩　c-031-03
じょうさく　杖策尋芳近東郭　c-032-05
しょうしゃ　瀟洒風標席上珍　c-019-01
しょうしゅ　聖主天中天迦陵頻伽声　b-103-02
しょうしゅん　小春忽見無瑕世　c-014-06
じょうしゅん　上春有約覔南枝　c-015-05
しょうしょう　簫々竹数竿　a-074-02
しょうじょ　勝如千里一毛軽　c-041-02
じょうじん　丈人殿入少年場　c-034-06
しょうせい　鐘成秋藥帯脂顔　c-038-03
しょうてき　嘯笛御大事　a-110-13
しょうてき　小摘枝頭可薦新　c-026-02
しょうふう　松風流水諷経声　c-114-07
じょうへい　浄瓶暁折供金僊　c-030-06
しょうよ　尚余腥血汚征衣　c-046-03
じょうろう　上臈市立　b-046-11
じょえん　女垣無月亦精神　c-032-05
しょか　初華小試一年春　c-023-03
しょくけん　織絹償債主　a-079-02
しょくじ　食事口立　b-046-04
じょせい　女性口人　b-046-11
しり　師理底〈シリテ〉　a-042-16
しんか　身掛褐毛衣　a-081-08
じんかい　人皆有兄弟　a-083-07
じょきん　如今喜得生延蔓　c-059-06
しょくせい　織成文章粲西風　c-055-06
じよ　似与文公得并除　c-043-02
しんいん　深院猶存数楷黄　c-050-09
しんがん　心含太極独先春　c-014-08
じんかん　人間六歳児　a-084-08
しんぎょく　深玉金刀巧谷神　c-019-09
しんけん　進賢者徳流子孫　a-086-08
しんこう　秦興阿房殿天下乱　a-086-17
じんこう　仁孝臨天下　a-073-02
じんさい　人妻馮男　b-046-03
しんざん　深山逢白額　a-078-10
しんじ　臣事君以忠　a-086-01
じんざい　人在光風霽月中　c-013-04
じんし　人呰食則体痩　a-086-04
しんじょ　身如石火　随風易消　命如朝露　向日易滅　b-106-02
しんじょ　心如明月淡無私　c-013-06
じんじょう　人情容易愛忘醜　c-054-03
しんしん　侵晨帯露折来嗅　c-051-04
しんでい　深泥長袴　b-046-03
しんとう　臣等神奴　b-050-05
じんとう　陣頭睡眠　b-046-12
じんどう　尽道黄金色不如　c-047-06
じんふ　人不学者不知道　a-087-02
しんりょう　臣量己而受職　a-086-02

す

すいきん　翠禽同夢月交輝　c-027-01
すいけ　誰家瓊管奏春風　c-036-02
すいこう　雖興〈與カ〉薔薇顔色似　c-057-08
すいこう　吹香曽不借東風　c-057-08
すいさく　水作人家遍扣時　c-015-05
すいしゅう　翠袖籠寒映素肌　c-027-03
すいせき　水積成淵学積成聖　a-087-04
すいてき　誰摘誰看又誰嗅　c-046-09
すいにゅう　雖入東籬花譜系　c-040-08
すいゆう　雖有嘉肴弗食不知其甘　a-087-03
すいゆう　雖有到道弗学不知其善　a-087-03
すいらく　吹落紅花曲未終　c-036-02
すいれい　水冷池無三伏夏　a-105-09
すうてん　数椽屮屋延清客　c-031-03

せ

せいが　生餓鬼中　a-070-09
せいこう　清香異色満瑶台　c-021-02
せいこう　清香終不滅紅梅　c-046-01
せいし　生子忘愛恩　a-071-11
せいし　青子纔盲遍絲陰　c-026-04
せいしょう　靚粧僊子月中帰　c-027-03
せいしん　精神全在半開時　c-041-06
せいてい　井底蝦蟇月呑却　a-121-08
せいふん　清芬遠勝蒼竜脳　c-055-02
せききょく　折玉伝香水駅寒　c-017-02
せききょく　折玉臨風帯咲鏊　c-019-03
せきしゅ　折取帰来時嗅把　c-048-04
せきぜ　昔是隋園曽剪深　c-052-06
せきび　赤眉知孝順　a-082-02
せきれい　石冷雲寒一片春　c-032-04
せつしゅ　摂取一筒半筒　c-108-09
ぜつしょう　絶勝江行掛洒飄　c-033-06
せつでい　雪泥蹈遍十余里　c-023-09
せつほう　説法教化日本在　c-094-06
ぜつりん　絶憐色帯宮袍様　c-058-09
せんきゅう　剪韭春園香暗浮　c-031-05

せんこ　千古一黄香　a-079-11
せんしょう　千章沢国風霜過　c-043-02
せんしん　擅心時被西風折　c-056-08
せんびょう　仙廟可食味甘鮮　c-058-01
せんへき　浅碧籠幨醮玉痕　c-033-02
ぜんいち　然一沐三握髪　a-086-11
ぜんゆう　善游者溺能乗者堕　a-087-11
せんよく　洗浴不浄恩　a-071-13

そ

そうか　挿花貯水養天真　c-019-01
そうきゃく　騒客幾番霜後看　c-037-04
そうこう　簇向秋叢飛不去　c-047-08
そうしん　双親開口笑　a-076-04
そうぜ　想是花神戯抛擲　c-038-09
そうぜ　想是神農収不尽　c-048-06
そうぜ　想是西湖移此種　c-053-08
そうたい　蒼苔石上老烟波　c-030-02
そうちん　双枕聴鐘独有愁　a-119-01
そうは　滄波万里在他郷　a-109-11
そうひ　霜飛玉帳帯春風　c-031-01
そうふ　葬父貸方兄　a-079-02
そうゆう　曽有逋僊行輩来　c-015-07
そえい　疎影分明不夜天　c-021-08
そが　素蛾姑射闘嬋娟　c-021-08
そき　楚起章花之台黎民散　a-086-17
そきょ　素居空谷避緇塵　c-032-04
そくい　即以道眼　a-070-09
そくげん　即現此身而為説法　c-102-11
そふく　素幅凝香四面遮　c-036-04
そんぜん　尊前留母在　a-074-08

た

たいか　対花何必恨全無　c-037-02
たいか　対花如対測明面　c-054-07
だいじ　大事異見　b-046-07
たいせつ　対雪蜀亭清興動　c-027-09
たいはく　太白腰槌工部斤　a-111-13
たいふ　苔浮翠泥春不寒　c-022-04
たいたい　隊々耕春象　a-072-04
だいち　大地無寸土　a-119-07
だいほう　代烹云痩肥　a-083-07
たくこん　托根聚落任風饕　c-031-09
たくし　択子莫如父　a-085-11
たくしん　択臣莫如君　a-085-11
たしょう　多少秋英総不如　c-047-02
だつしん　脱身纔口中　a-078-10
たんしょう　淡粧濃抹一般香　c-042-05
たんせい　丹青誰為写微容　c-035-09
たんたん　淡々紅芳照眼妍　c-020-08

ち

ちくがい　竹外疎花疎外橋　c-031-09
ちじ　癡児不道難抛擲　c-047-04
ちとく　知得測明高臥意　c-046-07
ちゅうしん　忠臣不仕二君　a-086-13
ちょうこう　朝高読経　b-046-04
ちょうし　張氏古今稀　a-083-07
ちょうてい　迢逓疎林接野橋　c-023-09
ちょうとく　挑得天上灯明月　c-114-07
ちょくたい　直待陽回始看花　c-038-07
ちょくとう　直到如今未肯醒　c-038-05
ちれい　池冷水無三伏夏　a-105-08
ちんてい　椿庭遘疾深　a-082-09

て

ていか　庭花映箔眩冷眸　c-033-08
ていき　啼飢涙満衣　a-082-02
ていじょ　貞女不改二夫　a-086-13
ていじょ　貞女両夫にまみえず　b-053-14
ていじょう　庭上玉房馨　a-040-10
ていだい　鼎鼐同登要適鈞　c-026-06
てきらい　摘来裴襯雪師獰　c-051-08
てつせき　鉄石芳条誰縞楺　c-019-07
てんい　天意報平安　a-074-02
てんき　天姫陌上迎　a-079-02
てんじく　天竺山前種最宜　c-058-05
てんじょう　天上人間三界裏　a-040-13
てんせい　点成宮額朕花明　c-019-05
てんてつ　点綴湖山景最宜　c-034-04
てんとう　転頭紅綻又垂金　c-026-04
てんふ　天賦清羸可得肥　c-023-05

と

とうげつ　冬月温衾煖　a-079-11
とうけん　到県未旬日　a-082-09
とうじ　当時因酔源州酒　c-038-05
とうしょう　桃将春色向誰家　c-033-04
とうとく　答得氷輪時一照　c-050-07
とうてん　唐天作事響穿雲　a-111-13
とうとう　騰々自在無所為　c-090-03
どうへい　銅瓶養素近粧臺　c-034-02
とうぼ　到墓遶千廻　a-080-02
とうやく　湯薬必親嘗　a-073-02
とうり　桃李浸山柰俗何　c-022-08
とうり　東籬移下一天星　c-043-08
とうり　東籬花譜亦標名　c-057-04

とうり　東籬別飲渕明去　c-055-08
どか　土華生暈護春幾　c-020-06
どくほう　独抱水霜歳月深　c-022-06
とくらい　特来同領北窓涼　c-046-07
どくりつ　独立衡門数晩鴉　a-121-04
とけん　妬賢者名不全　a-086-09

な

なむ　南無阿弥陀仏　b-070-03
なむ　南無王皇大天尊　b-098-05
なむ　南無東海神　b-099-02
なむ　南無南海神　b-099-02
なむ　南無遍昭金剛　a-043-09
なんだつ　難奪中黄一段真　c-043-04
なんだつ　難奪陶園止色黄　c-039-02

に

にちぼ　日暮遠路　b-046-05
にちほん　日本晴時若見星　a-110-09
にゅうこ　乳姑晨与梳　a-078-02
にゅうばつ　入抜舌地獄耕其舌等　a-071-15
にゅうふ　乳孚養育恩　a-071-12
にょぜ　如是行者得度世　c-065-07
にょぜ　如是ちくしやう　b-100-14
にょぜ　如是仏祖模範有子細　c-098-11

ぬ

ぬりき　努力搏腥風　a-078-10

ね

ねんねん　年々開占小春時　c-034-04

の

のうしょう　濃粧出色染芳林　c-027-05
のうぼ　嚢謨波誐婆帝〈ノウボバギヤバテイ〉　a-042-16
のうまつ　濃抹燕脂未足誇　c-025-08
のうらん　悩乱秋風太嬌媚　c-041-06

は

ばいか　梅花似照星　a-040-09
ばいだん　買断氷娥一面粧　c-055-04
はかん　波涵脩翠玉玲瓏　c-032-08
はぎょく　破玉并刀試手温　c-018-06
はくうん　白雲影程見疎花　c-036-06
ばくきょう　莫教尽付餐英手　c-052-02
ばくじゅう　莫住城皇聚洛　c-108-08
はくせん　白戦曹林望解囲　c-029-08
ばくどう　莫道東籬無別品　c-040-04
ばくふん　莫分壽客与華王　c-037-04
ばくれい　莫令断絶　c-108-09
はけ　破家為国　a-086-10
はら　波羅定尼耶〈ハラヂヤウニヤ〉　a-042-16
はら　波羅蜜多曳〈ハラミツタエイ〉　a-042-16
はんき　半欹山路半為薪　c-030-04
ばんせつ　晩節歳寒同一耐　c-038-01
はんにゃ　般若畢竟皆空　a-034-11

ひ

ひじ　比似傲霜高一著　c-046-01
ひしょう　婢妾豈無人　a-077-08
びじょ　美女粉臺曽得此　c-041-04
びじん　美人一別隔年期　c-015-01
ひちょう　飛鳥都卒天　c-094-05
びじゃ　尾邪曳〈ビヂヤエイ〉　a-042-17
ひょうき　氷肌如削哇寒威　c-023-05
ひょうこん　氷魂宿夜台　a-080-02
ひょうしょう　氷消浪洗旧苔鬚　a-106-03
ひんえき　貪亦風流　a-122-01
ひんしゃ　貧者見物　b-046-11
びんし　閔氏有賢郎　a-074-08
ひんぼう　貧乏思供給　a-080-07

ふ

ふいん　不因見月喜雲開　c-037-06
ふいん　不因枝葉重々翠　c-045-04
ふいん　不因地僻減清香　c-014-04
ふうこう　風高松有一声秋　a-105-09
ふうしゃ　風謝飛瓊舞遍時　c-024-01
ふうそう　風霜歯頬帯陽来　c-017-04
ふかん　不管重陽好風雨　c-043-08
ふきょう　不教紅粉妬嬌眉　c-056-04
ふげん　不減梅花片子香　c-051-04
ふこう　婦更孝於姑　a-076-12
ふし　父子倶無恙　a-078-10
ふし　父子不同位所以厚敬　a-087-07
ぶし　武士臆病　b-046-13
ふしゅう　不習医道　b-046-07
ふしん　負薪帰来晩　a-075-02
ふす　不須強把棣棠比　c-045-08
ふすい　不遂群葩挽早発　c-045-06
ふち　不知月落興参横　c-028-06
ふち　不知己不過人　a-087-08
ふにゅう　不入貢人海上方　c-055-02

ふよう　不用於世而不怨天　a-087-08
ふよう　不用分香両処叢　c-044-02
ふんしん　分身千百億　c-090-05
ぶんた　蚊多不敢揮　a-083-02
ぶんぶ　文武二道捨一不可　a-087-06
ふんふん　紛々耘草禽　a-072-04
ふんてん　粉点秋冬景一般　c-057-06

―へ―

へいせい　平生孝事親　a-077-08
へいほう　兵法達者源九郎　a-110-06
べつけん　蔑賢身受其害　a-086-08

―ほ―

ほうがん　飽玩豪唫興趣深　c-016-06
ほうこん　芳魂驚暁動清愁　c-015-03
ぼうこん　亡魂今日出来迎　c-114-06
ほうし　法師腕立　b-046-13
ほうしん　芳信挽先露雪葩　c-014-06
ぼうしん　忘身奉君　a-086-10
ほうせい　法性平等理偏見〈シナテルヤ〉　c-094-02
ほうちょう　蜂蝶随人紫陌賖　c-033-04
ほうふつ　髣髴屏間百子図　c-046-05
ほうふつ　彷彿明粧対鏡時　c-032-02
ほきょ　歩虚人立月花鳥　c-030-08
ほくし　北枝偏愛雪霜多　c-024-08
ほくぼう　北望啓憂心　a-082-09
ほせん　逋仙佳句播清芬　c-028-04
ぼそん　母損纔方喃　a-075-02
ほつぼ　ほつ菩提心　b-100-14
ほほ　歩々金蓮未足誇　c-054-03
ぼんだい　凡大事皆起少事　a-087-10

―ま―

まいいち　毎一衣則思紡績之辛苦　a-087-12
まいいち　毎一食便念稼穡之艱難　a-087-12
まいじ　埋児願母存　a-080-07
まんこ　万古芳名得正伝　c-053-02
まんねん　万年千歳播清芳　c-056-02
まんめん　満面春生大咲中　c-035-05

―み―

みちょう　未調二十八材木　a-112-01
みつさん　蜜攅玉辨費精神　c-026-08
みろく　弥勒真　c-090-05

―む―

むかく　夢隔梨雲逼暁天　c-022-04
むこう　無功之賞不議之富禍之媒也　a-086-16
むし　無氏位立　b-046-03
むしん　無心所望　b-046-09
むふん　無分陶園傍竹籬　c-049-06
むり　夢裡分明帰古郷　a-109-05
むりょく　無力腕持　b-046-03

―め―

めいくん　明君無棄士　a-085-12
めいげつ　明月満床清夢覚　c-036-06
めいこ　嗚呼恐達磨　a-110-12
めんきょう　免教委把易飄零　c-048-08
めんし　免使入親闈　a-083-02

―も―

もくじゅう　木従縄則正　a-085-10
もくと　木登自讃　b-046-04
もくよう　目様座主位　a-110-12
もんそう　聞早孝其親　a-073-08

―や―

やこう　夜行多言　b-046-08
やげつ　夜月灘頭浸玉寒　c-013-08
やしん　夜深敲門我不開　a-120-03

―ゆ―

ゆいが　唯独自明了　a-067-10
ゆうか　有過而不諫則悪不懼　a-086-15
ゆうおく　猶憶三閭楚太夫　c-044-06
ゆうかん　庾関春在万山巔　c-014-02
ゆうきょう　猶恐天下賢人　a-086-12
ゆうこう　有香全似麝臍嚢　c-049-02
ゆうこう　有功不貴則善不勤　a-086-15
ゆうじ　有時独歩花辺看　c-046-05
ゆうべつ　又別有比量思出　a-110-10

―よ―

ようぎょく　幼玉嬌姝欲郊轡　c-023-03
ようじ　幼而学者如日出光　a-087-05
ようそう　遥想風前玉雪姿　c-015-01
よくしょう　欲將籬畦金銭菊　c-055-04
よくぼう　欲傍未籬軽借力　c-048-08

ら

らくきょく　楽極則悲　a-087-09

り

りへん　籬辺墻角試尋幽　c-031-05
りゃくち　掠地回風玉作堆　c-018-02
りゅうえい　流英向暖点酥乾　c-035-03
りゅうしゅ　留取佳人繋雪師　c-052-02
りゅうとく　留得此花遇三白　c-051-08
りゅうよ　留与渕明当酒航　c-050-03
りゅうれん　留連不許秋客老　c-039-04
りゅうろう　劉郎従古惜芳春　c-028-07
りょうしょう　良匠無棄材　a-085-12
りょうしん　両親迎我間扶桑　a-109-06
りらく　籬落盤根枕水坡　c-023-07
りんさん　臨産受苦恩　a-071-11

る

るいてき　涙滴朔風寒　a-074-02
るいるい　纍々酸実醸余春　c-026-02
るもん　屢問遊人蹴得不　c-047-04

れ

れいぜん　冷然写出広平正　c-029-06
れきへん　歴遍風霜不計時　c-023-01
れんみん　憐愍恩　a-071-14

ろ

ろうじ　老而学者如秉燭夜行　a-087-05
ろうしゃ　老者出仕　b-046-05
ろうじゅ　老樹梅花飛似星　a-040-12
ろうしん　老親思鹿乳　a-081-08
ろうずい　臈蘂開遅到艶陽　c-034-06
ろうぜき　狼藉忠信荒菊王　a-110-07
ろうせつ　漏泄春機想未深　c-035-01
ろうせつ　浪説招林有美人　c-021-04
ろか　露華承得十分清　c-050-05
ろくしゅつ　六出花開互出飛　c-021-06
ろくどう　六道輪廻衆生成　c-094-03
ろくへん　六片経互捧雪児　c-017-06
ろこう　露光涵白紅輝映　c-053-06

わ

わろ　和露折帰来比并　c-051-06

和歌・連句・俳諧・呪歌・いいまわし等

あ

あかいぬ　赤犬で狐おふ　b-064-02
あかつき　暁いたりて浪の音こ金の岸によするほど　c-115-09
あかつきの　暁の鳴の羽〈ハネ〉がき百羽書〈モヽハガキ〉君がこぬ夜は我ぞかずかく　a-105-10
あかねさすとも　あかねさすともおもひけるかな　b-026-01
あかはだ　あかはだの歌　a-033-13
あくにつよければ　悪につよければ善にもつよし　b-063-14
あくればやまを　あくればやまをたちいづるなり　b-034-10
あさひさす　アサヒサス春日ノ山ノウツムクサ根モハモタヘテカレウセニケリ　b-096-01
あさましや　あさましやまだみぬ鬼のはげしさをいつならひてかたえ忍べき　c-114-10
あさまだき　朝まだきからろの音のきこゆるは　b-029-04
あさゆうに　朝夕になれしにはあらぬます鏡むかしくやしき影やみゆらん　c-115-03
あしにものはく　あしにものはく　b-045-03
あしびきの　あし引の山遠き月を空に置て月影たかし雲のかけはし　c-074-14
あしゅらおうが　阿修羅王ガ垣根ニビヤヤラント云虫アリ。其虫ガ死ナラバ、歯クラウ虫モ死ベシ　b-096-08
あずまことの　あづまことのこゑこそ北にきこゆなれ　b-024-03
あたらみを　あたら身を太山のおくにすませばや爰は憂世の境せばきに　c-113-03
あめこそは　雨こそはたのまばたのめたのまずは思はぬ人とみてをやみ南　b-061-12
あめはふるとも　雨ハ降トモ多羅樹木、諸行無常を洗なよ　c-099-09
あめふりて　雨降て地かたまる　b-063-04
あめふれば　雨ふれはきじもしとゞになりにけり　b-030-02
あめふれば　雨ふれば道もあしげのこがなはて日かげてりなばやがてかはらけ　b-036-12
あめよりは　雨よりは風ふくなどやおもふらん　b-030-08
あやしやさても　あやしやさてもたれにかりきぬ　b-032-03
あらいその　あら礒の浪もえよらぬ高崗にかきもつくべき法ならばこそ　c-112-02
あらうとみれば　あらうとみればくろき鳥かな　b-031-03
あわれおやなし　賢聖教訓義愚者〈アワレヲヤナシ〉　c-094-03
あわれとも　哀とも事問ふ人のはかなさよ身を捨てこそ名を残しけれ　a-110-04
あわれなり　あはれなり名をばのこせる次信がはかは八島の浦にこそあれ　a-110-02

い

いえにあれば　家にあればけにもるいひを草枕旅にしあればいもの葉にもる　b-052-05
いかなるかみの　いかなる神のつくにやあるらん　b-025-04
いかにして　いかにして此一もとに時雨けむ山にさきだち庭のもみぢば　a-113-11
いかにして　いかにしてたでゆのからくなかるらん　b-033-04
いかにせむ　いかにせん小野の山柴事たちて猶たてかぬる宿のけぶりを　a-114-06
いかにせむ　いかにせむ藤のうら葉の枯ゆくを只春の日にまかせたらなん　a-041-10
いかにせむ　いかにせんやすきほとけのみなをさへおこたるほどのつらき我みぞ　c-113-10
いかるがや　飛鳥都卒天〈イカルガヤ〉　c-094-05
いかるがや　いかるがやとみの小川の絶ばこそ我が大君の御名はわすれめ　c-093-11
いきながら　いきながらはがるゝ身こそかなしけれつたへて虎の皮をみるにも　a-112-12
いさかいすぎての　いさかひ過てのちぎり木ぼう　b-062-01
いずるとも　出るとも入とも月をおもはねば心にかゝる山のはもなし　c-111-04
いそがばまわれ　いそがばまはれ　b-061-04
いたびさしにも　板びさしにもねたるおほちご　b-035-09
いちじょうの　一乗の御法をたもつ人のぞみ三世の仏の師とはなりける　c-077-02
いちひとの　イチ人ノ大悲ノ誓真ニテグゼイノ舟ニ乗ゾウレシキ　b-091-02
いてとらむもの　ゐてとらむ物、立てとる　b-061-05
いでわなる　出羽なるひらがの御鷹立帰り親の為には鷲をとる也　b-109-16
いとざくら　いと桜よりくる道のなかりせばいかで逢みむ花の言の葉　a-106-14
いにしえの　いにしへの尾上の鐘に似たるかな岸

うつなみのあかつきの声　c-115-11
いぬのようなる　いぬのやうなるほうしきたれば　b-035-05
いぬよりひと　犬よりひと　b-062-05
いまははるべ　今ははるべ　b-048-08
いやたかき　いや高き道の光をあふぐ身の心の霞いつかはれなん　a-113-05
いるにまかせて　イルニマカセテ　a-067-15
いろあるものは　色あるものはかならずかはる　b-066-03

う

うえみぬわし　うへみぬわし　b-065-05
うかれただ　うかれたゞこのたび計わがやどによのつねなれば心とまるに　c-114-04
うきはざいきょう　うきは在京つまもちながらふたりひとりねをする　b-082-05
うたものがたりに　歌物語に歌を忘れた　b-065-08
うちなげき　うちなげきうらむるかひもなかりけりおなじのはらの葛のうら風　c-115-05
うてばひびく　うてばひゞく　b-065-11
うのはなの　卯花のみなしらがともみゆる哉賎が垣ねはとしよりにけり　a-107-09
うのまねをする　鵜のまねする烏は水を喰　b-063-01
うぶねには　鵜舟にはとりいれしものをおぼつかな　b-028-02
うまようまよ　馬よ／＼　おきて草はめねてしぬな如是ちくしやうほつ菩提心　b-100-14
うみやまも　海山もかく乱たる世中にいかゞかこはんあまのあしがき　a-115-12
うめがえに　梅が枝にきゐる鶯春かけて鳴どもいまだ雪は降つゝ　b-074-04
うめづのうめは　梅津のむめはちりやしぬらん　b-024-10
うめのきの　梅の木のかれたる枝に鳥のゐて花さけ／＼と鳴ぞわりなき　c-077-05
うめのはな　梅花みにこそきつれうぐひすのひとく／＼といとひしもする　b-104-02
うめのはながさ　梅のはながさきたるみのむし　b-030-06
うめみずなれど　むめ水なれどすくもあらねば　b-033-05
うやまえばうやまう　うやまへばうやまふ　b-063-07
うやまえばしたがう　うやまへばしたがふ　b-061-09
うらめしや　うらめしや業の秤におもくしてかゝるうき身のなにと成べき　c-115-02

お

おいぬればひがむ　老ぬればひがむ　b-066-02
おくなるをもや　おくなるをもやはしらと〈は〉いふ　b-031-08
おぼつかな　おぼつかな誰が手枕にかりねしてさむる間もなき夢をみる哉　c-114-02
おもいのほかに　おもひのほかに君がきませる　c-083-11
おもいやれ　おもひやれ塩ならぬ海にしづむ身もうきよの浪のからきこゝろを　a-115-05
おもいやれ　思ヤレ問人モナキ山里ニカケヒノ水ノ心ボソサヲ　b-091-08
おやよりさきに　おやよりさきにむまれこそすれ　b-034-05
おりえても　折えてもこゝろゆるすな山桜さそふ嵐のふきもこそすれ　c-110-09
おんなはしゅうの　おんなはしうのめきゝら　b-064-01

か

かきねゆく　垣ねゆく水も紅葉の色染て　c-076-13
かきのもと　かきのもとながるゝ水になくかはづ　b-034-03
がきもにんぜい　餓鬼も人勢　b-063-12
かくていま　かくて今おもひ入江のみほつくし世にさし出てなにゝかはせむ　c-110-08
かささぎならば　かさゝぎならばかゝらましやは　b-030-03
かずらきや　かづらきやとよらの寺のえのは井に白玉雫やま白玉しづくや　c-067-15
かせぐにびんぼう　かせぐにびんぼうおいつかず　b-063-06
かぜのまにまに　風のまに／＼うてばなりけり　b-029-08
かぜふけば　風ふけば奥津白浪たつ田やまよはにや君がひとりこゆらむ　b-055-14
かたおかやまに　起法喜禅悦食飢〈カタヲカヤマニイ、ニウエテ〉　c-094-02
かたくには　火宅には又もいづまじ小車にのり得てみればわがあらばこそ　c-101-12
かつてかぶとの　勝て甲の緒をしめよ　b-061-06
かのみなくちに　かのみなくちに水をいればや　b-025-09
かみはくろし　髪ハ黒シ小喝食　a-111-03
かもがわを　加茂川をつるはぎにても渡る哉　b-027-08
かりばかまをば　かりばかまをばおしとおもひて

b-027-10
かわかぜさむみ　川風寒み　a-125-08
かわらやの　かはらやの板ふきにてもみゆるかな　b-026-09

き

きくというにも　きくといふにもみゝのあらばや　b-033-07
きくもうし　聞モウシ思フモツラシイカヾセン身ヨリケブリノタヽヌ日ゾ無キ　b-091-14
きしのひめまつ　岸の姫松人ならば　a-033-12
きたみなみ　きたみなみにしまで風の吹あれて　b-075-03
きにたけをつぐ　木に竹をつぐ　b-064-03
きのぼりかわだち　木のぼり・川立、馬鹿がする　b-063-03
きびあわも　黍粟もくはでおこなふすみの袖　b-033-10
きょうげんは　狂言はいさかひのもとひ　b-061-02

く

くじらのおに　くじらの尾にならんよりいさゞのかしらになれ　b-066-01
くせあるうまに　くせある馬に乗も有　b-063-15
くちなしに　くちなしにきばのみゆるはふしぎ哉　b-033-06
くちなしの　口なしのそのにやわが身入にけんおもふことをもいはでやみぬる　c-077-08
くらげもほねにあう　くらげもほねにあふ　b-063-11
くりかえし　くり返しひるもわくとはみゆれ共　b-030-10
くりふねの　クリ舟ノカナタコナタノ縄キレテ何トモカトモセラレザリケリ　b-091-12

け

けむりをも　けぶりをもぬりこめてやく炭がまに　b-034-11
けらはらたてば　けら腹たてば、からすよろこぶ　b-063-02

こ

こうかいさきにたたず　後悔さきにたゝず　b-065-06
こうじもなきには　好事もなきにはしかじ　b-065-10
こうろせんがん　香炉千貫絵千貫、天目千貫三千貫　a-126-07
こがねのきしに　こ金の岸によするほど　c-115-09
こけはむすとも　苔はむすとも毘婆娑石　生滅々已を埋なよ　c-099-09
こころざしをば　心ざしをば松のはにつゝむ　b-061-03
こころだに　心だにまことの道にかなひなばいのらずとても神やまぼらん　b-056-16
こじきのともやらい　こぢきの友やらゐ　b-064-09
こちくして　こちくして事かたらひの笛竹の一夜のふしを人にかたるな　b-108-09
ことたらぬ　ことたらぬ世をな歎そ鴨のあしみじかくてこそうかぶ瀬もあれ　b-055-11
ことばおおければ　こと葉おほければしなすくなし　b-062-02
ごとばのいんに　後鳥羽の院におそれこそすれ　b-035-12
このこそで　このこそで人のかたよりくれはとり　b-032-04
こまちがはては　小町がはてはあまにこそなれ　b-036-01
こりはてぬ　こりはてぬかゝるなげきの苦みはをのがみ山のことわざぞかし　c-115-06
これをおもえば　これをおもへばけだものゝ　空にほえけん心ちして　ちゞのなさけも　おもほえず　ひとつ心ぞほこらしき　b-106-06
これをぞしもの　これをぞしものやしろとはいふ　b-028-08

さ

さくらさく　さくらさくとを山もとにかしこまり　b-035-13
さもこそは　さもこそはすみの江ならぬよとゝもに　b-031-05
さよふけて　さ夜ふけていまはねぶたくなりにけり　b-023-11
さりとては　さりとてはたのむぞ和歌のうらの浪よせてをあまの栖あらすな　a-115-10
さるちごと　さるちごとみるにあはせず木にのぼる　b-035-03
さんぼうに　三宝ニイノル祈ノ叶コソツモレバ行ノシルシナリケレ　b-091-06

し

じごくもすみか　地獄もすみか　b-063-13
じしんのありがたきが　自身のありがたきが故に仏力をあふぐ　a-091-07

しずかなるこころ　静なるこゝろいかにもたづねればたゞ山の井のみづからぞすむ　c-111-01

しちふくを　七福を即生ならば其まゝに七難ならばそこに滅せよ　b-098-08

しなてるや　法性平等理偏見〈シナテルヤ〉　c-094-02

しなてるや　しなてるや片岡〈カタヲカ〉山に飯〈イヽ〉にうへてふせる旅〈タビ〉人あはれおやなし　c-093-09

しぬもののどおす　しぬものゝのどおす　b-064-13

しねばいくる　しねばいくる　b-061-07

しばのとを　柴の戸をさびしからじと住なさばすつるうきよに又やかへらむ　c-111-05

しめのうちに　しめのうちにきねの音こそ聞ゆなれ　b-025-02

じゃのすむいけは　蛇のすむ池は鬼のこゑする　b-075-05

じゅうおうの　十王のかほは地獄のもみぢかな　b-031-12

しゅんぱの　春把のあしたのねがほの色は雨を帯たるかいだう花　b-082-03

じゅんれいの　じゆんれ(い？)のつれ歌　b-064-10

しょうり　小利大ぞん　b-061-08

す

すぎのきそだち　杉〈スギ〉の木そだちのねこ心　b-064-14

すをはなれたる　すをはなれたる鳥の声／＼　b-034-07

せ

せきのなの　関の名のふはりと物やにほふらん　b-035-10

せつじょうのしも　雪上の霜　b-065-07

そ

そうろうべくそうろう　候べく候にかすみたなびく　b-032-05

そがきょうだいは　曽我きやうだいはほとけにぞなる　b-032-10

そらにおきて　空にをきてみむよ〈夜〉やいく代秋の月　c-075-15

そんするはりごと　そんするはり事　b-064-05

た

だいなるものには　大なる物にはのまるゝ　b-061-13

たからのやまに　たからの山に入て空しくかへる　b-065-09

たきのひびきに　たきのひゞきに夢ぞおどろく　b-074-07

たけのこの　竹のこのそだてばちゝとはゝ出て　b-034-06

たずねいる　たづねいるみ山のおくのさとなればもとすみなれし都なりけり　c-112-06

たでかるふねの　たでかる舟のすぐるなりけり　b-029-01

たなのおよ　たなのをよたえなば絶ねなからあれば物置たびによはりもぞする　b-036-06

たにはむうまは　田にはむ馬はくろにぞありける　b-026-04

たのなかに　田の中にすきいりぬべきおきなかな　b-025-07

たのむきのもとに　たのむ木のもとに雨のもる　b-061-10

たびのそら　たびの空けふは七日の涙川いかなる浪にそでぬらすらん　c-114-09

たまはみつ　玉はみつ主はたれともしらねどもむすびとゞめむしたがいのつま　b-098-11

たれかまた　誰かまた法の灯かゝげつゝかゝる関路のすゑをとふべき　c-115-07

ち

ちのみちは　チノ道ハ父と母トノチノ道ヨ血ノ道トメヨチノ道ノ神　b-094-04

ちはやふる　ちはやふるかみをばあしにまく物か　b-028-06

ちるにはもれぬ　ちるにはもれぬ山桜　b-065-14

ちをもって　ちをもつてちをあらふ　b-062-07

つ

つきよのうさよ　月夜のうさよ／＼やみなるべくはくもらじ物をくもらじものを　b-083-02

つけばなる　ツケバナルツカネバナラヌ此鐘ノツカラナルコソ不思議成ケレ　b-092-02

つちくれしてや　つちくれしてやつくりそめけん　b-026-11

つのなおすとて　角なをすとて牛ころす　b-065-15

つゆのみを　露の身を嵐の山に置ながら世にありがほに烟立らむ　a-108-06

つらけれど　つらけれどうらみむとまたおもほえずなをゆくすゑをたのむ心に　b-055-12
つらしとて　つらしとて我さへ人を忘なばさりとて中の絶やはつべき　b-056-08
つれなくたてる　つれなくたてるしかの嶋かな　b-027-02

て

でがらかいの　お〈出〉がらかいの入がらかい　b-064-04
てんしるちしる　天しる地しる我しる　b-065-12
てんにもあがり　天にもあがり地をもくゞりつ　b-036-03

と

とおきむさしや　とをきむさしや下つさの　さかゐに今はすみ田川　b-082-09
ときわなる　常葉なる梢にふれるうす雪の色をうつすや鷹の青白　b-112-08
としなみの　としなみのよりくるこそは嬉しけれ彼岸ちかくなるとおもへば　c-113-07
とまりがり　とまり狩木の根につなぐ箸鷹の桜色なる花のあか鷹　b-112-06
とみのおがわの　安楽世界不退位　転法輪不絶〈トミノヲガハノタヘバコソ〉　c-094-05
とりなきしまの　鳥なき嶋の蝙蝠　b-065-16
とるてには　とるてにははかなくうつる花なれど　b-029-12
どろうてば　どろうてばかほにかゝる　b-062-06

な

なおききに　なをき木にまされる枝も有物を毛をふき疵を求るはなぞ　b-061-16
ながいするさぎは　長居する鷺〈サギ〉はひきめにあふ　b-065-17
ながきものには　ながきものにはまかるゝ　b-061-13
なかなかに　中／＼によはきをおのが力にて柳の枝に雪おれはなし　b-063-10
なけばきく　なけばきくきけば都の恋しきにこの里過よ山ほとゝぎす　a-113-08
なにごとも　何事もおもはぬさきの源にかへるこゝろぞほとけなりける　c-110-05
なにしおう　名にしおふ朝倉山の春風に花も名のるやにほひなるらん　a-112-09
なににあゆるを　なにゝあゆるをあゆといふらん　b-027-13
なみまでおさまる　浪までおさまる御代なりと都にもつげよ都鳥　b-082-09
なわしろの　なはしろの水にはかげとみえつれど　b-026-06

に

にしのうみ　西海たつ白浪のうへにして何過すらんかりのこの世を　a-035-07
にちげつの　日月ノ影ヲアマタニ照スコソサナガラ五木ノ光成ケレ　b-091-10
にのみやの　二宮ノ神ノ誓ノフカケレバナドヤ願ノ叶ハザルラン　b-091-04
にわにくもらぬ　庭にくもらぬ玉しきの露　c-075-17

ぬ

ぬすびとの　ぬす人のとひつけ　b-064-12

ね

ねがいける　ねがひける花の下にてしにゝけり蓮のうへのさこそあるらめ　a-107-04
ねがわくは　ねがはくは花のもとにて春しなむ其二月の望月のころ　a-107-02

は

はくらくの　はくらくのみかげをうつす此敷井出てはらへや此敷井　b-101-01
はちすばに　はちすばにかはづが子どもならびゐて　b-032-11
はちすばの　はちす葉のうへよりおつるあまがへる　b-033-02
はなくぎは　はなくぎはちるてふことぞなかりける　b-029-06
はなのいろは　花の色はうつりにけりな梅ぼうし　b-036-02
はるかぜに　春風にほころびけりな桃のはな枝葉にわたるうたがひもなし　c-112-04
はるたつと　はるたつと申させ給へたれにても　b-032-06
はるならぬ　春ならぬ花の藤ふの初小鷹鳥屋がへりしてたゞけ成けり　b-112-11
はるははな　春は花夏はしげ山に秋寒し冬ふる雪に下くゞる水　b-074-01
はるははな　春ははな夏郭公秋は月冬雪消て涼しかりけり　c-112-08

ひ

ひかずけさ　日数けさかれのゝ真葛霜とけて過にし秋にかへる露かな　c-076-14
ひきとむる　ひきとむる言の葉もがな糸桜むすぶ契はよしあらずとも　a-106-09
ひくにはつよき　ひくにはつよきすまゐ草かな　b-029-11
びくにもいまは　びくにもいまはをんなにぞなる　b-033-01
びじょはあくじょの　美女は悪女のかたき　b-065-13
ひとくわぬうま　人くはぬ馬、耳すぶる　b-063-16
ひとのこといわむより　人のこといはむより柿の核〈サネ〉をかぶれ　b-063-05
ひとのめの　人のめのあまりりんきのをはりこそふたりのはぢをあらはしにけれ　b-055-16
ひとまつににて　ひとまつにゝて歌やよむらん　b-034-02
ひとめをも　人めをもはぢをも身をも思はねば爰も太山の奥とひとしきし　c-113-05
ひとをふみては　人をふみてはねいられず　b-062-08
ひのいるは　日のいるはくれなゐにこそにたりけれ　b-025-12
ひびきのこえに　響の声に応ずる　a-090-07
びらんじゅのきに　びらんじゆの木にわめく秋風　b-031-13
びんはしろし　鬢ハ白シ大将軍　a-111-04

ふ

ふせるたびびと　六道輪廻衆生成〈フセルタビビト〉　c-094-03
ふたつやの　ふたつやの窓の笠かけおもしろや峯の嵐のいるに任せて　a-112-07
ふどうもこいに　不動も恋にこがらかす身ぞ　b-035-08
ふりにける　ふりにけるとよらの寺のえのは井になを白玉をのこす月かげ　c-067-14
ふるさとと　ふるさととさだむるかたのなき時はいづくへゆくも家路なりけり　c-111-03
ふるさとの　ふるさとの花のたよりにさそはれてかへるさしらぬ春のもろ人　c-111-08

へ

へたのものずき　へたのものずき　b-064-06

ほ

ほしがるを　ほしがるをおかしとおもふ心ならばおししとおもふこゝろすてゝん　c-109-10
ほとけあれば　仏あれば衆生あり、衆生あれば山うばもあり　b-085-12
ほとけとも　ほとけともしればこゝろのまよひぞやしらぬぞもとの仏なりける　c-113-01
ほととぎす　郭公鳴つる夏の山べには沓手いださぬ人やあるらん　b-104-10
ほととぎす　郭公名ヲモ雲井ニアグル哉　a-067-14
ほととぎす　郭公人のことばのおほかるにしなすなすくなしと一こゑぞなく　b-057-05
ほととぎす　ほとゝぎす人のことばのおほかるにしなすくなしと一声ぞなく　b-062-04
ほのぼのと　ほの／＼と明石のうらの朝ぎりに嶋がくれ行舟をしぞ思ふ　b-074-03

ま

まがりきも　まがり木もくねのにぎはゐ　b-061-14
まそおのいとを　まそをの糸をくりかけて　c-064-06
またみむと　又みんと思ひしときの秋だにも今夜の月ぞねられやはする　c-111-10
まつのあらしや　松のあらしやふきたゆむらん　a-040-04
まつのきそだちの　松木そだちの猿心　b-064-14

み

みずはほうえんの　水は方円の器にしたがひ、人は善悪の友による　a-097-02
みちのくにより　みちのくによりこしにやあるらむ　b-024-05
みつがわの　三津河のむば玉の夜に月更て　b-032-01
みとせまで　三年までやすらふたびの空分ていづれの里にやどをしむらん　c-115-08
みなしごと　みなし子と何なげきけん世中にかゝるみのりの有けるものを　c-115-13
みなひとの　みな人のをのれとくだく心かなものおもへとて花はちらじを　c-110-06
みなひとは　みな人はしぬる／＼と申せども宗清ひとりいきとまりけり　b-037-06
みなをわすれめ　説法教化日本在〈ミナヲワスレメ〉　c-094-06
みにはつもれる　身にはつもれるつみもあらじな　b-033-09
みやこにも　都にも心やは引あづさ弓敦賀の浦の

かすむ明ぼの　a-112-04
みょうがやな　みやうがなや我たつ杣の麓にてあのくたらじるけふも三盃　b-037-04
みよしのの　みよしの丶なつみの川の河よどにかもぞなくなる山かげにして　b-055-01
みるたびに　みるたびにこ丶ろづくしのかみなればうさにぞかへすもとにやしろに　b-058-09
みわたせば　みわたせばうちにも戸をばたて丶けり　b-031-10
みをつみて　身をつみて人のいたさぞしられける恋しかるらむ恋しかるべし　b-058-14

む

むかしより　昔よりかはるにかはる習あればわがなを今日はしるされてまし　c-115-01
むぐらもち　むぐらもちくろ焼となる夕けぶり　b-036-04
むつましと　むつましと君はしらなみみづがきのひさしき代よりいはひ初てき　a-033-11

も

ものいわば　物いはじち丶はながらの橋柱なかずはきじもいられざらまし　b-057-04
ももぞのの　桃ぞの丶も丶のはなこそさきにけれ　b-024-08
もろこしの　もろこしの吉野つくば　b-049-04
もろこしの　もろこしのよしの丶山　b-049-04

や

やくもたつ　八雲たつ　a-045-06
やせものの　やせもの丶すごのみ　b-064-07
やそじより　ヤソヂヨリ重ナル年ノツモリ来テ俄ニ枝ヲ折トコソキケ　b-091-16
やなぎはみどり　柳は緑花は紅　b-085-14
やまとおく　山とをくうぐひほと丶ぎなきつれて　b-034-08
やまみずに　山水ニ石コ、ノツニ鬼一イカナルツニヤハレアカルベキ　b-096-03

ゆ

ゆききえば　雪消ばゑぐのわかなもつむべきに春さへ晴ぬみやまべのさと　c-060-11
ゆきにうめ　雪に梅花をさくらの木ずゑかな　a-040-02
ゆくさきに　ゆくさきにやどをそこともさだめねばふみまよふべき道もなき哉　c-110-07
ゆみはりづきの　弓ハリ月ノイルニマカセテ　a-067-15
ゆみはりの　ゆみはりの月のいるにもおどろかで　b-027-04
ゆめにあうべき　夢にあふべきひとやまつらむ　b-023-13

よ

よくきけば　よくきけば鳥の声は微妙也ア字本不生力字ハ不可得　b-098-07
よしあしに　よしあしにおもひみだれてなにをたつ難波の浦によする白なみ　c-115-04
よしののやまは　吉野の山はいづくなるらん　b-074-09
よなきすと　夜鳴ナキスト只モリ立ヨ末ノ世ニキヨクサカユル事モアルベシ　b-093-09
よにありと　世にありとおもはねばこそ露の身を嵐のやまに捨はをくらむ　a-108-08
よまずどち　よまずどち、か丶ずどち　b-064-08
よやさむき　夜やさむき衣やうすきかたそぎのゆきあひのまより霜や降らん　a-034-02
よるおとすなる　よるをとすなる滝のしら糸　b-030-09
よわきものおれず　よはき物おれず　b-063-08
よわりめにたたり　よはりめにた丶り　b-065-04

り

りなきはひがむ　りなきはひがむ　b-061-17
りもくうずれば　理もくうずれば非になる　b-061-01
りょうしの　れうしのふる物語　b-064-11

わ

わがおおきみの　我本師釈迦大師〈ワガヲホキミノ〉　c-094-06
わがこいは　我恋は千木のかたそぎかた〻のみゆきあはで年の積ぬる哉　a-034-09
わがこころ　我こ丶ろ心としれば仏なりよその仏のほとけたのまじ　c-112-10
われあかがねの　我銅のほのほをばのむとも　a-091-04
われさえのきの　我さへ軒の忍草　b-048-04
われたのむ　我たのむ人徒になしはてば又雲分てのぼるばかりぞ　a-036-04
われにちやに　吾日夜に国家を守らんと　a-091-05
われみても　我みてもひさしくなりぬ住吉の岸の姫松いく代へぬらん　a-033-09
われよりも　我よりもせいたか若衆待侘て　b-035-07